BUCH&media

WIEBKE LÜBBERS studierte Pädagogik und Anglistik in Berlin und Flensburg. In der unterrichtsfreien Zeit arbeitete sie fast ein Jahrzehnt lang ehrenamtlich als Campleader in internationalen Workcamps in Deutschland und Israel des *Aufbauwerks der Jugend* (heute *prointernational e. V.*). Nach 22 Jahren als Schulrektorin lebt sie jetzt in der Nähe von Hannover. Sie ist mit einem Rechtsanwalt verheiratet und hat drei erwachsene Kinder. Von ihr liegen bereits die historischen Romane »Fra Moriale« (2006) und »Carmagnola« (2008) bei Buch&media vor.

WIEBKE LÜBBERS
COLLEONI

Die Vettern

Historischer Roman

BUCH&media

Buch&media
Weitere Informationen über den Verlag und sein Programm unter
www.buchmedia.de

Bibliografische Information der Deutschen Nationalbibliothek
Die Deutsche Nationalbibliothek verzeichnet diese Publikation in der Deutschen Nationalbibliografie; detaillierte bibliografische Daten sind im Internet über http://dnb.d-nb.de abrufbar.

September 2010
© 2010 Buch&media GmbH, München
Umschlaggestaltung: Kay Fretwurst, Freienbrink
Herstellung: Books on Demand GmbH, Norderstedt
Printed in Germany · ISBN 978-3-86520-378-6

Inhalt

Prolog 11

Geschichtssplitter
Der condottiero Bartolomeo Colleoni (1395 und davor) . 15

Kapitel 1
Veneto / Herbst 2001 19
Padova: Donnerstag 19
Montegrotto Terme: Montag 23
Montegrotto Terme: Mittwoch 25
Montegrotto Terme: Mittwoch 31

Geschichtssplitter
Bartolomeo Colleonis Kindheit (1395 bis 1409) 36

Kapitel 2
Veneto / Oktober 2001 39
Padova: Donnerstag 39
Padova: Donnerstag 42
Padova: Donnerstag 51
Padova: Donnerstag 54
Flughafen Marco Polo und Padova: Donnerstag 56
Ca'Rosso, Padova: Donnerstag 62
Padova: Freitag 65

Geschichtssplitter
Bartolomeo Colleonis Jugend (1410 bis 1419) 68

Kapitel 3
Veneto / Oktober 2001 72
Colli Euganei: Oktober 2001 72
Colli Euganei: Samstag 75
Colli Euganei: Sonntag 78
Padova: Montag 84
Padova: Dienstag 88

Padova: Mittwoch 91
Colli Euganei: Mittwochnacht 93
Padova: Freitag 96
Padova: Freitag 98
Padova: Sonntag 101
Padova: Donnerstag 106

GESCHICHTSSPLITTER
DER JUNGE RECKE BARTOLOMEO COLLEONI (1420 bis 1424) .. 109

KAPITEL 4
VENETO / OKTOBER, NOVEMBER 2001 114
Colli Euganei: Sonntag 114
Padova: Oktober/November 2001 116
Padova / Colli Euganei: Oktober 119
Ca'Vecchia / Colli Euganei: Mittwoch 123
Padova: Dienstag 128
Padova: Montag 134
Padova: Mittwoch 136
Padova: Mittwoch 139
Padova: Montag 141
Padova: Mittwoch 142

GESCHICHTSSPLITTER
DIE SCHLACHT VON L'AQUILA (2. Juni 1424) 144

KAPITEL 5
VENETO / NOVEMBER, DEZEMBER 2001 149
Padova: November 2001 149
Padova: Montag 152
Aeroporto Marco Polo: Mittwoch 154
Padova: letzte Novembertage 159
Padova: Freitag 162
Padova: Samstag 165
Lago di Garda: Dienstag 170
Padova: ab Donnerstag 174
Colli Euganei: Samstag 175
Colli Euganei: Samstag 180
Padova: Samstag 187

GESCHICHTSSPLITTER
CARMAGNOLA UND COLLEONI (1429 – 1432) 191

KAPITEL 6
VENETO / WINTER 2002 196
Padova: Januar 2002 196
Padova: Mittwoch 199
Padova: Freitag 200
Padova: Freitag 204
Padova: erste Januarhälfte 2002 207
Padova: zweite Januarhälfte 2002 209
Padova: Mittwoch 210
Padova: Mittwoch 212
Padova: zweite Februarhälfte 215
Autobahn / Dolo: Montag 217
Colli Euganei: Anfang März 220
Colli Euganei: Mittwoch 221
Colli Euganei: Mittwoch 224
Veneto: März 230
Padova: Montag 233

GESCHICHTSSPLITTER
COLLEONI UND DIE FAMILIE MARTINENGO 235

KAPITEL 7
PODELTA / MÄRZ 2002 240
Veneto / nördliches Podelta: Dienstag 240
Po di Goro: Mittwoch 245
Po di Goro: Mittwoch 248
Po di Goro: Dienstag 252
Po di Goro: Dienstag 257
Po di Goro: Mittwoch 263
Po di Goro: Mittwoch 269

GESCHICHTSSPLITTER
COLLEONI UND TISBE 1433 274

KAPITEL 8
VENETO / MÄRZ 2002 278
Padova: Palmarum 278

Padova: Palmarum bis Karfreitag 281
Colli Euganei: Karfreitag 283
Padova: Ostersamstag 285
Colli Euganei, Ostersamstag 289
Colli Euganei: Ostersonntag 296

GESCHICHTSSPLITTER
COLLEONI UND GATTAMELATA (1434 bis 1442) 303

KAPITEL 9
VENETO / WOCHE NACH OSTERN 311
Padova: Mittwoch 313
Padova: Mittwoch 316
Padova: Mittwoch 318
Colli Euganei: Donnerstag 323
Colli Euganei: Montag 328

GESCHICHTSSPLITTER
COLLEONI CONTRA FILIPPO MARIA VISCONTI (1438) 333

EPILOG 339

Literaturangaben 343

*»Dreifach
hatte er im
unbesiegten Schild
das fleischliche Zeichen
der männlichen
Macht.«*

(Gabriele d'Annunzio 1904)

PROLOG

Alle im Dorf nannten ihn nur *Colleoni*. In der Schule stellte der Lehrer erst anhand seiner Listen fest, dass *Colleoni* sowohl einen Vornamen als auch einen völlig anderen Nachnamen besaß. Aber der Name *Colleoni* blieb trotzdem und er ein Gefangener dieses Namens.

Sein Stiefvater, ein in der Anarchistenbewegung groß gewordener, wortkarger und kompromissloser Mann, ließ seine Mutter nie vergessen, dass er sie trotz ihres unehelichen Sohnes geheiratet und ihm durch Adoption seinen Namen gegeben hatte.

Auch ihn erinnerte er fast täglich daran und verlangte doppelt so viel Gehorsam, Fleiß und Leistung von ihm wie von seinen eigenen Kindern. Den einzigen Trotz, den seine Mutter sich leistete, war, ihn weiter *Colleoni* zu nennen. Seine Halbgeschwister plapperten es nach, und schließlich nannte sogar sein Stiefvater ihn so.

Die Forderungen seines Stiefvaters zu erfüllen, fiel ihm nicht schwer; ein ungeheurer Ehrgeiz wohnte in ihm und veranlasste ihn zu übermenschlichen Anstrengungen. Für Freunde fand er keine Zeit, auch seine vier Halbschwestern und -brüder interessierten ihn nicht.

Sein Stiefvater schleppte ihn trotz des Protestes seiner Mutter schon als Dreijährigen zu allen Anarchistenkongressen, dessen erster weit vor seiner Geburt, 1945 in Carrara stattgefunden hatte, was den Keim des Revolutionärs sich schon früh in ihm entfalten ließ. Seine uneheliche Geburt hatte ihn in dieser kleinen Dorfgemeinschaft zum Außenseiter gestempelt, und dieser Rolle entkam er bis zu seinem Tode nicht, auch wenn er sich äußerlich mehr als angepasst verhielt.

Bis zu seinem vierzehnten Lebensjahr hatte er den Namen *Colleoni* als Schimpfnamen empfunden. Als sein Stiefvater durch einen Unfall starb, geriet er an einen Lehrer, der ihn von da ab stark beeinflusste.

Auf der einen Seite bekannte auch er sich zu anarchistischen Gesellschaftsstrukturen, auf der anderen übertrug er seine Begeisterung für die Seeschlachten des zweiten Großen Krieges auf den pubertierenden Jüngling.

Zu diesem Zeitpunkt lüftete seine Mutter auch das Geheimnis seiner Geburt. Sein Vater war Bootsmann auf dem Leichten Kreuzer *Bartolomeo Colleoni* gewesen, seinen wirklichen Namen hatte sie nie erfahren.

Er erzählte unglaublich spannend von seinem Leben auf der *Bartolomeo Colleoni* und von ihrem Untergang; dem Leuchten in seinen Augen konnte keine Frau widerstehen. Auch die Schwester seiner Mutter nicht, wie sie erst sehr viel später erfuhr, als sie beide von demselben Mann schwanger wurden und er sie beide im Stich ließ.

Aber er war, wie sie und ihre Schwester leidvoll erfahren hatten, ein Seemann, auf den in jedem Hafen eine Braut wartete. Seine Eloquenz vererbte er nur einem seiner Söhne, beiden jedoch seine Kleinwüchsigkeit.

Fortan identifizierte sich *Colleoni* mit diesem Namen, und seine Entwicklung hätte noch eine durchaus positive Richtung nehmen können, wenn dieser bewunderte Lehrer nicht so früh gestorben wäre und sein Vetter und Halbbruder nicht durch Adoption aus seinem Leben verschwunden wäre.

Colleoni trat freiwillig in die Marine ein und eiferte seinem leiblichen Vater nach, aber bald sollte er merken, dass er mit seiner geringen Schulbildung keine großen Aufstiegschancen besaß und wie sein Erzeuger sein Leben lang ein kleiner Bootsmann bleiben würde. Dass es noch einen anderen großen Mann des Namens *Colleoni* gab – den eigentlichen Namensgeber für den Leichten Kreuzer – blieb ihm verborgen; und die Renaissancezeiten, in denen Leistung als alleinige Karrierevoraussetzung genügte, gehörten seit Langem der Vergangenheit an.

Frauen lenkten ihn nicht ab, auch Männer nicht, und seine physische Abnormität verbarg er geschickt vor jedermann.

Verbissen arbeitete er nächtelang daran, die Berechtigung für ein Universitätsstudium zu erwerben, und als er sie schließlich erhielt, machte er sich an der Universität einen Namen als kompromissloser Anhänger radikaler Ideen, obgleich die große Zeit der *brigate rosse*[*] längst vorbei war.

Trotzdem gründete er mit Gleichgesinnten am 20. Januar 1980 die *Anarchistische Front zur Befreiung des italienischen Volkes vom eigenen Imperialismus*, kurz *XX. Gennaio* genannt, und arbeitete sich in jahrelangem Bemühen zäh als *Il Primo* an dessen Spitze. Ein Studienkollege und Mitbegründer war Abu Samur, der dieses Gedankengut und den Namen des *XX. Gennaio* in seine palästinensische Heimat mitnahm und es dort aussäte.

Unter seinem im Geburtsregister eingetragenen Namen machte *Colleoni* ein Prädikatsexamen und baute sich eine bürgerliche Existenz auf, er kletterte die Karriereleiter langsam und stetig hoch, begleitet von eiserner Disziplin und guten anarchistischen und terroristischen Beziehungen.

---

[*] Rote Brigaden = Terroristen, vergleichbar mit der deutschen Rote Armee Fraktion (RAF).

Seinen Traum, einen Platz unter Parlamentariern einzunehmen, meinte er wegen seiner Herkunft und fehlender Geldressourcen nicht verwirklichen zu können, und es fraß an ihm, dass es immer jemanden gab, der besser, beliebter, sprachgewandter, intelligenter oder reicher war als er.

So wandte er sich einer dritten, profitorientierten Karriereschiene zu. Er wurde Mitglied eines toskanischen Drogensyndikats mit guten Verbindungen zum *Tre-Condottieri*-Syndikat im Veneto, und als dieses seine drei Führer innerhalb eines Jahres verlor, stieg er als *Colleoni* in das höchste Führungsgremium auf; aus dem *Tre-Condottieri*-Syndikat wurde das *Colleoni*-Syndikat, dessen administratives Organ die *Serenissima* war.

Wie ein seiltanzender Jongleur, der auch noch mit dem Feuer spielte, beherrschte er diese drei unterschiedlichen Karrieren; eine immer wiederkehrende Herausforderung! Er verstrickte sich in neue Abhängigkeiten und Zwänge, aber er kam nie auf die Idee, sich zu fragen, ob sie irgendwann ihren Tribut fordern würden.

Alles würde er daran setzen, dass nie jemand die Frage beantworten konnte: »Wer ist *Colleoni*?«

Geschichtssplitter.
Der Condottiero Bartolomeo Colleoni
(1395 und davor)

icht erst seit dem 11. September 2001, sondern seit diesen drei Tagen im Juli war nichts mehr wie vorher, und sein einziger Halt war sein vor über 600 Jahren lebender Namensvetter, zu dem keine Verwandtschaft bestand. Die etymologisch schlüpfrige Bedeutung des Namens Colleoni* hatte den großen Bartolomeo ebenso wenig gestört, wie auch er sich nur darüber amüsieren konnte.

Die Wege Colleonis nachzuzeichnen, gab ihm die Kraft, seinen eigenen, verschütteten Lebensweg nicht als beendet anzusehen. Vielleicht konnte er mit seiner Hilfe einen Tunnel durch die Abraumhalde graben, als die sich sein bisheriges Leben erwiesen hatte.

Die Fassade nach außen aufrechtzuerhalten und sich innerlich klar zu werden, wie er seine Zukunft gestalten wollte, das nahm er sich vor, als er sehr früh an diesem Septembertag sein Haus in Bergamo Alta verließ. Nicht in Richtung Autobahn nach Padova zu seinem neuen Dienstort, sondern nach Nordwesten ins Tal der Adda.

»Bartolomeo Colleoni, Großcondottiero der venezianischen Republik«, sagte er laut vor sich hin.

Er liebte es, zu deklamieren, und seine bevorzugten Zitate holte er sich bei Machiavelli, d'Annunzio oder Mussolini, wie es gerade kam. Heute war ihm eher nach Machiavelli zumute, und mit Pathos sprach er den Satz, der Machiavelli zur Entstehungsgeschichte der Kondottieri eingefallen war, brillant in seiner Kürze, und alles Wesentliche enthaltend, auch seine von Vorurteilen beladene Kritik und seine Halbwahrheiten:

»So geriet Italien gleichsam
in die Macht des Papstes und einiger Republiken;
aber Priester wie Bürger
waren der Waffen entwöhnt
und begannen,
fremde Söldner zu mieten.«

---
* Ital.: *coglione*, lat. *colleoni* = Hoden.

In Calusco d'Adda kreuzte er die Bahnlinie und fuhr in Richtung Solza. Die Via Castello führte ihn geradewegs auf das Schloss zu, in dem Bartolomeo Colleoni 1395 geboren worden war.

Schloss? Ein roter Bauzaun aus Plastik hinderte ihn daran, den Steinhaufen zu betreten, der dieses sogenannte Schloss darstellte. Das Tor? Eine Ruine. Die Außenmauern? Bis auf zwei eingestürzt. Der Computerausdruck in seiner Hand, mit den hochfliegenden Plänen zur Restaurierung des Anwesens über zwei Stockwerke und seine geplante öffentliche Nutzung, schien das Werk von unverbesserlichen Visionären zu sein.

Hier also war er am 24. August als zweiter Sohn des papsttreuen Guelfen Paolo Coglione und seiner Frau Riccardonna am Bartholomäustag des Jahres 1395 geboren worden.

Das Haltbarste an dem ganzen Steinhaufen schien die erst kürzlich angebrachte Steintafel mit den Lebensdaten des Mannes zu sein, der hier geboren wurde und nicht weit entfernt in Malpaga, im Süden Bergamos, 1475 seinen Lebensweg vollendete.

Er holte sich den Internetausdruck aus dem Handschuhfach und studierte den Auszug aus der Genealogie seines Helden, der von Bartolomeos Urgroßvater bis zu dessen Generation reichte.

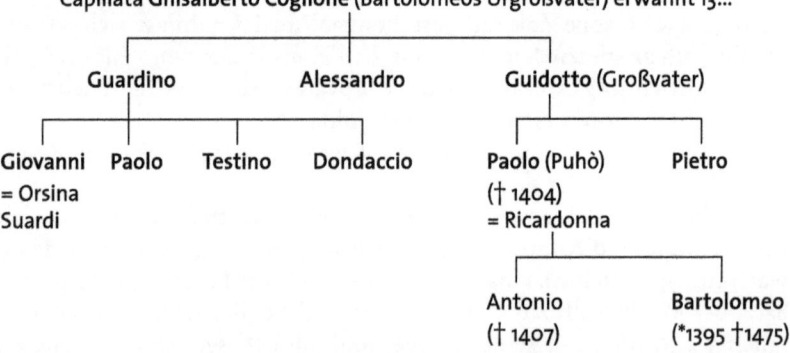

Die Cogliones, langobardischen Ursprungs, saßen schon seit dem 11. Jahrhundert im Bergamaskischen, von alters her papsttreu und der Partei der Guelfen zugehörig. Das brachte sie in dauernden Konflikt mit den Suardis, einer ebenso alten, langobardisch-fränkischen Familie in Bergamo, die mithilfe der kaisertreuen Ghibellinen aus Mailand in Jahrhunderte andauernden Kämpfen oft die Oberhand behielt und die Cogliones vertrieb.

Bergamo, das langobardische Berhem, gereichte das nicht zum Vorteil; mehrfach beschädigt oder gar zerstört, wohnte die Zwietracht in den Mauern oder davor, denn die vertriebenen Cogliones siedelten sich notgedrungen in Lecco am Comer See, in Lemini und später in Solza an, aber nie gaben sie ihre Bemühungen zur Rückkehr und ihren Platz im Rat der Stadt Bergamo freiwillig auf.

Doch die Zwietracht saß nicht nur in Bergamo, sie nistete sich auch in der Familie Coglione selbst ein.

Bartolomeos Urgroßvater Ghisalberto Coglione stellte besonders hohe Ansprüche an seine drei Söhne und wurde so bitter enttäuscht.

In der Generation von Bartolomeos Großvater und dessen Brüdern kam es zum Bruch: Nicht der Erstgeborene Guardino wurde als Erbe für Solza und Chignolo eingesetzt, denn abtrünnigerweise war er zeitweise als Gesandter für das ghibellinische Mailand tätig, was ihm sein Vater nie verzieh.

Auch der Zweitgeborene Alessandro, später Bürgermeister in Mantua, reichte den guelfentreuen Ansprüchen seines Vaters nicht, und so wurde der drittgeborene Sohn Guidotto Coglione von seinem Vater Capilliata Ghisalberto Coglione als Herr von Solza und Chignolo eingesetzt: der Beginn einer mit Verzögerung einsetzenden, blutigen Familienfehde.

Als dann auch noch Guardinos ältester Sohn Giovanni Orsina eine Frau aus dem feindlich-ghibellinischen Clan der Suardi ehelichte, wandte sich Giovanni ghibellinentreu der Suardi-Familie zu und zementierte so den Graben innerhalb der Familie Coglione.

Giudotto also, der Drittgeborene und überzeugter Guelfe, Feudalherr von Solza und Chignolo, blieb mit Frau und seinen zwei Söhnen Paolo und Pietro bodenständig auf dem Kastell von Solza, und sein Ältester, Paolo, genannt Puhò, folgte ihm ganz selbstverständlich guelfentreu in der Erbfolge.

Puhò heiratete Riccardonna di Valvassori detti Sanguini, mit der er bescheiden in dem Kastell von Solza lebte und die ihm dort die beiden Söhne Antonio und Bartolomeo gebar; und wo sein Vetter Giovanni nichts als Hass auf den guelfischen Teil der Familie in der Brust fühlte, breitete sich in Puhòs Brust ein Meer von Stolz und Großzügigkeit aus.

Das Lehen der Coglioni grenzte an den Machtbereich der Visconti, die in Mailand herrschten. Solza und Chignolo lagen also im Grenzgebiet zwischen Venedig und Mailand, Solza sperrte das Tal der Adda nach Süden hin ab.

Guidotto und danach sein Sohn Puhò fochten auf der guelfischen Seite gegen die ghibellinisch gesinnten, von den Visconti geführten Mailändern in vorderster Front, und der siegreichen Partei angehörend konnte Puhò in den ersten Jahren des 15. Jahrhunderts seinen eher bescheidenen Besitzungen Solza und Chignolo an der Adda nach Süden hin die impo-

sante Festung Trezzo sull' Adda angliedern: ein kleiner Lehnsherr, der vom Verfall der mailändischen Macht profitierte.

Was für ein Leben!, dachte er, obwohl jeder Kinderpsychologe für den kleinen Bartolomeo die denkbar schlechtesten Entwicklungsaussichten prognostiziert hätte, denn wer in seiner frühesten Jugend derart unter Gewalt leiden und den grässlichen Tod von Vater und Bruder in seinem Kopf speichern musste, konnte davon nicht unberührt bleiben; wer als kleines Kind das Leiden der eigenen Mutter, ihr Elend und ihre Einkerkerung sowie die eigene Flucht als Zehnjähriger mit dem Hauslehrer ins Gebirge miterlebte, dessen Lebensweg musste unwillkürlich von Gewalt und Grausamkeit geprägt sein.

Die meisten gewalttätigen Menschen haben Gewalt in ihrer Kindheit und Jugend erfahren und sie geben sie weiter, sei es in der Familie oder in der Gesellschaft, das erzählt einem jeder Polizeipsychologe, und so sollte man meinen, dass auch unser kleiner Bartolomeo sich irgendwann als Gewalttäter entpuppen würde, noch dazu, weil er einen Beruf ergreifen musste, in dem Kampf und das Recht des Stärkeren die beiden Eckpfeiler des Seins waren.

Anders als der kleine Bäckersohn Erasmo da Narni, genannt Gattamelata, der sehr wohl die Wahl zwischen dem bürgerlichen Beruf eines Bäckers und dem eines Söldnerführers gehabt und sich für die Gewalt entschieden hatte, blieb dem aus alter guelfischen Adelsfamilie stammenden Bartolomeo nur der Beruf des der Gewalt verpflichteten Soldaten, den er voller Leidenschaft ausüben sollte.

Aber man verwechsele nicht die Gewalt an sich mit der rohen und willkürlichen Grausamkeit! Denn trotz allerschlechtester Startbedingungen säumten Colleonis Weg nicht Gewalttätigkeiten und Grausamkeiten, sie gehörten durchaus nicht zu den Attributen, die dem Soldaten und capitano di ventura* *angehängt werden konnten, den Freund wie Feind* Il Invincibile, *den Unbesiegbaren, nannten. Nur mit einem konnte man bei ihm immer rechnen: mit seinem Stolz; und wehe dem, der ihn vergaß!*

Das haben wir gemeinsam, dachte er und steckte den Computerausdruck, den er auf der Motorhaube seiner dunkelgrauen Mercedes-Limousine abgelegt hatte, wieder ein.

Er sah auf die Uhr. Nein, Trezzo zu besichtigen, das schaffte er heute nicht mehr: Sein neuer Arbeitsplatz in Padova wartete auf ihn.

---

* Synonym für *condottiero*

Kapitel 1

Veneto/Herbst 2001

Padova: Donnerstag

eit vier Tagen, sieben Stunden und dreiundvierzig Minuten schwieg ihr Mann. Er hatte lediglich Anfang der Woche einen *ispettore* vorbeigeschickt, der Hemden, Wäsche und einen Anzug abholte und das Schweigen schlechthin verkörperte. Seither starrte sie auf das Telefon wie das Kaninchen auf die Schlange.

Die erste Krise ihrer gerade erst vier Monate alten Ehe drohte, sich für Julia zu einer emotionalen Katastrophe auszuwachsen.

Sein *telefonino* lag unaufgeladen auf dem barähnlichen Esstisch. Nach ihrem dritten Versuch antwortete seine Sekretärin deutlich genervt. Der Chef sei außer Haus und wünsche, auch sonst nicht gestört zu werden. Dabei hatte sie einfach nicht den Mut, ihr zu sagen, dass sie seine Frau sei.

Die neben der Eingangstür zum Appartement hoch gestapelten Umzugskisten blieben weiterhin unausgepackt. Warum auch, wenn er ihre Ehe stornieren wollte! Unglücklich knetete Julia ihre Finger, er hatte ja so recht! Sie hatte sich in seinen Beruf eingemischt, sich ohne jeden Gedanken an ein Risiko für sich und das neue Leben, das in ihr wuchs, in vermeidbare Gefahren begeben und ihn zu Handlungen gezwungen, die er einfach nicht gutheißen konnte.

Vier Tage, sieben Stunden und achtundvierzig Minuten! Und nun auch noch diese neue Nachricht nach der gestrigen Ultraschalluntersuchung! Hatte sie nicht schon mit ihrer Schwangerschaft, die leicht zu verhindern gewesen wäre, ihn genötigt, sie zu heiraten? Sicher, seine Freude über den Fortbestand der Familie mochte im Anfang echt gewesen sein – aber brachte sie nicht auch seine ganze bisherige Lebensplanung zum Einsturz?

Vier Tage, sieben Stunden und fünfundfünfzig Minuten! Julia schrak zusammen, als das Telefon läutete. Ihr Herzschlag beschleunigte sich, ihre Finger zitterten, jetzt, jetzt entschied es sich! Sie griff zum Hörer.

»*Pronto!*«

Seine Sekretärin informierte sie, dass der Chef an diesem Abend in seine Wohnung käme, er würde schon zu Abend gegessen haben; die Frau hielt Julia offensichtlich für seine Haushälterin.

Aber er kam nicht. Um elf Uhr in der Nacht gab Julia auf, zog die Bettcouch aus und fiel in einen erschöpften Halbschlaf. Bar jeden Zeitgefühls erwachte sie in völliger Dunkelheit von seltsamen Geräuschen. Jemand stieß gegen den Stapel Umzugskartons, tastete sich an ihnen entlang und schurrte mit den Füßen.

»Roberto?«

»Ich wollte dich nicht wecken; ich dusch nur schnell, schlaf weiter!« Er hörte sich schroff an.

Wahrscheinlich würde sich wieder seine steile Unmutsfalte über seiner ausgeprägten Nase einkerben. Er klang keineswegs besänftigt. Aber immerhin war er zurückgekommen.

Sie hörte das Schiebegeräusch der Glastür zur Duschkabine und das Prasseln des Wassers im Badezimmer. Unter der Tür schimmerte ein Lichtstreif, unterbrochen vom Schatten seiner Füße, wenn er zwischen Lampe und Tür trat.

»Giulia, hier ist kein Badetuch! Bringst du mir eins?«

Sie sprang hoch, zerrte ein Duschtuch aus dem Schrank und öffnete die Badezimmertür.

»Ich leg's auf den Hocker!«

War das ihre Stimme? Sie klang brüchig und hoffnungslos.

»Giuli, meinst du, dass wir auch zu dritt unter diese Dusche passen?«

Giuli? Seine Abkürzung für ihren Namen, wenn nichts zwischen ihnen stand!

»Was ist, *l'anima mia*, oder bist du zu böse auf mich? Dabei habe ich mich die ganze Woche auf diesen Moment gefreut!«

L'anima mia? Warum sollte sie ihm böse sein, umgekehrt wurde ein Schuh daraus: Er liebte sie noch, nie hätte er sie sonst *meine Seele* genannt!

»Unter die Dusche passen wir zur Not auch zu viert, ich komme!«

Unendlich erleichtert streifte sie ihr Nachthemd über den Kopf und öffnete wenige Sekunden später die Schiebetür.

Als das Wasser auf sie beide niederströmte, fiel aller Zweifel von Julia ab.

»Irgendwann lerne ich es«, hörte sie seine Stimme dicht an ihrem Ohr und die Wasserflut löschte das Feuer ihres Glücks nicht. »Du musst mir Zeit geben! Ich muss es lernen, Beruf und Familie zu verbinden. Diese Woche war ein Fehlversuch.«

»Und ich dachte, du seiest mir bis in alle Ewigkeit böse und wolltest unsere Ehe stornieren, weil ich mich in deinen Beruf eingemischt habe!«

»Diesen blödsinnigen Vorschlag von dir habe ich nicht einmal mit einer Antwort gewürdigt.«

Er drehte sie herum, verteilte Duschgel auf ihrem Rücken.

»Eben, und da habe ich gedacht, du hattest ja auch recht ...«

»Unser Freund Umberto ist ein guter Eheberater. Er hat mir in aller Deutlichkeit klargemacht, dass ich von einer Vierundzwanzigjährigen keine fünfundvierzigjährige Lebenserfahrung erwarten kann und ich, als ich so alt war wie du jetzt, das Wort Risiko ohne jedes Nachdenken gelebt habe. Wir waren ein gutes Team letzte Woche, ich hätte es dir nur sagen sollen!«

Julia drehte sich herum und schlang ihre Arme um seinen Hals.

»Trotzdem, ich hätte an meine Schwangerschaft denken müssen!«

»Okay, da gebe ich dir recht, aber deswegen gibt man doch eine Ehe nicht auf! Du kennst doch mein Gepoltere, wenn eine Gefahr abgewettert ist! – Aber ganz etwas anderes«, er drehte sie wieder mit dem Rücken zu sich und umfasste ihren prallen Bauch, »was macht unsere Giulietta?«

»Willst du sie sehen? Das Ultraschallfoto liegt auf der Küchenbar.«

Abrupt ließ er sie los, stellte nicht einmal die Dusche ab, als er die Tür öffnete, sodass sich ein Wasserschwall über den Boden ergoss, und platschte zum Bad hinaus. Als sie ihm schließlich gefolgt war, nachdem sie sich vorher abgetrocknet und den Boden aufgewischt hatte, sah sie ihn auf dem Barhocker sitzen und entgeistert auf das Foto starren. Seine Schnurrbartenden hingen tropfend nach unten, und in seinen Augen las sie nichts als Schrecken, als sie ihm das Badetuch reichte.

»Das tut mir so leid, besonders für dich!«, äußerte er bestürzt. »Unsere Giulietta hat zwei Köpfe, aber das kann man vielleicht operieren … Sonst vielleicht beim nächsten Mal?«

Sie ließ sich, von einem Lachkrampf geschüttelt, rücklings auf die Bettcouch fallen.

»Ich verstehe deine Heiterkeit nicht! Oder ist das der Schock? Ein Kind mit zwei Köpfen!«

Julia verschluckte sich an ihrem Lachen und hustete, während Roberto sich geistesabwesend abtrocknete und zu ihr kam.

»Was habe ich vorhin wohl mit *Unter die Dusche passen wir zur Not auch zu viert!* gemeint? Willst du *sie* sehen?«

Er blickte auf das Foto, und es dauerte noch einen Augenblick, bevor er begriff.

»Zwillinge?«

»*Si, signor!* Und das vordere Kind ist mit Sicherheit eine Giulietta! Ob es sich um eineiige oder zweieiige Zwillinge handelt, kann man auf diesem Foto noch nicht erkennen, deswegen könnte das hintere auch ein kleiner Roberto werden!«

»Die schönsten Stunden in meinem Leben habe ich bisher allesamt dir zu verdanken, Giuli!«, rief er und nahm sie in die Arme. »Und heute ist eine Sternstunde!«

Sie begann, die Lichter auszuschalten. Er war, das Foto in der Hand, schon eingeschlafen, als sie sich zu ihm legte, die Woche war sehr hart gewesen. Die erste Morgenröte kroch über den Horizont, als Julia vom Kaffeeduft aufwachte.

»Bekomme ich auch einen Kaffee?«

Roberto war fast fertig angezogen, brachte ihr ein dampfendes Glas *latte macchiato* und setzte sich auf den Rand der Bettcouch.

»Entschuldige! Ich wollte dich nicht wecken! Es tut mir leid, ich muss weg, aber im Büro wartet noch so viel unerledigte Arbeit auf mich.«

»Tust du mir einen Gefallen?«

»Wenn ich kann, jeden!«

»Wir scheinen ja nun doch noch einige Zeit zusammenzubleiben.«

»Wenn du mich aushältst!«

»Wieso? Haben sie dir dein Gehalt gestrichen!«

»*Sciocchezze!* Unsinn! Du weißt genau, was ich meine! Also, welchen Gefallen erwartest du von mir?«

»Ich schätze, je nachdem, wie lange du es mit mir aushältst, dass du mindestens zwanzig-, fünfzig- oder hundertmal von einer Mahlzeit, einer Familienfeier oder aus dem Schlaf heraus weggerufen wirst. Und bitte: Entschuldige dich nicht jedes Mal für deinen Beruf!«

Er nahm ihr das Glas aus der Hand, stellte es mit seinem auf den Boden und begann sich wieder auszuziehen.

»Ich glaube, auf ein Stündchen mehr Privatleben habe ich heute ein Recht, *l'anima mia!*«

Aber als er seine Krawatte über einen Stuhl hängte, klingelte das Telefon. Seufzend nahm Roberto den Hörer in die Hand.

»Wie ich befürchtete, man braucht mich drunten in Piove di Sacco. Es ist etwas Längeres. Entschul...«

Er beugte sich über sie.

Sie hielt ihm den Mund zu.

»Was hast du mir eben versprochen? Keine Entschuldigung! Aber das Wochenende ist nun wohl hin für uns beide.«

»Leider.«

»Mein Vater und Onkel Jochim sind drüben in Montegrotto Terme, sie hatten mich fürs Wochenende in ihr Hotel eingeladen, aber ich hatte abgesagt, unseretwegen. Hättest du etwas dagegen, wenn ich für ein paar Tage zu ihnen fahre?«

»Im Gegenteil, das entlastet mein Gewissen, grüße sie! Wo kann ich dich erreichen?«

»Im *Farfallone.*«

»*Niente male!* Zufall?«

»Ich hab es ihnen jedenfalls nicht empfohlen!«

Montegrotto Terme: Montag

Sie trafen sich im hintersten Teil des Parks, die Fassade des Hotels erahnten sie nur, denn kein einziges Fenster war kurz nach Mitternacht mehr erleuchtet; erst in knapp drei bis vier Stunden würde die Fangoabteilung wieder zum Leben erwachen. Hier zwischen den Schirmpinien herrschte so viel Dunkelheit, dass sich jede Vermummung erübrigte. Die Frau trug trotzdem einen breitrandigen Hut, unter dem auch bei Tageslicht nur die untere Partie ihres Gesichtes zu sehen gewesen wäre.

Der Mann neben ihr zog seinen weichen Hut tiefer in die Stirn, als jetzt Schritte aufklangen und vier schemenhafte Gestalten vor ihnen stehen blieben, zwei davon mit Sturmmasken.

»Colleoni?«, die Stimme des Kleineren der beiden vorderen Ankömmlinge klang nicht mehr ganz jung.

»Sind Sie der Journalist, der mich treffen wollte? Wir hatten keinen Begleiter vereinbart!«

»Mein Sohn wollte mich nicht allein gehen lassen. Ich bereite einen Artikel über Terroristen vor. Der *XX. Gennaio* operiert hier in Norditalien.«

»Und was habe ich damit zu tun?«

»Das *Colleoni*-Syndikat arbeitet mit ihnen zusammen und versorgt sich durch sie mit Heroin.«

»Sagt wer?«

»Ich werde meine Quelle für mich behalten.«

»Und Ihr Beweismaterial haben Sie an sicherer Stelle deponiert?«

Colleonis Stimme klang leicht amüsiert. »So liest man es immer in Krimis. Und wenn Ihnen etwas passiert, wird es veröffentlicht.«

»So ist es.«

»Wir haben die CD«, klang eine recht junge, jedoch durch die Sturmmaske etwas dumpfe Stimme hinter den beiden auf.

»Das ist unmöglich! Keiner weiß, wo ich wohne, nicht einmal mein Sohn!«

Das leise Lachen klang bösartig.

»Kehren Sie in Ihr Land zurück, *journaliste,* und nehmen Sie Ihren Sohn mit, wenn Ihnen an Ihren Leben etwas liegt.«

Der Rat klang mehr beiläufig. Der Sprecher zündete sich eine Zigarette an, und für den Bruchteil einer Sekunde beleuchtete der Schein des Feuerzeugs sein Gesicht und die Frau neben ihm.

»*Sie* sind Colleoni?«

Der Sohn trat einen Schritt nach vorn.

»So trifft man sich wieder«, antwortete Colleoni so beiläufig, als hätte er sich einen Drink an der Bar bestellt. »Sie wären besser an Ihrer Universität in den Staaten geblieben, *dottore*, denn nun lassen Sie mir keine Wahl! *Il Terzo, Il Quarto*, erschießt die beiden!«

»Nein!«

Der Schrei des *dottore* hallte wie ein Schuss durch den Garten. Aber sein Protest kam zu spät.

Der mit *Il Quarto* Angesprochene schoss sofort. Als das Projektil in den Körper des Journalisten einschlug, hörte es sich durch den benutzten Schalldämpfer an, als ob ein Stein in einen Brunnen fiele.

Il Terzo, ebenfalls mit einer schwarzen Sturmhaube, aus der nur die Augen und die Nase etwas heller hervorstachen, schoss nicht, sondern hob seine Pistole und schlug den *dottore* nieder. Alle blickten auf die beiden niedergestreckten Körper.

»Was soll das?«, Colleonis Stimme klang verständnislos und verärgert. »Meine Anweisung war doch eindeutig!«

»Meine Pistole ist registriert, und Sie wollen doch sicher nicht, dass unsere …«

»Profihaft«, Colleoni verbarg seinen Sarkasmus nicht, »*Il Quarto*, übernimm du das. Oder ist deine Pistole auch irgendwo registriert?«

»Sie gehörte meinem Bruder«,

»Angelo? Dem angeklagten Mitglied des *Tre-Condottiere*-Syndikats? Na, wunderbar! Damit kann die Polizei …«

Die Ereignisse unterbrachen ihn.

Il Terzo hatte sich hingekniet und wollte die beiden mit Kabelbindern an den Handgelenken fesseln, aber der *dottore* war sehr schnell aus seiner Bewusstlosigkeit erwacht, sprang auf und versuchte zu fliehen, woraufhin *Il Terzo* rein instinktiv nach seiner Pistole mit dem aufgeschraubten Schalldämpfer griff.

Als der Schuss den Fliehenden traf und seinem Leben ein jähes Ende setzte, war ein weiterer Stein in einen tiefen Brunnen gefallen.

»Verdammt! Es darf keine Verbindung zwischen mir und dir vom Geheimdienst geben, und keine zum *XX. Gennaio*. Das habt ihr ja nun fein hingekriegt!«

Colleonis Stimme bebte vor Wut.

In der stillen Nachtluft spürte man die Ratlosigkeit aller förmlich stehen.

»Man müsste die Leichen so verschwinden lassen, dass keiner sie findet«, regte schließlich *Il Terzo* an.

»Gute Idee!«, kommentierte Colleoni sarkastisch. »Wir leben hier in einem der dichtbesiedeltsten Gebiete Italiens. Meint ihr, ihr kriegt das trotzdem hin?«

»Sicher, Chef!«, kam unisono die Antwort.

»Und wenn man sie doch findet?«

»Man könnte zur Not die Projektile vertauschen«, schlug die Frau vor.
»Als wenn das so einfach wäre!«
Er überlegte.
»Aber du hast Recht, meine Liebe, es wäre vielleicht sogar machbar, und dann könnten die Geheimdienste das für ihre *strategia della tensione*[*] nutzen. Also, entsorgt die beiden, und zwar so, dass der Todeszeitpunkt nicht mit unseren Alibis kollidiert. Meint ihr, ihr schafft wenigstens das?«
»Sie können sich darauf verlassen!«

Montegrotto Terme: Mittwoch

Ein schöner Oktobermorgen kündigte sich an mit diesem strahlend klaren Licht, das es nur im Veneto gibt. Die Colli Euganei schienen zum Greifen nahe und erhoben sich wie schwarze Scherenschnitte gegen den azurblauen Herbsthimmel.

Aus den Fangoaufbereitungsbecken des *Farfallone* stiegen Nebelschwaden auf, und das mit siebenundachtzig Grad aus der Erde quellende Thermalwasser wurde vom Brunnenhaus in die Fangobecken geleitet, wo sich der vulkanische Schlamm auf unerklärliche Weise mit speziellen Algen belebte, die das Geheimnis des wundertätigen Fangos in dieser größten zusammenhängenden Thermalzone der Welt bildeten.

Die Nebelschwaden über dem grüngrauen Heilschlamm verliehen der Umgebung etwas Archaisches; jeden Augenblick hätten die alten Euganeer mit ihren Opfergaben aus den Schatten der Vergangenheit in das Licht der Zukunft treten und ihre mystischen Handlungen vollziehen können. Waren sie es vielleicht, die die geheimnisvollen Algen heranzauberten?

Als Julia auf zwei gefesselte, vom graugrünen Fango verfärbte Hände starrte, die wie ein von Opferrauch thermalschwadenumwölktes Menetekel anklagend in die Höhe gestreckt waren, realisierte sie zunächst gar nicht, dass es sich um menschliche Hände handelte, zu denen wohl im Schlamm verborgene Arme und Körper gehören mussten. Als diese Gedanken in ihr Bewusstsein einsickerten, stieß sie einen erstickten Schrei aus, der die beiden Fangoträger von den gegenüberliegenden Becken zu ihr herübersehen ließ.

»Was ist, Signora?«
Nachdem sie hastig auf das vor ihr liegende Becken deutete, eilten die beiden zu ihr.

---

[*] Strategie der Spannung; Begriff aus den bleiernen Zeiten der Roten Brigaden in den 80er-Jahren des 20. Jh.

»Hat Sie jemand belästigt?«
Julia schüttelte mit dem Kopf, und die beiden folgten ihrem Blick.
»*Dio mio*!«, flüsterte Paolo. »Das kann nicht wahr sein!«
»Nicht schon wieder!«, stöhnte sein Kollege. »Wir haben von den Morden des vorvergangenen Jahres noch genug.«
Aber dann dachte er an die Opfer, bekreuzigte sich und murmelte: »*Poveri diavoli*, arme Teufel! Ich hole den Padrone.«
Das Viersternehotel *Farfallone*, ein U-förmiger, viergeschossiger Bau, lag eingebettet in ein sechzigtausend Quadratmeter großes Parkgrundstück mit altem Pinien- und Zypressenbestand. In der Ecke, wo sich der Nordflügel mit Rezeption, Bar, Massageräumen und Schwitzgrotte und der Westflügel mit der Fango-Kurabteilung trafen, durch die man wiederum die Schwimmhalle erreichte, gab es eine von subtropisch üppigen Gewächsen umgebene Sitzgruppe für die Kurgäste.
Julia war auf gut Glück mit dem Lift nach unten gefahren: Ihre Uhr war nachts stehen geblieben – die Batterie hätte längst ausgetauscht werden müssen –, aber ihr Zeitgefühl hatte sie getrogen, jedenfalls war die Schwimmhalle noch nicht geöffnet, weshalb sie in der Sitzecke verharrt und schläfrig den seit vier Uhr morgens auf vollen Touren laufenden Kurbetrieb beobachtet hatte.
Als ihr die mit Feuchtigkeit gesättigte, überhitzte Luft den Schweiß auf die Stirn getrieben hatte, hatte sie beschlossen, draußen ein wenig Sauerstoff zu tanken und deshalb die Kurabteilung durch die Tür verlassen, die zu den Fangoaufbereitungsbecken führte, wo sie schließlich ihre grässliche Entdeckung gemacht hatte.
Paolo geleitete sie durch die Hintertür ins Hotel.
»Beruhigen Sie sich, Signora! Vielleicht hat sich jemand nur einen üblen Scherz erlaubt!«
Aber sie glaubten beide nicht daran. Auf dem Weg in die Kurabteilung meinte Paolo, er sei zwar nicht abergläubisch, aber es sei schon seltsam, dass sie ausgerechnet wie bei den beiden vorjährigen Morden sich wieder im Hotel aufhalte. Ob sie auf ihr Zimmer wolle, die Polizei würde sicher ihre Aussage brauchen?
»Ich bleibe in der Kurabteilung und warte in der Sitzecke«, verabschiedete Julia ihn kurz, weil sie meinte, so etwas wie einen Vorwurf aus seinen Worten zu hören.
Zwischen den Pflanzen hatte sie das absolute Gefühl eines Déjà-vu. Vor anderthalb Jahren hatte sie schon einmal hier gesessen, als der Mord an einer Deutschen sich praktisch vor ihren Augen abgespielt hatte. Merkwürdig: Alles schien sich zu wiederholen!
Die ganze, sorgsam ausgeklügelte Routine der Fangotherapie brach zusammen: Jeder der Angestellten wollte den grausigen Fund sehen,

und die in ihren Fangopackungen zurückgelassenen Kurgäste klingelten Sturm; erst der distinguiert gekleidete Padrone brachte wieder Ruhe in das Chaos.

Er wies seine Angestellten an, zu ihren Kurgästen zurückzukehren, und die bereits behandelten Gäste bat er, sich in ihre Zimmer zu begeben; leider habe es eine technische Panne gegeben. Daraufhin kehrte Ruhe ein.

»*Buon giorno*, Signora!«, begrüßte sie der Padrone.

Vor anderthalb Jahren war er nicht so höflich gewesen, als die alte, von Julia betreute Dame ermordet worden war und Julia völlig mittellos zurückgelassen hatte, was dazu führte, dass Julia ihre Schulden im Hotel als Tennistrainerin hatte abarbeiten müssen.

»Aber dass ausgerechnet Sie wieder die Leichen finden!«, rief er kopfschüttelnd und setzte schnell hinzu: »Die Mordkommission ist bereits unterwegs.«

Kurz darauf traten mehrere Männer und eine Frau durch die Hintertür, auf den ersten Blick schien es sich um dieselben Beamten der Mordkommission wie vor anderthalb Jahren zu handeln. Auch der Chef, ein fünfundvierzigjähriger, für italienische Verhältnisse außergewöhnlich großer dunkelblonder Mann mit einem grimmigen Schnäuzer und unnahbar blickenden Augen unter finster zusammengezogenen Brauen schien derselbe wie damals zu sein. Und doch: Bei genauerem Hinsehen erweckte er einen anderen Eindruck. Vielleicht lag es an seinen grauer gewordenen Schläfen oder an dem leichten Nachziehen seines linken Beines.

Er ging auf den Padrone zu und wechselte ein paar Sätze mit ihm. Als sie zu ihr rüberschauten, kam sie sich in ihrem Bademantel den beiden äußerst korrekt gekleideten Männern gegenüber irgendwie unsicher vor.

»Sie kennen *La Tedesca** noch, *commissario*? Sie hat die Leichen entdeckt und vor anderthalb Jahren hier schon einmal mit einem Mord zu tun gehabt.«

Bis hierher hatte die Szene der von damals fast aufs Haar geglichen. Doch nun änderte sie sich schlagartig.

»O ja«, antwortete der Kommissar, ging auf Julia zu und stellte sich ostentativ neben sie. »Diese junge Dame kenne ich recht gut«, sagte er mit einem Lächeln, das ihn plötzlich viel jünger erscheinen ließ. »Schließlich bin ich seit über vier Monaten mit ihr verheiratet!«

Dem Padrone fiel vor Erstaunen der Unterkiefer runter.

»*La Tedesca* und Sie?«

---

* Die Deutsche.

Das Lächeln des Kommissars vertiefte sich, und Julia erwiderte es. Er sollte es öfter tun, dachte sie, es steht ihm so gut! Aber es erlosch sofort wieder, als sie ihrem Mann berichtete, wie sie die menschlichen Arme im Fangobecken entdeckt hatte, plötzlich zu zittern begann und sich setzen musste.

»Beruhige deine Nerven! Geh schwimmen und frühstücken, danach nehmen wir deine Aussage zu Protokoll, okay?«

Jetzt war er wieder Polizist, jede private Äußerung oder Aufmunterung unterblieb, und er wandte sich seinen Leuten und seiner Aufgabe zu.

Folgsam schwamm Julia ihre Runden, aber das Frühstück ließ sie aus, sie hatte nicht den geringsten Appetit. Dafür suchte sie die *squadra omicidi* auf.

Die Mordkommission hatte das Zimmer des Badearztes in Beschlag genommen. Ein älterer Beamter, der Alberto Sferri sein musste, fragte sie nach dem Grund ihres Besuchs.

»Ich habe die Leichen gefunden. Der *dirigente* sagte, ich solle das zu Protokoll geben.«

Besonders zuvorkommend und fürsorglich, wie nur ein Italiener eine schwangere Frau behandeln kann, rückte er Julia einen Stuhl zurecht und bat sie, Platz zu nehmen.

»Erst einmal nehme ich Ihre Personalien auf! *Mi dispiace*, ich bedaure sehr, dass Sie in Ihrem Zustand so etwas erleben mussten! Ihr Name?«

»Julia Bassner.«

Sein Kugelschreiber verhielt über dem Papier, er räusperte sich.

»Bassner? Unser Chef ...«

»Ist mein Mann.«

Seinem Gesichtsausdruck nach zu urteilen brauchte er einige Zeit, um das zu verdauen. Wieder räusperte er sich.

»Leute!«, rief er den drei anderen im Raum zu, »Wisst ihr, wen wir hier haben? Die Frau vom Chef!«

Drei große Fragezeichen als Antwort.

»*Mi dispiace*, Signora Bassner, ich hatte keine Ahnung. Unser Chef hat uns nichts erzählt, Sie verstehen.«

Natürlich verstand sie. Wahrscheinlich nahm Roberto an, dass sein Status als Verheirateter seine Position als Chef der Mordkommission schwächen würde.

Ein vielsagender Blick Sferris streifte ihren Bauch.

Er wollte gerade fortfahren, als die anderen drei aus dem Nebenraum eintraten. Natürlich ganz zufällig und auf jeden Fall aus wichtigem dienstlichem Grund. (In einem Fall ging es sogar darum, dass Anca, die Polizeifotografin, frischen Kaffee aufsetzte.)

Nachdem sie Alberto Sferri auf seine lang erwartete Pensionierung, Biagio Lucatelli auf die Gesundheit seiner Frau und Enzio Chiero auf seine letzten Rallye-Erfolge angesprochen hatte, Dinge, die ihr noch in Erinnerung waren, schwappte ihr eine Welle der Sympathie entgegen.

Nach und nach kamen trudelten auch die restlichen Mitglieder der *squadra* von den Zeugenbefragungen und aus der Garage, wo sie die Leiche hingebracht hatten, ein. Die Frau des Chefs war jedenfalls das Topereignis des Tages.

»Draußen in der Garage liegen zwei vereinsamte Leichen, und Zeugenbefragungen werden jetzt wohl per Telepathie erledigt!«, erklang Robertos schneidende Stimme plötzlich von der Tür her.

Julia fuhr herum.

Roberto lehnte am Türrahmen, die Arme verschränkt, und fuhr unnachsichtig fort:

»Gehen Sie an Ihre Arbeit! Um meine Frau kennenzulernen, ist dies wohl nicht der richtige Zeitpunkt und auch nicht der richtige Ort!«

Offensichtlich waren alle seinen Sarkasmus und seine Schroffheit gewohnt. Ohne große Betroffenheit zu zeigen, gingen sie auseinander. Auch wenn er recht hatte, mit ihm zu arbeiten musste nicht immer ganz leicht sein.

»Er hat sich überhaupt nicht verändert«, hörte Julia Biagio murmeln, und Enzio fügte ebenso leise hinzu:

»Wie der nur an so eine nette Frau kommt!«

»Sferri, protokollieren Sie die Aussage von Signora Bassner!«, befahl Roberto. »Ich nehme sie dann zur Identifizierung der Leichen mit!«

»Aber Chef!«, begehrte der andere auf. »Muss das sein?«

Robertos Blick ließ ihn jedes weitere Wort vergessen, aber seine ganze Körperhaltung drückte Widerspruch aus, als er Julias kurze Schilderung aufnahm.

»Lass es hinter uns bringen, Giulia«, sagte Roberto und ging mit ihr nach draußen zur Garage, wohin man die Leichen gebracht und den sie umhüllenden Fangoschlamm mit einem Schlauch abgespritzt hatte.

Ihr drehte sich der Magen schon bei dem Gedanken an die Toten um.

Roberto ging zuerst allein in die Garage, kam aber sehr schnell wieder heraus.

»Den Anblick möchte ich dir ersparen!«

Aber Julia hatte schon einen Teil der verfärbten, aufgedunsenen Körper gesehen, und es wurde dunkel um sie.

Sie erwachte in ihrem Bett im Hotelzimmer, Roberto saß auf der Bettkante, hielt ihre Hand und wirkte sehr betreten.

»Entschuldige, Giuli, aber ich habe gedacht, ich müsste dich wie jede andere Zeugin behandeln und könne keinem Familienmitglied eine Vorzugsbehandlung gönnen! Dabei wäre es auch anders gegangen; ich bin den Anblick von Leichen schon viel zu sehr gewohnt und habe vergessen, wie so etwas auf dich wirken muss.«

»Leichen an sich schrecken mich nicht, die habe ich während meines Studiums in der Pathologie notgedrungen ertragen müssen. Aber diese gewaltsamen ...«

Sie schüttelte sich.

»Wisst ihr schon, wer sie sind?«

»Ja, wir haben sie identifiziert. Hier sind zwei Fotos aus der Wohnung des Jüngeren. Kennst du ihn?«

Julia warf einen Blick auf das Familienfoto. Ein Mann, Ende dreißig, blond, klarer Blick und sympathisches Lächeln, trug ein etwa fünfjähriges Mädchen auf seinen Schultern und hielt eine hübsche dunkelhaarige Frau im Arm, die wiederum einen Säugling trug; daneben ein vielleicht zwölfjähriger, pfiffig aussehender Junge mit seiner wohl gleichaltrigen Zwillingsschwester – eine Familienidylle irgendwo im sonnigen Süden.

»Yochanan Garfinkel, ein israelischer Gastdozent an *Il Bò**«, fügte Roberto hinzu, als sie nicht antwortete. »Er hat bis vorgestern hier im Hotel gewohnt.«

»Also, ich habe ihn jedenfalls nicht bewusst gesehen, ich war fast ausnahmslos mit meinem Vater und Onkel Jochim zusammen, und da uns der Hotelbetrieb zu riesig war, haben wir immer in einem der vielen schönen, kleinen Lokale in Torreglia oder den Euganeischen Hügeln gegessen. Wir waren eigentlich nur morgens im Hotel, die beiden Männer zu den Kuranwendungen und ich zum Schwimmen, auch nachmittags. Aber dabei ist mir dieser Mann nicht aufgefallen. Und das zweite Bild?«

»Saul Garfinkel, sein Vater.«

Julia blickte auf einen sympathischen Mittsechziger, die Familienähnlichkeit war unverkennbar, beide in einem Kuhstall, in T-Shirts mit hebräischen Schriftzeichen, der Vater mit einem stolzen Blick auf das Karussell der vollautomatischen Melkanlage blickend. Aber auch ihn hatte Julia während der vergangenen sechs Tage nicht bemerkt.

»Ich hatte schon befürchtet, du kenntest sie und hättest dich mit ihnen sogar unterhalten! Zum Glück gibt es diesmal keine persönlichen Verflechtungen zwischen dir und den Toten, allein dafür bin ich schon dankbar!«

Sein Lächeln nahm den Worten jede Schärfe und ließ sie unwillkürlich zurücklächeln.

»Ich muss wieder los, Giuli.«

Er erhob sich.

»Kann ich dich jetzt allein lassen? Gut, dann hole ich dich heute Abend wie versprochen ab, aber es kann spät werden! Okay?«

---

* *Der Ochse,* Spitzname der Universität von Padova.

Montegrotto Terme: Mittwoch

Nach dem Abendessen saß Julia in der Bar des *Farfallone*, um auf ihren Mann zu warten. Da es lange dauern konnte, nahm sie ein Buch zur Hand. Sie wollte es gerade aufschlagen, als die verwitwete Schwiegertochter des Padrone, Angela Saccardo, auf sie zukam, sie begrüßte und fragte, ob sie sich ein Weilchen zu ihr setzen könne.

Was blieb ihr übrig, als zuzustimmen, obwohl sie diese Frau am liebsten nie wiedergesehen hätte. Ihr Mann hatte Roberto angeschossen und war später als *Carmagnola* von seinem eigenen *Tre-Condottieri*-Syndikat ums Leben gebracht worden; danach hatte Angela mit sehr unlauteren Mitteln versucht, Ansprüche auf ihren alten Studienfreund Roberto durchzusetzen.

Hoffentlich hatte der Padrone seiner Schwiegertochter von Robertos und Julias Heirat erzählt, dachte sie, denn eine Neuauflage ihrer Annäherungsversuche konnten sie jetzt wahrlich nicht gebrauchen, es gab genug andere Probleme. Dabei beschäftigten sie die Suche nach einer größeren Wohnung ebenso wie die Vorbereitungen zur Geburt und die Einkäufe für die Säuglingsausstattung, die sie nun auch noch verdoppeln mussten.

Angelas venezianisch-blonde Löwenmähne, die sie so wirkungsvoll zu schütteln wusste, machte ihrem Spitznamen *La Leonessa* alle Ehre. Trotz ihrer modischen Schuhe mit sehr hohen Absätzen war sie wie auf Samtpfoten zu ihr geschnürt. Ihre Stimme erinnerte an das satte Schnurren einer Katze, und die perfekt geschminkten Lider über ihren dunklen, an die Farbe von Maronen erinnernden Augen hatte sie halb geschlossen.

Obwohl sie schon Mitte vierzig sein musste, waren ihr die Jahre nicht anzusehen, nur aus der Nähe signalisierten ein paar herbe Linien um Mund und Nase, dass ihr Leben nicht unbedingt einen ungetrübten Verlauf genommen hatte, obwohl sie finanziell gut dastand, eine lastenfreie Barockvilla im Trevisianischen besaß, die gut gehende Makleragentur ihrer Familie in Mailand leitete und durch den gewaltsamen Tod ihres Mannes der drohenden Scheidung und eventuellen Vermögenseinbußen entronnen war.

Angela schwieg, nachdem sie einen *caffè* und einen Cognac bestellt hatte, wobei sie den Kellner durch ihre Nichtbeachtung von der Nichtigkeit seiner Existenz in Kenntnis setzte. Sie sah auf ihre dunkelroten, fast schwarz wirkenden und äußerst gepflegten, langen Fingernägel, bürstete in der ihr eigenen Art ein nicht vorhandenes Stäubchen von ihnen und schwieg weiter. Was wollte die Frau von ihr?

»Helfen Sie Ihrem Schwiegervater hier im Hotel, *La Leonessa*?«, fragte Julia, der kein anderer Gesprächsbeginn einfiel.

»Wie? Ach nein, er kommt ganz gut allein zurecht, ich kontrolliere nur gelegentlich die Buchführung. Er hatte meinem ... verstorbenen Mann das Hotel hier überschrieben. Weil der kein Testament gemacht hatte, gehört das *Farfallone* jetzt also mir und meinen Töchtern. Aber ich werde den alten Mann nicht sofort vor die Tür setzen. Bis ich einen guten Geschäftsführer gefunden habe, kann er ein Weilchen hier noch den Chef spielen. Und Sie, *La Tedesca*? Was machen Sie hier?«

»Meine Familie war bis gestern hier, wir haben gemeinsam gekurt. Ich habe zwischenzeitlich in Deutschland geheiratet und erwarte Anfang Dezember Zwillinge.«

»Ach? Wie schön für Sie. Ich wünsche Ihnen alles Gute«, sagte sie gleichgültig.

Julia verwünschte sich für ihre Feigheit. Warum konnte sie Angela nicht sagen, dass Roberto und sie geheiratet hatten. Der Padrone hatte es ihr wohl auch verschwiegen.

»Ich hoffe, nun bald den Mann, den ich liebe, zu heiraten«, sagte Angela und blickte verträumt in ihren Cognacschwenker. »Dummerweise ist er noch verheiratet. Aber ich hoffe, nicht mehr lange.«

Sie sah zur Eingangstür.

»Da kommt er ja!«

Roberto!

Die Szene vom Sommerball im letzten Jahr erschien vor Julias innerem Auge, bei der Begrüßung hatte *La Leonessa* sie einfach ignoriert und Roberto gefragt, warum sie beide sich nach dem Studium eigentlich getrennt hätten. Seine ausweichende Antwort, ihre Welten lägen zu weit auseinander, sie habe einen erfolgreichen Mann und er jage immer noch kleinen Kriminellen nach, hatte Angela mit einem Lachen abgetan.

»Nein«, sagte *La Tedesca*, »das ist mein Mann!«

Einen Augenblick lang glaubte Julia, eine andere Frau vor sich zu haben. Ihre lächelnde Damenhaftigkeit verschwand schlagartig, ihre Augen verrieten Mordlust, und ihr Gesicht glich für Sekundenbruchteile einer fauchenden, angriffsbereiten Löwin. Einen Wimpernschlag später zog sie den Ausdruck der Damenhaftigkeit wieder wie eine Maske über, und als Roberto vor ihnen stehen blieb, streckte sie ihm ihre Hand so hin, dass er zu einer Begrüßung mit einem Handkuss gezwungen war.

»Das ist ja eine nette, kleine Überraschung! Du hast also *La Tedesca* geheiratet!«, rief sie mit einem gefrorenen Lächeln aus.

Er setzte sich zu Julia auf die breite Armlehne des Ledersessels und legte demonstrativ seine Hand auf die Schulter seiner Frau.

»So ist es!«

Seine Stimme ließ erahnen, dass er nicht besonders glücklich über das Zusammentreffen der beiden Frauen war.

Angela griff nach einer Zigarette und zwang Roberto damit, erneut aufzustehen und ihr Feuer zu geben, sie hatte diese Tricks gut drauf.
»Danke!«
Ihre Augen blickten ihn amüsiert an, Julia schien sie völlig vergessen zu haben.
»Du ziehst also das einfache Leben vor. Oder hast du noch einmal über den Vorschlag von gestern Abend nachgedacht?«
Julia machte sich ganz klein in ihrem Sessel, sie fühlte sich ausgeschlossen, denn die beiden verhandelten Dinge, von denen sie nicht die geringste Ahnung hatte. Roberto reagierte ungehalten und meinte, dass er im Augenblick weder Ort noch Zeit für geeignet halte, um über geschäftliche Dinge zu reden.
»Geschäftliche Dinge nennst du das jetzt?«
La Leonessa schnurrte förmlich vor Behagen: Sie hatte ihn in ihren Krallen und ließ ihn genussvoll zappeln.
Sie ließ die Zigarette im Mund, während sie mit beiden Händen in ihrem Shopper etwas ganz Bestimmtes suchte, schließlich einen schmalen goldenen Ehering zutage förderte und Roberto hinhielt.
»Den hast du gestern Abend bei mir vergessen!«
So eine Brunnenvergifterin! Julia war erbost. Was zwischen den beiden gestern vorgefallen war, wusste sie zwar nicht, Ro würde es ihr schon erklären. Aber ihn so auszuspielen, das wollte sie nicht zulassen. Jetzt führte sie die Regie!
Sie griff nach Robertos Ring und nahm ihn an sich.
»Das ist nun schon das dritte Mal, dass du ihn irgendwo hast liegen lassen, mein Liebling!«
Er hasste diese Anrede, schluckte sie angesichts Julias verschwörerischen Zublinzelns aber ebenso wie ihre Falschaussage.
»Ihr italienischen Männer könnt euch wohl schlecht an das Tragen eines Eheringes gewöhnen. Schatz, ich bewahre ihn lieber für dich auf!«
»Danke, mein Herzblatt!«, benutzte er eine Anrede, die sie verabscheute, und als er sie dann noch demonstrativ auf die Wange küsste, obwohl er sonst jeden Zärtlichkeitsbeweis in der Öffentlichkeit scheute, wurde Angela weiß vor Wut, hatte sie doch eine Szene provoziert, aus der sie als absolute Verliererin hervorging. Sie wusste es und verabschiedete sich kühl.
»Lass uns auch verschwinden, Giuli!«
Als sie sich in den Sitz ihres Volvo zurücklehnte, atmete sie auf.
Roberto ließ den Motor nicht gleich an.
»Du hast ihr die Show restlos gestohlen, Giuli, das wird sie dir nie verzeihen. Und mir nicht, dass ich sie gestern dazu gebracht habe, das Gesicht zu verlieren. Sie hat bisher immer bekommen, was sie wollte.«

Er wartete auf eine Reaktion, aber es kam keine.
»Erwartest du keine Erklärung von mir?«
»Erwarten? Nein, wenn etwas erklärt werden muss, wirst du das schon tun.«
»Geduldig und großzügig, ja, das sind deine Tugenden, und hilfsbereit und loyal und …«
»Lenk nicht ab!«
Er ließ den Motor an, und während sie über Abano Terme nach Padova zurückfuhren, erzählte er, warum er Julia nicht wie eigentlich abgemacht am Vorabend abgeholt hatte: Angela hatte ihn angerufen und ihm mitgeteilt, dass sie etwas im Nachlass ihres Mannes gefunden habe, das sicher interessant für ihn sei.
»Wäre ich nur nicht gefahren! Das hätte dir das Auffinden der Leichen erspart und mir diese Szene mit Angela! Weißt du, was sie gefunden hatte?«
»Sich? Für dich? Aber sag mal, hast du ihr nicht gesagt, mit wem du verheiratet bist?«
»Nein, und sie hat auch nicht danach gefragt. Als sie sich mir gestern bei einem Abendessen bei Kerzenschein die vakante Anwaltskanzlei in Treviso anbot, habe ich meinen Ehering abgezogen und wortlos vor ihr auf den Tisch gelegt. Und ihre Reaktion? *Dann lässt du dich halt scheiden,* war alles, was sie sagte, und schenkte sich Champagner nach. Dass sie das nicht mich hat machen lassen, obwohl sie bis zu den Haarspitzen auf Etikette getrimmt ist, zeigte mir allerdings ihre Betroffenheit. Dann ging das Telefon. In der *questura* hatte ich Angelas Nummer hinterlegt. Ich wurde dringend zurückerwartet. Den Ring, na, du ahnst es schon, habe ich dann in der Eile des mir sehr willkommenen Aufbruchs vergessen!«
»Arme Angela!«
»Großzügigkeit ihr gegenüber ist völlig unangebracht, denn jetzt werden wir beide mit ihrer Feindschaft rechnen müssen. Zufrieden mit meinen Erklärungen, *l'anima mia?*«
»Absolut, nur …«
Sie zögerte
»Hast du eigentlich mit ihr jemals … Damals während eures Studiums …«
»Mit ihr geschlafen? Hm, sie behauptet es jedenfalls. Aber ich kann nur sagen, dass ich volltrunken in ihrem Bett gelegen habe und anschließend ahnungslos in ihm aufgewacht bin. Und wie ich mich kenne: Wenn ich viel Alkohol getrunken habe, passiert nicht viel. Aber zu der Zeit warst du gerade drei Jahre alt.«
Julia atmete erleichtert auf.

»Eine Frau wie *La Leonessa*, Giuli, kann dir doch nicht gefährlich werden, jedenfalls nicht in Bezug auf mich! Ich bin mit meiner jungen Frau schon so restlos überfordert, dass eine Freundin mein absoluter Ruin wäre!«

»Was macht eigentlich dein Mordfall?«

Ihr schien es besser, das Thema zu wechseln.

»Wir rätseln noch, wie die Leichen in das Fangoaufbereitungsbecken kamen und zu welchem Zeitpunkt, aber das braucht dich nicht zu kümmern. Sag mir lieber, was deine Rückenbeschwerden und die Giuliettas machen.«

Er ließ sich nicht davon abbringen, dass es zwei Zwillingsmädchen würden.

Geschichtssplitter.
Bartolomeo Colleonis Kindheit
(1395 bis 1409)

 ein erster Arbeitstag gestern war frustrierend gewesen, weder der questore noch die Geheimdienstagenten nahmen seine neue Tätigkeit ernst und nahmen ihm nicht ab, dass er tatsächlich Polizeiarbeit leisten wollte: Einmal Agent, immer Agent, hatte er in ihren Mienen gelesen. Die Begegnung mit seinem Vetter war im Übrigen schlimmer verlaufen als erwartet.

Er musste nachdenken, und das konnte er am besten, wenn er in der Vergangenheit Ruhe gefunden hatte.

Statt die Autobahnausfahrt Bergamo zu nehmen, fuhr er weiter und nahm die dritte Ausfahrt bei Trezzo. Der Freitagsnachmittagsverkehr hielt sich in Grenzen.

Trezzo sull'Adda:
Imposant überragte der hoch gelegene gewaltige Bergfried die einst von der legendären Langobardenkönigin Theodolinde gegründete Burg. Theodolinde stammte aus einem bayrischen Herzogengeschlecht und war erst mit dem Langobardenkönig Authari und dann mit seinem Nachfolger Agilulf verheiratet, der den Katholizismus im bis dahin arianischen Langobardenreich einführte und so Anfang des siebten Jahrhunderts für den friedlichen Ausgleich mit den Römern sorgte.

Hierher zog Puhò Colleoni mit seiner Frau und dem kleinen Bartolomeo.

Seinen ältesten Sohn Antonio Coglione bereitete Puhò insofern auf die Nachfolge vor, als er ihn das Kriegshandwerk bei dem befreundeten Signore von Crema, Giorgio Benzoni, lernen ließ, also nicht allzu weit von zu Hause entfernt am Flusse Serio, in der Nähe der damals hier verlaufenden venezianisch-mailändischen Grenze.

Er stellte den Wagen vor dem Burgeingang ab, doch zu seiner Enttäuschung war sie nur am Wochenende zu besichtigen, dabei hätte er zu gern vom Turm über das Land an der Adda geschaut und sich dabei eingebildet, dass er der kleine Bartolomeo sei, dessen Nase kaum über die Brüstung reichte. Seufzend stieg er wieder ein und lenkte seinen Wagen nach unten ans Ufer der Adda. Staumaßnahmen am Anfang des vorigen Jahrhunderts und der Bau eines gründerzeitlichen Kraftwerks hatten die Gegend einschneidend verändert. Der Felsen war an mehreren Stellen von breiten Tunnels durchbohrt worden, in die das Wasser strömte, um Turbinen anzutreiben und auf der anderen Seite in die Schleife der Adda zu leiten. Eine Autobrücke überspannte jetzt die Schlucht, aber der Bergfried ragte nach wie vor wie seit Jahrhunderten trutzig in den Himmel.

Puhò Colleoni war so stolz auf seinen neuen, geräumigen Besitz, dass er vier seiner Vettern ersten Grades, die zwar ghibellinisch gesinnt waren, jedoch in armseligen Verhältnissen lebten, anbot, zu ihm zu ziehen, eine Großzügigkeit, die ihn das Leben kosten sollte.

Puhò Colleoni, seine Frau und sein Sohn Bartolomeo als Herren von Trezzo? Seine Vettern waren mit dieser Standesordnung jedenfalls nicht einverstanden. Puhòs Vetter Giovanni hatte Jura studiert und fand, dass er und seine Brüder die eigentlichen Besitzer von Solza und Chignolo sein sollten und selbstverständlich auch die von Trezzo, denn schließlich war ihr Vater Guardino in der Erbfolge übergangen worden, ihm hätten diese Besitzungen zugestanden, auch wenn er sich auf die ghibellinische Seite der Suardi geschlagen hatte.

Giovanni Colleoni, dottorato in ragione civile, ein Rechtsgelehrter also und der älteste der Vettern, war der Kopf der Verschwörung, unterstützt von Paolo. Die beiden überzeugten ihre Brüder Testino und Dondaccio, den schönen Besitz für sich zu beanspruchen.

Der 23. Oktober 1404 mag einer von diesen dunklen Herbsttagen gewesen sein, an denen der Sturm in den Kaminen heulte und die Kälte in alle Glieder kroch, als sie ihre Planung in die Tat umsetzten und ihren Gastgeber Puhò, ihren leiblichen Vetter ersten Grades, vor den Augen seiner Frau Riccadona und seines Sohnes Bartolomeo erschlugen.

Nicht genug damit, zerstückelten sie seine Leiche, warfen die Leichenteile in die unten vorbeifließende Adda, ergriffen die vor Schreck erstarrte Ricardonna und schlossen sie in eines der untersten Verliese von Trezzo sull'Adda, um anschließend den Erben, den neunjährigen Bartolomeo, zu töten, doch zu ihrem großen Ärger stellten sie fest, dass dieser mit seinem Hauslehrer die Gelegenheit zur Flucht genutzt hatte.

Ein Jahr lang, bis weit nach dem Jahr 1405, hielten sich der Hauslehrer und sein kleiner Zögling in den Bergen versteckt, dem Hunger- und Kältetod oft näher als dem Leben, bevor sie sich nach einigen Verhandlungen nach Solza begaben, wohin die Witwe Ricardonna dei Valvasori sich nun mit ihrem kleinen Sohn zurückziehen durfte, um ein kärgliches Leben in dem schon damals baufälligen Schloss zu fristen.

Rechtliche Konsequenzen hatte der Mord keine, denn Giovanni Colleoni war jetzt sein eigener Gerichtsherr, und so gebot dem siebzehnjährigen Antonio Colleoni die Ehre, seiner bedrängten Mutter und dem kleinen Bruder zu helfen. Aber nun verlor Ricardonna durch die mörderischen Verwandten auch noch ihren Sohn Antonio. Gnadenlos erschlugen die Neughibellinen den Siebzehnjährigen und potenziellen guelfischen Erben, und es wird wohl ein Geheimnis der Geschichte bleiben, warum sie den zwölfjährigen Bartolomeo dieses Mal verschonten, wahrscheinlich war er zur richtigen Zeit am richtigen Ort, wie so oft in seinem weiteren Leben.

Nicht genug des Elends für Ricardonna: Der Herr von Crema, Antonios Dienstherr Giorgio Benzone, verlangte den Soldvorschuss zurück, den die völlig mittellose Witwe natürlich nicht zahlen konnte, und so wanderte der kleine Bartolomeo als Geisel bis zur Zurückzahlung der Schulden seines Bruders in den Kerker von Crema und bewahrte ihn somit vor der mörderischen Herrsch- und Gewinnsucht seiner Verwandtschaft.

Schließlich einigte man sich, dass Bartolomeo auf einen Teil seiner mütterlichen Erbschaft zu Gunsten Benzonis verzichtete. Von nun an wurden Mutter und Sohn auf Schloss Solza lediglich geduldet. Doch so ganz traute Ricardonna den gnadenlosen Verwandten nicht und gab schweren Herzens ihren vierzehnjährigen Sohn als Pagen nach Piacenza ab, wo der angesehene Filippo d'Arcelli als Kleinfürst herrschte; er sollte nun seine Hand schützend über den kleinen Colleoni halten.

Wie gut, dass wir am Sonntag meine Schwiegermutter in Piacenza besuchen, dachte er, vielleicht fahren wir über Crema, dann kann ich auf das alte Pflaster vor dem Dom treten, in dem Antonio so oft um Gerechtigkeit für seine Familie gebetet haben mochte, und nachmittags kann ich mich in Piacenza endlich in aller Ruhe in die Vergangenheit wegdenken.

kapitel 2
veneto/oktober 2001

Padova: Donnerstag

inen Tag nach der Ermordung von Yochanan und Saul Garfinkel versammelten sich am nächsten Morgen alle Mitglieder der *squadra omicidi* im Konferenzraum. Roberto erwartete die Berichte der Einzelnen und signalisierte Biagio durch das leichte Anheben seiner rechten Braue, dass er beginnen solle.

»Yochanan Garfinkel, neununddreißig Jahre alt, verheiratet, vier Kinder; wohnhaft in einem Kibbuz in Israel, in der Nähe vom See Genezareth; er war Dozent für Wirtschaftswissenschaften; im Sommersemester 2001 und für das kommende Wintersemester 2001/2002 Gastdozent an *Il Bò*. Ein italienischer Kollege ging im Austausch für ihn an die Universität Jerusalem. Garfinkel wohnte hier in Padova in einem möblierten Zimmer in der Nähe der Porta Savonarola, Frau und Kinder leben zurzeit in Israel. Saul Garfinkel, dreiundsechzig Jahre alt, Vater von Yochanan, aus demselben Kibbuz, Journalist.«

Robertos Braue hob sich in Richtung seines afroitalienischen Assistenten Luciano, der seinen Dienst gerade gestern wieder aufgenommen hatte. Ein großes Pflaster kündete noch von einer im Dienst erlittenen Kopfverletzung. Aber zu Hause hielt er es nicht mehr aus.

»Obwohl Yochanan Garfinkel kerngesund und außerdem viel zu jung für diesen Thermalzirkus war, hatte er gerade eine Kur in diesem galaktisch teuren *Farfallone* hinter sich, wahrscheinlich seinem Vater zuliebe. Seine padovanische Adresse erfuhren wir an der Rezeption. Er kam am 11. September mit seinem Vater direkt aus Israel hier ins Hotel. Gerade, als ich mit der Spurensicherung bei seiner Wohnung in Padova antrabte und wir mit der Arbeit beginnen wollten, kamen drei von den Dumpfnickeln – Sie wissen schon, Chef –: ein Geheimer von unserem *Betrieb*, ein amerikanisches Schnoferl und ein israelischer Agent. Alles Asche! Haben uns wie den letzten Abschaum der Menschheit behandelt, alle Papiere eingepackt und das Zimmer versiegelt. Der Fall sei uns aus den Händen genommen, meinten sie, und wir sollten uns als ausgeklinkt betrachten, hier müssten Spezialisten ran, gaben uns diese ultragalaktischen Hurensöhne mit auf den Weg!«

Roberto zog missbilligend die Brauen hoch, was Enzo, der mit von der Partie gewesen war, zu der Bemerkung veranlasste:

»Na, stimmt doch! Und nachher sind wieder alle Spuren heillos durcheinandergebracht, und uns wird der Fall zur Weiterbearbeitung wieder zurückgegeben, wenn die nicht weiterkommen. Nur weil diese trampeligen Dickhäuter alle Spuren restlos vernichtet haben, gelingt uns anschließend die Aufklärung natürlich nicht mehr. Und wer ist dann schuld? Wir! Und wen machen die Medien fertig? Uns! Genau wie bei dem Tod dieses amerikanischen Luftwaffenleutnants vor drei Jahren in dem Bordell an der SS 11! Da haben die doch so viel Mist gebaut! Und wir mussten in nächtelanger Kleinarbeit alles austüfteln! Außerdem sind das Rassisten! Wie die Luc behandelt haben!«

»*Signori*! Offiziell sind wir mit dem Fall beschäftigt«, stellte Roberto klar. »Und so lange kümmern wir uns drum. War schon jemand in der Uni?«

»Klar, Chef!«, mischte Biagio sich ein, »aber da trabten diese Rabenvögel gerade an, und dieser miese Typ von unserem *Betrieb* meinte, ich solle nach Hause gehen, jetzt seien richtige Männer gefragt, dies sei ein Spiel für Erwachsene.«

»Nun lasst mal alle Emotionen aus dem Spiel!«, befahl Roberto scharf, obwohl auch er wusste, dass jede Menge Schwierigkeiten auf sie warteten. »Da ich zwischenzeitlich abberufen war, hätte ich gern einen chronologischen Bericht. Und bitte sachlich!«

Sferri referierte wunschgemäß polizeiliche Routine und keiner hörte wirklich zu, bis er zum vorläufigen Bericht des Polizeiarztes kam.

»Die beiden Garfinkels waren Rücken an Rücken mit Kabelbindern an den Handgelenken zusammengebunden. Saul Garfinkels Todesursache war Tod durch Ersticken, er wurde noch lebend im Fangoschlamm eingegraben; außerdem wies er eine Schusswunde im Rücken auf. Sein Sohn wurde von hinten erschossen und war sofort tot; außerdem stellte der Arzt ein Hämatom im Halswirbelbereich fest.

Die Schusskanäle verlaufen unterschiedlich: waagerecht bei Saul Garfinkel, vermutlich stand der Täter hinter ihm. Bei seinem Sohn verläuft der Schusskanal diagonal, als ob der Täter hinter ihm kniete und das Opfer fliehen wollte. Welche Waffen, muss die Ballistik herausfinden.

Im hinteren Teil des Parks: Blutflecken und Schleifspuren bis zum Fangaoaufbereitungsbecken, also Tatort nicht gleich Fundort. Die Spurensicherung hat dort keine weiteren brauchbaren Spuren entdeckt.

Zur Todeszeit: Erst einmal unbekannt, der *dottore* wollte sich nicht festlegen, da es sein erster Fall in über 60° C heißem Fangoschlamm war. Die Leichen waren stark verfärbt und aufgedunsen; die Gase im Körper haben sie vermutlich an die Oberfläche getrieben. Nach der vorsichtigen

Schätzung des *dottore* trat der Tod vor längstens dreißig, kürzestens acht Stunden ein. Obduktionsergebnis nicht vor morgen früh. Die Kugeln sind gleich in die Ballistik gegangen. Unsere Ermittlungen müssen sich auf den Zeitraum vom 1. Oktober 2001, 6:00 Uhr abends, bis circa 3. Oktober 2001, 0:00 Uhr erstrecken«, schloss Alberto Sferri.

»Danke! Zeugeneinvernahme?«

Biagio übernahm und fügte an, dass die Zeugen im *Farfallone* noch ungestört von den Geheimdiensten hatten vernommen werden können. Aber Aufregendes hatte er nicht zu vermelden, die Garfinkels waren am 11. September angekommen, die Abreise erfolgte am 30. September, die Rechnung wurde per Kreditkarte von Saul beglichen.

Doch dann wurde es spannender: Am 1. Oktober erschien Yochanan Garfinkel abends allein gegen 20:00 Uhr in der Bar des Hotels, wo er einen bisher nicht identifizierten großen blonden Amerikaner Ende Zwanzig traf. Beide diskutierten auf Englisch sehr heftig, was der Barkeeper nicht verstand, aber es wirkte auf ihn wie eine Auseinandersetzung. Garfinkel schob dem Amerikaner einen prall gefüllten, braunen DIN-A4-Umschlag zu, den dieser zunächst zurückwies, dann aber doch an sich nahm. Gegen 22:00 Uhr verließen die beiden die Bar. Danach hatte der Barkeeper beide nicht mehr gesehen. Das grenzt den Todeszeitpunkt ein, von 22:00 Uhr am 1. Oktober bis 3. Oktober circa 24:00 Uhr.

Zeugenaussagen des Personals und der Gäste brachten nichts Spektakuläres, zu Letzteren hatte die beiden Garfinkels keinen Kontakt. Zimmermädchen und Kellner beschrieben sie beide als sehr freundlich, wenn auch nicht besonders trinkgeldfreudig.

Enzio ergänzte, was sie bei Garfinkels Zimmerwirtin vor Ankunft der Agenten erfahren hatten: Nach Beendigung des Sommersemesters war Garfinkel nach Israel gefahren. Seine Wirtin hatte ihn am 30. September das erste Mal wiedergesehen. Er war gegen Mittag gekommen und hatte verschiedene Telefongespräche geführt, wahrscheinlich mit seinen Studenten. Er hatte keinen Besuch empfangen und war auch nicht ausgegangen. Das Gleiche wiederholte sich am 1. Oktober, bevor er gegen 18:00 Uhr das Haus verließ. Seither hatte sie ihn nicht wiedergesehen. Dann seien die Rabenvö..., die Agenten der drei Geheimdienste vom *Betrieb*, der *Firma* und dem *Institut* gekommen. Über den Aufenthaltsort des Vaters war noch nichts bekannt, wahrscheinlich habe er in einer anderen kleinen Pension genächtigt.

»Als Erstes brauchen wir den Amerikaner aus der Bar des *Farfallone*«, sagte Roberto. »Vielleicht gehört er zur Universität. Wer geht hin?«

In diesem Moment klingelte das Telefon. Luciano, der als Nächster saß, nahm auf Robertos Nicken hin ab, lauschte einen Augenblick und gab dann weiter:

»Chef, Sie sollen zum großen Manitu schlappen!«
»Bitte?«
»Chef, der *questore* möchte Sie umgehend sprechen.«
Er tat, als nähme er Haltung an und grinste innerlich, zu gern entlockte er seinem Chef dieses erzieherische *Bitte?*

Padova: Donnerstag

Stefano Tramontan, der *questore*, war ein gut aussehender Zweiundsechzigjähriger mit vollem weißem Haar, einer kraftvoll gebogenen Nase, scharf blickenden blauen Augen und einem sorgsam gestutzten, weißen Napoleon-III.-Bart. Er war ein kompromissbereiter Politiker. Das hatte ihn unangefochten an die Spitze gebracht und ihn bisher lange dort oben gehalten. Roberto schätzte die loyale Haltung Tramontans, der in aus dem Ruder laufenden Fällen die Schuld nicht auf andere abwälzte, sondern bereit war, Verantwortung zu übernehmen.

Dass der *questore* außerdem sein Patenonkel war, hatte Roberto bisher geheim halten können. Tramontan hielt eine wohlwollende und wohltuende Distanz zu ihm, zumindest in der *questura*.

Außer ihm befanden sich in dem repräsentativen Raum, der mit alten Möbeln und kostbaren Stichen aus Padovas Geschichte ausgestattet sehr gediegen wirkte, weitere fünf Personen, die sich um den großen Konferenztisch versammelt hatten.

Drei von ihnen waren fast einheitlich gekleidet – gut geschnittene dunkle Anzüge, hellblaue Hemden, dunkelblaue Krawatten –, und zwei von ihnen kannte Roberto bereits.

Leider, dachte er.

Silvio Cartucchio gehörte dem *Betrieb*[*] an, der 1977 aus dem aufgelösten *SID*[**], dem angeblich reformierten italienischen Geheimdienst hervorgegangen war, und hatte kurze Zeit beim *SISMI*[***] ausgeholfen und daher viele gute Kontakte zum Militär geknüpft, bevor er vor zwei Jahren wieder zum Verfassungsschutz zurückgekehrt war. Ein kleiner, aufgeblasener Aktivling, dem nur noch weiße Schuhe und ein Strohhut fehlten, um als *uomo d'onore*, als Ehrenmann im Mafiasinne durchzugehen. Roberto und er mochten sich nicht.

---

[*] *SISDE:* Servizio per l'Informazioni e la Sicurezza Democratica: Italienischer Inlandsgeheimdienst.
[**] *SID:* Servizio Informazioni Difesa: Italienischer Geheimdienst.
[***] *SISMI:* Servizio per le Informazioni e la Sicurezza Militare: Militärischer italienischer Geheimdienst.

George Hunter gehörte zur *Firma**, war Roberto bisher zweimal begegnet und ihm hauptsächlich durch Inkompetenz in allen Lebenslagen in Erinnerung geblieben; er war etwas größer gewachsen als sein italienischer Kollege, der jedes Wort von Hunters Lippen ablas und wie ein Glaubensbekenntnis behandelte. Roberto und er verabscheuten sich.

Der dritte der Rabenvögel – Biagios Ausdruck gefiel Roberto durchaus – wurde ihm als Ari Hirschfeld vorgestellt, den Dienst verschwieg der *questore*, aber Roberto vermutete, er gehöre zum *Institut***, dem israelischen Auslandsnachrichtendienst, der für weltweite Nachrichtenbeschaffung, Geheimaktionen und Terrorismusbekämpfung zuständig war.

Der Vierte im Raum – dunkler Anzug, dezent gestreifte Krawatte –, der an Stelle des vor drei Wochen bei einem Polizeieinsatz an einem Schlaganfall verstorbenen Giovanni Deganello kommissarisch als *vicequestore* eingesetzte dall'Aria, nickte Roberto huldvoll zu. Obwohl er noch nicht lange in Padova war, machte er sich große Hoffnungen, diesen Posten offiziell zu übernehmen. Der *questore* hatte ihn vor einiger Zeit aus Lucca abgeworben und an die hiesige *questura* gebracht. Darüber hinaus machte sich dall'Aria auch noch große Hoffnungen, die Untersuchungskommission zu leiten, die die Todesumstände seines Vorgängers beleuchten sollte.

Bisher hatten Roberto und dall'Aria nicht viel miteinander zu tun gehabt, zumal dall'Aria ganz im Gegensatz zu Roberto der Administration sehr zugetan war.

»*Colonnello* Coglione dürfte Ihnen kein Unbekannter sein.«

Der fünfte Mann in der Runde, hochgewachsen und als Einziger im Raum in Uniform, an die eins achtzig, ungefähr im gleichen Alter wie dall'Aria und Roberto, athletisch gebaut, mit klaren, dunklen Augen, befehlsgewohnten Gesichtszügen und, wie man wusste, bei Frauen hoch im Kurs, erhob sich als Einziger. Er wollte Roberto erst die Hand geben, ließ es aber bei einer angedeuteten Geste, als er die abweisende Miene seines Gegenübers wahrnahm.

»*Infatti*, in der Tat«, reagierte Roberto und dachte: Irgendwann musste mich meine faschistische Verwandtschaft ja einholen! Ich bin gespannt, wann er sein erstes Mussolini-Zitat anbringt!

Roberto setzte sich. Wie erwartet wollten die Agenten den Fall Garfinkel an sich reißen und forderten alle Ermittlungsergebnisse von Roberto, als sei er ein Nichts. Als er ihnen mitteilte, dass die in Frage

---

* CIA: Central Intelligence Agency.
** Mossad: (hebräisches Wort für Institut): Israelischer Auslandsgeheimdienst, Abk. für *ha-Mossad-le-Modiin ule-Tafkidim Meyuhadim*.

stehenden beiden Morde an den Ausländern bisher keinen ersichtlichen politischen Hintergrund ergeben hätten, weshalb er keinerlei Veranlassung sehe, Fremden den gegenwärtigen Ermittlungsstand bekannt zu geben, reagierten sie brüskiert.

»Um das beurteilen zu können, sind Sie gar nicht groß genug, Bassner!«, schnappte der Amerikaner.

Roberto stand betont langsam auf und blickte von seinen Einsfünfundneunzig auf den Agenten der *Firma* nieder.

»Über Größe sollten Sie am allerwenigsten reden, Hunter«, das Mister ließ er weg: Er provozierte ihn bewusst, denn der Mann hatte ihm seinerzeit zu viel eingebrockt.

»Vor drei Jahren war Sie Ihnen auch nicht gegeben! Ihnen nicht, Ihren Verschwörungstheorien nicht und Ihrem *Ustica*–Syndrom auch nicht!«

Ein amerikanischer Air-Force-Leutnant war vor drei Jahren schlicht und einfach erstochen worden, weil er einer Prostituierten den vereinbarten Lohn nur reduziert zahlen wollte, sich mit ihrem Zuhälter angelegt und den Kürzeren gezogen hatte.

Hunter hatte die Affäre als eine Verschwörung gegen die amerikanische Fliegerbasis bei Vicenza hinstellen wollen. Sein Tick war nun, alles mit der *Ustica*–Affäre in Verbindung bringen zu wollen, in die der Vater des Leutnants verstrickt gewesen war. In welchem Umfang, hatte Hunter natürlich für sich behalten. Roberto hatte in aller Öffentlichkeit diese Version angezweifelt, nach mancherlei Hunter zu verdankenden Umwegen den Zuhälter schließlich verhaftet und ihm ein umfassendes Geständnis entlockt, was den Agenten von der *Firma* ziemlich bloßgestellt hatte.

Hunter lief vor Wut rot an.

Der kompromissorientierte *questore* griff sofort ein.

»Bitte, Marchese! Bleiben wir in der Gegenwart!«

Das war einerseits Kritik, andererseits stärkte er aber Robertos Position durch die Anrede Marchese, darüber hinaus war die Situation wohl auch keineswegs so eindeutig, wie die Agenten sie einschätzten, sonst hätte der *questore* sicher auch nicht die zwei hochrangigen Polizeibeamten dall'Aria und Coglione zur Unterstützung aufgeboten, wobei Roberto sich nicht klar wurde, auf welcher Seite sein Vetter Coglione ungeachtet der Polizeiuniform tatsächlich stand.

Die Anrede verfehlte indes ihren Eindruck auf die Agenten nicht, vom Mossad-Agenten Hirschfeld einmal abgesehen. Roberto musste innerlich lachen, denn die beiden konnten nicht wissen, dass der *questore* nur seinen Spitznamen gebraucht hatte. Immerhin stand ihm der Titel nicht zu, ungeachtet der Tatsache, dass seine Mutter eine geborene Marchesa war, die als einzige Erbtochter einen Bauernsohn aus Südtirol geheiratet hatte, wobei ihr inzwischen der Titel eigentlich ebenso wenig zustand, seit die Verfassung den Adel abgeschafft hatte und Titel nur noch als Namensbestandteile galten.

Zwar legte Roberto keinen Wert darauf, sich mit diesem Titel zu schmücken, in seiner Form als Spitzname konnte er sich jedoch nicht gegen ihn wehren.

»Was macht Sie so sicher, *signori*«, wandte sich der *questore* an die drei Agenten, »dass es sich um einen politischen Mord handelt?«

Roberto oder dall'Aria gegenüber hätten die drei wohl eine Antwort verweigert, aber das Prestige des *questore* nötigte zumindest den Vertreter des *Instituts* zu einer Antwort.

»Yochanan Garfinkel kümmerte sich neben seinen Gastvorlesungen um den Schutz einer kleinen Gruppe israelischer Studenten vor palästinensischen Übergriffen«, antwortete Hirschfeld mit wohltuender Sachlichkeit. Der Mann sah unbedeutend aus, und man nahm ihn kaum wahr, bis er den Mund aufmachte und man seine natürliche Autorität fast körperlich spürte.

»Es kann, muss aber nicht ein politischer Mord sein«, meinte dall'Aria.

Der Amerikaner wollte wieder aufbrausen, und Cartucchio öffnete wie ein folgsamer Hund seinen Mund auch schon zum Bellen, als der *questore* sie mit einer Handbewegung stoppte.

»*Signori*, ich schlage vor, zweigleisig zu verfahren. Der Geheimdienst ermittelt in den politisch relevanten Zonen, die Kriminalpolizei übernimmt die üblichen Routineaufgaben. Wenn Sie kooperieren, dürfte das für beide Seiten erfreulicher sein, als wenn Sie sich weiterhin als Konkurrenz betrachten.«

Die Agenten wollten eigentlich nicht, gaben aber nach.

»Gut! *Marchese*, dann bitte ich um eine Zusammenfassung Ihrer Ermittlungen!«

Die Bitte als schärfste Form der Weisung, darin war der *questore* genial, und Roberto lieferte natürlich die gewünschten Ergebnisse und schloss mit der Bemerkung, dass die Ballistik noch keine Ergebnisse geliefert habe und seine Leute zurzeit nach einem jungen Amerikaner suchten, der in der Nacht vor der Ermordung der Garfinkels Streit mit dem jüngeren gehabt habe.

»Von dem lassen Sie Ihre Finger, Marchese!«, fuhr Cartucchio dazwischen.

Roberto musste innerlich lachen, weil der Agent allen Ernstes seinen Spitznamen gebrauchte.

»Israelis und Amerikaner fallen in den politischen Bereich!«, lieferte Cartucchio die Begründung nach.

»Wie Sie wollen.«

Roberto zuckte mit den Schultern. Ihm war die ganze Angelegenheit zuwider, denn die Kooperationsbereitschaft war ein reines Lippenbekenntnis. Außer dem einen, nicht weiter erläuterten Satz des Israelis hatten die Geheimdienstler keine weiteren Informationen abgelassen, und so würde es auch bleiben.

Als man sich verabschiedete, wandte sich der *questore* an Coglione und bat ihn, noch einen Augenblick zu bleiben.

»Marchese, da Sie gerade hier sind, hätte ich Sie zuerst gern allein gesprochen!«

Es konnte länger dauern, denn der *questore* bestellte *caffè*, und so rief Roberto in seinem Büro an.

»Wir sind noch am Ball!«, informierte er Luciano.

Luciano reagierte überrascht.

»Aber mit Einschränkungen!«, fuhr Roberto fort. »Machen Sie einen großen Bogen um alles, was israelisch, arabisch und amerikanisch auszusehen scheint. Und wenn Sie den Raben ... den Agenten von der *Firma*, dem *Betrieb* und dem *Institut* über den Weg laufen, machen Sie sich möglichst unsichtbar. Haben Sie inzwischen die Akten der getöteten oder durch Selbstmord aus dem Leben geschiedenen ausländischen Studenten ermitteln können?«

»Vier hier in Padova, drei in Bologna und zwei in Parma, vier Amerikaner und fünf Israelis, ohne den von der Messerstecherei. Und nun raten Sie mal, Chef, wo die Akten sind.«

»Bei der jeweiligen Staatsanwaltschaft?«

»Von den Rabenvögeln des Geheimdienstes angefordert. Und Chef, sind Sie überrascht, wenn ich Ihnen verrate, dass die Justizbehörden keine Kopien haben?«

»Weder in Padova noch in Bologna und auch nicht in Parma?«

»*Esatto*, Chef. Wenn Sie mich fragen: Das stinkt doch zum Himmel. Aber mich fragt ja keiner. Das Einzige, was ich Ihnen sagen kann, sind die Namen zweier toter amerikanischer Studenten hier in Padova, während Sie weg waren: Jim Stumper, Lissy Newman.«

»Machen Sie ohne mich wie besprochen weiter!«, sagte Roberto sachlich.

»Rattengeil, Chef, wir schlappen sofort los!«

»Zufrieden, Roberto?«

Tramontan öffnete ein mit kostbaren Perlmuttintarsien verziertes Zigarrenkästchen und bot Roberto eine von den teuren, in Aluminiumhülsen verpackten Zigarren an, doch Roberto lehnte dankend ab. Der *questore* rauchte ebenso teure Havannas wie sein verblichener Stellvertreter Deganello, Robertos Schwager mütterlicherseits, und mit dem gleichen Ritual präparierte er sie auch. Roberto fragte sich, ob er je wieder jemandem voll vertrauen könne. Sein Onkel hatte jahrelang ein Doppelleben geführt und als stellvertretender Polizeidirektor gleichzeitig die höchste Position in dem *Tre-Condottieri*-Syndikat bekleidet. Nur sein Schlaganfall hatte ihn vor der Entdeckung und öffentlichen Schande bewahrt.

Und Tramontan, der Polizeidirektor und beste Freund Deganellos selbst? Hatte der wirklich nichts davon geahnt, oder aber die Gunst der Stunde und den Tod seines Freundes genutzt, um alle Spuren auf ihn zu lenken und seine eigenen zu verwischen? Warum sonst hatte er darauf bestanden, dass die Vorkommnisse nicht weiter untersucht werden sollten, bis er gestern ganz überraschend eine Untersuchungskommission angekündigt hatte – zwei Wochen nach Deganellos Tod!

»Zufrieden, Roberto?«

Tramontans Stimme riss ihn aus seinen Gedanken.

»Es hätte schlimmer kommen können.«

Tramontan sah einem Rauchkringel nach, wartete, bis seine Sekretärin den Kaffee abgestellt und den Raum wieder verlassen hatte, und setzte sich entschlossen und gerade hin.

»Kurzum, mein Junge, ich möchte, dass du dich ...«

»... ich mich auf Deganellos Posten als *vice-questore* bewerbe? Nein danke!«

»Falsch. Ich will, dass du dich um meinen Posten bewirbst. Nein, lass mich ausreden. Offiziell bin ich schon ab 1. Oktober als Präfekt* eingesetzt, unserer jetziger hat aus Krankheitsgründen aufgehört. Und mit dir zusammen möchte ich noch einige Reformen durchsetzen, bevor ich aufhöre. Es gibt einige Umstrukturierungen im Bereich der Abteilungspräsidenten, einer davon soll dall'Aria sein, der zweite *dirigente superiore* der jetzige *colonnello* Coglione, und den dritten, neutralen, den weiß ich noch nicht. Wenn dann alles unter dir als *dirigente generale* läuft, gehe ich in Pension.«

Roberto zeigte sich nicht überrascht, zu oft hatten sie über seine Aufstiegsmöglichkeiten diskutiert. Bisher hatte er alle Vorschläge abweisen können.

»Dafür bin ich sicher nicht der richtige Mann, denn der Posten des *questore* ist ein Amt, das für meinen Geschmack zu sehr im Licht der Öffentlichkeit steht. Das fortwährende Abwägen zwischen polizei-

---

* Eine *questura* wird von einer Doppelspitze geleitet, der *questore* (*dirigente generale*) leitet die polizeilichen Einsätze, der Präfekt die Verwaltung; in Streitfällen schlichtet das Innenministerium.

licher Arbeit und politischen Entscheidungen liegt mir nicht. Ich bin ein schlechter Jongleur und ein noch schlechterer Seiltänzer.«

»Nun, stell dein Licht nicht unter den Scheffel! Du bist der richtige Mann, loyal, der Demokratie verpflichtet, intelligent und keiner Partei angehörend.«

»Danke! Aber das reicht für dieses Amt nicht. Ich habe ein denkbar schlechtes Image in der *questura*. Mein Spitzname Marchese ist nicht freundlich gemeint, man hält mich für einen arroganten Einzelgänger. Außerdem habe ich ein schwer gestörtes Verhältnis zu den Medien. Meine schlechte Presse ist stadtbekannt. Aber das ist noch nicht das Schlimmste! Mein größtes Manko für diesen Posten liegt in meiner Kompromisslosigkeit. Also, such dir jemanden, der das genaue Gegenteil von mir ist.«

»Du warst lange in Deutschland! Die Presse hat dich während deiner Abwesenheit hoch gelobt und deine letzten, gelösten Fälle positiv erwähnt.«

»Aber die Presse zerreißt mich morgen wieder in der Luft, wenn sie will.«

»Wenn *du* willst! Wenn du ein klein wenig kooperativ mit ihr umgingest und dich ein kleines bisschen kompromissbereit zeigtest, wäre uns schon geholfen! Spring über deinen Schatten, Roberto!«

»Kompromissbereit? Wozu? Hinnehmen, dass die Verwaltung uns immer mehr gängelt? Hinnehmen, dass die Bürokratie unsere Ermittlungsarbeit regelrecht erstickt? Hinnehmen, dass, je höher einer steigt, sein Demokratieverständnis um so mehr abnimmt und autoritäre Fehlentscheidungen zur Norm werden? Hinnehmen, dass Korruption innerhalb unseres Dienstes zunimmt? Hinnehmen, dass immer öfter faschistische Polizisten unseren Ruf zerstören? Ich kann und ich will das nicht, und so wären Hunderte von Konflikten schon vorprogrammiert.

Außerdem kennst du meine Einstellung zu dieser politisch gewollten Doppelspitze. Nur kompromissbereite Beamte schaffen diesen Spagat.

Dabei fällt mir ein: Wie kommt eigentlich Bartolomeo Coglione in die *questura* nach Padova? Er gehört zum *Betrieb*, nicht zur *polizia di stato*! Hat Bergamo ihm nicht mehr gefallen?«

»Man hat ihn bei der Beförderung übergangen, obwohl er bei dem umstrittenen Polizeieinsatz im Juli bei dem G-8-Gipfeltreffen in Genova sich offiziell nichts hat zuschulden kommen lassen. Und da hat er sich zu uns nach Padova beworben. Ich weiß, ihr seid keine Freunde, aber er ist ein ausgezeichneter Ermittler. Er soll der Verbindungsoffizier zwischen dem *Betrieb* und uns sein. Und er versichert, den nationalistischen Fehltritten seiner Jugend längst abgeschworen zu haben.«

»Dass mein Vater ein hohes Tier bei *Gladio*[*] war, kannst du mir nicht anlasten«, ertönte Cogliones Stimme von der Tür, worauf Tramontan ihn zu sich bat.

Roberto ignorierte seinen Vetter dritten Grades. Sie beide hatten zwar denselben Urgroßvater, aber damit erschöpften sich bereits die Gemeinsamkeiten. Während Roberto sich in seiner Studentenzeit als Marchese *rosso* den nicht militanten Linken zugewendet hatte, und sich später dem linken Reformzweig anschloss, der den historischen Kompromiss mit Aldo Moros DC[**] wollte, war Bartolomeo Coglione ein treuer Sympathisant von *Nuove Nero*[***] gewesen, der 1973 unter dem Schutz des militärischen Geheimdienstes *SID* gegründeten Nachfolgeorganisation des rechtsradikalen *Ordine Nero*[****], hatte aber nie bei den zahlreichen Anschlägen, wie dem Blutbad von Brescia im Mai 1974, aktiv mitgewirkt, und irgendwie war er in die staatlichen Organe hineingewachsen und seine Vergangenheit schien wie ausgelöscht.

Roberto hatte ihn zweimal erlebt, einmal bei einer Konferenz in Bergamo und das andere Mal in Vicenza, und jedes Mal wurde er von ihm mit unverblümten Mussolini-Zitaten konfrontiert, bis er schließlich unter Protest den Saal verließ. Als Einziger übrigens.

»Dann bleibt mir nur noch ein Mann wie dall'Aria als *questore*«, seufzte Tramontan und Coglione setzte sich, als gehöre er dazu.

»Außer dall'Aria und mir gibt es doch bestimmt noch andere in Frage kommende, fähige Beamte«, entgegnete Roberto.

»Dall'Aria hat mächtige Freunde und ausgezeichnete Beziehungen, ihn kann ich nicht übergehen, und dich, Roberto, könnte ich die Gunst der Stunde ...«

»Und der guten Presse ...«, mischte sich Coglione ein.

»... nutzend, als meinen Kandidaten durchbringen!«, beendete Stefan Tramontan seine Überlegung. »Wenn du ablehnst, bleibt mir dall'Aria nur als zweite Wahl, aber ich habe ihm schon gesagt, dass ich dich gern für das Amt hätte.«

Das glaubte Roberto ihm nicht, und wenn doch, hatte er einen neuen Feind.

---

[*] *Gladio*: staatliche, geheime Untergrundorganisationen in verschiedenen NATO-Staaten; offiziell ab 1980 aufgelöst (gladio = römisches Kurzschwert). Die Organisation sollte im Falle einer kommunistischen Invasion hinter den Linien (stay behind) operieren.

[**] Aldo Moro: Mehrmaliger italienischer Ministerpräsident und Parteichef der DC (*Democrazia Cristiana*). Damals größte italienische Partei; wurde von der *brigate rosse* entführt und 1987 unter merkwürdigen Umständen ermordet.

[***] Nuove Nero: Nachfolgepartei der verbotenen Ordine Nero.

[****] Ordine Nero: Rechtsradikale Partei.

»Auch damit erzwingst du meine Zustimmung nicht. Vielleicht ist dall'Aria gar nicht so schlecht, mit Sicherheit ist er mir verwaltungstechnisch um Längen voraus.«

»Dall'Arias Freunde werden sich freuen.«

Roberto tat, als sei Coglione Luft und außer ihm nur Tramontan im Raum.

»Selbst auf die Gefahr, dass ich deine gute Meinung von mir verspiele: Aber geht es dir wirklich um mich? Oder möchtest du vielmehr deine Einflusssphäre durch mich erweitern und mich gegen dall'Arias mächtige Freunde ausspielen?«

»Du machst es deinen Freunden wirklich nicht leicht, Roberto!«, seufzte Tramontan. »Aber wenn ich nun dall'Aria protegiere, versprichst du mir, den Posten einer der drei Kriminaldirektoren anzunehmen, ich würde dir Drogen und Mord unterstellen. Coglione Diebstahl, Raub und die Sitte und einem dritten Mann den Rest.«

»Nein, lass mich in meiner *squadra omicidi*, da habe ich meine Stärken und bin keinerlei Zwängen und Abhängigkeiten unterworfen. Außerdem möchte ich mir nicht nachsagen lassen, den Posten nur zu bekommen, weil ich mit deiner Nichte verheiratet bin! Meine Verwandtschaft mit Deganello hat mir das Leben schon schwer genug gemacht in Kollegenkreisen!«

Tramontan reagierte ungehalten und zog heftig an seiner Zigarre, bis er merkte, dass sie erloschen war.

»Aber *Sie* geben mir keinen Korb, Coglione? Gut, dann nehmen Sie das, was ich vorgeschlagen habe, denn Sie als direkter Vorgesetzter von Roberto, das würde über kurz oder lang zu einem Blutbad führen. Ich hatte mir das so schön gedacht, den überparteilichen Marchese als *questore*, ich als Präfekt, ein dall'Aria aus der linken und ein Coglione aus der rechten Ecke!«

»Geben Sie mir den Sektor Terrorismus statt der Sitte?«, zwar als Bitte geäußert, hörte es sich trotzdem wie eine Forderung an, und für Roberto unerklärlich, zuckte der *questore* zustimmend mit der Schulter.

Ein Rechtsradikaler als Terrorspezialist? Wohin sind wir nur gekommen?, dachte er, und nun kam endlich doch das erwartete Mussolini-Zitat. Coglione erhob sich, legte die Hand aufs Herz und deklamierte:

»*Wenn ihr an die gewaltigen Fortschritte denkt, die wir in den letzten achtzig Jahren gemacht haben, so könnt ihr euch den Weg lebhaft vorstellen, den Italien in den nächsten fünfzig bis achtzig Jahren zurücklegen wird; jenes Italien, das wir so mächtig, so von Lebenskräften durchsprüht fühlen, wird wahrhaftig großartig sein, ganz besonders, wenn die Eintracht zwischen allen Bürgern weiter bestehen wird; wenn der Staat fortfahren wird, Schiedsrichter bei allen politischen und sozialen Streitigkeiten zu sein; wenn alles im Staat und nichts außerhalb des Staates sein wird, denn heute kann ein außerhalb des Staates stehendes Individuum als nichts anderes als ein wildes Einzelwesen aufgefasst werden, das für sich nur die Einsamkeit und den Sand der Wüste beanspruchen darf.«*

Robertos Nackenhaare stellten sich auf. Vor seinem inneren Auge sah er seinen von deutschen Faschisten am Portikus des *Ca'Vecchia* Brandolin aufgehängten Großvater sich im Winde drehen, und er rettete sich in die sarkastische Frage:

»Du wirst uns sicher sagen, wann und wo?«

»Am 12. Mai 1928 hielt Benito diese Rede. Im Senat!«

Die beiden musterten sich, ihre Standpunkte waren und blieben unvereinbar, auf der einen Seite der glühende *fascista*, obwohl Coglione das Wort Faschismus nicht einmal gebraucht hatte, und auf der anderen Seite der überzeugte Demokrat, der gerade das Individuum zu schützen suchte und sich als Beamter dieses Staates politisch nicht engagierte, um unabhängig zu sein.

Roberto wollte aufstehen, aber sein Patenonkel, immer noch über Robertos Abfuhr ungehalten, herrschte ihn an und siezte ihn, um seinen Unmut zu zeigen.

»Ich bin noch nicht fertig! Die *Sonderkommission Deganello* werden Sie übernehmen, *dirigente*, und dabei die ungeklärten Dinge aufarbeiten!«

Als Roberto eine abwehrende Handbewegung machte, blaffte er ihn ganz gegen seine sonstige Art an:

»Sie sind als Beamter ein Diener dieses Staates, und Sie arbeiten da, wo der Staat Sie braucht! Der Abgeordnete Conte Berini vertritt die politische Ebene, Sie die polizeiliche! *Basta!* Sie können gehen, alle beide!«

Was für ein Filz, dachte Roberto, denn mit dem Conte war er, wenn auch nur über siebenundzwanzig Ecken, ebenfalls verwandt.

Padova: Donnerstag

Es war dann doch eine halbe Stunde nach der verabredeten Zeit, als er an der Piazza dell'Erbe ankam, um seine Frau zu treffen; das endlose Telefonat mit Berini hatte in einer Einladung zum Mittagessen gegipfelt, der Roberto sich schlecht entziehen konnte.

Julia stand am Brunnen und wartete geduldig. Er ging durch die Marktstände in ihre Richtung, als er plötzlich stehen blieb. Ein junger Mann trat von hinten an sie heran, nahm ihr die Plastiktüten mit Obst, Gemüse und anderen Einkäufen aus der Hand, und sie drehte sich erschrocken herum, doch dann erhellte ein strahlendes Lächeln ihr Gesicht, und Roberto spürte einen kleinen Stich, dieses Lächeln hätte er gern für sich allein in Anspruch genommen.

Der Mann sprach auf Julia ein, er sah selbst auf die Entfernung gut aus, ein blonder, sportlich athletischer Typ, der auch noch nicht einmal kleiner als Giulia war. Sie blickte sich suchend um, Roberto war hinter einen Marktstand getreten, und als sie ihn nirgends entdeckte, folgte sie ihrem Begleiter in das kleine Straßencafé am Fuße der Treppe, die zum *sala della ragione** hinaufführte.

Sie unterhielten sich lebhaft, Giulia lachte häufig und Roberto beschloss, das unsinnige Versteckspiel aufzugeben. Sie begrüßte ihn erfreut und stellte ihr David Salzmann als Kommilitonen aus dem vergangenen Wintersemester vor.

Graublaue Augen, ein humorvolles Lächeln und ein fester Händedruck machten ihn sympathisch, und sein Italienisch klang fast so gut wie Giulias.

»Sie sind also der Glückspilz, den Giulia vor mir immer geheimgehalten hat«, begrüßte David Roberto. »Sie sind zu beneiden!«

»David war immer schon ein Süßholzraspler«, lachte sie, »aber keine Bange, Ro, er ist in festen Händen. Oder hast du dich von Donata Gabrièlla etwa getrennt?«

Ein leichter Schatten huschte über Salzmanns Gesicht.

»Wir sind untrennbar im Guten wie im Bösen aneinandergekettet«, sagte er etwas theatralisch, lachte aber sofort wieder.

Als Roberto seiner Frau erklärte, dass aus dem gemeinsamen Mittagessen leider nichts würde, bot sich Salzmann an.

»Dann trage ich Ihrer Frau die Einkäufe nach Hause.«

Was Roberto gar nicht recht war, aber einen Grund, das freundliche Angebot abzulehnen, fand er nicht.

Es muss an meinem Polizistenargwohn liegen, dachte er, aber diesen Kommilitonen würde ich gern näher kennenlernen.

»Kommen Sie doch am Sonntag mit Ihrer Freundin zu uns«, lud er ihn sehr zum Erstaunen seiner Frau ein, die hinzufügte und ihren Mann bittend ansah: »Aber dann ins *Ca'Vecchia* Brandolin, da möchte ich am Wochenende gern hin, wenn du einverstanden bist, Ro.«

Roberto blickte sie erstaunt an, nickte dann aber zustimmend. In diesem Moment kam Luciano um die Ecke.

»Hi, Chef, ich such Sie schon überall. Der Oberindianer …«

Als er die beiden anderen bemerkte, stockte er.

Nachdem Roberto ihm David Salzmann vorgestellt hatte, verabschiedete sich Luciano wieder.

»Ich hab's eilig. *Ciao*!«

Das Essen mit dem Conte Berini verlief nicht so erfreulich, wie dieser sich das wohl vorgestellt hatte, im Gegensatz zu Roberto, der von vorn-

---

* Saal der Vernunft im *palazzo ragione*, dem alten Rathaus von Padua.

herein wusste, dass sie verschiedene Sprachen gebrauchten. Das jovial überlegene Verhalten des Parlamentariers missfiel ihm genauso wie die Feststellung, dass er das größere Spesenkonto und deshalb auch dies teure Lokal an der Rennbahn vorgeschlagen habe.

Begünstigt durch den Umstand, dass der Deganello-Untersuchungsausschuss erst zwei Wochen nach Deganellos Tod die Arbeit aufgenommen hatte, waren inzwischen wichtige Spuren beseitigt worden. Roberto wusste, wie Vertuschungen vonstatten gingen. Im Übrigen hatte er an der vom *questore* angeordneten diskreten Durchsuchung des Büros und der Privatvilla seines Onkels unmittelbar nach dessen Tod teilgenommen. Dabei hatte es nicht den Hauch eines Beweises für ein Doppelleben gegeben.

Bei der Namensfindung der Untersuchungskommission war Berini aus unerfindlichen Gründen mit der von ihnen intern bereits »in Umlauf« befindlichen Bezeichnung *Deganello-Kommission* nicht einverstanden. Schließlich einigte man sich auf seinen Vorschlag und nannte sie *Commissione-d'Inchiesta-Carmagnola-Gattamelata* (kurz CICG), aber über die Zusammensetzung feilschten sie bis in die Nachmittagsstunden wie auf einem marokkanischen Basar.

Besonders der von Roberto gewünschte Kommissar Umberto Tamassia, sein bester Freund, stieß bei Berini auf volle Ablehnung.

»Der *dirigente* der Drogenfahndung ist nicht unumstritten«, bemerkte er und erklärte auf Robertos fragend hochgezogene Braue:

»Der Oberstaatsanwalt ist mit den Vorkommnissen um Tamassia nicht sonderlich glücklich. Am Beginn dieses Jahres hat er absichtlich ein wichtiges Protokoll verschlampt, eine DNA-Analyse nicht in Auftrag gegeben, weil das Beweismittel angeblich verschwand, und von Deganellos Tod, seinem größten Kritiker, konnte er nur profitieren, oder er steckte gar mit ihm unter einer Decke.«

»Das sind schwerwiegende Beschuldigungen, Conte!«

»Dall'Aria meint, wenn wir Tamassias Umtriebe genauer untersuchten, könnten wir darauf stoßen, dass er für die *Tre-Condottieri* gearbeitet hat.«

»Vermutungen können fundierte Beweise nicht ersetzen.«

»Auf jeden Fall wird er sauer sein, dass Sie statt seiner den Chefsessel besetzen werden!«

»Was Sie so alles wissen, Conte. Aber alles weiß Ihr Informant auch nicht!«

Er war ein nicht nur körperlich sehr kleiner, aufgeblasener Wichtigtuer, der ständig mit seinem sogenannten Informationsstand vor Roberto protzte und Gerüchte und Wahrheiten willkürlich vermengte, dazu war er ein Alkoholiker, der im Suff die größten Geheimnisse ausplauderte; alles in allem war dieser Abgeordnete ein gefährlich dummer Mann.

Sie trennten sich wahrlich nicht als Freunde und wollten sich am folgenden Montag zur konstituierenden Sitzung treffen und den Vorsitz tageweise wechseln.

Roberto war sich sicher, dass der Weg des Conte Berini vom Restaurant aus direkt in die *questura* zu dall'Aria führen würde.

Padova: Donnerstag

»Ich habe mir deinen Mann ganz anders vorgestellt«, sagte David, der Julia zuerst zum *Ca'Rosso* ihrer Schwiegermutter brachte, wo sie einige Einkaufstüten zurückließ, und sie anschließend in ihre kleine Wohnung begleitete, in der es vor lauter Umzugskisten noch enger als vorher war.

»So? Wie denn?«

»Jünger und nicht so ernst.«

David und sie waren sich in ihrer Art sehr ähnlich, äußerlich unkompliziert wirkend, fröhlich und oft lachend.

»Machst du dir immer ein Bild von Leuten, die du nicht kennst?«

»Nein, im Allgemeinen nicht, aber bei dir war ich mir ganz sicher, dass du einen problemlosen, netten, jungen Mann geheiratet hättest!«

»Dann hätte ich ja dich nehmen können«, ulkte sie. »Aber was macht dich so sicher, dass Roberto nicht problemlos ist?«

»Seine nachdenklichen Augen.«

Julia stellte den gewaschenen Salat auf die Küchenbar, die das Wohnzimmer von der Küchenecke trennte. David hatte ihre Einladung zu einem schnellen Omelett und Salat angenommen und sich interessiert Robertos Bücherborden zugewandt.

»Und die Auswahl seiner Bücher«, fügte er nun hinzu.

Sie setzten sich auf die Barhocker und Julia bestätigte seinen ersten Eindruck von Roberto, während sie das Omelett und den Salat verteilte.

»Ich würde ihn als schwerblütig bezeichnen«, sagte sie und streute gedankenverloren Schnittlauch auf die Eier. »Er ist halb Südtiroler, halb Veneter und von beiden Seiten hat er problematische Eigenschaften mitbekommen. Er nimmt nichts leicht, fühlt sich für alles verantwortlich, lehnt Kompromisse ab und besitzt einen unberechenbaren Stolz.«

»Was macht er beruflich? Nein, lass mich raten! Aus seiner Kleidung kann man das schlecht schließen: modebewusst wie die meisten Italiener. Er hat nicht viel Zeit, den Verwaltungsbeamten können wir also ausschließen. Lehrer? Nein. Arzt? Nein. Anwalt? Ja, das könnte hinkommen. Nein, Richter, Staatsanwalt? Das passt zu seinen Büchern. Nein, dann gebe ich es auf.«

»Er ist der Chef einer Mordkommission.«

»*Perbacco!* Bassner? Polizist? Ist er es vielleicht, der das Doppelleben des hiesigen *vice–questore* aufgedeckt hat?«

Julia nickte, wollte aber über Robertos Onkel nicht weiterreden.

»Was machst du eigentlich jetzt schon hier? Das Semester hat doch noch gar nicht angefangen!«

»Ich lass mich treiben, im Juli und August waren Donata Gabrièlla und ich in den Staaten, nun genießen wir noch ein wenig Venezien. Sie wechselt in diesem Wintersemester nach Padova«, sagte er leichthin. »Aber um auf deinen Mann zurückzukommen: Mit den Charaktereigenschaften, die du ihm zuordnest, hat er es in seinem Beruf sicher nicht leicht.«

»Nein, er macht sich wenig Freunde. Aber ich glaube, die Leute seiner *squadra* mögen ihn, und er sie.«

Julia erzählte David, wie sie am gestrigen Morgen durch puren Zufall im *Farfallone* zwei Leichen entdeckt und der Mordkommission bei der Arbeit zugesehen hatte.

»Den Fall bearbeitet dein Mann auch?« Davids Blick schien sich plötzlich zu verdüstern. »Ich kannte sie.«

»Wen? Die Toten?«

Er nickte und stocherte geistesabwesend in seinem Salat.

»Der jüngere Garfinkel, Jocky, war ein guter Freund und mein Hochschullehrer in den Staaten. Bevor er nach Italien kam, hatte er zwei Jahre eine Gastdozentur in Maine. Da habe ich auch seine Frau, seine Kinder und seinen Vater kennengelernt, der ihn besucht hatte: ein spitzfedriger Journalist. Am Montagabend war ich im Hotel *Farfallone* und habe mich mit Jocky, Yochanan, getroffen. Wir haben wie immer wild diskutiert.«

»Da hätten wir uns treffen können, ich war zu der Zeit auch im *Farfallone*. So ein Zufall!«

»Wie sollen wir am Sonntag bei euch eigentlich erscheinen? Mit dunklem Maßanzug und Haute-Couture-Klamotten?«

Julia lachte.

»Wenn ihr unsere Baustelle sehen könntet, würdet ihr auf jeden Fall in Jeans kommen! Nein, nein. Ganz leger, bitte. Das *Ca'Vecchia* Brandolin in den euganeischen Hügeln hat momentan nur einen bewohnbaren Raum, sozusagen ein Schlafküchenwohnzimmer. Es ist etwas später entstanden als das *Ca'Rosso*, das als Sommerfrische und Verwaltung der Visian auf halbem Weg zwischen den Besitzungen an der Brenta und denen in der Polèsine erbaut wurde. Von dem einstmals riesigen Landbesitz der Visians ist nur noch ein Obstgarten am *Ca'Vecchia* Brandolin übrig, und der ist verpachtet.

Das *piano nobile** ist mit Brettern zugenagelt, der linke Flügel des Hauses wird nur noch durch das Dach zusammengehalten, und im Ostflügel ist das bereits erwähnte Zimmer das einzig bewohnbare.
Aber der Garten, mit dem bin ich am weitesten! Ein in den alten Fundamenten angelegter Renaissancegarten, der in diesem Herbst vielleicht seine endgültige Bepflanzung mit Stauden bekommen wird!«
»Du bist ja richtig verliebt in das alte Haus und den Garten, Giulia!«
»Ja, und es gäbe so viel zu tun!«
Sie schaute an sich runter.
»Aber da ist nun etwas dazwischengekommen!«
»Darüber scheinst du aber auch nicht gerade allzu unglücklich zu sein.«
»Im Gegenteil, ich finde es riesig, nur ...«
»Ja?«
»Ich glaube, ich mute Roberto zu viel zu! Nach über zwanzig Jahren als Solistenpolizist hat er innerhalb von sechs Monaten plötzlich eine Frau, demnächst Nachwuchs und dann auch gleich noch Zwillinge; dazu diese klitzekleine Wohnung und eine nicht winterfeste, baufällige Villa in den Euganeischen Hügeln. Außerdem hat er auch noch mit sich selbst zu kämpfen, nimmt sich sein immer noch nicht wieder voll bewegliches Knie übel, und wehe, er merkt, dass man ihn deshalb rücksichtsvoll behandelt!«
»Ihr werdet schon alle Hürden überwinden, weil ihr euch liebt! Das spürt man und darauf könnte man direkt neidisch werden!«
Julia beschrieb ihm noch den Weg zum *Ca' Vecchia* Brandolin, dann verabschiedete er sich.
Aber sie sollte ihn schon zwei Stunden später wiedersehen.

Flughafen Marco Polo und Padova: Donnerstag

Luciano saß wie im klassischen Agententhriller hinter einer Zeitung, wenn auch nicht, um durch ein Loch die Umgebung zu beobachten.
Die Ankunftshalle des venezianischen Flughafens Marco Polo war um die Mittagszeit gut gefüllt. Wie immer stand ein Haufen Leute direkt vor dem Eingang, durch den die ankommenden Fluggäste herauskamen, und wie immer so dicht, dass man sich förmlich durchdrängen musste.
Der Flug aus Roma ließ auf sich warten, und so gingen bald die Neuigkeiten in der Zeitung aus. Schließlich faltete Luciano sie zusammen, um sie dann aber ebenso schnell wieder zu entfalten, als er George Hunter von der *Firma* entdeckte, der einem jungen Mann Instruktionen

---

* Repräsentative Halle im zentralen Teil der Villa.

gab. Studentenprofil, Mitte zwanzig, Jeans und T-Shirt, sympathisches Lächeln und eine sportlich durchtrainierte Figur.

»Henry Salzman zur Information«, ertönte eine Lautsprecherstimme. Der junge Mann sah sich überrascht um. Als Hunter ungeduldig nickte, löste er sich von ihm und ging zur Information

Luciano erinnerte sich an die Weisung des Chefs, sich bei den Rabenvögeln möglichst unsichtbar zu machen, und dass dieser Henry Salzmann zu dieser Spezies gehörte, war für ihn schon deswegen klar, weil er mit Hunter unterwegs war.

Mist, *cavolo*, dass er den Chef nicht erreichen konnte! Wenn der doch bloß seine Handyphobie ablegte! Schon wieder ein Salzmann, ob dieser mit dem langen David verwandt war? Aber getreu seines Auftrags, die Witwe Yochanan Garfinkels zu observieren und eventuell zu schützen, wartete er. Inzwischen hatte sich Hunter in Luft aufgelöst.

Die Frau, deren Foto Luciano studiert hatte, sah sich suchend um, neben ihr ging ein halbwüchsiger, vielleicht zwölfjähriger Junge. Als sie Henry sah, winkte sie ihm zu. Anschließend heftete Luciano sich unauffällig an ihre Fersen.

Die junge Frau erweckte einen traurigen Eindruck. Kein Wunder, wenn man Mann und Schwiegervater auf so grausame Weise verloren hatte. Trotzdem ging sie keineswegs gebeugt, sondern entschlossen, als wolle sie der ganzen Welt zeigen, dass ihr Lebensmut trotz aller Trauer ungebrochen sei. Das war auch gut so, denn mit vier unmündigen Kindern – eines davon schien sie mitgebracht zu haben – sah sie ungewollt einigen Problemen entgegen.

Luciano folgte ihnen in weitem Abstand nach Padova bis zum Parkplatz am weiträumig gestalteten Prato della Valle. Gegen fünf Uhr nachmittags sollte er die Witwe in ihrem Hotel, das direkt gegenüber von *Il Santo* lag, abholen und in die *questura* zu seinem Chef bringen. Bis dahin lautete sein Auftrag, die beiden vor eventuellem Schaden zu bewahren. Inzwischen waren die Leichen freigegeben. Doch der Chef wollte noch etwas mehr über die Lebensumstände der Ermordeten herausfinden und hatte deshalb um ein Gespräch mit der Witwe gebeten.

Henry Salzmann hatte sie in das Hotel gebracht und anschließend wieder verlassen, kurz darauf waren die beiden Rabenvögel Hunter und Cartucchio erschienen.

Luciano stand hinter einem der vielen Souvenirstände, die hauptsächlich Kitsch vom Heiligen San Antonio anboten.

Nach einer Stunde verließen die beiden Agenten das Hotel und stiegen in lebhafter Unterhaltung in einen vorfahrenden Wagen, der sich rasch entfernte.

Kurz darauf betraten Rebecca Garfinkel und ihr Sohn den Haupteingang der Kirche.

Wollten sie etwa die Kirche besichtigen? Sie sind doch Juden, dachte Luciano verwundert, Sightseeing fand er unter diesen Umständen sehr ungewöhnlich.

Doch die beiden breiteten vor dem Haupteingang einen Stadtplan aus und verschwanden kurz darauf in der kleinen Gasse, die zum Botanischen Garten führte.

Als Luciano ihnen folgte, stieß er auf *La Tedesca*, die mit ihrem alten Professor fachsimpelte, den sie hier öfter traf. Sie winkte freundlich zu ihm herüber. Als er ihren Gruß mit einer kurzen Geste erwiderte, um keine Zeit zu verlieren, musste er anschließend feststellen, dass Mutter und Sohn Garfinkel wie vom Erdboden verschluckt waren, bis er sie endlich dann doch in einem der Gewächshäuser mit den fleischfressenden Pflanzen wiederentdeckte.

Sie unterhielten sich ziemlich aufgeregt mit einem Mann, der Luciano den Rücken zuwandte. Als der Mann sich umdrehte, erkannte er David Salzmann. Fast im selben Moment trat *La Tedesca* in sein Blickfeld, die auf David Salzmann zuging, ihn freundschaftlich begrüßte und sich den beiden anderen vorstellte. Akustisch verstand er nichts, dazu stand er zu weit weg. Nach kurzer Zeit verabschiedete sich David von den beiden Frauen und dem Jungen, die sich anschließend auf eine Bank setzten und längere Zeit angeregt unterhielten. Trost spenden konnte die Frau seines Chefs bestimmt gut, und zuhören, ja das konnte sie auch besonders gut.

Zu seiner Überraschung schlugen die beiden Frauen und der Junge dann später aber den Weg zur *questura* ein, wo er sich, nachdem sie den Weg ins Büro seines Chefs gefunden hatten, wieder als Mitarbeiter des *dirigente* einfädelte.

Roberto sprach ihnen sein Beileid aus, wobei er es besonders begrüßte, dass der Sohn seine Mutter auf dieser schweren Reise begleitete.

Für sein Alter blickten seine hellen Augen viel zu ernst, so als trügen sie die Last von Jahrhunderten.

»Sie haben Daniel wie einen Kriminellen verhört«, sagte Rebecca ziemlich unvermittelt.

»Und Ihr Geheimdienst, Signora, hat der Sie wenigstens in Ruhe gelassen?«, fragte Roberto behutsam.

»Onkel Ari hat gesagt, wir könnten dir trauen!«, platzte der Junge heraus, bevor seine Mutter zu einer Antwort ansetzen konnte. »Los, Mama, erzähl es ihm!«

»Früher«, begann Rebecca, »hat Ari Hirschfeld einmal zu unserem *kibbuz* gehört. Als wir uns dann für die gewaltlose Einigung mit den Palästinensern entschieden haben und für Menschenrechte, die nicht einseitig gelten dürfen, sind wir getrennte Wege gegangen. Ari und sein *Institut* unterstehen dem Staat und haben sich für die Gewalt und Staatsterrorismus entschieden. Trotzdem reden wir noch miteinander, schließlich hat er uns persönlich in Israel besucht, um uns den Tod von Yochanan und Saul mitzuteilen.«

Sie schwieg. Ihr Blick ging nach innen.

»Wann haben Sie das letzte Mal mit Ihrem Mann Kontakt gehabt?«, fragte Roberto.

»In der Nacht seines Todes«, sagte sie, und es klang wie aus einem tiefen Brunnen. »Wir haben immer um Mitternacht telefoniert, das war nichts Besonderes. Er meinte, sein Vater würde sich bis ins Grab nicht mehr ändern: Wenn er als Journalist einer schrägen Sache auf der Spur sei, verhielte er sich wie ein Bluthund.«

»Und auf welcher Fährte war er diesmal?«, fragte Roberto vorsichtig.

Sie warf ihm einen traurigen Blick zu.

»Mein Mann meinte, er wäre auf der Spur eines Drogensyndikats. Er hatte in dieser Nacht eine Verabredung mit einem Mann namens Colleoni, dem Chef des Colleoni-Syndikats, und mein Mann wollte ihn begleiten, schließlich habe sein Vater ja ein seltenes Talent, immer Schwierigkeiten auf sich zu ziehen. Meinem Mann war die ganze Sache sowieso nicht koscher, schließlich habe das mit Politik nichts zu tun, das sei eine rein kriminelle Angelegenheit, und er hoffte, ihn noch überzeugen zu können, dass es besser sei, die italienische Polizei einzuschalten. *Aber sag das mal einem Vollblutjournalisten, der immer eine Bombenstory auf der ersten Seite vor Augen sieht!*, sagt er mir.«

Ihre Linke fasste zum Hals, und sie hüstelte.

»Das waren die letzten Worte, die er sagte«, seufzte sie mit verwehender Stimme. »Und dass wir ihn bald besuchen kommen sollten«, schob sie hinterher, aber der Frosch im Hals war immer noch nicht verschwunden.

»Und was sagt dein Onkel Ari dazu?«, wollte Roberto von dem Jungen wissen.

»Onkel Ari wollte, dass nur du es erfährst.«

»Ach«, meldete Rebecca Hirschfeld sich zurück und zog einen zusammengefalteten Faxausdruck aus ihrer Handtasche. »Yochanan hat mir in der Nacht seines Todes dieses Fax geschickt.«

Sie hatte wieder zu ihrer samtenen Stimme zurückgefunden. Scheinbar war der Frosch inzwischen verschwunden.

»Es ist alles so traurig«, sagte sie, legte den Ausdruck auf seinen Schreibtisch und machte Anstalten, zu gehen.

Warum traut Ari Hirschfeld ausgerechnet mir so uneingeschränkt?, fragte sich Roberto. Eigentlich fand er den Mossad-Agenten ja auch

59

nicht unsympathisch, auf keinen Fall so unangebracht selbstgerecht wie seine amerikanischen und italienischen Kollegen.

»Bitte verstehen Sie, wenn ich mich jetzt mit meinem Sohn ins Hotel zurückziehen muss«, sagte Rebecca Garfinkel und reichte Roberto die Hand.

Roberto überreichte ihr seine Visitenkarte.

»Ich stehe Ihnen jederzeit zur Verfügung. Bitte zögern Sie nicht, davon Gebrauch zu machen.«

»Danke.«

»Daniel, pass gut auf deine Mutter auf«, sagte er und reichte dem Jungen die Hand.

Aber Daniel nickte nur stumm und verließ mit seiner Mutter den Raum.

Luciano wollte sich das Blatt angeln, das Roberto auf den Schreibtisch gelegt hatte, aber der war schneller:

Studenten an Il Bò in Padova.

Jim Stumper, geb. 25. Mai 1976 in Boston.
Lissy Newmann, geb. 6. August 1979 in Santa Monica.

Aysel Saharnī* war im Junikrieg 1967 auf der Flucht vor den vorrückenden Israelis in einem schmutzigen Loch an der Straße nach Beirut geboren worden. Ihr Bruder Temel* erblickte in einem Flüchtlingslager in Beirut das Licht dieser armseligen Welt, drei Tage nachdem König Husseins Soldaten 1970 im arabischen Bruderkrieg die Palästinenser zu bekämpfen begonnen hatten. Am ersten Tage dieses Krieges war Temels Vater erschossen worden, als er mit seinem Freund El-Atasoy nichts ahnend eine Straße in Amman überquerte.

Aysel und Temel waren in diesem Flüchtlingslager groß geworden, hatten Gewalt, Hass und Armut mit der Muttermilch eingesogen und waren nach der Libanoninvasion und der Vertreibung der PLO im Sommer 1982 aus Beirut nach Libyen gekommen, und dort lernten sie die Realität in einem weiteren Flüchtlingslager kennen. Aysel ist jetzt fünfzehn, Temel zwölf Jahre alt. Ihre Schulbildung bestand aus falschen, halbwahren oder manipulierten Geschichten über Israel und den USA als dem Erzfeind der Araber und den Schuldigen auch an ihrer Misere.

Skeptisch betrachteten sie am 16. Dezember 1988 den beginnenden Dialog zwischen Abu Amaar von der PLO, besser bekannt als Jassir Arafat, und den USA auf nachgeordneter Ebene, wie es hieß, blieben ihrer radikalen Linie unter Bassam Abu Sharif, dem radikalen Berater

---

* *Namen wurden vom Berichterstatter geändert.*

Arafats treu, kehrten sich aber von ihm im Folgejahr ab, weil auch er beim 5. Generalkongress der Fatach in Tunis der radikalen Linie abschwor.

Nach dem Tod ihrer Mutter kehrten die Geschwister nach Israel zurück und schlossen sich im selben Jahr der kleinen Terrorzelle XX. Januar an, von der sie im Sommer 1989 nach Italien geschickt wurden, um sich mit der Terrorzelle des XX. Gennaio zu vereinigen.

Sie lebten und studierten unauffällig in Padova und warteten auf ihren Einsatz, der fast zehn Jahre auf sich warten ließ. Nach zwei erfolgreich verlaufenen Aktionen bei israelischen und amerikanischen Studenten im Jahre 2000 wurden sie auf Jim Stumper und Lissy Newman angesetzt, er aus einer konservativen Bostoner Familie stammend und nach dem Besuch bester amerikanischer Privatschulen und Universitäten den letzten Schliff an einer alten europäischen Universität erhaltend, bevor er seine diplomatische Karriere begann; sie ein naivamerikanisches Wesen, himmlisch aussehend und die ganze Welt für eine liebenswerte, große Familie haltend.

Sie trafen aufeinander in einer arabisch-amerikanischen Freundschaftsgruppe, die von einer Halbitalienerin geleitet wurde, und sie machte die vier miteinander bekannt. Eine von den Amerikanern echt gemeinte und von den Palästinensern missbrauchte Freundschaft begann, wobei alle vier unter dem Druck der Gruppe meinten, auch einmal Drogen ausprobieren zu wollen.

Am 14. Januar brachte Aysel für Jim Heroin in einer angeblich ganz schwachen, fünfzehnprozentigen Konzentration mit, der Rest sei harmloser Traubenzucker.

Bevor Lissy von Jims Tod erfuhr, hatte Temel ihr den gleichen Stoff mit derselben Begründung gegeben. Es handelte sich jedoch in beiden Fällen um achtzigprozentig reines Heroin.

Den Rest der Lieferung brachten sie wie schon zuvor in die Bar 2000+2 und händigten die Drogen einem Kurier des Colleoni-Syndikats aus.

Aysel und Temel kehrten am 15. Januar 2001 in den Libanon zurück.
Jim Stumper + 14. Januar 2001
Lissy Newman +15. Januar 2001.
Berichterstatter: Luzifer.

Roberto ließ den Ausdruck sinken. Luciano hatte sich beim Mitlesen fast den Hals verrenkt. Die beiden sahen sich etwas ratlos an. War das Fiktion oder Tatsache? Wenn es sich um die Wahrheit handelte, musste der Schreiber beide Seiten kennen, die der Opfer und die der Täter. Und was bedeutete der Name Luzifer am Ende, Luzifer, der gefallene Engel, der sich sowohl im Licht als auch in der Finsternis auskannte?

»Ich frag sie nach den anderen Faxsendungen«, sagte Luciano und war schon zur Tür hinaus, während Roberto überlegte, ob er Ari Hirschfeld anrufen sollte, aber der war nicht erreichbar. Für Roberto waren die Hinweise auf die Verbindung der Terror-Gruppe mit der organisierten Kriminalität das weitaus Interessanteste, bestätigten sie doch Rebeccas Aussagen; er musste es Umberto nach seiner Rückkehr aus den USA unbedingt mitteilen.

Ca'Rosso, Padova: Donnerstag

Ziemlich abgespannt machte Roberto sich am Donnerstagabend auf den Weg ins *Ca'Rosso*, um im Haus seiner Mutter zu Abend zu essen. Seit vielen Jahren bestand dieses Ritual, zum Erfreulichen wendete es sich erst, seit Giulia das Kochen übernommen und auch sonst für gute Stimmung gesorgt hatte. Nach ihrer Rückkehr aus Deutschland sollte diese Sitte an diesem Donnerstag das erste Mal wieder aufgenommen werden.

Der Weg führte Roberto von der *questura*, die ebenso in der historischen Altstadt von Padova lag wie das *Ca'Rosso*, durch arkadengesäumte Straßen in eine ruhige Nebengasse.

Erstaunt blieb er vor dem Portal aus rotem (höchstwahrscheinlich Veroneser) Marmor stehen: Hier hatte sich seit Beginn des Jahres einiges getan. Bis dahin schien es dem Verfall preisgegeben, aber nun gaben neue Fensterrahmen, eine restaurierte Fassade und eine renovierte Eichentür dem Haus seine natürliche Würde zurück.

Blank geputzte Beschläge aus Messing und ein Schild mit einem Tulpenlogo kündeten von der neuen Funktion dieses aus dem 16. Jahrhundert stammenden Hauses, das nun der Verwaltungssitz einer Blumenzwiebel-Importfirma war. Nach sechzig Jahren des Verfalls hatte seine Mutter erstaunlicherweise die Initiative ergriffen und mit Carlo Müggehoff, Giulias Onkel mütterlicherseits, eine Firma gegründet. Hoffentlich hielt sie durch, denn es war ihre erste sinnvolle Arbeit, nachdem sie in den vergangenen Jahrzehnten hauptsächlich ihren vielen Freundinnen und Verwandten auf der Tasche gelegen hatte.

Trotz der vielen Neuerungen passte sein Schlüssel noch.

Er überraschte seine Frau in der Küche, die zwar in ihrer alten Form erhalten, aber mit modernster Küchentechnik ausgestattet worden war.

»Schön, dass du da bist, Ro!«, begrüßte sie ihn und gab ihm einen Kuss. »Wir essen heute im Salon.«

»Hier hat sich ja allerhand getan«, sagte er, setzte sich an den langen, blank gescheuerten Tisch und entspannte sich das erste Mal an diesem Tag. Er freute sich an Giulias Anblick und ganz besonders an ihrem deutlich sichtbaren Bauch. Noch immer konnte er es nur begrenzt fassen, dass diese lebensfrohe, junge Frau ausgerechnet ihn liebte, einen komplizierten Miesepeter, mit dem umzugehen nur wenigen gelang.

Statt einer Begrüßung bemerkte seine Mutter, dass Giulia abgespannt aussähe und Roberto sie mehr schonen solle.

»Ich denke, Giulia kann recht gut auf sich selbst aufpassen«, entgegnete er schroff auf dem Weg in den Salon. »Aber warum ist für fünf gedeckt? Erwartet ihr Besuch?«

»Besuch nicht, der neue Mieter ist zum Abendessen eingeladen«, kam eine ihm leider nur zu bekannte Stimme von der Galerie oben.

Als er die Gestalt auf der Treppe als Bartolomeo Coglione in Zivil identifiziert hatte, sank Robertos Laune schlagartig auf den Nullpunkt.

»Mieter? So!«

Julia musterte Roberto erstaunt.

»Ihr habt unser Angebot, hier im *Ca'Rosso* zu wohnen, ja abgelehnt«, erklärte seine Mutter, die Spannung nicht beachtend, »und da kam Bartolos Anfrage, ob ich ihm bei der Suche nach einer Wohnung behilflich sein könne, gerade richtig. Er wohnt erst einmal hier. Und ich denke, Roberto, es ist auch an der Zeit, die so lange zerstrittene Familie wieder zu vereinen. Was eure Großeltern entzweit hat, kann doch heute keine Bedeutung mehr haben! Carlo kommt später, fangen wir an!«

Roberto beteiligte sich nicht am Gespräch, während die drei anderen sich angeregt unterhielten. Auch als seine Mutter versuchte, Julia die Verwandtschaft der Cogliones und der Visians zu erklären, ließ er sich in seinem demonstrativen Desinteresse nicht stören.

»Mein Vater, der Marchese Massimiliano Visian, hatte zwei Schwestern«, erklärte seine Mutter Marchesa Francesa Visian. »Und während er sich gegen den Faschismus entschied und in den Widerstand ging, heirateten seine beiden Schwestern Offiziere, Clara einen späteren Parteigänger Mussolinis, und Marietta einen Marineleutnant, Bartolos Vater. Das führte dazu, dass sich die Familie völlig zerstritt. Mein Vater hat nie wieder ein Wort mit seinen Schwestern gewechselt und sie bis zu seinem gewaltsamen Tod durch die Deutschen nie wieder getroffen.«

»Meine Freunde nennen mich Omeo«, hatte Bartolomeo Coglione Julia am Nachmittag verraten, die ihn als äußerst amüsant und galant empfand.

Weil sein Großvater auf der *Bartolomeo Colleoni*, einem Leichten Kreuzer der Alberto-di-Giussano-Klasse, als Marineleutnant gedient habe, habe er wohl auch dem eigenen Sohn, seinem Vater also, den etwas altertümlichen Vornamen verpasst, wobei er sicher keineswegs den Jünger Bartholomäus aus dem Neuen Testament gemeint habe, der seines

Wissens ja vom Bruder eines armenischen Königs gemartert, enthauptet, gehäutet und gekreuzigt worden sei.

»Meine Güte«, sagte Julia, »die haben damals ja nichts an Grausamkeiten ausgelassen. Aber erzähl weiter, ich bin neugierig, wie es weitergeht.«

»Die *Bartolomeo Colleoni* sollte einen Konvoi begleiten, der nach Libyen unterwegs war«, fuhr Omeo Coglione fort. »Am 19. Juli 1940 erreichten sie Kap Spada auf Kreta; nördlich davon wurden sie von britischen und australischen Marineeinheiten angegriffen. Die *Bartolomeo Colleoni* erhielt mehrere Treffer und sank darauf. Später wurde mein Großvater verwundet von einem Bootsmann auf einem treibenden Holzstück an Land gebracht, wo er in ein deutsches Militärlazarett kam. Später, am 1. April 1942, ist er noch einmal mit einem Kreuzer der gleichen Klasse untergegangen, mit der *Giovanni Delle Bande Nere,* die ebenfalls versenkt wurde. Und wieder hat ihn derselbe Bootsmann, den er immer nur *Colleoni* genannt hat, gerettet.«

»Und warum bist du nicht zur Marine gegangen?«, wollte Julia wissen. »Die haben doch die schicksten Uniformen.«

»Mein Vater hatte anderes mit mir vor«, antwortete er kurz und wechselte das Thema.

Julia fand das Ganze äußerst spannend, und Francesca, ihre Schwiegermutter, erklärte, dass sie ihre Tante Clara und Tante Marietta, Bartolos Großmutter, zwar nie kennengelernt, aber trotzdem immer versucht habe, den Kontakt zur nächsten Generation zu halten und die Cogliones deshalb auch schon mehrmals in Bergamo besucht habe.

Carlos Ankunft und Julias Fischpastete, die aus dem Ofen geholt werden musste, beendeten vorläufig den Ausflug in die Visiansche Familiengeschichte, und da Carlo nur ganz wenig Italienisch sprach, beschränkte man sich auf Alltägliches und Übersetzungen. Julia und Roberto verabschiedeten sich bald, nicht ohne von seiner Mutter noch einmal darauf hingewiesen worden zu sein, dass er sich hoffentlich intensiv bemühe, eine größere Wohnung zu finden, die Zeit dränge ja schließlich.

»Ja, ja!«, antwortete er genervt, und man hörte an seiner Schroffheit deutlich, wie sehr ihn die Einmischung seiner Mutter störte.

»Was hast du eigentlich gegen deinen Vetter und seine Familie, Roberto?«, fragte ihn Julia auf dem Weg zu ihrer kleinen Wohnung.

»Sie sind immer noch Faschisten!«, erklärte er kurz angebunden.

Sie stiegen vier Treppen hoch, Julia wurde immer langsamer und schnaufte schließlich wie eine Dampflok; früher hatte es ihn nicht gestört, dass es im Treppenhaus nach Zwiebeln und billigem Öl roch, aber seit Julia vor ihm zu verbergen suchte, wie sie unter den Gerüchen litt, dachte er anders. Seine Mutter hatte ja recht, er musste in Bezug auf die Wohnung wirklich etwas tun – aber heute nicht mehr.

Sein Tag war das wirklich nicht gewesen: Er hatte sich neue Feinde verschafft und Freunde verärgert; bei den Fangomorden tauchten keine neuen Spuren auf, das Gespräch mit Rebecca Garfinkel hatte ihn traurig gemacht, wenn er daraus auch die Erkenntnis gezogen hatte, dass nicht der *XX. Gennaio* verantwortlich für die Ermordung ihres Mannes und ihres Sohnes gewesen war; dafür hatte er jetzt unsinniger- und zeitraubenderweise die *CICG* am Hals; und zu allem Überfluss hatte er sich noch mit dem *Betrieb* und der *Firma* angelegt und Tramontan vor den Kopf gestoßen und war der Eitelkeit des Conte Berini undiplomatisch begegnet, weshalb er nun auch noch dall'Aria am Hacken hatte, und nebenbei hatte er seine Mutter schroff behandelt und, anstatt sich Coglione als Verbündeten in der *questura* zu sichern, diesen brüskiert.

Ganz weit in seinem Hinterkopf war da noch der Gedanke an den großen, blonden, gut aussehenden Studenten namens David Salzmann, aber bevor er diesen Gedanken weiterverfolgen konnte, klingelte das Telefon.

Padova: Freitag

Roberto wünschte, sein Freund Umberto wäre wieder da, dann hätte er in der Nacht von Donnerstag auf Freitag nicht allein in das Studentenwohnheim fahren und wieder den Tod eines jungen Menschen untersuchen müssen, der an den Folgen des Drogenmissbrauchs gestorben war.

Langsam strömten die Studenten für das kommende Wintersemester zurück und belebten das Stadtbild. Allenthalben klingelten jugendliche Fahrradfahrer auf der Straße und standen Mopeds und Roller vor den Bibliotheken und Buchläden.

Ein Kommilitone hatte ihn im Badezimmer gefunden, die Kanüle steckte noch im Arm. Der Tote war Mitte zwanzig, Einstiche in seinen beiden Armbeugen zeigten, dass er noch nicht allzu lang an der Nadel gehangen hatte.

»Jakov Brovekean, ein israelischer Student, ein *drogano*«, begrüßte ihn Umbertos Vertreter Rodamo. »Ich habe ihn im Sommer beim Marihuanakonsum in der Bar 2000+2 bei einer Razzia erwischt.«

Der Polizeiarzt stellte den Totenschein aus.

»Oder wollen Sie eine Obduktion?«, fragte der Polizeiarzt Roberto aus dem Badezimmer.

»Erfolg versprechend?«, fragte Roberto kurz angebunden.

Der Polizeiarzt zuckte mit den Schultern.

»Entweder hat er die falsche Menge genommen oder der Stoff war schlecht verschnitten. Oder aber er war zu rein«, sagte der Arzt. »Das kann auch sein. Aber was soll's? Wenn Sie meinen, Sie brauchen die genaue Ursache, wird er obduziert. Aber an die Dealer oder Hintermänner kommen Sie damit nicht ran. Verursacht also nur Kosten.«

»Fremdverschulden schließen Sie aus, *dottore*?«

»Absolut.«

»Dann lassen Sie ihn abfahren«, sagte Rodamo, nachdem ihm Roberto zustimmend zugenickt hatte. »Muss erst kürzlich auf Heroin umgestiegen sein.«

Rodamo wirkte müde.

»Wenn wir ihn im Sommer gleich in Therapie vermittelt hätten, lebte er vielleicht jetzt noch, aber es ist ja alles überfüllt.«

»Schon lange im Geschäft?«

»Zu lange. Und die Zeiten werden härter. Haben Sie von dieser Teufelsdroge *crack* schon gehört? Ist seit mehr als zwölf Jahren in den USA im Umlauf. Jetzt kommt sie verstärkt von dort zu uns, entweder von amerikanischen oder zurückkehrenden italienischen Studenten. Manche werden schon nach dem ersten Krümel süchtig.«

»Ist Umberto nicht deswegen bei der DEA[*] drüben?«, fragte Roberto.

»Stimmt. Wissen Sie, Bassner, ich habe einen Sohn in seinem Alter«, Rodamo deutete auf den Zinksarg, in dem der Tote eben abtransportiert wurde, »und ich bete jeden Abend, dass er nicht auch damit anfängt. Ich habe ihn neulich mitgenommen, als wir eine junge Drogentote in einer Disco fanden. Das hat meinem Sohn hoffentlich die Neugier auf die Wirkung von Rauschgift genommen. Ich bete trotzdem.«

»Lassen Sie uns in die *questura* fahren und ein Protokoll für die Staatsanwaltschaft machen. Ich habe noch zwei ungelöste Morde an Ausländern am Hals.«

Auf seinem Schreibtisch fand er den ballistischen Bericht über die Waffe, aus der die Garfinkels erschossen worden waren, beide aus derselben Neunfünfundvierziger, die bereits bei einem Terrorüberfall in Israel benutzt worden war, ein eindeutiger Hinweis auf den *XX. Gennaio*. Die Auswertung habe so lange gedauert, weil man Interpol und die Israelis habe einschalten müssen. Das widersprach allerdings Rebeccas Angaben, wonach das Colleoni-Syndikat für die Morde verantwortlich gewesen sein sollte. Was nur war richtig?

Unter dem Bericht lag eine Notiz von Luciano: Die anderen Faxe ihres Mannes habe Rebecca Garfinkel zu Hause in Israel, sie würde sie nach ihrer Heimkehr sofort nach Italien schicken.

Wer mochte wohl diesen Text über Lissy Newman und Jim Stumper verfasst haben?, grübelte Roberto. Yochanan? Unwahrscheinlich, dass

---

[*] DEA (Drug Enforcement Administration): Drogenbehörde in den USA.

er Luzifer war, und nach einem Geheimdienstdossier klang es nun gar nicht.

Eins kam zum anderen, erst am späten Freitagabend kehrte Roberto ziemlich ausgelaugt in seine Wohnung zurück und fand Julias Brief. Sie war ganz allein in dem alten Haus in den Hügeln und bat ihn, hinauszukommen.

Trotz Müdigkeit und einer gewissen Erschöpfung setzte er seine letzten Energien frei und fuhr hinaus zu dem Ort seines Lebens, nach dessen Ruhe und Abgeschiedenheit er sich immerfort sehnte.

geschichtssplitter.
Bartolomeo colleonis Jugend
(1410 bis 1419)

arum schaffte er es nicht, sich seinen Vetter als Verbündeten zu sichern? Dabei hatte er sich nur seinetwegen nach Padova gemeldet, dessen Kompromisslosigkeit und gnadenlose Zielstrebigkeit er bewunderte. Aber er konnte sich ihm nicht mitteilen, sie sprachen verschiedene Sprachen.

Er hatte seine Frau überredet, etwas früher loszufahren, da konnten sie zur Messe in den Dom von Crema fahren, um dann rechtzeitig zum Mittagessen bei seiner Schwiegermutter in Piacenza zu sein.

Am Stadtrand von Crema fuhren sie an der aus Backstein kunstvoll und wunderbar gestalteten Rundkirche von Santa Maria della Croce vorbei.

Aber damals, als Antonio Colleoni, Bartolomeos großer Bruder, in Crema gedient hatte, gab es diese außergewöhnlich schöne Rundkirche noch nicht, eher hatte er wohl seinen Fuß in den alten Dom in der Innenstadt gesetzt, tiefgläubig von seiner Mutter Riccardonna erzogen, und sicherlich hatte er dort ein weiteres Mal gebetet, bevor er nach der Ermordung seines Vaters seine letzte Reise zur Mutter angetreten hatte und – chancenlos gegenüber seinen mörderischen Verwandten – von ihnen umgebracht wurde.

Das alles sagte er seiner Frau natürlich nicht, sie hatte keine Ahnung von seiner Identitätskrise, und so traten sie mit völlig unterschiedlichen Gedanken durch das romanische Portal in die dreischiffige Basilika von Crema. Doch er war nicht bei der Sache und hätte hinterher nicht sagen können, wer die Messe gehalten hatte.

Antonio Colleonis Dienstherr und Freund seines Vaters, Giorgio Benzoni, Graf von Crema, Pandino und Offanengo, fühlte sich fest im Sattel der Macht, und obwohl gerade sein erster Sohn Venturino geboren war, kannte er keine Gnade mit der Witwe seines Freundes und dem noch minderjährigen Bartolomeo, den er 1407 als Geisel behielt, bis die mittellose Riccardonna ihre zerfallene Zufluchtsstätte in Solza, Bartolomeos einziges Erbe, an den Herrn von Crema abtrat.

Nicht nur die Sorge um die Mutter musste den inhaftierten Zwölfjährigen quälen, auch der Schatten seines bewunderten großen Bruders verfolgte ihn hier in Crema in jedem Winkel; vielleicht hätte ein Blick in die

Zukunft ihm Genugtuung verschaffen können, denn Giorgio Benzonis Stern sollte 1423 so rapide verglühen, wie Bartolomeo Colleonis aufging. Die Söhne Benzonis, Venturino und Guido, sollten wie ihr Vater in der Bedeutungslosigkeit versinken, alle drei Weltmeister im Wechseln ihrer condotta *und ihr Leben lang als glanzlose* condottieri *unterwegs.*

Auf der A 21 legten sie die letzten Kilometer nach Piacenza zurück. Ganz in der Nähe der Piazza Sant'Antonio mit der gleichnamigen Kirche und ehemaligen Kathedrale trafen sie rechtzeitig zum Mittagessen bei seiner Schwiegermutter ein.

»Seine Gedanken sind sicher wieder bei Barbarossa«, zog sie ihn auf, weil er zum Gespräch nichts beitrug. »Du besuchst mich ja nur, weil du aus dem Fenster auf das Paradiso sehen kannst!«

»Wo dieser deutsche Federico mit der lombardischen Liga den Frieden von Konstanz vorbereitet hat«, ergänzte seine Frau und wartete auf ein Lob wegen ihrer Geschichtskenntnisse, aber er lächelte nur müde und verschwieg ihnen, dass er null Interesse an Barbarossa hatte und seines nur auf Colleoni ein paar hundert Jahre später gerichtet war.

»Ich gehe ein wenig spazieren«, sagte er.

Als er sich den riesigen, auch heute noch eindrucksvollen Befestigungsanlagen Piacenzas näherte, stellte er sich den jungen Pagen Bartolomeo vor, wie er dort oben neben seinem Herrn Filippo d'Arcelli stand, zu dem ihn seine Mutter sicherheitshalber gegeben hatte, und wie sie auf die mailändischen Belagerer vor dem Tor zur Borgo Nuovo heruntersahen.

Filippo d'Arcelli hatte nach dem Tod des viscontischen Wüterichs Giovanni Galeazzo die Stadt Piacenza unterworfen. Hier lernte Bartolomeo ab 1410 als Page das Handwerk des Soldaten von Grund auf und in relativer Geborgenheit. Allerdings endete sie wieder mit einem furiosen Gewaltakt.

Kondottiero Francesco Bussone detto Carmagnola, der sich aus bäuerlichen Verhältnissen emporgearbeitet hatte, kämpfte mit seinen ihm treu ergebenen Soldaten fast zehn Jahre für seinen Mailänder Herzog Filippo Maria Visconti, um die Einigkeit des Mailänder Herzogtums wiederherzustellen und dem Herzog Autorität zu verschaffen.

Zehn Kleinfürsten besiegte er; Stadt für Stadt, Kastell für Kastell wurden in beinahe beängstigend kurzer Zeit erobert, Revolten niedergeschlagen, und Carmagnola gewährte weder Gnade, noch waren seine Kampfhandlungen von der geringsten Ritterlichkeit geleitet: Abschreckung für die Zukunft war das Ziel. Und irgendwann, 1418, war auch Piacenza an der Reihe.

»Gnade ist die Art der Mailänder nicht!«, pflegte Carmagnola zu sagen, »weder die des Herzogs noch die seines Kondottieros.«

Als Filippo degli Arcelli die befestigte Stadt Piazenca nicht freiwillig räumen wollte, die der Visconti als ureigenes Mailänder Territorium beanspruchte, ließ Carmagnola seinen Bruder Bartolomeo d'Arcelli und seinen Sohn Giovanni, die ihm im Dezember des Vorjahres bei Genua in die Hände gefallen waren, kurzerhand vor den entsetzten Augen Filippo d'Arcellis vor dem Tor zur Borgo Nuovo aufhängen.

Von den Stadtmauern konnten die Eltern d'Arcelli und auch ihr inzwischen groß gewachsener und kampfesstarker Page Bartolomeo den grausamen Tod derer beobachten, die sie geliebt und mit denen sie so eng zusammengelebt hatten. Gebrochen zogen Filippo d'Arcelli und seine Frau ins Exil, die Stadt Piacenza wurde freigegeben, und Bartolomeo Colleoni musste sehen, wo er blieb, um nicht von den plündernden Soldaten Carmagnolas als Parteigänger d'Arcellis erkannt und erschlagen zu werden.

Er entkam aus der Stadt, doch tief in seinem Herzen mag er Rachegedanken gehegt haben; und hätte er in die Zukunft schauen können, wäre ihm die Genugtuung des Wissens zuteil geworden, dass er dreizehn Jahre später der Auslöser für die Verhaftung Carmagnolas und seine Verurteilung als Hochverräter sein sollte.

Was blieb für den jungen Mann zu tun? Ein Jahr zuvor, 1417, hatte Carmagnola auch die bis dato für uneinnehmbar geltende Festung Trezzo für seinen Herzog zurückerobert und die vier mörderischen Vettern vertrieben; dabei zerstörte er die eindrucksvolle Brücke zur Festung. Aber natürlich hatte Colleoni keine Chancen, sein Erbe zurückzuerhalten, denn jetzt gehörten Bergamo und all die Kleinfürstentümer der Grenzregion wieder dem Herzog von Mailand, gegen den Vater Puhò Colleoni seinerzeit gekämpft hatte. Carmagnola war es schließlich ziemlich egal, welche Coglione-Sippschaft er gerade vertrieben hatte.

Gerächt der Vater! Gerächt der Bruder! Die Mutter von den Quälereien befreit! Aber das allein machte nicht satt, was also sollte er machen?

Er zog nach Süden, vielleicht konnte er sich dort einem condottiero *anschließen, vielleicht sogar dem berühmten und von allen bewunderten Braccio da Montone? Ein aus niederem Adel stammender condottiero, dem wie bei Bartolomeo als Jugendlicher die Eltern ermordet worden waren. Bei so vielen Gemeinsamkeiten war es einen Versuch wert.*

Andrea Fortebraccio da Montone, genannt Braccio da Montone, der berühmte Begründer der Schule der Braccesken, kämpfte zu dieser Zeit in Apulien. Ihm beschloss der junge Mann sich anzudienen; es gelang, und die Welt schien ihm offenzustehen.

Doch nicht alle Blütenträume reifen, und Colleoni musste sein einziges Kapital einsetzen, das er durch all die grausamen Schicksalsschläge hindurch gerettet, gehegt und gepflegt hatte: seinen Stolz.

Denn als Braccio da Montone, die Herkunft des jungen Mannes nicht kennend oder einfach ignorierend, ihn als Rossknecht einsetzte, war der nach Taten dürstende, inzwischen groß gewachsene und athletisch gebaute junge Mann derart gekränkt, dass er den Dienst quittierte.

Hätte unser junger Recke in die Zukunft schauen können, hätte er voller Genugtuung sehen können, dass er nur fünf Jahre später einen entscheidenden Anteil daran haben sollte, das Denkmal Braccio da Montone von seinem Sockel zu stoßen.

So erwog Bartolomeo Colleoni, sich nach Frankreich zu verdingen, aber das Glück lachte ihm auch diesmal nicht, denn er geriet in die Gefangenschaft von Seeräubern.

Die Legende erzählt, dass er das Ruder des Seeräuberschiffes heimlich blockierte, sodass ein französisches Schiff es problemlos erobern konnte; der Kapitän des französischen Schiffes setzte Colleoni zum Dank an der italienischen Küste in Apulien ab, was nicht wirklich viel Sinn machte, denn unser junger Mann wollte ja eigentlich nach Frankreich.

»Hast du eigentlich bemerkt, dass ich ziemlich mitgenommen bin?«, hörte er auf der Rückfahrt seine Frau neben sich fragen. »Oder sind deine Gedanken wieder bei jemand anderem?«

»Höchstens bei meinem Vetter. Was ich diesem einsamen Wolf nie zugetraut hätte: Er hat geheiratet, und seine Frau ist bezaubernd.«

»Ach ja?«

»Glaube mir, die Frauen unserer Familie sind für mich tabu. Außerdem ist Giulia größer als ich, und das verträgt mein Ego schlecht.«

»Wer's glaubt, Bartolo, wer's glaubt!«

Innerlich beschloss er, seine Ausflüge in das Leben Bartolomeo Colleonis in Zukunft möglichst allein zu unternehmen.

kapitel 3
veneto/oktober 2001

Colli Euganei: Oktober 2001

it ihrer Rolle als Ehefrau kam Julia eigentlich noch immer nicht richtig zurecht: Bei allem, was sie tat, bedachte sie, wie Roberto ihre Handlungen finden würde. Dass er so gut wie keine Zeit für Privatleben fand, erklärte sie mit der speziellen Situation in der *questura* nach dem Tod des *vice-questore* und der immer noch angespannten Lage nach den Ereignissen des 11. September, die noch keine drei Wochen zurücklagen.

Aus Bemerkungen ihrer Schwiegermutter meinte sie herausgehört zu haben, dass Robertos Stolz es nicht zuließe, dass jemand glauben könne, er sei nicht in der Lage, Frau, Kinder und eine größere Wohnung zu unterhalten. Und so überlegte sie, wie sie das *Ca'Vecchia* Brandolin so herrichtete, dass sie darin wohnen konnten, ohne dass Roberto sich groß um die Finanzierung sorgen musste.

Zwar wusste er, dass Julias Großmutter ihr Geld für ein Studium ihrer Wahl hinterlassen hatte, und er bestand darauf (jedenfalls hatte er das in den Sommermonaten in Deutschland getan), das Studium zu beenden, aber nie hatten sie über die Summe gesprochen, die ihr nach ihrer Heirat zur Verfügung stand. Zwar reichte es nicht, das Haus komplett zu renovieren, aber um neue Fenster einzubauen und die sanitären Anlagen zu installieren, würde sie nicht einmal alles ausgeben müssen. Aber er, ahnte sie, würde das nicht wollen.

So plante sie ohne sein Wissen mit Clemente und Nico Zanella, mit denen sie durch Robertos jüngeren Bruder verschwägert waren; ein wenig unsicher, ob er ihr Tun guthieße.

Die bereits fünf Jahre bestehende Wohnungsbau-Selbsthilfegruppe *Autarchia* stand im Begriff, sich aufzulösen. Clemente hatte als Buchhalter dabei die Aufgabe, die Punktekonten der einzelnen Mitglieder zu evaluieren, dabei stellte sich heraus, dass sie relativ ausgeglichen waren und Clementes, Robertos und Julias Konto einen hohen Überschuss aufwiesen. Daher beschloss man, in den kommenden Wochen die Punkte insgesamt auszugleichen, was bedeutete, dass fast alle *Autarchia*-Mitglieder im *Ca'Vecchia* Brandolin anzutreten und den Überschuss abzuarbeiten hatten. Clemente stellte aus Dankbarkeit seine Punkte Julia zur Verfügung, weil sie schließlich im vergangenen Jahr seinen Eltern viel geholfen habe.

Der Bauingenieur, dem Julia im vergangenen Winter eine Gartenplanung geliefert hatte, revanchierte sich mit einer Prioritätenliste, und Julia finanzierte das Material.

Als sie mit ihrem Vater und Onkel Jochim im *Farfallone* gekurt hatte, waren sie alle naselang zum *Ca'Vecchia* Brandolin hinübergefahren. Im Grunde hatten die beiden Männer die Kur nur vorgeschoben, um Julias neues Lebensumfeld kennenzulernen.

Zuerst hatten ihr Vater und Onkel Jochim den Kopf geschüttelt und geglaubt, dass diese Ruine nie wieder bewohnbar gemacht werden könne, aber dank des Einsatzes der *Autarchia* machte das Projekt Tag für Tag immer deutlichere Fortschritte, sodass sie von Julias Enthusiasmus mitgerissen wurden und Carlo hinzuzogen, der mit der Renovierung des *Ca'Rosso* bereits einschlägige, wenn auch manchmal finanziell bittere Erfahrungen gesammelt hatte, aber ungeachtet dessen den jungen Architekten Japorelli mit der Planung beauftragte.

Onkel Jochim wollte sich sogar finanziell beteiligen, aber das redete Julias Vater seinem Bruder aus, weil er befürchtete, dass ihr zu viel Protektion zu Kopf steige und es besser sei, wenn sie es erst einmal allein versuche, vielleicht im nächsten Jahr mit dem Westflügel, man würde sehen.

Noch immer hatte sie Roberto gegenüber kein Wort über die Arbeiten am *Ca' Vecchia* Brandolin verloren, weil sie ihn überraschen wollte, dann kamen ihr aber wieder Bedenken, ob er das auch alles billigen würde. Nach dem Essen im *Ca'Rosso* am Donnerstagabend war auch kein günstiger Augenblick gewesen, deshalb wollte sie ihn Freitagmorgen informieren. Aber dann war nachts das Telefon gegangen und Roberto musste zu einem Drogentoten in ein Studentenwohnheim. So hinterließ sie ihm einen Brief, denn telefonisch war er wie meistens nicht erreichbar, und teilte ihm mit, dass sie am Freitag mithilfe der *Autarchia* einen Teilumzug ins *Ca'Vecchia* Brandolin beabsichtige und es schön fände, wenn er am Abend hinauskommen könne.

In Rekordzeit wurden sämtliche Kisten aus der Padovaner Wohnung sowie die Möbel, die bei den Zanellas in Torreglia untergestellt waren, und ihre bisher im *Ca'Rosso* aufbewahrten Möbel aus der Erbschaft ihrer Großmutter durch die vielen fleißigen Hände ins *Ca'Vecchia* transportiert, außer den *Autarchia*-Mitgliedern half der gesamte Zanella-Clan – und *mamma* sorgte für die Verpflegung.

Natürlich war das Ganze ein Provisorium, Julia konnte Robertos Bedenken schon förmlich hören. Außer zwei Brunnen, einer davon allerdings mit geprüfter Trinkwasserqualität, war noch nichts angeschlossen, Strom-, Telefon- und Wasseranschluss waren zwar beantragt, aber die Mühlen der Bürokratie mahlten auch in Italien langsam, und vor dem Frühjahr war mit nichts zu rechnen.

Das kleine Herzhäuschen am Buschwaldrand, das nach nordischem Vorbild auf Torfmullbasis betrieben wurde, war das ärgste Provisorium. Aber Julia hoffte, Roberto für das Wohnen hier draußen im kommenden Jahr unter besseren sanitären Voraussetzungen begeistern zu können, die paar Wintermonate sollten in der kleinen Wohnung überbrückbar sein.

Der Kamin, ein Schmuckstück in dem etwa acht mal sechs Meter großen Raum, der ehemaligen Sommerküche, fing alle Blicke mit einem hübschen steinernen Aufsatz, von zwei Hunden aus Marmor flankiert; davor lud die alte Sitzecke mit den gechintzten Bezügen zum Ausruhen ein. An der nördlichen Wand gab es einen marmornen Spülstein mit einem Abfluss nach außen; die Kücheneinrichtung vervollständigte ein Esstisch mit einigen Stühlen und ein zweiflammiger Propangaskocher.

Vor dem Südfenster stand Julias Schreibtisch, daneben das breite Bett; einige Schränke und Bücherborde besorgten dem frisch geweißten Raum mit seinen dunkel gebeizten Balken an der Decke ein wohnliches Ambiente, unterstützt von Vorhängen, Gardinen und ein paar einfachen Stichen an den Wänden. Mit dem Anbringen der Scheibengardinen gab es die meisten Schwierigkeiten: Die alten Fenster waren so morsch, dass selbst die kleinen Schräubchen für die Halterungen der Gardinenstangen kaum fassten. Gianni, der Tischler, versprach Julia einen Kostenvoranschlag für die zu erneuernden Fenster, sein Schwager war Glaser.

Was würde Roberto sagen, würde er kommen? Immer wieder starrte sie auf ihr Handy, aber es klingelte nicht. Nach dem gemeinsamen Abendessen draußen im Garten verließen alle Helfer nach und nach das Grundstück, und Julia pflückte noch einen Strauß Septemberrosen, bevor sie sich ins Haus zurückzog und zufrieden mit dem Erreichten eine erste Pause einlegte.

Zwar gefiel Julia Padova als Stadt sehr, aber zum Wohnen würde sie doch diesen Platz vorziehen, wo die Kinder in frischer Luft aufwachsen könnten, die Autobahnauffahrt lag ja nur zehn Minuten entfernt, das war für Roberto angenehm, und das Hospital der Barmherzigen Schwestern, in dem sie ab kommender Woche morgens je vier Stunden pro Tag arbeiten würde, war ebenso schnell zu erreichen. Auch das musste sie Roberto noch schonend beibringen.

Ihre Unsicherheit wuchs von Minute zu Minute. Mitten in ihre Überlegungen, Rechtfertigungen und Träume dann ein Klopfen.

»Giulia, bist du da? Mach auf!«

Sie konnte seinen Gesichtsausdruck in dem Dämmerlicht nicht erkennen und setzte mehrmals zu einer Erklärung an: Die *Autarchia* habe sein Punktekonto ... Sie verstummte, denn er schien gar nicht zuzuhören. Er blickte sich ohne den geringsten Kommentar um, inspizierte die Küche und alles Übrige – und nahm sie in die Arme.

»Und ich hatte schon geglaubt, du hättest so böse Erinnerungen an das *Ca'*! Du hast es seit unserer Rückkehr überhaupt nicht erwähnt, aber ...«

Der Findling, der bei seinen Worten von Julias Herzen gefallen war, drohte zurückzurollen.

»Du bist nicht einverstanden?«

»Doch, doch! Sehr sogar! Aber hast du dir auch nicht zu viel zugemutet? Es ist unglaublich, was ihr aus dieser Ruine gemacht habt!«

Erleichtert atmete sie auf. Ein gelungener Startschuss, den Abend mit einer Flasche Wein vor dem hell brennenden Kamin zu beschließen. Das erste Mal seit ihrer Rückkehr aus Deutschland zündete er sich eine Pfeife an, für Julia ein deutliches Zeichen seines Wohlbefindens.

Nun spürte sie die Anstrengungen des Tages doch, der Rücken schmerzte, und die Augen fielen ihr fast zu, als Roberto von seiner *CICG*-Kommission erzählte, während aus dem batteriebetriebenen Rekorder die perlenden Töne einer Laute aus einem Largo von Vivaldi ertönten.

»Das Leben ist schön!«, murmelte sie.

Dass Roberto beruflich dauernd mit Gewalt zu tun hatte, stand auf einem anderen Blatt und ihrem privaten friedlichen Glück nicht entgegen, denn diese Gewalt betraf sie beide persönlich nicht. Dachte sie.

Colli Euganei: Samstag

Am Samstagmorgen wachte Julia von temperamentvollen Bewegungen in ihrem Bauch auf.

Roberto war schon wach, und sie legte seine Hand auf das sich regende, neue Leben.

»Geht es schon los?«, fragte er besorgt.

»Nein, nein. Wenn es soweit ist, haben sie keinen Platz mehr, um sich zu bewegen«, beruhigte sie ihn.

»Ich hab überhaupt keine Ahnung, was auf dich zukommt!«

Seine Hilflosigkeit war nicht gespielt.

»Das ist auch hauptsächlich meine Sache!«

Die Sonne schickte ihre ersten Strahlen durch das Ostfenster, Roberto stand auf, legte Feuer im Kamin, schob eine neue Vivaldi-CD ein und kehrte mit den ersten Tönen der Violinen ins Bett zurück.

Julia fiel ein, dass sie ihm noch gar nichts von David Salzmanns Freundschaft mit dem Ermordeten erzählt hatte.

»Ich muss dir noch was sagen, Ro. Aber nur, wenn du mir versprichst, nicht gleich in die *questura* zu stürzen.«

Wieder bewegten die Zwillinge sich, und Roberto, die Hand erwartungsvoll auf ihrem Bauch, lächelte versonnen.

»Die Giuliettas sind ganz schön munter. Ja, ja, ich verspreche es!«

»Der Amerikaner, mein Kommilitone David Salzmann, war mit den Ermordeten, besonders mit Yochanan Garfinkel, befreundet und hat ihn am Abend vor seinem Tod im *Farfallone* getroffen.«

Roberto setzte sich abrupt auf.

»Sag das noch mal!«

In der Erwartung kritisiert zu werden, wiederholte sie es leise, aber statt sie zu tadeln, lachte er laut los (sehr selten bei ihm) und konnte sich kaum beruhigen.

»Das ist großartig!«, prustete er vor Vergnügen. »Wirklich großartig! Ich dürfte es dir nicht erzählen, aber es ist einfach zu schön!

An diesen Mordfällen arbeiten drei Geheimdienste plus meine *squadra*, beinahe wäre uns der Fall ganz entzogen worden. Ich habe strengste Anweisung von ganz oben, nicht nach dem Amerikaner zu fahnden, der am Montagabend Garfinkel in der Bar des *Farfallone* getroffen hat. Und nun kommt ausgerechnet dieser Amerikaner zu uns, weil er ein Kommilitone von dir war! Großartig!«

»Soll ich ihn wieder ausladen? Nicht, dass du durch mich Schwierigkeiten bekommst?«

»Auf gar keinen Fall! Aber erzähl mal genau, was du von ihm weißt.«

»Viel ist es nicht. David stammt aus Maine, hat reiche Eltern und macht ein Luststudium hier, wie er es nennt, *lettere e filosofia*, wie ich im vergangenen Jahr. Eigentlich ist Wirtschaftswissenschaft sein Fach. Sein Hobby sind Palladio-Villen. Deswegen haben wir im letzten Frühjahr mit Kjersti Moenn, einer norwegischen Kommilitonin, Ausflüge in die Umgebung unternommen. Seine Freundin habe ich erst ein- oder zweimal getroffen. Na ja, du wirst schon sehen! Sie studiert ab dem Wintersemester hier in Padova politische Wissenschaften. Vorher war sie an der Uni in Bologna und davor in Pavia. Todchic, die Frau, halb Italienerin, halb Araberin, aber mehr weiß ich von ihr nicht.«

Halbitalienerin?, überlegte er. Dann könnte sie es sein, die in Luzifers Brief erwähnt wird. Wenn das die Geheimdienste spitzkriegen! Und laut sagte er:

»Na, dann könnten wir doch morgen eine weitere Palladio-Villa mit unseren Gästen besichtigen, kennt ihr die *Saracena* schon? Nein? Die liegt gleich westlich der Colli Euganei.

Übrigens kommt Sonntagmorgen noch ein weiterer Gast, dein Bruder ist wieder im Lande und wohnt im *Ca'Rosso*. Ich wusste, das freut dich!«

Der Vormittag verging wie im Flug mit Planungen. Roberto war zufrieden, dass er sich erst einmal nicht um das Wohnungsproblem kümmern musste. Ein ums andere Mal schüttelte er den Kopf über die unbegrenzte Fantasie seiner Frau, die lediglich durch seine hartnäckigen Fragen nach der Finanzierung gebremst werden konnte, doch sie verstand es geschickt, dem Thema immer wieder auszuweichen.

Er war nachmittags kaum zur *questura* gefahren, als Clemente und seine junge Frau Nina auftauchten.

»Wie hat er's aufgenommen?«

»Denkbar positiv.«

»*Stupendo*, wunderbar! Erstaunlich bei seinen ewigen Bedenken!«, reagierte Clemente erfreut. »Weißt du, was ich draußen auf dem Wagen habe? Jede Menge Stauden! Der Landschaftsgärtner neben der Rosenschule meines Schwiegervaters gibt seinen Betrieb aus Altersgründen auf und verkauft alles für die Hälfte. Wenn ich nur etwas Kapital hätte, würde ich ihn übernehmen.«

Julia hatte Clemente mit ihrer Idee infiziert, Gärten passend zu dem Baustil ihrer Häuser anzulegen. Das 16. Jahrhundert, das *Cinquecento* und das Goldene Zeitalter im Veneto, lag ihr am meisten, sie setzte sich gern mit der Architektur- und den Gartenideen von Clarici und Alberti auseinander, in diese Zeit konnte sie sich gefühlsmäßig am besten hineindenken, weil das *Ca'Rosso* und das *Ca'Vecchia* Brandolin aus eben dieser Epoche stammten.

Wenn sie sich in die Vergangenheit hineinversetzte, sah sie die historischen Gärten so deutlich vor ihren Augen, dass sie von ihnen sofort eine Skizze anfertigen konnte. Sie selbst und Onkel Carlo, der Bruder ihrer Mutter, zeigten ein großes Engagement für diese Häuser, er am *Ca'Rosso* und sie am *Ca'Vecchia* Brandolin, das sie allein durch ihre Anwesenheit wieder mit Leben erfüllt hatten.

Die Gartenideen zu verwirklichen, war Julia an den beiden Häusern ebenso gelungen wie beim Bauerngarten am alten Hof der Zanellas; vor einiger Zeit hatte sie Clemente mit einer Liste von Pflanzen versorgt, die es nachweislich hier schon im 15. und 16. Jahrhundert gegeben hatte.

Ihre Schwiegermutter Francesca gab mit ihrem von Julia angelegten Renaissancegarten richtiggehend an, sodass schon zwei ihrer Freundinnen nachgefragt hatten, ob ihre Schwiegertochter nicht auch ihnen, selbstverständlich gegen Honorar, einen passenden Garten entwerfen könne – keine schlechte Idee bei den auf sie zurollenden Kosten für das

Ca'Vecchia Brandolin. Trotzdem hatte sie sich endgültig entschlossen, dass es für sie nie mehr als ein schönes Hobby bleiben sollte.

Als Clemente von der Staudengärtnerei erzählte, fragte sie scherzhaft: »Wie viel brauchst du denn?«

»Fünfunddreißig Millionen Lire plus eine monatliche Leibrente, aber für die Bank bin ich nur für zehn Millionen gut. Dabei wäre das eine einmalige Gelegenheit, die Rosenzucht der Ferrinas mit der Landschafts- und Staudengärtnerei nebenan zu kombinieren«, sagte er wehmütig – ein völlig neuer Zug an ihm.

»Und wir wären dann die gleichberechtigten Partner meines Vaters«, seufzte Nina.

»Lass mich das bis Montag durchdenken, vielleicht, ganz vielleicht kommen wir ins Geschäft!«

»Giulia! Meinst du das wirklich? Mein Gott, wenn das etwas wird: Du entwirfst die Gärten, ich lege sie an! Die Pflanzen kommen von uns, die Rosen vom Schwiegervater, die Zwiebelgewächse von Francesca und Carlo! Das wird das reinste Familienunternehmen!«

»An so etwas Ähnliches dachte ich auch, aber mir wäre eine stille Teilhaberschaft lieber, eine mucksmäuschenstille. Und nur ab und zu vielleicht ein Gartenentwurf. Haben wir uns verstanden?«

»Von uns erfährt keiner ein Wort, wenn du es nicht willst, Giulia!«

»Bis Montag!«

Und dann wandten sie sich den verschiedenen Fingerhutarten, türkischer Melisse, Rosmarin, Lavendel und anderen Stauden zu und erstellten einen fein abgestuften Plan nach Blühzeiten, Höhe und Farben. Clemente hatte schon viel gelernt und Giulia konnte sich eine Partnerschaft mit den beiden gut vorstellen, vorher musste aber Francescas Steuerberater für sie die Rentabilität des Ganzen abklopfen. Ich muss Roberto fragen, was er dazu meint, nahm sie sich vor.

Colli Euganei: Sonntag

Roberto kehrte abends wieder in die Hügel zurück. Die Überraschung mit dem vorläufigen Ausbau des *Ca'* war Giulia gelungen. Er wusste, dass sie Organisationstalent besaß, aber wie sie mithilfe der *Autarchia* die desolate Villa bewohnbar gemacht hatte, grenzte schon an ein Wunder und entlastete ihn ziemlich. Seine Gefühle zu zeigen, fiel ihm selbst vor ihr schwer, aber sie musste seine Zustimmung, ja sein Glück gespürt haben, denn sie strahlte von innen heraus.

Natürlich hätte sie das vorher mit mir besprechen sollen, dachte er, bevor er einschlief, wir müssen uns beide noch an die Ehe gewöhnen. Sie hat aber gewusst, dass hier meine Oase der Ruhe ist, frei von Geheimdiensten, frei von Verbrechen, frei von Frust und Stress. Nur: Ob wir uns das auch leisten können?

Ganz früh am Sonntagmorgen kam Michael mit dem ersten Bus aus Padova an, und Julia freute sich sehr. Er wollte einen Sprachkurs belegen, um an der Universität aufgenommen zu werden, genau wie seine Schwester vor einem Jahr, und er war genau so fasziniert vom Leben in Italien wie sie. Bald darauf erschienen auch die eingeladenen Gäste, David Salzmann und Donata Gabrièlla El-Atasoy; sie brachten Kjersti Moenn mit, die Julia ganz besonders herzlich begrüßte. Roberto kam sich ziemlich alt vor.

Gabrièlla war ein Traum von einer Frau. Wenn man diese Art Träume mag, dachte Roberto. Mitte zwanzig, klein und grazil gebaut und Salzmann bis zur Schulter reichend, ihr üppiges schwarzes, langes Haar floss geschmeidig über ihre Schultern, und ihre tiefdunklen Augen strahlten Roberto einnehmend an. Sie war hinreißend schön, und trotzdem ging etwas Unheilverkündendes von ihr aus. Wie eine wunderschöne Orchidee in der feuchtwarmen Schwüle eines Tropenhauses, dachte Roberto, im Gegensatz zu Giulia, die …

Seit über einem Jahr hatte er sich angewöhnt, alle Frauen ständig mit Julia zu vergleichen, was für die Verglichenen immer nachteilig ausging. Kjersti, eine dunkelhaarige Norwegerin mit blauen Augen, ein keltischer Typ, wie man ihn auch in England oder Norditalien finden konnte, zeigte sich so geradlinig, wie sie aussah. Sie verschwand mit Julia im Haus und half ihr ganz selbstverständlich.

Donata Gabrièllas Flirtversuche mit Roberto wurden von David Salzmann einfach ignoriert, wahrscheinlich war er sie gewohnt; sie war ein Typ, der immer im Mittelpunkt stehen musste und Männer als Beute ansah, nur hatte sie nicht mit Robertos Immunität gerechnet. Während des Essens – man grillte die typischen Würste der Hügel und aß jede Menge der verschiedensten Salate, die Kjersti und Julia zubereitet hatten – setzte Davids Freundin ihre Verführungsversuche bei Roberto ergebnislos fort; den neunzehnjährigen Michael nahm sie kaum wahr, er sie dafür umso mehr, und als Roberto Julia einen Blick zuwarf, zog sie eine Braue leicht ironisch hoch, als habe sie gewusst, dass die Italienerin sich so einführen würde.

Hoffentlich verliebt Michael sich nicht in diese Treibhauspflanze, dachte Roberto leicht beunruhigt, er sollte sich an die sympathische, kleine Norwegerin halten, die passt viel besser zu ihm.

Auf Julias Wunsch hin begannen die Männer eine große Menge Kaminholz zu spalten, damit sie es auch in den nächsten Wochen noch im *Ca'Vecchia* Brandolin aushalten konnten. Wenn es zu kalt und feucht werden würde, würden sie in ihrer kleinen Stadtwohnung die Wintermonate überbrücken, während am *Ca'* die notwendigsten Renovierungsarbeiten weiter fortgesetzt würden, um im Frühjahr ganz hierherziehen zu können. Roberto war es recht, alle Gedanken an noch mehr Neuerungen in seinem Leben schob er nur zu gern von sich, an eventuelle Unbequemlichkeiten im *Ca'Vecchia* Brandolin dachte er lieber nicht, und über die Finanzierung musste man ja nicht ausgerechnet an diesem goldenen Herbsttag nachdenken.

Donata Gabrièlla sonnte sich derweil und überließ Julia und Kjersti den Abwasch. Auf Davids Anregung, sich nützlich zu machen und Kaminholz aufzustapeln, antwortete sie mit einer ablehnenden Handbewegung, ohne die Augen zu öffnen.

Dass David sich fast ausschließlich Julia zuwandte, löste bei Roberto zwar keine Begeisterung aus, aber sie verstand es, ausgleichende Gesprächsthemen zu finden und vor allem voller Begeisterung über das *Ca'Vecchia*-Brandolin-Projekt und den in seiner Grundidee bereits angelegten Renaissancegarten zu reden.

»Meine Frau«, noch immer klangen diese Worte irgendwie ungewohnt für ihn, »hat diesen Garten am *Ca'* entworfen, bevor die Fundamente freigelegt waren. Sie kann sich wunderbar in Renaissancegärten hineinversetzen.«

Julia wurde bei seinen Worten rot und freute sich über sein Lob; er hätte die Gäste am liebsten sofort hinausgeworfen und wäre mit ihr … Sie sah ihm seine Wünsche an und lächelte.

Sie beschlossen, die Villa Saracena und die Villa Poiana zu besichtigen, beides Werke von Palladio.

Die Herbstfärbung hatte bereits eingesetzt, und sie entschieden sich, den beschwerlicheren, aber schöneren Weg durch die Hügel zu nehmen. Sie hielten kurz bei der Villa Contarini in Volgonaredo, über deren Straßenportal *Dei gratia Venetiarum* an die allgegenwärtige Macht der Serenissima im 17. Jahrhundert erinnerte, und fuhren von dort über Lozzo Atestino in Richtung Noventa Vicentina, um dann über Nebensträßchen bei Poiana Maggiore in dem flachen Landstrich zwischen den Colli Euganei und den Monte Berici auf die am Ortseingang liegende Villa zu stoßen.

Im zweiten Buch von Palladios *Quattro libri dell'architettura* blätterte Julia den Entwurf des Meisters auf, und alle registrierten erstaunt, wie der Entwurf mit dem heutigen Erscheinungsbild übereinstimmte, abgesehen von den fehlenden Wirtschaftsgebäuden und den fehlenden gartengestalterischen Elementen, die vielleicht nie vorhanden gewesen waren, denn Palladio ignorierte Gärten einfach in seinen Planungen.

»Erstaunlich, wie ihr Italiener eure schönsten Bauten zerfallen lasst«, sagte David und schüttelte fast verzweifelt den Kopf. »Wenn wir in Maine so etwas hätten, würde es nicht so aussehen! Wir haben unser State Capitol nach Palladio gebaut.«

»Ihr müsst zugeben«, verteidigte Roberto seine Landsleute, »dass wir im allerletzten Augenblick immer wieder Sponsoren finden. Schaut euch die Saracena an.«

Sie fuhren nach Noventa Vicentina zurück und suchten kurz vor der Ortschaft Agugliaro nach der Villa Saraceno Caldogno. Roberto erzählte Schauermärchen über den früheren Zustand der Villa und sprach von eingestürzten Mauern, undichten Dächern und zerbrochenen Fenstern.

»Bis die Amerikaner kamen!«, sagte er leicht ironisch. »Die machen gerade ein Schmuckstück draus, allerdings für den Preis strenger Reglementierung und obskurer Öffnungszeiten.«

Die Villa sah von außen wirklich prächtig aus, Palladio würde staunen, besonders auch darüber, dass die heutigen Gelehrten sich stritten, ob es sich denn um ein schlichtes Früh- oder ein reifes Alterswerk des Meisters handelte.

Sie hatten etwas abseits geparkt und liefen auf einem Feldweg, um die Villa, die seinerzeit an einem Kanal gelegen hatte, auch von der Rückseite zu bewundern. David und seine Freundin diskutierten lauthals, allerdings nicht über Andrea di Pietro della Gondola *detto* Palladio, sondern über die zweite Intifada in Israel und dem von ihm besetzten Gebieten.

»Ihr Palästinenser erzieht eure Kinder doch zu Hass und Gewalt!«, warf David ihr vor. »Wie sollen die Israelis sich denn anders wehren? Die Araber verstehen doch nur die Sprache der Vergeltung. *Auge um Auge, Zahn um Zahn!*«

»Wenigstens ein paar Töpfe sollten sie auf die leeren Podeste stellen«, wehte Kjerstis Stimme herüber.

»So spricht ein amerikanischer Jude, der nie in Israel war!«, beschuldigte Gabrièlla ihren Freund. »So lange ihr Juden so denkt, ändert sich nie etwas. Und deshalb müsst ihr lernen, die Sprache der Gewalt verstehen zu lernen! Aber bei euch ist der Name *Palästinenser* ja ein Synonym für *Terrorist*, und dass wir zu dreißig Prozent christlich sind, ignoriert ihr doch einfach.«

Sie drehte sich zu Roberto um, der hinter ihnen ging.

»Und Sie, Roberto, wie denken Sie über uns Palästinenser, sprich Terroristen?«

»Mit Terrorismus habe ich zum Glück nichts zu tun, da haben wir Spezialisten. Ich bleibe bei meinen schlichten Morden. Und heute interessiert mich, ehrlich gesagt, die friedliche Villenkultur mehr.«

Schließlich gab Gabrièlla die Diskussion auf und begann Michael zu betören.

In der Nähe eines Deichs steuerten David und Roberto auf ein zerfallenes Gehöft zu, als Roberto sich plötzlich bückte und ein blinkendes Metallstück aus dem Gras aufhob. Es handelte sich um ein fabrikneues, Neun-Millimeter-Para-Vollmantelgeschoss für eine Maschinenpistole.

Was Roberto jedoch stutzig machte, war die abgeplattete Spitze, der Kern lag nach vorne hin offen. Diese Art Munition war seit Inkrafttreten der Haager Konvention verboten, sie reißt schreckliche, Gewebe zerfetzende Wunden und hat ihren Namen nach der indischen Stadt Dum Dum, in deren Munitionsfabriken sie zuerst hergestellt worden war.

Als David Salzmann beobachtete, wie Roberto die Patrone in seiner Hand schnell verschloss, erfüllte ein schlagartiges Gefühl der Bedrohung die goldene Herbstluft, nicht durch eine bestimmte Person, sondern durch die Situation als solche.

»Darf ich fragen, was Sie da eben gefunden haben?«, fragte David.

»Ach, irgend so ein Geschoss, meine Landsleute schießen gern und die Jagdsaison läuft wieder. – Aber gehen Sie ruhig schon vor, ich hole eben den Fotoapparat aus dem Auto.«

David sah ihn zweifelnd an und wandte sich wortlos den anderen zu. Beim Auto angekommen, nahm Roberto seine in einer Magnethalterung unter dem Armaturenbrett befestigte Dienstwaffe und rief den nächsten Carabinieri-Stützpunkt an. Nachdem er zu den anderen zurückgekehrt war, beeinflusste er unauffällig die Rückfahrt.

Als sie die Straße in Richtung Noventa Vicentina entlangfuhren, kam ihnen ein Mannschaftswagen der *carabinieri* entgegen, und Roberto sah, dass auch der hinter ihnen fahrende David in seinen Rückspiegel blickte und verfolgte, wie der Wagen in die Nebenstraße zur Villa abbog.

Ins *Ca'Vecchia* Brandolin zurückgekehrt, trafen Roberto und David sich wie zufällig am Ende der Terrasse.

»Giulia hatte die Kamera«, sagte er ein wenig provozierend.

»Ich weiß. Hören Sie, *Davide*«, Roberto wählte bewusst diese persönliche Anrede und die italienische Form seines Namens, »ich habe von drei verschiedenen Geheimdiensten die strikte Anweisung, nicht nach Ihnen zu suchen und Ihnen keine Fragen nach dem Streit mit Garfinkel in der Hotelbar zu stellen, oder gar, was in dem braunen Briefumschlag war, den er Ihnen gegeben hat. Für mich sind Sie nichts weiter als ein früherer Kommilitone meiner Frau. Belassen wir es dabei?«

David schenkte ihm ein Pokerfacelächeln.

»Alle Achtung! Sie wussten es die ganze Zeit? Da hätte ich mit Hausverbot gerechnet, Roberto! Was meinen Streit im *Farfallone* betrifft, war das eine der vielen heftigen Diskussionen mit Yochanan. Jocky war mein Hochschullehrer in den Staaten, und ich habe ihn durch Zufall hier wieder getroffen.

Er ist – oder, besser gesagt, war – ein Verfechter des historischen Kompromisses, nicht des klassischen italienischen von 1978, sondern des zwischen der PLO und Israel abgeschlossenen; ich bin eher ein Gegner davon. Sein Tod ist mir sehr nahegegangen, aber fragen Sie mich nicht, ob es ein politischer Mord war, und mit Ihren Geheimdiensten habe ich sowieso absolut nichts im Sinn. Ich möchte in Europa in Ruhe *lettere e filosofia* studieren, hier geht es nicht ganz so hysterisch zu nach dem 11. September wie in den USA.«

»Warum erzählen Sie mir das? Sie sind mir keine Rechenschaft schuldig.«

»Nein, aber ich möchte Ihr Misstrauen nicht durch mein Schweigen erregen. Die Freundschaft mit Ihrer Frau und ab heute auch hoffentlich mit Ihnen sind es mir wert, und der …«

»Kein Wort zu dem Briefumschlag, ich möchte das gegenüber den Geheimdiensten vereinbarte Stillschweigen nicht brechen!«

In diesem Augenblick hielt ein dunkelgrauer Mercedes am unteren Brunnen. Zu Robertos Ärger gesellte sich sein Vetter Bartolomeo Coglione mit einem ihm unbekannten, jungen Mann und zu ihnen im Garten. Roberto entdeckte in Davids Augen sofort aufflammenden Unmut.

»Was will denn mein Vetter Henry hier?«, murrte David. »Es reicht doch, dass er in der Uni dauernd hinter mir herläuft!«

»Das reinste Vetterntreffen«, seufzte Roberto humorvoll auf.

Bartolomeo entschuldigte sein Stören damit, dass der junge Mann dringend nach seinem Vetter gesucht und Francesca ihnen den Weg hierher gewiesen habe.

Während Julia noch einen *caffè* anbot, stand David mit dem etwa gleich alten, aber kleineren und dunkelhaarigen Henry abseits. Ihre Unterhaltung schien alles andere als verwandtschaftlich freundlich, obwohl der junge Mann einen sympathischen Eindruck machte und ein offenes, gewinnendes Lächeln besaß, während Davids ganze Körperhaltung abweisend wirkte.

Kurz darauf verabschiedete sich Gabrièlla.

»Ich besuche Sie einmal in der *questura*, Roberto, Polizeiarbeit finde ich wahnsinnig interessant. Oder haben Sie etwas dagegen?«

»Sie werden mich dort nicht allzu häufig antreffen«, bremste er.

Währenddessen ließ sich Bartolomeo Coglione von Julia den Garten zeigen. Er äußerte sich sehr lobend und auch sehr fachkundig über ihn. Aus seinen klaren Augen leuchtete echtes Interesse, und Julia fragte sich wieder einmal, warum Roberto seinen Vetter so rundherum ablehnte.

Als habe er ihre Gedanken gelesen, sagte er, als sie an der bröckeligen, in den Obstgarten hinunterführenden Treppe am Ende des Gartens angekommen waren:

»Giulia, ich darf dich doch duzen? Schließlich sind wir verwandt.«
»Verschwägert«, unterbrach sie ihn.
»Verschwägert. Kannst du nicht ein gutes Wort für mich bei deinem Mann einlegen? Er muss mir nicht mehr misstrauen, ich habe meine faschistische Vergangenheit wirklich hinter mir gelassen, aber er gibt mir keine Chance. Dabei sollte er sich vor solch linken Typen wie dall'Aria hüten. Roberto könnte mich nämlich als Verbündeten gut gebrauchen!«
»Tut mir leid, *colonnello*, den Frieden musst du schon mit ihm selbst schließen. Meine Einmischung würde nur Schaden anrichten. Sag mal«, lenkte sie ab, »ist Coglione nicht die alte Schreibweise von Colleoni?«
»Man merkt den Polizisteneinfluss! Ja, aber ich bin kein *capitano generale*, wenn du das meinst.«
»Nein, aber du hast genau so viel Kunstverstand wie der alte *condottiero* Bartolomeo Coglione, und aus Bergamo kommst du auch.«
»Stell hier keine Verbindungen her, die es nicht gibt«, sagte er leichthin, und sie gingen zum Haus zurück, wo man sich allgemein verabschiedete, Kjersti und Micha fuhren in dem dunkelgrauen Mercedes des *colonnello* mit zurück.

Padova: Montag

Der Montag stand ganz im Zeichen der *CICG*. Schon am frühen Morgen traf sich der Conte mit dem Staatsanwalt, Roberto und der Polizeifotografin Anca sowie einem ihm gewogenen Anwalt und einem Verwaltungsjuristen, um die Vorgehensweise und die Ladung der Zeugen abzusprechen.

Roberto konnte nicht verhindern, dass die Vernehmung seines Freundes Umberto Tamassia eine zentrale Stellung einnahm. Zwar war er vom früheren *vice-questore* mit manipulierten Beweisen ausgeschaltet worden, was ihn entlastete, zum anderen aber musste das Verschwinden des Carmagnola-Protokolls und das eines weiteren Beweismittels geklärt werden, was Umberto wieder in den Verdacht der Mitgliedschaft im *Tre-Condottieri*-Syndikat brachte. Geschickt säte der Conte Keime des Argwohns, und die Saat ging auf.

Dass er selbst in diese Protokollaffäre verwickelt war, belastete Roberto sehr, und dies verschwundene Protokoll war auch der eigentliche Grund gewesen, warum er diese Kommission nicht hatte übernehmen wollen. Wenn er geahnt hätte, dass es sich zu einem so zentralen Punkt in den Ermittlungen der Kommission entwickeln würde, hätte er sie sich vom Hals geschafft. Aber bevor er sich nicht mit dem am Montagnachmittag aus den USA zurückkehrenden Umberto beraten hatte, wollte er nichts unternehmen.

Julia fuhr nachmittags in die Stadt, um Umberto gemeinsam mit Roberto vom Flughafen Marco Polo abzuholen. Kurz nach Deganellos Tod hatte der *questore* Umberto sozusagen als Vertrauensbeweis zu einem Kongress der DEA in die Vereinigten Staaten geschickt, und nun kehrte ein von den Erkenntnissen und Erfahrungen in der amerikanischen Drogenszene völlig deprimierter Mann zurück. Sonst immer mit einem lustigen Spruch auf den Lippen, schien ihm das Lachen ganz verloren gegangen zu sein.

Während die beiden Frauen sich bei offener Küchentür an die Vorbereitung des Abendessens machten, unterhielten die Freunde sich über Umbertos Reise.

Seine Frau Gina, in puncto Kochen voller Minderwertigkeitskomplexe, hatte Julia gebeten, das Begrüßungsessen zuzubereiten, und Julia hatte ohne jedes Zögern zugesagt.

Umberto zündete sich eine Zigarette nach der anderen an, und auf Robertos Frage, wann er mit dem Rauchen wieder angefangen habe, knurrte er:

»Drüben! Vor meiner Zeit in Padova war ich zwei Jahre in Napoli bei der Drogenfahndung, und ich hatte gedacht, die Hölle schon erlebt zu haben, aber das war ein Irrtum. Die süchtig gemachten Kiddies in Napoli, das Elend in den Slums und die Verzweiflung besonders der Mütter habe ich noch gut in Erinnerung. Aber in den Staaten potenziert sich die Hölle. Mit amerikanischen Kollegen hatten wir eine hauptsächlich von farbigen Wohlfahrtsempfängern bewohnte Wohnsiedlung mitten in Washington besucht. Sowohl die Bewohner als auch die Wohnungen waren unvorstellbar verwahrlost. Nachts verbarrikadieren sie sich förmlich wegen der Bandenfehden. Die Kinder arbeiten als Drogenkuriere, bei ihnen wird hauptsächlich *crack* geordert, das die Frauen nachts in ihren Küchen aus Kokainpulver herstellen. Väter? Entweder sitzen sie im Knast, oder sie haben ihre Familien verlassen. Trostlos, sag ich euch. Das Schlimmste war ein Besuch in einem Chicagoer Krankenhaus. Fünfundzwanzig Prozent der Neugeborenen waren drogengeschädigt oder abhängig, Babys aller sozialer Schichten und Rassen. Teuflisch! In einem staatlichen Entziehungsheim traf ich auf einen *crack*-geschädigten Sechzehnjährigen mit Wahnvorstellungen. Unter seiner Haut krabbelten Hunderte von Tausendfüßlern, sagte er.

Die Polizei ist machtlos. Die Kunden ordern bei den Kindern, die geben die Bestellungen an die Kleindealer weiter, und der Stoff wird von den Kleinen direkt bei den Drogenherstellern abgeholt und ausgeliefert. Dadurch haben die Bosse keinerlei Risiko und hohe Gewinnspannen.«

Julia fragte durch die offene Küchentür:
»Könnten wir auch *crack* herstellen, wenn wir Kokain hätten?«
»Giulietta!«, entrüstete sich Umberto. »Ich dachte, du könntest das Wort Rauschgift nicht einmal buchstabieren, und nun kennst du sogar Kokain als den Grundstoff für *crack*!«
Sie lachte wegen seiner Naivität.
»Kokain ist ein kardiovaskulärer Risikofaktor allererster Güte, die bekanntesten kardialen Komplikationen beim Gebrauch dieser Modedroge sind Koronarspasmus, Herzinfarkt, Myokarditis und Rhythmusstörungen, und bei *crack* ist das nicht anders, das weiß doch jeder Medizinstudent!«
Ihm blieb der Mund offen stehen, und auch Roberto sah sie etwas erstaunt an, obgleich er im Gegensatz zu den beiden Tamassias Julias Geheimnis kannte.
»Ja, Umberto, unserer *dottoressa* kannst du nicht viel vormachen!«
»Wieso? *Dottoressa*? Medizin? *Storia dell'arte*, Kunstgeschichte, ist doch dein Fach und dabei bleib man auch schön!«
»Ich lese gerade über Aortendissektion in Zusammenhang mit einem Kokainabusus, aber das sagt dir wohl nicht viel. Soll ich ...«
»Giuli hat uns ganz schön hinters Licht geführt, ich weiß es auch erst seit April diesen Jahres«, tröstete Roberto seinen Freund. »Sie hatte schon zwei Staatsexamen in Deutschland bestanden, bevor sie nach Italien kam und uns weisgemacht hat, dass *lettere e filosofia* ihr Fach und sie eine ganz kleine, harmlose Kunststudentin sei!«
»So eine linke Bazille! Aber du arbeitest doch wohl zurzeit nicht mit diesem dicken Bauch!«
»Nein, im Augenblick zeichne ich nur Gartenentwürfe«, log Julia.
Sie vermied, Roberto in die Augen zu schauen: Sie wollte ihm erst allein beichten, dass sie mit Fra Ioannis im Hospital der Barmherzigen Schwestern ein überaus komfortables Arrangement getroffen hatte.
»Also, was ist? Ich weiß zwar, wie das Alkaloid Kokain wirkt und auch *freebase* und *crack*, aber könnte ich es hier herstellen?«
»Untersteh dich, Kokainpulver mit Äther in unserer Küche zu *freebase* verarbeiten zu wollen, das explodiert zu leicht! Kokain mit Backpulver aufzukochen, ist ungefährlicher und ergibt *crack*.«
»Warum eigentlich *crack*?«, schaltete Roberto sich ein.
»Weil Kokain und Bicarbonat – Backpulver – beim Kochen knisternde Geräusche machen«, antwortete Umberto. »Gut, dass ich hier in Padova Polizist bin und *crack* nur gelegentlich auftaucht, aber nun lasst uns das Thema wechseln! Was gibt es zu essen?«
Es gab wunderbar zarte Eierkuchen und mit Spinat gefüllte *crespelle*, die förmlich auf der Zunge zergingen und Umbertos Miene wieder aufhellten.

Beim *caffè* wurden die Männer wieder dienstlich. Umberto wollte wissen, was es Neues in der *questura* gäbe, nachdem das *Tre-Condottieri*-Syndikat mit Deganello vernichtet worden war.

»Da bin ich mir gar nicht so sicher«, sagte Roberto, »seit einer Woche gibt es einen neuen Namen in der Szene: Colleoni.«

»So ein Mist! Colleoni also! Meinst du, die Strukturen des Syndikats sind erhalten geblieben, Roberto?«

»Mit großer Wahrscheinlichkeit.«

Julia setzte sich zu ihnen, Gina bestand darauf, den Abwasch allein zu machen.

»Der historische *condottiero* Colleoni hat lange der *Serenissima* gedient, übrigens auch ziemlich lange unter Gattamelata«, sagte Roberto.

»Der, dessen Reiterstandbild in Venedig vor der Scuola San Marco steht?«, fragte Julia. »Er gehörte zu den berühmtesten und erfolgreichsten *condottieri*, nicht wahr?«

»Ja, leider! Die verblichenen Syndikats-*condottieri* FraMoriale, Carmagnola und Gattamelata hatten sich doch letztlich mit den Eigenschaften ihrer historischen Namensgeber identifiziert«, sagte Umberto, »und wenn *Colleoni* das auch tut, können wir uns auf einiges gefasst machen.«

»Ja, er hatte den Beinamen *Il Invincibile*, der Unbesiegbare! Aber es gibt noch mehr schlechte Nachrichten«, sagte Roberto, »mir haben sie einen Untersuchungsausschuss zusammen mit dem Abgeordneten Berini aufs Auge gedrückt, der die eventuelle Syndikatszugehörigkeit von Deganello und Saccardo aufdecken soll.«

»So ein Unfug! Ich wette, alle Spuren sind beseitigt!«

»So ist es!«, bestätigte Roberto, und dann brachte er seinem Freund schonend bei, dass er eine zentrale Rolle bei der Zeugenbefragung spielen sollte.

»Das Verschwinden des Carmagnola-Protokolls? Ich wusste es!«, stöhnte Umberto.

»Am besten, ich gehe zum Oberstaatsanwalt und erzähle ihm, dass wir das Protokoll vernichtet haben und ich dich dazu angestiftet habe! Ich nehme die disziplinarischen Konsequenzen auf mich. Und das Mandat in der *CICG* lege ich selbstverständlich auch nieder«, sagte Roberto, aber Umberto wehrte das ab.

»Quatsch! Ich wusste genau, was ich tat! *Ich* habe dich angestiftet, mir vorzuschlagen, es zu vernichten, so war's. Und was glaubst du, was passiert, wenn du deinen Vorsitz niederlegst? Sie werden alles vertuschen! Du bist der einzige Garant, dass alles mit rechten Dingen zugeht!«

Julia hatte schweigend dabei gesessen und überlegte, in was für eine Zwickmühle die beiden Männer geraten waren.

»Kann man das Protokoll nicht einfach neu schreiben?«, erkundigte sie sich.
»Das wäre Urkundenfälschung!«
Roberto ließ sich auf nichts ein.
»Tu mir einen Gefallen«, bat Umberto Roberto, »warten wir meine Vernehmung ab! Du kennst mich, lügen kommt bei mir nicht infrage! Sieh zu, dass der Conte den Vorsitz bei meiner Befragung hat, dann brauchst du nicht Fragen stellen, deren Antwort du schon kennst.«
Roberto versprach es ihm. Aber es war gegen seine Überzeugung.

Padova: Dienstag

Gabrièlla erschien unangemeldet in der *questura*. Roberto empfand ihr Erscheinen als äußerst unpassend, noch dazu, weil sie nicht allein kam, sondern diesen smarten, dunkelhaarigen jungen Mann namens Henry mitbrachte.
»Ich habe es wahr gemacht. Haben Sie Zeit für mich?«, fragte sie, setzte sich provozierend auf die Schreibtischkante, ohne ihren Begleiter zu beachten, wobei sich ihr kurzer Rock noch höher schob, sie ihre schönen Beine aufreizend langsam übereinanderschlug und ihn aus dunkel umrandeten Augen verführerisch anlächelte; sie war eine Schönheit, aber sie störte.
»Keine Minute«, antwortete er nicht eben freundlich, »Sie hätten wenigstens anrufen können!«
»Damit Sie sich verleugnen lassen?«
In diesem Augenblick kam Luciano ins Büro geschossen, wie immer, ohne anzuklopfen. Er war der Einzige, der sich dies erlaubte, und obwohl er schon mehrmals verwarnt worden war, zeigte Robertos Wunsch keinen Erfolg. Auch den nach angemessener Kleidung erfüllte der junge afroitalienische Beamte seinem *dirigente* nicht. Lederblouson, T-Shirt, hautenge Jeans und schwarze Cowboystiefel, dazu mindestens ein goldener Ohrring oder ein Nasenstecker, das hielt Luciano für angemessen.
»Sie haben Ihren Stil, Chef, und ich meine«, hatte er ihm einmal erklärt, »wenn ich in der Szene korrekt gekleidet wie Sie erscheine, kann ich keine Typen angraben.«
»Tschuldigung, Chef, ich wusste nicht ...«
Er musterte Gabrièlla mit geradezu unverschämter Aufmerksamkeit. Wenn er nicht so ein kriminalistisches Naturtalent gewesen wäre und wie ein Spürhund keine Fährte losließ, wäre er schon lange aus dem Dienst geflogen.
In Robertos Mordkommission hatte er es erstmals länger ausgehalten, oder der *dirigente* ihn. Roberto war der erste Vorgesetzte, den er akzeptierte und mit *Chef* anredete.

»Die Signorina wollte gerade gehen«, sagte Roberto mit finsterer Miene, was sie aber nicht zu entmutigen schien. »Zeigen Sie ihr den Ausgang!«

»Sie schieben mich ab, Roberto?«, schmollte sie stilvollendet.

»Während der Dienstzeit hat mein Privatleben Sendepause!«

»Ich werde es mir merken.«

Galant hielt Luciano ihr die Tür auf. Wenn er wollte, konnte er sich benehmen. Gedankenverloren spielte Roberto mit einem Kugelschreiber. Sie war keine Frau, die um die Gunst der Männer warb – wieso auch? Sie umschwärmten sie ohnehin.

Warum kehrt sie das Spiel bei mir um, überlegte Roberto, ob David Salzmann dahintersteckt?

Gabriëllas Begleiter war einfach sitzen geblieben, und auf Robertos rein rhetorisch gemeinte Frage, was er für ihn tun könne, grinste er geheimnisvoll.

Henry Salzmanns Augenform musste ungewöhnlich genannt werden. Die unteren Lider waren strichgerade geformt, die oberen wölbten sich halbmondförmig darüber und gaben den Augen einen überaus freundlichen Ausdruck, allerdings bemerkte Roberto an ihnen eine Eigentümlichkeit: eines war hellbraun, das andere grün.

»Umgekehrt, Marchese, ich soll etwas für Sie tun. Ich studiere hier an *Il Bo* undercover. Ja, ja, Geheimdienst. Und wenn Sie einen Verbindungsmann zum *servizio segreto* suchen: Hier sitzt er.«

Roberto warf dem selbst ernannten Verbindungsmann einen skeptischen Blick zu.

»Sind Sie eigentlich mit David Salzmann verwandt, oder ist das eine zufällige Namensgleichheit?«

»Hat er nichts von mir erzählt? Normalerweise macht er mich immer gleich schlecht! Wir sind Vettern, er aus der amerikanischen, ich aus der israelischen Linie. Und um Ihrer nächsten Frage zuvorzukommen: Ja, ich arbeite mit Ari Hirschfeld.«

»Und mit Hunter?«

»Als Verbindungsmann.«

Er wirkte plötzlich sehr bedrückt.

»Ich kannte sie gut«, sagte er etwas zusammenhangslos, aber so unendlich traurig, dass Robert fast so etwas wie Mitleid empfand.

»Die Garfinkels?«

Der junge Mann nickte bedrückt.

»Ich habe eine Zeit lang im Kibbuz Givat Shalom gelebt, Rebecca ist eine Cousine von mir. Jocky war ein so feiner Kerl, wir sind oft zum Angeln auf den See Genezareth gefahren! Er war wie ein halber Bruder für mich. Kennen Sie Petersfisch? Was rede ich für einen Schwachsinn!

Jedenfalls kriegen Sie von mir jegliche Hilfe, um seinen Mörder zu fangen, schon um Rebecca willen!«
»Und was sagt Hunter dazu?«
»Ach, mit Familienangelegenheiten belästige ich ihn ungern.«
»Wo finde ich Sie bei Bedarf?«
Roberto fand die Betroffenheit und die Offenheit des anderen sympathisch, er wirkte fast ein wenig naiv. Keine schlechte Tarnung für einen Geheimagenten.

Henry gab ihm eine Visitenkarte mit Mobiltelefonnummer und einer Adresse in einem Studentenwohnheim und machte sich fröhlich lächelnd davon.

Roberto sinnierte, dass die *Firma* und die faschistische Welt seines Vetters Coglione einen gemeinsamen Feind hatten: die Linken. Nachdem der Kommunismus als Staatsfeind Nummer eins keine Rolle mehr spielte, musste ein Ersatzfeind her, und in Osama bin Laden hatten sie einen guten, neuen Ersatz gefunden (oder ihn sogar selbst aufgebaut, wie manche Verschwörungstheoretiker behaupteten).

Nach über einer Stunde platzte Luciano wieder ins Büro.
»*Dio mio* und alle Heiligen, das ist vielleicht ein Sahnetörtchen!«, rief er entzückt und verdrehte die Augen. »Chef, wo haben Sie die denn aufgeschnappt? Vor ihrer Ehe habe ich gedacht, Sie brauchen eine Frau so nötig wie Poseidon Schwimmflügel! Und seit letztem Jahr wechselt eine tolle Frau die andere ab: *La Leonessa*, und jetzt dies Rasseweib, von *La Tedesca* ganz zu schweigen!«

»Haben Sie etwa über eine Stunde gebraucht, um ihr den Ausgang zu zeigen?«, unterbrach Roberto ihn einigermaßen ungehalten.

»Sie wollte unbedingt die *questura* besichtigen, und als Freundin vom Chef habe ich nicht gewagt, ihr zu widersprechen!«

»Dann betrachten Sie diese Stunde als abgebummelte Überstunde!«

»Sie können gnadenlos sein, Chef! Aber heute Abend gehe ich mit ihr in eine Disco, was sagen Sie nun!«

»Ihr Privatleben interessiert mich nicht. Trotzdem ein guter Rat: Sie ist in festen Händen, und an David Salzmann dürften selbst Sie sich die Zähne ausbeißen, Luciano Quilla. Schätze, er war Collegemeister im Mittelschwergewicht, und Karate ist sein Hobby.«

»Sie können einem auch jede Freude vermiesen.«

»*Dirigente* Bassner zum *questore*!«, tönte die Hausanlage.

»Warum haben Sie den Posten des Häuptlings eigentlich nicht gekriegt, Chef? Wir waren alle total überrascht. Dall'Aria ist doch ...«

»Unser neuer *questore*«, unterbrach Roberto die zu erwartende Schmährede, »und es ist schon alles in Ordnung so.«

Padova: Mittwoch

Roberto fand den gestern ernannten *questore* in seinem Zimmer nicht vor, dafür die drei Agenten, deren Erscheinen er eigentlich gestern schon erwartet hatte. Wie dominikanische Inquisitoren hatten sie sich postiert.

Hunter begann ohne Begrüßung:

»Ihre Art der Kooperation, Bassner, ist äußerst merkwürdig. Wir hatten Ihnen untersagt, nach dem Amerikaner aus der Hotelbar zu fahnden, und was tun Sie?«

Roberto setzte sich, ohne zu antworten, durch seine Ruhe provozierte er bewusst, und Silvio Cartucchio giftete auch sofort los:

»Wenn Sie so weitermachen, Marchese, gehen Sie bald wieder Streife, und das weit weg von hier in Domodossola!«

Der Israeli schwieg und scannte die Umgebung, Roberto hüllte sich weiter in Schweigen.

Hunter hielt die fast greifbare Stille im Raum am schlechtesten aus.

»Wir erwarten Ihre Antwort!«

»Ich ermittle!«

»Verdammt noch mal!«, fluchte Cartucchio. »Können Sie nicht ordentlich antworten!«

»Hunter hat mich gefragt, was ich tue, und ich habe ihm geantwortet: Ich ermittle. Was erwarten Sie sonst von mir?«

»Sie haben gegen Ihr Versprechen gehandelt!«, fauchte Cartucchio. »Und trotz unseres Verbots Kontakt zu dem Amerikaner aus dem *Farfallone* aufgenommen!«

»Der Amerikaner muss ja unendlich wichtig für Sie sein! Aber vielleicht senkt es Ihren Blutdruck beträchtlich, wenn ich Ihnen allen dreien versichere, nicht gegen meine Abmachung gehandelt zu haben.«

»Sie lügen!«

Hunter wurde unangenehm direkt.

»Den ganzen Sonntag haben Sie sich mit dem Amerikaner beschäftigt!«

Roberto heuchelte Erstaunen, es bereitete ihm ein inneres Vergnügen, sie an der Nase herumzuführen.

»Ach, *den* Amerikaner meinen Sie, *Davide* Salzmann! Jetzt weiß ich erst, worauf Sie hinauswollen. Aber nicht ich habe den Amerikaner gesucht, er hat meine Frau und mich besucht, sie waren Kommilitonen. Wie konnte ich wissen, dass er der Amerikaner ist, nach dem ich nicht fahnden sollte? Wenn Sie mehr Vertrauen zu mir gehabt und mir seinen Namen genannt hätten, wäre dieses Missverständnis zu vermeiden gewesen.«

Die beiden Agenten schwiegen verblüfft. In den Augen des Israelis entdeckte Roberto einen Funken Belustigung.

»Wir haben nichts als kunstgeschichtliche Studien betrieben«, erläuterte Roberto todernst. »Zuerst die venetische Villa Poiana Maggiore von Palladio, dann ...«

»Ihre Villen interessieren uns nicht!«, unterbrach Hunter ungeduldig.

»Aber vielleicht, dass wir bei der Besichtigung der zweiten Villa Spezialmunition entdeckt und den *caramba** ermöglicht haben, ein umfangreiches Waffen- und Sprengstofflager einer neuerdings aktiven Terrorzelle namens *XX. Gennaio* zu beschlagnahmen? Liegt das mehr auf Ihrer Linie?«

Sie taten überrascht, waren es aber nicht.

»Für wie dumm halten Sie mich und die padovanische Polizei eigentlich? Wenn drei Agenten von drei verschiedenen Geheimdiensten auftreten, riecht das mächtig nach einer Krise, und wenn Sie nicht einmal den *questore* bei dieser Unterredung dulden, nach einer Supergeheimhaltungsstufe.

Sie werfen mir vor, nicht zu kooperieren! Und wie soll ich Ihr Verhalten nennen? Es ist kontraproduktiv!

Ich bin nicht Ihr Befehlsempfänger, aber ich bin jederzeit bereit, im Dienste der Sache Ihnen meine Kenntnisse und mein Wissen über diese Stadt und ihren Untergrund zur Verfügung zu stellen. Padova ist mit seinen überproportionalen Studentenzahlen ein besonderes Pflaster, ich arbeite hier seit fast zwanzig Jahren.

Überlegen Sie gut, ob Sie in Zukunft meine Kooperation wollen und Ihre ehrlich anbieten.

Über Ihre Entscheidung setzen Sie mich freundlicherweise in Kenntnis!«

Damit erhob er sich, und wenn er gesehen hätte, dass dall'Aria eben eintrat, hätte er sich seine überflüssige und etwas herablassende Schlussbemerkung an Cartucchios Adresse gespart, denn wie der hatte der *questore* von der Pike auf gedient.

»Was das Streife-Gehen in Domodossola betrifft, Cartucchio, haben Sie ja wohl einschlägige Erfahrungen. Mich hat mein abgeschlossenes Jurastudium vor so etwas bewahrt!«

Die drei Agenten verabschiedeten sich, der Israeli hatte nicht ein Wort gesagt, und dall'Aria hielt seinen *dirigente* zurück.

»Ich weiß zwar nicht, worum es geht, M-Marchese«, er suchte nach Worten, »aber Ihre Arroganz ist nicht g-ganz das, was ich mir im Umgang mit internationalen Geheimdiensten vorstelle!«

Erst vierundzwanzig Stunden im Dienst, kehrte der neu ernannte *questore* den überheblichen Vorgesetzten heraus.

Seine tief liegenden Augen funkelten Roberto an.

---

* Carabinieri.

»Sie haben einen Fehler gemacht, Marchese, nämlich den P-Posten, den ich jetzt innehabe, nicht angenommen zu haben. Nennen Sie mir den Grund für Ihre ... F-Fehlentscheidung!«

Er hatte Robertos Dienstgrad weggelassen und spuckte das Wörtchen Marchese geradezu mit Verachtung und ohne anzustoßen aus.

»Das, dall'Aria, ist meine höchst eigene Privatangelegenheit und die gedenke ich am allerwenigsten mit Ihnen zu diskutieren.«

Bei dieser despektierlichen Anrede bekam der andere vor Ärger einen roten Kopf und suchte einen Moment nach einer Formulierung.

»Erwarten Sie nicht, dass ich Sie in irgendeiner Weise schone«, sagte er und blickte demonstrativ auf Robertos linkes Knie, »was bei mir zählt, sind die T-Tagesleistungen und nicht Verdienste in der Vergangenheit.«

Leute wie er, die unversehens in Machtpositionen gelangten, nutzten diese zu kleinlichen Machtdemonstrationen aus; ein Mann wie er würde in der *questura* nie kraft seiner Persönlichkeit Ansehen oder Respekt genießen.

Plötzlich begann Roberto zu ahnen, dass seine Entscheidung für ihn vielleicht richtig war, nicht aber für die *questura*.

Colli Euganei: Mittwochnacht

Langsamen Schrittes verließ der junge Mann kurz nach Mitternacht den Parkplatz, ein fast leerer Rucksack konnte es nicht sein, der ihn so beugte, und so steil war der sandige Trampelpfad, der in den *parco naturale* führte, schließlich auch nicht.

Als er erfuhr, wer die beiden Toten waren, beherrschte Hass seine Gedanken. Und Rache. Er glaubte, die Täter zu kennen, und er würde sie gnadenlos jagen.

Aber heute war Trauer angesagt, er wollte sich nicht öffentlich zu den Toten bekennen, er hatte sich vielmehr entschlossen, diese Nacht auf dem *Monte Alto* zu verbringen und Abschied von ihnen zu nehmen. Sein Halbbruder war ihm immer ein großes Vorbild gewesen, und sein Stiefvater hatte ihm die Liebe gegeben, die sein eigener Vater ihm vorenthalten hatte.

Die beiden waren seine Familie gewesen, mit ihnen hatte er im *haderochl** des Kibbuz die Mahlzeiten eingenommen, und zu ihm war Yochanan in den Schlafsaal der Kinder gekommen, als er krank war und des Nachts weinte, und er hatte sich zu ihm gelegt und ihm Geschichten ins Ohr geflüstert.

---

* Speisesaal.

Und geangelt hatten sie zusammen und stundenlang schweigend in dem kleinen Ruderboot gesessen, bis einer von den Peterfischen anbiss.

Sein Stiefvater und dessen Vater hatten ihm von ihrer Freundschaft zu der Palästinenserfamilie erzählt, der Alte schwärmte geradezu von der Zeit, als er aus Böhmen kommend Ende der zwanziger Jahre in Yaffo an Land gegangen war und die Beduinen auf ihren rassigen Pferden in wehendem, weißem Burnus an ihm vorbeigesprengt waren.

»Das ist mein Land!«, hatte der Alte damals gerufen und sich an Karl Mays Kara ben Nemsi erinnert, und eine Stimme sagte ihm: Hier bist du zu Hause.

Yochanan hatte hinter seinem Rücken gelächelt und hinterher gesagt:

»Das waren ziemlich magere Klepper und die weißen Burnusse eher dreckige Lumpen.«

Warum nur hatte er sich so weit von dieser Welt der Gemeinsamkeiten entfernt, war einen langen Irrweg der Gewalt gegangen, bevor Yochanan ihn jetzt wieder auf den richtigen bringen wollte? Und warum war er, der ewig Frieden Predigende, zum Opfer geworden?

Der junge Mann hockte sich hin, öffnete den Rucksack und nahm einen Gebetsschal heraus, den er behutsam durch seine Finger gleiten ließ, dann die beiden Gebetsriemen für Kopf und Arm, setzte die kleine schwarze *Kipa* auf und überlegte, wann er das letzte Mal in einer Synagoge gewesen war und dem einen Abschnitt aus der Thora vorlesenden *Chasan* gelauscht hatte, und er erinnerte sich an seine *Bar Mizwa*, als er als Dreizehnjähriger in die Gemeinschaft der Männer aufgenommen wurde.

Was hatte ihn dazu gebracht, alle äußeren Zeichen seiner Religion abzulegen? Das Selbstmordattentat, dem seine Frau zum Opfer gefallen war und bei einem weiteren vier seiner Kameraden? Ja, sagte er sich, das war das letzte Glied in einer Kette von Gewalttaten gewesen, die ihn bewogen hatten, zum *Institut* zu gehen.

Und nun wollte Yochanan ihn zurückholen, zurück in die Welt der Verständigung, der Gewalt entsagend und ganz besonders der Gewalt des Staates.

»Was sie jetzt machen, ist Staatsterrorismus!«, hatte er argumentiert und dann sein Steckenpferd Demokratie geritten, und ihm waren gegen seinen großen Bruder langsam die Argumente ausgegangen.

Yochanan hatte die ganze Zeit über seinen Gebetsschal, seine Gebetsriemen und seine *Kipa* für ihn aufbewahrt. Er legte sie jetzt an, bewegte den Oberkörper leicht vor und zurück und murmelte:

Die Edelsten in Israel sind auf deiner Höhe erschlagen.
Wie sind die Helden gefallen!

... Ihr Berge zu Gilboa,
es müsse weder tauen noch regnen auf euch, noch Äcker sein ...
denn daselbst ist den Helden ihr Schild abgeschlagen,
der Schild Sauls, als wäre er nicht gesalbt mit Öl.
Der Bogen Yochanans hat nie gefehlt ...
Saul und Yochanan, holdselig und lieblich in ihrem Leben,
sind auch im Tode nicht geschieden;
schneller waren sie denn die Adler
und stärker denn die Löwen.
Ihr Töchter Israels, weint über Saul,
der euch kleidete mit Scharlach säuberlich
und schmückte euch mit güldenen Kleinoden an euren Kleidern.
Wie sind die Helden so gefallen im Streit!
Yochanan ist auf deinen Höhen erschlagen–
Es ist mir Leid um dich, mein Bruder Yochanan:
ich habe große Freude und Wonne an dir gehabt;
deine Liebe ist mir sonderlicher gewesen, denn Frauenliebe ist.
Wie sind die Helden gefallen und die Streitbaren umgekommen!

So hatte der jüdische Heerführer David vor zweitausend Jahren um seinen Schwager und Schwiegervater getrauert und die Worte perlten in seine Seele und hinterließen Leuchtspuren. Und dann sprach er das traditionelle Totengebet, das *Kaddisch*, und er wunderte sich, wie ihm die Worte nach zehn Jahren noch ohne das geringste Zögern über die Lippen kamen.

Merkwürdigerweise waren alle Gedanken an Rache plötzlich nichtig; wenn er das Leben der Toten würdigen wollte, musste er in ihrem Sinne weitermachen, und das hieß für ihn: nicht Gewalt gegen ihre Mörder, sondern Verständigung mit denen, die Yochanan und seinen Vater umgebracht hatten. Und damals seine Frau.

Ja, er musste in Yochanans Fußstapfen treten, und die erste notwendige Tat war, mit seinem leiblichen Vater zu brechen und ihn aus seinem Gedächtnis zu löschen.

»Ich nehme dein Testament an, Yochanan«, sagte er laut, holte einen kleinen, klappbaren Spaten aus dem Rucksack und schaufelte ein kleines Loch, in das er die äußeren Zeichen seiner jüdischen Religion legte, sie mit Erde bedeckte und feststampfte. Anschließend kehrte er hocherhobenen Hauptes zurück, seine Zukunft klar vor Augen.

Die Trauer musste seine natürlichen und antrainierten Instinkte eingeschläfert haben, und so bemerkte er die maskierte, schwarze Gestalt nicht, die hinter Büschen verborgen seine Abfahrt beobachtete, um dann zu dem Platz zurückzukehren, an dem der Trauernde ein Loch gegraben hatte, um neugierig nachzusehen, was da in der kühlen, italienischen Erde in der Nähe der Villa Draghi versteckt worden war. Die maskierte Gestalt zog die Strumpfmaske ab, streifte die vorwitzigen schwarzen Haare zurück und drehte die ganze Haarfülle wieder zu einem Knoten zusammen, der unter der Strumpfmaske verschwand.

Padova: Freitag

Die erste Vernehmung Umbertos vor der *CICG* stand bevor. Julia hatte Roberto in dieser Woche kaum gesehen, sie hielt sich meist im *Ca'Vecchia* Brandolin oder bei Fra Ioannia im Krankenhaus auf, was sie Roberto immer noch nicht mitgeteilt hatte, und er war fast durchgehend in der *questura*; so sah er sie erst am Freitagabend nach der Vernehmung, und da war er ungeheuer zornig, auch auf sie.

Der Conte führte bei dieser Freitagsvernehmung den Vorsitz und hatte vor dem Treffen deutlich gemacht, dass die Kommission zwar kein Organ mit polizeilichen oder gar juristischen Befugnissen sei, aber dass bestimmte Untersuchungsergebnisse wohl an die Staatsanwaltschaft mit eventuellen strafrechtlichen Konsequenzen weitergegeben werden könnten. Für die, die es immer noch nicht verstanden hatten, wurde er deutlich:

»Wenn sich heute herausstellt, dass *commissario* Tamassia gegen Dienstvorschriften verstoßen oder bestehende Gesetze verletzt hat, wird der Staatsanwalt verständigt.«

Er ließ durchblicken, dass das sein unmissverständliches Ziel sei; Robertos Gang zum Staatsanwalt käme also zu spät, er war eigentlich moralisch verpflichtet, den Vorsitz abzugeben, aber da erschien auch schon Umberto, dessen Auftritt im Gegensatz zu seiner sonstigen humorvollen, souveränen Art ungewohnt devot und unsicher war.

»*Commissario*«, begann der Conte, »Sie haben am 2. Januar dieses Jahres ein Protokoll mit der Zeugin Julia Andresen erstellt?«

»Ja, *signor presidente*.«

»Sie wissen, warum wir Sie vorgeladen haben?«

»Keine Ahnung, *signor presidente*.«

»Wo ist dieses Protokoll geblieben? In der *questura* und beim *pubblico ministero*, der Staatsanwaltschaft, ist es nie aufgetaucht.«

Umberto zuckte hilflos mit den Schultern.

»Ich kann mich nicht erinnern, *signor presidente*.«

Er log doch, er wusste es sehr wohl, denn er hatte das von Julia unterschriebene Protokoll vor Robertos Augen zerrissen und dann in der Krankenhaustoilette hinuntergespült. Sie hatten Angst gehabt, die in der *questura* tätigen Helfer des *Tre-Condottieri*-Syndikats würden Julia als Zeugin eliminieren lassen, weil sie einen der Syndikatsbosse gewaltig belasten und für immer hinter Gitter bringen konnte. Aber mit der Ermordung des Anführers mit dem Tarnnamen *Carmagnola* würde die Bedeutung des Protokoll unwichtig, hatten sie gedacht.

»Durch die Beseitigung dieses Protokolls haben Sie den mehrfachen Mörder Erasmo Saccardo *detto* Carmagnola gedeckt, vielleicht sogar mit ihm gemeinsame Sache gemacht«, der Conte klang glashart, an diesem Morgen hatte er dem Alkohol völlig entsagt.

Umberto wies das entschieden zurück:

»Ich kann mich nur noch erinnern, dass ich das unterschriebene Protokoll *commissario* Bassner gezeigt habe, dann weiß ich nichts mehr, *signor presidente*.«

»Haben Sie es mit nach Hause genommen?«

Umberto dachte lange und angestrengt nach und schloss die Augen, und schließlich flackerte ein erleichtertes, etwas dümmliches Grinsen über seine Züge; er schauspielerte, Roberto kannte ihn gut genug.

»Damals hatten wir einen Maulwurf in der *questura*, erst später wussten wir, dass es der damalige *vice-questore* war. Deshalb habe ich das Protokoll nicht mit in die *questura* genommen, *signor presidente*.«

»Haben Sie bei sich zu Hause sorgfältig gesucht?«

»Im Januar waren meine vier kleinen Kinder alle nacheinander krank, es herrschte das totale Chaos«, sagte er schuldbewusst, »und nachdem Saccardo tot war, dachte ich nicht mehr an das Protokoll.«

»Erst der *procuratore* erinnerte Sie daran?«

»Ja, aber der damalige *vice-questore* Deganello hat ihm gesagt, es sei nicht mehr wichtig, *signor presidente*, weil die Ermittlungsakten geschlossen würden.«

»Hat Deganello Sie damit erpresst, hat er Sie dazu gezwungen, für ihn zu arbeiten?«

Hier baute der Conte Umberto eine gefährliche Brücke, aber er betrat sie Gott sei Dank nicht.

»Wo denken Sie hin, *signor presidente*, natürlich hat er mich nicht erpresst! Vielleicht sollte ich doch noch einmal zu Hause ...«

»Sie sollten dazu zwei oder drei Durchsuchungsbeamte mitnehmen!«

Umberto fielen die Augen vor Erstaunen fast aus den Höhlen.

»Eine Hausdurchsuchung, *signor presidente*?«

»Ja, eine freiwillige auf Ihren Wunsch hin.«

Umberto zögerte, aber nicht zu lange.

»Ich habe nichts dagegen, aber meine Frau und meine Kinder ...«

»Schicken Sie sie solange weg.«

Der Conte hatte nicht gemerkt, wie geschickt Umberto ihn manipulierte, er hatte etwas vor, das wurde Roberto immer deutlicher.

Anschließend durchsuchten in Robertos Anwesenheit drei Beamte die Wohnung der Tamassias sehr gründlich. Umberto vermied bewusst jeden Blickkontakt mit seinem Freund. Natürlich fanden die Beamten nichts.

Im Flur lagen gebündelte Zeitungen, über die sie rübersteigen mussten.

»Ach«, meinte Umberto, »die wollte meine Frau wohl in den Keller schaffen.«

»Keller?«

Als einer der Beamten meinte, das Protokoll könne vielleicht beim Bündeln der Zeitungen versehentlich mit in den Keller gekommen sein, stiegen alle gemeinsam hinunter. Keiner außer Roberto hatte das triumphierende Aufblitzen in Umbertos Augen bemerkt.

Und tatsächlich: Zwischen den Zeitungen des 12. und 13. Januar fanden die Kollegen das verloren geglaubte Protokoll.

Diese Show musste von Umberto und Julia gemeinsam geplant und ausgeführt worden sein, denn das Schriftstück sah aus wie das echte und war von beiden ordnungsgemäß unterschrieben.

»Ist das das Protokoll?«, wurde Roberto gefragt.

Umberto sah ihn aus halb geschlossenen Augen an, Spannung knisterte zwischen ihnen beiden, die von den anderen Beteiligten nicht wahrgenommen wurde. Wenn Roberto jetzt dementierte, würde Umberto wegen der Vernichtung des Protokolls und er und Julia außerdem wegen Urkundenfälschung zur Rechenschaft gezogen werden, sie hatten ihn in eine fatale Lage gebracht, und so antwortete er:

»Sieht so aus, etwas zerknittert und verstaubt, aber sonst in Ordnung.«

Man kehrte in den Sitzungssaal zurück und informierte den Conte, der aus seiner Enttäuschung kein Hehl machte: Umberto hätte einen so schönen Sündenbock abgegeben.

Padova: Freitag

Am Abend trafen Julia und Umberto gleichzeitig ein, und Roberto empfing sie mit einem unheilvollen Gesichtsausdruck, der ihren Enthusiasmus dämpfte.

»Wenn ihr mit Napoleons Moral leben könnt, ich kann es nicht!«, sagte er bitter.

»Napoleon?«

Umberto blickte erstaunt auf.

»*Wenn man Dummheiten macht, müssen sie auch gelingen.* Ich würde sie lieber zu vermeiden suchen, aber euch sind sie ja fast perfekt gelungen.«

Und dann ließ Roberto seinem Zorn freien Lauf.

»Dass ihr mich in eine so fatale Lage bringen würdet, dass ich für euch lügen muss, hätte ich euch nicht zugetraut! Dass meine eigene Frau und mein bester Freund einen solchen Betrug begehen, war für mich bis heute unvorstellbar!«

»Nun, Roberto«, versuchte Umberto die Wogen zu glätten, »Betrug im strafrechtlichen Sinn ist es nicht gewesen, das brauche ich dir ja nicht zu erzählen.«

»Nein, juristisch gesehen ist Betrug ein Vermögensdelikt, die durch Täuschung in Bereicherungsabsicht bewirkte Vermögensschädigung eines Dritten.«

Julia folgte dem Juristenjargon verständnislos.

»Unser C.P., *Codice Penale*, euer StGB, Giulia, sieht das so vor. Nein, Betrug habt ihr juristisch gesehen nicht begangen.

Aber im allgemeinen Sprachgebrauch ist Betrug für mich ein hinterhältiger Vertrauensbruch, mit dem Ziel, dem Getäuschten Schaden zuzufügen, und ist moralisch gesehen daher anzuzweifeln.«

»Gerade das wollten wir verhindern«, Umberto gab noch nicht auf, ihr Handeln zu rechtfertigen, »wir wollten von dem Getäuschten – also dir – Schaden abwenden. Also stimmt auch deine Definition in puncto Moral nicht.«

»Ihr habt mir aber neueren und viel schlimmeren Schaden zugefügt«, warf Roberto ihnen vor.

Die bis hierher schweigsame Julia meinte an dieser Stelle, er möge doch nicht so empfindlich reagieren, sie hätten hin und her überlegt, aber ihnen sei keine andere Lösung eingefallen. Und nun explodierte Roberto vollends.

»Uns, uns, uns!! Was hast du dir eigentlich dabei gedacht, so viel kriminelle Kreativität zu entwickeln! Und Spaß scheint euch das ja auch noch gemacht zu haben!«

Julia hielt den Blick gesenkt und zerknüllte ihr Taschentuch, während Umberto seinen Freund zu beruhigen suchte.

»Giulietta hat doch nur deinetwegen mitgemacht, damit du dich nicht schuldig fühlen musst, mich in diese Lage mit hineinmanövriert zu haben, ich habe sie überredet. Und die *CICG* wollte mich als Sündenbock, das war doch deutlich!«

»Ach, jetzt habe ich auch noch Schuld, dass ihr diese Täuschung ge-plant und ausgeführt habt. Das wird ja immer schöner! Ihr habt mich mit eurer – zugegeben wohlmeinenden, aber total verfehlten und unüberlegten – Urkundenfälschung in Teufels Küche gebracht! Unrecht wird nicht aus der Welt geschafft, indem man ein neues begeht.«

»Wir haben nichts gefälscht, Umberto konnte die alte Datei mit dem Protokoll auf seinem Notebook reaktivieren, wir mussten nur neu unterschreiben.«

»Ja, und warum dann diese Theatervorstellung? Die Datei hatte doch sicher das Datum ihrer Erstellung! Dadurch, dass ihr das Protokoll ausgedruckt und neu unterschrieben habt, ist es zu einer Urkundenfälschung gekommen«, Roberto zeigte keine Einsicht, »und Umberto wusste als Beamter ganz genau, worauf er sich einließ. *Die Herstellung einer unechten Urkunde ist der klassische Fall von Urkundenfälschung*, ich zitiere, *das und deren Gebrauch ist strafbar, wenn diese Handlung zur Täuschung im Rechtsverkehr begangen wird. Die Urkundenfälschung durch Beamte an amtlich anvertrauten Urkunden wird mit Gefängnis bestraft.*«

»Wir konnten die Datei eben nicht mit dem ursprünglichen Datum wiederherstellen, deshalb die *Theatervorstellung*, wie du sie nennst«, Umberto versuchte sachlich zu bleiben, »und keiner hätte geglaubt, dass ich sie wirklich wiederhergestellt und nicht neu erstellt habe.«

»Ich werde mir nie verzeihen, dass ich dich damals zur Urkundenunterdrückung und Urkundenvernichtung angestiftet habe, ich muss ziemlich neben mir gestanden haben. Schlimmstenfalls wäre das schon mit einer Geld- oder Freiheitsstrafe geahndet worden, und deshalb hätte ich jetzt mit dem Staatsanwalt handeln sollen. Zu spät! Und du hast alle drei Delikte am Hals!«

»Du willst …?«

»Kann ich das noch? Ihr habt mich gezwungen, die Echtheit des Protokolls zu bestätigen, und ihr habt mir nicht einmal die Chance der Wahl gelassen!«, in Roberto kochte es immer noch. »So dumm, wie ihr glaubt, ist der Conte auch wieder nicht, er wollte ein Echtheitsgutachten in Auftrag geben. Ich habe ihn davon nur abhalten können, indem ich das als persönlichen Affront gegen mich hingestellt habe.«

»Wieso?«

»Sein Misstrauen gegenüber meiner Frau konnte ich als Basis zur Zusammenarbeit nicht akzeptieren! Aber dafür werde ich bezahlen müssen: Hau ich deinen Zeugen nicht, haust du meinen auch nicht! Irgendwann wird er von mir eine Gefälligkeit als Gegenleistung fordern«, schloss Roberto verbittert.

»So weit habe ich nicht gedacht.«

Umbertos Betroffenheit war nicht gespielt, er hatte das Ganze mehr unter sportlichem Aspekt gesehen.

»Obwohl ein Gutachter das Protokoll wohl für echt erklärt hätte. Ich habe es samt Zeitungspapier eine Stunde lang im Backofen speziell behandelt.«

»Und der viele gleichmäßig verteilte Staub im Keller?«
»Dir entgeht aber auch nichts! Staubsaugerstaub, den gefüllten Beutel habe ich als Blasebalg benutzt. Und Giulietta hat nur unterschrieben, alles andere habe ich allein gemacht.«
»Lass, Umberto, du machst alles nur noch schlimmer!«, Julia war den Tränen nahe, deshalb verabschiedete er sich lieber; Roberto würde schon wieder zu sich kommen.

»Weißt du, Giulia«, fuhr er sie an, als sie allein waren, »nicht, dass ihr das Fälschen des Protokolls als einziges Mittel gesehen habt, stört mich so wahnsinnig, sondern, dass ihr das hinter meinem Rücken gemacht und mich vor vollendete Tatsachen gestellt habt, nehme ich euch so übel! Geht das in dein kleines, naives Köpfchen rein? Ihr habt mich dem Wohlwollen des Conte ausgeliefert, und das ist unentschuldbar!«

Langsam verrauchte sein Zorn, der eigentlich weniger seiner Frau als Umberto gegolten hatte, aber er nahm sie wieder einmal als Blitzableiter.

»Es tut mir so leid, Ro, ehrlich, ich ...«

Das Telefon klingelte, Roberto wurde zu einem Selbstmord einer Studentin gerufen; so musste die Diskussion mit Julia verschoben werden.

»Mach so etwas ja nicht wieder!«, der Dampf war weitgehend abgelassen, aber noch nicht völlig, »sonst sind wir geschiedene Leute!«

Dann griff er nach seinem Jackett und verschwand.

Padova: Sonntag

Die Staatsanwaltschaft erhob keine Einwände, den Tod der jungen israelischen Studentin Dorit Litvinski am 12. Oktober 2001 als Selbstmord unter starkem Drogeneinfluss zu verbuchen. Sie war vom Dach eines sechsstöckigen Hauses gesprungen, in dem keiner sie kannte. In ihrer Studentenwohnung fand man Heroin und einen Abschiedsbrief.

Zurückgekehrt in die *questura*, wurde Roberto zu einer Messerstecherei mit Todesfolge in eine Disco gerufen.

Der zwanzig Jahre alte Medizinstudent Claudio Berselli hatte mit zwei etwa gleichaltrigen, dunkelhaarigen Ausländern zusammengesessen, als es plötzlich zum Streit gekommen war; wer zuerst zum Messer gegriffen hatte, konnte nicht mehr geklärt werden, als ein zweiter Student, der vierundzwanzigjährige Guri Weisman, seinem Freund Claudio zur Hilfe kommen wollte, und nun lag einer schwer verletzt und der Israeli tot in der Disco.

Ein junger Mann, der unmittelbar hinter der Vierergruppe gesessen hatte, erzählte den Beamten der *squadra omicidi*, dass die Unterhaltung auf Englisch geführt worden und es um Preise gegangen sei. Das Wort *eroina* sei häufig gefallen, aber auch *crack*, die neue Superdroge, fügte ein Mädchen hinzu, und der Italiener hätte das Doppelte von dem zahlen sollen, was sie von dem anderen, dem Israeli, verlangten, die Abkürzung *EPS* sei häufiger gefallen. Ob sie wüssten, was das hieße?

Natürlich: *eroina per gli studenti, EPS.*

Beide Opfer waren süchtig, stellte der diensthabende Arzt fest, der Italiener kam auf den Operationstisch, der Israeli ins *obitorio*, ins Leichenschauhaus.

»*Crack* und *eroina*«, sagte der hinzugezogene Umberto bitter, »ich wette, das werden die Renner der Saison.«

Am Samstagmorgen gegen zehn, Roberto hatte mit seinem Freund gerade einen *caffè* in einer der umliegenden Bars getrunken, wobei das Thema Protokoll nicht mehr erwähnt wurde, barg man aus dem *Canale Piovego* in der Nähe der nördlichen Industriezone eine männliche Leiche; dieses Wochenende schien es in sich zu haben. Doch es war noch immer nicht genug: Am Samstagabend kam die Zentrale mit einer neuen Leiche, ein Vater hatte seinen Sohn mit einem Schrotgewehr in einer Bar im Norden der Stadt erschossen. Daraufhin begann die *squadra* erneut mit Tatort- und Spurensicherung, und den Vater brachte man zu Roberto ins Büro.

Wieder Rauschgift als Ursache! Umberto wurde hinzugezogen, und erst nach Stunden begann der Mann zu reden.

Der Polizeiarzt hatte ihn untersucht, als stark suizidgefährdet eingestuft und einen Psychiater empfohlen.

»Bei der Überlastung meiner Kollegen kommt aber keiner vor Montag her. Lassen Sie ihn reden, wenn er will.«

Im Morgengrauen erfuhren sie die traurige Geschichte des zweiundvierzigjährigen Mannes, der aus der Polèsine stammte. Der erschossene Sohn Antonio, nach dem Heiligen der Stadt Padova benannt, war der jüngste und klügste einer Landarbeiterfamilie, die sich sein Studium vom Mund absparte. Doch er war dabei, die Familie durch seine Drogensucht zu ruinieren. Die Mutter war herzkrank und dem Tode nahe. Der Vater hatte ihn in allen Bars der Stadt gesucht, ihn schließlich bis zu den Haarwurzeln voll Kokain gefunden und ihn mit nach Hause nehmen wollen. Aber der Junge hatte gelacht, da hatte er sein Gewehr unter dem Mantel hervorgezogen, es war eigentlich für die Entenjagd bestimmt, und seinen Sohn aus nächster Nähe erschossen.

Die Kommissare ließen ihn in eine Klinik einweisen, man wusste nie ...

Als Roberto erneut nach Hause aufbrechen wollte, mittlerweile war der Sonntagmorgen auch nicht mehr jung, schleppte man einen Hafenarbeiter an, der angeblich einen Kumpel ins Wasser gestoßen und mit einer Stange hinuntergedrückt hatte. Als er schließlich am frühen Abend den Mordversuch gestand, überließ Roberto ihn und das Protokoll dem erst nachmittags mit frischen Kräften zum Dienst erschienenen Luciano.

Wenigstens bei den letzten beiden Fällen ergab sich keine Verbindung zum *XX. Gennaio*. Bei dem Selbstmord von Dorit Litvinski hatte er seine Zweifel. Berechtigte, denn als er eben sein Büro verlassen wollte, kam ein Kollege mit einem Fax herein.

»Woher?«

»Einem Hotel hier in Padova.«

»Zu Händen *commissario* Bassner«, stand oben drauf, und der wohlbekannte *Luzifer* trat wieder in Erscheinung, der Stil war der gleiche wie bei dem Fax, das Rebecca Garfinkel ihm gegeben hatte.

Neues von Luzifer:

*Dorit Litvinski * 20. Januar 1980*
Studentin an Il Bò.

Ihre Eltern hatten sich 1971 während des Jom-Kippur-Krieges kennengelernt, keine zwei Jahre später heirateten sie in einem kleinen Moschav* in Untergaliläa. Ihr Vater züchtete Vieh, ihre Mutter arbeitete in einem nahen Kibbuz als Lehrerin, beide waren im Lande geborene sabres**.

Ihre Großeltern kamen aus Europa, Großvater Francesco war der Deportation durch die Deutschen am 5. Dezember 1943 in Venedig entgangen und auf abenteuerlichen Wegen nach Palästina gelangt. Die Großeltern väterlicherseits waren Chassidim, stammten aus Polen und waren dem Holocaust durch frühzeitige Emigration in den dreißiger Jahren entgangen.

Francesco freute sich, als seine Lieblingsenkelin in der nie vergessenen Heimat studieren wollte, und stärkte ihr den Rücken gegen alle Einwände der israelischen Verwandtschaft.

Dorit bekam ein Zimmer in einem Studentenwohnheim für Mädchen und begann im Wintersemester 2000/2001 ihr Pharmaziestudium, ihren Wehrdienst sollte sie nach ihrer Rückkehr in Israel ableisten.

Italienisch hatte ihr Großvater ihr beigebracht, und so betrat sie stolz und erwartungsvoll die pharmakologische Fakultät der altehrwürdigen Universität von Padova in der Via Marzolo und war bald eine

---

* Siedlungsform in Israel, der Staat ist Landeigentümer, die Moschvim Erbpächter.
** In Israel geborene Juden.

der eifrigsten Studentinnen. In der ESU Marzolo, der Mensa, in der sie fast täglich aß, machte sie die Bekanntschaft eines jungen Italieners auf eine nicht sehr originelle, aber immer wieder wirksame Art und Weise. Er rempelte sie an, ihre Bücher fielen herunter und beim Aufsammeln sahen sie sich tief in die Augen.

Bei einer Exkursion in die Voralpen traf sie Giorgio wieder, welch ein Zufall, und danach ging alles sehr schnell. Was bei ihr als Liebe begann, dann in die sexuelle Abhängigkeit führte, musste schließlich da enden, wohin Giorgios Plan all die Zeit über gezielt hatte: bei Drogen. Dabei war sie nur ausgewählt worden, weil sie am 20. Januar Geburtstag hatte.

Er gewöhnte sie innerhalb kürzester Zeit an den Gebrauch von Heroin und schenkte ihr großzügig und immer häufiger Briefchen mit dem zerstörerischen Inhalt.

Sie hatte sich gut unter Kontrolle, meinte sie, nahm den Stoff nur ab dem späten Nachmittag, um die Zeit mit Giorgio und die Nacht ohne ihn mit zufriedenen Träumen zu verbringen.

Keiner ihrer israelischen Freunde – zwei studierten wie sie Pharmazie – bemerkten ihre Sucht. Ein jüngerer israelischer Gastdozent begegnete ihr ein oder zwei Mal, wechselte ein paar freundliche Worte mit ihr und warnte sie ganz allgemein vor Drogen.

In den Semesterferien war sie nicht wie geplant nach Israel gefahren, sondern in Italien geblieben, wo sie die Hölle der Entziehung ganz allein mit sich durchgemacht hatte, denn Giorgio war spurlos verschwunden, und sie hatte kein Geld für Heroin, auch keine Ahnung, wie und wo welches zu beschaffen war.

Im Juni, ihr zweites Semester hatte längst begonnen, traf sie Giorgio wieder, und weil sie sich nur halbherzig sträubte, befand sie sich bald wieder in dem Kreislauf der sexuellen Abhängigkeit und Drogen, also der gleichen Situation wie im Wintersemester. Ihre Sucht und ihre sexuelle Abhängigkeit trieben sie auf einen Abgrund zu. Sie meinte, nur noch unter dem wie vorher kostenlosen Drogeneinfluss arbeiten und glücklich sein zu können.

Da Dorit trotz ihres seelischen und körperlichen Verfalls äußerlich frisch und gesund aussah, kümmerte sich kaum einer um sie, nur dieser israelische Gastdozent versuchte erneut, sie vor Drogen, besonders kostenlosen, zu warnen, und sie machte eine irgendwie missverständliche Bemerkung, die ihn veranlasste, sie anzusprechen und ziemlich lästig zu werden.

Giorgio verharmloste die Droge eroina, es sei eine ganz schwache Mischung, was sie auch bedenkenlos glauben wollte.

»Du musst als Pharmaziestudentin auch die Wirkung von Drogen erproben«, redete er ihr ein und verhalf ihr zu Amphetaminen.

Nach dem Tod des israelischen Gastdozenten meinte Giorgio, so etwas geschehe eben, wenn man sich ungefragt in Angelegenheit anderer Leute mische. Sie besuchte ihn wieder einmal im sechsten Stock des Hochhauses, in dem er lebte. Nach der obligatorischen ersten Heroinspritze und dem darauf folgenden rituellen Verkehr bei stilvollem Kerzenschein gab er ihr zwei weiße Pillen, die sie willenlos schluckte. Die Welt begann um sie zu kreisen, als er mit ihr auf das Dach des Hochhauses stieg.
»Ich möchte fliegen können«, murmelte sie.
»Du kannst fliegen, wenn du dich danach fühlst«, sagte er, »komm, lass es uns gleich probieren!«
Taumelnd stand sie am Rande des Dachs. Es war Nacht, die Lichter der Stadt flimmerten unter ihnen, über ihnen spannte sich ein sternenklarer Oktoberhimmel, sie bewegte die Arme auf und nieder.
»Ich kann fliegen, wenn ich will«, sagte sie und trat zwei Schritte nach vorn. Sie flog. Sechs Stockwerke tief.
Giorgio ging in den Debattierclub und gab den nicht unerheblichen Rest des nun nicht mehr benötigten eroina per studenti *an seinen Mittelsmann vom Colleoni-Syndikat weiter.*
Dorit Litvinski † 12. Oktober 2001.

Der Staatsanwalt hatte die Ermittlungen eingestellt. Eindeutig *suicidio*, lautete sein Urteil.
Müde gab Roberto das Fax an Luciano weiter.
»Finden Sie heraus, wer es abgeschickt hat, und dann geben Sie es an die Staatsanwaltschaft weiter, sie muss entscheiden, ob die Ermittlungen wieder aufgenommen werden sollen!«
»Soll ich nicht nach diesem Giorgio suchen?«
»Nur wenn der Fall wieder aufgerollt wird.«
Luciano schien nicht einverstanden.
»In meiner Freizeit kann ich suchen, wen ich will«, hörte Roberto ihn murmeln.
Wer nur erstellte solche Dossiers, und wer schickte sie an ihn? Wer wollte ihm unbedingt weismachen, dass der *XX. Gennaio* und das Colleoni-Syndikat unter einer Decke steckten? Es klang, als sei der Schreiber dabei gewesen. Aber heute hatte Roberto keine Kraft mehr, er wollte nur noch nach Hause und nur noch schlafen, es war inzwischen Sonntagabend geworden.
Als er die Wohnungstür aufschloss, empfing ihn Dunkelheit. Ob Julia wieder ins *Ca'Vecchia* Brandolin gefahren war? Er hätte sie anrufen müssen, wieder einmal hatte er sein Berufs- und sein Privatleben nicht koordiniert! Als er Licht machte, sah er seine Frau im Sessel sitzen, sie drehte sich zu ihm herum und blickte aus tief verschatteten, todtraurigen Augen zu ihm auf. Mit zwei Schritten erreichte er sie.

»Giuli? Was ist mit dir? Bist du krank?«

»Ich dachte«, sagte sie mit kaum hörbarer Stimme, »du hast mich verlassen.«

Sein zorniger Abgang und sein Schweigen seit Freitagabend verursachten ihm ein Mühlstein schweres Gewissen.

»*L'anima mia*, ich hätte dich anrufen müssen!«, er nahm sie in die Arme. »Es tut mir schrecklich leid, ich hatte rund um die Uhr zu tun.«

Als er sie küsste, fühlte er ihr Herz pochen.

»Dann ist ja alles gut!«, sagte sie und schlang ihre Arme um seinen Hals. »Als du sagtest, wir seien geschiedene Leute, habe ich geglaubt …«

»Du solltest mich kennen, im Zorn sagt sich so etwas leicht. Aber Vertrauen ist auch nicht gerade deine starke Seite, wie?«

»So zornig wie am Freitag habe ich dich überhaupt noch nicht erlebt, und das Schlimmste war, dass du ja so recht hattest: Wir haben unüberlegt gehandelt, und am allerschlimmsten ist, dass ich gar nichts wieder gut machen kann.«

»Vergiss es! Wahrscheinlich habe ich wie üblich zu schwarz gesehen. Hast du noch etwas zu essen für mich?«

Während er duschte und die Schlafcouch herrichtete, zogen köstliche Risottodüfte durch den Raum.

Sie wollte noch abwaschen, aber Roberto zog sie ins Bett und meinte, während aller Stress und aller Frust der letzten drei Tage von ihm abfielen:

»Du siehst müde aus, *l'anima mia*. Was machen die Giuliettas?«

»Die sind überhaupt nicht müde, fühl mal!«

Schlagartig vergaß Roberto alle Probleme und legte sein Ohr an ihren Bauch.

»Vorgestern war ich zur Untersuchung.«

»Und? Alles okay?«

»Ja, und der Muttermund ist noch überhaupt nicht geöffnet.«

»Was bedeutet das?«

Seine Unwissenheit erheiterte sie.

»Theoretisch erkläre ich dir das später, wir sollten jetzt die praktische Seite in Angriff nehmen. Oder doch lieber nicht bei deinem offensichtlichen Schlafdefizit.«

Padova: Donnerstag

»Der Hauptpunkt der faschistischen Doktrin ist der Aufbau des Staates«, dozierte Bartolomeo Coglione.

Michèle Andresen war fasziniert von diesem Mann, er bedeutete etwas völlig Neues in seiner Erfahrungswelt, ein Mann, so alt wie Roberto, auch groß und sehr gut aussehend, aber zwischen ihrem Denken klafften Abgründe.

Sie trafen sich öfter, denn auch Michèle wohnte im *Ca'Rosso*; doch während *colonnello* Coglione sich dem jungen Mann widmete, wann immer es ging, weil er ihn für einen formbaren Menschen hielt, hörte der ihm meist nur zu und widersprach ihm wegen seines übergroßen Harmoniebedürfnisses, aber auch um den Dialog nicht abreißen zu lassen, selten. Dabei war Michèle bei Weitem nicht so formbar, wie der *colonnello* sich das dachte, denn Michèles Faszination speiste sich zum großen Teil aus der Neugier, über *colonnello* Coglione vielleicht die Ursachen dafür erfahren zu können, die seinen Großvater väterlicherseits bis zu seiner wegen Alzheimer veranlassten Einweisung ins Pflegeheim aller geschichtlichen Entwicklung zum Trotz zu einem überzeugten Faschisten gemacht hatten.

Und Coglione, kaum fünfundvierzigjährig, was trieb ihn, dem Gedankengut des Duce zu folgen und ihn pausenlos zu zitieren? Keiner in der Bundesrepublik hätte in aller Öffentlichkeit gewagt, wie dieser, die Uniform eines demokratischen Landes tragende Polizeioffizier einem nie versiegenden unterirdischen Quell gleich ständig die Zitate eines Mannes im Mund zu führen, der Italien in einen schrecklichen Krieg geführt und sein Volk um Haaresbreite in den Abgrund gestoßen hatte.

»Wo haben Sie das her?«, fragte Michèle.

»Aus Benito Mussolinis *Doktrin des Faschismus*«, deklarierte er feierlich und legte die Hand aufs Herz, wobei er darauf achtete, dass sie nicht seine Tapferkeitsauszeichnungen und Orden verdeckte, »aber ich war noch nicht fertig mit dem *Wert des Staates* und der *Lüge der Demokratie*. Der Faschismus verwirft in der Demokratie die konventionelle Lüge einer absurden politischen Gleichberechtigung, sagt Mussolini, sowie er die Form der allgemeinen Verantwortungslosigkeit und den *Mythos vom Glück* und des *unbegrenzten Fortschritts* verwirft.«

»Sagte«, warf Michèle ein.

»Wieso sagte?«

»Mussolini ist seit fast sechzig Jahren tot.«

Gott sei Dank, fügte er leise für sich hinzu.

Coglione überhörte seinen Einwand oder wollte ihn überhören. Stattdessen lud er Michèle ein, mit ihm die Villa *La Nazionale* zu besichtigen, wo sich Hitler und der Duce das erste Mal auf italienischem Boden getroffen hatten.

Aber der junge Deutsche lehnte ab, erstens interessierten ihn Villen nicht die Bohne, außer man konnte gut darin wohnen wie im *Ca'Rosso* oder bei seiner Schwester im *Ca'Vecchia* Brandolin, zweitens war er mit Kjersti zu einem Urlaubs-Abschieds-Essen verabredet, weil er am Abend zu seiner Zivildienstbasis im Thomasstift in Göttingen zurück musste und drittens reichte es ihm für heute mit dem faschistische Gedankengut von Robertos Vetter.

Er verabschiedete sich wegen des zweiten Grundes, versprach aber über Weihnachten zurückzukommen und dann auch die von ihm hoffentlich brauchbar übersetzte Dissertation seines Großvaters mitzubringen, die den beziehungsreichen Titel führte: *Die Stellung des Führers und Reichskanzlers im deutschen Staatsrecht,* Passagen daraus klangen in Diktion und Inhalt wie *colonnello* Cogliones Zitate aus *Mussolinis Doktrin des Fascismus,* wobei er sich zum wiederholten Male wunderte, dass dieses Machwerk immer noch unter den Dissertationen der renommierten Georgia–Augusta–Universität in Göttingen zu finden und nach dem Kriege nicht eingestampft worden war.

Bartolomeo Coglione ließ den jungen Mann ungern ziehen, nicht ahnend, dass er dem rechten Spektrum gegenüber recht gefestigt war, aber den Einflüsterungen der im *XX. Gennaio* wiederauferstandenen linken, terroristischen Szene und den nur tot geglaubten Ideen der *brigate rosse* sein Ohr neigen würde, bedingt durch seine Abneigung gegen faschistisches Gedankengut, seinem altersgemäßen Idealismus und den Einflüssen einer gefährlich schönen Frau

Geschichtssplitter.

Der junge Recke Bartolomeo Colleoni

(1420 bis 1424)

r hatte sich nirgendwo abgemeldet, sollte seine Frau denken, er habe Dienst und der *questore*, er sei zu Hause. Flüchtete er vor seinen Mussolini-Zitaten? Und warum versuchte er, einen jungen Mann mit diesem Gedankengut zu infizieren, obwohl er selbst voller Zweifel steckte? Hielten ihn die Zitate wie ein Korsett zusammen? Oder lebte er doch noch in seiner faschistischen Vergangenheit? Aber wie konnte er das nach den drei schrecklichen Tagen im Juli diesen Jahres? Jedenfalls hatte er sein *telefonino* im Schreibtisch gelassen, so konnte ihn keiner orten.

Er zwang seine Gedanken zu Bartolomeo Colleoni zurück, dies Wochenende sollte ihm gehören, ganz allein ihm, und sein erstes Ziel würde Neapel sein, dort wo er sich unvergleichliche Sporen verdient hatte, nicht nur als kraftvoller, junger Krieger, dem keine Aufgabe zu schwer, kein Unternehmen zu tollkühn war!

Der Himmel der Zukunft, der sich kurzzeitig mit Braccio da Montone für Bartolomeo geöffnet hatte, verschloss sich wieder, durch sein unsensibles Verhalten stürzte er den jungen Mann in eine neue Krise. Bartolomeo musste lernen, dass Stolz allein nicht satt macht; aber sich nur durch das Leben zu schlagen, um einen vollen Bauch zu bekommen, reichte ihm auch nicht.

Seine hochfliegenden Pläne ein wenig reduzierend, schloss sich Bartolomeo Colleoni nach einigem Hin und Her einem nicht ganz so bedeutenden condottiero *an, dem von Braccio da Montone ausgebildeten und sich zeitweise auch in seinen Diensten befindenden Giacomo Caldora, der Gefallen an dem jungen Mann fand und ihm eine* lancia, *eine Lanze, anvertraute, die kleinste, aus drei Mann bestehende Einheit eines Söldnerheeres. Die Sonne der Zukunft blinzelte Bartolomeo aus grauverhangenem Wolkenhimmel zu.*

Bald fand sich Bartolomeo Colleoni unter Giacomo Caldora im Dienst der Königin Giovanna II. d'Angiò von Neapel wieder, der kinderlosen Schwester des verstorbenen Ladislao von Neapel. Und diese Königin

Giovanna II. war weit über die Grenzen Neapels hinaus dafür berühmt, dass sie eine ganz große Schwäche für gut gebaute junge Männer hatte und diese Schwäche voll auskostete.

Er brachte seine Reisetasche in das kleine Hotel ganz in der Nähe des Castello Nuovo direkt am Hafen, sein Mercedes befand sich gut bewacht in einer Garage.

Die fünf gewaltigen Rundtürme wirkten immer noch trutzig und abweisend, ganz anders als der elegante *Palazzo Reale*, aber der war erst lange nach Giovanna II. d'Angio erbaut, sie hatte Hof gehalten in dieser trutzig gewaltigen Burg.

Hinter den dicken Mauern also hatte sein Bartolomeo Coglione Dienst getan und wie der bei dem Ruf der Königin Giovanna aussah, davon gab es heute noch Geschichten!

Nach dem Tode ihres Bruders Ladislaus 1414 regierte Königin Giovanna II. mit wechselvollem Geschick und noch wechselvolleren Günstlingen (und am wechselvollsten mit jugendlichen Liebhabern) das Königreich Neapel. Wie ihr Bruder kinderlos, adoptierte sie Alfonso von Aragonien, und als der das Schwert gegen seine Adoptivmutter erhob, adoptierte sie schnell noch Ludwig von Anjou dazu, was Spanier und Franzosen gegeneinander auf den Plan brachte. Aber als das zum Tragen kam, befand sich unser junger Recke Bartolomeo Colleoni bereits auf ganz anderen Schlachtfeldern.

Eine der vielen und bereits erwähnten Schwächen der nicht mehr ganz taufrischen Königin waren gut gebaute, junge Männer, und so mag sie ihren bewährten condottiero *Giacomo Caldora, der zu seinem Glück das sie interessierende Alter überschritten hatte, bei einem abendlichen Gelage gefragt haben, wer denn der gut aussehende, junge Athlet sei, den Caldora zum Wachdienst eingeteilt habe.*

Bis hierher war das Leben rau mit unserem jungen Helden umgesprungen, er hatte die Armut bitter am eigenen Leibe erfahren, aber es hatte ihn insgesamt abgehärtet. Gemäß seiner Devise quae nocent, docent *(was schadet, lehrt) hatte er alle misslichen Erfahrungen abgebucht, und da ihn keine familiären Verpflichtungen hemmten, übernahm er jedes auch noch so aussichtslos erscheinende Kommando und führte allesamt mit Übersicht, unbändiger Kraft und Tapferkeit und ohne an den Tod zu denken mit glänzenden Ergebnissen zu Ende.*

Der Fünfundzwanzigjährige wurde von seinen Zeitgenossen damals wie folgt beschrieben:

Von Gestalt sehr groß
kraftvoll, mächtig, athletisch gebaut,
ein eindrucksvoller Kopf,

*darunter ein kräftiger Hals, ein Stiernacken,
ein prägnantes Antlitz; herb, nüchtern,
klare und dunkle Augen,
eine starke Nase mit großen Nüstern,
sinnlich vorspringende Lippen,
ein gebieterischer Mund, geeignet zum Befehlen.*

Und eine insgesamt stolze Haltung, zweifelsohne ein womenizer*! Und tatsächlich, wenn man ihn suchte, fand man ihn meist in den Armen eines Mädchens, und man erzählte sich, dass er nie um die Gunst eines Weibes habe buhlen müssen. Wen wundert es also, dass ihm ein gewisser Ruf vorausging, der auch den Schwätzern um die Königin herum nicht verborgen blieb. Und so wurde aus dem Wachdienst bei Johanna von Anjou zeitweise ein Schlafdienst.*

Nicht ohne pikante Wiederholung, dachte er, die Schwester meines ersten Standortkommandanten war zwar nicht mehr ganz jung, aber oh, là, là!

Wenn sie nicht Hof hielt in Neapel, zog sie sich mit ihrem Hofstaat und genügend Soldaten in den Appenin nach Arquata del Tronto zurück; gleich am Beginn ihrer Regentschaft hatte sie hier eine Burg bauen lassen, und besonders die Sommermonate gestalteten sich an diesem Ort erträglicher als im heißen Neapel. Für die Offiziere und Soldaten gab es innerhalb der Ringmauern Quartiere, und der Weg in die Gemächer der Königin war ein kurzer.

Die mit Regierungsgewalt ausgestatteten Günstlinge der Königin fanden an den amourösen Eskapaden ihrer Königin nur manchmal etwas auszusetzen, wenn die favorisierten Männer sich zum Beispiel anmaßend und ihre Stellung überschätzend benahmen, wie der zur Zeiten des Günstlings Pandolfo Alopo kraftvoll und gut aussehende condottiero *Muzio Attendolo detto* Sforza*, der daraufhin ein paar ungemütliche Monate in Festungshaft verbrachte.*

Der um 1420 regierende Günstling Ottino de Caraccioli – sein kleiner Bruder Giovanni Caraccioli war Johanna eine Zeit lang ins Bett gelegt worden: doppelt hält besser – tolerierte den sich bescheiden und klug verhaltenden Bartolomeo Colleoni. Einer von vielen, mag er gedacht haben, und so erfreute der junge Krieger sich der Gunst Johannas und sie sich seines Körpers, bis Caldora ihn für andere ausdauernde Tätigkeiten brauchte.

Dass das ungleiche Paar nicht im Streit auseinanderging, beweist die Verleihung eines persönlichen Wappens an den jungen Recken, ein schräger, rot und weiß geränderten Balken, der von zwei Löwenköpfen im Maul gehalten wird, und Colleoni sollte es stolz bis zu seinem Tode neben seinem Familienwappen führen, das er bis zu diesem Zeitpunkt seiner übermächtigen Verwandten wegen nicht benutzt hatte. Dies Wappen allerdings, ein sprechendes, wird der liebestollen Giovanna Spaß gemacht haben. Man mag noch so viel darum herumreden, neben dem, was Johanna ihm verlieh, fügte Bartolomeo, nun da er endlich ein eigenes Wappen führen durfte, sein ureigenes Familienwappen hinzu: merkwürdigerweise drei, von den Chronisten schamhaft latinisiert testiculi genannte, paarweise Hoden, und an dieser Stelle mag das Gerücht in die Welt gesetzt worden sein, Colleoni und sein Geschlecht seien besonders potent, Triorchiden eben.

Aber für Bartolomeo hatte die Verleihung eines eigenen Wappens mehr praktische Auswirkungen: Es ermöglichte ihm, selbst Lanzen zu rekrutieren, und mit ihnen machte er sich Giacomo Caldora unentbehrlich.

Bevor er sich ein nettes Restaurant suchte, betrat er Santa Chiara und war froh, aus dem neapolitanischen Gewimmel herauszukommen. Berühmt war sie für ihren Majolika-Kreuzgang, er aber suchte das Grab der viel geschmähten, als prunksüchtig und würdelos bezeichneten Giovanna II. d'Angio, das er im Querschiff der Kirche fand.

Mag sie auch noch so wild und hemmungslos gelebt haben, dachte er, die Karriere meines Vorbilds Colleoni hat Giovanna II. positiv beeinflusst. Und was er bis dahin erreicht hatte, bei all den Felsbrocken, die ihm vom Leben in den Weg gelegt worden waren, ist schon bemerkenswert. Ohne finanziellen Hintergrund und ohne Protektion hat er letzten Endes alles allein erreicht, ein bewundernswerter Kämpfer mit einem klug zurückhaltenden Wesen, von seinen Kameraden geachtet, von den Frauen geliebt.

Was habe ich nur falsch gemacht?

Es war ein langer Tag gewesen, er trank den letzten Schluck seines Weines, bezahlte, ignorierte die eindeutigen Blicke einer glutäugigen Neapolitanerin an der Bar und beschloss, einmal nicht seinem Vorbild zu folgen. Die Fahrt in die Abruzzen morgen würde anstrengend genug werden. Da wollte er auf Verflechtungen und Verpflichtungen in Neapel besser verzichten.

Er schaltete das Licht über seinem Bett aus und dachte noch im Hinübergleiten an sein Vorbild.

Nur harmonisch und amourös waren Colleonis Zeiten in Neapel allerdings nicht gewesen. Solange die bösen Onkel des Colleoni lebten, allen voran Giovanni, musste Bartolomeo wachsam sein. Obwohl weit von dem Zuhause entfernt, das sie ihm genommen hatten, wurden verschiedentlich Attentate auf den jungen Mann verübt, sei es mit einer dünnen Seidenschnur, sei es mit Gift oder dem Schwert, und seine Wachsamkeit wurde mehr als einmal auf die Probe gestellt.

Ob sie aber wirklich auf das Konto der mörderischen Vettern gingen, die um ihren unrechtmäßigen Besitz fürchteten, ist nicht bewiesen, und in diesen unruhigen Zeiten hätten auch rivalisierende Offiziere, abgeblitzte Liebhaber, feindliche condottiero *oder ihre Dienstherren und andere Neider einen* assassino *dingen können, um das hoffnungsvolle Talent Bartolomeo am Aufstieg zu hindern. Es gab jede Menge Konkurrenten.*

Er öffnete die Augen noch einmal, ob Bartolomeo Colleoni wirklich ein Triorchide gewesen war?

»*Dreifach hatte er im unbesiegten Schild das fleischliche Zeichen der männlichen Macht*«[*], *die Worte d'Annunzios gingen ihm nicht aus dem Sinn. Hatte nicht Bartolomeo Colleoni selbst sein Wappen so beschrieben, dass sein Wappen aus väterlichem Geschlecht stammte, zwei weiße Hoden auf rotem Feld und ein rotes Hodenpaar im weißen Feld darunter? Ein Notar hatte es 1454 aufgeschrieben, als Colleoni dem Cristofero Urtica aus Clusone sein eigenes Wappen verlieh.*

Der Schlaf umfing ihn, Bartolomeo Colleoni galoppierte durch seine Träume, sein triorchides Wappen auf einem wehenden Banner schwenkend. Dann fiel das untere Hodenpaar heraus und ihm vor die Füße. Er hob es auf und erwachte wieder.

Aufseufzend drehte er sich in seinem Bett herum und umarmte das zweite Kopfkissen, bevor er in einen unruhigen Schlaf fiel.

---

[*] Gabriele d'Annunzio 1904 *Le città del silenzio:* »*Triplice egli ebbe nell'invito scudo il carnal segno della maschia possa!*«

kapitel 4
veneto/oktober, november 2001
Colli Euganei: Sonntag

m darauf folgenden Wochenende erwarteten sie wieder Gäste, diesmal seine *squadra omicidi*, wogegen Roberto sich lange, aber letztlich doch vergebens gesträubt hatte: zwei Jahrzehnte habe er ohne private Kontakt zu seinen Leuten gelebt, warum das jetzt sein müsse.

Aber er war von zwei Seiten dazu gedrängt worden. Luciano erinnerte ihn an seine Bemerkung im *Farfallone*, und Julia meinte, ein Chef könne seine Leute ruhig auch einmal einladen.

Der Herbstsonntag konnte schöner nicht sein, golden und ruhig, die Maronen hingen vollreif in ihren stacheligen Schalen, die beim leisesten Windhauch hinunterfielen, beim Aufschlag auf den Boden platzten und ihre köstlichen Früchte freigaben.

Die Natur gab noch einmal ihr Bestes, bevor die nebligen Schwaden der nasskalten Jahreszeit an den Hügeln hochkrochen, um die herbstliche Farbenpracht zu ummänteln. Der Kräutergarten am *Ca'Vecchia Brandolin* wollte noch einmal mit all seiner Vielfalt protzen, und die kleinblütigen Astern in den Buchsbaumkarrees quollen über von Blüten. Ein letztes Prachtentfalten der Rosenstämmchen am Haus ließ keinen trüben Gedanken an die Zeit zu, in der Regen und Dunkelheit die Schönheit der anderen Jahreszeiten überlagern würden.

Zuerst erschien Anca mit ihrer Mutter, die alte, weißhaarige Dame ging mühsam am Stock, verbreitete aber so viel gelassene Heiterkeit um sich, dass man ihren gebückten Gang und die Runzeln in ihrem Gesicht schlichtweg vergaß. Ihre Tochter bewunderte den im Renaissancestil angelegten Garten, von dessen hinterem Treppenabgang man einen schönen Blick über die Ebene in Richtung Galzignano genießen konnte, links und rechts begrenzt von den auslaufenden Hügeln der Colli Euganei.

»Hier möchte ich mal Aufnahmen machen«, seufzte die ausgebildete Fotografin, die meist Opfer- und Tatortaufnahmen machen musste, in ihrer Freizeit sich aber der Kunst widmete, zu der sie auch diesen schön gestalteten Garten zählte, »dieser Friede, diese Ruhe, diese Schönheit als totaler Kontrast zu der Welt, in der wir normalerweise arbeiten, nicht wahr, Chef?«

Roberto schien entspannt und stimmte ihr uneingeschränkt zu, er siezte, was eher unüblich war, alle Mitglieder seiner *squadra*. Die meisten Vorgesetzten ließen, gleichwohl sie ihre Untergebenen duzten, sich siezen.

Julia erklärte Anca begeistert ihre Gartenvisionen und Gartenideen und erzählte ihr auch, wie sie sich in die alten Zeiten hineindenken konnte, sogar Geld habe sie schon damit verdient, weil sich einige Freunde ihrer Schwiegermutter dafür begeisterten und sich Gartenpläne von ihr zeichnen ließen, und wenn Anca wolle, könne sie jederzeit hier oder auch im *Ca'Rosso* fotografieren.

Sie wurden durch Luciano unterbrochen, der auf seiner schweren Kawasaki fast bis auf die Terrasse fuhr. Und gleich darauf erschien Alberto Sferri, der Senior der *squadra*, mit seiner laut Roberto ständig nörgelnden und chronisch eifersüchtigen Frau. Dies Verhalten schien am heutigen Tage aber außer Funktion gesetzt zu sein, denn als die beiden aus ihrem Punto kurz vor dem Brunnen stiegen, fiel der Blick der recht verhärmt aussehenden Frau auf Julias Kräuter- und Gemüsegarten hinter dem *Ca'Vecchia* Brandolin, und nach einer eher zurückhaltenden Begrüßung sagte sie fast ein wenig anerkennend:

»Sie haben ja sogar Ysop und mehrere Sorten Salbei. Und auch Zitronenthymian!«

Es stellte sich heraus, dass sie von einem kleinen Hof in der Emilia stammte und ihr das Stadtleben, seit sie im Alter von fünfundzwanzig geheiratet hatte, nun schon seit fünfunddreißig Jahren missfiel.

»Ich muss Kräuter auf einem winzigen Balkon züchten«, beschwerte sie sich und blickte sehnsuchtsvoll ins Nichts, »so ein Obstgarten und ein kleines Stückchen Land sind mein Traum.«

»Warum erfüllen Sie ihn sich nicht, wenn Ihr Mann in zwei Jahren pensioniert wird? Dann beginnt doch ein neuer Lebensabschnitt für Sie beide«, sagte Julia, um ihr Mut zu machen, und ihr Mann sagte:

»Davon hast du mir nie etwas gesagt, *mamma*!«

»*Dio mio*, Alberto, hast du gehört? Die Signora hält unser Leben noch nicht für beendet.«

Julia hatte den richtigen Ton getroffen und die Schleusentore einer verkümmerten Seele geöffnet. Alberto trat von einem Fuß auf den anderen.

»Komm, *mamma*, gehen wir zu den anderen.«

Mit einer Freundlichkeit, die ihr keiner zugetraut hätte, begrüßte sie den Chef ihres Mannes, der ihr gleich ein Glas mit dem perlenden *Serprina* reichte, wie hier in den Hügeln der Prosecco hieß.

»Ich hatte Sie ganz anders in Erinnerung, *commissario*«, sagte sie ein wenig verwundert, »so streng! Jetzt sehen Sie aus wie ein glücklicher, junger Ehemann.«

»*Salute*«, Roberto musste lächeln und prostete seiner Frau zu, »das mit dem Glück ist schon richtig, jung nicht mehr ganz.«

Die Stimmung konnte besser nicht sein, als der muntere Enzo mit seiner ebenso temperamentvollen Frau erschien.

»Nun fehlt nur noch Biagio«, stellte Roberto nach einiger Zeit verwundert fest, »der ist doch sonst ein Muster an Pünktlichkeit.«

»Ich weiß nicht, ob er überhaupt kommt«, meinte Enzo, »seiner Frau geht es sehr schlecht. Sie ist an den Rollstuhl gefesselt und mag sich nicht mehr in der Öffentlichkeit zeigen.«

»Was hat sie denn?«, wollte Julia wissen.

»Multiple Sklerose.«

»O wie traurig!«

Er kam dann aber doch, und Roberto half ihm wie selbstverständlich, den Rollstuhl aus dem Auto zu heben und Eleonora hineinzusetzen. Sie wurden lautstark begrüßt, und Julia holte nun die vorbereiteten Platten mit *tramezzini* und *panini* aus dem Haus.

Über die *questura* wurde überhaupt nicht gesprochen, hier draußen war die Atmosphäre so privat, dass keiner auf die Idee kam, berufliche Themen und Probleme anzuschneiden. Der Nachwuchs im Hause Bassner wurde da schon eher kommentiert, und Luciano flirtete ungeniert mit *La Tedesca*, wie alle sie nannten.

»Der macht nicht mal vor Hochschwangeren halt«, bemerkte sein Chef kopfschüttelnd.

»Die Frauen sind sowieso sein Ruin«, bemerkte Enzo, tiefsinnig in sein schon viel zu oft geleertes Glas blickend.

Robertos Befürchtung, dass zu viel Vertraulichkeit die berufliche Zusammenarbeit behindern könnte, war bei seinem Team gegenstandslos, da war Julia sich ganz sicher. Im Gegenteil: Nachdem sie Roberto privat erlebt hatten, würden sie sich noch bedingungsloser für ihn einsetzen. Seine Zeit als Einzelkämpfer war ohnehin schon lange abgelaufen.

Padova: Oktober/November 2001

Im Laufe des Monats Oktober und auch später im November besuchte Gabrièlla Julia mehrmals, immer unangemeldet und überaus spontan. Das verwunderte sie, denn am Anfang ihrer Bekanntschaft glaubte sie, so eine Art Nichtbeachtung oder sogar Verachtung gespürt zu haben.

Julia hatte sie bisher nie allein, sondern immer nur in Begleitung Davids oder im Studentenkreis erlebt und war nun erstaunt, wie uneitel und natürlich sie sich gab, wenn sich kein Mann in der Nähe befand.

»Ihr wohnt ja ganz schön beengt hier«, war ihr Begrüßungskommentar bei ihrem ersten Besuch gewesen.

»Das ist Robertos Junggesellenwohnung«, hatte Julia geantwortet, »wir hatten noch keine Zeit, etwas Größeres zu suchen.«

»So ein Mietshaus mit scheußlichen Gerüchen im Treppenhaus ist doch nicht das Wahre, oder?«

Mit der Wahrheit nahm es Gabrièlla allerdings nicht so genau: David hatte einmal erzählt, dass sie eine arabische Mutter habe. Roberto meinte dagegen, dass sie von einem arabischen Vater gesprochen habe und nach ihrer Aussage in einem Flüchtlingslager im Gazastreifen aufgewachsen sei. Julia bekam dagegen wieder eine andere Version zu hören, nach der sie in einem strengen Mädchenpensionat in Amman aufgewachsen und ihr Vater ein gesuchter Palästinenserführer aus den Westbanks gewesen sein soll.

Als Julia sie auf die verschiedenen Versionen hin ansprach, sagte sie leichthin:

»Ach, weißt du, ich habe mir immer schon gern Geschichten ausgedacht, aber was ich dir erzählt habe, stimmt schon!«

Naserümpfend betrachtete sie Robertos CD-Sammlung.

»Ihr lebt ja nur in der Vergangenheit«, kritisierte sie, »er mit seinen CDs und du mit deinen Gärten. Habt ihr eigentlich an der Gegenwart und der Zukunft kein Interesse?«, fragte sie und suchte gleichzeitig im Radio nach Musik. »Mein Volk sucht ein Land, in dem es in Zukunft frei leben kann. Beinahe hätten wir schon einen lebensfähigen Staat gehabt, wenn nicht die Israelis mit Billigung der Amerikaner alles wieder kaputtgemacht hätten! Und für diesen Staat und die Zukunft meines Volkes lohnt es sich, zu kämpfen! – Ah, Eros Ramazotti«, sie drehte die Musik lauter, auf die wiederum Julia gern verzichtet hätte, »auch schon etwas älter der Song, aber gut. *Solo, solo con te stavo bene con me è proprio vero che a qualcuno tu ...*«, summte sie mit, wobei deutlich ihr italienisches Erbteil durchschimmerte.

Auf Julias Frage, ob sie für ihren Besuch einen bestimmten Grund gehabt habe, schüttelte sie den Kopf.

»Bis bald, Giulia. *Ciao!*«

Weg war sie. Das zweite Mal kam sie genau so unangekündigt und brachte Julia eine Doppel-CD von Eros Ramazotti mit.

»Du bist der Typ, der die Vergangenheit für die Zukunft konserviert«, sagte sie ohne Aggression in der Stimme, »Ramazotti ist zwar auch schon etwas angejahrt, aber damit du weißt, was jetzt läuft, hör dir auch mal diese Musik an.«

»Du hast Glück, mich hier anzutreffen«, sagte Julia und kochte Kaffee für sie beide; sie kamen wieder auf Gabrièllas Kindheit zu sprechen und darauf, dass ihre italienische Mutter sie verlassen hatte, als sie zwei Monate alt war, und die palästinensische Familie ihres Vaters sie adoptiert und ihr den Namen El-Atasoy gegeben habe.

»Ich habe meinen Vater nur selten gesehen, in Israel steht er auf der Schwarzen Liste, deshalb pendelt er meistens zwischen Damaskus, Amman und Italien hin und her. Er ist Kaufmann«, fügte sie wie um Entschuldigung bittend hinzu.

»Ich habe nicht angenommen, dass er ein Terrorist ist«, versuchte Julia spaßig zu klingen, aber Gabrièlla blickte sie erschrocken an.

»Bewahre! Nein! Er ist Teppichhändler in Treviso! Aber er ist selten dort anzutreffen.«

»Hast du noch mal etwas von deiner Mutter gehört?«

»Die ist für mich gestorben! So eine höhere Tochter wie die wollte doch nur mal einen Exoten bumsen. Sie war einfach zu blöd, um nicht schwanger zu werden! Kannst du dir vorstellen«, sie blickte auf Julias Bauch, »dein Kind deiner Schwiegermutter zu überlassen? Für immer? Nein! Siehst du! Meine Mutter konnte mich ohne Gewissensbisse abgeben!«

»Vielleicht hatte sie finanzielle Probleme?«

»Nein, sie stammte aus einer reichen venezianischen Familie. Sie war siebzehn, als ich geboren wurde, und weigerte sich, meinen Vater zu heiraten. Sie wollte leben, leben ohne Mann und Kind.«

Gabrièllas Stimme klang voller Verachtung.

»Hasse sie nicht! Vielleicht denkt sie heute anders!«

»Egal: Für mich ist sie tot«, beendete sie das Gespräch.

Julia dachte voller Mitleid an Gabrièllas traurige Jugend – unvorstellbar, ohne elterliche Liebe aufzuwachsen! Vielleicht suchte Gabrièlla deshalb bei jedem Mann, gerade auch bei älteren wie Roberto, die Liebe, die ihr Vater ihr nicht gegeben hatte.

Dazu schien sie innerlich zwischen der italienisch-abendländischen Art zu leben und zu denken und der arabisch-palästinensischen Welt, die die ersten fünfzehn Jahre ihres Lebens geprägt hatte, zerrissen zu sein.

Bei ihrem dritten, spontanen Besuch sprach sie ihre Beziehung zu David an.

»Er will einfach nicht wahrhaben, dass sich die Zeiten ändern, sowohl in Amerika als auch im Nahen Osten«, beklagte sie sich, »er setzt die PLO[*]

---

[*] PLO (Palestine Liberation Organization): 1964 gegr. palästinensische Befreiungsorganisation.

immer noch gleich mit der Al-Fatah* oder der Hamas** und will wie viele seiner Landsleute einfach nicht glauben, dass neue Denkprozesse eingesetzt haben. Sein Vetter Henry ist da ganz anders und viel aufgeschlossener als David, obwohl der sogar in Israel geboren ist. David weigert sich einfach, nach Israel zu fahren, solange es dort die radikale Hamas mit ihren Selbstmordattentätern gibt. Er ist amerikanisch-arrogant«, schloss sie verbittert, »und ich würde ihm so gern meine Heimat in den Westbanks zeigen. Sabatiya ist das Paradies schlechthin!«

Für Julia waren Terror, Palästinenser und die Problematik des Nahen Ostens bisher ganz weit weg gewesen, durch Gabrièlla und ihre persönliche Betroffenheit rückte alles plötzlich sehr nahe heran.

»Ich versuche, eine Gruppe von italienischen, amerikanischen, jüdischen und palästinensischen Studenten zu Diskussionen zu ermuntern«, fuhr Gabrièlla fort. »Wir haben uns am 20. Januar dieses Jahres konstituiert. Henry ist ganz aktiv dabei, während David nur ein- oder zweimal gekommen ist. Wenn du Interesse hast ...«

Ihr Bestreben bestand offensichtlich darin, Julia aus dem Leben in der Vergangenheit zu befreien, denn sie meinte, Julia verplempere ihre Zeit mit alten Gartenentwürfen.

Julia nahm die Einladung nicht an und entschuldigte sich mit Zeitmangel, sie arbeite jeden Morgen in einem Krankenhaus.

Daraufhin meinte Gabrièlla erstaunt, das hätte sie ihr gar nicht zugetraut und sie nur esoterisch frei schwebend in der Vergangenheit gesehen.

Padova / Colli Euganei: Oktober

Voller Enthusiasmus hatte sich Julia nach ihrer Rückkehr aus Deutschland Ende September in die Renovierung des *Ca'Vecchia* Brandolin gestürzt und wollte wie im vergangenen Jahr auch im Garten ihrer Schwiegermutter die Buchsbaumbegrenzungen auf Form trimmen und neue Stauden setzen. Fingerhutarten, Canna, Flockenblumen, zweijährige Campanula, Melisse und andere, die es nachweislich schon im 16. Jahrhundert hier gegeben hatte, schwebten ihr vor – aber die Marchesa hatte das weit von sich gewiesen.

»Als meine Schwiegertochter kannst du jetzt bei mir nicht mehr im Garten arbeiten, wie sieht denn das aus!«, hatte sie bemerkt. »Clemente macht das sehr ordentlich!«

---

* Al-Fatah (*Gewinner*): 1958 gegr. palästinensische Kampforganisation.
** Hamas (*Begeisterung*):, 1987 gegr. islamische Widerstandsorganisation.

Sie ahnte nicht, wie gern Julia als Ausgleich zu ihren Laborarbeiten bei Fra Ioannis in frischer Gartenerde herumgewühlt hätte, wie gern sie Blumenzwiebeln in die Erde versenkte, um sich dann vorzustellen, welche Blütenpracht im kommenden Frühjahr daraus hervorgehen würde, und wie gern sie Stauden zu Rabatten komponierte und dabei immer die Beschreibung der Blumenparterre aus der Renaissance als Vision sah.

Francescas abschließende Bemerkung, Roberto würde das auch nicht wollen, brach ihren letzten Widerstand. Nur die Gartenentwürfe für ihre Freundinnen wollte sie Julia zugestehen. Nun gut, so musste sie sich eben auf das *Ca'Vecchia* Brandolin beschränken.

Roberto würde das auch nicht wollen, diese Worte bohrten sich in Julias Seele. Würde er wollen, dass sie jetzt, im sechsten Monat, im Labor arbeitete? Würde er wollen, dass sie mit Clemente eine finanzielle Partnerschaft einging?

Die ganze Sicherheit, die sie im Umgang mit Roberto in Deutschland gefunden hatte, ging allmählich verloren. Er hatte so unglaublich viel zu tun, fühlte sich seiner Natur gemäß für alles verantwortlich, und in ihrer unendlichen Rücksichtnahme wagte sie nicht, ihn auch noch mit ihren Fragen und Problemen zu belasten.

Und so schlitterte sie auf eine Bahn, die in kleine Ausflüchte, Notlügen und von ihr eigentlich nicht gewollten Unaufrichtigkeiten mündete. Zum Beispiel die Sache mit Clemente und ihrer Teilhaberschaft! Francescas Steuerberater hatte grünes Licht gegeben, der Familienanwalt entwarf einen Vertrag, und Julia stellte aus ihrer großmütterlichen Erbschaft das erforderliche Geld bereit.

Immer wenn sie Roberto um Rat fragen oder ihn einfach nur informieren wollte, kam etwas dazwischen, das Telefon klingelte oder er rief an, er käme nicht mehr. Irgendwann war es zu spät, der Vertrag unterschrieben, das Geld gezahlt, ohne dass er von den finanziellen Transaktionen seiner Frau etwas ahnte. Und Francesca goss noch Wasser auf die Mühlen ihrer Unsicherheit mit den Worten, Roberto sei sehr empfindlich, wenn es um Geld ginge. Er lege großen Wert darauf, als Alleinernährer der Familie zu gelten.

Nach dem Fiasko mit dem gefälschten Protokoll wurde sie noch unsicherer: War es ihm wirklich recht, wenn sie ihr Studium fortführte? Wenn sie abends auf ihn wartete, drapierte sie immer einen Gartenentwurf über ihren Fachbüchern und medizinischen Ausarbeitungen, und sein Blick streifte amüsiert über das, was für sie Entspannung bedeutete, für ihn aber als ihr Lebenszweck erscheinen musste.

Sie hasste sich dafür, aber schob in ihrem übergroßen Harmoniebedürfnis eine Aussprache immer wieder hinaus. Eigentlich war sie durch ihre Erbschaft und ihre anderen Aktivitäten finanziell unabhängig, aber Roberto legte größten Wert darauf, dass sie die Haushaltsführung nur von seinem Konto bestritt.

»Meine Frau und meine Kinder kann ich gut allein ernähren!«, hatte er in seiner schroffen Art seiner Mutter geantwortet, als sie an einem Donnerstagabend gefragt hatte, ob denn so ein Polizistengehalt für eine Familie reiche. Und warum er es so strikt ablehne, befördert zu werden und damit verbunden eine Gehaltserhöhung zu bekommen, wollte sie wissen, worauf er einfach schwieg.

Als er Julia eines Tages fragte, ob sie die Anschaffungen und Renovierungsarbeiten bezahlt habe und wovon, gab sie ihre Erbschaft an, und er meinte missbilligend, die sei doch für ihr Studium gedacht, und wieder verschwieg Julia, dass das sich selber trüge: im *ospedale* der Barmherzigen Schwestern verdiene sie sogar noch dazu, ja, sie verheimlichte überhaupt, dass sie es fortsetzte.

Als sie gemeinsam die laufenden Kosten zusammenstellten, sah Julia, dass die Ausgaben für die Wohnungshypothek und Bürgschaften, die Aufwartefrau, Kredite für Auto und Dach des *Ca'Vecchia's*, Versicherung und Steuern einen Großteil von Robertos nicht eben üppigem Gehalt verschlangen. Vom Rest sollte sie die Lebenshaltungskosten bestreiten, und sie wusste, dass er peinlich genau darauf achten würde, dass sie nur sein Geld dafür nähme.

Statt nun die Gelegenheit wahrzunehmen und über ihre Teilhaberschaft an Clementes Gartenbaubetrieb zu sprechen, schwieg sie erneut und fand sich unheimlich feige, aber Kritik von Roberto mochte sie nicht hören, und Auseinandersetzungen scheute sie grundsätzlich, mit ihrem Mann ganz besonders.

In Deutschland war es Julia nicht aufgefallen, dass er einem Rollendenken verhaftet schien, das ihr fremd war, vielleicht lag das an ihrem großen Altersunterschied, denn auch in der italienischen Industriegesellschaft war die Berufstätigkeit einer Frau kein Thema mehr.

Ich tue ja nichts Verbotenes, nichts, was ihm schadet, rechtfertigte sie sich vor sich selbst, im Gegenteil, die Renovierung des *Ca'Vecchia* treibe ich doch für ihn voran.

Aber im Grunde ihres Herzens wusste sie, dass sie nach dem Sommer in Deutschland voller Verliebtheit und voller Freude auf ihren Nachwuchs jetzt in das Stadium der Ehe eingetreten waren, in dem sie sich im Alltag bewähren musste, und Julia merkte, dass sie damit noch nicht so recht umgehen konnte.

Roberto ebenso wenig, zeitweise vergaß er völlig, dass es sie gab, und beide liefen sie mit einem schlechten Gewissen herum, er, weil er wieder hundertfünfzigprozentig in seinen Beruf zurückgekehrt war, und sie, weil sie emotional auf seine Zustimmung für ihr Tun angewiesen war, sie ihm dies aber verheimlichte.

Dazu kam, dass Roberto ihre Freundschaft mit Gabrièlla sehr kritisch sah und nach einigen Besuchen, die Julia ihm nicht verheimlicht hatte, angemerkt hatte, dass die Palästinenserin (auch wenn sie nur eine halbe war) keinen besonders guten Leumund habe, weil sie in Studentenkreisen verkehre, in denen er seine Frau nicht gern sehen wolle.

Julia reagierte auf seine etwas oberlehrerhafte Art bockig: Gabrièlla sei ganz anders, als sie scheine, argumentierte sie, sie hielte sie jedenfalls für eine Frau, in deren Brust zwei miteinander konkurrierende Herzen schlügen, eines für den Orient und eines für den Okzident, und keineswegs würde, wie Roberto es offensichtlich vermute, eines für den westlichen Lebensstil und eines für den nahöstlichen Terrorismus schlagen.

Von den viel häufigeren Treffen mit David erzählte Julia ihrem Mann dagegen nur, wenn es sich nicht vermeiden ließ. Zwischen den beiden Männern herrschte eine Spannung, die hauptsächlich von Roberto ausging; er verachtete den playboyhaften Lebensstil des Amerikaners, den er für einen typischen Vertreter der gegenwärtigen Fun-Gesellschaft hielt, die nichts von einem gewissenhaften Studium halte.

Julia hingegen schätzte an David seine Hilfsbereitschaft und sein fröhliches Wesen, und besonders Erstere nahm sie häufig in Anspruch, denn er hatte das Auto, das ihr fehlte; wenn auch nicht mit ganz gutem Gewissen, weil sie sich nicht revanchieren konnte.

Roberto um ihr gemeinsames Auto zu bitten, scheute sie sich, weil das mit der Notwendigkeit verbunden gewesen wäre, ihm ihre Tätigkeit im *ospedale* der Barmherzigen Schwestern zu beichten, und so bat sie David öfter, sie hierhin und dorthin zu fahren; wenn er verhindert war, lieh er ihr sogar sein Auto, war aber immer besorgt, ihr könne in ihrem Zustand etwas passieren, sodass er sie lieber fuhr.

David hingegen fand für Roberto nur lobende Worte.

»Menschen wie dein Roberto«, sagte er, und es klang etwas wie Bewunderung durch, »sind selten. Das Leben könnte so schön gradlinig verlaufen, wenn es mehr Männer wie ihn gäbe.«

Worauf er seine gute Meinung genau gründete, erklärte David nicht näher. Wenn Julia mit dem Amerikaner und Gabrièlla zusammen war, gab es unweigerlich politische Diskussionen, und selbst Julia fiel auf, dass David sich Gabrièllas Argumentation nicht mehr in allem verschloss. Er meinte sogar, die israelische Politik sei schlecht beraten, die gerade erst aufgebauten Strukturen des beginnenden Palästinenserstaates wieder zu zerstören. Statt Vergeltungsangriffe für Selbstmordattentate zu fliegen, sollte die Regierung lieber dafür sorgen, dass die heranwachsenden palästinensischen Jugendlichen Ausbildungsplätze bekämen, sonst würden sie nur in die Radikalität getrieben.

Gabrièlla, die sonst schlagfertig und scharfzüngig argumentierte, blieb vor Erstaunen der Mund offen stehen, und sie rettete sich mit einem Themenwechsel, indem sie sich nach Julias Arbeit im Krankenhaus erkundigte.

Ca'Vecchia / Colli Euganei: Mittwoch

Vorübergehend wurde das *Ca'Vecchia* Brandolin, Robertos einzige Oase innerer Ruhe, zum Schauplatz ziemlich gewalttätiger Auseinandersetzungen. An einem Mittwochnachmittag fiel die Sitzung der *CICG* aus, der Conte war angeblich krank, aber alle wussten um sein Alkoholproblem.

Roberto hätte auch so in der *questura* genug zu tun gehabt, aber seit dem Zusammenstoß mit dall'Aria am Morgen – er hatte ihm statistisch belegt (und mit Zahlen konnte der neue *questore* hervorragend jonglieren, besser als mit seiner Sprache), dass die Aufklärungsquote in Robertos Dezernat seit seiner Rückkehr aus Deutschland um 11,75 Prozent zurückgegangen sei –, seit dieser statistischen Diffamierung verspürte Roberto keine Lust mehr, sich mit ihm und seinen unsinnigen Rechnereien weiter auseinanderzusetzen.

Roberto hatte sich zwar einen guten Abgang verschafft, indem er den *questore* kalt lächelnd wissen ließ, dass für ihn Statistiken nichts weiter seien als exakter Schwindel, und nachdem dieser ihm wieder unglaubliche Arroganz vorgeworfen hatte, trennte man sich.

Vor dem *Ca'Vecchia* Brandolin parkten zwei Autos, Clementes Punto und Davids Cabrio. Julia saß auf der Ostseite des Hauses auf der Steinbank und putzte Gemüse, Clemente und David arbeiteten am Brunnen; eine überaus friedliche Szene, in der sich Roberto fast ein wenig störend vorkam und ihm wieder einmal durch den Kopf ging, warum Giuli unerklärlicherweise ihn geheiratet hatte und nicht einen von den vielen netten, jungen Männern, wie David einer war.

Trotz ihres Umfangs sprang sie behände auf und eilte auf ihn zu.

»So eine Überraschung kannst du mir öfter bereiten!«, rief sie und sprühte vor Lebensfreude.

Sie nickte zum Brunnen, an dem im selben Augenblick ein Benzinmotor mit Donnergetöse seine Tätigkeit aufnahm.

»Was geht hier vor?«

»David und Clemente haben mir eine gebrauchte Pumpe installiert, und wie es scheint, funktioniert sie.«

Sie gingen zum Brunnen und in diesem Moment kam stoßweise Wasser aus einem Schlauch. Die beiden jungen Männer lachten und klopften sich gegenseitig auf die Schulter.

»Hallo, Roberto!«

Er kam sich ausgeschlossen vor, und obwohl er Giulia ermuntert hatte, Verbesserungen am *Ca'* vorzunehmen, war es ihm jetzt irgendwie nicht recht. Aber er vergaß seine trüben Gedanken und stieß mit den anderen an; das erste, nicht mehr manuell geförderte Wasser schmeckte jedenfalls gut.

»Die Minestrone ist in einer halben Stunde fertig.« Julia war froh, dass sie heute wegen der zu installierenden Pumpe zwei Stunden früher aus dem *ospedale* gekommen war, sonst hätte Roberto sie hier nicht angetroffen, und sie hätte später vor den anderen Erklärungen abgeben müssen.

Clemente verabschiedete sich: Nina erwarte ihn. Julia verschwand im Haus, und David zog sich ein T-Shirt über, bevor er sich zu Roberto auf die Bank setzte.

Sie schwiegen. Der Amerikaner gab ihm Rätsel auf, abfällig hatte Roberto ihn Julia gegenüber als Playboy bezeichnet, aber mehr einer momentanen, eifersüchtigen Regung folgend. Dass er seine technische Begabung anwenden konnte, körperliche Arbeit nicht scheute, sehr durchtrainiert und überaus hilfsbereit war, wollte Roberto nicht in Abrede stellen, aber seine Verbindung zu Henry Salzmann war undurchsichtig, der, gebürtig aus Israel, sicherlich die Belange der israelischen Studenten und des *Instituts* vertrat, wohingegen David seine Abneigung gegen Geheimdienste deutlich artikuliert hatte, aber vielleicht war gerade das ja seine Tarnung, eine Tarnung, die bei der *Firma* schließlich an der Tagesordnung war.

Die Fenster des *Ca'Vecchia* Brandolin waren an diesem goldenen Oktobertag alle weit geöffnet. Aus den Fenstern perlten die Töne von Vivaldis *quattro staggioni*[*]. Roberto musste unweigerlich daran denken, wie er vor mehr als einem Jahr Giulia auf eben dieser Bank zu eben dieser Musik das erste Mal geküsst hatte.

Seine Gedanken wurden gestört durch das Geräusch eines sich nähernden schweren Motorrades: Luciano auf seiner Kawasaki mit Gabrièlla als Sozia.

»*Mi dispiace,* tut mir leid, Chef, dass ich Sie hier störe, aber das Sahne... äh, Gabrièlla wollte Ihnen etwas Wichtiges mitteilen.«

So eilig hatte sie es damit aber nicht, sie trug hauteng schwarze Lederhosen, eine sehr kurze, schwarze Lederjacke, die ihr mit einer schwar-

---

[*] Vier Jahreszeiten.

zen Perle gepiercten Bauchnabel sichtbar werden ließ, und als sie ihren Helm abnahm, flossen ihre üppigen, schwarzen Haare wasserfallartig über ihre Schultern.

»Hi, Roberto! Hi, Dave!«, rief sie, küsste Luciano auf die Wange und bedankte sich für das Herbringen.

David, der vorher so locker neben Roberto gesessen hatte, wirkte wie eine gespannte Stahlfeder, als er, ohne die anderen zu beachten, seine Freundin anfuhr:

»Was willst du hier? Was soll das?«

Irgendwie erinnerte sie Roberto an Angela, die auch schnurrend wie eine Katze Bösartigkeiten losließ.

»Störe ich dich vielleicht in der Anbetung deiner Heiligen, ach, pardon, du bist ja gar kein Katholik!«

Damit spielte sie wohl auf Giulia an, mutmaßte Roberto und fühlte sich bestätigt, dass sie kein Umgang für seine Frau sei.

David beherrschte sich mühsam.

»Sag Roberto, was du auf dem Herzen hast, und dann lass uns gehen!«

»Ach, so eilig habe ich es eigentlich nicht, nicht bei diesem Ambiente, es gefällt mir. Ich könnte sogar an eine Versöhnung mit dir denken!«

David ergriff sie hart am Handgelenk. Sie wehrte sich.

»Wir sind nicht deine Spielzeugsoldaten, *donna* Donata!« Sie hasste ihren zweiten Vornamen, sie sei kein Geschenk, die beiden mussten sich arg zerstritten haben, wenn sie hier in aller Öffentlichkeit weitermachten, was aber nur David peinlich zu sein schien. »Also mach hin und rede, und dann fahren wir nach Hause.«

»Und du liest mir dann anständig die Leviten, das ist doch eine jüdische Spezialität!« Sie provozierte ihn weiter und versuchte gleichzeitig, sich aus dem Griff ihres Freundes zu lösen.

»Lassen Sie Gabrièlla los! Sie haben doch gehört, *americano*, dass sie nicht mitwill!«

Luciano musste sich zwangsläufig einmischen, Roberto hatte es geahnt, während er sich, an den Differenzen der anderen nicht besonders interessiert, wieder auf der Bank niederließ; aber sein junger Mitarbeiter würde keinen Streit auslassen, besonders wenn Frauen beteiligt waren.

»Sie halten sich da raus, *italiano*!«, giftete David, ohne ihn eines Blickes zu würdigen. »Das ist meine und Gabrièllas Angelegenheit, also geben Sie Ruhe!«

»Wohl kaum«, sagte Luciano und trat näher; Roberto seufzte innerlich: Der friedliche Nachmittag würde mit einer wüsten Schlägerei enden, Gabrièlla die Sache genießen und Giulia entsetzt von ihrem Mann erwarten, der Auseinandersetzung ein Ende zu bereiten.

Solange Giulia aber im Hause beschäftigt war und wegen der Lautstärke der Vivaldi-Konzerte die Ankunft der beiden ebensowenig mitbekommen zu haben schien wie die derzeitige Szene, so lange wollte Roberto nicht eingreifen.

Die beiden Männer maßen sich mit Blicken, taxierten den Gegner, der Italiener kleiner als David, aber gut in Form; Roberto wusste um die Nahkampfqualitäten seines Assistenten. Wie gut David im Training war, konnte er nicht einschätzen, aber man sollte ihn nicht unterschätzen.

Gabrièlla versuchte noch immer, freizukommen.

»Verstehen Sie so schlecht Italienisch? Sie sollen sie loslassen, *americano*!«

Gabrièlla hielt jetzt still, sie genoss jede Sekunde: Hier sollte um sie gekämpft werden, schließlich hatte sie die beiden gut munitioniert. Luciano zog seine Lederjacke aus, David ließ seine Freundin los und schob sie zur Seite, der Italiener hob die Fäuste in klassischer Boxhaltung, während sein Gegner eher amüsiert abwartete.

»Boxen nach Regeln!«, erkundigte er sich. »Oder wollen wir um die Dame lieber Griechisch-Römisch ringen?«

Luciano sah nach diesen ironischen Worten rot, obwohl sie an dieser Stelle den Kampf mit Worten hätten fortsetzen können, David hatte diese Möglichkeit offengelassen, das gefiel Roberto.

Nicht aber Luciano, er schlug blitzschnell und ohne Vorwarnung einen linken Haken und traf den überraschten Amerikaner am Kopf. Der taumelte zurück, und die nun folgende Boxvorstellung wäre durchaus sehenswert gewesen, wenn sie einem sportlichen Zweck gedient hätte.

»Aufhören! Aufhören!«, rief Gabrièlla dazwischen, aber ihrem Gesichtsausdruck nach wünschte sie sich das Gegenteil, und Roberto fühlte sich von der Primitivität dieser Gefühle abgestoßen; er fasste sie am Handgelenk und zog sie neben sich auf die Steinbank.

»Sie haben die beiden provoziert, wie die Neandertaler um Sie zu kämpfen, nun lassen Sie ihnen diesen Spaß. Sie sind dann ja wohl der Preis des Siegers!«

Sein beißender Spott zeigte Wirkung, wütend fuhr sie ihn an:

»Ach, Sie! Sie wissen ja gar nicht, was Lebenskampf ist! Unbestechlich und loyal Ihrem Staat und der Verfassung gegenüber! Pflichtbewusst bis zum Umfallen! Und dann haben Sie auch noch Ihre heilige Giulia!«

»Was ist schlimm daran?« Seine Ruhe irritierte sie.

»Das würden Sie ja doch nicht verstehen, Sie, Sie ... Sie ehrpusseliger Ausbund an staatsbürgerlicher Gesinnung!«

David und Luciano hatten inzwischen ihre gegenseitigen Stärken und Schwächen ausgetestet, Luciano war unglaublich flink auf den Beinen, aber viel zu emotional und unüberlegt; der Amerikaner verfügte dagegen über eine größere Reichweite und reagierte eiskalt berechnend.

Sie umtänzelten einander, Luciano versuchte, linke und rechte Haken zu landen, während David seinen Gegner durch Körperschläge zu ermüden suchte. Als Luciano seine Deckung vernachlässigte, konterte David mit einem Schwinger, der manch einen für lange Zeit in den Staub geschickt hätte. Korrekt wie ein Ringrichter zählte David ihn an, ganz fairer Sportsmann, aber nun sprang der andere ihm wie ein Raubtier an die Kehle, und beide wälzten sich auf der Erde in Richtung euganeischer Hügel.

Vivaldis zweites *concerto*, *l'estate*, ertönte, Giulia arbeitete immer noch ahnungslos im Haus. Die Szene erschien geradezu bizarr unwirklich: hier Frieden und Barockmusik, dort nackte Gewalt und Kampf um das Weib.

»Tun Sie doch endlich etwas! Die beiden bringen sich sonst noch um!«, bedrängte Gabrièlla Roberto mit hohlem Wortgeklingel.

»Wohl kaum, Allerwerteste. Sie haben es doch nicht anders gewollt. Die beiden sind schließlich keine Killertypen. Keine Sorge: Wir brauchen uns keinesfalls zu sorgen, einen toten Verlierer zu haben.«

Robertos Ironie behagte ihr absolut nicht, sie wollte aufspringen, aber Roberto zog sie zurück auf die Bank.

»Hier geblieben! Evolutionsmäßig haben wir die Neandertaler weit hinter uns gelassen, aber wie man sieht, ist die Steinzeit doch noch unter uns. Oder befinden wir uns jetzt gerade im Mittelalter mit seinen Kampfspielen um die Dame? Wäre übrigens hübsch, sich David und Luciano in Ritterrüstungen vorzustellen und Sie als keusches Burgfräulein!«

Sein Konversationston brachte sie zum Kochen.

»Sie sind so etwas von gemein! Immer ganz der arrogante Marchese, was? Giulia kann einem leidtun, wahrscheinlich sind Sie im Bett ebenso.«

Sie verspritzte ihr Gift und ärgerte sich, dass er auf ihre Provokation nicht einging und sie auslachte.

Inzwischen waren die beiden Kampfhähne hinter dem Haus verschwunden, man hörte nur noch keuchende Geräusche und dumpfe Schläge, spätestens jetzt musste Giulia den Kampf aus dem Küchenfenster sehen, aber in eben diesem Moment ertönte ihre Stimme aus dem Ostfenster:

»In zehn Minuten wird gegessen!«

Das Tellerklappern ließ vermuten, dass sie den Tisch deckte, Vivaldis Konzert ertönte weiterhin. Und dann eilte David allein um die Hausecke. Er taumelte zum Brunnen, warf den Motor an und hielt sich den Schlauch mit dem sprudelnden Wasser über den Kopf. Sein T-Shirt war schmutzig, eine Augenbraue war aufgeplatzt, trotzdem ging er ruhig auf sie zu.

»Ihr Mann hat eine saubere Linke«, sagte er zu Roberto, »nur viel zu emotional. Aber mit einem guten Trainer ...«
Er drehte sich zu seiner Freundin um.
»Nun waren wir doch deine Spielzeugsoldaten! Zufrieden? Los, verabschiede dich!«
Sie kompensierte die Demütigung mit Tränen, sie waren gewollt eingesetzt, zeigten aber keine Wirkung, auch ihre Bemerkung nicht, dass sie sich solche Sorgen um ihren Dave gemacht habe.
»Tut mir leid, Roberto«, verabschiedete er sich, »man kann Gewalt leider nicht immer ausweichen. Entschuldigen Sie uns bitte bei Giulia.«
Die beiden fuhren ab, ohne dass Gabrièlla den eigentlichen Zweck ihres Besuchs erwähnt hatte, und Roberto sah nach der »Stütze der padovanischen *questura*«. Sie lag hingestreckt im Staub, ein Schlag auf den Punkt mochte Lucianos Boxkarriere gestoppt haben. Roberto goss einen halben Eimer eiskaltes Brunnenwasser über ihn, um ihn unter die Lebenden zurückzuholen.
»Wo sind denn die anderen?«
Giulia stand unter der Küchentür und sah sich erstaunt um. Ihr Mann erklärte ihr die Situation, und sie hinderte ihn voller Mitleid daran, den ganzen Eimer über Luciano auszuschütten.
Luciano war in seiner Ehre tief gekränkt.
»Der Amerikaner schlägt ziemlich hart zu«, stöhnte er und befühlte sein Kinn.
»Ich hatte Sie gewarnt, Luciano!«
Giulia brachte ihm ein Handtuch und lud ihn zum Essen ein.
»Ich muss erst mit meiner Niederlage fertig werden«, sagte er und lehnte dankend ab.
»Das wird man besser unter Freunden als allein«, sagte sie und daraufhin nahm er schließlich an.
»Sie ist eine Superfrau«, sagte er beim Abschied träumerisch und rollte mit den Augen, und es war nicht herauszuhören, wen er meinte.

Padova: Dienstag

Ein paar Tage später fand Roberto eines Abends in seiner dunklen padovanischen Wohnung Ari Hirschfeld vor, der auf ihn wartete.
»Ihr Nachbar hat mich hereingelassen«, erklärte er seine Anwesenheit, und ohne seine Überraschung zu zeigen, bot Roberto ihm ein Mineralwasser an.
»Ohne kollegiale Unterstützung?«, erkundigte er sich. »So ganz allein?«
»Wissen Sie«, antwortete Ari ruhig, »Ihre Ironie sparen Sie sich besser

für meine Kollegen auf, die haben sie verdient. Lassen Sie uns wie zwei normale Menschen reden, denen es um die Sache geht.«

Roberto schätzte sein Alter auf Ende fünfzig bis Anfang sechzig, ein unscheinbar wirkender Mann, solange er schwieg, und er entspannte sich.

»Akzeptiert, Signor Hirschfeld, Ihren Dienstgrad kenne ich leider nicht.«

»Ari für Sie.«

»Danke, ich heiße Roberto.«

Sie prosteten sich mit dem Mineralwasser zu.

»Ari, Sie haben mich durch Rebecca und Daniel wissen lassen, dass die Garfinkels keinem politischen Mord zum Opfer gefallen sind. Zwar stochere ich immer noch wie mit einer Stange im Nebel herum, und die *servizi segreti* behindern unsere Ermittlungen nach wie vor, aber wir kommen der Lösung schon näher. Über welche andere Sache Sie mir reden wollen, weiß ich nicht.«

»Über die beiden Faxe, die Sie mir haben zukommen lassen, und natürlich über Drogen.«

In diesem Moment steckte Umberto seinen Kopf zur Tür herein. Er machte eine fragende Kopfbewegung zum Israeli hin.

»Alles in Ordnung?«

»Komm her, es betrifft auch dich.«

Roberto stellte seinen Freund vor, und Aris Zögern begegnete er mit dem Vorschlag, sein Vertrauen auf den *dirigente* des Drogendezernats auszudehnen, er bürge für dessen Integrität.

»Ich werde Ihnen nur Informationen aus meinem Bereich zukommen lassen, aber nehmen Sie sie analog auch für die amerikanischen Studenten. Sie ahnen nach der Lektüre der Faxe wohl schon, worum es geht.«

Müde strich sich Roberto über die Augen und Ari fuhr fort:

»Drogentote, Selbstmorde und Drogenkonsum haben im vergangenen Jahr überdurchschnittlich viel Opfer unter den israelischen Studenten an den Universitäten von Padova, Bologna, Pavia und Milano gefordert. Es gibt immer wieder Aussteiger unter den Studenten, nicht nur unter den israelischen, die durch Prüfungsängste, Leistungsdruck der Eltern oder der Gesellschaft nach Auswegen suchen. Drogen sind ein sehr beliebter Ausweg, Selbstmord dagegen der letzte.

Das Schlimme ist: Die Drogen werden diesen Zielgruppen weit unter Preis verkauft, ja teilweise umsonst abgegeben. Wenn sie einmal süchtig sind, und das geht zum Beispiel mit *crack* blitzschnell, kommen wir nicht mehr an sie heran. Sie schweigen aus Angst, keinen Stoff mehr zu bekommen, und so ist es uns bisher nicht gelungen, an die Hintermänner heranzukommen.«

»Vor einiger Zeit gab es eine Messerstecherei zwischen einem Israeli und einem italienischen Studenten«, schaltete sich Umberto ein. »Mit Todesfolge für den Israeli und schweren Verletzungen für den Studenten. Der Grund des Streits war die Beschwerde des italienischen *drogato*: Er müsse an denselben Dealer das Dreifache des Preises zahlen wie sein israelischer Freund.«

»Das bestätigt unsere Vermutungen«, antwortete Ari Hirschfeld. »Eine kleine Terrorzelle wird immer wieder genannt: der *XX. Gennaio*. Wissen Sie etwas darüber?«

»Unser Terrorspezialist ist *colonnello* Coglione.«

»Ja, ich weiß«, Hirschfelds Stimme klang nach Vorbehalten, und plötzlich empfand ihn Roberto als Verbündeten. »Wissen Sie etwas über seine Vergangenheit?«

»Er ist ein Vetter dritten Grades, und ich bin nicht gerade stolz darauf. Er steht ziemlich weit rechts, politisch gesehen.«

»Mit dem Mistkerl bist du verwandt?«, rief Umberto erstaunt aus. *Grazie al Signore!*«

»Wieso Mistkerl? Du kennst ihn doch kaum.«

»Aber mein Schwager aus Rovigo war im Juli beim G-8-Gipfel in Genua im Einsatz, und er hat mir einiges über ihn erzählt. Er war die ganze Zeit in der Kaserne Bolzaneto anwesend, wo die meist sehr jungen, verhafteten und zusammengetriebenen Globalisierungsgegner widerrechtlich festgehalten, bedroht und misshandelt wurden. Danach wollten sie Coglione nicht wieder in Bergamo haben.«

»Bartolomeo Coglione«, stieß Ari aus. »Ausgerechnet der hier als Terrorspezialist! Na dann Prost!«

»Wieso?«, fragten Roberto und Umberto gleichzeitig.

»Wenn er der Sohn des Bartolomeo Coglione ist, der 1980 eine so unsägliche Rolle in der *Ustica*-Affäre gespielt hat ...«

Robertos Unbehagen wuchs.

»Ja«, unterbrach er Ari Hirschfeld, »als Mitglied der damals noch in Abrede gestellten Stay-behind-Organisation *Gladio* hatte er seine Finger in vielen verschiedenen schmutzigen Sachen, und seinen Sohn hat er als Mitglied bei *Nuove Ordine* untergebracht. Deshalb bin ich nicht gut auf ihn zu sprechen. Er behauptet zwar, seine faschistische Vergangenheit hinter sich gelassen zu haben, aber ich halte ihn nach wie vor für einen Wolf im Schafspelz, doch beweisen kann ich das nicht.«

»*Ustica*? *Gladio*? Stay-behind? *Nuove Ordine*? Wo bin ich hier nur gelandet?«, fragte Umberto, der sich genau wie Roberto politisch neutral verhielt. »Das klingt ja dick und fett nach Geheimdienst!«

»Also, wie sieht es mit dem *XX. Gennaio* aus?«, kehrte Ari zum Ausgangspunkt seiner Frage zurück.

»Außer dem Namen nichts, oder?«

Umberto sah seinen Freund fragend an, aber der schüttelte den Kopf.

»Bei der kürzlichen Entdeckung eines Waffenlagers bei Noventa Vicentina fanden die *caramba* Flugblätter, die mit *XX. Gennaio* unterzeichnet waren und inhaltlich darauf hinwiesen, dass der Kampf gegen den israelischen und amerikanischen Imperialismus unverändert fortgesetzt werde.«

»Sie haben Verbindung zu den *carabinieri*?«

»Er war früher selbst mal einer«, erklärte Umberto.

»Am Anfang meiner Laufbahn.«

»So«, Ari nahm es zur Kenntnis, »der *XX. Gennaio* scheint laut Faxbericht aus einer arabischen und einer italienischen Sektion zu bestehen und Verbindung zu einem Drogensyndikat hier in der Region Padova zu haben. Mit Terrorgruppen in Israel selbst konnten wir bisher keine Kontakte feststellen.«

»Gibt es eine Verbindung zu dem *Colleoni*-Syndikat?«, wollte Umberto wissen, und Ari nickte bestätigend. »Das ist auch ziemlich neu hier. Bis in den Sommer hinein hielt das *Tre-Condottieri*-Syndikat alle Fäden in der Hand. Wir vermuten es unter neuer Führung und neuem Namen.«

Genau seit Vetter Bartolomeo in Padova ist, taucht der Name *Colleoni*-Syndikat auf, dachte Roberto, aber da er nicht die ganze Nacht mit allgemeinem Informationsaustausch verplempern wollte, fragte er:

»War Yochanan Garfinkel ein Mann des *Instituts*?«

»Nein, und um Ihrer nächsten Frage gleich zuvorzukommen: Ich darf Ihnen nicht sagen, wer hier für uns undercover arbeitet. Aber ich vermute, Sie wissen, wer. Yochanan hat auf eigene Faust versucht, seinen Studenten zu helfen, und alle Kontaktanfragen meinerseits abgewiesen. Er hat seiner Frau das Fax über Jim und Lissy gegeben, nicht mir. Er gehörte in Israel einem Kibbuz an, der die Friedensbewegung unterstützt und sich sehr im Visier unseres Inlandsgeheimdienstes befindet. Er hat zusammen mit seinem Vater Kontakte zum *Colleoni*-Syndikat geknüpft, die ihnen schließlich zum Verhängnis wurden. Der Fall gehört Ihnen, Roberto.«

»Offiziell?«

»Ab morgen. Ein Treffen der *servizi segreti* beim *questore* wird das bestätigen.«

»Und warum sind Sie dann heute hier?«

»Weil ich morgen nicht so offen sein kann. Wir vom *Institut* müssen hier in Italien überaus vorsichtig vorgehen, misstrauisch vom *Betrieb*, von der *Firma* und von der ganzen italienischen Regierung beäugt! Wenn Aktivitäten von uns publik werden, heißt es immer ganz schnell, der Staat Israel dehne seine Aggressionen auf den europäischen Kontinent aus. Also ein wahrer Eiertanz. Tun wir zu wenig, kritisiert uns unsere Regierung, tun wir zu viel, alle anderen. Und wegen dieses Balanceaktes habe ich fast pausenlos einen italienischen Kollegen zur Seite.«

»Cartucchio?«

»Ihrer Stimme entnehme ich, das Sie ihn nicht sehr schätzen, Roberto?«

»Ich will Sie nicht in Verlegenheit bringen, Ari, nur so viel: Cartucchios Moralvorstellungen über erlaubte Mittel in einem demokratischen Rechtsstaat und was dieser von Geheimdiensten tolerieren kann, gehen über meine Schmerzschwelle. Ich musste mit ihm vor ein paar Jahren zusammenarbeiten.«

»Interessant. Und Hunter?«

»Manchmal habe ich das Gefühl, dass Geheimdienste sich selbst dienen und geheimer, parlamentarisch unkontrollierbarer Selbstzweck sind.«

»Ihre moralischen Bemerkungen in allen Ehren«, lächelte Ari in sich hinein, »etwas übertrieben, aber am Kern der Sache nicht vorbei. Aber ich hatte …«

»Nach Hunter gefragt, ich weiß. Für ihn gilt das Gleiche wie für Cartucchio, nur dass er einen weitaus größeren Staatsapparat hinter sich weiß und uns Italienern seinen amerikanisch-arroganten Lebensstil überstülpen will. Und sein Tick, alles irgendwie mit der *Ustica*-Affäre in Verbindung zu bringen, ist nahezu krankhaft.«

»Beide Kollegen werden zustimmen, dass die Garfinkels ein Fall für die italienische Polizei sind«, sagte Ari und erhob sich; sie schlossen sich ihm an.

»Welche Gegenleistung erwarten Sie?«, fragte Umberto.

»Vertrauen und Offenheit. Und Informationen über alle außergewöhnlichen Vorkommnisse an *Il Bò* und in der Drogenszene.«

Die beiden Freunde blickten sich an und nickten.

»Einverstanden.«

»Was halten Sie vom Inhalt der beiden Faxe?«, fragte Ari.

»Es soll noch mehr davon geben, habe ich gehört«, antwortete Roberto.

»Sagte Rebecca, aber sie hat keine mehr finden können.«

»Merkwürdig«, sagte Roberto und blickte Ari nachdenklich an, »die Diktion der beiden bekannten, mit *Luzifer* unterzeichneten, scheint darauf hinzuweisen, dass der Verfasser oder die Verfasserin bei der Ermordung der drei anwesend war. Die Namen der Täter sind tatsächlich von Luzifer erfunden, zumindest im Veneto und in der Lombardei sind sie an keiner Uni und in keiner Staatsanwaltschaft je aufgetreten.«

»Eine schreckliche Vorstellung«, meinte Umberto, »da beobachtet jemand, wie junge Menschen umgebracht werden, und greift nicht ein. Pervers, so was.«

»Wie ein Chronist, der uns die Authentizität des *XX. Gennaio* beweisen will«, mutmaßte Roberto. »Aber vielleicht ist der auch nur erfunden.«
Ari wandte sich zum Gehen.
»*Luzifer*, der gefallene Engel? Ich habe diese beiden Faxe meinen Kollegen nicht zur Kenntnis gegeben. Fragen Sie mich nicht nach dem Grund.«
An der Tür drehte sich Ari noch einmal um.
»Das ist eine neue Dimension des Terrorismus: Zerstörung der künftigen, geistigen Elite des Gegners durch Drogen. Bei uns in Israel haben wir das in Ansätzen auch beobachtet, wir haben dort allerdings die Möglichkeit, durch rigide Maßnahmen bis hin zur Ausweisung zu reagieren. Durch Sie ist die Last hier in Padova geringer geworden, danke! Ach, übrigens, woher kennen Sie eigentlich Gabrièlla El-Atasoy, Roberto?«
Die Frage klang ein wenig inquisitorisch, aber Roberto wollte das Klima des Vertrauens nicht stören und so antwortete er sachlich:
»Durch Davide Salzmann, er und meine Frau waren im vergangenen Semester Kommilitonen.«
Ari schien zufrieden.
»Die junge Frau steht unter unserer Beobachtung«, informierte er sie, »sie leitet einen studentischen Debattierclub mit dem unglücklichen Namen *XX. Gennaio*.«
»Identisch mit der Terrorzelle?«, fragte Roberto.
»Wohl kaum. Aber noch eins: dall'Aria schätzt Sie nicht, Roberto, er ist ein gefährlicher Mann mit gefährlich guten Beziehungen, und er nimmt Ihnen persönlich übel, dass er für den Posten des *questore* nur zweite Wahl war! Und die *Firma* und der *Betrieb* verübeln Ihnen sehr, dass sie die beiden Morde an den Garfinkels nicht politisch ausschlachten können: Sie passten so gut in ihre Strategie der Spannung.«
»Haben Sie deshalb die Faxe nicht weitergegeben?«
»Ihr Scharfsinn bringt Sie noch einmal in Teufels Küche, Roberto!«
Als er gegangen war, blickte Umberto Roberto prüfend an:
»So, so, du hast also Tramontans Nachfolge abgelehnt.«
Doch Roberto schwieg; ihm gingen ganz andere Dinge durch den Kopf.
»Weißt du eigentlich, dass zeitgleich mit dem neuen Namen *Colleoni*-Syndikat mein lieber Vetter Coglione auf der Bildfläche erschien? Und Coglione ist die alte Schreibweise von Colleoni. Pietro Spino, der Biograph des *capitano generale* Bartolomeo Colleoni, hat in seiner ersten Ausgabe die in Oberitalien gebräuchliche Schreibweise Coglione

benutzt, erst später dann Colleoni daraus gemacht und nicht sehr überzeugend eine Namensableitung von *leo*, dem Löwen versucht.«
»Wow, ich bin beeindruckt! Du willst doch nicht andeuten, dass dein Vetter das *Tre-Condottieri*-Syndikat als *Colleoni*-Syndikat übernommen hat?«
»Das wäre wohl zu einfach«, seufzte Roberto, »obwohl viele Eigenschaften des alten *capitano generale* auf unseren guten Bartolomeo zutreffen, nicht nur seine Herkunft aus Bergamo.«
»Immerhin eine Spur, der es nachzugehen lohnt, *buona notte*!«
»Ich werde Luciano nach Bergamo zum Recherchieren schicken, sobald ich ihn entbehren kann.«

Padova: Montag

Dall'Arias Führungsstil brach alle autoritären Maßstäbe, die man an die seines Vorgängers Tramontan angelegt und akzeptiert hatte, weil Fachkompetenz ihn rechtfertigte. Nun erst lernten alle kennen, was autoritär im Gefolge unbeleckter Fachkompetenz bedeuten konnte.

Keiner hatte dall'Aria für einen überdurchschnittlich guten Kriminalisten gehalten, das war für sein Amt auch nicht unbedingt erforderlich, niemand hatte ihn auch für einen begabten Redner gehalten, sondern für einen fähigen Verwaltungsbeamten. Das stimmte zwar, aber die Konsequenz bedeutete eine völlig neue Dimension der Bürokratisierung, es hatte nur noch gefehlt, dass er bei Verletzungen der Dienstvorschriften diese von dem Delinquenten fünfundzwanzigmal hätte abschreiben lassen.

In den montäglichen Dienstbesprechungen, die nun intern nicht mehr Wochenplanung, sondern Befehlsempfang hießen, schonte er nur einen: den Terrorspezialisten Bartolomeo Coglione, alle anderen wurden öffentlich kritisiert und pauschal diffamiert, und die fähigen Frauen, darunter eine Dezernatsleiterin, wurden so gemobbt, dass sie im Laufe des Herbstes ihre Versetzungen beantragten.

Besonders Roberto schurigelte er vor versammelter Mannschaft, dessen provozierende Gelassenheit ließ dall'Aria zu ungeahnten Höchstformen auflaufen, allerdings mit dem merkwürdigen Resultat, dass dem bis dahin nicht sonderlich beliebten, von manchen als arrogant bezeichneten Marchese statt der zu erwartenden Schadenfreude eine Welle von Solidarität entgegenschlug. Und ganz besonders seine *squadra omicidi*, der dall'Aria immer wieder zur Unzeit Personal entlehnte, riss sich alle Beine für ihren Chef aus und feilte an seinem guten Image in der *questura*, unterließ es, Überstunden zu beklagen, und entlastete ihn, wo sie konnte.

Noch vor einem Jahr hatte Roberto als absoluter Einzelkämpfer gegolten, fast zwanzig Jahre Distanz zu seinen Kollegen hatten sich jedoch nun in Nichts aufgelöst. Plötzlich suchte man seinen Rat, gab ihm ungefragt Informationen, und selbst in der Kantine, in der Roberto all die Jahre lang außer Umberto keinen ermutigt hatte, sich zu ihm zu setzen, saß er nun nicht mehr allein.

Natürlich gab es auch einige Speichellecker, die dall'Aria nach dem Mund redeten, aber die absolute Mehrzahl war gegen ihn.

Unter vier Augen drohte dall'Aria Roberto unumwunden. Als Roberto Luciano als ständigen Vertreter haben wollte, weil er manchmal halbe Tage lang in der *CIGC*-Kommission saß, antwortete der *questore* sichtlich nachtragend und ein wenig stammelnd, dass der Marchese sich die Arbeit an den Hals gezogen habe und nun zusehen solle, wie er damit fertig werde.

»Ich werde Sie so mit Arbeit zudecken, dass Sie F-Fehler machen, Marchese!«, rutschte es ihm heraus.

Am Montag nach der Schlägerei im *Ca'Vecchia* Brandolin begann der Befehlsempfang mit der Planung einer umfassenden Drogenrazzia für den kommenden Mittwoch, an der alle Kommissare persönlich anwesend zu sein hätten, wobei dall'Arias Augen die ganze Zeit an seinen Aufzeichnungen klebten, aber vielleicht war das ja auch dem Umstand geschuldet, dass die *Guardia di Finanza* teilnehmen würde, jedenfalls erwartete er von allen vollsten Einsatz.

Ob das mit dem Leiter des Drogendezernats abgesprochen sei, fragte Roberto, ohne auch nur einer Antwort gewürdigt zu werden. Als allgemeines Gemurre einsetzte, versuchte es dall'Aria mit der Bemerkung zum Verstummen zu bringen, dass er keinerlei Gefühlsäußerungen dulde, auch keine kr–kritischen, und er betonte noch einmal, dass er von jedem Einzelnen vollsten Einsatz verlange.

»Außer natürlich vom Marchese«, wurde er beleidigend, »der muss ja sein Knie schonen! Aber Sie werden es wohl schaffen, Sitzwache in der Bar 2000+2 zu schieben, das wird Sie ja wohl nicht überfordern, oder?«

Roberto reagierte nicht und hatte große Mühe, sich unter Kontrolle zu halten, denn Bemerkungen zu seiner Behinderung vertrug er immer noch nicht.

»Nehmen Sie Ihren Assistenten mit!«, dall'Aria war noch nicht fertig und blickte auf seine Notizen, »damit Ihnen auch ja nichts im Außendienst geschieht! Sie sehen, meine Herren, ich genüge durchaus meiner Fürsorgepflicht!«

Damit rauschte er hinaus, seine Notizblätter in der Jacketttasche verstauend. Die anschließenden Wogen der Empörung schlugen hoch: Das war keine subtile Rache, sondern öffentliche Demütigung gewesen. Alle redeten durcheinander. Warum er sich das habe gefallen lassen, wurde er gefragt. Diese und ähnliche Fragen wischte Roberto mit einem Schulterzucken beiseite.

»Warten wir die Zeit ab, Kollegen! Nicht uns werden die Fehler unterlaufen, sondern ihm. Da bin ich mir ganz sicher!«

Und diese ruhig geäußerten Worte führten dazu, dass man seiner Haltung Bewunderung zollte.

Roberto sah in die Runde und überlegte sich, wer von den Anwesenden dall'Aria wohl seine Reaktion hinterbringen würde.

Irgendwer hatte seiner *squadra* die Vorkommnisse bereits zugetragen, denn Luciano empfing ihn außer sich.

»Ich habe schon gehört, Chef! Dieser kleine W–Wichtigtuer, dieser ...«, ahmte er dall'Arias Stottern nach.

»Es reicht, Luciano. Wie ich schon sagte: Nicht wir werden Fehler machen, sondern er. Warten wir die Zeit ab.«

»Schon recht, Chef. Aber ich würde zu gern den Oberindianer am Skalp kratzen, diese Aufgabe ist doch weit unter Ihrer Würde!«

Padova: Mittwoch

Sie brauchten nur zwei Tage zu warten, da unterlief dall'Aria der erste große Fehler bei der Vorbereitung der angekündigten Razzia; die Planung überforderte ihn restlos und Teamarbeit mit fähigen Mitarbeitern verschloss er sich. Und so ließ er die falschen Leute zur falschen Zeit am falschen Ort postieren.

Die Einzigen, die an diesem Abend etwas erlebten, waren Roberto und Luciano, und das nicht zu knapp.

Seit dem letzten Besitzerwechsel galt die Bar 2000+2 als drogenfrei. Sie lag außerhalb der Studentenquartiere, und es war reine Bosheit von dall'Aria gewesen, die beiden dort einzusetzen.

Gegen zwanzig Uhr machten sie sich auf den Weg. In alter Gewohnheit teilten sie sich. Luciano sollte durch den Vordereingang, sein Chef von der Rückseite kommen.

»Vergebliche Liebesmühe, Chef! Eine Mädchenschule ist gegen diese Bar der reinste Puff.«

»Trotzdem!«

Der neue Besitzer hatte im rückwärtigen Bereich einige An- und Umbauten vornehmen lassen, sodass Roberto einen weiten Umweg machen musste und am Kellereingang eines Nachbargebäudes landete.

Ihm den Rücken zuwendend, stand dort ein mit einer burgunderfarbenen Sturmhaube maskierter Mann, der nach unten in den Keller schaute, von wo Kampfgeräusche heraustönten, und so überhörte er Robertos Kommen.

Da sie auf dall'Arias Weisung hin auf Sprechfunkgeräte verzichtet hatten, konnte Roberto Luciano nicht informieren, denn natürlich lag sein *telefonino* unaufgeladen im Büro.

Als Roberto den Mann ansprach, drehte der sich abrupt rum und griff Roberto sofort an, der ihn aber mit einem gezielten Faustschlag zu Boden schickte und ihn mit Handschellen an ein Regenrohr kettete.

Roberto stand nun im Kellereingang und sah auf eine widerliche Szene hinab. Fünfzehn Stufen tiefer prügelten in einem Weinkeller drei maskierte Männer auf einen am Boden liegenden, sich nicht einmal mehr wehrenden Mann mit Fahrradketten und Fußtritten ein.

Kurz kamen Roberto dall'Aria und seine Dienstvorschriften in den Sinn, danach hätte er Verstärkung anfordern müssen, aber er blendete das sofort aus, das würde den Tod des Mannes dort unten bedeuten.

»Polizei, werfen Sie die Waffen weg!«

Roberto schritt die Kellertreppe hinunter, die Dienstpistole beidhändig haltend.

Die Männer hielten einen Moment bewegungslos ein; als Roberto vorsichtig sichernd die letzte Stufe nahm, hörte er aus dem Dunkel neben der Treppe ein sirrendes Geräusch, fast gleichzeitig wickelte sich eine Fahrradkette um seine Waffe und riss sie ihm aus der Hand. Nur gut, dass das Magazin noch in seiner Jackentasche steckte.

Ohne einen unnützen Gedanken zu verschwenden, drängte er sich durch die noch überrascht dastehenden Männer. Der Zusammengeschlagene hob den Kopf: Es war David Salzmann! Er lag direkt vor einem Weinregal und blutete stark aus mehreren Wunden.

Es gab nicht viel Platz hier unten, und die drei Maskierten behinderten sich zunächst selber, aber Roberto wusste, es war nur eine Frage der Zeit, bis sie die Oberhand gewonnen hätten, und so stellte er die Distanz zu ihnen her, indem er eine Weinflasche aus dem Regal zog und sie dem Nächsten an den Kopf donnerte.

»Macht sie fertig, alle beide! Schlagt sie tot!«, hörte er die Stimme des Vierten von der Treppe her, als er die zweite und dritte Flasche als Verteidigung einsetzte; von David war keinerlei Hilfe zu erwarten, er war bewusstlos zusammengesunken und rührte sich nicht.

Wie lange würde Luciano warten, bis er ihn vermisste? Ihre Fahrradketten konnten sie hier nicht mehr einsetzen, ohne sich selbst zu verletzen, aber Messer und Fäuste reichten auch.

Hoffentlich habe ich nicht die teuersten Weinflaschen erwischt, schoss ihm völlig unsinnigerweise durch den Kopf, wie soll ich das der Spesenabteilung klarmachen? Die würden wissen wollen, warum er keine billige genommen hätte. Er fühlte den überlangen Hals einer Chiantiflasche in der Hand und benutzte sie als Keule. Penetranter Weingeruch übertönte den Schweißgeruch der Kämpfenden; zwei lagen am Boden, der dritte rappelte sich angeschlagen auf.

Ein gegen ihn geschleuderter Holzklotz traf Roberto an der linken Schulter; er konnte den Arm nicht mehr heben. Jetzt ist es aus, dachte er.

Doch in diesem Moment tönte Lucianos Stimme von der Kellertreppe: »Hände hoch, Polizei!«

Und um seine Entschlossenheit zu demonstrieren, feuerte er einen Schuss gegen die Kellerdecke, die den Putz rieseln und die Maskierten aufgeben ließ.

»Mann, Chef! Sie im Zweiten Weltkrieg, und der wäre immer noch nicht zu Ende!«

Er hieß die vier sich auf den Bauch legen und die Hände zur Seite strecken.

»So alt bin ich nun auch wieder nicht, obwohl ich mich im Augenblick allerdings so fühle. Danke, Luciano!«

Luciano kickte ihm mit dem Fuß seine Waffe zu und Roberto schob das Magazin ein.

In seinem linken Arm kribbelte es; langsam kehrte das Gefühl zurück, aber auch der Schmerz. Er bückte sich zu dem sich wieder regenden David Salzmann, während Luciano einen nach dem anderen die Sturmmasken abnahm und nach Waffen durchsuchte, die er alle in ein leeres Weinfass fallen ließ, und voller Genuss die Hände der Überwältigten mit Handschellen und Kabelbindern zusammenschnürte.

»Keine Polizei! Kein Krankenhaus!«, flüsterte David kaum verständlich.

»Sieh mal an!«, sagte Luciano grinsend. »Unser Amerikaner! Hätte ich das gewusst, hätte ich nicht eingegriffen, dann wäre Gabrièlla mir kampflos zugefallen.«

Aber seine Taten straften seine Worte Lügen. Er richtete David mit Robertos Hilfe vorsichtig auf und wischte ihm mit einem Taschentuch das aus einer Platzwunde rinnende Blut behutsam aus den Augen, zog ihn auf die Füße, stützte ihn und fragte:

»Geht's? Irgendetwas gebrochen?«

David murmelte etwas Unverständliches.

»Was machen wir mit ihm, Chef? Ein Taxi nimmt ihn so nicht mit. Wenn Sie mir eine halbe Stunde Urlaub geben, bringe ich unseren Amerikaner nach Hause.«

»Können Sie Gedanken lesen?«
»Das muss man schon, wenn man mit Ihnen zusammenarbeiten will, Chef! Ich rufe die Kollegen, wenn Sie hier die Stellung halten.«
Luciano war noch vor den Kollegen wieder da, die die Gefangenen abtransportierten.
»Den hat es ganz schön erwischt. Meinen Sie, Chef, dass die ihn totschlagen wollten?«
Roberto war davon überzeugt und schätzte sich glücklich, nur mit einer Schulterprellung davongekommen zu sein. Wenn Luciano nicht im richtigen Augenblick erschienen wäre, hätte das Ganze tatsächlich einen tödlichen Verlauf für ihn und David Salzmann nehmen können.
»Zum Glück war Gabrièlla in seiner Wohnung, die hat ihren Helden gleich in Pflege genommen. *Al diavolo*, die ist allererste Sahne!«

Padova: Mittwoch

Die wie Sturmmasken aussehenden Vermummungen waren handgestrickt, zweifarbig und mit verschiedenen Zahlen bestickt, und sie enthüllten einen Teil der Struktur des *XX. Gennaio.*

Drei der Männer waren Italiener und hatten burgunderfarbene Strickmasken mit Sehschlitzen und Mundöffnungen getragen, auf denen eine Nummer schwarz eingestrickt ihre Stellung in der Organisation bezeichnete, den *Siebten*, den *Zwölften*, den *Zwanzigsten*. Die beiden arabischen Studenten trugen dagegen schwarze Strickmasken mit burgunderroten Zahlen.

Hunter und Cartucchio baten Roberto äußerst höflich, bei den ersten Vernehmungen dabei zu sein.

Die fünf Terroristen gaben ihre Zugehörigkeit zum *XX. Gennaio* unumwunden zu, sie bekämen ihre Befehle von ihrem jeweiligen *Il Primo*, dessen Identität sie nicht kennen würden, und so schwiegen sie erst einmal. Später gaben sie stolz zu, an der Aktion *EPS* und der Liquidierung von israelischen und amerikanischen Studenten an verschiedenen norditalienischen Universitäten beteiligt gewesen zu sein, stellten aber in Abrede, mit dem Tod der Garfinkels auch nur das Geringste zu tun gehabt zu haben. Zum Überfall auf David Salzmann schwiegen sie komplett.

Auch zu dessen Vernehmung in seiner Wohnung nahmen die Agenten Roberto mit, wobei sie auch Luciano freundlichst dazu baten, für den die Galaxis zusammenbrach, wie er sich ausdrückte.

David sah abenteuerlich aus, aber wie durch ein Wunder war nichts gebrochen, nur Prellungen, Platzwunden und Hautabschürfungen entstellten sein Aussehen; Gabrièlla blieb demonstrativ neben seinem Bett stehen, wurde aber auf eine Art und Weise von Ari hinausgeschickt, die

Roberto als sehr unangenehm empfand, als sei sie ein Mensch zweiter Klasse, weshalb seine gute Meinung von dem Israeli einen Riss bekam.

»Eins zu eins unentschieden!«, begrüßte David Luciano und grinste schief, sein linkes Auge war total zugeschwollen. »Und für diese Niederlage muss ich mich bei dir auch noch bedanken!«

»Das tu lieber beim Chef!«

Aber der winkte ungeduldig ab.

»Wir sind nicht hier, um Dankadressen auszutauschen, außerdem bekommen wir unser Gehalt für derartige Einsätze.«

Zu der Situation, in die er sich leichtfertig begeben hatte, wie David zugab, war es gekommen, als ihm der Kommilitone Saadet Üzel im Rahmen der Aktion *EPS* preiswert Heroin angeboten und sich mit ihm hinter der Bar *2000+2* verabredet habe. Das Übrige wisse man, er wollte über sein Fiasko ungern mehr erzählen, nur dass es ein Alleingang von ihm gewesen sei.

Ob Gabrièlla El-Atasoy davon gewusst habe? Nein, sie habe mit *ESP* nichts zu tun und leite nur den Debattierklub *XX. Gennaio*, wie er sich unglücklicherweise nenne, aber David war sich ganz sicher, dass Terrorzelle und Debattierklub zweierlei nicht zusammenhängende Dinge seien.

»Man wird sehen«, war Ari Hirschfelds Kommentar.

Als Henry Salzmann ins Zimmer trat, zeigte er sich glücklich, Ari hier zu treffen, den er überall gesucht hatte.

Den Zustand seines Vetters kommentierte er nicht weiter. Man verabschiedete sich. Nur Hunter blieb allein bei David Salzmann zurück, Roberto vermutete, dass er seinen jungen Mitarbeiter nicht gerade mit Lob überhäufen würde.

»Wie vermutet«, fasste Ari Hirschfeld vor der Tür zusammen, »eine italienische Sektion des *XX. Gennaio*, nach Zahlen mindestens zwanzig, analog dazu wohl die gleiche Anzahl arabischer Terroristen. Die Befehle kommen von einem italienischen *Il Primo* und einem arabischen *Il Primo*, also eine Doppelspitze. Aber weiter hat uns das nicht gebracht. Und für Sie, Roberto, hat sich außer einer Schulterprellung und einer Lebensrettung eine Bestätigung ihrer These zu den Fangomorden ergeben.«

Cartucchio verabschiedete sich frostig, wohl auch, weil ihm wieder einmal – und das auch noch von einem Kollegen – unter die Nase gerieben wurde, dass es mit der *strategia della tensione* nicht weit her war.

Bei der Durchsuchung der Zimmer und Wohnungen der verhafteten Terroristen stellte sich heraus, dass bei allen fünf der Polizei jemand zuvorgekommen war: Es wurden weder Heroin noch sonstige Drogen gefunden. Wer hatte so frühzeitig von der Verhaftung wissen können? Jeder in der *questura*.

Dall'Aria änderte seine Taktik Roberto gegenüber schlagartig und gratulierte ihm öffentlich und überschwänglich; *Antenna Tre* brachte sogar ein Interview mit dem Präfekten, der mit Robertos und Lucianos Erfolg das Planungsfiasko des *questore* zudeckte. Zwei Tage später beschäftigte sich ein ausführlicher Zeitungsartikel mit Roberto und den Terroristen, und Roberto verfluchte insgeheim denjenigen, der ihn so ins Licht der Öffentlichkeit gezerrt hatte. Vorsichtige Recherchen ergaben, dass der *questore* die Zeitung höchstpersönlich mit Informationen versorgt hatte.

Roberto hoffte, dass Giulia weder eine Zeitung zu Gesicht bekäme noch irgendwo im Fernsehen von der Geschichte erführe; seine Hoffnung erfüllte sich, sie war im strom- und fernsehlosen *Ca'Vecchia* Brandolin geblieben.

Sie wunderte sich nur ein bisschen, dass er im Gegensatz zu seinen sonstigen Gewohnheiten des Nachts eine Schlafanzugjacke trug, gab sich aber mit seiner Erklärung zufrieden, lediglich dem nahenden Winter Tribut zu zollen.

Padova: Montag

Der Tag, an dem Roberto den Preis für das verschwundene und so wundersam wieder aufgetauchte Protokoll zahlen musste, war gekommen. Die Vernehmung von Angela Saccardo und seiner Tante Alessandra, der Witwe Deganellos, vor der *CICG*-Kommission standen auf dem Programm. Roberto hatte jedenfalls nicht vor, Angela zu schonen. Bei seiner Tante war er sich ganz sicher, dass sie von dem Doppelleben ihres Mannes keine Ahnung gehabt hatte, sie trauerte nach wie vor um den Mann, dem trotz der Enttäuschung und der Schande ihre ganze Liebe gegolten hatte.

Bei der Vorbesprechung mit dem Conte Berini ließ Roberto seine Absichten anklingen und erntete völliges Unverständnis bei seinem Partner.

»Ich kannte Angela schon als ganz kleines Mädchen«, sagte er und stellte seine Pupillen auf unendlich, wie um in die Vergangenheit zu blicken, »sie war ein wunderschönes Kind, das venezianische Blond ihrer Locken sehe ich noch vor mir. Nein«, er kam in die Gegenwart zurück, »es ist ganz und gar unmöglich, dass sie von dem Doppelleben ihres Mannes als brillantem Anwalt und Syndikatsboss gewusst hat. Und eine Beteiligung? Lieber Marchese! Ich bitte Sie!«

»Das herauszufinden, ist doch Sinn der Vernehmung.«

»Nein, *commissario*, nein und abermals nein!«, akzentuierte er theatralisch – seine Wähler wären beeindruckt gewesen.«Die arme Frau hat so unter Schock gestanden, als ihr Mann verhaftet und dann auch noch im Gefängnis ermordet wurde. Sie hat wirklich genug gelitten, ersparen Sie ihr diese grauenvollen Erinnerungen!«

Angela hatte um Emo nicht eine Träne vergossen, sondern den Tod als Fügung des Schicksals dankbar angenommen.

Roberto versuchte es noch einmal:

»Ich hätte gern nach dem Ursprung ihres jetzigen Vermögens gefragt!«

»Mein lieber *commissario*«, antwortete Berini herablassend, »Angela stammt aus einer sehr begüterten Familie. Sie hat es nicht nötig, schmutziges Geld anzufassen!«

Der Conte veteidigte sie so vehement, dass Roberto einen Augenblick dem Gedanken Raum gab, ob er seinen Daumen vielleicht auch in der Syndikatssuppe habe.

»Lassen Sie mich die Zeugin vernehmen«, sagte Berini, »so als kleinen Ausgleich für mein Ihnen erwiesenes Wohlwollen. Angela und Ihre Tante, Marchese, werde ich in unserer aller Interesse äußerst schonend behandeln.«

Es war Zahltag, Roberto hatte gewusst, dass so etwas passieren würde. Er tat, als überlege er, aber beide wussten sie genau, dass er keine Wahl hatte, auch diesmal nicht.

»Wenn Ihnen so viel daran liegt«, antwortete er schließlich und tat desinteressiert, »dann nehmen Sie die beiden Damen auf sich.«

»Ich wusste, Roberto, Sie sind ein *uomo d'onore*! Und es wäre überaus reizend von Ihrer talentierten Frau, wenn sie sich möglichst bald meinen Garten ansehen könnte!«

Der Conte verstand es vorzüglich, auch privat sofort Kapital aus der Sache zu schlagen. Roberto würde an diesem Abend den Blick in den Spiegel meiden.

Padova: Mittwoch

Zwei Tage nach der schonenden Vernehmung, die einem Rührstück geglichen hatte, erschien Angela in Robertos Büro.

»Ich komme, meinen Dank abzustatten«, sagte sie lächelnd und nahm Platz, den er ihr nicht angeboten hatte.

»Dank?«

»Du hättest mir sehr peinliche Fragen stellen können, mein Lieber!«

Roberto antwortete nicht, und seine Gelassenheit ließ sie unruhig werden.

»Du bist so schweigsam.«
»Was soll ich dazu sagen, Angela. Ich vermute nur einige Dinge. Wenn ich dir etwas nachweisen könnte, sei sicher, ich täte es!«
»Du brauchst gar nicht so ironisch zu sein. Ich habe mir nichts vorzuwerfen, und ich weiß, dass du oder deine Leute wieder einmal bei meinen Banken nachgeforscht haben!«
Es waren Beamte der *Guardia di Finanza* gewesen.
»Dann ist ja alles okay. Ist sonst noch etwas?«
Er wusste, er war grob, aber sie reagierte nicht und saß da wie angewachsen.
»Ich habe dir etwas mitgebracht.«
Aus ihrem teuren Schlangenledertäschchen holte sie ein kleines Kästchen, ließ es aufschnappen und legte es auf seinen Schreibtisch. Es enthielt zwei als Manschettenknöpfe gefasste, byzantinische Goldmünzen, einer ein bildschöner Goldsolidus mit dem Bildnis Kaiser Michaels von Byzanz und der andere mit dem Konterfei Alexios, sündhaft teure Einzelstücke, deren Echtheit Roberto nicht bezweifelte.
Erwartungsvoll sah Angela ihn an, er klappte das Kästchen zu, stand auf, kam um den Schreibtisch herum und ließ es in die noch geöffnete Handtasche zurückgleiten. Von oben sah er auf sie herab und sagte sehr leise und mit Eiseskälte in der Stimme:
»*Mi dispiace*, Angela, es tut mir leid. Aber ich bin nicht käuflich, nicht als Polizist und auch nicht als Mann, jetzt nicht, morgen nicht und überhaupt nicht! Nicht von dir und nicht von jemandem anders. Ich habe dem Conte einen kleinen, persönlichen Gefallen getan, aber das hatte nicht das Geringste mit dir zu tun. Lass mich bitte in Ruhe, ja? Heute, morgen und überhaupt!«
Er hielt ihr die Tür auf, Hass glomm in ihren Augen auf, irgendwie tat sie ihm leid, aber er hatte nicht anders können, als sie so zu demütigen. Wenn sie ihn nur ein ganz kleines bisschen gekannt hätte, wäre sie heute nicht erschienen und hätte nicht diese unseligen Goldmünzen mitgebracht.
Dall'Aria und Bartolomeo Coglione kamen auf dem Flur vorbei, Roberto ergriff die Gelegenheit, Angela von sich abzulenken und stellte ihr die beiden Herren vor.
Angela ließ sich nicht anmerken, wie verletzt sie durch Robertos Benehmen war, sah mit einem bühnenreifen Augenaufschlag zu dem hochgewachsenen *colonnello* auf und ließ ihre Hand ein klein wenig länger in der des *questore*, der nicht größer war als sie und sich freute, ihre Bekanntschaft zu machen.
Leise schloss Roberto seine Bürotür von innen. Er hoffte, sie würde aus seinem Leben verschwinden. Endgültig.

Geschichtssplitter.
Die Schlacht von L'Aquila
(2. Juni 1424)

b sein Vetter das mit Absicht tat, ihn so außen vor zu lassen, selbst bei der Terrorbekämpfung? Sein Vetter hatte ihm wieder einmal den Rang abgelaufen. Vorsätzlich? Ihn, den so verachteten Faschisten, so auszuspielen? Zufall sollte es gewesen sein, dass er und sein Assistent gleich fünf Mitglieder des XX. Gennaio verhaftet hatten? Sein Vetter, der nie an Zufälle glaubte?

Nun gut, er selbst war zu der Zeit in L'Aquila gewesen. Aber wenn nicht, hätte sein Vetter ihn verständigt?

Er saß an seinem Schreibtisch und hielt die Augen geschlossen, die Erinnerung an seine Fahrt durch die Abruzzen lenkte ihn von der Misere seines Lebens ab. Was gäbe er dafür, wenn er es sich leisten und alles hinwerfen könnte!

Auf der Fahrt von Neapel über Arquato del Tronto zum Gran Sasso d'Italia, dem höchsten Gipfel des Appenin, hatte eine Naturschönheit die andere abgelöst, und als er am Sonnabendnachmittag in L'Aquila angekommen war, hatte die untergehende Sonne den Sandstein der Stadtmauer und der bombastischen Befestigungsanlagen in orangebraune Wärme gehüllt.

Er parkte seinen Wagen außerhalb und betrat L'Aquila durch die Porta Castello. Er drehte sich um und genoss die berühmte Aussicht auf den Gran Sasso, der, von Wolken verhüllt, Klarheit am Abend versprach.

Er suchte sich ein Hotel und ging zur Abendmesse in die Basilika Santa Maria di Collemaggio. Mit ihren drei romanischen, prächtig verzierten Rundbögen und der großen Fensterrosette über dem Hauptportal lud sie ein zum Gebet.

Braccio da Montone hatte eine condotta *mit dem Königreich Neapel abgeschlossen und ihm wurde als Lohn die Statthalterschaft der Abruzzen zugesprochen. Alle, außer der Stadt L'Aquila, fügten sich, und so musste Braccio, der erfolgreichste und glänzendste Condottiere dieser Epoche, sie belagern, um sie zu besitzen.*

In dieser Zeit überwarf Giovanna II. d'Angiò sich mit ihrem designierten Nachfolger Alfonso von Aragonien, dessen Parteigänger Braccio da Montone war, und wie so oft bei den wechselnden Machtverhältnissen wurde die Lage unübersichtlich.

Braccio hatte seine Klauen und Zähne in die Beute geschlagen, die L'Aquila hieß, und er war nicht bereit, sie loszulassen.

Johanna verbündete sich mit Papst Martin V., einem Intimfeind Braccios, der ein Entsatzheer in Richtung L'Aquila in Marsch setzte, in dem der junge Francesco Sforza die Truppen seines im Vorjahr bei der Rettung eines Pagen ertrunkenen Vaters Munzio anführte. Johanna setzte ihren bewährten condottiero Giacomo Caldora mit seinen Truppen in Marsch, zu denen auch Colleoni mit seinen ihm auf fünfzig erhöhten Lanzen gehörte. Schließlich vereinigten sich die beiden Heere am 25. Mai 1424.

L'Aquila liegt südwestlich vom Gran Sasso d'Italia im Hochland der Abruzzen am Aterno. Die Hochebene umgeben die Gipfel des Monte Luco, des S. Lorenzo, des Monte di Bagno, hinter dem das vereinigte Entsatzheer von Papst und Königin unter Giacomo Caldora sein Lager aufschlug. Es bot 5.000 Reiter auf und 3.000 fanti, Fußtruppen, und so war es Braccios Heer um 2.000 Reiter an Stärke überlegen.

Ob das wohl reicht?, mag Giacomo Caldora gedacht haben, der das Kriegshandwerk unter dem von ihm bewunderten Braccio erlernt hatte, und die Männer seiner Lanzen mag ein Bauchgrimmen gepackt haben, hatten sie doch mit Caldora unter Braccios Oberkommando glänzende Siege gegen den Papst erfochten, für den sie nun kämpfen mussten, und manch einem von ihnen wird der Spottvers nicht aus den Ohren gegangen sein:

> *Braccio valente (Braccio, der Tüchtige)*
> *Che vince ogni gente (besiegt jedermann);*
> *il papa Martino (Papst Martin)*
> *ni vale un quadrino (ist nicht einen Pfennig wert)!*

Außerdem mussten Caldora und sein gesamtes Heer über den Monte di Bagno in die Ebene absteigen, in der Braccio und seine Truppen in aller Seelenruhe und gut aufgestellt auf sie warteten.

Aber das störte die beiden jungen Wilden nicht, Francesco Sforza und der ein wenig ältere Bartolomeo Colleoni brannten darauf, sich in der Schlacht gegen den berühmten Gegner zu beweisen, beide waren ebenso bekannt für ihre Ausdauer im Kampf wie für ihre Fähigkeiten als Liebhaber. Auch wenn sich zum ersten Mal ihre Wege im Kampf miteinander kreuzten: Sie würden immer wieder aufeinander treffen, als Freunde oder als Gegner, je nachdem, wie das Condottiere-Drehbuch es vorsah.

Am frühen Morgen brachen die Fußtruppen und die Reiterei Caldoras auf; der steile Berghang ließ die gepanzerten Reiter von ihren Pferden steigen und sie am Zügel führen. Mühsam war es für Colleoni und sei-

ne fünfzig Lanzen in den schweren Rüstungen, in voller Bewaffnung, immer ein Auge auf den Feind unten in der Ebene gerichtet, einer hinter dem anderen, aufpassend, dass die Pferde nicht ins Straucheln kamen; und ebenso mühsam war es für Francesco Sforza und all die anderen.

War es Hoch- oder Edelmut, der Braccio da Montone warten ließ, bis Caldoras Heer die Hochebene komplett erreicht hatte? Jedenfalls wurde er überrascht durch das blitzschnelle Aufsitzen, das Sichformieren des Gegners – und schon im selben Augenblick erfolgte der Angriff.

Bartolomeo mag bei jedem Lanzenstich, bei jedem Schwerthieb gedacht haben: Pferdeknecht? So! Sieh her, Braccio, was ich kann! Pferdeknecht, ja? Ich hätte für dich gekämpft, hättest du meinen Stolz nicht so geknickt! Pferdeknecht, pah!

Der Gegner wehrte sich tapfer, und die Erfahrung und Übersicht eines Gattamelata, der die Kavallerie Braccios anführte, ließ die Schlacht mehr als einmal auf Messers Schneide stehen, und diese Tapferkeit, Besonnenheit und Erfahrung des mehr als doppelt so alten Erasmo da Narni detto Gattamelata beeindruckten den jungen Recken Bartolomeo Colleoni nachhaltig und waren vielleicht der Grund, warum er Jahre später für lange Zeit unter und mit Gattamelata fast bis zu dessen Tod für die Markusrepublik reiten sollte.

Braccio da Montone hatte die jungen Wilden unterschätzt, die die Schlacht für Caldora und sein vereinigtes Heer entschieden.

Der nun folgende Ausfall der ausgehungerten Aquilianer, die Braccios Heer in den Rücken fielen, als sein condottiero Piccinino, der gerade dies verhindern sollte, ungefragt in die verloren zu gehende Schlacht eingriff, beschleunigten Braccios Untergang, auch seinen physischen. An einer lebensgefährliche Halswunde, die ihm wahrscheinlich ein Bürger L'Aquilas beigebracht hat, starb er am 4. Juni in Caldoras Zelt, betreut durch Francesco Sforzas Leibarzt.

Machiavelli unterschlug diese blutige Schlacht tunlichst, weil sie nicht in seine Vorstellungswelt vom Condottieretum passte. Er unterstellte allen condottieri, möglichst unblutig und nach Absprachen zu agieren. Das war aber nicht mit einem Francesco Sforza und einem Bartolomeo Colleoni zu machen!

Seine Tapferkeit sprach sich herum. Da er zur siegreichen Partei gehörte, erhielt er ein für seine Verhältnisse riesiges Vermögen. Die Schlacht von L'Aquila mehrte seinen Ruhm in ganz Mittelitalien und natürlich den Preis, zu dem er von nun an zu haben sein würde.

Er trat aus dem mittleren Portal von Santa Maria di Collemaggio und bewunderte die zwei Bogenpfeiler, von je zwölf Bogennischen auf das Mannigfachste durchbrochen, der Rundbogen wie ein Drechselwerk abgestuft. Drei Portale und drei Fensterrosen in dieser aus rotem und weißem Marmor im Licht der Scheinwerfer erstrahlenden Fassade – welch ein Überschwang! Er konnte nicht ahnen, dass acht Jahre später ein verheerendes Erdbeben diese Schönheit und die der ganzen Stadt L'Aquila – der Adler – zerstören sollte.

Hier wird Bartolomeo Colleoni nach gewonnener Schlacht mit Caldora und den anderen *Condottieri* eine Siegesmesse gefeiert haben, dachte er und trat in die kalte Abendluft hinaus. Hier schließt sich der Kreis für Bartolomeo, denn er war es, der den Pass von Collemaggio blockiert und Gattamelatas Kavallerie dort zurückgeschlagen hatte. Was für Blütenträume mögen in dem Kopf des damals Neunundzwanzigjährigen gereift sein?

Vorerst jedoch erfüllte er seine bestehende condotta und wurde von Caldora dazu ausersehen, dessen Sohn bei der Festigung seiner Macht und seiner Besitztümer zu begleiten. Neben seiner Tapferkeit sprach sich seine Zuverlässigkeit herum, und nach ein paar nicht so spektakulären Jahren in neapolitanischen Diensten schloss er 1429 eine condotta *mit der Seerepublik Venedig unter ihrem* capitano generale *Francesco Bussone detto Carmagnola, der den jungen Recken unbedingt haben wollte. Aber noch sollte einige Zeit vergehen, bis er in seine Heimat bei Bergamo zurückkehren und in ihr viele kühne Taten vollbringen sollte.*

In dem kleinen Lokal gleich hinter der Mauer hatte er nicht umhin können, als Vorspeise die seinem Namen so ähnlich klingende *coglioni di mulo* zu bestellen, eine kleine, fest gepresste Mortadella aus Schweinefleisch, die nur entfernt wie Maultierhoden aussah. Coglione*, dachte er ein wenig selbstironisch, nicht unbedingt ein ehrenwerter Name, wenn man seine vulgäre Bedeutung kennt.

Aber zur Renaissancezeit hatte Colleoni seinen Namen und das Wappen voller Selbstverständnis geführt und latinisiert Dokumente aller Art mit Colleonis unterschrieben. Er war stolz auf seinen Namen gewesen, stolz auf sein Wappen mit den drei Hodenpaaren. Und keineswegs ein Triorchid, zu dem ihn einige merkwürdige Exemplare der Ärzteschaft später machen wollten. Aber die Prüderie späterer Zeiten sollte diesen Kämpen der Renaissance nicht beeinflussen, denn wo immer er konnte, ließ er das Wappen mit den drei Hodenpaaren anbringen.

Was hat Bartolomeo wohl mit seinem Anteil an der Beute gemacht? Wahrscheinlich wohl in seine Soldaten investiert. Und gut gegessen hat er sicherlich auch nach all den Hungerjahren. Ob er wohl an seine Mutter gedacht hat, die das Elend in Solza nicht überlebt und die er nie wiedergesehen hat?

---

* *Coglione,* wird auch als Wort für *Arsch* gebraucht; *coglionata* steht vulgär für *Scheiße.*

Eine hübsche Bedienung brachte ihm *ravioli di castagne e panna*, eines der vielen Gerichte mit Esskastanien, und das Mädchen blieb bei ihm stehen, um zu bemerken, dass diese *roscette* die beste Kastaniensorte der Gegend sei und wie sie aus dem Valle Roseto käme.

Doch ihm war nicht nach Konversation zumute, obwohl die Kleine ausnehmend hübsch war. Aber in seiner jetzigen Lebenskrise konnte er keine weiteren Komplikationen gebrauchen.

Stattdessen bestellte er sich als *dolce* die berühmte aquilanische *torrone al cioccolato* aus Nüssen, Honig und Schokolade und beendete das reichliche Mahl mit einem *ghentiane* und einem *caffè*; der Magenbitter aus Enzian sah aus wie Kaffee-Ersatz, und so hieß er auch: *ammazza-caffè*, wie ihn die Bedienung belehrte, die neben ihm stehen blieb; die linke Hüfte ein klein wenig vorgestellt, das Kreuz ein winziges bisschen durchgedrückt, sodass der sehenswerte Brustansatz noch bedeutend mehr zur Geltung kam, die Lider einen Millimeter mehr über die erwartungsfroh glänzenden Kastanienaugen gesenkt, die rosa Zungenspitze die schwellenden Lippen befeuchtend; jetzt biss er an.

Sechs Stunden mit einem schönen Mädchen im Bett, hatte sein Vorbild gemeint, das sei doch kein Ehebruch! Und hatte Bartolomeo Colleoni nicht eben hier unter dem von Giovanna II. verliehenen Wappen gekämpft, jenem mit den drei schön ausgebildeten Hodenpaaren und den zwei Löwenköpfen, die ein weißrotes Band im Maul hielten? Bartolomeo Colleoni hätte sich nie gegen die Natur gewehrt.

Er nahm das schöne Kind mit in sein Hotelzimmer, sechs Stunden mit diesem Naturereignis im Bett, das war gewiss kein Ehebruch! Morgen schon würde er vergessen haben, wie sie ausgesehen hatte; das Vergessen, wie sie sich angefühlt hatte, würde ein paar Tage später kommen. Und sein schlechtes Gewissen Vilma gegenüber würde auch irgendwann schweigen. Sie würde es nie erfahren.

Dumm nur, dass in genau dieser Nacht sein Vetter die Lorbeeren geerntet hatte, die ihm eigentlich eher zugestanden hätten.

kapitel 5
veneto/november, dezember 2001

Padova: November 2001

ra Ioannis verbot Julia nach Allerheiligen jede Arbeit im Labor des Hospitals, und Julia war froh, dass er ein Machtwort sprach. Die Geburt der Zwillinge erwarteten sie Mitte Dezember. Julia hatte genug mit ihren Geburtsvorbereitungen zu tun, und außerdem konnte sich bei der enormen Größe der Babys der Termin jederzeit nach vorn verschieben.

Schweren Herzens packte sie im *Ca'Vecchia* Brandolin ihre Sachen. Ohne Heizung und sanitäre Anlagen war an einen weiteren Verbleib nicht zu denken. Zwar hatte sie in die Wege geleitet, dass Clemente einmal wöchentlich kräftig durchheizte, Ende November die Fenster im Ostflügel erneuert wurden und dass gleich nach Weihnachten mit dem Einbau des Badezimmers im ersten Stock begonnen werden sollte; danach würden die Schlaf- und die Kinderzimmer folgen, sodass sie spätestens im März übersiedeln konnten.

Aber erst einmal saß sie in der winzigen Wohnung in Padova gefangen, die ersten Schwangerschaftsängste setzten ein, sie war wetterfühliger als sonst, und die pausenlos durchziehenden Tiefdruckgebiete taten das ihre, um ihre Zustände zu verstärken.

So freute sie sich, als David und Gabrièlla sie zu einer Besichtigungstour ins Trevisianer Gebiet einluden, um einige der dort existierenden Palladio-Villen zu besichtigen. Sie verbanden das mit dem Besuch der beiden Gartenbaustellen, wo Clemente und sein Team Julias Entwürfe in die Tat umsetzten. Francescas Freundinnen waren begeistert, die junge Künstlerin mit ihren Freunden bei sich begrüßen zu können. Die wiederum bestaunten Julias Entwürfe.

Danach fuhren sie zur Villa des Conte Berini bei Castelfranco. Julia stand im Wort, sich seinen Garten zwecks Umgestaltung anzusehen. Die Villa selbst ließ Gabrièlla und David die Nase rümpfen: Es war ein einziges aus Stilbrüchen bestehendes Konglomerat. Der Garten glich einer Wüstenei. Julia nahm die Abmessungen auf und versprach, sich demnächst mit einem Vorschlag zu melden.

Auf der Rückfahrt schauten sie auf Davids Drängen in Piombine Dese nach der von Palladio erbauten Villa Cornaro Rush-Gable, die an einer viel befahrenen Durchgangsstraße lag, aber immerhin schöne Buchsbaumrondelle und andere geometrische Gartenarchitekturmerkmale aufwies, dahinter erhob sich der beeindruckende Portikus mit seinen majestätisch übereinander angeordneten Säulen. David konnte sich überhaupt nicht beruhigen vor Begeisterung.

»Seht nur, in welch gutem Zustand diese Villa ist; seit 1989 gehört sie der amerikanischen Familie Gable! Diesen zweigeschossigen Portikus könnt ihr hundertfach bei uns an den Kolonialhäusern in den Südstaaten finden, er geht einwandfrei auf Palladio zurück! Das müsste Steven sehen, damit kann ich ihm wieder einmal beweisen, dass wir Amerikaner direkt von Palladio beeinflusst wurden und nicht mit dem Umweg über den englischen Palladianismus!«

David und der junge, englische Journalist Steven, sonst die besten Freunde, konnten sich über Palladio zerfleischen, aber zum Glück war der gebürtige Engländer Steven zurzeit nicht im Veneto.

Leider konnte man die Villa nur nach Voranmeldung besichtigen, und so beschränkten sie sich an deren Rückseite auf einen kleinen Spaziergang durch die abgeernteten Felder und sahen die Villa von hinten. Dem stark vorspringenden Portikus auf der Vorderseite entsprach hier an der Gartenseite eine eingezogene Loggia, ebenfalls mit ionischen Säulen im Erdgeschoss und um ein Fünftel gekürzten korinthischen Säulen im Obergeschoss.

Die rotsamtene Abendsonne tauchte jetzt am Spätnachmittag die etwas verwilderten Gartenanlagen in ein romantisch verklärendes Licht.

»*Sie sangen von Marmorbildern und Gärten, die überm Gestein in dämmernden Lauben verwildern ...*«, murmelte Julia die Verse Joseph von Eichendorffs vor sich hin und war äußerst erstaunt, als ausgerechnet Gabriélla in einem harten, aber klaren Deutsch fortfuhr:

»*Palästen im Mondenschein,*
wo die Mädchen am Fenster lauschen,
wenn der Lauten Klang erwacht,
und die Brunnen verschlafen rauschen
in der prächtigen Sommernacht.«

Auch David sah Gabriélla erstaunt an, und Gabriélla erklärte entgegen ihrer sonst zur Schau gestellten Selbstdarstellung fast ein wenig schüchtern, dass sie in Amman die deutsche Schule besucht habe und die Gedichte der deutschen Romantik liebe.

Nach der Rückfahrt beschlossen sie in Padova den Tag mit einer Pizza im *Le Pen* und verabredeten, einen ähnlichen Ausflug bald zu wiederholen.

In der Wohnung angekommen, überfielen Julia wieder die Haushaltssorgen, und sie sagte sich zum wiederholten Male, dass sie zwar gut kochen könne, aber als Hausfrau sonst eine absolute Niete sei. Nicht einmal eine Waschmaschine besaßen sie bis jetzt. Wo auch sollte man die unterbringen?

Wieder fand David eine Lösung. Eines Tages brachte er eine mit. Sie schlossen sie im Badezimmer an. Sie hatte nur um Millimeter durch die Tür gepasst.

David und Luciano schienen die besten Freunde zu sein, erstaunlich nach den Auseinandersetzungen im *Ca'Vecchia* Brandolin; David habe einen kleinen Unfall gehabt, erzählte ihr Gabrièlla, ohne auf Einzelheiten einzugehen, Luciano habe ihn wohl gefunden und ihm geholfen. Die Freundschaft der beiden kam Julias Harmoniebedürfnis jedenfalls sehr entgegen, zumal sie beide schätzte.

Auch bei ihrer Nachbarin Gina fand Julia mit all ihren Kinder- und Haushaltsfragen Hilfe; ihre beiden Männer kamen kaum noch nach Hause, höchstens zum Umziehen und Essen, um dann todmüde einzuschlafen. In Studentenkreisen schien einiges los zu sein, Drogen und Selbstmorde, darüber hinaus formierten sich neben radikalen linken Gruppen in zunehmendem Maße rechtsradikale und faschistische Vereinigungen. Auch Gabrièlla sprach von zornigen Auseinandersetzungen in ihrem *XX.-Gennaio*-Debattierklub, zu dem sie Julia nach deren vorsichtiger, aber eindeutiger Ablehnung nicht wieder eingeladen hatte.

Ginas praktische Ratschläge wie zum Beispiel den Einbau einer typisch italienischen, aber sehr sinnreichen Wäschetrocknungsanlage auf dem Balkon nahm Julia dankbar an.

Roberto telefonierte ganz entgegen seiner sonstigen Gewohnheit häufig mit ihr, und jedes Mal schöpfte sie wieder ihren alten Lebensmut.

Finanziell hing Julia am Tropf der Banken, und sie hoffte, dass Roberto zu müde war, um die von ihr einsortierten Kontoauszüge durchzusehen; aber auch hier vertraute er ihr und überließ ihr alles. Ihre bis zum Jahresende fest angelegte Erbschaft suchte sie mit einem Zwischenkredit zu horrenden Zinsen zu überbrücken, Clementes Betrieb lief prima, aber warf natürlich noch keinerlei Gewinn ab. Frühestens nach zwei Jahren, hatte Francescas Steuerberater gemeint.

Die Fenster im *Ca'* wurden schneller eingebaut als erwartet, um so schneller kam auch die Rechnung. Einen erneuten Überbrückungskredit lehnte die Bank ab, also nahm Julia eine Hypothek auf das *Ca'* auf, zum ersten Mal begrüßte sie Francescas merkwürdiges Hochzeitsgeschenk, das ihr das Gebäude und Roberto das Grundstück beschert hatte. So musste Julia ihn nun nicht mit unterschreiben lassen, aber ihr wurde angst und bange: Was wäre, wenn er dahinterkäme? Und so versteckte sie ihre Auszüge. Für die Säuglingsausstattung und die Kindermöbel überzog sie sein Konto bis zum Limit und hoffte auf Verständnis.

Froh, die täglichen vier Arbeitsstunden bei Fra Ioannis einzusparen, zeichnete sie Gartenpläne am laufenden Band. Clemente versorgte sie mit Aufträgen. Er war ein ausgesprochenes Akquisitionstalent. Natürlich würden die Rechnungen erst viel später beglichen werden, aber das schien wie ein Silberstreif an Julias Horizont zu leuchten.

Padova: Montag

Am vorletzten Montag im November erschien wieder Gabrièlla unangemeldet, um sich nach dem Wohlbefinden ihrer Freundin zu erkundigen.

In ihren unspektakulären Jeans und einem legeren Pullover, ohne Make-up und mit zu einem Pferdeschwanz zusammengebundenen Haaren wirkte Gabrièlla jünger, aber angespannt und gleichzeitig traurig.

Julia sprach sie darauf an, aber Gabrièlla winkte ab, sie habe nur wie üblich wieder Krach mit David gehabt, diesmal sei es nicht um politische Gegensätze, sondern darum gegangen, dass sie sich, um ihre Freunde schützen zu können, in terroristischen Kreisen bewegt habe, um wichtige Informationen zu sammeln.

»Sag mal, wie lange bist du eigentlich schon mit David zusammen?«, wollte Julia wissen.

Gabrièlla lächelte verträumt, und plötzlich sah Julia in ihr das kleine Mädchen, das ohne die Liebe einer Mutter aufwachsen und um die Liebe eines ewig abwesenden Vaters betteln musste.

Kleine, lustige Fünkchen tanzten in Gabrièllas Augen, und sie kicherte ein wenig.

»Wenn du mir versprichst, dass du keinem etwas davon sagst, auch Roberto nicht, erzähle ich es dir!«

»Ehrenwort!«

»Kreuze die Finger und sage es noch einmal!«

Wie in der Schule mit meinen Freundinnen, dachte Julia und ging auf ihre Bedingungen ein.

»Zweieinhalb Jahre ist es her«, begann Gabrièlla und ließ sich im Schneidersitz auf dem Teppich nieder. »Ich studierte zu der Zeit in Pavia, eine Universität fast so alt wie *Il Bò*, aber noch schöner, weil der Campus mitten in der Stadt liegt. Ich hatte zu der Zeit eine Affäre mit einem italienischen Geheimdienstoffizier. Er war auf mich angesetzt und ich auf ihn, denn damals war ich noch auf dem falschen Weg. Als wir das herausfanden, beschlossen wir, die Politik außen vor zu lassen, es wurde wirklich eine heiße Affäre, er war überwältigend, jedenfalls im Bett! Ich vermutete, dass er verheiratet war, weil er mich nie in seinen Heimatort mitnahm, und ich hatte recht. Es war wie ein lustiger Film. Eines Tages verabredeten wir uns in einem kleinen Ort am Fluss Serio, südlich von Bergamo, um in der Villa Manzoni ein Wochenende miteinander zu verbringen. Zum Abendessen brezelte ich mich so richtig auf, mein stattlicher Offizier bedachte mich mit echten, dunkelroten Rosen, und wir gingen in den Gastraum.

Dort saß nur ein Paar, eine sehr gut aussehende Blondine, erstklassige Garderobe, erstklassiger Schmuck mit einem erstklassig aussehenden, wohl zehn Jahre jüngeren Begleiter – graublaue Augen, ebenfalls blond.

Mein Offizier erstarrte, die Dame ebenfalls.

Ich dachte, du wolltest das Wochenende in unserem Haus am Comer See verbringen, brachte er schließlich heraus.

Sie räusperte sich.

Und hattest du nicht dieses Wochenende in Rom zu tun?

Doch dann stellte er mich seiner Frau vor und sie uns Davide Salzmann, eine pikante Situation, als sie uns auch noch an ihren Tisch bat. Wir konnten uns nicht einmal über das Menü unterhalten, denn es gab nur eines, *prezzo fisso**.

Wir widmeten uns den delikaten *antipasti*, diskutierten die Zutaten, währenddessen mich der junge Amerikaner die ganze Zeit verstohlen musterte, und ich ihn. Schließlich begannen wir, bei den rosa in Butter geschwenkten *gnocci* auf Ruccola über unsere Universitäten zu sprechen. Er studierte zu der Zeit in Mailand und wohnte im Hause der Dame im nicht weit entfernten Bergamo, und bei dem köstlichen Pilzrisotto nahmen wir das Ehepaar nur noch peripher wahr.

Beim *ossobuco* Milanese schließlich versuchte ich, dem Amerikaner meine Visitenkarte zuzustecken, er versuchte das Gleiche mit seiner, und unsere Hände stießen unter dem Tisch zusammen, und wir ließen die Karten vor Schreck los. Wir bückten uns gleichzeitig, stießen mit den Köpfen zusammen und hoben jeder eine Visitenkarte auf, ich dummerweise wieder meine und er seine, was uns sehr erheiterte.

Beim *caffè* verließ uns der gehörnte Ehemann kurz, schließlich entschuldigte sich die betrogene Ehefrau und erst bei einem zweiten *caffè* merkten wir beide, dass wir allein waren, die beiden anderen kamen nicht zurück.

---

* Festes Menü mit festen Preisen.

David erkundigte sich beim Wirt. Die beiden Herrschaften seien abgereist, hätten aber beide Zimmer und das Abendessen selbstverständlich bezahlt!«
»Und da habt ihr die Nacht gemeinsam ...«
»In getrennten Zimmern verbracht. *Da ziehe ich wohl besser in Bergamo aus*, sagte David beim Frühstück, und ich lud ihn ein, stattdessen bei mir in Pavia einzuziehen, von dort sei es nach Milano auch nicht weiter als von Bergamo.«
»Und seither seid ihr zusammen?«
»Mit kleinen Unterbrechungen. Aber nach jedem Streit liebten wir uns mehr. Ich entsagte dem Ideal des Terrorismus, er dem Geheimdienst. Und jetzt haben wir das gleiche Ziel: Frieden!«
Sie sprang erschrocken auf.
»O Gott, Giulia, das hätte ich nie sagen dürfen.«
»Du hast mein Ehrenwort, Gabrièlla.«
Sie umarmte Julia und flüsterte, als ob die Wohnung Ohren hätte:
»Ich habe seither keinen anderen Mann gehabt, und er keine andere Frau. Ich wünschte mir, wir könnten eine so glückliche Familie sein wie du und dein Roberto und eure Babys.«
»Probiert es einfach!«
»Vielleicht, wenn wir unser Ziel erreicht haben!«
»Euer Ziel?«
»Mehr kann ich nicht sagen. *Ciao, amica!*«

Aeroporto Marco Polo: Mittwoch

Am vorletzten Mittwoch im November erwartete Roberto am Flughafen Marco Polo Detective Chief Inspector Patrick Frankson aus Großbritannien, der einen in Padova einsitzenden *Provisional IRA*-Terroristen abholen sollte.

Julia lag abends auf der Bettcouch, machte ihre gymnastischen Übungen und ließ dabei die Nachrichtensendung von *RAI UNO* laufen. Roberto wollte mit dem Inspector am Brentakanal essen gehen, er würde also spät kommen.

Sie hörte nur mit einem Ohr hin, konzentrierte sich auf ihre Atmung, und erst die Wörter *Aeroporto Marco Polo* drangen in ihr Bewusstsein.

»... die entführte britische Maschine ist wegen Treibstoffmangels hier gelandet, nachdem die Flughäfen in Roma, Milano und Athen keine Landeerlaubnis erteilt hatten. Verhandlungen mit den Entführern dauern zur Stunde an. Es handelt sich aller Wahrscheinlichkeit nach um Mitglieder des *XX. Gennaio*, einer sozialistischen, italienischpalästinensischen Befreiungsfront, die in letzter Zeit in Norditalien aktiv geworden ist. Ein zufällig anwesender Terrorspezialist aus Padova hat die Verhandlungsführung übernommen.«

Omeo Coglione, schoss es Julia durch den Kopf, vielleicht hat er Roberto begleitet? Und der bleibt dann bestimmt bei ihm!

Sie rief in der *questura* an. Keine Nachricht von Roberto. Schließlich erreichte sie Umberto, aber der wusste von nichts. Bis Mitternacht verfolgte sie alle Nachrichtensendungen auf allen Kanälen: nichts. Kurz darauf klingelte es, aber zu ihrer grenzenlosen Enttäuschung stand nur Umberto vor der Tür. Doch er brachte endlich Gewissheit.

»Ja, Roberto verhandelt mit den Entführern. Nein, nicht Coglione. Sie wollten nur mit dem Terrorspezialisten aus Padova verhandeln.«

»Aber das ist doch der *colonnello*!«

»*Niente male, bimba*. Seit er mit Lucianos Hilfe die fünf Terroristen unschädlich gemacht hat, gilt er als Spezialist.«

»Terroristen – um Gottes willen, was heißt das?«

Julia wurde es kalt vor Entsetzen.

»Hat er dir nicht erzählt, wie er David das Leben gerettet und so ganz nebenbei fünf *XX.-Gennaio*-Mitglieder verhaftet hat? So ein Idiot! Du musstest es ja irgendwie erfahren, und nun leider durch mich.«

Julia brach in Tränen aus. Umberto rief hilflos nach seiner Frau, die Julia mit einem Becher Kakao in einen Sessel nötigte.

»Männer!«, murrte sie erbost, »der eine benimmt sich wie ein Elefant im Porzellanladen, und der andere sollte sich den Teufel um Terroristen kümmern, dafür lieber um seine schwangere Frau!«

Sie deckte Julia mit einer Decke zu, und beide setzten sich zu ihr.

»Ja«, gab Umberto zu, »Roberto verhandelt mit den Entführern. Aber keine Angst, er sitzt im Tower und ist weit weg von der Maschine.«

»Deine übergroße Angst kommt von der Schwangerschaft«, tröstete Gina sie.

»Was meinst du, Giulietta, was ich mit Gina alles erlebt habe!«, posaunte Umberto grinsend hinaus. »Einmal kam sie im Nachthemd in die *questura – dio sia laudate* trug sie einen Mantel drüber –, weil sie dachte, ich sei in Gefahr. Dabei saß ich ganz friedlich bei einer Pokerrunde in der Kantine.«

Julia musste wider Willen lachen.

»Gut, dass ich wenigstens euch habe!«

Die Verhandlungen würden sich hinziehen. Am anderen Morgen überredete sie Luciano, der Rasierapparat, Zahnbürste und Wäsche für den Chef holte, sie mitzunehmen, nur sehen wollte sie ihren Mann.

Die gekaperte Boeing 727 stand weit draußen auf dem Rollfeld. Luciano nahm sie mit in den Tower. Eine Anzahl Frauen, alle Kinder und fünf über Sechzigjährige hatten die Maschine schon verlassen dürfen, ein erster Verhandlungserfolg des Marchese, rief man ihnen zu.

Sie fanden Roberto bei den Fluglotsen im Kreis einer Reihe von hemdsärmeligen Beamten. Coglione stand etwas abseits.

Luciano hatte Julia unterwegs erzählt, dass der Chef ganz zufällig in diese Rolle gerutscht war. Er hatte sich sofort nach dem Bekanntwerden der Entführung beim Flughafendirektor gemeldet und sich zur Verfügung gestellt. Es dauerte endlos, bis die Kollegen aus Mestre anrollten. Inzwischen hatten die Entführer des *XX. Gennaio* schon Kontakt mit Roberto aufgenommen und wollten von Stund an nur mit ihm verhandeln.

In der Zwischenzeit hatte man zusätzliche Telefonleitungen installiert. Roberto telefonierte gerade mit den Terroristen. Die beiden Neuankömmlinge wurden zur Seite gewinkt und zur Ruhe ermahnt. Durch Lautsprecher wurden die Antworten der Terroristen für alle übertragen.

»Ich habe Ihre Forderungen nach Freilassung der inhaftierten *XX.-Gennaio*-Mitglieder, ebenso Ihre Forderungen nach Lösegeld und einer anderen Maschine an unsere Regierung weitergegeben«, sagte Roberto ruhig, ohne die geringste Aggression in der Stimme, so, als beruhige er ein aufgeregtes Kind.

Die Antwort aus der Maschine klang dagegen leicht hysterisch.

»Und, *commissario*? Was ist?«

Schüsse klangen auf, verstärkt durch den Lautsprecher. Julia schauderte.

»Diesmal noch ohne Tote!«, rief eine andere, ebenso aufgeregte Stimme mit arabischem Akzent dazwischen, aber Roberto ließ sich nicht beirren und antwortete mit der gleichen Ruhe.

»Ich habe Ihnen wiederholt gesagt, dass unsere Regierung ihre Meinung nicht ändert. Sie lässt sich weder erpressen noch einschüchtern. Sie bietet Ihnen nach der Freilassung aller Geiseln freies Geleit zu einem anderen Flugzeug. Mein Wort darauf.«

Die Leitung zur Maschine wurde unterbrochen, Coglione redete auf Roberto ein, aber der schüttelte nur unwillig mit dem Kopf. Er rieb sich müde über die Augen. Ein Computerausdruck wurde ihm gereicht. Er holte seine Lesebrille aus der Brusttasche seines Sakkos. Seine Krawatte saß noch perfekt, stellte Julia lächelnd fest. Bisher hatte er immer so getan, als wenn er keine Sehhilfe brauchte, in mancher Beziehung war er ziemlich eitel.

Dann sah er sie, aber es war zu spät, um die Brille wieder verschwinden zu lassen.

»Es tut mir leid, Giulia, aber ich konnte nicht anders.«

»Wenn man eine Brille braucht, muss man sie nehmen! Nein, ich wollte mich nur vergewissern, dass du dich nicht als Geisel zur Verfügung stellst! Pass auf dich auf, *ciao*!«

»Selber!«

Er hatte sich schon umgedreht und sich in den Computerausdruck vertieft, als Julias gespielte Munterkeit von ihr abfiel. Luciano merkte es, und auf der Rückfahrt sagte er tröstend:

»Der Chef wird das schon hinkriegen. Er kann sehr überzeugend sein.«

Während der nächsten Tage liefen bei Julia pausenlos Radio und Fernsehen, aus Angst, ihr könne etwas entgehen. Aber die Verhandlungen verliefen zäh, und die Anfangserfolge schienen weit zurückzuliegen.

Anca, die Fotografin, kam als Erste, um sich nach Julias Befinden zu erkundigen, brachte einen Satz schöner Fotos mit und lenkte Julia kurzzeitig mit der Idee ab, eine Fotoausstellung mit von ihr entworfenen und von Anca fotografierten Gärten zu planen.

Fortan war sie kaum noch allein, die Ehefrauen von Robertos *squadra* wechselten sich gegenseitig ab, David erschien jeden Tag und brachte etwas Nettes für den zu erwartenden Nachwuchs mit. Gabrièlla sei in Bologna, sagte er und schien seltsam bedrückt.

Auch Luciano und Umberto besuchten sie hin und wieder. Sie saß oft bei Francesca und Carlo vor dem Fernseher, die, von Stolz auf Roberto erfüllt, Julias Ängste gar nicht wahrnahmen, und alles in allem merkte sie, dass sie im Veneto schon jede Menge Freunde besaß, denen ihr Wohlergehen nicht gleich war.

Einen schrecklichen Augenblick gab es, als Roberto zu direkten Verhandlungen in die Maschine ging, nicht nur Julia blieb das Herz fast stehen.

Was, wenn sie sich für die Verhaftung ihrer Gesinnungsgenossen rächen wollen?, dachte Luciano entsetzt.

Ein Held wollte er sicher nicht sein, blieb sich aber treu und in seinen Methoden konsequent. Doch alles ging gut, nach zwei Stunden verließ Roberto unbeschadet die entführte Maschine, setzte aber auch am vierten Tag die Verhandlungen in der Maschine fort.

Montagnacht kam der Durchbruch, plötzlich erloschen alle Scheinwerfer auf dem Flughafen, der Ring aus Polizisten und Spezialeinheiten wurde abgezogen, die drei Terroristen, darunter eine Frau, verließen im Schutze der Dunkelheit das Flugzeug und verschwanden in einem bereitgestellten Fluchtwagen. Die restlichen dreiundvierzig Geiseln verließen kurz darauf erschöpft, aber unverletzt die Maschine.

Der *commissario*, der durch seine Beharrlichkeit und Ruhe das Geiseldrama unblutig beendet hatte, ließ sich auf der Pressekonferenz durch seinen *questore* vertreten und hatte sich im Übrigen jedem Interview erfolgreich entzogen.

Während der Übertragung dieser Pressekonferenz öffnete sich die Wohnungstür, abgespannt, aber sichtlich zufrieden erschien Roberto, gefolgt von dem stoppelbärtigen *DCI* aus Großbritannien.

»Sein Hotelzimmer ist erst nachmittags beziehbar«, sagte Roberto nach der Vorstellung, »machst du uns ein Frühstück?«

Und dann, als Patrick Frankson endlich in der Dusche verschwunden war, nahm er sie in die Arme, und sie schluchzte vor Erleichterung.

»War es sehr schlimm für dich, *l'anima mia*?«

Er wiegte sie in seinen Armen wie ein Kind.

»Ich hatte schon befürchtet, du müsstest in die Klinik, während ich in Venezia festsaß.«

Während anschließend Roberto duschte und der Brite sich im Schlafzimmer umzog, zauberte sie erleichtert ein echt englisches Frühstück.

»Ihr Mann«, sagte Frankson und zog seinen Krawattenknoten gerade, »hat tolle Arbeit geleistet, ich habe sie ja aus allernächster Nähe mitverfolgen können. Er hat sich überhaupt nicht provozieren oder aus der Ruhe bringen lassen, und auch als sie ihn bedrohten, total gelassen reagiert. Wenn man Ihren Mann nicht von höherer politischer Seite zeitlich unter Druck gesetzt hätte, wäre es ihm wohl auch gelungen, die Terroristen zur völligen Aufgabe zu überreden.«

Sie hatte es gewusst: Natürlich war er in Gefahr gewesen, und sie hatte es jedes Mal vorher gespürt, wenn er in die Maschine gegangen war.

Die letzten Sätze hatte Roberto mitgehört.

»Ja, vielleicht«, sagte er. »So gesehen war es nur ein Teilerfolg. Aber ich bleibe unverrückbar dabei, dass Forderungen von Terroristen unter gar keinen Umständen erfüllt werden dürfen, denn eine erfolgreiche Erpressung zieht immer eine weitere nach sich.«

»Lex Bassner?«

»Lex Vernunft! Unsere Härte, unter der Sie, Detective Chief Inspector ...«

»Pat!«, rief Frankson und hob sein Orangensaftglas.

»Roberto ... Unsere Härte, unter der Sie und die anderen Passagiere leiden mussten, kommt vielleicht den nächsten Betroffenen zugute.«

Julia brachte eine große Pfanne voll mit Eiern, Schinken und Tomaten.

Patrick Frankson zog genießerisch den Duft ein.

»Nachdem sie deine Bedingungen akzeptiert hatten und die Geiseln frei waren, warum habt ihr die Terroristen da nicht verfolgt?«, fragte Julia.

»Sie hatten mein Ehrenwort, *parola d'onore*, und ich habe bei meinen Kollegen durchgesetzt, dass es gehalten wurde.«

»Warum?«
»Auch wegen eines eventuellen Folgefalls. Die Terroristen müssen wissen, dass wir uns an Vereinbarungen halten. Sonst treffen sie keine mehr mit uns.«
»Lex Bassner?«
»Lex *intelligenza*!«
Und was mache ich nun?, fragte sich Roberto. Trotz des Schweiß- und Angstgeruchs in der Kabine habe ich deutlich ein bestimmtes Parfum gerochen: Gabrièllas.

Padova: letzte Novembertage

Während der vergangenen Tage hatte Julia sehr viel Positives über ihren Mann erfahren. Jeder sprach mit Hochachtung von ihm, sei es der *DCI* oder der Bäcker, bei dem Julia einkaufte, aber als sie das ihrem Mann sagte, winkte der nur ab.
»Ja, außer bei dall'Aria, den Terroristen und meiner Mutter stehe ich zur Zeit hoch im Kurs. Ach, und natürlich nicht bei Vetter Bartolomeo, er nimmt mir übel, dass ich ihm die Show gestohlen habe. Wenn es nach ihm gegangen wäre, hätten wir die Maschine sofort mit einem Sondereinsatzkommando gestürmt. Nur tote Terroristen sind gute Terroristen, linke natürlich, das ist sein Credo!«
»Wie schrecklich! Aber bei Francesca liegst du falsch, sie liebt dich sehr und war ungeheuer stolz auf dich.«
»Das weiß sie dann aber gut zu verstecken! Außerdem war sie nur stolz, mich endlich einmal im Fernsehen zu sehen!«, bemerkte er bitter. »Sie unterstellt mir immer noch, dass ich im emotionalen Bereich ein Versager bin und dich unglücklich mache!«
»Und du ihr, dass sie lebensuntüchtig ist. Ihr liebt euch, und trotzdem misstraut und quält ihr euch. Das ist mir unverständlich.«
»Das ist eine Charaktereigenschaft, die ich wohl von ihr geerbt habe. Wir können nur froh sein, dass es euch Andresens gibt, Carlo als Heilmittel für Mutter, und du für mich, *nereide*!«
Wann hatte er sie das letzte Mal so genannt? Im vorigen Leben oder im vorvorigen?
»Na, von Meerjungfrau kann ja wohl kaum die Rede sein!«, lachte sie und sah auf ihren Bauch. »Wann ich wohl endlich meine Füße wieder ohne Verrenkungen sehen kann?«
Die nächsten Tage brachten ungewohnt geregelte Dienstzeiten, die ersten seit September, und sie führten ein fast normales Familienleben mit gemeinsamen Mahlzeiten, Spaziergängen und Gesprächen, und von

Tag zu Tag erwarteten sie, dass die Giuliettas auf die Welt drängten, aber seit einiger Zeit bewegten sie sich aus Platzmangel nicht mehr, Roberto war stark beunruhigt und hörte die Herztöne der beiden am liebsten im Zehn-Minuten-Takt ab.

Sowie Roberto zu Hause war, vergingen Julias unbestimmte Ängste, und sie hatte die Muße, ihn von seinen zu befreien. Am ersten Samstag im Dezember blieb er sogar ganz zu Hause, und sie frühstückten gemeinsam im Bett, nachdem er frisches Brot und Zeitungen besorgt hatte.

Julia rekelte sich wohlig auf der breiten Schlafcouch.

»Ich hab noch gar keine Lust, die beiden auszupacken.«

Er lachte, horchte zum x-ten Mal nach den Herztönen, und sie alberten herum wie in diesem unbeschwerten Sommer, den sie, nur sich gehörend, am Steinhuder Meer verbracht hatten. Für einen Augenblick blendete Julia alle Probleme einfach aus.

Er vertiefte sich in die Zeitung, und sie verschränkte die Arme hinter dem Kopf und träumte.

»Engeline?«

Sie verabscheute ihren zweiten Rufnamen, gab sich heute aber ungemein friedfertig.

»Mhm, Robert Alexander Maximilian, was ist?«

»Wie nennen wir sie eigentlich?«

»Das hast du doch schon entschieden, Julia und Juliane, stimmt's?«

Plötzlich setzte er sich auf.

»Nein! Das darf doch nicht wahr sein!«

»Wieso?«

Julia bemerkte nicht, dass seine Augen schwarz vor Zorn waren, denn sie hielt ihre immer noch geschlossen.

»Dann eben Giulia und Giuliana!«

»O entschuldige, Giuli, ich meinte nicht dich. Hier in der Zeitung … lies mal! Oder doch lieber nicht!«

Aber es war schon zu spät, Julia ließ sich nicht davon abhalten, den Artikel über ihren Mann zu lesen. Sogar ein Bild von ihm in Uniform war mit abgedruckt. Im hinteren Teil der Zeitung wurden seit einiger Zeit Vertreter verschiedener Berufe vorgestellt und ihr beruflicher und privater Werdegang veröffentlicht. An diesem Tag nun fand Roberto sich detailliert auseinandergenommen unter der reißerischen Überschrift:

Ein neuer Stern am Himmel der Terrorbekämpfung!

Während Julia den Beginn des Artikels über seine Jugend, seinen Werdegang bei den Karabinieri und dann als langjähriger, erfahrener und erfolgreicher *dirigente* einer Mordkommission las, tigerte Roberto wie ein eingesperrter Wildkater im Zimmer auf und ab, die Hände auf dem Rücken, die tiefe Unmutsfalte im Gesicht.

»*Seit September diesen Jahres*«, las sie weiter, »*hat sich der in Kollegenkreisen* il marchese leale *Genannte neben seiner Tätigkeit bei der Mordkommission bei der Leitung einer Untersuchungskommission, der* CICG, *von der wir regelmäßig berichten, einen Namen gemacht.*
Obwohl frisch verheiratet und auf die Geburt seines ersten Kindes wartend, findet er noch die Zeit, sich einen großen Namen in der Terrorbekämpfung zu engagieren.
Es begann im September 2000, als er allein gegen zwei schwer bewaffnete arabische Terroristen eine Geiselnahme verhinderte und die beiden festnahm. Schon im Oktober desselben Jahres schlug er wieder zu, bei einem Terroristenüberfall in der Laguna Veneta *konnte er unter Lebensgefahr einen ihn angreifenden Terroristen unschädlich machen und sich und seine Begleiterin in Sicherheit bringen.*
Acht Monate lang musste der commissario *wegen einer im Dienst erlittenen schweren Schussverletzung pausieren, knüpfte aber nach Aufnahme seines Dienstes im September 2001 sofort wieder an spektakuläre Aktionen an, erinnert sei an die Aufdeckung des Doppellebens des vorigen* vice-questore.
Kurz darauf wurde er zu einem Mordfall in Montegrotto Terme gerufen, wo zwei israelische Geheimagenten von arabischen Terroristen ermordet worden waren. Wie wir aus gut unterrichteten Kreisen erfuhren, stehen diese Morde kurz vor der Aufklärung.
Anfang Oktober 2001 entdeckte der marchese leale *während eines privaten Ausflugs ein Waffenlager des XX. Gennaio in der Nähe von Noventa Vicentina. Sein Kommentar: Ein Polizist ist eben immer im Dienst.*
Der größte Schlag jedoch gelang ihm während einer Großrazzia Mitte Oktober, als er mit nur einem Assistenten fünf Terroristen arabischer (XX. Gennaio) *und italienischer Herkunft (die* Brigate Rosse *lassen grüßen!) im Kampf Mann gegen Mann kaltstellte.*
Und jetzt sein brillanter Erfolg bei der unblutigen Beendigung des Geiseldramas auf dem Aeroporto Marco Polo, *wo er sich zum Zeitpunkt der Landung zufällig aufhielt. Sofort übernahm er die Leitung einer SOKO. Seine natürliche Autorität beeindruckte die Mitglieder des XX. Gennaio derart, dass sie nach fünf Tagen aufgaben!*
Wir wollen hoffen, dass diesem mutigen Mann noch viele Erfolge zum Segen unserer Rechtsstaatlichkeit gelingen mögen, er macht sich durch seinen kompromisslosen Einsatz natürlich nicht nur Freunde!
Zum Schluss sei noch angemerkt, dass sein Verhältnis zur Presse nicht gerade ungetrübt und von Gegenliebe gekennzeichnet ist. Doch mag die Würdigung seiner Leistungen dafür sprechen, dass die Presse nicht nachtragend und einzig dem Gebot einer objektiven Berichterstattung verpflichtet ist.«

Totenbleich ließ Julia die Zeitung sinken. Da schlenderte sie durchs Leben, zeichnete hier ein paar Gartenentwürfe, half Fra Ioannis und promovierte ein bisschen, und Roberto schwebte dauernd in Lebensgefahr! Sie räusperte sich.

»Ist das wirklich alles wahr?«

»Bis auf ein paar kleine, gezielt geschriebene Unwahrheiten: ja.«

»Aber warum bist du dann so böse, Ro? Wenn man wie du so erfolgreich ist, wie sie hier schreiben, ist dieses Lob doch nur recht und billig!«

»Alle wissen, wie ich es hasse, wenn Einzelleistungen so hervorgehoben werden – der reinste Personenkult! Ich bin Teil eines Teams, nichts sonst! Unsere Leistungen resultieren aus der Zusammenarbeit! Basta! Schon die Berichterstattung über die Flugzeugentführung fand ich schlimm, aber das hier verstößt gegen alle Spielregeln!«

Er griff zum Telefon und rief in der Zeitungsredaktion an, seine Wortwahl war weder verbindlich noch sachlich. Wenn ihn seine äußerst seltenen Wutausbrüche packten, vor denen sie und auch er sich fürchteten und die ihn an die jähzornigen Eruptionen seines Vaters erinnerten, war es mit seiner sonst so gepriesenen Selbstdisziplin vorbei.

Er beschimpfte den Redakteur, knallte den Hörer auf und nahm Julia, die sich lieber mucksmäuschenstill verhielt, gar nicht wahr.

»Dall'Aria, ich hätte es mir denken können«, hörte sie ihn vor sich hin murmeln, »nachdem die kleinlichen Schikanen nicht gegriffen haben, versucht er es so. Und kein Mensch wird mir glauben, dass er meinen Untergang will!«

Brütend starrte er vor sich hin.

»Roberto?«

Er kehrte in die Wirklichkeit zurück.

»Ach, Giuli! Nun hat er uns auch noch meinen freien Tag verdorben.«

Padova: Freitag

So erfolgreich, souverän und gelassen Roberto im Berufsleben auch war, so unsicher, hilflos und nervös stellte er sich an, als Julia am sehr frühen Freitagmorgen erklärte, die Wehen hätten eingesetzt und er möge sie doch bitte zum Hospital der Barmherzigen Schwestern fahren.

»Das ist viel zu weit, die Uniklinik liegt gleich um die Ecke«, antwortete er und griff zappelig nach Julias Mantel, wobei er das seit Tagen bereitstehende Köfferchen vergaß und die Treppe hinuntersauste, um das Auto vor die Tür zu stellen.

»*Non dice sciocchezze!*«, rief Julia hinter ihm her. »Red keinen Unsinn! Nimm lieber mein Gepäck mit!«

Aber er hörte sie nicht, dafür jedoch Gina und Umberto, die ihre Köpfe aus der anderen Wohnungstür steckten.
»Ist es soweit?«
Umberto nahm ihr das Köfferchen ab, als sie sich jetzt nach einer noch nicht sehr starken Wehe nach vorn beugte.
»Wo bleibst du denn?«, schallte Robertos Stimme von unten durch den Flur, und nun war wohl jeder im Haus wach.
»Komm, stütz dich auf mich, und dann ganz langsam!«, befahl der erfahrene Umberto und Gina kicherte bei dem Gedanken, wie er sich bei ihrem ersten Kind angestellt und sich als gänzlich nutzlos erwiesen hatte.
»Was ist mit dem Fruchtwasser?«, fragte sie.
»Alles okay!«
Als sie schließlich im Auto saß, erkundigte Umberto sich, ob er nicht lieber fahren solle.
»Euer Schutzengel schläft so früh vielleicht noch!«
»*Scherzo!*«, Roberto würgte den Motor zweimal ab, beim dritten Mal klappte es.
»Alles Gute, *dottoressa!*«, winkten die beiden ihnen nach,
Julia war jetzt die Ruhe selbst, alle Ängste verschwanden, und bei der Ankunft in der Klinik behandelte Fra Ioannis erst einmal Roberto, indem er ihm sein Allheilmittel, ein großes Glas doppelt gebrannten Kräuterschnaps, gab und den nach Luft Schnappenden in eine Ecke setzte.
Julia hatte von einem Kaiserschnitt nichts wissen wollen: Die Lage der Zwillinge war ideal, und so überließ sie sich vertrauensvoll dem auch als Gynäkologen erfolgreichen Fra Ioannis. Sie selbst war bei mindestens vier Geburten hier dabei gewesen und hatte seine einfühlsame, kompetente Art bewundern gelernt.
Wie so oft bei Erstgeburten zogen sich die Wehen hin. Zwischendurch bat sie Fra Ioannis, sich doch um ihren Mann zu kümmern, er litte bestimmt mehr als sie. Aber nun setzte der alte Mann ihr den Kopf zurecht, sie habe gefälligst nichts anderes zu tun, als sich auf sich zu konzentrieren, draußen kümmere sich neben der Mutter Oberin auch noch seine Mutter und mindestens zwei Lernschwestern um ihren Mann, und er sei mit Kräuterschnaps ziemlich ruhig gestellt.
Um 12:35 erblickte die erste Giulietta das Licht der Welt; rabenschwarze Haare und die Lunge einer Sängerin, bemerkte Frau Ioannis schmunzelnd und zeigte sie ihr, bevor er das winzige Wesen dem herbeizitierten, völlig derangiert aussehenden Roberto in den Arm legte, es ihm aber kurz darauf wieder wegnahm mit der Bemerkung, normalerweise koste schon die Geburt eines Kindes die Mutter alle Kraft, Julia brauche nun seine Hilfe für den zweiten Teil.

Als Julia ihn neben sich spürte und seine Hand ergriff, merkte sie, wie neue Kraft sie durchströmte, und nur ein paar Minuten später erlebten sie zusammen die Geburt ihrer zweiten Tochter: dunkelblond wie ihr Vater und ihn vom ersten Schrei an im Blick habend. Fasziniert sah er auf dieses zweite Wunderwesen, und es war, als staunten die beiden sich vom ersten Lebensmoment gegenseitig an.

Viel später, als Julia ziemlich erschöpft, aber durch und durch glücklich in ihr Zimmer geschoben wurde, hörte sie, wie Fra Ioannis Roberto am Betreten hindern wollte.

»Sie braucht jetzt Ruhe und Sie eine Dusche!«

»Nur sehen möchte ich sie, ich wecke sie bestimmt nicht!«

Noch einmal öffnete Julia schlaftrunken die Augen, als sie Robertos Gesicht über sich spürte, und schlang die Arme um seinen Hals.

»Nie wieder«, er beugte sich herab und küsste sie, »nie wieder sollst du dich so quälen müssen! Zwei Töchter reichen mir vollkommen.«

»Oh nein, mein Herz, ich bestehe mindestens noch auf einem kleinen Roberto!«, antwortete sie lächelnd, und dann fielen ihr die Augen zu.

Juliana und Giulietta, Roberto ließ sich nicht umstimmen. Julia machte daraus kurzerhand Jana und Jette, zur besseren Unterscheidung. Am Tag nach ihrer Geburt erschien Roberto zur Öffnung des Klosters morgens um sechs mit einem Rosenstrauß riesigen Ausmaßes und einem antiken Granatcollier.

Julia war gerade beim Stillen von Jana, und er stand da, staunend und mit vor Rührung ganz weichen Zügen. Die Schwester kam und übergab ihm Jette, er stupste ihre winzige Hand vorsichtig mit dem Zeigefinger an, und sie umschloss ihn reflexartig. Er starrte verzückt auf seine Zweitgeborene und flüsterte:

»Und dies Wunder verdanke ich dir, Giuli, *ti amo!*«

»Das du mir das sagst, ist das allerschönste Geschenk, Ro, denn das sagst du mir jetzt erst zum zweiten Mal.«

»Zum dritten Mal!«

»Nun gut, keinen Streit!«

Eine Schwester kam, nahm Jana mit und legte Jette an Julias andere Brust, und Roberto setzte sich auf das Bett, einen Arm um die Schultern seiner Frau gelegt, einen Finger von Jette umschlossen.

»Giuli, *l'anima mia*, ich bin noch nie auch nur annähernd so glücklich gewesen wie eben jetzt.«

Sie bewahrte die Worte wie einen Schatz, über Gefühle zu reden, war ihm nicht gegeben, deshalb waren diese umso wertvoller, weitaus kostbarer als der Granatschmuck, den er ihr danach umlegte.

Padova: Samstag

»Dein Mann, Giulietta«, sagte Umberto am nächsten Nachmittag nach der Gratulation, »hat gestern eine sagenhafte Vorstellung in der *questura* gegeben!«
»Das musst du ihr ja nicht unbedingt erzählen«, winkte Roberto ab.
»Oh doch! Also, Giulietta, er kam gegen achtzehn Uhr ziemlich schwankend in mein Büro, hemdsärmelig – draußen ist immerhin Dezember ...«
»Drinnen auch«, versuchte Roberto vergebens abzulenken.
»... voll des Alkohols, er muss jede Bar vom Hospital bis zur *questura* mitgenommen haben ...«
»Stimmt überhaupt nicht«, wiegelte Roberto halbherzig ab und schmachtete seine beiden ruhig schlafenden Töchter an, »ich habe nur ein bisschen Kräuterschnaps als Medizin verabreicht bekommen!«
»Haha! Wer's glaubt, wird selig, und wer backt, wird mehlig! Die Krawatte hing gerade eben noch an deinem Hals. Dann, Giulietta, knallte er eine Plastiktüte mit Spumante und Prosecco auf den Tisch, nuschelte ziemlich undeutlich: *Ich habe die schönsten Töchter der Welt. Trinkt auf ihr Wohl!*, setzte sich an meinen Schreibtisch und schlief ein.
Na, wir haben auf ihr Wohl getrunken, und dann hatten Luciano, Sandro und ich unsere liebe Mühe, den volltrunkenen ...«
« ... erschöpften ...«
»... *dirigente* in mein Auto zu verfrachten, und ihn mit nach Hause genommen. Er hätte sonst womöglich den guten Ruf der Padovaner *questura* ruiniert. Er wollte nur noch einen Grappa trinken – ich hätte es ihm verbieten sollen –; gesagt, getan, und anschließend rutschte er an der Wand hinunter. Also wenn ihr noch mehr Kinder wollt: Pass bloß auf ihn auf, sonst wird er noch zum Alkoholiker.«
In diesen ersten Tagen nach der Geburt seiner Töchter fühlte Roberto sich überaus gelöst und war, für seine sonst so verschlossene Art durchaus ungewöhnlich, von einer selten gesehenen Fröhlichkeit, die seinen Sympathiebonus beträchtlich erweiterte.
Morgens, mit dem Sechsuhrläuten, betrat er das Klosterhospital, begrüßte liebevoll seine Frau, aber eher nebenbei, und richtete dann alle seine Sinne auf seine Töchter. Meistens kam er auch noch in der Mittagspause.
Er wird sie hoffnungslos verwöhnen, wenn ich nicht aufpasse; und was wird er nur sagen, wenn ich hier wieder im Labor arbeiten will?, dachte Julia und sah zu, wie er wieder einmal die Reflexe Jettes, seinen Zeigefinger umschließend, ausprobierte. Fra Ioannis hätte sich beinahe verplappert.

Die Kinder lassen sie von innen heraus leuchten, dachte Roberto und betrachtete seine Frau aus halb geschlossenen Augen, wie bekomme ich sie nur dazu, ihr Studium trotzdem zu beenden, Mutter und allen anderen zum Trotz! Wir dürfen sie nicht auf Kinder und Küche reduzieren!

An Besuch litt Julia keinen Mangel, ihr Zimmer glich einem Blumenladen; die ganze große Zanella-Sippschaft und die übrige Verwandtschaft – Onkel Jochim flog sogar für einen Nachmittag ein –; die Ehefrauen von Robertos *squadra* und auch ihre Studienfreunde gaben sich die Klinke in die Hand.

David und Gabrièlla besuchten sie mehrmals. War es Zufall oder Absicht? Sie richteten es immer so ein, dass sie nicht mit Roberto zusammentrafen.

Gabrièlla schien seltsam bedrückt, und auch Davids Markenzeichen, seine unbeschwerte Fröhlichkeit, hatte gelitten. Und dann fingen sie sogar in Julias Krankenzimmer wieder an zu streiten.

Sie brandmarkte das brutale Vorgehen der israelischen Sicherheitskräfte gegen Kinder und Jugendliche und das unglaubliche Verhalten der Israelis im Flüchtlingslager Dschenin, und David hielt ihr die menschenverachtenden Selbstmordattentate der Palästinenser vor.

»Ach, sieh mal, die alte Gleichung: Palästinenser gleich Terrorist! Selbst hier in Italien geht die Polizei mit äußerster Brutalität gegen alles vor, was arabisch aussieht. Entschuldige, Giulia«, wandte sich Gabrièlla an sie, »dein Roberto ist natürlich nicht gemeint, er hält sein Ehrenwort ja sogar gegenüber Terroristen.«

»Das glaube ich nicht«, sagte Julia, die diese immer wiederkehrenden, sich im Kreis bewegenden Auseinandersetzungen unergiebig fand, »dass die Polizei hier so brutal vorgehen soll. Nein!«

»Dann will ich dir zwei Beispiele geben: Vor gut einem Jahr hat ein Polizist, ohne auch nur angegriffen worden zu sein, zwei Araber niedergeschossen. Und kurz darauf hat ein italienischer Polizist sogar einen Araber brutal getötet! Yussuf hieß er, ich kannte ihn. Yussuf wollte diesen Polizisten, dessen Boot seine Freunde aus Versehen gerammt hatten, aus dem Wasser ziehen. Doch der Polizist fühlte sich angegriffen und hat Yussuf einfach ertränkt.«

»Nun übertreibst du aber«, sagte Julia. »Woher weißt du denn das?«

»In meiner *Gennaio*-Diskussionsrunde wurde das erzählt. Wir nennen uns übrigens nicht mehr *XX. Gennaio*, damit wir mit der Terrorgruppe nicht in einen Topf geworfen werden. Yussuf gehörte auch zum *Gennaio*, letztes Jahr, bevor er in der *Laguna Veneta* ermordet wurde. Die Karabinieri haben alles beobachtet und natürlich den Polizisten gedeckt.«

Irgendwie kam Julia die Geschichte bekannt vor.

»Wann soll das gewesen sein?«

»September 2000, seine Leiche wurde nie gefunden.«

»Dann haben sie dir aber einen Bären aufgebunden, deine Palästinenserfreunde. So entstehen Gerüchte! Der Polizist war Roberto, und ich war auch dabei. Deine sogenannten Freunde hatten unser Boot mit voller Absicht gerammt, ich konnte gerade noch abspringen. Roberto versuchte, über Funk Hilfe zu holen, und wurde durch den Aufprall ins Wasser geschleudert, und dein Yussuf sprang von der Jacht auf Roberto und versuchte, ihn zu töten. Ich sollte entführt werden; es war eine Verquickung von organisierter Kriminalität und Terrorismus. Der Tod von Yussuf war ein glatter Fall von Notwehr. Also, glaub nicht alle Geschichten!«

»Siehst du!«, sagte David, »es gibt nicht nur deine Wahrheit.«

Gabrièlla sah Julia betroffen an.

»Und ich habe gedacht, du könntest das Wort *Gewalt* nicht einmal buchstabieren, Giulia.«

»Und dein zweites Beispiel, wann und wo soll das gewesen sein?«, stocherte Julia nach.

»Wohl ein, zwei Wochen vorher in einer Villa bei Treviso. Die beiden Palästinenser befanden sich in dem Garten der Villa und wurden ohne Vorwarnung niedergeschossen.«

»Haben deine Freunde dir auch erzählt, dass die beiden Palästinenser eine Teegesellschaft mit Maschinenpistolen bedroht hatten und wiederum mich entführen wollten? Aber Roberto war schneller und hat uns gerettet, ein ebenso klarer Fall von Notwehr: Wir wurden angegriffen. Übrigens waren auch hier wieder Organisierte Kriminalität und Terrorismus verzahnt, das *Tre-Condottieri*-Syndikat – die Nachfolgeorganisation heißt *Colleoni*-Syndikat – hatte wohl gute Verbindungen zu arabischen Terroristen, vielleicht zum *XX. Gennaio*.«

Wie weit lag das schon zurück?, fragte sich Julia und schaute auf ihre Töchter, die in zwei Kinderbettchen neben ihr lagen, und freute sich, als Jana wie ein kleines Kätzchen maunzte und den verloren gegangenen Daumen wieder in den Mund steckte. Auch Gabrièlla schwieg und sah nachdenklich auf die Neugeborenen, während David kommentarlos ans Fenster getreten war und in das wirbelnde Schneegestöber draußen blickte.

Am nächsten Tag erschien David allein und brachte einen aufwendig schön gerahmten Stich der Palladio-Villa *La Badoera* mit, die ihn irgendwie an das *Ca'Vecchia* Brandolin erinnere, wie er bemerkte.

»So eine Villa, Frieden, eine Frau und zwei Kinder, so sieht mein etwas spießiger Lebenstraum aus«, machte er sich über sich selbst lustig und wehrte Julias Dank ab. »Ein Dankeschön an euch beide, Roberto, weil ...«

»Er dir in einer gefährlichen Situation geholfen hat?«
»Hat er dir davon erzählt?«
David blickte sie nachdenklich an.
»Nein, ich habe es von Umberto erfahren.«
»Wer ist Umberto?«
»Unser Nachbar und Robertos Freund. Und *dirigente* im Drogendezernat.«
»Ach so. Und für dich ist der Stich, weil ihr, du und deine Kinder, für meinen sentimentalen Lebenstraum das Vorbild seid.«
»Wo ist Gabrièlla?«, umschiffte Julia die Untiefe geschickt. »Habe ich sie so geschockt mit meinen Erzählungen?«
»Im Gegenteil, sie, die sonst alle Aussagen ihrer palästinensischen Freunde wie ein Credo aufgenommen hat, ist plötzlich verunsichert. Sie glaubt dir offensichtlich mehr als ihnen. Und auf Roberto lässt sie neuerdings überhaupt nichts mehr kommen, obwohl er sie nicht mag.«
»So hart darfst du das nicht sagen. Mein Mann ist manchmal etwas hart in seinen Äußerungen und vielleicht auch in seinem Verhalten, und er meint, Gabrièlla habe gefährlichen Umgang, was du ja wohl am besten beurteilen kannst.«
»Vielleicht«, er wich aus, »aber wir beide bewegen uns aufeinander zu, mit atemberaubender Geschwindigkeit.«
Er schwieg und sah nach innen, und dann nahm Jette ihre Aufmerksamkeit gefangen, die im Gegensatz zu ihrer älteren Schwester nicht auf dem Daumen, sondern auf dem Zeige- und Mittelfinger lutschte.
Am Nachmittag erschien Gabrièlla, erwähnte den Vortag mit keinem Wort und überschüttete Julia und die Kinder mit Geschenken und dem Versprechen, zum nächsten Weihnachtsfest eine aus Olivenholz geschnitzte heilige Familie bei ihrem Onkel in Bethlehem zu bestellen.
»Aber, Gabrièlla ...«
»Schsch, du bist mein Fenster zum wirklichen Leben, eine Familie und Kinder, kein Lebenskampf! Spießig, nicht? Kennst du Jehan Sadat?«, lenkte sie ab.
»Ich habe ihr Buch *Ich bin eine Frau aus Ägypten* gelesen.«
»Bisher habe ich die Ägypter als Weicheier verachtet. Aber Jehan Sadat ist eine kluge Frau«, antwortete sie mit einem seltsam traurigen Blick.
»Und David? Hält er deinen Sinneswandel für einen Erfolg?«
»Im Gegenteil, Giulia. Er hat plötzlich futuristische Gedanken von Frieden und Freiheit für die Palästinenser und überlegt laut, was in dem Flüchtlingslager Dschenin falsch gelaufen ist, und ob die israelische Berichterstattung über diesen palästinensischen Hirten in den *westbanks*, der einen jüdischen Siedler erschlagen und einen israelischen

Soldaten erschossen haben soll, wirklich korrekt ist! Zwei bewaffnete Israelis und ein Hirte, da stimmt doch was nicht, sagt David!«

Als sie am nächsten Tag Roberto auf dem Krankenhausflur direkt in die Arme gelaufen waren – sie hatten gerade Julias Zimmer verlassen –, hatte sich seine Miene schlagartig verdüstert und er sie so frostig begrüßt, dass David erstaunt die Brauen zusammenzog, während Gabrièlla die Spitzen ihrer Lackstiefel musterte.

»Sie sollten Ihr Parfum wechseln«, konnte Roberto sich nicht enthalten zu sagen, »es hält sich lange im Raum.«

»Gilt Ihr Ehrenwort auch hier?«, fragte sie ihn, ohne aufzublicken.

Ma certo.«

Roberto hatte lange überlegt, ob er die Geheimdienste über seinen vagen Verdacht, der sich durch Gabrièllas Frage nun neu erhärtete, informieren sollte. Wäre Ari im Land gewesen, hätte er das vielleicht getan. Und Hunter würde es glatt fertigbringen, Gabrièlla nach Guantanamo zu verfrachten, weil er sie für ein Al-Qaida-Mitglied hielt. Ungefragt würde er dem *Betrieb* jedenfalls gar nichts mehr mitteilen.

»Hab ich was verpasst?«

David bemühte sich allem Anschein nach, Leichtigkeit in seine Stimme zu legen, aber so ganz gelang es ihm nicht.

»Sie sollten Ihre Freundin einmal fragen, wo sie während der Flugzeugentführung durch den *XX. Gennaio* war, in Bologna wenigstens nicht«, sagte Roberto und wandte sich zum Gehen, aber David packte ihn ungestüm am Arm.

»Ihre Andeutungen gefallen mir nicht! Gar nicht!«

Roberto entfernte die Hand des jungen Amerikaners von seinem Arm.

»Und mir nicht Ihr Umgang!«, antwortete er ruhig in einem unterschwellig drohenden Ton.

Am Tag vor Heiligabend kamen David und Gabrièlla noch einmal vorbei, Hand in Hand, aber in sehr gedrückter Stimmung, die allerdings auch Julias Stimmung entsprach. Eigentlich hatte sie am 24. Dezember morgens mit den Kindern entlassen werden sollen, aber eben war ihr mitgeteilt worden, dass Jette und Jana an einer starken Gelbsucht litten, die eine Entlassung unmöglich machte.

Und so fragte sie die beiden auch nicht nach ihren Problemen, enttäuscht, das Weihnachtsfest nicht zu Hause nach deutschem Brauch feiern zu können. Ihr Bruder Michael hatte mit Großmutters silbernem Tannenbaumschmuck extra die Alpen überquert und einen klitzekleinen, für die beengten Räumlichkeiten passenden Baum vom Klüt in Hameln mitgebracht, und nun musste sie hier in der Klinik bleiben!

Fra Ioannis gestattete ihr, das Bäumchen im Hospital aufzustellen und feierte mit ihnen; schließlich wurde es doch noch ganz gemütlich, und am zweiten Weihnachtsfeiertag kam ein ganz unvermuteter Besuch: Luciano. Er hatte bisher Ehe, Kinder und Ähnliches aus seinem Denken ferngehalten, und seine Verlegenheit rührte Julia und amüsierte Roberto.

Er drehte lange Zeit verlegen zwei Plüschteddys in seinen Händen, bevor er sie dann unendlich behutsam Jana und Jette aufs Bettchen legte.

»Chef«, sagte er ganz hingerissen, »das haben Sie ja super hinbekommen. Ich muss jetzt gehen.«

Auf Roberts erstaunte Frage, was er meine, er sei doch eben erst gekommen, meinte Luciano:

»Ich muss jetzt sofort weg und mir eine Frau suchen. So etwas«, er blickte auf die Zwillinge, »brauche ich auch.«

Weg war er.

Roberto schüttelte den Kopf und probierte aus, ob Jettes Reflexe noch stimmten.

»So ein verrücktes Huhn.«

Das war das Letzte, was man von Luciano sah und hörte: Er verschwand spurlos.

Voller Sorge leitete Roberto eine Großfahndung nach seinem fähigsten Mitarbeiter ein, doch sie sollte ergebnislos verlaufen.

Sorgenvoll erschienen auch David und Gabriélla am Tag nach Weihnachten, und sie blickten überaus bekümmert auf Julia.

Sorglos gaben sich nur Umberto und Gina, die mit allen Mitteln und kurzzeitigem Erfolg versuchten, Julia vor einer Wochenbettpsychose zu bewahren.

Lago di Garda: Dienstag

Den ersten Weihnachtsfeiertag verbrachte George Hunter bei seinem treuen Gefolgsmann Silvio Cartucchio in dessen Haus am Lago di Garda, wobei sie bei ihrem Festschmaus durch Henry Salzmann unterstützt wurden. Als Aperitif tranken sie Cognac und als Vorspeise gab es eine neue Flasche.

Alle drei lehnten es ab, das Fest des Friedens bei ihren Familien zu feiern. George war seit fünf Jahren geschieden, Silvios Frau war vor gut einem Jahr ausgezogen, und Henry hatte überhaupt keinen Bezug zum christlichen Weihnachtsfest, allerdings auch keinen zum jüdischen Lichterfest, dem Chanukka.

»Lass es uns noch einmal durchspielen.«

George klang noch ausgesprochen nüchtern, obwohl sein Blutalkoholpegel sich seit dem vergangenen Abend kaum gesenkt haben konnte.

»Sagt man nicht: Vorfreude ist die schönste Freude?«
»Mir wäre lieber, der Mistkerl wäre weg«, knurrte Silvio und spülte zwei Aspirin mit einem großen Schluck Cognac hinunter.
»Henry, du übernimmst die Argumentation von Ari Hirschfeld, den zum Glück die Geschäfte nach Deutschland getrieben haben. Aber wenn ihr mich fragt, feiert der sentimentale, alte Narr nur allzu gern *Stille Nacht, heilige Nacht* bei seinem Langweilerfreund Florian vom BND.«
George starrte gedankenverloren in seinen großen Cognacschwenker, als sei er eine große Kristallkugel, die ihm seine Zukunft offenbarte.
»Bis Neujahr haben wir freie Hand, denn Silvester treffen sie sich auf einer einsamen Skihütte im Allgäu bei meinem Kollegen Jeff, diesem Arschloch!«
»Wie soll ich Aris Standpunkt vertreten? Ich kenne ihn doch nicht!«
»Ihr seid doch beide Jidden, du schaffst das schon.«
Henry grinste, aber innerlich kochte er. Wenn nicht so viel für mich auf dem Spiel stünde, dachte er, würde ich dir jetzt die Fresse polieren, Jeff ist ein Nigger für dich, und ich ein Jidde, dabei ist Jeff das Dreifache von dir wert.
»Nein, George, das Spiel wird langsam langweilig! Lass uns noch einmal den Ablauf durchgehen, und dann muss ich los. Schließlich haben wir nur noch drei Tage, und da habe ich noch einiges vorzubereiten. Manchmal brauchen die Bimbos etwas länger, bis sie reagieren.«
»Bimbos, haha, das ist gut!«
Silvio krähte vor Vergnügen, sein Fassungsvermögen an Alkohol war dem seines amerikanischen Freundes weit unterlegen. Die Hälfte des Cognacs goss er neben das Glas.
»Lass das bloß unsere italienischen *XX.-Gennaio*-Leute nicht hören. Einfach klasse, wie du die unterwandert hast!«
»Was habt ihr eigentlich gegen den Marchese, dass ihr ihn jetzt den Hyänen zum Fraß vorwerfen wollt?«
Henry fand die Situation günstig, um ein bisschen mehr Informationen von den ihm zwar vorgesetzten, aber nach seiner Meinung geistig weit unterlegenen Agenten zu bekommen, Wissen ließ sich seiner Erfahrung nach immer irgendwann zu Geld machen.
»Damals vor drei Jahren«, Silvio rülpste einmal laut und nahm einen Schluck, »hat es dieser mickrige Polizist fertiggebracht, dass ich einen Eintrag in die Personalakte kriegte, dieser Schweinehund, *canaglia*! Man würde mich nach Kalkutta versetzen, wenn so etwas noch mal passierte. Dabei ist diese *zoccola* – eine völlig unwichtige Nutte – nur mit dem Gesicht gegen den Schrank gelaufen!«
»Komm, komm«, Hunter grinste bei der Erinnerung an die Vernehmung der Nutte, die zuletzt dieser amerikanische Marineleut-

nant gevögelt hatte, bevor er erstochen wurde, »diese *puttana* hat sich bei uns ganz schön tief bücken müssen, bevor sie gegen den Schrank lief!«

»Und dann?«

Henry war ganz Ohr.

»Konnten wir ahnen, dass der Marchese ein Herz für Nutten hat? Und für sie ein Zeugenschutzprogramm gegen Geheimdienstoffiziere erfindet, weil ihm drei gebrochene Rippen und eine eingedrückte Nase zu viel waren? Und dann hat der Marchese auch noch unseren so schön eingefädelten Geheimdienstmord als reinen kriminellen Akt beweisen können, und plötzlich standen wir mit leeren Händen da.«

Silvio spuckte voller Abscheu auf den Teppichboden, erinnerte sich dann, dass es seiner war und verrieb den Fleck mit dem Absatz.

Es war also eine persönliche Abrechnung, wie Henry schon vermutet hatte. Die ganze vorherige Argumentation, man brauche einen Märtyrer, damit man schärfer gegen den *XX. Gennaio* vorgehen könne, war nur vorgeschoben.

»Also, genau das Gleiche wie bei den Garfinkel-Morden?«

Henry konnte verstehen, dass die beiden sauer waren.

»Und das haben wir deinem Jidden zu verdanken! Wenn Ari etwas kollegialer gewesen wäre, hätten wir Al Qaida in Form des *XX. Gennaio* hier in Italien breitgemacht – mit großer Artillerie!«

»Also der Ablauf!«

Henrys Zufriedenheit wuchs, er war dabei, ein wunderbares Netzwerk aufzubauen, in dem er die Fäden zog. Er hatte seinen Auftrag, den *Gennaio* zu infiltrieren, mehr als hundertprozentig geschafft, und auch die Aufgabe, diese beiden Agenten auszuhorchen, hatte er mehr als erfolgreich erledigt; es machte einfach Spaß, alles.

»Also der Ablauf: Erstens, der Assistent vom Marchese wird gekidnappt.«

»Warum nicht gleich der Marchese?«, wollte Silvio wissen.

»Weil das zu viel Staub aufwirbelt. Wer ist schon Luciano Quilla?«

George klang äußerst ungeduldig.

»Zweitens: Der Marchese wird mit ihm aus dem Bau gelockt«, fuhr Henry fort.

»Wie? Was? Welcher Bau? Wie kommt die Bauwirtschaft ins Spiel?«

Silvio sah ratlos in die Runde.

»Hör auf zu saufen!«

George nahm ihm die Flasche weg.

»Der edle Marchese lässt seinen schwarzen Furz nicht im Stich, und wir kassieren ihn und übergeben ihm dem *XX. Gennaio*.«

»Und du meinst, das klappt? *Cazzo*, o Scheiße, ist mir schlecht!«

»Reiß dich zusammen, Salzmann hat alles im Griff!«
George leckte sich voller Vorfreude die Lippen.
»Sie bringen ihn in diesen Steinbruch, und dort kriegt der Marchese seine Verhandlung, ich seh das förmlich vor mir: zehn rote und zehn schwarze Vermummte, alle schön in einer Reihe, und der barhäuptige Marchese vor ihnen. Und dann stimmen sie ab: Schuldig, schuldig, schuldig. Zwanzig Mal.«
»Schuldig weswegen?«
Henry konnte es nicht lassen, Informationen zu sammeln.
»Ist doch egal! Hauptsache, sie stellen ihn dann schön an die Steinbruchwand, guter, solider Trachyt, und dann kommt das Kommando: *Legt an das Gewehr! Feuer!*«
George Hunter zielte mit einer leeren Cognacflasche ins Unendliche, schloss die Augen und genoss den Gedanken. Drei Jahre lang hatte er Dienst in Tromsö schieben müssen, drei Winter hatte er keine Sonne gesehen, er war fast wahnsinnig geworden, und alles wegen diesem blöden italienischen Saubermann. Die Cognacflasche fiel auf den Boden, drehte sich um sich selbst und hinterließ drei goldbraune Tropfen auf dem beigen Teppichboden.
»Na, wenigstens wird er ein schönes Begräbnis bekommen«, schloss Henry das Gespräch; ihm war der Marchese ziemlich egal, er hatte nichts gegen, aber auch nichts für ihn, und er verdiente eine Menge Geld dabei. Andrerseits konnte er bei Ari Punkte sammeln, er musste sich bald entscheiden.
»Mit einer schönen italienischen Fahne über dem Sarg und einer heulenden Ehefrau und zwei rotzenden Kindern!«, fügte Silvio gehässig hinzu.
Henry erhob sich und verabschiedete sich.
»Ach, übrigens«, die Stimme von George holte ihn noch einmal zurück, »dein Vetter wird langsam zum Störfall, Salzmann!«
Salzmann zuckte mit den Schultern.
»Immer eins nach dem anderen, meine Herren. Kommt Zeit, kommt Rat.«
»Was gibt's zum Mittag?«, erkundigte sich George.
»Einen alten Barolo?«
Silvio schwankte zum Esstisch.
»Ich habe ihn schon degra… deplatz…«
»Was denn nun?«
»De-deprimiert.«
»Du meinst dekantiert.«
»Sag ich doch!«
Und dann fiel die italienische Stütze des *Betriebs* auf den Teppich, erbrach sich und schnarchte eine Sekunde später laut.

Seufzend machte sich George auf den Weg in die Küche, sah einen Moment lang deprimiert auf den kalten Gardasee, dessen Wellen an der Uferpromenade hochleckten, holte sich ein tiefgekühltes Hamburgerpack und schob es in die Mikrowelle.
»Was für ein beschissenes Land!«, sagte er laut.

Padova: ab Donnerstag

Nach der für dall'Aria dank Robertos Erfolg doch noch ruhmreich ausgegangenen Razzia änderte der seine Taktik gegenüber seinem *dirigente* komplett. Roberto hatte es schon nach dem Zeitungsartikel vermutet und wurde während der nächsten Wochen und Monate durch die joviale, ihn angeblich protegierende Art des *questore* bestätigt, aber außer mit Umberto konnte er mit niemandem darüber reden.

Dass er als Zicklein an der Tigerfalle angebunden würde? Dass er zum Hauptfeind des *XX. Gennaio* aufgebaut wurde, der ihm eigentlich völlig egal war, weil er sich auf politischem Territorium bewegte, wofür drei Geheimdienste zuständig waren, nicht aber Roberto?

Paranoia, würden seine Kritiker sagen, Verfolgungswahn, der Marchese wird alt! Und er konnte rein gar nichts dagegen tun, dass dall'Aria ihn bekämpfte, obwohl er offiziell kaum etwas unternahm, ohne Robertos Rat zu erfragen, und in der Montagsbesprechung tat, als komme er ohne Robertos wertvolle Erfahrung nicht mehr aus, womit er auch noch einen Keil zwischen die gerade erst wachsenden Verbindungen mit seinen Kollegen trieb.

Er hatte dall'Aria gründlich unterschätzt. Und was am erstaunlichsten war: Dall'Aria stieß nicht mehr so oft an beim Sprechen.

Oder sah er nur zu schwarz? Roberto drängte seine dunklen Gedanken zurück, seine Töchter und die Liebe zu ihrer Mutter verscheuchten vorübergehend alles Negative. Die ersten Tage nach der Geburt hatte Roberto wie im Rausch verbracht, der nur am ersten vom Alkohol durchtränkt gewesen war.

Aber schon bald begannen neue Probleme seine private Euphorie zu überschatten. Am Tag nach Weihnachten war Luciano Quilla spurlos verschwunden, seine Kawasaki fand man anderntags hinter der Bar 2000+2, angeblich war er nicht dort gewesen. Zwei Tage lang leitete Roberto eine Großfahndung nach seinem besten Mann, bis sich die Entführer meldeten. Der *XX. Gennaio* forderte die Freilassung dreier vom Marchese im November verhafteter Mitglieder gegen das Leben des sich in ihrer Gewalt befindlichen Polizisten.

Natürlich wurde dies abgelehnt, neue Verhandlungen zwischen Marchese und *XX. Gennaio* sollten an einem von ihnen bestimmten Ort und der von ihnen vorgeschlagenen Zeit stattfinden. Inzwischen hatte Conte Berini die *questura* als seine zweite Heimat erkoren und störte mehr als dass er half.

»Schick jemanden anders!«, beschwor Umberto seinen Freund, aber Roberto fühlte sich für Luciano als einem Mitglied seiner *squadra* verantwortlich.

»Ich muss es versuchen. Was würdest du an meiner Stelle tun?«
»Dasselbe!«

Für Samstag, den 29. Dezember verlangten die Entführer telefonisch, der Marchese solle sich in einem roten Fiat Regata in Richtung Este über Moncelice in Bewegung setzen, ohne Funk, ohne Handy, mit Tempo dreißig auf der SS 10.

Es gab tatsächlich einen roten Fiat Regata im Fuhrpark der Padovaner *questura*, sogar mit Automatikgetriebe, das Roberto wegen seiner Kniebehinderung immer noch brauchte, der *XX. Gennaio* kannte sich erstaunlich gut bei der Polizei aus.

Colli Euganei: Samstag

Dichter Nebel und Temperaturen um den Gefrierpunkt wehten den Terroristen entgegen, auch für die folgenden Tage kündigte der Wetterbericht Nebel an, aber diese Wetterlage begünstigte nicht nur die Terroristen: Auch die Polizei konnte verdeckt operieren. Dall'Aria hatte trotz Protest darauf bestanden, zwei Peilsender unten am Auto anzubringen und eine zweite Pistole nebst Walkie-Talkie unter dem Beifahrersitz zu deponieren, mit dem sich Roberto pünktlich alle Stunde melden konnte.

Feste Winterstiefel, ein warmer Norwegentroyer und der dicke Lammfellmantel vervollständigten seine Ausrüstung. Als Roberto um exakt zehn Uhr die *questura* über die Riviera Ruzzante verließ, überlegte er, was wohl den Conte Berini an diesem Morgen bewogen hatte, in der *questura* herumzulaufen, eine Sitzung der *CICG* stand jedenfalls nicht an.

Der *colonnello* war jetzt wohl für alle Zeiten beleidigt, er hatte sich angeboten, im Kofferraum zusammengerollt mitzufahren: Er sei doch eigentlich der Terrorismusexperte der *questura*, und Roberto hatte schroff bemerkt, dass interessiere doch keinen, am wenigsten den *XX. Gennaio*, und schließlich brauche er keinen – das Wort *rechtsextremistisch* schluckte er hinunter – Aufpasser. Von ihm wanderten Robertos Gedanken zu Giulia und seinen Töchtern, die er eigentlich an diesem Nachmittag aus der Klinik abholen sollte.

Heiliger Antonio, wie sollte er ihr erklären, dass er dem Dienst Vorrang gab?

Außerhalb von Padova wurde der Nebel so dicht, dass die Sichtweite stellenweise unter fünfzig Metern lag, schneller als 30 km/h zu fahren, war nicht möglich. In Wassernähe verschlimmerte sich die Situation; in der Laguna Veneta würden sie heute den ganzen Tag lang die Nebelglocken läuten müssen.

Am Battagliakanal ging Roberto notgedrungen noch weiter mit dem Tempo runter, Abano und Montegrotto Terme ließ er rechts liegen und tastete sich förmlich weiter nach Süden. In Battaglia dachte er kurz an die Abfahrt zum *Ca'Vecchia* Brandolin, konzentrierte sich aber sofort wieder auf den Verkehr. Klugerweise ließen viele Autofahrer ihren Wagen bei diesem Wetter stehen.

Die Spannung wuchs, wann würde der *XX. Gennaio* Kontakt zu ihm aufnehmen, und wie?

Er befand sich auf der Umgehungsstraße von Monselice, er hielt an der Ampel, hinter der sich die Straße nach Mantua und Rovigo gabelte, als plötzlich ein wie aus dem Nichts aufgetauchter Motorradfahrer neben ihm hielt. Unter dem Helm trug er eine schwarze Strickmaske. Er gab Roberto ein Zeichen, die Seitenscheibe herunterzukurbeln, reichte ihm einen weißen Briefumschlag, gab Gas und verschwand in halsbrecherischem Tempo im Nebel.

Im Anfahren riss Roberto den Umschlag auf und las die großen Blockbuchstaben:

AMERIKANISCHE BAR IN ESTE. NÄHE UHRTURM.
ANRUF ABWARTEN!

Roberto bog auf der SS 10 in Richtung Westen ab und suchte sich den Weg nach Este hinein; er wusste zwar, dass rechts von ihm die Stadtmauer liegen musste, aber erkennen konnte er gerade noch den Mittelstreifen der Straße. Nach einigem Suchen fand er die ultramoderne amerikanische Bar und parkte seinen Wagen fast genau davor, hoffend, dass die Kollegen in den nachfolgenden Wagen nicht zu dicht aufschließen würden. Er meldete sich und versteckte das Walkie-Talkie wieder unter dem Beifahrersitz.

Roberto setzte sich an die chromblitzende Bar und bestellte einen Cappuccino. Aus den Lautsprechern einer Stereoanlage ertönte Whitney Houstons Evergreen *One moment of time*, der Barkeeper polierte Gläser und gehörte zum Glück der schweigsamen Sorte an, Roberto war der einzige Gast.

Als der Song verklungen war, drückte der Barkeeper auf die Wiederholungstaste und erneut erklang der etwas melodramatische Anfang:

*Jeder Tag in meinem Leben
soll für mich ein Tag sein,
an dem ich
mein Bestes gebe ...*

In Robertos Ohren klang das wie eine Aufforderung; von Giulia wusste er, dass dies Davide Salzmanns Lieblingslied war. Giulia ... Sie stillte jetzt gerade die beiden Giuliettas zum zweiten Male, würde dann ihre Sachen packen und auf ihn warten. Sehnsucht packte ihn ... verdammt, das konnte nur an diesem sentimentalen Lied liegen, das eben zum dritten Mal angestellt wurde.

*Wenn ich zum Rennen gegen das Schicksal antrete,
in dem Moment werde ich es spüren,
werd ich die Ewigkeit fühlen.*

Der Text drang in Robertos Bewusstsein, erstmals, obwohl dieser Olympiasong vor Jahren pausenlos gespielt worden war, und er hoffte, dass am Ende des Tages weder Luciano noch er das Rennen gegen das Schicksal verloren hätten.

Ein Mann in schwarzer Lederjacke und Jeans kam herein, bestellte einen *caffè*, ohne Roberto zu beachten. Er legte den Zettel mit den Blockbuchstaben so hin, dass der andere ihn sehen konnte. Der legte Geld für den Espresso auf den Tresen und ging wieder. Die Kollegen waren seinem Wagen also problemlos gefolgt.

Das Warten zerrte an Robertos Nerven. Dann, genau um zwölf Uhr, klingelte das Telefon. Der Barkeeper nahm es ab, seine Blicke streiften durch den Raum und blieben an Roberto hängen.

»Polizei?«

Auf sein Nicken reichte er ihm das schnurlose Telefon herüber.

»Pronto! Bassner!«

»Hör zu, *questorino*. Fahr zur Villa Saracena, dort erwarte weitere Nachrichten!«

Sie schickten ihn ganz schön herum, gut, dass er die Landkarte seiner näheren Heimat im Kopf hatte. Er legte Geld auf den Tresen, seine letzten Lire, ab 1. Januar kam der Euro.

Draußen empfing ihn der immer noch pappig dichte Nebel, hinter seinem Wagen parkte jetzt sehr dicht ein BMW mit Ferrareser Nummernschild. Roberto hatte Mühe, aus der Parklücke zu kommen. Von den Kollegen war erwartungsgemäß keiner zu sehen. Dall'Aria hatte sie handverlesen.

Ein kleines Stückchen noch auf der SS 10, dann kam die Abfahrt nach Noventa Vicentina, aber er verpasste sie. Wenden, der Nebel schien ihn noch dichter einzuwickeln, er sah nicht einmal die Kollegen auf der

Gegenseite, aber dann fand Roberto die Abfahrt und kroch mit zehn Stundenkilometern dahin.

Auch die Nebenstraße zur Villa war schwer auszumachen. Links tauchte schemenhaft eine Mauer mit einem schmiedeeisernen Tor auf, er war am Ziel. Ein herrlicher Ort für eine Falle, Roberto griff nach dem Walkie-Talkie, die Stunde war herum, er musste sich bei seinen Kollegen melden.

Er griff ins Leere, tastete unter dem Beifahrersitz, nichts. Das Walkie-Talkie? Weg. Die Ersatzpistole plus Munition? Weg. Voller böser Ahnungen verließ er das Auto, tastete nach den Peilsendern. Beide waren verschwunden. Schnell legte Roberto einige Meter zwischen sich und das Auto und stand nun in der weißen, wattigen Suppe, horchte und überlegte.

Es musste vor der amerikanischen Bar in Este passiert sein, wie auch immer, das Auto war abgeschlossen gewesen, und jetzt war er allein und auf sich gestellt. Die Aktion abbrechen? Es doch noch schaffen, Giulia und seine Töchter aus dem Hospital abzuholen? Aber welche Überlebenschancen hatte Luciano dann? Wahrscheinlich keine.

Roberto kehrte zum Auto zurück, lehnte sich mit dem Rücken an die Fahrertür, hielt seine entsicherte Pistole in der Hand und wartete, endlos, wie ihm schien.

Dann plötzlich ein Quietschen vom Tor her, das er nicht sehen konnte, obwohl es kaum fünfzehn Meter von ihm entfernt lag. Vorsichtig bewegte er sich dorthin, Lautlosigkeit war eher belanglos, der Nebel schluckte alles. Das Tor stand einen Spalt offen, vorhin beim Vorbeifahren war es zu gewesen, Roberto war sich sicher,

Er schlängelte sich hindurch und ging auf das Haus zu. Wenn er die Zeichen richtig interpretierte, war es das, was der *XX. Gennaio* von ihm wollte. Wie ein riesiger Schatten ragte plötzlich der Säulenvorbau der Villa Saracena vor ihm auf, er stolperte fast über die erste Treppenstufe und dann entdeckte er einen weiteren Briefumschlag. Er wollte danach greifen, als ihn ein höhnisches, unheimliches Gelächter von links zögern ließ. Aber nichts weiter geschah.

Erneut bückte er sich, und diesmal hörte er ein anderes, hämisch abwertend klingendes Gelächter von rechts, aber Roberto ließ sich nicht beeinflussen, riss den Umschlag auf und las, ohne sich um weitere Deckung zu bemühen. Sein Rücken war in jeder Richtung frei und ungeschützt, und wenn sie ihn hier hätten erledigen wollen, wäre keine neue Anweisung in Briefform hinterlegt worden.

COLLI EUGANEI. BOCON. RICHTUNG CASTELL NUOVO. RECHTS ABBIEGEN ZUR WANDERHÜTTE AM FUSS DES MONTE VENDA. IM FALLE IHRES NICHTERSCHEINENS INNERHALB DER NÄCHSTEN STUNDE WIRD QUILLA LIQUIDIERT!

Roberto hatte die Flugzeugentführung durch Mitglieder des *XX. Gennaio* als eine nicht sonderlich gut geplante, sondern spontane und dilettantische Aktion für sich abgebucht; und nun war er, wenn auch unbewusst, davon ausgegangen, dass Lucianos Entführung eine ebensolche Aktion war. Aber das hier war eine generalstabsmäßig geführte Aktion mit ihm als Marionette und den Marionettenspielern verborgen im Dunkeln.

Natürlich konnte er jetzt noch nach Padova zurückkehren, aber mit der Stundenfrist hatten sie ihn in der Hand, denn es war ganz offensichtlich: Sie kannten ihn. Und so machte er sich auf den Weg, kroch im Schneckentempo durch die Euganeen, bog hinter Bocon in einer weit gezogenen Linkskurve ab, und je näher er dem Zielort kam, desto mehr lichtete sich der Nebel, bei der angegebenen Wanderhütte mochte die Sichtweite nun gut und gern fünfzig Meter betragen.

Bei der Hütte warteten keine weiteren Nachrichten auf ihn, seine Meldung bei den Kollegen war jetzt seit dreißig Minuten überfällig, aber würden sie wissen, wo sie nach ihm suchen mussten? Er glaubte es nicht; mit dem Rücken an die Wand der Hütte gelehnt, die Hand am Abzug der entsicherten Pistole in der rechten Manteltasche, ein Reservemagazin in der anderen: Das war alles zu seiner Verteidigung.

Stille um ihn herum, der Nebel kroch wieder näher heran, und während seine Sinne geschärft die Umwelt wahrnahmen, wanderten seine Gedanken.

Welche Verantwortung wog mehr: die gegenüber Luciano oder die gegenüber seiner Familie? Vor einem Jahr war er noch frei gewesen in seinen Entscheidungen. Hätte er Giulia überhaupt heiraten dürfen, wenn er sich jetzt fast selbstverständlich gegen sie entschied?

Er vermutete, dass der *XX. Gennaio* nicht Luciano wollte, auch keine freigelassenen Gesinnungsgenossen – da gab er Bartolomeo Coglione recht –: Sie wollten ihn. Musste er sich oder seinen Assistenten retten? Eine Frage der Ehre? Nein, der Verantwortung, und er hatte sich gegen Giulia und seine Töchter und für seinen Beruf entschieden.

Gegen vierzehn Uhr hörte er endlich Motorengeräusche, und programmgemäß vergrößerte sich die Sichtweite. Sie hatten wirklich an alles gedacht, selbst das Wetter spielte ihnen in die Hände. Sie hielten den grauschwarzen Mercedes außerhalb von Robertos Schussweite an. Drei Schwarzvermummte zerrten den mit Handschellen gefesselten Luciano aus dem Wagen. Wenigsten ein positiver Punkt: Er lebte.

»Eine Falle, Chef!«

Ein Kolbenhieb erstickte Lucianos Schrei. Lautlos brach er zusammen und blieb regungslos liegen.

Roberto verharrte, links blitzte hinter einem Baum ein Rotvermummter mit einem Schnellfeuergewehr auf, rechts von ihm lehnte ein

Schwarzvermummter mit einem Gewehr am Baum, nur der Weg hinter der Hütte schien frei.

Er fühlte sich wie an Fäden bewegt. Die beiden Vermummten im Wald verfolgten jeden seiner Schritte, aus den Augenwinkeln sah er, dass zwei vom Auto ihm folgten.

Der Weg führte bergan, er kannte die Gegend einigermaßen gut vom Wandern, irgendwo dort oben endete er in einem Steinbruch. Was hatten sie vor? Mit seinem nicht voll bewegungsfähigen Knie war er eine leichte Beute für sie, aber sie griffen ihn nicht an. Jetzt blieben die sich parallel zu ihm bewegenden Vermummten zurück. Konnte er eine Flucht über den unebenen Waldboden wagen?

Er wollte es zumindest probieren. Er verließ den Weg, als ein Schuss direkt vor ihm in den Waldboden Moos und trockene Blätter aufspritzen ließ und ihn zur Umkehr zwang.

Zwei weitere Vermummte erschienen links und rechts im Wald, ebenfalls mit Gewehren bewaffnet, nun waren es schon sechs, und es wurden immer mehr auf seinem Weg nach oben, wie eine Eskorte tauchten zu beiden Seiten immer mehr *XX.-Gennaio*-Mitglieder auf. Rot und Schwarz hielt sich die Wage, offensichtlich hatte sich die italienische Fraktion mit der arabischen vereinigt, um ihn zu vernichten, das wurde Roberto mit jedem Schritt klarer. Nicht nur generalstabsmäßig vorbereitet und durchgeführt, nein, auch perfekt inszeniert, eine Treibjagd ganz besonderer Art.

Achtzehn Terroristen hatte er gezählt, als er den stillgelegten Trachyt-Steinbruch erreichte, dahinter begann abgesperrtes, militärisches Sperrgebiet, und Roberto blieb nichts anderes übrig, als es zu betreten. Er sah sich noch einmal um: die Rot- und Schwarzvermummten trafen sich wie bei einer gut einstudierten Polonaise jeweils paarweise auf dem Weg und marschierten in sicherem Abstand hinter Roberto her.

Was erwartete ihn im Steinbruch? Er blieb stehen, aber sofort befahl im ein über seinen Kopf gezielter Schuss, dass er weiterzugehen habe.

Die hier oben sehr niedrige Wolkendecke vermischte sich mit dem Nebel, die Kronen der Bäume waren ebenso unsichtbar wie der obere Rand des Steinbruchs, die weiße Masse waberte hin und her.

Als Roberto die Arena des abgebauten Steinbruchs betrat, wusste er, dass es für ihn kein Entkommen gab.

Colli Euganei: Samstag

Er hatte sich durch das starre Festhalten an der Verantwortung für einen Untergebenen in eine aussichtslose Lage gebracht, an Giulia und seine gerade vierzehn Tage alten Töchter mochte er gar nicht denken.

Der Weg endete in einem Wendeplatz im Steinbruch. Noch einmal hüllte der Nebel Roberto gnädig ein. Aber wozu? Die Wände des fast kreisrund abgebauten Steinbruchs stiegen senkrecht nach oben und waren selbst mit gesunden Beinen ohne Bergsteigerausrüstung nicht zu erklimmen; die Terroristen mussten nur den Eingang bewachen und konnten ihn jederzeit hier drinnen fangen. Oder exekutieren, dieser Verdacht bohrte sich immer mehr in Robertos Hirn, das keinen Ausweg fand.

Auf dem Wendeplatz kein Baum, kein Strauch, nicht einmal ein Schutthaufen aus abgeschlagenen Steinen! Panik oder Fatalismus? Roberto entschloss sich zu Letzterem. Die Wolken-Nebel-Schwaden waberten wieder aufwärts, sich mit einzelnen Schneeflocken erleichternd. Als er hochsah, blieb sein Blick am Zaun des militärischen Sperrgebiets hängen. Als sich die weiße Watteschicht wieder senkte, entschloss sich Roberto, einen Ausbruchsversuch nach vorn zu unternehmen, steckte das Reservemagazin griffbereit in die Manteltasche und beschloss, zum Eingang des Steinbruchs zurückzukehren. Eine Pistole gegen achtzehn Gewehre. Eine ideale Ausgangssituation, jetzt mit seinem Leben abzuschließen.

Er hatte nie gelernt, zu beten oder zu bitten, Gott war jemand für die anderen, und so war das Äußerste, was er fertigbrachte, Frau und Kinder seiner Obhut anzuvertrauen. Ein Blick zur Uhr: 14:45. Eine Dreiviertelstunde hatte die Treibjagd bergauf gedauert, eben jetzt hätte er Giulia aus dem *ospedale* abholen sollen.

Warum kamen sie nicht näher, worauf warteten sie? Vielleicht auf ihre Anführer? Plötzlich ertönte Gewehrfeuer aus einer anderen Richtung, oben vom Sperrzaun, und nun verlor Roberto jede Hoffnung und fühlte sich als lebende Zielscheibe im Kreuzfeuer. Eine unendliche Leere breitete sich in ihm aus, vor seinen Augen war nichts als eine wüste weiße Ebene – die Unendlichkeit?

Nein, dichter Schneefall hatte eingesetzt, erneute Feuerstöße von oben, Antwort vom Steinbrucheingang. Erstaunt registrierte Roberto, dass die Kugeln weit über ihn hinweggingen. Seine Verfolger schossen auf die Schützen oben am Sperrzaun! Schließlich beobachtete er, dass aus der Nebelwand von oben ein Kletterseil nach unten gelassen wurde.

»Ssssst! *Commissario*! Versuchen Sie hochzukommen!«

Eine weiterer Teil der Inszenierung? Eine Falle? Die Rettung? Egal, es war Robertos einzige Chance, und er ergriff sie. Früher war er ein ausgezeichneter Bergsteiger gewesen, die Technik beherrschte er noch, aber mit seinem teilsteifen Knie fühlte er sich wie ein nasser Sack in der Wand, nur zentimeterweise schien er voranzukommen, und nur ganz langsam blieb der Boden des Steinbruchs unter ihm zurück. Als er in Schweiß gebadet etwa in der Mitte der Wand hing, hob sich die Wolkennebeldecke. Dicht neben ihm schlug eine Kugel ins Gestein und ließ es splittern. In der Mitte des Steinbruchs stand ein Rotvermummter und legte erneut auf Roberto an.

Nun schießen sie dich ab wie einen Hasen, dachte er, aber Dauerfeuer von oben aus halb automatischen Waffen streckte den Terroristen nieder und hielt die anderen auf Entfernung. Roberto mobilisierte seine letzten Kräfte, wieder umhüllte ihn der Nebel, und dann zog jemand oben am Seil, half ihm über die Kante und warf sich mit ihm in die Deckung zweier Felsen.

Auch seine beiden Retter waren vermummt, sie trugen militärische Tarnanzüge. Als einer von ihnen seine Strickmaske abzog, erkannte Roberto David Salzmann. Der andere lüftete seine Maske nicht und pirschte sich mit seinem Gewehr am Steinbruchrand nach rechts davon.

»Dieser verdammte Nebel«, sagte David, »aber hier sind wir sicher, der Zaun begrenzt den Steinbruch links und rechts und wird bewacht.«

Er griff wieder zum Gewehr, Roberto identifizierte es als eins von den neuen halb automatischen M4-Super 90-Gewehren, die sie zum Testen in der *questura* erhalten hatten. Die Firma Benelli, die zu der Beretta Group gehörte, war bekannt für ihre Gewehre, sonst wären nicht 20.000 Stück für das US Marine Corps bestellt worden, wenn auch unter einem anderen Namen.

Roberto starrte in die Nebelwand, seine Atmung regulierte sich wieder.

»Ohne Sie hätte ich wohl schon das Zeitliche gesegnet!«, sagte er zu David.

»Ohne uns!«, korrigierte der zweite Mann, der lautlos wieder zurückgekommen war.

Coglione!, durchfuhr es Roberto.

»Ja, staune nur! Du hast mir bitter Unrecht getan!«

Gespannt beobachtete Coglione den eben wieder sichtbar gewordenen Steinbrucheingang, stellte auf Einzelfeuer und schoss. Ein Schrei von unten zeigte seine Treffsicherheit an.

Coglione entfernte sich nach rechts. Wieder ertönten Schüsse.

»Auf die Gefahr hin, dass Sie mich für neugierig halten, Davide«, eine Spur von Ironie klang aus Robertos Stimme, »nett, Sie hier zu treffen, aber an diesem Ort hätte ich Sie nicht erwartet.«

»Ich bin auch gar nicht hier, Roberto, und Sie haben mich nie gesehen!«

Er zog den Abzug durch.

»Treffer«, sagte er befriedigt und fügte dann etwas bitter hinzu: »Wie leicht man doch in alte Verhaltensmuster zurückfällt. Ich war einmal gut in präventiver Liqui... Ach, lassen wir das. Grundsätzlich lehne ich Opfer unter der Zivilbevölkerung ab, und zu dieser Kategorie rechne ich

Luciano und Sie. Der Zweck heiligt keinesfalls die Mittel, wenigstens nicht in einem demokratischen Land in Friedenszeiten. Zum anderen zahle ich Schulden pünktlich und gern zurück. Gabrièlla ebenso.«

Aus seiner ersten Bemerkung entnahm Roberto, dass er kein Zivilist war. Aber was dann? Die zweite deutete auf die Ereignisse im Weinkeller hin, und die letzte auf Gabrièllas Teilnahme an der Flugzeugentführung.

Wieder schoss David. Als Antwort kamen mehrere Feuerstöße. Sie zogen die Köpfe ein. Dann wieder Stille. Roberto überlegte, wie die Sache wohl ausgehen würde.

»Für wen arbeiten Sie, Davide?«

»Sie wollen wissen, ob meine Hinterbliebenen eine staatliche Pension bekommen?«

Er lachte.

»Das darf ich Ihnen nicht sagen. Vermutlich werden Sie es sowieso bald erfahren, denn mit dieser Aktion habe ich mich so weit aus dem Fenster gelehnt, dass mein Sturz wohl unabdingbar ist. Aber seit ich mich entschlossen habe, in allererster Linie Mensch zu sein, konnte ich das, was mit Ihnen geschehen sollte, nicht mittragen.«

Er lud die M4 durch.

»Die *Firma* und auch die Italiener wussten, dass Sie in eine Falle gelockt werden sollten, und sogar wie. Sie haben keinen Finger gerührt. Sie, Roberto, sind ihnen zu unbequem und zu kompetent, weil Sie ihre *strategia della tensione* mehrfach als absurd entlarvt haben. Sie hätten einen wunderbaren Märtyrer abgegeben, besonders nach Ihrer guten Presse.«

Roberto überdachte seine Worte und kam sich nach seiner Rolle als Marionette jetzt wie eine geschobene Schachfigur vor. Mehr denn je hielt er David für einen Agenten der *Firma*, der an der Universität undercover arbeitete und sich jetzt offensichtlich gegen seinen Vorgesetzten Hunter gestellt hatte.

»Und was wird Gabrièlla dazu sagen, dass Sie ihre Terrroristenfreunde vom *XX. Gennaio* abschießen?«

»Sie verstehen gar nichts, Roberto! Können Sie auch nicht. Gabrièlla musste Ihre Glaubwürdigkeit unter Beweis stellen. Diese ganze dilettantische Flugzeugentführung diente nur diesem einen Zweck. Erfolgreich, denn sonst wären Sie jetzt tot.«

»Also verdanke ich auch Gabrièlla mein Leben?«

»Sie hat den Plan mit entwickelt.«

»Und ihn dann verraten? Auf welcher Seite steht sie? Auf Ihrer?«

David antworte nicht, schüttelte nur mit dem Kopf und spähte wieder durch den Nebel.

»Und wie kommt Coglione ins Spiel?«
Der kam eben zurück und hörte die letzte Frage.
»Der *Betrieb* rechnete nicht mit meinen Abhörmaßnahmen am Gardasee. Silvio Cartucchio ist ein Sicherheitsrisiko, so wie der säuft!«
»Bespitzelt denn in diesem Land jeder jeden?«, fragte Roberto sarkastisch.
»*Infiltrieren* ist heute das Schlagwort, und in dieser Tätigkeit ist mein Vetter Henry einsame Spitze. Infiltriert den *XX. Gennaio*, das *Colleoni*-Syndikat, den *Gennaio*-Diskutier-Club, die *questura*, die *Firma* und das *Institut* und, als ob es damit noch nicht genug wäre, außerdem noch rechtsextremistische Gruppen, wenn man seinen Worten Glauben schenken will, was ich nur bedingt tue.«
Offensichtlich hielt David nicht sehr viel von seinem Vetter.
»Aber immerhin hat er mich über die Geheimdienstpläne informiert, wenn auch sehr spät. Und nun ist er sauer, weil wir ihn nicht dabeihaben wollten, und wirft uns Undankbarkeit vor.«
»*Unser Kampf ist undankbar, aber schön, denn er zwingt uns, uns nur auf unsere eigenen Kräfte zu verlassen*!«
Coglione spulte sein Zitat wie einen Automatismus ab, stellte wieder auf Einzelfeuer und gab einen Schuss ab.
»Die Worte von *colonnello* Coglione?«
Roberto vermutete, dass sich dahinter wieder eins der Mussolinizitate versteckte, und er hatte recht.
»*Ma niente!* Benito schrieb das am 1. Januar 1922 im Popolo d'Italia, und es hat Bestand bis heute!«
»Zitieren Sie nie wieder einen Faschisten in meiner Gegenwart!«
Roberto hatte David noch nie so aufgebracht erlebt.
»Nur in einem faschistischen Staat konnte der Holocaust an meinem Volk geschehen! Wir beide haben ein Bündnis auf Zeit geschlossen, *colonnello*, nichts anderes, und das auch nur, weil Sie Kontakte zum italienischen Militär haben!«
»Haben Sie beide sich zufällig hier oben zu diesem Bündnis getroffen, Sie und mein Vetter Bartolomeo, und einer hatte zufällig ein Seil und der andere ein Gewehr?«
Robertos Ironie ließ David wieder abkühlen.
»So wird es wohl gewesen sein«, antwortete Coglione und zog schief lächelnd die Strickmaske runter.
»Und wie geht es jetzt weiter?«, fragte Robert.
David schaute auf die Uhr.
»Um 15:45 findet hier ganz durch Zufall eine militärische Übung statt. Italienisches Militär durchkämmt dieses Gebiet. Die überlebenden *XX.-Gennaio*-Kämpfer werden das Weite suchen, wenn sie können. Coglione

hat ein Sprechfunkgerät. Wenn der Satz *Der Nebel hat sich total gelichtet* ertönt, rücken Sie beide hier ab. Alles klar?«

Sie schwiegen eine zeitlang und beobachteten sorgfältig das Terrain.

»Tut mir leid um Luciano«, sagte David und gab erneut einen Schuss ab, der postwendend von unten beantwortet wurde; der *XX. Gennaio* lag also noch in Stellung. »Ich hatte gehofft, er und Sie würden hier gemeinsam heraufkommen. Ich mag ihn sehr, auch wenn er hinter meinem Mädchen her ist!«

Schneegriesel setzte wieder ein, und nun sah Roberto auf die Uhr.

»Vor einer Stunde hätte ich Giulia und meine Töchter aus dem Hospital abholen sollen«, dachte er laut.

»Sehen Sie, den Grund hätte ich beinahe vergessen«, antwortete David leichthin, »aber Giulia sollte nicht jetzt schon zur Witwe werden.«

Er presste die Zähne aufeinander, worauf seine Wangenknochen stark hervortraten; später sollte Roberto diesen Zeitpunkt als den Beginn seiner durch nichts zu kontrollierenden Eifersucht auf Salzmann festlegen. Er schuldete David sein Leben, und trotzdem begann er, ihn zu fürchten.

Hatte sich David nicht für Giulia entschieden und gegen seinen Beruf? Und hatte Roberto als ihr Ehemann nicht das Gegenteil getan? Sie würde das gefühlsmäßig bestimmt mitbekommen, und wie entschied sie sich dann?

Ein Geräusch hinter ihnen ließ sie zusammenfahren.

Das Maschendrahtgeflecht des Zauns wurde etwas angehoben. Bevor er den Soldaten im Schneeanzug wahrnahm, hörte Roberto erst die Stimme.

»*Colonnello, maggiore*, Sie sind unterwegs!«

Der angesprochene David Salzmann nickte, drückte Roberto seine M4 Super 90 in die Hand und fragte: »Ich habe Ihr Wort, Roberto?«

»Dass Sie nie hier waren? *Parola d'onore!*«

Als Roberto aufblickte, war David Salzmann bereits spurlos verschwunden.

Und nun lag er hier neben seinem Vetter, dem ewigen Faschisten, den er von Grund auf verachtete, und verdankte ihm auch noch sein Leben, ihm und einem jungen Juden, der in Giulia verliebt war – was für eine verkorkste Situation!

»Was für eine verkorkste Situation, nicht wahr, Roberto? Musst einem Faschisten dankbar sein! Was aber, wenn ich gar nicht der bin, als den du mich ansiehst? Wenn ich nur eine Rolle spiele, um bei Roberto Fiores *Forza Nuova*[*] einen Finger am Puls der Partei zu haben und von der

---

[*] *Forza Nuova*, 1987 von R. Fiore und M. Morsello gegründete rechtsextremistische Partei.

Legion des Erzengels Michael* zu Wohltätigkeitsveranstaltungen eingeladen zu werden? Um zu wissen, wann die deutschen *NPD***-Größen Udo Voigt und ihr Anwalt Horst Mahler unser Vaterland heimsuchen oder in Fabrizio Lasteis *Militia Christi**** hineinzuhorchen, ob wieder Angriffe gegen Unternehmer jüdischen Glaubens geplant sind? Was, Roberto, wenn du dich grundlegend in mir getäuscht hast?«

»Bei deinem familiären Hintergrund, deiner faschistischen Jugend?«, konterte Roberto. »Wo soll denn der Bruch gewesen sein, Bartolomeo, wo? Wenn du mir ein glaubhaftes Ereignis nennen kannst, will ich meine Vorurteile gern überdenken!«

Bevor Bartolomeo Coglione antworten konnte, tönte aus dem Sprechfunkgerät der verabredete Satz *Der Nebel hat sich total gelichtet*, und irgendwie schien es Roberto, als sei sein Vetter erleichtert, die Diskussion unterbrechen zu können. Sie würden sie irgendwann fortsetzen müssen.

Coglione seilte sich als Erster ab, ging zu dem Toten in der Mitte des Steinbruchs und zog ihm die Vermummung ab. Herzdurchschuss. Er blickte auf ein junges, ihm unbekanntes Gesicht. Ein missbrauchtes Leben, das noch so lange hätte währen können.

Das Trampeln von Militärstiefeln und von gelegentlichen, ganz entfernten Schüssen war zu hören.

Als Bartolomeo Roberto über ihr weiteres Vorgehen instruierte, sah Roberto, wie der bewusstlose Luciano in einen neben seinem Auto parkenden Krankenwagen geschoben wurde.

»Gehirnerschütterung«, antwortete der Notarzt auf ihre fragenden Blicke. »Dazu eine tiefe Kopfwunde. Beides nicht lebensbedrohlich. Gott sei Dank.«

»Ich fahre dann, willst du mit?«, fragte Roberto und setzte sich hinters Steuer, aber Coglione winkte ab und trat zurück. »Dann treffen wir uns in der *questura*. Und: danke!«

Bartolomeo Coglione schien zu zögern.

»Ich an deiner Stelle würde erst einmal einen Blick unter das Auto werfen. Der *XX.-Gennaio* hat sicher talentierte Sprengstoffexperten.«

Robertos Nackenhaare stellten sich auf, er war kurz davor gewesen, den Schlüssel ins Zündschloss zu stecken.

Sie fanden den Plastiksprengstoff dann jedoch unter der Motorhaube.

---

* Ultranationale, 1927 in Rumänien gegründete Gruppierung.
** Nationaldemokratische Partei Deutschlands.
*** *Militia Christi*, 1992 gegründete antisemitische und rassistische Vereinigung.

Padova: Samstag

Die *questura* wurde von der Presse förmlich belagert. Mittlerweile waren Informationen über Lucianos Entführung und seine Rettung durchgesickert. Die Verluste des *XX. Gennaio* hatten sich inzwischen auch herumgesprochen. Conte Berini stolzierte wie ein Gockel zwischen allen herum und versuchte mitzukrähen.

Robertos durchfeuchtete Hose war auf der Fahrt in Umbertos Wagen wieder getrocknet, aber das lange Liegen auf der halbgefrorenen Erde hatte ihn bis ins Mark durchkühlt, und er fühlte sich elend und kalt.

»*Dio mio* und alle Heiligen!«, hatte Umberto ausgerufen, als er von Roberto in die Colli Euganei bestellt worden war, um ihn und seinen Vetter abzuholen. »Und ich hätte geschworen, dein *angelo custode* sei noch im Weihnachtsurlaub. Er muss ihn abgebrochen und mindestens zwei andere als Hilfsschutzengel mitgebracht haben, sonst überlebt man so eine Falle nicht.«

Ja, dachte Roberto, so knapp wie heute bin ich selten dem Tod von der Schippe gesprungen, damals allerdings um den Preis meines Knies, heute vielleicht nur um den einer Erkältung.

In der *questura* erstatteten Roberto und Coglione dall'Aria Bericht, auf der Pressekonferenz lobte der sie zwar über alle Maßen, aber hinter verschlossenen Türen machte er seinem Unmut in Umbertos Gegenwart Luft.

Warum man ihn nicht über die Falle für den *XX. Gennaio* eingeweiht hätte? Er könne ihnen allen beiden die größten Schwierigkeiten machen, was er aber nicht wolle, weil er unglaublich froh sei, dass Roberto und Luciano noch am Leben seien.

Man vermute einen Informanten und Abhörvorrichtungen des *XX.-Gennaio* in der *questura*, deshalb habe er die Sache geheim gehalten, log Bartolomeo Coglione mit dem harmlosesten Gesicht der Welt und Roberto überfielen sofort wieder Zweifel an der Aufrichtigkeit seines Vetters. Was ging wirklich hinter seiner glatten Stirn vor?

Wie zum Teufel sie denn von der Falle erfahren hätten?, wollte dall'Aria wissen.

Coglione ließ sich nicht aus der Reserve locken. Ein anonymer Brief, der zurzeit bei der Spurensicherung läge, enthielte alle Details der geplanten Exekutierung des Marchese.

»Und Sie wussten auch von dem Brief, Marchese?«

Roberto konnte nicht umhin, dies zu bejahen, wobei er Umberto gehörig mit der Erklärung in die Pfanne haute, dass er, Umberto, und Coglione noch eigenhändig am Vortag Seil und Gewehre an Ort und Stelle geschafft hätten, weil er selbst am heutigen Tage in Padova habe präsent sein müssen.

Umberto schaute seinen Freund verständnislos an, auch Cogliones Gesichtsausdruck war nicht geistreicher, doch was blieb ihm übrig, als es auf Nachfrage dall'Arias zu bestätigen.

Gegen zehn Uhr abends endlich fuhren Roberto und Umberto nach Hause.

»So, hast du deine kleine Rache genossen?«

»Und wie, mein Freund! Selten hast du so dumm in die Gegend geschaut!«

»Du warst dir ganz sicher, dass ich mitmachen und deine Angaben bestätigen würde?«

»Genauso sicher wie du damals bei dem Protokoll!«

»Sag mal: Welchen Schutzengel hast du eigentlich bestochen, Überstunden zu machen? Oder anders herum: Mit welchem der olympischen Götter warst du im Bunde?«

Roberto hatte es geahnt, sein Freund glaubte die ganze Geschichte mit dem anonymen Brief und den angeblichen Vorbereitungen nicht, dafür kannten sie sich zu lange.

»Ein Wort ist ein Wort«, antwortete er, »ich habe es gegeben und bitte dich, deine Meinung über die Götter des Olymp für dich zu behalten.«

»Aber Vermutungen darf ich aussprechen?«, fragte Umberto und streifte Roberto mit einem Seitenblick, worauf dieser nur mit den Schultern zuckte.

»Deine zweifelhaften Freunde von der geheimen Zunft haben dir geholfen!«

»Kein Kommentar!«

Umberto parkte den Wagen vor ihrem Appartmenthaus.

»Was mich eigentlich bedrückt«, sagte er und zog den Zündschlüssel heraus, »ist die Tatsache, dass jemand aus unseren Reihen den Terroristen haarklein auseinandergesetzt hat, wie unser Fuhrpark aussieht und welche Ausrüstung du wo versteckt hattest. Die dir folgenden Kollegen wurden sehr geplant an der Nase herumgeführt. Die Peilsender fanden sich an einem Auto mit Ferrareser Kennzeichen, dem die Kollegen bis Ferrara gefolgt sind.«

»Auch dall'Arias missglückte Großrazzia Ende Oktober wurde bis in alle Einzelheiten hinausgetragen!«, sagte Roberto in Gedanken; er vergrub sein Gesicht in den Händen und murmelte: »Wie soll ich nur Giulia erklären, warum ich sie einfach nicht abgeholt habe? Jetzt schläft sie sicher.«

»Klar, aber nicht im Hospital der Barmherzigen Schwestern, sondern vier Stockwerke über uns! Michèle und deine Mutter haben sie abgeholt und sind bei ihr. Die Anwesenheit deiner Mutter konnte ich leider nicht verhindern!«

»Manchmal glaube ich, ich schaffe es nicht, Umberto.«
Roberto sah nach draußen, wo wieder leichter Schneefall eingesetzt hatte und eine dünne Schicht wässrigen Schnees Straße und Bürgersteige bedeckte. »Ewig laufe ich wegen Giulia mit einem schlechten Gewissen herum!«
»Du schaffst das schon, nein, ihr schafft das schon!«, sagte Umberto. »Du musst nur lernen, kein getrenntes Schubladensystem für Familie und Beruf in deinem Kopf aufzubauen. Immer wenn du eine Schublade für die *questura* aufziehst, schließt du automatisch die für die Familie. Man kann gut mit zwei geöffneten Schubladen leben, das ist eine Frage der Übung und des Wollens. Es gibt immer mal Zeiten, wo du für die eine Sache mehr Zeit als du für die andere brauchst. Dabei hast du es noch besser als manch anderer Polizist, denn in Giulietta hast du eine ideale Polizistenfrau.«
»Wenn sie nur ihr eigenes Leben lebte! Ich habe ihr die Beendigung ihres Studiums vermasselt und sie mit zwei Kindern ans Haus, nein, an diese unzumutbare Wohnung gefesselt …«
»Hör auf! So wie ich Giulietta einschätze, wird sie euer Leben zu gestalten wissen! Du redest ja wie deine eigene Mutter!«
Vor der Wohnungstür klopfte Umberto ihm ermutigend auf die Schulter.
Francesca hielt mit ihren Vorwürfen nicht zurück, obwohl sie seine Erschöpfung und den Schmutz an seiner Kleidung wahrnahm.
Ohne eine Erklärung sank er müde und ausgebrannt in einen Sessel.
»Sei leise, sie schläft jetzt!«, beendete sie ihre Anklagen, die darin gegipfelt hatten, ihm vorzuwerfen, wie er es hatte wagen können, seinen Beruf der jungen Familie vorzuziehen und sich wahrscheinlich wieder einmal völlig verantwortungslos in Lebensgefahr gebracht zu haben.
Michèle stand hinter ihr und machte Zeichen, dass das alles gar nicht so dramatisch sei, und drängte Francesca zum Aufbruch.
»Was ist mit Luciano?«, fragte Michèle beim Abschied.
»Liegt mit einer Gehirnerschütterung im Krankenhaus.«
»Na, Gott sei Dank! Dann hat sich dein Einsatz ja gelohnt!«, strahlte Michèle.
»Woher weißt du davon?«, fragte Roberto.
»Umberto hat uns informiert, Julia weiß auch Bescheid.«
Roberto reagierte ärgerlich.
»Warum das?«
»Sie spürt, wenn man ihr etwas zu verheimlichen sucht, und Ungewissheit würde ihr noch mehr Angst machen.«
Als die beiden gegangen waren, stellte Roberto sich erst einmal unter die heiße Dusche, zumindest die äußere Kälte verschwand auf diese Wei-

se. Dann zog er die Schlafcouch aus, und als er sich umdrehte, stand Giulia unter der Tür zum Kinderzimmer.

»Du schläfst nicht?«, fragte er erstaunt.

»Ich habe nur so getan, um die liebe Verwandtschaft zu beruhigen«, lächelte sie, und mit zwei Schritten war er bei ihr und nahm sie in die Arme.

»Verzeih, Giuli ...«

Sie hielt ihm den Mund zu.

»Warum brichst du dein Versprechen schon wieder?«, fragte sie streng. »Du wolltest dich nicht immer für deinen Beruf entschuldigen. Vergessen?«

Sie nahm die Hand weg und küsste ihn.

»Was ist mit Luciano?«, fragte sie.

Er erzählte es ihr und sie freute sich mit ihm. Umberto hatte recht, sie war die ideale Polizistenfrau, und alles andere hatte Zeit bis morgen.

Arm in Arm standen sie vor den Kinderbettchen, Jana mit dem Däumchen im Mund, und Jette mit Zeige- und Mittelfinger.

»Heute Nachmittag um drei hatte ich das Gefühl, du schwebtest in Lebensgefahr.«

Sie lag auf der Schlafcouch und schlug die Bettdecke einladend auf.

»Aber das war wohl nur meine Wochenbettpsychose.«

Er kam zu ihr und umfing ihren nun wieder schlanken Körper mit den Armen.

»*Vero*? Du hattest schon das richtige Gefühl, denn genau zu dem Zeitpunkt wurde ich dank guter Freunde gerettet!«

Geschichtssplitter.
Carmagnola und Colleoni
(1429 bis 1432)

r hatte die Chance vertan und sich wieder von seinem Vetter provozieren lassen; statt den eingefleischten Faschisten herauszukehren, hätte er mit ihm offen reden sollen! Rastlos schritt er in seinem Büro auf und ab, ließ sich schließlich an seinem Schreibtisch nieder und starrte auf das Rutenbündel. Eine Nachbildung natürlich, aber so, wie es die Liktoren im Römischen Reich den Senatoren vorweggetragen hatten, was dann viel später zum Symbol des beginnenden Faschismus in Italien wurde.

Er hätte seinem Vetter erklären sollen, dass irgendwer ihm dies fatale Symbol auf den Schreibtisch gestellt hatte, heimlich, wie um seine Vasallentreue anzumahnen, die er bereits innerlich infrage gestellt hatte.

Stattdessen hatte er getan, als ob er stolz auf dieses Symbol sei und damit das zarte Pflänzchen des Vertrauens, das in seinem Vetter zu wachsen begann, mit Stumpf und Stiel wieder ausgerissen.

Er holte einen Aktenordner hervor und blätterte in ihm herum, bis er seine Notizen über Carmagnola und Colleoni fand.

War es Heimweh, das den jungen Colleoni mit dem guten Ruf nach Norden zurückbrachte, in das Grenzland zwischen dem Herzogtum Mailand und der Republik von San Marco? Und wog dies Heimweh mehr als seine Vorbehalte gegen Carmagnola?

Wie oft waren Colleoni und Carmagnola sich schon begegnet?

Er begann seine Aufzeichnungen zu lesen und vergaß die verpasste Gelegenheit.

1417, einundzwanzigjährig, bewunderte Bartolomeo Colleoni, immer noch im Dienste Filippo d'Arcellis in Piacenza, den legendären Condottiere Carmagnola aus der Ferne, als sich herumsprach, dass die als fast uneinnehmbar geltende Festung Trezzo durch ihn gefallen war und die vier mörderischen Vettern Colleoni allesamt vertrieben waren.

Natürlich hatte Carmagnola das nicht für Colleoni, sondern für seinen Herzog in Mailand getan, gegen den Puhò Coglione gekämpft hatte. Trotzdem bereitete die Kunde von der Vertreibung dem jungen Mann tiefe Genugtuung.

Im Mai 1418, zweiundzwanzigjährig, floh Bartolomeo Colleoni aus Piacenza vor der Willkür und Grausamkeit des capitano generale *Francesco Bussone* detto *Carmagnola, der die Einigkeit Mailands als höchste Priorität ansah, Einzelschicksale kümmerten ihn nicht. Abschreckung gegen Widerspenstige war angesagt, und so beschleunigte er den Fall Piacenzas und den des Grafen Filippo d'Arcellis als Verteidiger, wie bereits erwähnt, indem er Giovanni d'Arcelli's, dessen Sohn, und den Grafen Bartolomeo d'Arcelli, dessen Bruder, die Carmagnola im Dezember des Vorjahres bei Genua in die Hände gefallen waren, vor aller Augen vor dem Tor Borgo Nuovos an den Galgen hängen ließ. Als Filippo d'Arcelli danach die Waffen streckte, gab Carmagnola die Stadt frei. Bartolomeo Colleoni musste fliehen, und Flucht ging gegen seine Ehre.*

1429, in der vollen Blüte seiner dreiunddreißig Jahre, sah sich Bartolomeo Colleoni, tapfer, draufgängerisch und auf Kampf aus, mit seinen vierzig Lanzen unter eben diesem legendären Condottiere in den Diensten der Seerepublik, der Carmagnola seit drei Jahren diente.

Colleoni brannte darauf, diesem berühmten Strategen seine Fähigkeiten und allen voran seine Tapferkeit zu beweisen, von denen ganz Norditalien – nicht nur die Damenwelt – schwärmte, und wie grenzenlos enttäuscht muss er gewesen sein, als er einen völlig anderen capitano generale *erlebte: lustlos, unentschlossen, zögerlich*

1431, im Winter, griff Carmagnola das Kastell von Soncino an, der von ihm bestochene Kastellan verriet ihn trotzdem an die Mailänder, und Carmagnola geriet in einen bösen Hinterhalt, aus dem er sich in erbittertem Kampf zurückziehen musste, seine Leichtgläubigkeit beklagend, tapfer unterstützt von Bartolomeo Colleoni, dessen Begabung und Tollkühnheit allenthalben gerühmt wurde, dessen Fähigkeiten Carmagnola aber nicht für sich und vor allem nicht für Venedig ausnutzte.

Er packte seinen Ordner ein und sah auf die Uhr. Wenn er sich jetzt beeilte, konnte er nach Soncino fahren und sich umsehen und dann von dort auf der Soncinese direkt nach Bergamo fahren, bevor er zum Jahreswechsel zu Hause erwartet wurde.

Mit seinem Vetter würde er im neuen Jahr versuchen, seinen Frieden zu machen, der war gleich nach Dienstbeginn am Morgen mit hohem Fieber wieder nach Hause gegangen.

Padova – Soncino sollte in anderthalb Stunden über die Autobahn zu machen sein. Er schaffte es sogar schneller und nahm die Abfahrt Manerbio, um von dort auf der Schnellstraße nach Orzinuovi zu gelangen. Hier befand er sich auf dem Gebiet der Martinenghi, einer alten, aus langobardischem Adel stammenden brescianischen Familie, deren verschiedenste Zweige viele Besitzungen zwischen Oglio und Serio besessen hatten, von denen ein Teil an Bartolomeo Colleoni fallen sollte, als der in die Familie einheiratete. Valle Colleonesco sollte man es später nennen, aber er eilte seiner, nein, Colleonis Zeit voraus.

Am 2. Mai 1431 entschloss sich Carmagnola nach reichlichem Zögern erneut, Soncino anzugreifen, aber so halbherzig, dass er zurückgeschlagen wurde.

Kein Wunder, dachte er, als er seinen Mercedes unterhalb der gewaltigen Festungsmauern abstellte: Diese trutzigen Rundtürme und himmelhohen Mauern sehen uneinnehmbar aus. Er schlug den Pelzkragen seines Mantels hoch. Ein kalter Wind pfiff durch den inzwischen ausgetrockneten, enorm breiten Burggraben, über dessen graugrünem Rasen sich die zum Teil zerstörten Bögen einer Brücke wölbten.

Soncino hatte bei der Grenzsicherung Mailands gegenüber Venezia eine Schlüsselstellung innegehabt. Hier wurde mehrfach um den freien Zugang nach Crema und auch nach Cremona erbittert gerungen.

Carmagnolas Offiziere waren von Carmagnolas Haltung enttäuscht und ratlos gewesen, und Bartolomeo Colleoni beratschlagte mit seinen beiden Freunden Guglielmo Cavalcabò und Mocenigo da Lugo, was zu tun sei.

Nachdem er das Burgtor der Festung Soncino, die von den Visconti unglaublich gut befestigt worden war, jetzt am letzten Tag des Jahres natürlich geschlossen vorgefunden hatte, beschloss er nach einem Blick auf seine Uhr, doch noch einen Abstecher nach Cremona zu unternehmen.

Cremona hatte nicht nur berühmte Geigenbauer beherbergt, sondern mit seiner strategisch günstigen Lage schützte es den Übergang am Fluss Po.

Am 17. Oktober 1431 ergab sich für die drei jungen Offiziere Carmagnolas endlich eine glänzende Gelegenheit, zu beweisen, dass sie zu Großem fähig waren. Das Heer des venezianischen capitano generale sollte auf Geheiß der Serenissima Cremona erobern und damit den Visconti weiter nach Westen zurückdrängen, aber, wen wundert's?, Carmagnola wartete erst einmal ab.

Guglielmo Cavacalbò, ursprünglich aus Cremona stammend, sein Vater Ugolino Cavacalbò war signor von Cremona gewesen, wollte seine Vaterstadt wieder in venezianischen Händen sehen und erhoffte sich, wie er leider feststellen musste: vergeblich, Unterstützung von der Bevölkerung. Dazu der vor Unternehmungslust berstende Bartolomeo Colleoni und der ebenso draufgängerische junge Mocenigo da Lugo. Sie warteten nicht ab; in einem Überraschungsangriff stürmten sie mit ein paar ausgesuchten Männern ihrer Lanzen und langen Leitern die Rocca di San Lucca und besetzten sie in einem Handstreich, nicht ahnend, dass diese Unternehmung der letzte entscheidende Riss in dem Bild des ehemals so gerühmten tapferen und strategiebegabten Carmagnola werden sollte, sie sollte sie jedenfalls zu den legendären Helden von der Rocca di San Luca machen.

Drei Tage lang hielten die drei unermüdlichen jungen Offiziere die Rocca di San Lucca, schickten Boten auf Boten um Verstärkung, dann um Hilfe, aber Carmagnola rührte sich einfach nicht, und erst am dritten Tag unterstützte Carmagnola sie auf eine Weise, dass Colleoni, da Lugo und Cavacalbò in letzter Minute erschöpft und verwundet zähneknirschend und voller Wut den Rückzug antreten konnten.

Wo blieb der Mut des ach so gepriesenen Bauernsohns aus Carmagnola? Die provveditori* im Lager Carmagnolas witterten Verrat und berichteten Venedig ausführlich das unverständliche Verhalten ihres Feldherrn, wahrscheinlich habe es Absprachen mit dem Visconti gegeben.

Als Carmagnola unter Vortäuschung einer Einladung durch den Dogen nach Venedig gelockt wurde und er ihr ahnungslos folgte, war sein Schicksal besiegelt. Er wurde verhaftet, gefoltert, des Hochverrats angeklagt und in einem spektakulären Verfahren zum Tode verurteilt und enthauptet.

Seine Offiziere meuterten nicht und ließen sich widerstandslos auf einen neuen Generalkapitän vereidigen, sie mussten maßlos enttäuscht gewesen sein von dem Mann, dem sie zum Teil jahrzehntelang treu gefolgt waren.

Auch Bartolomeo Colleoni mag nicht allzu betroffen reagiert haben, einmal in Erinnerung an die Grausamkeiten seinem ersten Dienstherrn d'Arcelli gegenüber und zum anderen, weil er sich zusammen mit seinen beiden Freunden von seinem Feldherrn bei Cremona in Stich gelassen gefühlt hatte. Colleonis Freundschaft mit Cavacalbò dauerte an, der fünf Jahre ältere Cavacalbò sollte einer seiner tapfersten Gefolgsleute werden, bis er 1441 bei der Verteidigung Brescias schwer verwundet starb.

Colleoni genoss das Vertrauen der Serenissima, die provveditori hatten nur Gutes über ihn zu berichten, sie lobte ihn wegen seiner Tapferkeit und überließ ihm die Führung weiterer vierzig Lanzen, die er dem Kommando des neuen Generalkapitäns Frederico Gonzaga, des Herzogs von Mantua unterstellte.

Wie vielen Herren habe ich eigentlich schon gedient?, fragte er sich und warf einen letzten Blick auf die *Rocca di* San Lucca. Colleoni war immer sein eigener Herr gewesen und hatte sich seine Unabhängigkeit stets bewahrt. Warum gelang es ihm nicht? Mein Vetter hat es leichter, für ihn gibt es nur eines: Den codice civile. Ich muss mit ihm reden, er muss mir vertrauen! Schließlich habe ich ihm nicht umsonst das Leben gerettet.

---

* Venezianische Verwaltungsbeamte, eine Überwachungsinstanz für die *condottieri*.

»Colonnello?«, er schrak zusammen, wer konnte ihn hier kennen?, der junge Mann jedenfalls war ihm gänzlich unbekannt. »Dieser Brief ist für Sie.«

Und schon war er verschwunden.

Sie mussten ihm gefolgt sein, oder sie hatten sein Handy geortet.

Er riss den Brief auf. Ein neuer Befehl, ein neues Jahr. Er musste vorsichtiger sein.

kapitel 6
veneto/winter 2002

Padova: Januar 2002

er *XX. Gennaio* hatte einen hohen Blutzoll zahlen müssen. Bei der Geländeübung der Armee wurden insgesamt fünf Leichen gefunden, aber nur einen Toten hatte eine Polizeikugel tödlich verletzt.

Einen Terroristen hatte Luciano in Notwehr getötet; sie hatten den Fehler begangen, Luciano die Hände mit Kabelbindern vor dem Bauch zusammenzuschnüren, und als der ihn bewachende Terrorist den Befehl über sein *telefonino* erhielt, den *questorino* zu liquidieren, hatte der die Flucht nach vorn angetreten, dem ihm den Rücken zudrehenden Terroristen die gefesselten Arme um den Hals gelegt und ihm dabei den Kehlkopf eingedrückt. Nach dieser Kraftanstrengung waren sie beide zu Boden gesackt, tot der eine, der *questorino* bewusstlos.

Die anderen drei toten Terroristen waren zwar auch von Polizeikugeln getroffen, waren aber von den eigenen Leuten auf dem Rückzug liquidiert worden, da waren sich die Pathologen ganz sicher. Bis auf einen notorischen italienischen Drogendealer konnte keiner von ihnen identifiziert werden.

Henry Salzmann wieselte überall herum und wurde auf Gabrièllas *Gennaio*-Diskussionsrunden ebenso gesehen wie auf anderen studentischen Veranstaltungen, entweder sah man ihn mit Ari Hirschfeld oder mit George Hunter.

Irgendetwas war anders geworden an *Il Bò*, aber keiner der Beteiligten konnte die atmosphärischen Änderungen benennen, nur dass etwas in der Luft lag.

Bartolomeo Coglione wiederum durfte als offizieller Terrorspezialist der *questura* an gewissen Krisensitzungen teilnehmen, hielt sich aber erstaunlich im Hintergrund, bis David Salzmann eines Morgens von ihm angerufen wurde.

»Sie schon wieder!«, war Davids nicht ganz erfreut klingende Begrüßung.

Sie hatten nach ihrem Einsatz für den *dirigente* der *squadra omicidi* Ende des vergangenen Jahres keinen Kontakt mehr miteinander gehabt.

»Ja, ich schon wieder! *Alles für den Staat, nichts gegen den Staat, nichts außerhalb des Staates!* Stimmen Sie mir wenigstens hierbei zu?«

»Das klingt wieder nach Ihrem geliebten Benito; ich glaube, wir beenden das Gespräch lieber.«

»Warten Sie! Ja, Mussolini sprach diese für Ihr Land und für mein Land zutreffenden Worte, übrigens am 26. Mai 1927 vor der Deputiertenkammer.«

»Was wollen Sie mir sagen, *colonnello*?«

»Es gibt Kräfte, die bekommen ihr Gehalt von dem Staat, gegen den oder außerhalb dessen sie operieren.«

»Geheimdienste?«

»*Signorsi, maggiore!*«

»Aber Sie wollen mir nicht sagen, welche?«

»Wollen schon, aber … Doch weswegen ich eigentlich anrufe: Passen Sie auf Ihr Mädchen auf!«

David reagierte äußerst ungehalten.

»Wenn Sie mir unterjubeln wollen, dass Gabrièlla gefährlichen Umgang hat, muss ich Sie enttäuschen. Das weiß ich! Er ist genau so gefährlich wie meiner, aber das ist unsere selbst gewählte Aufgabe, und wir finden uns ganz erfolgreich!«

»Das sind Sie auch. Nein, ich meinte es anders, oder wenn Sie so wollen, David, ganz wortgetreu: Passen Sie auf Ihr Mädchen auf!«

»Sie meinen, die Schlapphüte wollen sie kaltstellen?«

»Ganz kalt!«

»Danke, *colonnello*!«, und nach einer kleinen Pause fügte er mit ein bisschen Übermut in der Stimme hinzu: »Ach, übrigens, wie finden Sie dieses Zitat:

Die Schwachen kämpfen nicht,
die Stärkeren kämpfen vielleicht eine Stunde.
Die noch stärker sind,
kämpfen viele Jahre.
Aber die Stärksten kämpfen ihr Leben lang.
Diese sind unentbehrlich.«

Am anderen Ende der Leitung blieb es einen Augenblick still und David grinste in sich hinein, er hatte inzwischen erfahren, dass mindestens die Hälfte von Bartolomeo Cogliones faschistischem Gehabe Tarnung war, über die andere Hälfte musste man noch nachdenken; jetzt stellte er sich vor, wie die kleinen grauen Zellen des *colonnello* rotierten, und dann kam dessen ein wenig ratlose Antwort.

»Ich dachte, ich kenne alle Zitate von Benito und wann und wo er sie abgelassen hat, aber das?«

»Wann und wo kann ich Ihnen auch nicht sagen, aber wer! Es war ein deutscher Kommunist, Bertolt Brecht!«

»O!«

Bartolomeo Coglione klang ein wenig eingeschnappt.

»Ja, dann *ciao*!«

Gabrièlla kam gähnend aus dem Schlafzimmer, außer dem viel zu großen Oberteil von Davids Schlafanzug trug sie nichts, und als sie sich nun reckte, bekam David eine kleine Gänsehaut, es sah zu verführerisch aus, was da unter seiner seidenen Schlafanzugjacke hervorsah.

»Wer war das?«

Wenn sie so halb wach war, schnurrte sie wie eine Katze.

»Der Terrorspezialist der *questura*.«

»Roberto?«

»Nein, der offizielle, *colonnello* Coglione.«

»Der Faschist! Was wollte er?«

»Mit dem Faschisten bin ich mir nicht mehr so sicher, aber er wollte uns warnen. Er meinte, ich solle …«

In diesem Moment hämmerte es an die Appartmenttür.

»Polizei! Aufmachen!«

Gabrièlla huschte ins Schlafzimmer zurück, und David ließ sich Zeit mit der Antwort, legte die Sicherungskette vor und öffnete einen Spalt.

Zwei Uniformierte standen davor, George Hunter hielt sich im Hintergrund.

»Wir suchen Gabrièlla El-Atasoy!«

»Weshalb?«

Die beiden Uniformierten drehten sich Hilfe suchend zu dem *Firma*-Agenten um.

»Sie soll verhaftet werden!«, bellte der, und David überlegte, ob er den Mann schon ein einziges Mal normal hatte sprechen hören.

»Dann zeigen Sie mir den Haftbefehl!«

Wieder drehten die beiden sich um.

»Wird nachgeliefert! Es ist Gefahr im Verzug!« Wieder dieser arrogant rüde Tonfall.

Unter anderen Umständen hätte David die Situation, in der sich zwei amerikanische Staatsbürger auf Italienisch angiften, komisch gefunden.

»Frau El-Atasoy steht unter meinem persönlichen Schutz, Mr. Hunter, und das wissen Sie genau!«, blaffte David seinerseits den anderen auf Amerikanisch an.

»Eigentlich soll Ihre Freun… Frau El-Atasoy uns nur bei der Identifizierung der erschossenen Terroristen behilflich sein. Vielleicht kennt sie den einen oder anderen aus ihrem Debattierclub.«

»Sie bitten also Frau El-Atasoy um Hilfe? Ich höre.«

Davids Tonfall troff vor Ironie. George Hunter knirschte hörbar mit den Zähnen.

»Ja, wir ersuchen Frau El-Atasoy um Hilfe bei der Identifizierung der toten Terroristen.«
»Gut, ich werde es ihr ausrichten. Wohin sollen wir kommen?«
»Sie brauchen sich nicht zu bemühen, Salzmann, die Frau reicht.«
Wieder dieser arrogante Ton. David schüttelte den Kopf.
»Meine zukünftige Frau und ich gehen keine getrennten Wege mehr«, sagte er mehrdeutig. »Wir machen am besten einen Termin mit dem Leichenschauhaus. *Arrivederci*!«, rief er und schloss die Tür.

Padova: Mittwoch

Gabrièlla war den Tränen nahe, bis auf den der Drogenszene nahestehenden Italiener, der auch schon als *spacciatore di droga** Mario Marrone identifiziert war und den Luciano in Notwehr getötet hatte, kannte sie alle anderen aus ihrem Debattierclub *Gennaio*, die gleichzeitig auch Mitglieder des *XX. Gennaio* waren.

»Nicole«, sagte sie tonlos, »Nicole Drizza, medizinische Fakultät. Fabio Chiarazione, philosophische Fakultät. Naamad Al Fasshi, politische Wissenschaften. Hammoud Al-Hayek, Physik.«

Ari Hirschfeld, Silvio Capucchio und George Hunter standen der Größe nach aufgereiht hinter einem Seziertisch und schienen zufrieden. Wie auf Kommando verließen sie den Raum, und die vier Verbleibenden, der Pathologe, Coglione, David und Gabrièlla, atmeten auf.

Sie verbarg ihr Gesicht an Davids Brust, sie beide wussten, dass diese Leben ohne Grund ausgelöscht worden waren, nur weil der italienische *Il Primo* und vielleicht auch der arabische *Il Primo* das so geplant hatten, nachdem die Liquidierung des Marchese nicht geklappt hatte. Immerhin waren sie als Märtyrer gut zu gebrauchen.

»Mir ist schlecht«, murmelte sie und sah den Pathologen bittend an, »wo ist hier die Toilette?«

Er zeigte sie ihr und kehrte zurück.

»Dann lassen Sie uns die Formalitäten erledigen«, sagte er seufzend und zog vier Formulare mit jeweils drei Durchschlägen aus einer Schublade. »Nutzen wir die Zeit, bis die junge Dame wiederkommt.«

Aber sie kam nicht wieder, und als David schließlich misstrauisch wurde, war es schon zu spät.

In der Damentoilette hing noch ein Hauch von Betäubungsspray, sonst fehlte von Gabrièlla jede Spur.

---

* Drogendealer.

»Himmel und Hölle!«, fluchte Bartolomeo Coglione. »Unter unseren Augen! Und wir Idioten merken nichts! Kommen Sie mit, David!«

Ohne sich darum zu kümmern, ob der junge Mann ihm folgte, stürmte er aus dem Raum. Eiseskälte ergriff David, er zögerte einen Moment, dann folgte er dem *colonnello* zu seinem dunkelgrauen Mercedes.

Padova: Freitag

Roberto erinnerte sich an die erste Januarwoche nur verschwommen, am Morgen nach seiner Rettung wachte er mit hohem Fieber auf, offensichtlich hatte ihn die grassierende Grippewelle gepackt, beschleunigt durch die Unterkühlung im Steinbruch.

Wie unfair, dachte er, ich sollte Giulia eine Stütze sein, und nun bin ich ein Totalausfall, belaste sie auch noch mit mir und sehe zu, wie sie mit Umbertos und Ginas Hilfe die Wohnung umräumt.

Als Roberto trotz Giulias Einwände, er solle die Grippe auskurieren, zu früh in die *questura* zurückkehrte, bereute er es sofort: Dall'Aria hatte ihm nämlich die unangenehme Aufgabe übertragen, David Salzmann zu verhaften, ausgerechnet jenen Mann, dem er sein Leben verdankte und dies noch nicht mal sagen durfte; die Staatsanwältin *dottoressa* Bianginale begleitete ihn.

Was passiert sei?, fragte er sie.

Dieser wild gewordene amerikanische Student sei am Gardasee in der Nähe von Sirmione in das Haus eines italienischen Beamten vom Inlandsgeheimdienst eingedrungen und habe ihn fast totgeprügelt, schließlich läge Silvio Cartucchio nicht aus Jux und Dollerei auf der Intensivstation in Brescia, und einen zweiten Beamten habe er ebenfalls krankenhausreif geschlagen und anschließend die Besatzung des eintreffenden Rettungswagens mit der Waffe gezwungen, seine Freundin aufzunehmen und über die Autobahn nach Padova zu bringen, wo er sie im Hospital der Barmherzigen Schwestern abgeliefert und die Ärzte gezwungen habe, sie zu behandeln.

Er solle ein Sondereinsatzkommando beordern, damit nicht noch mehr italienische Beamte in Gefahr kämen; *colonnello* Coglione sei schon vor Ort, und der Amerikaner bedrohe zur Zeit die Ärzteschaft des Klosters mit einer Pistole.

Zum ersten Mal in seinem Leben war Roberto über die Anwesenheit seines Vetters insofern erfreut, als er hoffte, von ihm vielleicht Genaueres zu erfahren.

Auf das Sondereinsatzkommando wolle er verzichten, sagte er dem *questore*, er kenne David Salzmann und wolle mit ihm verhandeln.

Dall'Aria zuckte mit den Schultern, die Strategie müsse er mit der Staatsanwältin absprechen, machte aber keinen unzufriedenen Eindruck, was sicherlich nicht daran lag, dass sein *dirigente* wieder gesund war, sondern an dem von der Presse als entscheidenden Schlag gegen den Terrorismus des *XX. Gennaio* gefeierten Sieg in den euganeischen Hügeln, wobei die *questura* und ihr *questore* besonders lobend erwähnt wurden.

Dottoressa Bianginale erwartete Roberto vor dem Kloster mit dem Haftbefehl. Sie verständigten sich darauf, sich erst einmal Klarheit über die Situation zu verschaffen. Als Erstes trafen sie gleich hinter der Pförtnerloge Julia. Roberto machte die beiden Damen miteinander bekannt. Giulias Anwesenheit in dieser prekären Situation war ihm gar nicht recht, aber sie erklärte ihm, sie sei heute zufällig zur Kontrolluntersuchung mit den Zwillingen hier und fragte ihn, ob er schon von der schrecklichen Sache mit Gabrièlla gehört habe.

»David ist bei ihr. Wie können Menschen nur so etwas tun, Roberto? Mit einem Polizeischlagstock! Um ein Haar wäre sie verblutet! Wenn David sie nicht befreit hätte, wäre sie jetzt tot. Deswegen seid ihr doch hier, oder?«

»Ja.«

Dottoressa Bianginale tat unbeeindruckt.

»Und zwar, um David Salzmann zu verhaften.«

»Nein!«

Julia baute sich vor der Krankenzimmertür auf und versperrte ihnen den Eintritt.

»Doch, Giulia. Bitte lass uns vorbei. Er hat zwei Menschen schwer verletzt und einen Krankenwagen entführt.«

So unwohl hatte Roberto sich selten in seiner Haut gefühlt, und er ahnte, dass Giulia ihm sein Verhalten verübeln würde.

»Und jetzt bedroht er das Pflegepersonal mit der Waffe.«

»Er bedroht keinen!«, sagte sie mit Bestimmtheit, »und seine Pistole hat er deinem Vetter gegeben.«

Wortlos öffnete sie die Tür und trat mit ihnen ein. Gabrièlla hielt die Augen geschlossen, David saß an ihrem Bett und kehrte ihnen den Rücken zu.

»Sie müsste in den nächsten Minuten aus der Narkose aufwachen«, flüsterte Giulia der Staatsanwältin zu, »warten Sie wenigstens so lange.«

Roberto trat hinter David und legte ihm die Hand auf die Schulter. Als David zu ihm aufblickte, sprach so viel Qual aus seinem Blick, dass er ihm leidtat und er sich zu gern seiner Pflicht entzogen hätte, aber wusste, dass er das nicht konnte.

»Ich komme schon freiwillig mit, Roberto«, sagte David. »Wenn sie aufwacht und mich sieht, wird sie wissen, dass sie in Sicherheit ist. Ein paar Minuten, bitte! *Parola d'onore*, ich laufe nicht weg, ich werde für das, was ich getan habe, bezahlen.«

Roberto blickte fragend zur Staatsanwältin, die mit den Schultern zuckte, so als wolle sie ihm die Entscheidung überlassen. In diesem Augenblick trat Bartolomeo Coglione ein und winkte sie nach draußen.

»Okay, Davide. Giulia, kommst du mit hinaus?«

Roberto war mit sich uneins, ob sie David ohne Polizeibewachung zurücklassen könnten, aber sein Vetter schien keine Zweifel zu haben und wirkte ungeduldig.

»Ich zeige euch ein kleines Besprechungszimmer.«

Da Julia sich hier gut auskannte, führte sie sie zielsicher den Gang hinunter. Hoffentlich erfuhr Roberto nicht, dass sie schon wieder Termine mit Fra Ioannis abgesprochen hatte, spätestens Mitte Februar wollte sie ihre Ausbildung fortsetzen – und ließ die drei allein.

»Zwei Tage war sie in der Gewalt dieser Sadisten«, berichtete *colonnello* Coglione, »und der ständig besoffene Cartucchio hat voller Freude mit angesehen, wie zwei seiner Schergen – einer ist leider entkommen – die junge Frau mit einem Polizeiknüppel immer wieder vergewaltigt und sie mit Drogen geflutet haben. Ein Wunder, dass sie noch lebt. Irgendwie hat Salzmann ihre Spur aufnehmen können und mich informiert, aber bevor ich am Lago di Garda ankam, hatte er schon mit dem Ausmisten dieses Saustalls begonnen. Ich konnte ihn nur noch vom Äußersten abhalten, obwohl diese beiden den Tod mehr als verdient gehabt hätten. So wahr ich hier stehe, die kommen vor Gericht! Lässt sich die Verhaftung Salzmanns nicht verhindern?«

»Nein!«

Dottoressa Bianginale schüttelte den Kopf, bedauernd zwar, aber bestimmt.

»Und wenn er sich durch Flucht …«

Coglione ließ den Satz unvollendet.

»Nein!«

Roberto schüttelte den Kopf, ebenfalls bedauernd, aber kompromisslos.

Julia steckte den Kopf durch die Tür.

»Telefon für die Staatsanwältin, gleich hier auf dem Flur.«

Handys waren hier im Hospital strengstens verboten. Nach einer geraumen Weile kam sie zurück.

»Das Innenministerium!«, ihr Kopf glühte, »da keine Verdunkelungs- oder Fluchtgefahr besteht, sei der Haftbefehl gegen Salzmann wieder aufgehoben. Der zuständige Richter hat dies bereits in die Wege geleitet! Wir sollen in Richtung Notwehr ermitteln! Hoch lebe die unabhängige, italienische Justiz!«

»Klasse!«, konnte sich Coglione nicht enthalten zu bemerken.

»Und Cartucchio und sein Adlatus sind in ein Gefängnishospital verlegt worden, mit offiziellem Haftbefehl. Man wird Anklage erheben«, informierte sie die beiden Polizisten.

»*Dio mio laudate*«, Coglione freute sich sichtlich und rieb sich die Hände, »das rehabilitiert unseren *Betrieb*! Heute hat die Gerechtigkeit über das Recht gesiegt!«

»Ich wünschte, das wäre identisch«, murmelte Roberto und registrierte das Wörtchen *unseren*. »Ich sag's eben noch David. Wartest du auf mich, Claudia?«, bat er die Staatsanwältin und ging.

»So, Sie kennen Roberto offensichtlich näher«, sagte Coglione.

»Wir haben zusammen studiert«, sagte die Staatsanwältin mit einem feinen Lächeln, »aber nicht nur!«

Wieder steckte jemand den Kopf zur Tür herein: Henry Salzmann.

»Ich hab gehört, mein Vetter ist in Schwierigkeiten?«

»Zu spät, *spia**. Hat dich die *Firma* geschickt?«

»Mein eigenes Netzwerk!«, antwortete Henry Salzmann mit offenem Lächeln, und seine beiden verschiedenfarbigen Augen strahlten um die Wette.

»Dann pass nur auf, dass du dich darin nicht selbst verfängst!«

Roberto betrat leise das Krankenzimmer und war von dem Anblick, der sich ihm bot, ziemlich überrascht. Giulia hatte einen Arm um Davids Schultern gelegt und fuhr zurück, als sie ihren Mann sah.

»Gabrièlla war eben eine ganze Zeit lang wach und hat uns erkannt und mit uns gesprochen,« sagte sie.

David stand auf und kreuzte die Hände, als warte er darauf, dass Roberto ihm Handschellen anlege.

»Sie haben mächtige Freunde, Davide«, sagte Roberto und spürte einerseits Erleichterung, dass er den jungen Mann, dem er so viel verdankte, nicht verhaften musste, aber andererseits spürte er eine Welle von Eifersucht in sich hochsteigen, »der Haftbefehl ist außer Kraft gesetzt.«

Ich verdanke ihm mein Leben, dachte Roberto mit Bitternis, zahlt nun Giulia meine Schulden, obwohl sie gar nicht weiß, dass ich welche bei ihm habe?

David setzte sich wortlos wieder, ergriff Gabrièllas Hand, und es war, als sei nur er mit ihr allein im Raum.

»Wir hatten es fast geschafft, *fiordaliso mio*****«, murmelte er, »unsere *stille Strategie* hat schon einige Leben gerettet. Aber sie wollen gar nicht,

---

* Spion.
** Meine Kornblume.

dass wir Erfolg haben, sie wollen immer wieder nur die *strategia della tensione*, wie in *Ustica*!«

Julia folgte ihrem Mann auf den Flur.

»Was ist das, *strategia della tensione*?«

»Das war bis weit nach 1980 eine Strategie der Rechten im Dienste des Staatsapparates, um die Bevölkerung absichtlich in Unruhe und Angst vor einem Ausnahmezustand und der Bedrohung durch den Kommunismus zu halten.«

»Warum?«

»Damit die Bevölkerung bereit war, einen Teil ihrer persönlichen Rechte im Austausch für größere Sicherheit aufzugeben. – Und genau den Zustand versuchen rechte Kräfte nach dem 11. September erneut herzustellen.

Der Justizminister möchte zum Beispiel Polizeiarreste ohne formelle Anklage von zwölf auf vierundzwanzig Stunden ausdehnen, Hausdurchsuchungen sollen erleichtert werden und E-Mail- und Telefonlisten fortan nicht nur sechs Monate, sondern unbegrenzt archiviert bleiben.«

»Müssen wir denn wirklich Angst haben, Roberto?«

»Angst nicht, aber wir müssen aufmerksam sein, und wie schon beim letzten Mal kommt die Gefahr nicht von links, wie man uns suggerieren will.«

»Und der *XX. Gennaio*? Gehört der zu den gefährlichen Islamisten?«

»Ach, der *XX. Gennaio*! Wenn es den überhaupt gibt. Die wirklich gefährlichen fundamentalistischen Islamistengruppen glauben sie in Torino und Milano gesichtet zu haben. – Wie kommst du mit den Giuliettas nach Hause?«

»Ich habe den Firmenwagen von Francesca und Carlo.«

Padova: Freitag

Carlo Terzetti hatte mehrfach versucht, Roberto allein zu treffen, nie hatte es geklappt. Immer war jemand dazwischen geplatzt, ein Kollege, eine Sekretärin, oder Roberto hatte ihn mit seinen langen Beinen einfach abgehängt. Schon seit Ende Oktober lief er mit einem mühlsteinschweren Problem herum. Erst hatte er geglaubt, das Richtige getan zu haben, Staatsinteressen standen auf dem Spiel, die innere Sicherheit war gefährdet, Terroristen bedrohten die Bevölkerung und den Staat, hatte man ihm suggeriert und eine Zeit lang hatte die Wichtigkeit, mit der er als Person behandelt worden war, ihm ausnehmend gutgetan. Aber sein Gewissen entwickelte ein Eigenleben und ließ ihn nicht schlafen, und seine Frau beklagte sich, dass nichts mehr zwischen ihnen lief, aber er konnte einfach seine Frau nicht lieben, weil sein Gewissen zwischen ihnen stand.

Du hast Beweismittel unterschlagen, flüsterte es, wenn er abends neben ihr im Bett lag und nichts mehr ging.
Nicht nur unterschlagen, flüsterte es am folgenden Abend, gefälscht! Du hast Beweismittel manipuliert!
Er hatte kein Geld dafür bekommen, sie hatten an seine staatsbürgerliche Gesinnung appelliert, aber je mehr Zeit verstrich, desto mehr verblasste sein ihm eingeredeter Patriotismus, und er kam gegen sein Gewissen in Beweisnot.
Dann half ihm der Zufall, weil der Marchese die Staatsanwältin gerade in dem Moment vor dem Gerichtsgebäude absetzte, als Terzetti herauskam.
»Kann ich Sie mitnehmen, *dirigente*?«, fragte Roberto. »Ich fahre zur *questura*.«
Er hatte mit dem Chef der ballistischen Abteilung schon öfter zu tun gehabt und schätzte dessen gründliche, wenn auch langsame Untersuchungen.
»Nichts lieber als das!«
Terzetti blickte sich wie auf der Flucht um, doch weit und breit gab es keine bekannte Menschenseele.
Als Carlo sich auf dem Beifahrersitz niedergelassen und die Tür geschlossen hatte, lief ihm das Herz über, und ein Redeschwall ergoss sich über den völlig überraschten Roberto.
Er ließ den Motor laufen und fuhr nicht an. Er ließ den anderen reden. Langsam formte sich ein Bild in seinem Kopf.
Als Terzetti mit Schweißperlen auf der Stirn endlich schwieg, standen sie schon ein ganzes Weilchen.
»Wenn ich Sie richtig verstanden habe«, fasste Roberto anschließend zusammen, »hat man Sie überredet, die Projektile, die aus Yochanan und Saul Garfinkels Körpern in Ihre Abteilung zur Begutachtung kamen, mit zwei Ihnen übergebenen zu vertauschen?«
»Ich habe es für meine staatsbürgerliche Pflicht gehalten, wegen der Terrorismusbekämpfung und so ...«
Seine Stimme verwehte.
»*Strategia della tensione*«, murmelte Roberto, »natürlich.«
»Und wenn ich nicht schweige, könnte meiner Frau etwas passieren, haben sie gesagt.«
»Wer sind *sie*, Terzetti?«
Roberto hatte kein Mitleid mit dem Mann, der sich erpressbar gemacht und seine Familie aus eigener Schuld in Gefahr gebracht hatte.
»Zwei Männer, Geheimdienstbeamte eben, unauffällig, klein und grau; gut gekleidet, ein Italiener und ein Amerikaner. Sie gaben mir zwei andere Projektile gleichen Kalibers, beide von derselben Waffe.

Sie waren aus einer Waffe abgeschossen, die schon einmal von Terroristen benutzt wurde, in Israel, nachweislich. Ich hab dahingehend ein Gutachten erstellt.«

»Ich habe es gelesen.«

Roberto dachte nach. Hier konnte er vielleicht den Beweis erbringen, dass Garfinkel von Kriminellen und nicht aus terroristischen Motiven ermordet worden war.

»Was haben Sie mit den beiden Projektilen gemacht?«

»Die sollte ich verschwinden lassen.«

»Und? Haben Sie?«

Der andere wand sich ein bisschen.

»Nein. Ich habe sie Ende November, als Gras über die Sache gewachsen schien, ballistisch untersucht und ein Gutachten angefertigt. Mir waren langsam Zweifel gekommen. Die Kugeln wurden übrigens aus zwei verschiedenen Waffen abgefeuert.«

»Und nun möchten Sie bei mir Ihr Gewissen erleichtern und das Gutachten loswerden?«

»Exakt! Sie wissen, meine Familie …«

»Bei mir ist es erst recht nicht sicher.«

»Bitte, Marchese …«

»Nun gut. Ich werde es jemand Verlässlichem zur Aufbewahrung geben und es zur gegebenen Zeit benutzen!«

»*Per amor di dio, no!*«

»Was wollen Sie dann von mir? Absolution? Dann gehen Sie lieber zum Pfarrer!«

»Aber mein Gewissen und mein Eid als Staatsdiener …«

»Ich nehme das Gutachten und die dazu gehörigen Kugeln nur dann an, wenn ich sie zur Wahrheitsfindung nutzen kann!«

»Aber, Marchese, meine Familie …«

Roberto zuckte mit den Schultern.

»Wenn sie die Maxime Ihres Handelns ist, sollten Sie den Dienst quittieren!«

»Ich habe nur noch zwei Jahre bis zu meiner Pensionierung …«, seine Sätze verwehten am Ende immer mehr. So, wie er sie nicht zu Ende brachte, ging es ihm auch mit seinen Gedanken. Er wollte sein Gewissen erleichtern, aber keine Konsequenzen ziehen.

»Sie haben das Gutachten nicht unterschrieben, Terzetti?«

»Natürlich nicht«, sagte er und fügte mit ganz leiser Stimme hinzu: »Ich habe die Ergebnisse in unseren Computer zum Vergleich eingegeben. Eine Waffe wurde schon einmal benutzt.«

»Und?«

»Im vergangenen Jahr wurde daraus geschossen. Auf Sie.«

»Angelo Longhis Waffe, die er dem Syndikatsboss Erasmo Saccardo geliehen hatte? Aber die liegt doch in der Asservatenkammer!«

»Lag. Sie ist verschwunden.«

Roberto war irritiert. Wer aus der *questura* hatte das getan? Gab es immer noch mindestens einen Mittelsmann dort, der mit dem *Colleoni*-Syndikat, der Nachfolgeorganisation des *Tre-Condottieri*-Syndikats, zusammenarbeitete?

»Schicken Sie mir Ihr Gutachten und das Projektil anonym zu, und ich halte Ihren Namen heraus. Das ist das einzige Angebot, das ich Ihnen machen kann.«

Der Ballistiker überlegte ein Weilchen und gab dann nach. Zwei Tage später lag ein gepolsterter Briefumschlag auf Robertos Schreibtisch. Er fand ihn vor seiner Sekretärin und ging damit zum *questore*.

Wiederum zwei Tage später gab die Pressestelle der *questura* zusammen mit der Staatsanwaltschaft eine Mitteilung heraus, dass die Morde an Yochanan und Saul Garfinkel dem Organisierten Verbrechen und nicht wie angenommen Terroristen zuzuschreiben seien. Nähere Angaben gab es nicht, weder über die entwendete Waffe, noch über manipulierte Beweismittel fiel ein Wort.

Die Geheimdienste standen im Regen, zumindest die *Firma* und der *Betrieb*. Bis zuletzt hatten sie versucht, Rebecca Garfinkels Aussagen zu ihrem letzten Telefongespräch mit ihrem ermordeten Mann als nicht glaubhaft hinzustellen. Die Kugeln gaben ihnen nun den Rest.

Hunter wurde zum Rapport in die Staaten zurückbeordert. *Colonnello* Coglione mied seinen Vetter und meldete sich nach Bergamo ab.

Padova: erste Januarhälfte 2002

Der Schock über Gabrièllas Zustand und was mit ihr geschehen war setzte erst richtig ein, als Julia am Nachmittag mit ihren beiden Töchtern in die Wohnung zurückkehrte, die sie eng, ungelüftet und unaufgeräumt empfing.

Wo war die Aufwartefrau? Gekündigt! Der Brief lag in der Post. Julia schälte die beiden Kleinen aus ihrer Winterkleidung und brachte sie ins Kinderzimmer. Hoffentlich blieben sie so friedlich wie im Augenblick, dachte sie, als es an der Tür klingelte.

Kjersti. Völlig aufgelöst. Der Chef der Disco, in der sie jobbte, hatte sie unter Druck gesetzt, Drogen zu verticken. Julia tröstete sie und schickte sie nach nebenan zu Umberto.

Und dann überfiel Michael seine Schwester noch ausgerechnet mit seinem Liebeskummer: Er habe seit Silvester nichts mehr von Gabrièlla gehört. Daraufhin schickte sie ihn zu Fra Ioannis, weil sie sich nicht in der Lage fühlte, ihm reinen Wein einzuschenken.

Am Dienstag, dem 15. Januar, musste Roberto dall'Aria zu einer einwöchigen Dienstreise nach Verona begleiten, Luciano fuhr mit, es war sein erster Arbeitstag.

Am Mittwochmorgen klingelte schon um 4:30 das Telefon, es war die siebzehnjährige Bianca Zanella, total verstört, ob sie zu Julia kommen könne? Natürlich. Vier Etagen nach unten, Haustür aufgeschlossen, da stand Bianca auch schon, das *telefonino* noch in der Hand, nur mit einem Mantel über dem Nachthemd, und das bei Minustemperaturen.

Der Hausherr ihrer Praktikumsfamilie hatte versucht, ihr in Abwesenheit der Hausfrau Gewalt anzutun. Julia wollte die Polizei anrufen, aber Bianca schluchzte voller Panik, dass ihr Vater das nicht erfahren dürfe.

Julias sonst so positives Weltbild löste sich in tief dunklem Zorn auf Männer auf: Die einen übten Gewalt gegen Frauen aus, die anderen waren nicht da, wenn man sie brauchte. Was würde Roberto an ihrer Stelle tun?

Die Zwillinge schrien, o Gott, so früh schon? Bianca schlief mit einer Beruhigungstablette versorgt auf der Couch. Julia stillte die beiden und wickelte sie. Kurz vor acht weckte sie Umberto und schilderte die Misere mit Bianca.

Biancas Bedränger hatte in der Zwischenzeit das Weite gesucht; seine Frau deckte ihn und bot ihnen Schweigegeld, worauf Umberto den Polizisten hervorkehrte. Schließlich verließen sie das Haus mit Biancas Sachen und einem von Umberto diktierten Zeugnis. Basta!

Anschließend schlief Bianca den ganzen Tag durch. Was sollte Julia mit ihr machen? Erst einmal abwarten.

Donnerstag, der 17. Januar, entwickelte sich zu einem trüben, trostlosen und feuchtkalten Tag und entsprach so ganz Julias Stimmung.

Was mache ich nur falsch?, dachte Julia deprimiert, andere junge Mütter mit noch weniger Geld sind doch trotzdem glücklich. Geldmangel allein kann es also nicht sein.

Langsam erwachte Bianca wieder zum Leben, half bei der Säuglingspflege und machte sich auch im übrigen Haushalt so unentbehrlich, dass Julia mit Schrecken an den kommenden Samstag dachte, wo Bianca, wenn Roberto zurückerwartet wurde, sie wieder verlassen wollte. Francesca konnte ihr auch nicht helfen, denn sie lag immer noch mit Grippe im Bett.

Padova: zweite Januarhälfte 2002

Waren es die sechs Grad über Null und der Sonnenschein, die Julias Lebensgeister wieder weckten?

Oder Biancas Wunsch, das Praktikum bei ihr fortzusetzen, die Haushaltsschule sei einverstanden, Kosten entstünden Julia keine. Bianca, das perfekte Kindermädchen, die wie ihre Mutter fantastisch kochte und Hausarbeit liebte!

Oder war es die Nachfrage bei der Bank, die den Eingang des Geldes aus Deutschland bestätigte? Die finanzielle Katastrophe fand also nicht statt.

Oder war es vielleicht der Anruf von der Kommune, dass die Elektrifizierung des *Ca'Vecchia* Brandolin im Februar stattfände? Ja, im Februar dieses Jahres, nicht wie angekündigt in zwei oder drei Jahren. Das bedeutete, dass der Umzug im März in den Bereich des Wahrscheinlichen rückte!

Oder war es das eingegangene Geld für die Gartenentwürfe aus dem letzten Jahr? Oder die Milde des Winters, die Clemente auch zu dieser Jahreszeit Aufträge bescherte und damit seine erste Überweisung auf Julias Konto ermöglichte? Mit einem Mal kehrte sich die finanzielle Notsituation um.

Möglicherweise lag es ja auch an dem Anruf des Managers aus dem TCCP, der ihr mitteilte, dass er Robertos montäglichen Tennistermin seit über einem Jahr frei gehalten habe, auch den winters in der Halle: Wenn *La Tedesca* es also wünsche, täte er dies auch weiterhin. David, der sie gerade besuchte, um ihr mitzuteilen, dass Gabrièlla am nächsten Tag entlassen würde, schlug ihr vor, dass doch sie beide spielen könnten. Perfekt! Und ob sie zum traditionellen *carnevale* Anfang Februar kämen?, fragte der Manager noch. Wunderbar!

Julias Zweifel, ob eine stillende Mutter Tennis spielen könne, erwiesen sich als haltlos. Während sie mit David Tennis spielte, fuhr Gabrièlla die Säuglinge im Park herum und himmelte sie geradezu an.

David erwies sich als ein ausgezeichneter Tennisspieler, während Julias Zwangspause schmerzlich ihre Trainingsdefizite verdeutlichte.

Julia konnte Robertos Rückkehr kaum erwarten, um ihm all die vielen Neuigkeiten mitzuteilen. Sie platzte fast vor Lebensfreude und Unternehmungslust und war schrecklich enttäuscht, als er von unterwegs anrief und ihr mitteilte, dass er gleich in die *questura* fahren würde, sie möchte doch nicht auf ihn warten.

Als er dann endlich am späten Sonntagabend erschien, küsste er sie zerstreut, betrachtete seine beiden Töchter voller Zärtlichkeit und schlief schon im Stehen.

Als Bianca früh am Montagmorgen erschien, war Roberto schon fort. Ein bisschen unfair fand sie sich: Roberto musste Überstunden über Überstunden machen, und sie vergnügte sich! So verschwieg sie ihm am Abend ihr Tennisspiel mit David. Aber als Roberto sie nach der vergangenen Woche fragte, kam es doch heraus.

Äußerlich merkte man ihm zwar nichts an, aber Julia kannte ihn gut genug und ärgerte sich über ihre unnötige Heimlichtuerei, denn er verschloss sich wieder und äußerte sich nicht.

Padova: Mittwoch

Noch bevor sie ihn gefragt hatte, wusste sie, dass er den *carnevale* in seinem Tennisclub nicht mitmachen würde. Nachdem der ursprüngliche mit Napoleons Eroberung von Venedig gestorben war, meinte Roberto abfällig, sei dieser 1980 unnötigerweise wieder künstlich ins Leben gerufen worden, jedenfalls könne er diesem Touristen-Konsum-Rummel in Venezia nichts, aber auch gar nichts abgewinnen.

»Und die traditionellen Veranstaltungen, wie die im TCCP?«
»Ebenso wenig!«

Um so erstaunter reagierte Julia, als ihr Mann einige Tage später so ganz nebenbei erwähnte, er habe sie beide, Michèle und ihre Freunde im TCCP angemeldet, er wolle ihnen dies melancholisch-nostalgische Erlebnis in traditionellen Kostümen nicht vorenthalten, es gehöre zum Veneto. Auf ihren erstaunten Gesichtsausdruck hin meinte er, sie müsse schließlich wieder aus ihren vier Wänden rauskommen. So richtige Lust zum Verkleiden verspürte sie als Norddeutsche nicht, sagte aber um seinetwillen zu.

Glücklicherweise löste sich das Kostümproblem: Francesca besaß eine Riesenauswahl, denn sie war eine Karnevalssüchtige, die in jedem Jahr unzählige Veranstaltungen besuchte.

Am folgenden Montag erzählte Julia Roberto, unnötigerweise, wie sie hinterher fand, dass sie an diesem Montag nicht mit David Tennis spielen würde, er sei verhindert. Seine fehlende Reaktion ließ sie unsicher werden. Was war nur los mit ihnen?

Jana und Jette begannen inzwischen, die verschiedensten Laute von sich zu geben. Meistens widmete sich Roberto, wenn er denn zu Hause war, nur ihnen. Merkte er denn gar nicht, wie toll ihr Haushalt seit Kurzem aussah und wie perfekt seine Hemden gebügelt waren? (Auch wenn es nicht Julias, sondern Biancas Verdienst war.)

Vergeblich wartete Julia auf eine anerkennende Bemerkung, damit sie ihm von den jüngsten Neuerungen im Haushalt und ihren weiteren Plänen erzählen konnte, aber er schwieg. Ob er ihr das gefälschte Protokoll immer noch nachtrug? Sie wagte ihn nicht zu fragen.

Wider Erwarten fand Julia am *carnevale* im TCCP am letzten Mittwoch im Januar viel Spaß. Er war überhaupt nicht vergleichbar mit den deutschen Karnevalsfeiern. Alle Gäste trugen alte, venezianische Kostüme und Halb- oder Ganzmasken.

Gabrièlla und Julia hatten einen ganzen Vormittag auf Francescas Dachboden im *Ca'Rosso* verbracht, um in den Truhen und Kisten passende Kostüme zu finden.

Nach außen hin hatte Gabrièlla ihre furchtbaren Erlebnisse gut verkraftet. Fast jeden Nachmittag besuchte sie Julia nach ihren Sitzungen bei einem Psychotherapeuten, zu denen David und sie sie überredet hatten.

Bei der Kostümanprobe auf dem Dachboden kicherte Gabrièlla wie ein Teenager, und Julia fragte sich immer wieder, wie es wohl in ihrem Inneren aussähe.

»Das Columbine–Kostüm steht dir am besten!«, hatte sie Julia überredet. »Beim *carnevale* schlüpfst du doch in eine Rolle, die du im wahren Leben nicht verkörperst.«

Für David suchte sie ein Harlekinkostüm aus und für sich ein strenges Schwarz-Weiß-Kostüm mit einer Vogelmaske.

Für Roberto blieb in seiner Größe nur ein Pagliaccio[*]-Kostüm übrig, in dem er äußerst melancholisch wirkte.

Obwohl die Tanzfläche ständig überfüllt war und man sich nur zentimeterweise voranschob, weigerte sich Roberto, mit seiner Columbine zu tanzen: Seine Kniebehinderung ließ ihn immer noch äußerst empfindlich reagieren, und sie drängte ihn nicht.

Dafür drängte er sie aber, mit Michèle und David zu tanzen, was sie eher sehr verhalten tat, aber als ihr Pagliaccio sie bestärkte, sich zu amüsieren, tanzten die beiden sie schwindelig, als die Tanzfläche zu vorgerückter Stunde leerer wurde.

Zwischendurch musste Julia zum Stillen nach Hause, nach ihrer Rückkehr merkte sie, wie eifersüchtig Roberto auf David reagierte, merkwürdig, denn sie sah in ihm wirklich nur einen guten, ausgesprochen hilfsbereiten Freund, der fest an Gabrièlla gebunden war.

Über das erneute Tanzen vergaß sie aber Robertos Eifersucht wieder und war wie trunken vom *carnevale*. Nie hätte sie geglaubt, dass er ihr so viel Vergnügen bereiten würde, während ihr Mann mehr als üblich dem Alkohol zusprach.

Auch auf dem Rückweg blieb ihr Pagliaccio düster und schweigsam.

---

[*] Bajazzo.

Er lebt seine Rolle, dachte sie übermütig, aber ich könnte nie eine Columbine sein.

Er hatte viel zu viel getrunken und eine abweisende Miene aufgesetzt. Zu Hause explodierte er und machte ihr Vorwürfe. Sie habe ihn lächerlich gemacht, habe wie eine Wilde mit den jungen Männern getanzt und geflirtet, und mit David habe sie heimlich das Fest verlassen.

Er würde sich am nächsten Morgen für seinen Ausbruch hassen, warum also jetzt widersprechen und seinen Zorn anheizen? So schluckte Julia die Ungerechtigkeiten hinunter. Vielleicht tat es ihm gut, Dampf abzulassen, meistens fraß er alles in sich hinein.

Er holte sich ein großes Glas mit Grappa, starrte hinein, schüttete den Inhalt hinunter und sah ins leere Glas, das plötzlich in seiner Hand zersplitterte. Geistesabwesend blickte er auf das Blut, das von seiner Hand auf den Teppich tropfte.

Julia nahm ihre Maske ab, holte wortlos Verbandszeug und eine Pinzette und kniete sich vor ihn; sie öffnete seine verkrampfte Hand, zog die Splitter vorsichtig mit der Pinzette heraus, desinfizierte die vielen kleinen Schnittwunden und verband sie ihm.

Ohne aufzublicken sagte sie:

»Es gibt Tausende von großen, gut aussehenden, jungen und sportlichen Männern auf der Welt. Ich wollte keinen von ihnen, nur dich, Roberto! Glaubst du mir das?«

Nun sah sie zu ihm auf und traurig antwortete er:

»Ich kann es nicht begreifen, Giuli, was du an mir findest! *L'anima mia*, ich habe dauernd Angst, dich zu verlieren!«

Padova: Mittwoch

Eine Woche nach dem *carnevale* im TCCP eskalierte Robertos Eifersucht. Nachdem sich Julia in dieser Zeit fast jeden Nachmittag mit Gabrièlla und David getroffen hatte, traf David eines Nachmittags allein und entgegen seiner sonst zur Schau gestellten Leichtlebigkeit äußerst ernst, fast tiefsinnig und bedrückt ein.

»Du wirst uns einige Zeit nicht mehr sehen«, sagte er und trat an den Schreibtisch, auf dem ein neuer Gartenentwurf für eine Villa bei Lonigo lag, »aber du brauchst mich und mein Auto ja nicht unbedingt mehr.«

»Warum nicht?«

Julia holte die beiden kleinen Kapuzenjacken für Jana und Jette. Nach dem Mittagsschlaf wollte sie mit ihnen in den Botanischen Garten.

»Und was das Dich-Brauchen betrifft: Du könntest mir ruhig weiterhin den Kinderwagen aus dem Keller und wieder hinuntertragen!«

»Es läuft nicht alles so, wie wir es geplant haben an *Il Bò*.«
David nahm eine von den großen Architektenrollen aus der Halterung hinter dem Schreibtisch.
»Und was bewahrst du hier drin auf?«
»Gartenentwürfe. Du hast gerade den vom Conte Berini in der Hand. Aber ich komme damit nicht weiter. Er will nur einen Entwurf von mir, weil es im Augenblick hip ist, sich von der Schwiegertochter der Marchesa Visian einen Garten entwerfen zu lassen. Er muss warten. Ich arbeite jetzt wieder morgens ein paar Stunden im Hospital, da bleibt kaum Zeit, auch wenn Bianca mir die meiste Arbeit abnimmt. – Aber was ist los an *Il Bò*?«
»Der *XX. Gennaio* ist kurz vor dem Verenden«, sprach David wieder leichthin, »und die letzten Zuckungen könnten noch einmal gefährlich werden. Wir möchten deinen Mann nicht verärgern und eure Familie nicht gefährden! Wenn alles vorbei ist ... O, Pardon!«
Er hatte die Rolle in den Händen gedreht und sie fallen lassen. Dabei war der Deckel abgesprungen und zunächst einmal spurlos verschwunden, sodass sie ihn gemeinsam suchten. Als sie ihn endlich gefunden hatten, klemmte David ihn wieder auf die Rolle und steckte sie in die Halterung zurück, dabei drehte er sich zu der neben ihm stehenden Julia und stemmte seine Hände direkt neben ihrem Kopf an die Wand.
Ihre Augen waren ganz nahe beieinander, und Julia fühlte sich unbehaglich.
»Du bist mein Traum, Julia, du und deine ...«
»Lassen Sie sofort meine Frau los!«, ertönte Robertos schneidende Stimme von der Tür.
David zog umgehend seine Arme zurück und drehte sich zu Roberto um, der mit zornesdunklen Augen in der Wohnungstür stand.
Normalerweise verabscheute er jede Form von Gewalt und hasste sich für die seltenen Ausbrüche von Jähzorn, in der er die Kontrolle verlor.
Julia beeilte sich, zwischen die beiden Männer zu treten. Gegen den durchtrainierten Karatekämpfer David hatte Roberto keine Chance, und eine Niederlage in ihrer Gegenwart wollte sie um jeden Preis verhindern.
In diesem Moment weinte eines der Zwillinge im Nebenzimmer, und Roberto herrschte seine Frau an:
»Geh zu den Kindern!«
Er schob sie zur Seite, ohne sie weiter zu beachten, und ging auf David zu. Julia sah auf dem Weg ins Kinderzimmer, dass David nicht kämpfen würde. Er stand mit hängenden Schultern da, schob die Hände in die Hosentaschen und hätte sich von Roberto niederschlagen lassen.
Julia hörte Roberto noch sagen:

»Das müssen Sie mir aber erklären, Davide!«

Während sie die beiden Säuglinge wickelte, hörte sie die Männer sich nebenan unterhalten. Anschließend ging sie mit den Mädchen im Arm ins Wohnzimmer und demonstrierte glückliches Familienleben, indem sie Roberto seine Lieblingstochter in den Arm legte. David musste die Realität sehen: Neben Roberto hatte kein anderer Mann in ihrem Denken und Fühlen Platz.

»Ich hatte wirklich nicht die Absicht, Unfrieden in Ihrer Ehe zu stiften«, sagte David ein wenig wehmütig. »Sie alle Vier sind mein – unser Traum!«

Damit verabschiedete er sich. Julia war erleichtert. Offensichtlich hatten die Männer sich ausgesprochen. Aber als sie Roberto anblickte, sah sie, dass die Angelegenheit mitnichten ausgestanden war.

»Ich habe es nicht gern, wenn in meiner Abwesenheit fremde Männer in meiner Wohnung bei meiner Frau sind!«, fuhr er sie mit immer noch vor Zorn verdunkelten Augen an, und sie fühlte sich ein wenig an den überheblichen Ausdruck seines Großvaters auf dem Porträt im *Ca'Rosso* erinnert. Sie antwortete nicht.

»Hast du nicht gehört?«

Die Zwillinge lagen auf dem Sofa und spielten friedlich mit ihren Fingern, Julia ging ins Kinderzimmer, um die Mützen zu holen, Roberto kam ihr nach und befahl mit einer Stimme, die keinen Widerspruch duldete:

»Zieh dich aus!« Dann: »Leg dich hin!«

Das hier war Kampf, Kampf zwischen Mann und Frau, den der Stärkere für sich entschied. Schnell war klar, wer hier Besitzer und wer Besitz war. So mochten die Marchese Visian in früheren Jahrhunderten Besitzverhältnisse geklärt haben.

Wortlos schob Julia anschließend in Robertos Begleitung den Kinderwagen durch die leeren Straßen, nachdem er ihr vorher wortlos den Wagen aus dem Keller getragen hatte.

Die Luft war schneidend kalt und klar, aber Julia fühlte sich elend: So sehr hatte Roberto sie noch nie verletzt. Er blickte sie mehrmals von der Seite an, als ob er etwas sagen wollte, ließ es dann aber.

Bei all ihren kleinen Streitigkeiten während der vergangenen Wochen, selbst bei der grundlosen Eifersuchtsszene nach dem *carnevale*, war immer sie es gewesen, die mit Worten oder Gesten eingelenkt hatte, und er war jedes Mal dankbar darauf eingegangen. Aber diesmal hatte er ihren Stolz so sehr geknickt, dass sie beschloss, ihm nicht entgegenzukommen. Sie verbot sich auch Tränen, die zu leicht der Versöhnung dienten.

Nach einer Stunde quälenden Spazierganges kehrten sie zurück. Wortlos nahm sie die Kinder auf die Arme und brachte sie in die Wohnung.

So munter die Zwillinge draußen gewesen waren, so schnell schliefen sie jetzt ein. Roberto kam ihr nach, trat neben sie, blickte auf die schlafenden Säuglinge und suchte nach Worten, aber Julia wandte sich ab und ging in die Küche.

Er hatte am Morgen überraschend angerufen, er käme am frühen Nachmittag nach Hause und wünsche sich einen ruhigen Abend und ein gemütliches Essen. Nun stand Julia in der Küche und fing lustlos mit den Vorbereitungen an, rieb Reis für das Risotto trocken, schnitt Zwiebeln und Knoblauch, putzte Pilze und hörte dabei Roberto hinter der Küchentheke herumgehen, lüften, mit der Zeitung rascheln. Wenn sie jetzt gesagt hätte, er möge doch eine CD einschieben, wäre das schon wieder ein Auf-ihn-Zugehen gewesen, und sie verbot es sich, so schwer es ihr auch fiel.

Sie bemerkte nicht, dass er hinter sie getreten war. Plötzlich fühlte sie, wie er ihr seine Arme von hinten um die Taille legte und sein Gesicht in ihren Haaren vergrub.

»Giuli, was hab ich getan! Kannst du nicht einmal mehr über mich weinen?«

Sie drehte sich in seinen Armen herum und musterte ihn, aller Zorn, alle Eifersucht waren aus seinen Augen verschwunden, nur Traurigkeit stand in ihnen zu lesen.

»Giuli, du bist nicht mein Besitz, verzeih! Dich haben mir die Götter als wunderbare Leihgabe überlassen. Hoffentlich fordern sie dich nie zurück.«

Sie drehte die Gasflamme aus und legte ihm die Arme um den Hals.

Padova: zweite Februarhälfte

Gabrièlla, David und Henry Salzmann waren unzertrennlich geworden, die klassischen *ultramontanes* an der Universität, wie die Ausländer seit der Gründung von *Il Bò* genannt wurden. Nachdem sie ihre stille Strategie fortgesetzt hatten, waren den ganzen Januar hindurch und in der ersten Februarhälfte keine Drogentoten unter den ausländischen Studenten zu beklagen, weder bei den amerikanischen noch bei den israelischen.

Unermüdlich leisteten die drei mit ihrer *stillen Strategie* Aufklärungsarbeit, überzeugten, bestärkten und halfen, wo sie konnten. An manchen Tagen arbeiteten sie bis zu achtzehn Stunden.

Nur ein Ereignis fiel während dieser Zeit in Padova aus dem Rahmen und sorgte vorübergehend für Angst und Aufregung: Am 21. Januar explodierte eine Bombe im Büro einer extrem rechtsgerichteten Zeitung. Es entstand zwar kein Personenschaden, aber Hunderte von Fensterscheiben in den umliegenden Gebäuden gingen zu Bruch, und das Büro brannte völlig aus.

Bekennerschreiben gab es laut Bartolo Coglione, der die Ermittlungen leitete, keine. Schnell machten die Medien als Verantwortliche den *XX. Gennaio* aus.

Sowohl am 21. Januar als auch an den Tagen nach dem Attentat blieben David und Gabrièlla unauffindbar. Die rechtsgerichtete Zeitung hatte indirekt gegen ihre *stille Strategie* gearbeitet und das Ziel der gewollten Spannung verfolgt. Konnte es sein, dass die beiden mit der Bombe etwas zu tun hatten? Auch Henry Salzmann, der Dritte der *ultramontanes* erschien erst nach vier Tagen wieder auf der Bildfläche.

»Es war eine trügerische Ruhe an *Il Bò*«, war sein einziger Kommentar, als *colonnello* Coglione ihn in die *questura* einbestellte, um ihn nach seinen Umtrieben zu befragen, und der immer so sonnig lächelnde und stets fröhliche Henry Salzmann schien dabei seltsam bedrückt.

Die Gruppe der verbliebenen zwölf israelischen Studenten und Studentinnen war eng zusammengerückt. Die amerikanischen Studenten hatten sich nach einem erneuten Friedensappell ihres Präsidenten in der typisch amerikanischen Manier, in allem extrem zu übertreiben, den arabischen angenähert und gemeinsam friedlich demonstriert. Dall'Aria und Bartolomeo Coglione und sogar Umberto waren durchaus optimistisch, während Roberto skeptisch blieb. Er witterte Gefahr, und zwar nicht aus dem terroristischen, sondern aus dem rein kriminellen Milieu.

So, wie er bewiesen hatte, dass die beiden Garfinkels aus kriminellen Drogenkreisen heraus ermordet wurden, so vermutete er im Gegensatz zu seinem Freund Umberto, dass die Drogenhändler des *Colleoni*-Syndikats, die die studentische Szene *EPS* kostenlos mit Rauschgift versorgt hatten, die gleichen sein mussten, die auch die ganz normale Drogenszene in Padova und Umgebung versorgten.

Denn wären es zwei Gruppen, gäbe es garantiert Verteilungskämpfe, meinte Roberto. Kein Drogenring würde es gestatten, dass ein zweiter die Szene kostenlos versorge. Aber Robertos Argumentation wurde nicht beachtet, da man ihn für einen ewigen Pessimisten hielt.

In der zweiten Februarhälfte brach die ganze friedliche Koexistenz der studentischen Gruppen auseinander, die Drogentoten häuften sich, und der *XX. Gennaio* holte zu einem neuen großen Schlag aus.

Nach dem ersten Drogentoten am 15. Februar gaben sich die drei *ultramontanes* noch optimistisch.

Ein Verzweiflungsschlag, argumentierte David.

Nicht ernsthaft bedenklich, meinte Gabrièlla.

Wir schaffen das schon, sagte Henry.

Aber als sie die Zahl der Toten an den Universitäten in Parma, Milano und Padua zusammenstellten, sah die Bilanz des Todes schrecklich aus:

15. Februar 2002: Yasemin Alperovitch (22 Jahre), Israel, Überdosis Heroin, Freitod (?), Universität Parma.
17. Februar 2002: Al Schroeder (24), USA, Heroin plus *crack*, Polytechnische Universität Mailand.
22. Februar 2002: Guri Cohn (26), Israel Selbstmord (?), Autounfall unter Drogeneinfluss, *Il Bò*, Padua.
26. Februar 2002: Edith und Clara Gore (22 und 25), USA, Doppelselbstmord (?) durch Überdosis Heroin, Universität Parma.
28. Februar 2002: Abi Ibanez (24) und Daniel Friedlander (24), Israel, Tod nach exzessivem *crack*-Trip, *Il Bò*, Padua.

Autobahn / Dolo: Montag

David Salzmann wanderte rastlos unter der Autobahnbrücke hin und her. Sein Cabrio mit geschlossenem Verdeck stand hinter einem Brückenpfeiler. Jetzt am frühen Morgen war es noch viel zu kalt, um offen zu fahren, obwohl das Wetter hier im Veneto in diesen ersten Märztagen extrem schön war.

Müde strich er sich über die Augen. Die Sonne würde erst in ungefähr zwei Stunden aufgehen. An dieser Stelle hatte Guri Cohn den Tod gefunden, sein Wagen war durch das Brückengeländer gebrochen und in die Tiefe gestürzt, um in einem Feuerball sein Leben verglühen zu lassen. Er hatte in den Semesterferien zu seiner Mutter nach Israel fahren wollen und von den Wassern der Baniasquelle geschwärmt, einem der Quellflüsse des Jordans, der in einem Naturpark sein kostbares Nass in springenden, sprudelnden Kaskaden versprüht.

David meinte noch, Guris begeistert strahlende Augen zu sehen. Der Abschiedsbrief passte so gar nicht in das Bild von diesem optimistischen Jungen. Und der Rest des Unfalls auch nicht, von dem nur mehr eine tiefe Kuhle neben dem Acker übriggeblieben war.

David war hier zu Waffenstillstandsgesprächen mit dem *XX. Gennaio* verabredet, entgegen Henrys Wünschen, der meinte, David würde nur in einen Hinterhalt gelockt, auf das Wort dieser Banditen dürfe man nicht bauen.

Gabriella hatte sich dazu nicht geäußert, seit zwei Tagen hatte sie kein Wort mehr mit irgendjemandem gesprochen, David schob das auf ihre labile Psyche zurück, über die er mit ihrem Therapeuten gesprochen hatte, der ihn zu liebevoller Geduld ermahnt hatte.

Er hörte Schritte.

David lehnte sich mit dem Rücken an den Brückenpfeiler, leuchtete mit seinem starken Handscheinwerfer dreimal auf und wartete. Daraufhin blieben zwei Schwarzvermummte im Scheinwerferlicht abwartend vor ihm stehen. David wusste, dass sie nicht die Einzigen waren. Wenn sie ihn töten wollten, hätten sie leichtes Spiel.

»Wir hören!«, sagte der mit der rot eingestrickten Nummer Vier. »Wir sind unbewaffnet.«

»Ich bin auch wie vereinbart unbewaffnet. Wir haben eine Liste mit euren Namen! Die bieten wir zum Tausch.«

»Tausch wofür?«

»Ihr beendet eure *EPS*-Aktion an *Il Bò*, und wir lassen euch abziehen.«

Die Nummer Vier lachte abfällig.

»Jeder von uns ist ersetzbar! Wer sagt dir, dass ich noch die ursprüngliche Nummer Vier bin?«

»Mein Informant, einer von euch, arbeitet für uns!«

Stille, plötzlich wurde David der Handscheinwerfer aus der Hand geschlagen und er in der Dunkelheit zu Boden gerissen. Ein Schuss peitschte auf.

»Hau ab!«, zischte Vetter Henry. »Sie hatten sich von hinten an dich rangeschlichen, ich habe es geahnt!«

Er drückte ihm eine Pistole in die Hand. Schritte entfernten sich, es waren mehrere Personen. David und Henry verhielten sich mucksmäuschenstill.

»Du bist ein unverbesserlicher Fantast!«, sagte Henry nach einer Weile. »Sei froh, dass ich dir gefolgt bin.«

David reagierte ärgerlich.

»Sie waren nicht einmal bewaffnet. Es war einen Versuch wert. Du hast ihn gestört!«

»Ich rette dir das Leben, und du machst mir Vorwürfe! Es waren mindestens noch drei weitere *XX.-Gennaio*-Anhänger unter der Brücke, und die waren sicherlich bewaffnet!«

»Sagst du!«

»Ich habe sie belauscht! Sie wollten dich abservieren und danach zum *Ca'Vecchia* Brandolin.«

»Nein! Wenn du mich wieder belügst, dann …«

Die Verachtung in Davids Stimme war unüberhörbar.

»Doch, ich schwöre, es ist wahr! Sie wollen Giulia Bassner als Geisel nehmen. Klingt nicht schlecht, was?«

David sprintete zu seinem Auto. Henry folgte ihm und warf sich neben ihm in die Polster.

»Was hast du vor, David?«
»Wir stellen uns demonstrativ vor das *Ca'Vecchia* Brandolin!«
»Gute Idee.«
Henry grinste.
»Und dann informieren wir die Polizei?«
»Nein, vielleicht findet gar nichts statt. Und ich möchte weder den Marchese noch seine Frau in Panik versetzen!«
»Dann rufen wir Coglione an!«
»Der ist zurzeit in Bergamo im Heimaturlaub.«
»Also bleiben wir beide allein als Streitmacht des Guten.«
Henry zog seine Pistole und lud sie durch.
»Wie in alten Tagen, was?«.

Das *Ca'Vecchia* Brandolin lag wie ein großer, schwarzer Klotz vor ihnen, kein Fenster war erleuchtet, alles schien in tiefstem Schlaf zu liegen. David ließ seinen Alfa Spider ausrollen und brachte ihn neben dem oberen Brunnen zum Stehen.

»Setzen wir uns mit dem Rücken zum Brunnen«, schlug Henry mit gedämpfter Stimme vor, »es gibt ja nur diese eine Tür an der Ostseite des Hauses, und die sehen wir von hier. – Übrigens, du hast doch wohl eure Liste nicht etwa bei dir?«

»Für wie blauäugig hältst du mich? Hast du deine endlich fertig?«
»Mir fehlen noch zwei Namen, dann können wir unsere Listen vereinigen und veröffentlichen.«
»Gut«, flüsterte David.

Vor dem *Ca'Vecchia* Brandolin herrschte absolute Stille. Als die ersten Zeichen der kommenden Morgendämmerung am östlichen Horizont erschienen, meinte Henry, das wäre wohl Fehlalarm gewesen, er müsse jetzt dringend los, um noch eine Mütze Schlaf zu nehmen, David schaffe das sicher allein. Und ehe der reagieren konnte, war Vetter Henry schon verschwunden.

David zögerte einen Moment, dann erhob er sich und ging zur Eingangstür des *Ca'Vecchia* Brandolin. Noch lag alles im Dunkeln.

Plötzlich glaubte er, ein Geräusch von der Vorderseite des Hauses zu hören.

Er lauschte.

Nein, nichts!

Vor der Tür verhielt er. Die Hängelampe tanzte lustig in der Morgenbrise. *La Tedescas* Wagen stand hinter dem Haus. Sie war also allein hier, Roberto hatte sicherlich Nachtdienst. Sollte er klopfen und herausfinden, ob ihr irgend etwas Besonderes aufgefallen war? Nein, wie er Henry schon gesagt hatte: Man musste die Bassners nicht grundlos beunruhigen.

Von den vier abgegebenen Schüssen trafen ihn drei in den Rücken, der vierte bohrte sich in die Türfüllung. Durch den aufgesetzten Schalldämpfer gab es nur ein geringes Geräusch. Wie wenn Steine in einen Brunnen fallen.

Der mit einer Strickmütze Maskierte beugte sich mechanisch über sein Opfer. Im diffusen Licht der schwankenden Laterne war deutlich die eingestrickte Nummer drei zu erkennen.

Colli Euganei: Anfang März

Anfang März war Julia mit ihren beiden Kindern ins *Ca'Vecchia* Brandolin gezogen. Den milden Februar über hatte man die erste Etage des Ostflügels instand gesetzt, auf der sich nun das Schlafzimmer befand, ein Badezimmer schloss sich an und daran ein geräumiges Kinderzimmer. Schon im Januar waren alle elektrischen Leitungen gelegt worden, ebenso alle übrigen Versorgungsleitungen. Nur mit dem Wasseranschluss würde es noch etwas dauern, solange musste die Benzinpumpe ihre Arbeit tun.

In der Küche gab es nun alle erforderlichen elektrischen Geräte, und auf Robertos Frage nach der Finanzierung bekannte Julia Farbe: Sie habe ihre Erbschaft dafür verbraucht. Sie spürte, dass ihm das nicht recht war, aber nach ihrer letzten großen Auseinandersetzung ging er mit Kritik an seiner Frau sehr vorsichtig um.

Außerdem war das Leben in der Eineinhalb-Zimmer-Wohnung in Padova zu einem echten Raumproblem geworden, das er aber nicht lösen konnte, weil er die allermeiste Zeit dieses Monats in der *questura* verbrachte, jeden Tag aufs Neue fürchtend, dass wieder ein junges Leben vorzeitig sein Ende gefunden hatte.

Julia hatte ihm mit der Renovierung des *Ca'Vecchias* das Wohnproblem komplett abgenommen, und er wäre sich kleinlich vorgekommen, wenn er sie kritisiert hätte, zumal es wieder zu Spannungen zwischen ihnen gekommen war, als er mit Biancas Anstellung als Praktikantin vor vollendete Tatsachen gestellt worden war. Giulia hätte das vorher mit ihm besprechen sollen. Wie aber, wenn er nie da war?

Auch die Lösung des Fahrproblems hielt Roberto für eine Intrige gegen ihn, er glaubte Carlo einfach nicht, dass er von Francescas Führerscheinlosigkeit nichts gewusst habe, aber schließlich akzeptierte er den Pajero als Leihwagen, das *Ca'Vecchia* Brandolin lag einfach zu abseits. Aber konnten sie sich zwei Autos überhaupt leisten?

Julia war mobil, gut so, aber warum war sie morgens meistens nicht zu erreichen? Bianca erfand immer neue Ausreden, wenn Roberto anrief, und wieder meldete sich seine Eifersucht, denn wenn er David zu erreichen suchte, war auch der nicht auffindbar.

Ein bisschen unbequem gestaltete sich noch die Treppenfrage im *Ca'Vecchia* Brandolin. Später einmal sollte von der zentralen Halle eine Treppe auf die umlaufende Galerie führen. Jetzt gab es erst einmal eine ausziehbare Bodenleiter, die vom Erdgeschoss ins Schlafzimmer darüber führte. Ebenfalls misslich war die Tatsache, dass die Benzinpumpe dabei war, ihren Geist aufzugeben, oft blieb sie einfach stehen, und man musste sie mit einem Fußtritt zum Weiterfördern von Wasser bringen.

Kurz nach dem Umzug verbrachten sie ihr erstes gemeinsames Wochenende seit langer Zeit in der neuen Umgebung, und Julias Begeisterung in Haus und Garten vermochte Robertos Befürchtungen und seine Eifersucht vorübergehend vertreiben, er widmete sich hingebungsvoll seinen Töchtern und Julia bereitete ein Festessen, das sie zwischen noch unausgepackten Umzugskisten einnahmen. Harmonie kehrte ein. Vielleicht bildete er sich ja auch nur ein, dass David und Julia ... Ja, was eigentlich?

Colli Euganei: Mittwoch

Julia wachte vor Sonnenaufgang auf und sah nach den Kindern. Sie hatte schlecht geträumt. Ein schaler Geschmack im Mund ließ sie ins Bad gehen, um sich den Mund auszuspülen. Aber aus dem Wasserhahn tropfte nur ein kleines Rinnsal, der schließlich ganz versiegte.

Mist, dachte sie und schlüpfte in ihren Jogginganzug, hoffentlich hat die Pumpe ihren Geist nicht endgültig aufgegeben.

Eigentlich verspürte sie keine Lust, in den kalten Märzmorgen hinauszugehen, aber bevor sich das alte Stück restlos festfraß, wollte sie die Pumpe wieder in Gang bringen.

Als sie die Tür an der Ostseite öffnete, kam ihr ein Schwall kalter Luft entgegen, aber nicht das ließ sie erschauern, sondern Davids Anblick, der in einer Blutlache auf der Seite lag und sie aus gespenstisch großen Augen ansah.

Die Lampe über der Tür wiegte sich leicht im Nachtwind und verbreitete genug Licht, um Julia die Tragödie vor ihren Füßen in aller Deutlichkeit zu zeigen.

»Mein Gott, David!«, sie kniete sich neben ihn. »Ich rufe eine Ambulanz!«

»Warte, Julia«, er ergriff ihre Hand und hielt sie fest. »Es ist zu spät. Geh nicht, bleib bei mir!«

Vorsichtig untersuchte sie seinen Rücken, ein Schuss in die rechte Schulter war verantwortlich für den großen Blutverlust, aber die beiden dicht nebeneinanderliegenden Einschüsse in der Höhe seines Herzens, aus denen so gut wie kein Blut austrat, bestätigten ihr seine Worte. Wahrscheinlich war der Herzbeutel verletzt und das Blut füllte seinen Brustkorb von innen, langsam, aber unabänderlich.

»Spiel mir *One moment of time*!«, bat er leise.

Während sie seinen vielleicht letzten Wunsch erfüllte, ließ sie die Tür auf und sah, während sie die CD suchte und einlegte, wie er sich am Türpfosten aufzurichten versuchte. Schnell raffte sie Verbandszeug zusammen, presste ein Verbandspäckchen auf die Schulterwunde und bettete seinen Kopf in ihren Schoß.

»Ich sollte doch eine Ambulanz …«

»Nein, bleib nur bei mir, bitte!«

»Wer war das, David? Der *XX. Gennaio*?«

»Nein, *Il Terzo*, ich habe ihn deutlich gesehen. Seine Sturmhaube … Er gehört auch zum … *Colleoni*-Syndikat.«

»Ich rufe Roberto an.«

»Warte! Später. Bleib bei mir. Schwör mir … du sagst … dass ich schon tot war, als du mich fandest. Schwöre! Bei deinem Gott! Und bei meinem!«

»Warum, David? Warum?«

»Eure Sicherheit … eure Töchter!«

Die Schmerzen weiteten seine Pupillen. Es brach ihr das Herz, ihren Freund sterbend im Arm zu halten und nichts tun zu können, außer da zu sein und ihn nicht allein gehen zu lassen.

»Warum?«

»Sie denken sonst, ich habe dir die … Liste gegeben.«

Übermächtige Schmerzen ließen ihn verstummen. Nach einigen Minuten redete er plötzlich unverständlich für Julia, bis sie merkte, dass er in einer anderen Sprache redete, die sie nie vorher gehört hatte und auch nicht identifizieren konnte.

»Schwöre, Julia, schwöre!«

Plötzlich klang seine Stimme stark und fest und fordernd.

Die Musik verstummte in diesem Moment, das Vogelgezwitscher und der Gesang der Vögel, die sich auf einen neuen Tag, den Nestbau und die Balz vorbereiteten, drang in den Vordergrund.

»Ich schwöre es dir! Hast du denn die Liste, David?«

»Nein, Gabrièlla hat sie … Julia, wenn es sie und Roberto nicht gäbe, hättest du dann mich lieben können?«

Julia zögerte, aber konnte sie dem Sterbenden eine negative Antwort geben?

»Ja, David, das hätte ich.«

Ein leises, sehnsuchtsvolles Lächeln umspielte einen winzigen Moment lang seine Lippen.

»Passt auf Gabrièlla auf ... Sag ihr, dass ich sie liebe.«

»Ich rufe Hilfe, David!«

»Zu spät, Julia ... ich möchte noch einmal die Sonne aufgehen sehen, bevor sie für immer ...«

Ein kleines Blutrinnsal floss aus seinem Mund, zwar erhellte die über der Lagune aufgehende Sonne schon den Horizont, aber es würde noch ein kleines Weilchen dauern, bevor sie ihre Scheibe über den Hügelkamm schob.

»Den Brief, Julia, gib ihn Roberto ... und mein Vermächtnis ... unser letzter Wille ... gib es meinem Sohn Dani ... nur nicht den Geheimdiensten!«

»Wo ist der Brief? – Und euer Vermächtnis?«

»Eure ... Wohnung ... Padova.«

»Du darfst nicht sterben, David!«

Mühsam hielt sie ihre Tränen zurück.

Die Vögel jubilierten, als ob es Grund zur Freude gäbe. Die Sonne? Wo blieb nur die Sonne? Nun sprach er wieder Italienisch:

»Flieg, Gedanke auf goldenen Flügeln; fliege, lasse dich auf den Hängen und Hügel nieder, wo die süßen Lüfte seines heimatlichen Bodens zart und lieblich duften!«

Julia kannte den Text, er stammte aus dem berühmten Gefangenenchor von Giuseppe Verdis Oper *Nabucco*, der Lieblingsoper ihrer Großmutter, deren Text sie auswendig konnte.

Das Rinnsal aus Davids Mund wurde zum Blutstrom, und weil er nicht weitersprechen konnte, übernahm sie den Text:

»Grüße die Ufer des Jordans, von Zion die niedergerissenen Mauern ...«

David hob den Kopf, sie stützte ihn. Seine Augen suchten den Hügelkamm. Eben schob sich die Sonne zentimeterweise über die Büsche und Bäume.

»O mein Heimatland, so schön ...«

Seine Stimme brach.

»Und so verloren! O Erinnerung, so lieblich und so schicksalhaft!«, ergänzte Julia.

»O mia Patria ...«

Davids Blick brach. Der Gesang der Vögel schwoll an, und die Sonne stieg in einem warmen, kräftigen Orange unaufhaltsam über die Hügel der östlichen Ebene.

Colli Euganei: Mittwoch

Nach dem durchweg harmonischen Wochenende überraschte sie Roberto zwei Tage später, als sie ihn frühmorgens völlig verstört in Padova anrief. Er reagierte ein wenig unwirsch, denn er hatte erst drei Stunden Schlaf hinter sich, wurde jedoch sofort hellwach, als sie ihm unter Schluchzen erzählte, dass vor ihrer Küchentür ein Toter liege und alles voller Blut sei.

»Ich habe nachgeschaut, ob er noch lebt«, sagte sie und rang um Fassung. »Es ist ... es ist ...«

»Kennst du ihn?«

Tränen statt einer Antwort.

»Schließ die Tür ab, Giulia! Warte, wir sind gleich da!«

Roberto informierte die Zentrale und bestellte Luciano zum *Ca'Vecchia* Brandolin, wo sie fast zeitgleich eintrafen. In der Nähe des unteren Brunnens stand ein Cabrio mit weit geöffneter Fahrertür, zweifellos David Salzmanns Wagen. Voller böser Vorahnungen gingen sie zum *Ca'* hinauf und fanden ihn einen Meter von der Eingangstür entfernt in einer Blutlache liegend, die gebrochenen Augen blicklos in die Unendlichkeit gerichtet.

»*Cristo Signore!*«, sagte Luciano erschüttert und zog sich Latexhandschuhe über, kniete neben dem Toten nieder und prüfte die Körpertemperatur.

»Ist noch nicht lange tot, unser Freund.«

Lucianos Stimme klang belegt. Er erschien Roberto merkwürdig verkrampft. Ihn selbst überfiel dem Toten gegenüber ein schlechtes Gewissen. Luciano schien es ähnlich zu ergehen.

Während Luciano mit seinem *telefonino* die *squadra omicidi* informierte, klopfte Roberto an die Eingangstür. Die Sonne schickte strahlendes Licht über den Hügelkamm, in ihm sah der Tote unwirklich aus, als stünde er gleich wieder auf.

Es dauerte einige Zeit, bis Giulia öffnete. Sie trug einen Morgenmantel über ihrem Nachthemd und wirkte wieder ruhiger als vorher am Telefon.

»Gut, dass du da bist, Roberto«, sagte sie zur Begrüßung, »auch wenn ich die Frau eines Kommissars der Mordkommission bin, werde ich mich nicht daran gewöhnen, morgens Tote vor der Küchentür zu finden.«

Der Scherz misslang, Tränen liefen ihr die Wangen hinunter, Roberto nahm sie in den Arm und führte sie zur Couch, ein spärliches Feuer flackerte im Kamin.

»Setz dich, ich werde noch ein bisschen mehr Feuer machen, hier ist es ziemlich kühl. Und dann erzählst du mir, was passiert ist.«

Sie nickte und sah auf ihre Hände, an denen angetrocknetes Blut klebte. Was Roberto im Kamin entdeckte, machte ihn sehr nachdenklich. Giulias Versuch, Feuer zu legen, war misslungen. Ihr dunkelgrüner Jogginganzug gloste vor sich hin, ein halbverbranntes, blutiges Verbandspäckchen löste sich vom Jogginganzug und rollte seitwärts weg. Roberto stocherte mit dem Kaminhaken herum, überlegte einen Moment und schob den Jogginganzug dann in die hochauflodernden Flammen, sodass er ganz verbrannte, dann legte er noch einmal Holz nach, schob die Reste des Verbandspäckchens in die Glut und wandte sich ihr zu.

Sie sah immer noch auf ihre Hände und versuchte, sie ruhig zu halten, rieb an den eingetrockneten Blutresten und schaffte es nicht, ein Zittern zu verbergen.

»War Davide schon tot, als du ihn fandest?«

Seine Stimme klang gepresst.

Sie nickte, hielt den Kopf gesenkt, und er glaubte ihr nicht. Als Luciano den Kopf zur Tür hereinsteckte, wies Roberto ihn an, die Geheimdienst-Kontaktnummer anzuwählen.

Nur Ari Hirschfeld war erreichbar, seiner Stimme war keinerlei Reaktion anzumerken.

»Wir kommen sofort, rühren Sie nichts an, Ihre Mordkommission auch nicht!«, wies er sie an und legte auf.

»Chef, kann ich Sie mal kurz sprechen?«

Luciano winkte mit dem Kopf nach draußen.

Roberto warf einen Blick auf Julia, die immer noch an ihren Händen rieb und auch nicht aufsah, als er hinausging.

»Wir müssen Gabrièlla benachrichtigen, Luciano. Übernehmen Sie das?«

»Eben darum wollte ich mit Ihnen sprechen, Chef! Sie war heute Nacht bei mir, bis Ihr Anruf kam.«

Robertos Brauen hoben sich erstaunt.

»Sehen Sie mich nicht so an, Chef! Sie kam gestern Abend gegen zehn Uhr mit einer Reisetasche, vollgepumpt mit Alkohol, aber auch mit Drogen. Sie sagte, dass mit David und ihr alles aus sei, restlos und für immer.«

»Und da haben Sie fröhlich die Nachfolge angetreten?«

»Wo denken Sie hin, Chef!«, rief Luciano beleidigt. »Wenn ich ein Mädchen will, dann clean und nüchtern, es sei denn, wir sind beide high! Ich packte Gabrièlla auf mein Sofa und ließ sie pennen. – Irgendwann weit nach Mitternacht kam sie zu mir. Na ja. Und als Ihr Anruf kam, Chef, da wachte sie auf und sagte: *Nun ist es geschehen, er ist tot!* Sie wiederholte den Satz immer und immer wieder und schien mich gar nicht zu bemerken.«

»Sie fahren sofort zurück, informieren sie über Salzmanns Tod und beobachten ihre Reaktion! Und dann halten Sie sie bei sich fest!«, befahl Roberto.

Luciano sprintete zu seinem Motorrad.

Biagio Lucatelli traf als Erster ein. Nach und nach folgten auch die anderen der *squadra*. Sie hielten sich weisungsgemäß von der Leiche fern und zündeten sich am oberen Brunnen eine Zigarette an. Der Tod eines Agenten der *Firma* war etwas Ungewöhnliches für diese Region.

Roberto kehrte zu Julia ins Haus zurück, vielleicht hatte sie sich gefasst und konnte nun berichten, was sie wusste. Das Feuer hatte alle Reste ihres Jogginganzuges verzehrt und leckte nun gierig an den neu aufgelegten Holzscheiten hoch. Die Stereoanlage neben dem Kamin war noch eingeschaltet, Roberto ließ die CD herausfahren, was hatte Giulia zuletzt gehört?

Ein Blick auf die CD ließ ihn stutzen. *One moment of time* war Davids Lieblingssong gewesen, Giulia hörte diese Art von Musik sonst nie.

Sie setzte zu einer Erklärung an, schluckte ihre Worte dann aber hinunter. Was war zwischen Giulia und David geschehen?, fragte er sich. Wenn sie es ihm nicht erzählte, würde er ihr ewig voller Misstrauen begegnen. Der Tote konnte nichts mehr erklären, er würde von nun ab immer zwischen ihnen stehen.

Der inzwischen eingetroffene Polizeiarzt kümmerte sich um Julia. Erstaunlich schnell tauchten Ari Hirschfeld und George Hunter auf, gefolgt von einer energisch erscheinenden, semitisch aussehenden Frau, die ihnen als *dottoressa* Farlucchi, Aris Partnerin in Italien, vorgestellt wurde. Gleich darauf erschien Bartolo Coglione, der den von Robertos bisher vage gehegten Verdacht bestätigte, erstaunlich gute Verbindungen zum *Betrieb* zu haben, er war sich fast sicher, dass er immer noch dazugehörte.

Im Beisein der Geheimdienstvertreter durfte die *squadra omicidi* nun ihre routinemäßige Arbeit aufnehmen.

Der Polizeiarzt gab zu Protokoll:

»Drei Schüsse in den Rücken. Einer davon in die rechte Schulter. Verursachte die starke Blutung nach außen. Zwei dicht nebeneinandersitzende Einschüsse, die meiner Vermutung nach das Herz trafen und rasch zum Tode führten. Voraussichtliche Todeszeit 6:00, plus minus dreißig Minuten, Näheres nach der Obduktion.«

»Wie schnell trat der Tod ein?«, wollte Hunter wissen.

»Kann ich erst sagen, wenn ich die Art der Verletzung gesehen habe. Wenn der Herzbeutel getroffen wurde, kann er noch bis zu einer halben Stunde gelebt haben.«

Als der Polizeiarzt dem Toten die Augen schließen wollte, kam ihm Ari Hirschfeld zuvor.

»Wir sind beide Juden«, sagte er entschuldigend und schloss dem jungen Mann ganz sanft die Augen.

Jetzt sieht Davide aus wie der *sterbende Gallier* im kapitolinischen Museum in Rom, dachte Roberto, er war in vielem wie ich, als ich jung war.

»Die Projektile bekomme ich!«, durchschnitt Hunters heisere Stimme die Stille, ihm schien der Tod seines jungen Kollegen überhaupt nicht nahezugehen.

»Können wir die Zeugin vernehmen?«, erkundigte sich *dottoressa* Farlucchi.

»Sie steht unter Schock«, sagte Roberto, er wollte Julia schützen, obwohl er genauso interessiert an ihrer Aussage war wie die anderen.

»Lassen Sie sie reden, wenn sie möchte, es hilft ihr vielleicht, über dies grausame Erlebnis hinwegzukommen«, sagte der Arzt und verabschiedete sich.

Roberto setzte sich auf die Lehne der Couch, sie in den Arm zu nehmen und sie zu trösten, wäre das Natürlichste von der Welt gewesen; aber er brachte es nicht über sich: Einmal nicht im Beisein von Fremden und zum anderen nicht, weil der Polizist in ihm restlose Aufklärung forderte, was für ihn eine Umarmung ausschloss.

Signora Farlucchi wollte sich einen Stuhl heranziehen, aber überraschenderweise entpuppte sich Hunter als Gentleman und stellte ihn direkt vor Julia ab.

»Signora Bassner!«, begann *dottoressa* Farlucchi; sie hatte eine tiefe, ausdruckslose Stimme. »Wann und wie haben Sie den Toten gefunden?«

Ohne den Blick zu heben, berichtete die Angesprochene, dass sie noch im Dunkeln, wie spät es genau gewesen sei, wisse sie nicht, zur Toilette habe gehen wollen. Die Wasserspülung habe wie schon öfter nicht funktioniert, das läge daran, dass die alte Benzinpumpe draußen am Brunnen immer öfter aus unerfindlichen Gründen aussetze, man müsse dann einmal dagegentreten, um sie wieder in Gang zu setzen. Das habe sie tun wollen und dabei den Toten vor der Küchentür gefunden.

Hunter ging zum Wasserhahn an der Spüle, drehte ihn auf, aber es floss kein Wasser, soweit stimmte Giulias Aussage also.

»Und weiter, Signora?«

Sie habe nachgesehen, ob er noch lebe, aber er sei, wenn auch noch nicht lange, tot gewesen, und sie habe sofort ihren Mann in Padova angerufen.

»Wie konnten Sie das beurteilen?«

Hunters Stimme klang, als hielte er sie für die Hauptverdächtige.

»Meine Frau hat Medizin studiert. Sie kann das schon beurteilen!«, antwortete Roberto leicht gereizt.

»Sie hat keiner gefragt!«
»Meine Herren, bitte!«
Signora Farlucchi wandte sich erneut Julia zu.
»Wann haben Sie angerufen, Signora!«
Julia zuckte mit den Schultern. Sie starrte auf ihre Hände mit dem für alle sichtbaren Blutresten.
»6:45!«, sprang Roberto ein, und Hunter musste widerwillig einräumen, dass das mit der voraussichtlichen Todeszeit übereinstimmen könne, er betonte: *könne*.
»Woher kennen Sie den Toten?«
Die *dottoressa* war die Sachlichkeit schlechthin.
Als Julia nicht gleich antwortete, erklärte Roberto, seine Frau habe das Wintersemester 2000/2001 zusammen mit David an *Il Bò* studiert.
»Lassen Sie doch Ihre Frau antworten!«, blaffte Hunter dazwischen, und an Giulia gewandt. »Haben Sie mit Salzmann ein Verhältnis gehabt?«
Sie blickte hoch, Roberto an und dann in die Runde, traurig, hilflos, deprimiert.
»Halten Sie den Mund, Hunter!«, fuhr Ari Hirschfeld, der bis hierher geschwiegen hatte, seinen Kollegen an. »Meine Kollegin kann das besser als Sie!«
Hunter fuhr hoch, es fehlte nicht viel und er wäre auf Ari losgegangen, aber dessen Kollegin fragte Julia ungerührt weiter:
»War David mehr als ein Kommilitone für Sie?«
»Ihre Frage ist die gleiche Beleidigung«, fuhr Roberto heftig dazwischen, »nur vorsichtiger ausgedrückt!«
»Wollen Sie die Antwort nicht Ihrer Frau überlassen?«
Dottoressa Farlucchi schien sich durch nichts aus der Ruhe bringen zu lassen.
»Oder fürchten Sie sich vor der Antwort?«
»Lass, Roberto«, sagte Julia und sah die Agentin traurig an.
»David war ein Freund von uns, von mir und von meinem Mann. Ich habe seiner Lebensgefährtin nie Konkurrenz gemacht.«
»Und warum war er dann dauernd bei Ihnen, Signora?«, legte Hunter nach und warf einen Blick auf Coglione, der bis hierher noch kein Wort verloren hatte.
»Stimmt doch, Coglione, oder? Deine Berichte waren schließlich ziemlich deutlich, meistens war David Salzmann bei Signora Bassner, sobald ihr Mann das Haus verlassen hatte, stimmt's?«
Roberto sah seinen Vetter drohend an. Hatte der ihn und Giulia bespitzeln lassen? Und auch David Salzmann?

»Du hast uns beschatten lassen?«, fragte er Coglione schließlich direkt, und der wand und drehte sich, und Roberto wurde dieser ganzen Geheimdienstfilzerei plötzlich unendlich müde.

»Nur aus Sicherheitsgründen«, antwortete sein Vetter; keiner der Anwesenden wusste, von wem er sprach: Roberto, Julia oder David, jeder interpretierte die Antwort auf seine Weise, außer Hunter.

»Er schien sehr merkwürdige, eigene Wege zu gehen, unser lieber David.«

»Wann haben Sie David Salzmann zuletzt lebend gesehen, *signora* Bassner?«, fuhr die Farlucchi fort.

Julia zögerte fast unmerklich.

»Am Freitag, er hat mir mit anderen Freunden beim Umzug von Padova hierher geholfen. Ach nein, vorgestern, am Montag habe ich auch noch mit ihm Tennis gespielt.«

Sie blickte nicht hoch und Roberto nahm ihr nicht die Tatsache übel, dass sie David so häufig getroffen, sondern dass sie es ihm verheimlicht hatte.

»Und Sie, *commissario*?«

Er kam in die Realität zurück.

»Beim *TCCP-carnevale*, am 30. Januar, und eine Woche später in meiner Wohnung in Padova.«

»Dienstlich?«

»Nein, völlig privat. Wie meine Frau schon sagte, er war unserer beider Freund.«

Roberto sah keinen der Anwesenden an, er hätte die Häme in Hunters Augen und das Mitleid der anderen nicht ertragen können. Er konnte förmlich spüren, wie sie ihn bedauerten, als gehörnter Ehemann dastehen zu müssen.

»Ich kann nicht mehr!«

Fast tonlos brachte Giulia diese vier Worte heraus. Zum Glück erschien in genau diesem Augenblick Bianca. Sein Blick fiel auf den inzwischen zugedeckten Körper vor der Küchentür und auf Julia, die für sie bisher eine ganz starke Frau gewesen war und nun kurz vor einem Zusammenbruch zu stehen schien.

Resolut half sie ihr auf die Beine und brachte sie ins obere Stockwerk.

»Wir sollten uns in der *questura* weiter unterhalten, *commissario*!«, sagte die Farlucchi, keinen Widerspruch duldend. »Und da werden Sie uns in allen Einzelheiten erzählen müssen, was Sie von David Salzmann und seinen Aktivitäten wissen!«

Man brach auf und traf auf Luciano, der eben auf seinem Motorrad zurückkehrte.

»Sie ist weg, Chef! Auch nicht in Davids Wohnung!«

Roberto brachte es nicht über sich, noch einmal nach seiner Frau zu sehen. Vielleicht erzählte sie ihm am Abend unter vier Augen, was wirklich geschehen war und was David jeden Morgen bei ihr gewollt hatte.

Sie tat es nicht. Sie schwieg und sein Stolz ließ es nicht zu, sie zu fragen. Er glaubte nicht, dass sie etwas verschwieg, was mit dem Mord zu tun hatte, dazu war sie zu verantwortungsbewusst. Es musste etwas im privaten Bereich zwischen ihr und David vorgefallen sein, was sie ihrem Mann vorenthielt.

Am anderen Morgen verließ er das Haus bei Sonnenaufgang. In der Tür drehte er sich noch einmal um, und sein Blick fiel etwas oberhalb seines Gesichtsfeldes auf das Einschussloch einer vierten Kugel, die die Spurensicherung übersehen hatte.

Wenn Roberto nicht so groß gewesen wäre, hätte auch er sie nicht bemerkt. Mit seinem Taschenmesser holte er das Projektil aus dem Weichholzrahmen und verstaute es in einem kleinen Plastikbeutel. Dann fuhr er in die *questura*.

Wenn ihn seine Eifersucht nicht so blind gemacht hätte, wäre ihnen allen in den folgenden Wochen manches erspart geblieben.

Veneto: März

Die Kugeln, die der Pathologe aus Davids Körper entfernt hatte, waren aus einer Pistole abgefeuert worden, die schon einmal bei einem arabischen Terroristenüberfall in Hebron gebraucht worden war.

Was Roberto bisher erfolgreich unterbunden hatte, geschah jetzt. Die groß angelegte Geheimdienstkampagne hieß:

Jagt den XX. Gennaio! Er bedroht uns in unserem eigenen Lande und verschont auch die Agenten befreundeter Mächte nicht. Er gehört zum weltweiten Netzwerk von Osama bin Laden. Der Terrorismus ist unter uns!

Die Bevölkerung reagierte verunsichert. Die Angst vor vermeintlichen Terroranschlägen ging um, die *strategia della tensione*, die David, Gabrièlla und auch Henry so erfolgreich bekämpft hatten, wurde nun ein voller Triumph für Hunter, Coglione & Co.

Dall'Aria und Tramontan wurden gezwungen, die Sicherheitskonzepte neu auszuarbeiten; überall wurden Steckbriefe von Gabrièlla El-Atasoy, der angeblichen Topagentin von Osama bin Laden, herumgezeigt, die den westlichen Agenten David Salzmann verraten und den Terroristen des *XX. Gennaio* ans Messer geliefert hatte.

Roberto gelang es nicht, Henry Salzmann ausfindig zu machen. Bis er eines Tages morgens in seinem Büro auf ihn wartete.

Der junge Mann, sonst immer mit seinen fröhlich funkelnden Augen ein gern gesehener Zeitgenosse, wirkte traurig und blass.

»Wenn ich doch nur bei meinem Vetter geblieben wäre! Uns beide hätten sie vielleicht nicht angegriffen«, begann er und erzählte Roberto den Hergang der Nacht bis in alle Einzelheiten.

»Haben Sie ein bisschen Zeit, Roberto? Dann zeig ich Ihnen den Platz, wo ich ihn in jener Nacht vor dem *XX. Gennaio* retten konnte. Wenn ich ihn nicht verlassen hätte, lebte er vielleicht noch! Zusammen hätten wir die Feiglinge vom *XX. Gennaio* garantiert ins Jenseits geschickt!«

Doch sie fanden keine Spuren mehr, der Regen hatte den Boden unter der Autobahnbrücke aufgeweicht, dafür fanden sie in der Nähe der Brückenpfeiler, halb im Boden versunken, drei Geschosshülsen, die Roberto an sich nahm, um sie ans Labor zu schicken.

»Wenn sie zu den Kugeln passen, die Ihr Pathologe bei David herausoperiert hat, ist ein Zusammenhang, zwischen dem Mord an David und dem *XX. Gennio* bewiesen, nicht wahr, Roberto? Und dann war unser ganzes Bemühen umsonst: Die Strategie des Friedens hat nicht gegriffen! Und Gabrièlla? Ich kann es nicht glauben. Sie hat ihn geliebt, wirklich geliebt! Aber wenn sie wirklich eine Terroristin war, hat sie alles nur gespielt!«

Tatsächlich passten die Geschosshülsen zu der Pistole, aus der die tödlichen Schüsse auf David abgegeben worden waren, ohne jeden Zweifel! Den hatte nur Roberto, aber er behielt ihn ganz für sich.

Gabrièlla blieb verschwunden, sie schien wie vom Erdboden verschluckt. In Davids Wohnung hatte sie alle Kleidung, alle Bücher, ihr ganzes Leben hinterlassen, die einzig nennenswerte Überraschung war ein kleines Briefchen mit Heroin, das zwischen die Seiten eines Kunstführers von Bergamo gerutscht war.

Für die Mordnacht besaß sie dank Luciano ein einwandfreies Alibi, sie musste wohl zum *XX. Gennaio* gehört haben, nachweisbar war es aber nach der Wohnungsdurchsuchung immer noch nicht; ungeachtet dessen hielten George Hunter, Bartolomeo Coglione und Signora Falucchi sie für ein Führungsmitglied der Terrorzelle und ließen Roberto nicht einmal zu Worte kommen, der einen kriminellen Hintergrund für Davids Ermordung weiterhin nicht ausschließen wollte.

Zu allen Vernehmungen und Befragungen verdächtiger arabischer Studentinnen und Studenten zogen sie Roberto mit hinzu, plötzlich waren seine Erfahrung und sein Wissen gefragt.

Eine Variante in diesem *EPS (Eroino per gli studenti)*-Spiel deckte Roberto eines Tages auf, als er mit Ari Hirschfeld eine palästinensische Studentin aufsuchte, deren Bruder unter den Opfern gewesen war, die nach Robertos Lebensrettung am Monte Venda liegen geblieben waren.

Hatice Al-Fassih machte keinen Hehl daraus, dass sie den Tod ihres Bruders zwar bedauere, aber vorausgesehen habe. Er hätte zum Kern der Terrorzelle *XX. Gennaio* gehört, von der sie sich weit distanziert habe. Deshalb sei es auch zwischen ihr und ihrem Bruder zum Bruch gekommen.

»Aber was die Amerikaner im Gegenzug gemacht haben«, fuhr sie fort, »ist noch viel widerlicher.«

»So?«, Robertos Ton signalisierte Interesse.

»Sie haben zwei mit Aids infizierte italienische Junkies auf Palästinenserinnen angesetzt!«

»Alles nur Polemik, *commissario*!«, sagte Ari mit einer solchen Herablassung, dass die junge Frau nicht weitersprach.

»Beweise, Signorina?«

Robertos Stimme klang neutral.

»Ich gebe Ihnen die Adressen von zwei Freundinnen. Sie können aber auch schon abgereist sein. Aus Angst.«

»Vor einer Verleumdungsklage?«

Aris Sarkasmus ließ die junge Frau erneut verstummen.

Auf der Straße sagte Hirschfeld:

»Ich glaube diesen Leuten kein Wort!«

»Sollten Sie vielleicht aber. Klopfen Sie ruhig einmal auf den Busch bei Ihren amerikanischen Kollegen«, erwiderte Roberto, aber Hirschfeld reagierte ablehnend.

Nach ein paar Tagen tauchte plötzlich Onkel Carlo besorgt in der *questura* auf, um eine Vermisstenanzeige aufzugeben: Sein Neffe Michèle sei verschwunden; zwei Tage lang hätten sie sich keine Sorgen gemacht, weil sie glaubten, dass er vielleicht zu seiner Schwester gefahren wäre, aber die hatte ebenfalls nichts von ihm gehört.

Roberto seufzte.

»Es tut mir leid, Roberto«, entschuldigte sich Carlo, »aber wem soll ich sonst meine Sorgen vortragen?«

»Natürlich, ich kümmere mich darum. Aber ich denke, er wird wieder auftauchen; wie vor ein paar Wochen Ende Januar. Da war er auch vier Tage fort, ohne Bescheid zu sagen. Und dann stellte sich heraus, dass er zur Friedenskonferenz des Papstes nach Assisi gefahren war.«

»Ja, du hast vielleicht recht. Danke, und *ciao*!«

Roberto machte Kjersti ausfindig, aber die hatte lange nichts von Michèle gehört, auch seine anderen Freunde nicht.

»Er ist verknallt, deshalb«, gab Kjersti ihm mit auf den Weg, »aber er verheimlicht uns seine neue Flamme. Bei ihr wird er sein.«

Zehn Tage nach Davids Tod gab es noch immer keine brauchbaren Spuren. Ari erschien eines Tages und gab zu, Hatice habe wohl doch nicht gelogen, er habe auch aus anderen Quellen von diesen Aidskranken gehört, die ihre Krankheit gegen Bezahlung weitergaben. Er ginge dem nach.

Roberto stellte am gleichen Tag fest, dass seine Wohnung in Padova gründlich durchsucht worden war, das Türschloss war unbeschädigt und in der Wohnung nichts in Unordnung gebracht, aber an Kleinigkeiten im Bücherschrank – eine andere Reihenfolge der Bücher – und auf dem Schreibtisch – die Briefstapel waren vertauscht – merkte er es.

Die Spurensicherung fand Fingerabdrücke neueren Datums nur von ihm selbst, Julia und Bianca, ältere unter anderem von David und der Aufwartefrau.

»Je mehr Tage nach einem Mord vergehen, desto rapider sinken die Chancen zur Aufklärung«, resignierte Biagio, dem die Ermittlungen im Fall David Salzmann offiziell übertragen worden waren.

Luciano ermittelte auf eigene Faust; er würde nicht aufgeben, und wenn er selbst Terrorist werden müsste, ließ er Roberto wissen.

»Davids Mörder werde ich eigenhändig skalpieren«, erklärte er, woraufhin Roberto ihn bat, keine unüberlegten Dinge zu tun.

»Ich glaube, ehrlich gesagt, nicht an eine Pistole aus Hebron«, sagte Luciano im Hinausgehen. »Wer einmal Projektile vertauscht, kann es auch ein zweites Mal.«

Genau diese Zweifel teilte Roberto mit seinem Assistenten.

Padova: Montag

»Zufrieden, meine Herren?«

Colleoni schenkte erneut Cognac nach und setzte sich in seinen großen Ledersessel, der ihn noch kleiner erscheinen ließ, als er ohnehin schon war.

»Es ist immer gut, wenn die Gegenseite einen für dümmer hält, als man ist.«

»Wohl war! Und unsere Strategie scheint jetzt endlich aufzugehen«, bemerkte der Amerikaner selbstzufrieden.

»Unsere? *La Leonessa* hat uns einen guten Tipp gegeben. Ach, da kommt sie ja!«

Man erhob sich, um die zierliche, heute ganz in Schwarz gekleidete Frau zu begrüßen, nur ein blutroter Hut und gleichfarbiger Nagellack und Lippenstift kontrastierten scharf, die Stilettos glänzten wieder in Schwarz.

»Nehmen Sie doch wieder Platz, meine Herren!«, dekretierte sie huldvoll.

Alle warteten, bis sie sich in einem Sessel niedergelassen hatte.

»Was möchtest du trinken, meine Liebe?«, fragte Colleoni und trat an die Bar.
»Wie gewohnt.«
»Ein Schälchen Champagner?«
Sie nickte gönnerhaft und nippte kurz an dem dargereichten Glas.
»Feiern wir schon unseren Sieg?«, erkundigte sie sich. »Die Eifersucht des Marchese zu schüren, bedurfte keiner großen Anstrengung, nehme ich an.«
»Wir haben ein exzellentes Überwachungsprotokoll von David Salzmann, der Marchese wird sich diesen Tatsachen nicht entziehen können – ein fein geknüpftes Netz, dank Ihrer Intuition.«
»Und der arme David kann es leider nicht mehr richtigstellen!«, kommentierte Hunter selbstzufrieden.
»Wer hat ihn eigentlich auf dem Gewissen?«, hauchte Angela. »Und warum gerade jetzt? Es hat unnötigen Staub aufgewirbelt.«
»Du sagst es, meine Liebe.«
Colleoni sah sie mit einer Offenheit an, die sie vorsichtig werden ließ.
»Ich dachte, du wüsstest es«, sagte er erstaunt.
»*Niente*, ich bin die Verwaltungschefin, die Exekutive liegt in deiner Hand. Ich würde nie«, sie blies über ihre Fingernägel, »nie in deinem Bereich operieren!«
Colleoni sah sie aus halbgeschlossenen Augen an, etwas wie Spannung knisterte zwischen ihnen, und es schien, als ob die anderen beiden Herren nicht mehr existent wären.
»Es bleibt also alles wie geplant!«, resümierte Colleoni. »Den Marchese setzen wir emotional weiter außer Gefecht. Spielen Sie ihm Kopien der Überwachungsprotokolle und die Fotos zu; diese *DEA*–Agentin hat jedenfalls ihre Schuldigkeit getan. Und Sie, meine Herren können in Ruhe ihre *strategia della tensione* weiterverfolgen. Nur der *colonnello* macht mir Sorgen.«
»Muss es nicht.«
Der Italiener wirkte sehr sicher.
»Er befolgt die Befehle hundertprozentig ab jetzt!«
»Na dann! *Salute a tutti* und auf unseren Erfolg!«

Geschichtssplitter.
Colleoni und die Familie Martinengo

arum hatte er mit den Wölfen geheult, Befehl hin, Befehl her? Sein Vetter hatte ihn förmlich geschnitten während der letzten Tage. Nie hatte er Gelegenheit, ihn allein anzutreffen, um ihm zu sagen, dass das unselige Überwachungsprotokoll und die Fotos ohne sein Zutun an die anderen Geheimdienste gelangt waren, und die hatten keine Sekunde gezögert, den Marchese damit in die Enge zu treiben. Er hatte lediglich die Leute eingeteilt, die die Überwachung durchführten. Aber im Zweifel würde sein Vetter ihm das nicht abnehmen.

Er schlenderte von der Piazza della Loggia in Brescia hinüber zur Piazza del Duomo. Die tief stehende Märzsonne fiel auf den im Eingangsbereich des Alten Doms stehenden Sarkophag und ließ den roten Marmor warm aufleuchten. Bernardo da Maggi hatte schon seit mehr als hundert Jahren hier seine ewige Ruhe gefunden, bevor Bartolomeo Colleoni in dieser Stadt Tisbe da Martinengo geheiratet hatte.

Die Vergangenheit umhüllte ihn wie ein schützender Mantel, und er versteckte sich gern in ihr. Blutrot erstrahlte der lang hingestreckt liegende alte Bischof, umgeben von Ghibellinen auf der rechten und Guelfen auf der anderen Seite, die dankbar auf den Mann hinunterblickten, der es geschafft hatte, Frieden zwischen ihnen zu stiften, damals 1309.

Er betrat die Rotunde dieser außergewöhnlichen Kirche und kniete sich zum Gebet hin. Wenigstens das haben wir beide außer unserem Namen gemeinsam, dachte er, unseren unverbrüchlichen Glauben an Gott. Und die Liebe zu den Frauen.

Er zündete eine Kerze an, verließ den Dom und trat in die einsetzende Dämmerung hinaus. Er hielt sich gern in dieser Stadt auf, die nicht nur die Heimat seiner Frau war. Als sein Schwiegervater vor zehn Jahren starb, war seine Witwe wieder in ihre Heimatstadt Piacenza zurückgekehrt.

Die Martinengos hatten diese Stadt geprägt, in der heute noch so vieles an die alte, aus lombardischem Adel stammende Familie erinnerte, die fünfhundert Jahre lang die Geschichte Brescias mitbestimmt hatte. Allein elf Paläste dieses weit verzweigten Geschlechts gab es im Stadtgebiet von Brescia, aus dem auch Bartolomeo Colleonis Frau Tisbe da Martinengo stammte.

Er schritt in Richtung der Piazza della Vittoria und dachte ein wenig selbstironisch, dass sein Vetter ihm den Gang über diesen Platz wieder übelnehmen würde, hatte doch der faschistische Architekt Marcello Piacentino 1932 diesen Stadtplatz geplant, dem ein mittelalterliches Viertel auf Mussolinis Geheiß weichen musste. Der Schatten vom Backsteinbau des riesigen Palazzo della Poste legte sich auf sein Gemüt. Er verlangsamte seinen Schritt erst wieder, als er den Turm der Martinengo–Pallata erreicht hatte, ein Wahrzeichen, das Mitte des 13. Jahrhunderts aus Resten römischer Bauten errichtet worden war.

Verdammt, ging es ihm durch den Sinn, ich muss meinem Vater doch nichts mehr beweisen, er ist seit fünf Jahren tot. Könnte ich doch nur so sein wie der *colonnello* Colleoni, damals, als er von seinen auf der Rocca San Lucca erlittenen Verletzungen genesen und wohl da schon in die liebliche Tisbe verliebt war, die außerdem auch noch aus einer ebenso alten langobardischen Familie stammte wie er.

Carmagnola war hingerichtet, damals 1432, sein Nachfolger Gonzaga entpuppte sich erst als Versager und dann als Verräter, und Bartolomeo Colleoni kämpfte mit seinen Lanzen für die Serenissima an den verschiedensten Schauplätzen in der Lombardei. Doch seine Verbindung zu den Gonzagas in Mantua ließ Colleoni nicht gänzlich abreißen; sie galten als brillante Pferdezüchter, und jedermann wusste, dass er am Kauf seiner vorwiegend weißen Pferde nicht sparte. Diese Verbindung sollte ihm später einmal das Leben retten.

Im November 1432 focht er am Nordende des Comer Sees mit Antonio Martinengo, dem Vater seines zukünftigen Schwiegersohnes, und einem weiteren Martinengo aus dem verzweigten Geschlecht dieser brescianischen Familie, wieder gegen seinen Intimfeind Niccolò Piccinino, einem überaus fähigen, aber auch überaus brutalen Vertreter der Condottieri-Zunft im Dienste des mailändischen Visconti.

Colleoni konnte ihm nicht vergessen, dass er vor fast genau zwei Jahren, kurz bevor er seine condotta *mit den Venezianern unterzeichnet hatte, bei dieser schrecklichen Schlacht am Serchio mit allen seinen Mitstreitern in mailändische Gefangenschaft geraten war und sich und seine Lanzen auslösen musste und das, obwohl die Florentiner, die ihn unter Vertrag hatten, 3.000 Reiter mehr aufgeboten hatten, allerdings hatten sie auch 3.000 Mann bei den Fußtruppen weniger, und das war entscheidend gewesen. Es hatte zwar nicht mehr als zweihundert Tote gegeben – ein Leckerbissen für die Voreingenommenheit eines Machiavelli –, aber die Beute der Mailänder war riesig gewesen. Und diese Erinnerung fraß an Bartolomeo Colleoni: Er war einem ehemaligen Schlachtergesellen unterlegen!*

Leider gerieten sie auch diesmal zwischen die Fronten der lokalen Ghibellinen – Bischof Maggi hatte nicht für alle Zeit Frieden stiften können –, und Piccininos Heer und die Schlacht bei Collico ging für die Venezianer verloren. Colleoni war einer der wenigen, die nicht in Gefangenschaft gerieten und sich durch taktisch kluge Rückzugsgefechte mit fünfhundert seiner Reiter vor den Verfolgern retten konnte. Die beiden Martinengos gerieten in Gefangenschaft, wurden aber nach dem überall gängigen Modus wieder ausgelöst. Generell entstand nur ein materieller Schaden.

Mehr noch als die Colleonis von Bergamo, die sich innerfamiliär zu sehr zerstritten, zeigten die Martinengos in all ihren verschiedenen Zweigen in der Gegend von Brescia mehr Geschlossenheit. Bis auf Cesare Martinengo, einen Zeitgenossen Colleonis, der sich den Mailändern angedient hatte. Aber in welcher Familie gab es kein schwarzes Schaf?

Ursprünglich stammten sie auch aus Bergamo, ihr Stammvater Prevosto Martinengo jedenfalls wurde dort genannt, aber schon sein mit vielen Söhnen gesegneter Sohn Pietro fand eine Heimat in Roccafranca, wo er 1336 urkundlich erwähnt wurde, das östlich des Flusses Oglio mitten im Stammland der Familie lag, ein ewiger Grenzbereich zwischen Mailand und Venedig und dementsprechend heiß umkämpft; und so trafen Colleoni und die verschiedenen condottieri der Martinengos im Dienste der Serenissima hier in ihrem Stammland immer wieder auf die mailändischen Feinde.

Der Visconti in Mailand gab keine Ruhe, er wollte die Gebiete im Grenzland zur Markusrepublik wieder unter seine Kontrolle bringen, waren sie doch von Carmagnola, als er noch im Dienste des Mailänder Herzogs stand, für ihn erobert worden. Und danach, als der Herzog den Hofintrigen folgend Carmagnola entmachtet hatte und der zu den Venezianern überging – was Filippo Maria Visconti seither mehrmals täglich bedauert hatte –, eroberte Carmagnola sie erneut, nun für Venezia, und die Martinengos hatten ihr Stammland wieder.

Er betrat eine Bar und bestellte sich einen *Bellini* in Erinnerung an die Serenissima. Das seichte Gespräch mit den nach Feierabend ein Gläschen Wein oder einen Aperitif trinkenden Männern, die dann zum Abendessen nach Hause strebten, umging er, indem er sich an einen der kleinen Tische in eine Ecke setzte und seinen Plan aus der Tasche holte, den er heute morgen im Büro mithilfe des Internets erstellt hatte, sich der Vergangenheit hingebend, weil die Gegenwart so unerfreulich war.

Er wusste, er vernachlässigte seinen Job, sein Vorbild hätte das nie getan, Bartolomeo Colleoni war in allem hundertprozentig gewesen, ein Vollblutkämpfer, ein Vollblutstratege, ein Vollblutliebhaber.

Er seufzte, nippte an seinem *Bellini* und vertiefte sich in seinen Computerausdruck. Da haben wir sie ja alle, die Martinengos, dachte er, und sogar Spuren zur Herkunft seiner Frau Tisbe scheint es zu geben.

> Stand: 23. September 1429
> (Notarielle Urkunde in Soncino)
>
> **Stammvater**
> **Prevosto Martinengo (aus Bergamo)**
>
> Pietro Martinengo (bis 1336 in Roccafranca/Brescia)
> 5 Söhne: Prevosto, Gerardo, Antonio und ohne Nachkommen:
> Lorenzo und Tommaso
>
> | **Prevosto** | **Gerardo** | **Antonio** |
> |---|---|---|
> | *Söhne:* | *Söhne:* | *Söhne:* |
> | ↓ | ↓ | ↓ |
> | Antonio | Marco | Bartolomeo |
> | Leonardo | Ludovico | Taddeo |
> | | Cesare | |
> | *Besitzungen:* | *Besitzungen:* | *Besitzungen:* |
> | Urago | Orzivecchi | Villagana |
> | Rudiano | Oriano | Villachiara |
> | Chiari | Potrine | Padernello z.T. |
> | Portoglio | Fogolina | Quinzano d'Oglio |
> | Padernallo z.T. | Corzano | Motella |
> | Roccafranca | Pompiano | Castelletto |
> | Farfengo | | |
> | *Stammväter der Linien:* | *Stammväter der Linien:* | *Stammväter:* |
> | →Martinengo di Barco | →Martinengo Palatini | → Martinengo di Villachiara |
> | →Martinengo Pallata | | |
> | →Martinengo della Palle | →Martinengo Colleoni | → Martinengo di Villagana |
> | →Martinengo di Padernello (della Fabbrica) | →Martinengo Codivalla | |
> | | →Martinengo Cesaresco | → Martinengo della Motella |

Tisbe war eine geborene Martinengo della Motella, sonst gab es von ihrer Herkunft wenige oder irrtümliche Aufzeichnungen in den Chroniken.

Er verließ die Bar in der Nähe des Alten Domes. Sein Magen knurrte, seit einem brioche zum Frühstück hatte er nichts mehr zu sich genommen, und er überlegte, ob er gleich nach Bergamo fahren oder hier essen sollte. Er verhielt vor der Locanda dei Gasconi und entschloss sich für ein einsames Abendessen vor Ort, das Lokal war für seine exzellente Küche bekannt.

In der Tür stieß er fast mit einer Dame zusammen. Er trat zurück und hielt ihr die Tür auf.

»Bartolomeo? Bist du es wirklich?«

Er erkannte sie sofort wieder, es mochte zehn Jahre her sein, dieselben schräg stehenden grünen Augen, die hohen Backenknochen, die sinnlichen Lippen, ein gefährlich schöner slawischer Typ.

»Sybilla?«

Nur der Schmuck, den sie trug, ebenso wie ihre Kleidung, wirkten sehr viel teurer und erinnerten nicht mehr an die eifrige, Wirtschaftswissenschaften studierende, kleine Blondine.

Sie erhielten einen Platz im *Sala principale*, direkt unter dem Brustharnisch eines alten Kriegers, und er setzte sich an den schön lackierten Holztisch unter dem Fenster, nachdem er Sorge dafür getragen hatte, dass sich seine Begleiterin auf einem der bequemen dunklen Holzstühle niedergelassen hatte. Die gediegene Atmosphäre und die Wiedersehensfreude ließ ihn ein reichliches Mahl bestellen, und als er den Speck piemontese serviert bekam und einen leichten Bardolino aus der alten, bemalten Holztruhe, richtete er seine Gedanken nur noch auf sein Gegenüber – der alte Bartolomeo Colleoni war für eine Zeit lang vergessen.

Ihr Mann, mit dem sie eigentlich hier verabredet gewesen war, rief an, dass er es heute nicht mehr schaffen und in Mailand übernachten würde, und so bestellte sie wie er den köstlichen Wildschweinbraten mit Polenta.

Wie selbstverständlich brachte er sie nach Hause, sie lebte nicht weit entfernt in der Via della Pace, und wie selbstverständlich lud sie ihn noch auf einen Drink ein, und ebenso selbstverständlich verbrachte er die Nacht in ihrem, nicht in seinem Ehebett.

Der Morgen brachte eine unliebsame Überraschung: ein Telefonanruf für ihn. Sie misstrauten ihm also und beobachteten ihn wie David Salzmann, jedenfalls hatten sie sein Handy geortet.

General Bonluca gab ihm Instruktionen, und sie gefielen ihm überhaupt nicht, auch nicht die Warnung, nicht wieder eigene Wege zu gehen.

Sie schoben ihn ab.

»Sie kennen sich doch aus in Piacenza«, hatte Bonluca scheinheilig gesagt, »die Spur von Michèle Andresen, dem Schwager des Marchese, führt dorthin. Hören Sie sich um.«

Gut, vielleicht war etwas dran, vielleicht konnte er dem sympathischen jungen Mann behilflich sein und dabei sein schlechtes Gewissen seinem Vetter gegenüber beruhigen, und außerdem konnte er auf dem Weg dorthin durch das Stammland der Martinengos fahren. Oder ob ihn nun auch der *Betrieb* möglichst weit wegschickte vom tatsächlichen Ort des Geschehens?

kapitel 7
podelta/märz 2002

Veneto / nördliches Podelta: Dienstag

ierzehn Tage nach Davids Ermordung rief Roberto wie immer abends im *Ca'Vecchia* Brandolin an, beinahe hätte er es vergessen, er war den ganzen Tag unterwegs gewesen.

Er hatte einen anstrengenden Tag hinter sich und den ganzen Nachmittag Carlo Terzetti, den Ballistiker, bearbeitet, um die Wahrheit über die drei Projektile herauszubekommen, die der Pathologe bei Davids Obduktion sichergestellt und an Terzetti weitergeleitet hatte, Coglione hatte sich schließlich gegen Hunter durchgesetzt.

Ein Kurier hatte sie von der Pathologie abgeholt. Terzetti schwor Stein und Bein, dass er eben diese vom Kurier erhaltenen Projektile untersucht und in seinem Gutachten beschrieben hatte. Nein, kein Geheimdienstler sei an ihn herangetreten, er habe, das schwöre er bei den Gebeinen aller Heiligen, weder Projektile vertauscht, noch die Ergebnisse manipuliert.

Doch endlich hatte Roberto ihm entlocken können, dass der Kurier einer der beiden Geheimdienstagenten gewesen sei, die ihm bei dem Tod der Garfinkels in sein patriotisches Gewissen geredet hatten. Also wenn die Originalprojektile durch diesen Kurier vertauscht worden waren, dann hier. Was Roberto zwar nicht beweisen konnte, aber er war sich dessen hundertprozentig sicher.

Es wäre zu schön gewesen, wenn er hätte beweisen können, dass der Mörder der Garfinkels auch David erschossen hatte, Robertos sechster Sinn signalisierte das zwar, aber der Beweis fehlte. Bis jetzt, und Roberto beschloss, geduldig zu warten, bis seine Zeit kam und er sein Ass aus dem Ärmel ziehen konnte.

Wenn er beweisen konnte, dass auch Davids Ermordung von den Geheimdiensten für ihre *strategia della tensione* missbraucht wurde, konnte er ihr falsches Spiel ein weiteres Mal entlarven. Coglione hatte ihn gewarnt, das zu tun; schließlich hatten die Geheimdienste bei seiner geplanten Ermordung in den Colli Euganei damals tatenlos zugesehen. Ein weiteres Mal würden sie vielleicht sogar aktiv reagieren. Roberto machte sich da nichts vor. Aber er konnte nicht anders handeln.

Bianca meldete sich.

»*Grazie al cielo*, dass du endlich anrufst, Roberto! Ich versuche schon den ganzen Tag dich zu erreichen, Giulietta heute Morgen auch!«
»Was ist denn los? Wo ist Giulia?«
»Michèle hat heute Morgen angerufen, Giulia möchte ihn und Gabrièlla abholen, er wüsste sich mit ihr keinen Rat mehr.«
Gabrièllas und Michèles Verschwinden hatte Roberto bisher rein hypothetisch in Zusammenhang gebracht, aber dann verworfen.
»Und Giulia ist natürlich sofort losgesaust!«
»N-nein, sie hat versucht, dich zu erreichen, aber als das vergebens war, hat sie den Pajero genommen und ist losgefahren.«
»Weißt du, wohin?«
»Irgendwo in die Polesine, ich kenne mich da nicht so aus. Du musst sie finden!«
»Das ist ja herrlich!«, explodierte er. »Meine Frau ist verschwunden, du weißt nicht, wohin, und ich soll sie suchen!«
Bianca weinte, Roberto bedauerte seine Reaktion sofort.
»*Mi dispiace*, Bianca. Hör zu, hat sie sich nochmals gemeldet?«
»Ja«, schluchzte sie, »sie hat in der Eile ihre Papiere vergessen und den Zettel, auf dem sie bei Michèles Anruf den Weg notiert hat. Und ihr *telefonino* liegt auch noch hier. Sie hat heute Mittag aus Adria angerufen, und ich musste ihr den Zettel vorlesen.«
»Und der Zettel ist noch da?«
»Ja, natürlich, er liegt vor mir, neben dem Telefon.«
Das war Glück!
»Dann diktiere genau, was da steht. Hat sie die Kinder mitgenommen? Nein? Dann bleib du bitte bei ihnen, bis Giulia oder ich wieder da sind, geht das?«
»Ich hatte nichts anderes vor.«
Wenn Ari und die übrigen Geheimdienste nun doch recht hatten und Gabrièlla zum harten Kern des *XX. Gennaio* gehörte? Dann konnte dies eine prächtige Falle sein. Hatten sie sich in die unübersichtlichen Weiten der Pomündung zurückgezogen und Michèle und nun auch Giulia dahin gelockt?
Hirngespinste, wies Roberto sich zurecht. Aber wenn Giulia die beiden heute Mittag abholen sollte, hätte sie längst wieder zurück sein müssen, und wenn sie sich aus irgendeinem Grund verspätet hatte, hätte sie bei Bianca angerufen.
Giulia in den Händen des *XX. Gennaio*? Er mochte nicht weiterdenken, sie und ihr Bruder waren ideale Geiseln gegen ihn als sogenannten Spezialisten in Sachen Terrorismus! Aber vielleicht entsprang doch alles seiner überreizten Fantasie? Vielleicht, vielleicht vielleicht! Er schlug mit der Faust auf den Tisch, dieser Ungewissheit musste er ein Ende bereiten!

Großeinsatz? Wohl eher nicht. Wenn er sich irrte?
Umberto schaute ins Zimmer.
»Ich gehe jetzt nach Hause, Roberto, kommst du mit? Morgen ist endlich mal wieder dienstfrei.«
Doch als Roberto seine Sorgen vor ihm ausgebreitet hatte, dachte er nicht mehr ans Nachhausegehen und setzte sich. Roberto lief im Zimmer auf und ab.
»Und wenn nun gar nichts passiert ist, sie hatte nur eine Panne oder so, und wir starten einen Großeinsatz? Dall'Aria behauptet sowieso schon, ich sähe unter jedem Schreibtisch Terroristen, obwohl das eher auf ihn zutrifft!«
»Weißt du was?«, überlegte Umberto laut. »Dall'Aria halten wir da ganz raus! Wir beiden fahren privat hin und sehen nach dem Rechten, du hast doch die genaue Beschreibung? Gut! Vielleicht sollten wir noch Luciano aus deiner und Sandro aus meiner *squadra* bitten, uns auf unserem privaten Ausflug zu begleiten. Und zufällig haben wir unsere Dienstwaffen dabei.«
»Du bist ein wahrer Freund!«
Roberto klopfte ihm auf die Schulter.
»Aber lass dich nicht wieder zu Ungesetzlichkeiten durch mich verleiten, siehe Protokoll!«
»Das kann ich nicht versprechen, manchmal packt's mich eben.«
Roberto fragte bei Luciano an, Umberto bei Sandro, beide sagten spontan zu, und sie machten einen Treffpunkt aus.
»Aber es ist rein privat!«
»*Certamente*, Chef!«
Luciano leuchtete die Abenteuerlust aus seinen bernsteingelben Augen.
»Es ist euer Risiko, und ihr müsst nicht mitmachen.«
»*Ma certo*, Umberto!«
Kurz nach Mitternacht fuhren sie los. Luciano hatte einen Golfsack in den Kofferraum des Volvo gelegt, aber keiner der anderen nahm ernstlich an, dass sich eine Golfausrüstung darin befand.
»Da dies ein privater Ausflug ist, verraten Sie mir vielleicht, was Sie an leichter Artillerie eingepackt haben, Luciano?«
»Och, Chef, müssen Sie mir jede Überraschung verderben? Also gut: etwas Wegzehrung und zwei Gewehre.«
»Aha, Wegzehrung in Form von Munition?«
»Das ist ja wie ein Verhör!«
»Dann beichten Sie auch gleich, woher Sie Ihre Waffen beziehen.«
»Tja«, er rutschte etwas unbehaglich auf seinem Sitz hin und her, »das weiß ich auch nicht so genau.«

»So, so, Märchenstunde?«

»Nein, Chef, aber ich habe einen Onkel, der hat einen Freund, und dessen Schwager aus zweiter Ehe ...«

»Doch Märchenstunde«, unterbrach Roberto ihn.

»Nein, ehrlich, Chef. Sie wissen, dass meine Wiege sehr weit südlich von Sizilien stand. Meine Mutter stammt aus einem Bergdorf in Zentralafrika, sehr kriegerische Leute. Und die bekommen ihre Waffen – also fragen Sie nicht so genau, ganz blick ich da auch nicht durch – über einen Mittelsmann der italienischen Regierung, ganz legal. Und da ich ganz gute Beziehungen zu meinen Stammesbrüdern habe, bin ich meistens gut versorgt.«

»Unglaublich!«

Bis hierher war ihm seine Rede locker von den Lippen gegangen, nun aber schwang ein unerwartet ernster Unterton mit.

»Es gibt bei uns in Zentralafrika noch Dinge, die würden Sie mir nicht glauben. Sklaverei zum Beispiel. Da jagen Sklavenhändler, meistens sogar Afrikaner, Menschen und verkaufen sie, junge Männer vorwiegend in den arabischen Raum, und Frauen und Mädchen, auch ganz kleine. Nicht mehr nach Amerika wie früher, sondern außer in die arabischen auch in europäische Länder, selbst hier, in unser sonniges Italien. Erst neulich war ich drüben in der Toscana, so ein typisch schwarzer Straßenstrich. Ich fand ein Mädchen aus meinem Stamm. Vierzehn. Ohne Sprachkenntnisse. Sie hatte meine Adresse auf einem Stück zerrissenem Papier. Ihr konnte ich helfen, den anderen nicht. Zum Kotzen!«

»Und da verplempern Sie Ihre kostbare Zeit bei der Mordkommission?«

»Ach, Chef.«

Lucianos Ton bekam seine normale Leichtigkeit zurück. »Ich bin noch zu jung und anfällig für die Sitte.«

»Eher Loyalität mir gegenüber?«

»Warum treffen Sie immer den Kern, Chef? Aber Sie bleiben auch nicht ewig bei der *squadra omicidi!* Wette ich! Und dann kümmere ich mich um Waffenschmuggel und Mädchenhandel!«

Vor dem Morgengrauen konnten sie nichts unternehmen, als möglichst dicht an die von Giulia aufgeschriebene Adresse zu kommen. So fuhren sie über die SS 516 nach Chioggia, überquerten die Brenta und trafen auf die SS 309, die sie in Táglio di Po in Richtung Porto Tolle verließen.

Im Gebiet von Porto Tolle waren bis ungefähr 1960 riesige Erdgasfelder abgebaut worden. Als der Boden sich bedenklich zu senken begann und Überschwemmungen drohten, hatte man die Förderung abgebrochen, die Träume vom großen Reichtum begraben, die Landwirtschaft wieder intensiviert und war zum traditionellen Fischfang zurückgekehrt.

Bevor sie vor Porto Tolle auf eine Deichstraße abbogen, versuchte Roberto noch einmal mit Lucianos *telefonino* Neuigkeiten von Bianca zu erfahren. Giulia war noch nicht zurückgekehrt und hatte sich nicht noch einmal gemeldet, auch Michèle und Gabrièlla nicht.

In der nachtschwarzen Dunkelheit krochen sie mit dem Auto langsam über die Deichstraße und hielten mehrfach an, um die Generalkarte zu studieren. Vor dem letzten kleinen Ort bogen sie auf eine Pontonbrücke ein, die sie auf das andere Flussufer führte; ein Kanal zweigte ab, auf der Karte waren mehrere kleine Inseln im Fluss verzeichnet, aber als unbewohnt markiert, und Giulias Beschreibung endete hier.

Es blieb ihnen nichts übrig, als bis zur Morgendämmerung zu warten. Luciano und Umberto rauchten eine Zigarette nach der anderen. Sandro schlief umgehend ein, und irgendwann auch Luciano.

»Ich hätte sie nicht heiraten dürfen, dann wäre sie nie in diese Lage gekommen«, hörte Umberto seinen Freund plötzlich sagen.

»*Sciochezze*, Roberto! Es ist nicht deine Schuld, dass sie sich in einer gefährlichen Situation befinden könnte.«

»Doch, doch. Ich fühle mich dafür verantwortlich, in diesen ganzen Terroristenspuk ist sie durch mich mit hineingeraten.«

»Unsinn, mein Freund. David und Gabrièlla hat sie schon gekannt, bevor ihr zusammen wart. Und sie ist genau wie du: Sie fühlt sich verantwortlich für Menschen und ihre Schwierigkeiten und ergreift die Initiative, wenn es sein muss.«

»Meinst du wirklich? So habe ich sie noch nie gesehen.«

»Aber ja. Sie musste ihrem Bruder helfen, der irgendwie in der Klemme steckte. Und weil du nicht erreichbar warst, tat sie's. Sie hat euer Wohnungsproblem gelöst, sie hat deiner Mutter den Weg gezeigt, sie nimmt dir allen Familienkrimskrams ab, sie lässt sich dauernd von anderen einspannen, denk doch, wie sie Bianca vor sexuellen Nachstellungen gerettet hat.

Oder hast du sie schon irgendwann einmal jemandem eine Bitte abschlagen gehört? Wenn sie an die falschen Leute geriete, würde sie hemmungslos ausgenutzt werden, aber ihre Freunde schätzen sie wegen ihres Verantwortungsgefühls und ihrer ständigen Hilfsbereitschaft.

Was ich sagen will: Auch wenn ihr nicht geheiratet hättet, wäre sie vielleicht in diese oder eine ähnliche Situation gekommen. Nur jetzt hat sie dich, der ihr helfen kann.«

Was war das mit Bianca? Umberto weiß mehr über meine Frau und ihre Aktivitäten als ich, dachte Roberto, und er sieht ihre Wesenszüge klarer als ich. Was ist los mit uns, warum kann ich nicht so an sie glauben wie er? Aber er hat auch nicht gegen die Erinnerung an einen Davide zu kämpfen.

»Sie ist genauso wie du«, hörte er Umberto fortfahren, »du kommst doch auch dauernd in Konflikte, weil du dich engagierst. Was wirfst du ihr eigentlich vor, was du nicht ebenso selber tätest? Denk an die Schlägerei im Weinkeller oder Lucianos Entführung.«

Davides Schatten, der immer größer wird, er steht zwischen uns, dachte Roberto resigniert.

Po di Goro: Mittwoch

Im Osten dämmerte es, langsam fuhren sie auf dem Deich in Richtung Süden, alle nun wieder hellwach. Nach ein paar Kilometern endete die Straße bei einem kleinen, zerfallenen Fischerhaus, dahinter entdeckten sie Giulias *Pajero*, von ihr selbst und den anderen fehlte jede Spur. Morgennebel lag über dem Fluss, und ob die durchsickernden Schemen zum gegenüberliegenden Ufer oder zu einer Insel gehörten, war nicht auszumachen.

Zwei Fischer arbeiteten an ihrem Boot, sortierten die Netze und ignorierten die Ankömmlinge. Trotz der immensen Verschmutzung des Pos durch die intensive Landwirtschaft, mehr aber noch durch die Industrieabwässer aus der Lombardei, hatten diese beiden wie viele andere noch nicht aufgegeben, wenn auch der legendäre Stör des Podeltas längst ausgestorben war.

Umberto grüßte die Fischer. Sie antworteten nicht und musterten sie misstrauisch.

»*Buon giorno!* Wir suchen die Fahrerin des Geländewagens dort hinter dem Deich.«

Die beiden mochten Brüder sein, wettergegerbt, schweigsam, misstrauisch. Sie sahen sich an und schwiegen weiter. Umberto zeigte ihnen seinen Polizeiausweis und meinte:

»Die junge Frau steckt vielleicht in Schwierigkeiten. Wir sind hier, um ihr zu helfen.«

Der Ältere der beiden nickte zur Insel hinüber.

»Sie ist bei den anderen, drüben auf der Insel.«

»Den anderen?«

»Seit vierzehn Tagen wohnen zwei junge Leute im Haus vom *commendatore*.«

»Ist der *commendatore* auch da?«

Der Sprecher der beiden Fischer zuckte mit den Achseln.

»Er kommt mit dem Boot den Fluss hinauf oder mit dem Hubschrauber. Der *commendatore* meldet sich bei uns nicht an.«

»Gestern Nachmittag habe ich den Hubschrauber gehört, Valèrio«, meldete sich erstmals der Jüngere.

»So? Ich nicht!«
»Wie kommen wir auf die Insel? Können Sie uns hinüberbringen?«
Die beiden Fischer musterten sich unschlüssig.
»Was meinst du, Valèrio?«
»Ja, ich weiß nicht. Der *commendatore* liebt keine Fremden, uns auch nicht.«
»Und wenn wir die Polizei auf unserem Weg an der Nordspitze absetzen?«
»Ja. Und wir fahren dann weiter, ohne die Insel zu betreten.«
Roberto nahm sein Fernglas aus dem Handschuhfach und Luciano seinen Golfsack. Vorsichtig stiegen sie in das lange, nicht gerade vertrauenerweckende Boot der beiden Fischer. Aber es besaß einen Außenborder und lag unerwartet ruhig in der ziemlich heftigen Strömung des Hochwasser führenden Flusses.
Ebenso gleichmütig, wie sie abgelegt hatten, steuerten sie in den Flussnebel hinein und erreichten einen Anleger an der Nordspitze der Insel. Geschickt manövrierten die beiden Fischer das Boot an den Steg, halfen weder beim Aussteigen, noch sagten sie ein weiteres Wort, fuhren grußlos davon und verschwanden in der Nebelwand, die sie mitzunehmen schien.
Nun sahen sie die Insel, den sie umgebenden Deich und die obere Hälfte eines Daches. Unschlüssig standen sie irgendwo im Nirgendwo des Podeltas, auf Privatbesitz, wie die Schilder am Deichfuß ihnen aggressiv entgegenschrien und jedem bei Strafe verboten, ihn zu betreten.
»Zwei von uns gehen an der westlichen, die anderen beiden an der östlichen Seite des Deiches entlang«, entschied Roberto, »auf der Höhe des Hauses überqueren wir den Deich und treffen uns wieder.«
Keiner der anderen konnte mit einem besseren Vorschlag aufwarten, sie wussten, dass sie illegal handelten, aber keiner verschwendete einen Gedanken daran, zurückkehren konnten sie eh nicht, wenn sie nicht schwimmen wollten.
Sie waren noch keine fünfzig Meter gegangen, als neben Roberto Grasbüschel hochflogen und Erde aufspritzte. Das starke Rauschen des Flusses schluckte alle Geräusche. Robertos Augen spähten nach dem Schützen. Umberto ging weiter, unwissend, was hinter ihm geschah.
Schräg vor ihnen, am gegenüberliegenden Ostufer des Flusses, lag ein an einem Steg vertäutes Boot, das der hin und her wabernde Flussnebel ihren Blicken bisher entzogen hatte, genauso lang und schmal wie ihr Fährboot. Ein vermummter Mann stand im Heck des Bootes und legte erneut auf sie an, hinter ihm hockten zwei zusammengeduckte Gestalten, eine in einer türkisfarbenen Jacke. Julia!
Eben hatten noch Ruhe und Frieden das Bild geprägt, grüne Weiden senkten ihre Zweige demutsvoll in den Fluss, der Frühling lag förmlich

in der Luft, aber es war ein vorgegaukelter Friede gewesen, jetzt häufte sich artfremder und bedrohlicher Lärm.

Robertos Warnruf erreichte Umberto nicht, denn in eben diesem Augenblick röhrte der Motor eines Hubschraubers auf und zerriss die Stille des jungen Morgens. Ein zweiter Schuss verfehlte Umberto nur knapp. Robertos Pistole war nutzlos, das Boot, in dem er nun deutlich Michèle und seine Frau ausmachen konnte, war zu weit entfernt. Seine ärgsten Befürchtungen hatten sich bewahrheitet: Die beiden befanden sich in der Gewalt des *XX. Gennaio*.

Auch sein zweiter Warnruf erreichte seinen Freund nicht, denn im gleichen Augenblick ertönte auf der anderen Seite des Deiches das Rattern einer Maschinenpistole, aber es galt nicht ihnen. Hinter dem Haus erhob sich fast gleichzeitig mit Ohren betäubendem Lärm der Hubschrauber und verschwand flussabwärts.

Roberto versuchte den deckungslosen Deichfuß zu verlassen und gleichzeitig Umberto zu warnen – vergeblich: Roberto erreichte die Deichkrone, rutschte aber im feuchten Gras ab; der dritte Schuss verfehlte ihn nur um Haaresbreite, der nächste konnte sein oder Umbertos Ende bedeuten.

Aber er blieb aus, stattdessen sah er, wie Julia aufgestanden war und das Boot zum Schaukeln brachte, sodass der Terrorist nicht mehr genau zielen konnte, ein mutiges, aber zugleich waghalsiges Manöver. Roberto blieb das Herz stehen, er sah das Unglück kommen und konnte nichts, aber auch gar nichts tun.

Der Vermummte bemerkte Julias Aktivitäten, und Roberto musste tatenlos mit ansehen, wie er sich umdrehte. Entweder würde er Julia erschießen oder sie über Bord werfen.

Aber seine Drehung war zu abrupt gewesen, er kam aus dem Gleichgewicht, zuerst verlor er sein Gewehr, dann die Balance und stürzte in den Fluss, der ihn mit atemberaubender Geschwindigkeit mit sich riss; mit den Armen rudernd tauchte er noch ein paar Mal auf, bevor er aus Robertos Blickfeld verschwand.

Das alles dauerte nur einen kurzen Augenblick. Umberto drehte sich zu ihm um, das Gewehr schussbereit in der Hand, und deutete auf das Haus.

»Ein Wespennest! Räuchern wir es aus?«

»Halt, warte!«

Roberto sah durch das Fernglas zum Boot hinüber, und nun erst bemerkte es auch Umberto.

»Giulietta? *Cristo Signore*, nun sind wir auf der falschen Seite! Aber was macht sie da?«

Julia bemühte sich, das gefährlich schaukelnde Boot vor dem Kentern zu bewahren, einen Augenblick schien es, als gelänge es ihr nicht, denn die Ärmel ihrer Steppjacke waren nach innen gezogen worden, ihre Hände darunter wahrscheinlich gefesselt. Aber dann lag das Boot plötzlich relativ ruhig im Wasser. Julia blickte zu ihnen rüber und zuckte die Schultern, und Michèle schaute ebenfalls über den Fluss.

Roberto versuchte, ihr durch Handzeichen zu signalisieren, dass sie beide sich auf den Boden des Bootes legen sollten, um aus der Schussweite eventuell anderer auftauchender Terroristen zu gelangen. Sie verstanden und befolgten seine Anweisung sofort.

Po di Goro: Mittwoch

Seine Erleichterung zu genießen, dass die beiden sich nicht mehr in der unmittelbaren Gefahrenzone befanden, blieb Roberto keine Zeit, denn als er mit Umberto vorsichtig die Deichkrone erklomm, die letzten Meter vorsichtshalber auf dem Bauch rutschend, wurden sie in einen Strudel von Ereignissen gezogen.

Die völlig eingedeichte Insel mochte gut und gern zweihundert Meter lang, aber nicht mehr als fünfzig Meter breit sein. Etwas südlich von Roberto und Umberto lag ein altes, wohl erst kürzlich renoviertes Bauernhaus, das dem von den Fischern erwähnten *commendatore* als Jagdhaus dienen mochte.

Eben waren ein paar typisch nach *XX.-Gennaio*-Art vermummte Terroristen dabei, Kästen und Bündel aus dem Haus zu schaffen und zu der zum Teil noch im Nebel verborgenen Südspitze der Insel zu transportieren.

Nicht mehr als zwanzig Meter von ihnen, auf halbem Weg zum Haus, lag ein regloser Mensch, ein Tuch vor dem Gesicht, die Brust von einer Maschinenpistolengarbe zerfetzt. Den herrlichen schwarzen Haaren nach, die sich wie ein Fächer auf dem Grün des Grases ausgebreitet hatten, handelte es sich um Gabriella El-Atasoy. Vor nicht mehr als fünf Minuten hatten sie die Schüsse ihrer Exekution gehört.

Bevor sein Magen Zeit hatte, sich umzudrehen, wurden sie durch Lucianos Verhalten zum Handeln gezwungen: Er sprintete den gegenüberliegenden Deich hinunter, tauchte plötzlich wie aus dem Nichts vor den Terroristen auf und begann ohne jegliche Vorwarnung auf die Vermummten zu schießen; eine ungeheure Wut verzerrte seine Züge, offensichtlich eine Reaktion auf den Anblick der ermordeten Frau, mit der er einmal das Bett geteilt hatte.

Da er ohne Vorwarnung schoss, rief Umberto:
»Polizei! Werfen Sie die Waffen weg! Sie sind umstellt!«

Noch nie hatte Roberto einen Menschen gesehen, der so zum Töten bereit war wie sein junger Assistent. Er hoffte nur, Luciano würde so viel Überlebensinstinkt entwickeln, dass er niemanden von hinten erschoss, sein Hass auf die Mörder war nachvollziehbar, aber Roberto ignorierte die Rechtsstaatlichkeit auch in dieser Situation nicht, ebenso wenig wie Umberto.

Obwohl die Terroristen weit in der Überzahl waren, überrumpelte diese Einmannarmee sie derart, dass sie Hals über Kopf die Flucht zur Südspitze antraten, statt sich in die Deckung des Hauses zu begeben, gaben vereinzelte Schüsse ab, die aber keinerlei Schaden anrichteten.

Ohne an seine Deckung zu denken, raste Luciano wie ein Taifun auf das Haus zu, kletterte wie eine Wildkatze an der Dachrinne hoch, die Pistole wie ein Pirat im Mund, und verschwand durch ein splitterndes Glasfenster im Haus.

Von Süden her waren Schüsse zu hören, Sandro musste sich auf der anderen Seite vorgewagt haben. Umberto eilte ihm zu Hilfe, während Roberto seinen Standort nur etwas näher zum Haus hin verlegte. Einen Platz mit besserer Übersicht gab es nicht. Mit einem Blick zurück über die Schulter vergewisserte er sich, dass das Boot noch ruhig am jenseitigen Steg lag, von seiner Frau und seinem Schwager war nichts zu sehen. Gut so, wenigstens sie befanden sich in Sicherheit.

So wie Luciano ausgesehen hatte, mussten all die kriegerischen Instinkte seiner mütterlichen Vorfahren durchgebrochen und alle erworbene Zivilisation von ihm abgefallen sein. Was sich im Einzelnen im Haus abspielte, wusste er auch später nicht zu sagen, aber er kämpfte effektiv wie eine ganze Armee. Ein Terrorist stürzte aus dem Fenster im ersten Stock und schließlich trieb er drei mit erhobenen Händen unter vorgehaltener Pistole aus dem Haus auf Roberto zu.

Meno male, dachte Roberto erleichtert, der Polizist in ihm hat die Oberhand gewonnen!

In diesem Moment kam ein burgunderrot Vermummter um die Hausecke, eine Maschinenpistole im Anschlag, die er auf den ihm den Rücken zukehrenden Luciano und die drei Terroristen anlegte. Ohne zu zögern schoss Roberto und traf die Waffe, Luciano fuhr herum und stürzte sich auf den Vermummten, sie verbissen sich ineinander und kugelten in Richtung Deich, einer den Hals des anderen umklammernd.

Roberto konnte den weiteren Kampf nicht verfolgen, denn die drei von Luciano bereits entwaffneten Terroristen wollten das Weite suchen, ließen es aber angesichts Robertos Pistole und der Aufforderung sich auf den Bauch zu legen. Da er nur zwei Paar Handschellen dabei hatte, fesselte er sie jeweils Hand an Fuß aneinander, das würde sie auch am Davonlaufen hindern.

Luciano prügelte derweil den Terroristen des *XX. Gennaio* aus der italienischen Fraktion über den Deich, erschien nach gut einer Minute allein wieder und signalisierte Roberto mit einer angedeuteten Schwimmbewegung, dass der Feind den Wasserweg vorgezogen hatte. Bei der Hochwasserströmung würde er voraussichtlich nicht überleben. Luciano blutete aus vielen Schnittwunden am Kopf, wahrscheinlich die Glassplitter des Dachfensters. Er sah zum Fürchten aus, als er auf Roberto zuging.

»Das Haus und der Nordteil der Insel sind terroristenfrei, Chef«, meldete er, während er die drei zusätzlich mit Kabelbindern fesselte. »Wollen wir offiziell Verstärkung anfordern?«

Er wirkte wieder ruhig, wenn auch nicht gelassen, und reichte Roberto sein *telefonino*, das die Schlacht unbeschadet überstanden hatte. Schüsse vom Südteil ließen Roberto ohne Zögern alle nur möglichen Notrufnummern wählen, von der Polizei über Rettungshubschrauber und Küstenwache bis hin zu Hirschfeld & Co., die sehr überrascht ihre sofortige Hilfe zusagten. Auch Tramontan erreichte er unter seiner Privatnummer.

»Schwer angeschlagen?«

»Nur Kratzer, Chef.«

»Und sonst?«

»Bin schon wieder okay.«

Luciano lächelte schief, was ihm ein fast fegefeuermäßiges Aussehen gab. »Ich habe den dreien hier sogar noch ihre Rechte vorgebetet! Und der Schwimmer war seiner Sturmhaube nach die Nummer Drei, *Il Terzo*.«

»Dann lassen wir sie hier liegen und helfen den beiden anderen.«

Wie er seinem Kollegen Morceno aus Ferrara später erklären sollte, was die padovanische Polizei in der Emilia verloren hatte, darüber zerbrach er sich den Kopf lieber nicht; und wie er später mit dall'Aria verfahren sollte, erst recht lieber nicht.

Jetzt war nichts anderes wichtig, als diese Situation zu überleben, denn die Zahl der Gegner blieb ungewiss. Roberto pirschte am Haus entlang und hörte das Aufheulen eines starken Bootsmotors. Die Motorengeräusche entfernten sich schnell flussabwärts. Da zur Mündung hin der Nebel noch dicht über dem Wasser hing, würde ihre Verfolgung schwierig werden, selbst wenn schnelle Hilfe kam.

Roberto rief nach Umberto und Sandro, die er genau wie Luciano und sich selbst, wenn auch unbeabsichtigt, in allergrößte Gefahr gebracht hatte. Nur Sandro antwortete.

»Sie hauen ab, Chef! Ich kann's nicht ändern!«

»Wo ist Umberto?«

»Keine Ahnung!«

Das Motorengeräusch des sich entfernenden Bootes verlor sich. Robertos Weg zu dem ihm entgegenkommenden Sandro führte an zwei reglosen schwarzrot Vermummten aus der arabischen Sektion des *XX. Gennaio* vorbei. Er kickte ihre Waffen zur Seite, drehte die beiden mit Sandros Hilfe in die Seitenlage, anschließend banden sie ihnen die Hände mit Kabelbindern.

Dann machten sie sich auf die Suche nach Umberto und stolperten fast über ihn. Roberto machte sich schreckliche Vorwürfe. Wenn ihm etwas Ernsthaftes zugestoßen war, würde er es sich nie verzeihen, einen Familienvater mit vier kleinen Kindern in diese Gefahr gebracht zu haben.

Aber nach einer oberflächlichen Untersuchung schien nur ein Streifschuss ihn in das Land der Träume geschickt zu haben. Sandro tätschelte das Gesicht seines *dirigente*, und der öffnete tatsächlich gleich die Augen.

»Sie haben sich auf eine schnelle Jacht zurückgezogen«, sagte Sandro und half Umberto auf die Beine. »Mich hatten sie am Deich festgenagelt. Alle sind weg. Ich habe den ganzen südlichen Teil abgesucht.«

»Wenn ich auch nur geahnt hätte, was uns hier erwartet, hätte ich euch nicht mitgenommen. Das hätte böse ins Auge gehen können!«

»Von so etwas träumt doch jeder, das war eine tolle Schlacht!«

Sandros Augen glänzten vor Begeisterung wie sein gegeltes Haar. Kein Wunder, dass er und Luciano als Draufgänger gute Freunde waren.

»Roberto und ich als Familienväter eher weniger«, stöhnte Umberto und hielt ein Taschentuch auf die Wunde am Kopf gepresst.

Sie trafen sich mit Luciano bei Gabriëllas Leiche. Er hatte seine Lederjacke über ihr Gesicht und die zerfetzte Brust gelegt, kniete neben ihr und sagte mit tränenerstickter Stimme:

»Ich weiß, Chef, ich hätte sie so liegen lassen sollen, aber ich konnte den Blick in ihr Gesicht nicht ertragen. Und was am schlimmsten ist, sie sieht irgendwie zufrieden aus; schön, tot und zufrieden. Ich versteh das nicht.«

Und dann stieß er voller Hass aus:

»Das war *Il Terzo* der italienischen Sektion vom *XX. Gennaio*! Er hatte als Einziger eine Maschinenpistole. Und wenn der nicht ertrunken ist, verfolge ich ihn bis ans Ende der Welt und bring ihn um!«

In ihr Schweigen hinein hörten sie die Geräusche näher kommender Hubschrauber und Sirenen von Einsatzfahrzeugen auf beiden Seiten des Flusses. Roberto mochte nicht an das zu erwartende Kompetenzgerangel denken. Tatsächlich stellte sich später heraus, dass die Insel in den Generalstabskarten der Emilia als zum Veneto gehörig eingetragen war und in denen des Veneto als zur Emilia Romagna.

Der Rettungshubschrauber gewann das Rennen, dicht gefolgt von einem Polizeihubschrauber. Roberto beeilte sich, auf den Deich zu kommen, um nach dem Boot mit Michèle und Julia zu sehen.

Es war fort! Erst traute er seinen Augen nicht, aber die Tatsache blieb bestehen: Das Boot war verschwunden, es lag nicht mehr am Steg und war weit und breit nicht zu sehen.

Der Nebel hatte sich inzwischen gänzlich gehoben. War es den Terroristen auf der Jacht gelungen, seine Frau und seinen Schwager als Geiseln mitzunehmen? Sein Herz setzte aus, und Hoffnungslosigkeit breitete sich in ihm aus. Aber dann riss er sich zusammen und bat den Piloten des Polizeihubschraubers, ihn den Deich entlang nach Süden zu fliegen, um Ausschau nach dem Fischerboot zu halten.

Gerade als er zusteigen wollte, erschien der Kollege aus Ferrara und ganz unvermutet sein Vetter, *colonnello* Coglione. Beide verlangten Erklärungen. So flog der Hubschrauberpilot ohne Roberto ab.

Es war acht Uhr früh, und die nächste Stunde dehnte sich für ihn wie eine Ewigkeit.

Po di Goro: Dienstag

Gegen vierzehn Uhr war Julia an der verabredeten Stelle zur verabredeten Zeit auf dem Deich gewesen. Es hatte sie eine ziemliche Mühe gekostet, nach der Beschreibung das baufällige Fischerhaus im unübersichtlichen und ihr gänzlich unbekannten Podelta zu entdecken. Kurz darauf sah sie ihren Bruder in einem kleinen Boot von der gegenüberliegenden Insel auf sie zusteuern. Trotz eines kleinen Außenbordmotors hatte er Mühe, gegen die Strömung anzukommen.

Er sah übernächtigt und todunglücklich aus, umarmte seine Schwester und nickte mit dem Kopf zur Insel hinüber.

»Gabrièlla ist dort drüben im Haus des *commendatore*. Vielleicht kannst du sie zur Vernunft bringen und sie von hier wegholen. Ich weiß nicht mehr, was ich machen soll, ich finde keinen Zugang mehr zu ihr.«

»Vielleicht erzählst du mir erst einmal, was überhaupt passiert ist und warum ihr zusammen verschwunden seid«, sagte Julia. »Wir haben uns schreckliche Sorgen um dich gemacht!«

»Tut mir leid. Aber lass uns schnell zu ihr. Ich habe Angst, sie tut sich etwas an, sie hat es schon einmal versucht.«

Micha warf den Außenborder an. Bei dem Motorenlärm und dem Rauschen des Flusses konnten sie kein weiteres Wort wechseln. Auf der Insel angekommen, vertäute Micha sorgfältig das Boot, und während sie zum Haus gingen, erzählte er, was sich während der vergangenen vierzehn Tage ereignet hatte:

Gabrièlla hatte ihn am Donnerstagmorgen im *Ca'Rosso* angerufen und dringend seine Hilfe erbeten. Von Davids Tod hatte er bis dahin nichts gehört. Mit David sei es aus, für immer, hatte Gabrièlla gesagt.

Sie verabredeten sich am Busbahnhof. Er hatte sich sehr geschmeichelt gefühlt, dass die von ihm angebetete Gabrièlla ihn allen ihren anderen Männerbekanntschaften vorgezogen hatte. Außer seiner Gitarre nahm er nichts mit, nicht ahnend, dass er vierzehn Tage fortbleiben würde.

Sie fuhren mit dem Bus bis Contarina, von da dirigierte die mit einem Kopftuch und Sonnenbrille nicht wiederzuerkennende Gabrièlla ein Taxi quer durch das Podelta bis zum Ende der Straße mit der zerfallenen Fischerhütte. Sie hatte ein dickes Bündel mit Euroscheinen dabei. Schließlich wurden sie von zwei Fischern hinüber zur Insel gebracht. Sie wurden großzügig entlohnt. Im Haus, zu dem Gabrièlla einen Schlüssel besaß, fanden sie reichlich Lebensmittelvorräte und Getränke.

Erst da bemerkte er, dass die junge Frau unter Drogeneinfluss stand. Als er sie zur Rede stellte, gab sie zu, seit ihrer Entführung im Januar nicht mehr vom Heroin losgekommen zu sein.

Da brach für ihn seine Welt zusammen, in der es bisher keine Drogen und keine direkte Gewalt gegeben hatte.

»Seit vierzehn Tagen versuche ich, sie von der Nadel zu bekommen!«, hatte er Julia in seiner Verzweiflung gestanden. »Aber es ist alles umsonst. Heute morgen wusste ich mir keinen Rat mehr. Ich bin noch in der Dunkelheit nach Adria gefahren. Gabrièlla hat mir eine Adresse gegeben, wo ich Tabletten-, also Heroinnachschub kaufen konnte. Nach ihrem Selbstmordversuch vorgestern – sie hatte versucht, sich die Pulsadern zu öffnen – habe ich nicht gewagt, ihr zu widersprechen. Aber ich konnte es nicht mehr allein tragen, deshalb habe ich dich angerufen und um Hilfe gebeten. Vielleicht schaffst du es ja, sie zur Rückkehr nach Padova zu überreden. Ich werde nicht klug aus ihren Reden«, hatte er gesagt, während er mit Julia das Haus betrat, »einmal sagt sie, David sei tot, dann wieder, sie sei betrogen worden. Aber sieh selbst!«

Doch das Zimmer war leer gewesen. Voller Panik hatte er nach ihr geschrien und alle Zimmer durchsucht, während Julia sie schließlich draußen auf dem Deich sitzend und auf das andere Flussufer starrend vorgefunden hatte. Keine Frage, sie brauchte Hilfe, und Julia bedauerte, sofort losgefahren zu sein und nicht auf Robertos erfahrenen Rat gewartet zu haben. Sie ahnte, dass dies eine Situation war, die ihre Kräfte überstieg. Aber Micha hatte so verzweifelt geklungen, dass sie ihn nicht hatte allein lassen können. Doch Roberto würde ihr Handeln zu Recht kritisieren.

Gabrièlla hatte die Knie angezogen, die Hände in den Rasen verkrallt, ihr rechtes Handgelenk von einem schmutzigen Verband verdeckt. Julia rief nach ihrem Bruder, Gabrièllas Zustand entsetzte sie maßlos. Gabrièllas Augen blickten fiebrig und groß aus tiefen Höhlen der Verzweiflung, die Lippen blutleer, rissig und zusammengepresst. Sie sah aus wie eine kleine, nicht nur seelisch verhungerte Kreatur, der jeder Lebenswille fehlte.

»Mein Gott, Gabrièlla, was machst du für Sachen?«, fragte sie sie.

Doch sie schien Julia nicht zu hören. Ihre Augen irrten über die Wasserfläche. Erst als sie Julias Hand auf ihrem Arm spürte, erhob sie sich mühsam wie eine alte Frau.

Julia nahm sie spontan in die Arme.

»Es tut gut, dich noch einmal zu sehen, Giulia. Bevor ich gehe«, sagte sie tragödienhaft.

Anschließend brachten sie die Willenlose ins Haus zurück, wo sie plötzlich emotionslos feststellte:

»Er ist tot, nicht wahr?«

Julia nickte verzagt.

»Es ist meine Schuld«, antwortete sie kraftlos.

»Unsinn! Er ist ein Opfer des *XX. Gennaio* geworden!«, widersprach Julia.

»Eben, an den habe ich ihn verraten. Zu denen gehörte ich auch einmal.«

Wenn sie leidenschaftlich wie früher, streitbar und lebhaft gewesen wäre, hätte Julia das besser ertragen können als ihre tödliche Lethargie.

»Du hast in der Vergangenheitsform gesprochen«, sagte Julia.

»Offiziell war ich die Nummer Sechs des *XX. Gennaio!*«, antwortete Gabrièlla.

»Nein, Gabrièlla, das ist nicht wahr!«, rief Julia bestürzt aus.

»Offiziell schon«, sagte Gabrièlla. »Mein Vater ist einer der Führer dort, deshalb wurde ich lange nicht verdächtigt. In Wirklichkeit habe ich undercover für eine amerikanische Behörde gearbeitet. Er hat das nicht gewusst.«

Micha hörte mit offenem Mund zu, während Julia die Tragweite ihrer Bemerkung sehr schnell begriffen hatte.

»Wir müssen fort von hier!«, stieß sie aus. »Schnell! Wir müssen zu Roberto. Der weiß sicher, was du tun musst.«

»Niemand entkommt dem *XX. Gennaio*. Sie wissen jetzt, dass ich für die *DEA* gearbeitet habe. Ich will auch gar nicht mehr leben, nur noch sterben und David nahe sein«, erklärte Gabrièlla.

»*DEA?* Kann mich mal jemand aufklären?«, fragte Micha.

»Die amerikanische Drogenbehörde«, antwortete Julia.

»Wo hat man ihn gefunden? Unter der Autobahnbrücke?«, fragte Gabrièlla.

»Nein, er lag vor unserer Küchentür mit drei Einschusslöchern im Rücken«, antwortete Julia.

»David ist tatsächlich tot?«, fragte Micha entsetzt. »Ich dachte nur: ›tot‹ für Gabrièlla, weil er sie betrogen hatte. Und du hast ihn ...?«

»Aber er war schon tot, als ich ihn fand«, fügte Julia schnell hinzu.

»Giulia«, sagte Gabrièlla wie aus dem Off, »du bist für mich immer wie ein Fenster gewesen, das aus unserer Welt in ein harmonisches Familienleben führt, das ich selbst eigentlich immer führen wollte.«

»Was war denn eure Welt?«, wollte Julia wissen.

»Die der Geheimdienste, *DEA, XX. Gennaio*!«

»Ich versteh das alles nicht!«, antwortete Micha hilflos.

»Wir reden über all das, wenn wir hier weg sind! Los, los!«, trieb Julia zur Eile, doch statt einer Antwort zog Gabrièlla Julia ein zerknittertes Foto, an das zwei Kopien hebräisch geschriebener Dokumente geheftet waren, unter der Matratze hervor.

»Davids Heiratsurkunde«, erklärte sie tonlos. »Mit den Geburtsurkunden seiner Kinder.«

Auf dem Foto lächelte ein sehr viel jüngerer David in die Kamera. Er hatte zwei Säuglinge auf dem Arm und strotzte vor Glück. *David, Daniel und Dana 1989 in Givat Shalom* stand auf der Rückseite.

»1989, das ist lange her«, sagte Julia höchst erstaunt: Eine Familie hatte sie David nicht zugetraut, schon gar nicht in Israel, das er angeblich nie betreten hatte.

»Rachel Salzmann war wirklich seine Frau«, sagte Gabrièlla und zog ein zweites Foto unter der Matratze vor, das eine Frau mit zwei etwa zwölfjährigen Kindern zeigte. *Daniel und Dana 2001* stand auf der Rückseite.

»Aber das sind doch Rebecca Garfinkel und ihr Sohn Daniel«, rief Julia überrascht aus.

»Das weiß ich jetzt auch«, antwortete Gabrièlla traurig. »Aber ich war so rasend vor Zorn, David wollte mich heiraten, und ich musste glauben, er sei noch verheiratet und habe mich hintergangen.«

»Und du hast es ohne Nachprüfung geglaubt und ihn nicht zur Rede gestellt?«, hakte Julia nach.

»Ich habe die Heirats- und Geburtsanzeigen über einen Mittelsmann in Tiberias überprüfen lassen. Sie sind echt. – Aber was ich nicht wusste und was mir die Genossen hinterher vom *XX. Gennaio* hämisch unter die Nase hielten, ist, dass Rachel schon 1990 bei einem der ersten Selbstmordattentate der Hamas starb und Rebecca und Yochanan Garfinkel anschließend die Halbwaisen adoptiert haben. David ist damals einfach abgetaucht.«

Julia war fassungslos.

»Ist das hier ein Horrorszenario oder ein Gefrierschocker?«, fragte Micha.

»Los, Gabrièlla, steh auf, wir müssen zu Roberto!«, forderte Julia Gabrièlla auf und versuchte vergeblich, sie hochzuziehen.

»Ich brauch erst einen Schuss! Michèle, hol die Sachen von nebenan!«, rief sie.

»Kommt gar nicht infrage, wir fahren, so schnell es geht!«, bestimmte Julia entschieden.

Bisher hatte Julia Süchtige nur als Patienten erlebt, daher traf sie der folgende Ausbruch Gabrièllas, der darin gipfelte, dass sie ihr an die Kehle sprang und sie mit beiden Händen zu würgen begann, persönlich und unvorbereitet. Micha hatte große Mühe, sie von seiner Schwester loszureißen.

Sie schrie wie eine Furie. Sie brauche sofort den Rest von dem Stoff. Als er ihr erklärte, das Heroin sofort besorgen zu wollen, gab sie sich endlich zufrieden und sank auf das Lager zurück.

»Das tust du nicht, du machst dich strafbar!«, sagte Julia scharf.

»Schau sie dir an, sie braucht es. Jetzt«, sagte er. »Ruf inzwischen Roberto an, vielleicht kann er uns einen Polizeihubschrauber schicken.«

Gabrièlle hatte inzwischen begonnen, ihren ganzen Körper unkontrolliert zu zerkratzen. Sie war nicht fähig, sich zu spritzen, deshalb musste er es für sie tun.

Nachdem sie sich wieder stabilisiert hatte, brachen sie zum Boot auf.

»Wie bist du eigentlich an die *DEA* gekommen?«, fragte Julia Gabrièlla unterwegs. »Ich habe dich immer für eine begeisterte Palästinenserin gehalten.«

»Das bin ich auch«, antwortete sie. »Aber als mein jüngerer Halbbruder durch Drogen starb, bin ich in die USA ausgewandert. Von meiner Herkunft war ich für undercover prädestiniert. Ich habe also Drogen und Drogenhändlern den Kampf angesagt. Und meiner Mutter in Italien, denn sie war auch im Drogengeschäft. Behauptete wenigstens mein Vater. Bis ich erfuhr, dass er es war, der die Drogen für *eroina per gli studenti* beschaffte. Also kämpfte ich mit David gegen meine Eltern. Und dann erfuhren wir, dass italienische und amerikanische Geheimdienstagenten mit *Aids per gli studenti* eine Gegenoffensive gestartet hatten.«

»Das glaube ich nicht!«, rief Julia außer sich. »So etwas Unmenschliches kann es nicht geben!«

»O doch!«, widersprach Gabrièlla. »Den Italiener klagen sie schließlich deswegen an. Frag Roberto, der weiß davon.«

»Und der Amerikaner?«, fragte Julia.

»George Hunter? David war ihm dicht auf den Fersen. Er hatte wohl schon Beweismaterial gegen ihn in der Hand. Wenn ich David nicht an den *XX. Gennaio* verraten und ihn zur Autobahnbrücke bestellt hätte, könnten auch Hunter und die *Firma* ihn getötet haben. Wenn ich nur wüsste, wer *Il Terzo* des italienischen *XX. Gennaio* ist. Wir wussten nie, wer sich hinter welcher Nummer verbirgt. Es muss jemand sein, der sowohl der Polizei als auch den Geheimdiensten nahesteht.«

»*Il Terzo*? Er war es, der …«, flüsterte Julia.

Micha sah Julia erstaunt an, aber sie schwieg erschrocken, und Gabriela schien nichts bemerkt zu haben.

»Ob sie David die Liste abgenommen haben?«, fragte Gabrièlla urplötzlich. »Wir hatten sie fast komplett: Henry, David und ich.«

»Welche Liste?«, fragte Julia überrascht, aber Gabrièlla schwieg.

Po di Goro: Dienstag

Die Sonne stand schon tief im Westen, Vögel zwitscherten, der Fluss rauschte beruhigend und die leuchtend hellgrünen Blätter der Weiden sahen so frisch nach neuem Leben und erwachendem Frühling aus, dass Julia Hoffnung schöpfte, alles könne doch noch zu einem guten Ende kommen.

Der Außenbordmotor sprang nicht an.

»Wahrscheinlich ist der Treibstoff alle«, meinte Micha und zuckte mit den Schultern. »Ist nicht so schlimm. Die Strömung trägt uns von allein ans andere Ufer. Wir laufen dann eben auf dem Deich zurück bis zum Auto.«

Gabrièlla überließ sich ganz den beiden Geschwistern. Sie halfen ihr beim Einsteigen, Micha übernahm die Pinne, und Julia band das Boot los. Sie stieß es ab, sprang hinein und hätte es durch ihren Schwung beinahe zum Kentern gebracht. Aber dann lag es unerwartet ruhig in der starken Strömung und Micha versuchte, das andere Ufer anzusteuern.

Mitten im Fluss angekommen, bemerkten sie einen Hubschrauber, der über sie hinweg zur Insel flog. Das Ablegemanöver hatte all ihre Sinne gefangen genommen, sodass sie ihn vorher weder gehört noch gesehen hatten.

Wie ein unheildrohendes, riesiges Insekt strich sein Schatten über sie hinweg, bevor er hinter dem Deich am Südende der Insel landete.

»Jetzt haben sie uns!«

Gabrièllas Feststellung klang endgültig.

»Ach was, wir sind gleich auf der anderen Seite des Flusses. Dort steht mein Auto. Schließlich haben sie kein Boot«, sagte Julia, so schnell gab sie nicht auf.

»Da, schau auf den Deich vor uns!«

Mindestens fünf bewaffnete, schwarz und burgunderrot Vermummte standen dort, abwechselnd aufgereiht wie ein gruseliges Empfangskomitee.

»Dann lass uns den Fluss hinuntertreiben, Micha, wir sind doppelt so schnell, wie die laufen können. Und die Straße endet da, wo unser Pajero steht!«

Julia suchte nach Alternativen, aber auch diese letzte konnten sie nicht in die Tat umsetzen, da eine von der Mündung heraufkommende Jacht diesen Fluchtweg versperrte.

Gabrièlla veränderte sich zusehends, eben noch willenlos und an der Umwelt desinteressiert, richtete sie sich jetzt auf und nahm entschlossen die Schultern zurück.

»Eins habe ich mir geschworen«, sagte sie mit fester Stimme, »nie wieder Freunde zu verraten. Passt auf: Ich habe euch beide heute morgen angerufen, damit ihr mich abholt. Ihr seid eben erst gekommen! Ihr seid Kommilitonen! Du, Giulia, vergiss deine italienischen Sprachkenntnisse, du bist nichts weiter als Michèles Schwester! Wenn sie herausbekommen, dass du Robertos Frau bist, bist du geliefert! Verstanden?«

Julia nickte.

»Habt ihr Papiere?«

Micha nickte, sie waren kurz vor dem Ufer.

»Ich nicht«, sagte Julia, »ich habe meine vergessen.«

»Gut so, wirf deinen Ehering über Bord!«

Sie dachte wirklich an alles.

»Und jetzt tut mir einen Gefallen«, sagte Gabrièlla und nahm zwei kleine Plastikbeutelchen aus ihrem Mantel. »Unsere Listen! Faltet sie zu Fußsohlen, steckt sie in euere Schuhe und übergebt sie nachher Roberto! Aber nur ihm!«

Kurz darauf stießen sie ans Ufer. Genau in diesem Augenblick tauchten zwei mit Pistolen bewaffnete Vermummte auf. Einer stieg zu ihnen ins Boot und wies sie an, zum Südanleger der Insel zu fahren.

Den Südanleger erreichten sie zeitgleich mit der Jacht.

Jemand nahm Julia Gabrièllas Reisetasche ab, ein zweiter Schwarzvermummter durchsuchte ergebnislos das Boot. Anschließend unterhielten sie sich auf Arabisch mit Gabrièlla. Immer wieder richteten sie ihre Blicke auf die Geschwister. Julia und Micha hatten das Gefühl, dass sie sich über sie zu unterhielten. Schließlich sagte Gabrièlla in aufreizend langsamem Italienisch:

»Ich habe ihnen gesagt, dass ihr Deutsche seid und noch nicht alles auf Italienisch versteht.«

Jeans und schwarze Lederjacken schien die allgemeine Uniform der Terroristen zu sein, und natürlich die sich in Rot und Schwarz unterscheidenden Sturmmützen, aus denen nur die Augen und die Nase hervorschauten.

Von der Jacht her erschien ein groß gewachsener Mann mit der eingestrickten Nummer Zwei auf der burgunderroten Vermummung, der Sprache nach offensichtlich Italiener.

»Die Bosse sind im Haus, bringt die drei dorthin!«

Seine Stimme klang angenehm und weich, und seine blauen Augen musterten sie durchdringend.

Das Ganze machte keinen bedrohlichen Eindruck, weder fesselte man sie, noch waren jetzt irgendwelche Waffen zu sehen; nur die Vermummung gab der Situation einen etwas konspirativen Charakter. Fast freundlich wurden die drei zum Haus geführt, wo sie voneinander getrennt wurden.

»Ihr braucht keine Angst zu haben«, sagte Gabrièlla beim Abschied. »Ich habe schon erklärt, wie ihr in diese Lage gekommen seid.«

Höflich wies man den beiden den Weg in ein ebenerdiges Zimmer. Die Fenster waren mit Schmiedeeisen von außen vergittert, die Tür wurde von außen verschlossen.

Allein und ziemlich verunsichert, aber nicht eigentlich verängstigt blickten sie sich in dem Gästezimmer des *commendatore* um: zwei saubere Betten, ein Tisch und zwei Stühle, die Waschgelegenheit und eine Toilette in einem kleinen Extraraum, und eine ebenfalls verschlossene Tür zu einem anderen Zimmer.

»Wir müssen die Rolle spielen, die Gabrièlla uns zugedacht hat«, flüsterte Julia, obwohl die Wände dick waren und keiner lauschen konnte.

»Ob es hier wohl Abhöranlagen gibt? Oder ob sie uns beobachten?«, fragte Micha.

»Glaub ich nicht«, sagte Julia. »Aber egal, fangen wir gleich mit unserer Rolle an, mach uns Mut mit deiner Gitarre und möglichst mit deutschen Texten.«

Micha war als CVJM-Mitglied und ständiger Kirchentagsbesucher mit vielen einfühlsamen Melodien und inhaltsschweren Texten vertraut. Er schlug einen h-moll-Akkord an.

»Ich wünschte Gisi wäre hier. Ihre Stimme und ihre Musik würden mich trösten.«

Ihre Schwester studierte in London in einer Meisterklasse Cello und war im Augenblick mit ihrer Musikhochschule auf Südamerikatournee. Er griff jetzt einen F-Dur-Akkord und summte seinen Lieblingssong *Herr, gib mir Mut zum Brückenbauen.*

An der Zwischentür klopfte es, und sie hörten Gabrièllas gedämpft klingende Stimme.

»Ich kann euch gut hören. Sing die Strophe vom Mond.«

Michas zunächst etwas brüchige Stimme wurde zunehmend fester und mutiger.

Ich möchte nicht zum Mond gelangen,
jedoch zu meines Feindes Tür.
Ich möchte keinen Streit anfangen.
Ob Friede wird, das liegt bei mir.

Schon bald nach ihrer Festsetzung hatte die blutrote Sonne den westlichen Horizont erreicht und ging mit herrlichen, ins Violette spielenden Farben unter.

Die Stunden vergingen, im Haus hörte man dann und wann Schritte, leise Stimmen und das Räumen von Möbeln. Gabrièlla meldete sich nicht mehr. Kommentarlos wurde ein Tablett mit Coca-Cola in Dosen und belegten Baguettes hereingereicht. Sonst ereignete sich nichts.

Gegen zwanzig Uhr hörten sie wieder Schritte vor ihrer Tür, ein burgunderrot Vermummter, die Nummer Zehn, also wieder ein italienischer Terrorist, trat ohne Waffe ein und sagte überdeutlich:

»Kommt mit! Versteht ihr? Kommt mit!«

Die beiden erhoben sich und folgten ihm in eine Art Büro, wo sie drei Vermummte vorfanden, den hochgewachsenen Italiener mit den blauen Augen, *Il Secondo*, einen weiteren dunkelrot Vermummten, der auch im Sitzen nicht besonders groß war, mit dem eingestrickten *Il Primo* auf der Mütze, also der Chef des italienischen *XX. Gennaio*, und der Boss der Palästinenser mit einer schwarzen Mütze und einem ebenfalls eingestrickten *Il Primo*, die Doppelspitze des *XX. Gennaio* also, wie Julia messerscharf schloss.

Die beiden Geschwister bemühten sich um einen ängstlichen Gesichtsausdruck. Sie hatten ihre Strategie genauestens abgesprochen, obwohl sie bei der Ängstlichkeit nicht allzu sehr schaupielern mussten.

»Sie brauchen keine Angst zu haben!«

Der Akzent des schwarz vermummten *Il Primo* klang eindeutig Arabisch. »Ihnen geschieht nichts!«

Der italienische *Il Primo* nickte zustimmend, so, als wollten beide ihnen Mut machen, eine merkwürdige Situation.

»Sie sollen uns nur ein paar Fragen beantworten.«

Julia und Micha nickten gehorsam.

»Woher kennen Sie beide Gabrièlla El-Atasoy?«

Micha übernahm die Antwort in seinem noch recht holperigen Italienisch.

»Von der Universität in Padova, wir hören schon ein paar Gastvorlesungen, dabei haben wir sie kennengelernt. Im Augenblick machen wir einen Sprachkurs und immatrikulieren uns erst im Wintersemester.«

»Sie können sich ausweisen?«, fragte *Il Secondo* nach.

Micha holte seine Papiere aus der Tasche und legte sie den Dreien auf den Tisch: einen provisorischen Studentenausweis, die Sprachschulkarte und seinen Pass. Alles wurde durchgeblättert und von zustimmendem Gemurmel begleitet.
»Und Ihre Papiere, Signorina?«
Julia wurde heiß und kalt. Jetzt kam es darauf an.
»Meine Schwester hat ihre Papiere zu Hause gelassen«, sprang Micha ein.
»Die Ähnlichkeit der Geschwister ist unverkennbar«, meinte der arabische *Il Primo* und wandte sich an seinen italienischen Partner, der zustimmend nickte. »Soweit stimmt also alles.«
Er wandte sich direkt an Julia.
»Wo wohnen Sie in Padova?«
Sie antwortete mit übermäßig hartem Akzent.
»Im *Ca'Rosso* bei der Marchesa Visian.«
»Das steht auch hier im Sprachschulausweis«, bestätigte *Il Secondo*.
»Wie kommen Sie hierher? Was wollten Sie hier?«, wollten sie von Micha wissen.
Er sei an diesem Morgen von Gabrièlla angerufen worden, sagte er.
»Wie?«
»Per *telefonino*. Aber als wir nachfragen wollten, hatten wir keine Verbindung mehr: Ihr Akku war leer.«
Gabriellas Handy lag auf dem Tisch. *Il Secondo* prüfte Michas Angaben, ohne zu wissen, dass das Handy schon seit fast zwei Wochen tot war.
»Wem gehört der Pajero drüben am Ufer?«
»Der Marchesa Visian. Wir haben ihn gemietet ... Nein«, Julia tat, als suche sie nach der richtigen Vokabel und konzentrierte sich auf ihren Akzent, »nein, geliehen.«
Da ihre Geschichte durchzugehen schien, fasste sie Mut und sagte: »Was ist mit Gabrièlla? Sie braucht einen Arzt, dringend!«
»Das ist unsere Angelegenheit. Sie gehört, nein gehörte, zu uns und sie bekommt eine faire Gerichtsverhandlung vor unserem Gericht. Sie ist eine Verräterin. Wissen Sie eigentlich, wer wir sind?«
Die Geschwister sahen sich gespielt ratlos an und schüttelten dann mit dem Kopf.
»Ein Geheimbund? Logenbrüder?«
Die drei lachten.
»So ähnlich, wir sind der *XX. Gennaio*. Eine Liga zur Befreiung Palästinas vom israelischen Imperialismus. Wir unterstützen die Intifada und weiten sie auf Italien aus.«
»Und natürlich ist der *XX. Gennaio* auch eine Liga gegen den amerikanischen Imperialismus«, fügte der italienische *Il Primo* hinzu. »Wir versuchen, die Jugend dieser Länder zu beeinflussen.«

War er wirklich der Meinung, oder war er ein Zyniker? Micha wollte auffahren, aber auf den warnenden Blick seiner Schwester hin hielt er an sich.

»Wir sind mit der italienischen Politik nicht vertraut«, lenkte sie ab.

»Aber in Deutschland haben Sie doch auch ihre antifaschistischen Gruppen und die dritte Generation der RAF als systemverändernde Gruppierungen«, sagte *Il Secondo* und wollte sie in eine politische Grundsatzdiskussion verwickeln.

»Bitte, wiederholen Sie das. Ich habe Sie nicht verstanden«, lenkte nun Micha ab, und da gaben sie es auf.

»Damit Sie sehen, dass wir keine Terroristen im herkömmlichen Sinne sind, sondern unsere eigenen Gesetzte achten und eine unabhängige Gerichtsbarkeit haben, können Sie nachher bei der Urteilsverkündung teilnehmen, wenn Sie wollen.«

Natürlich wollten sie, denn sie mussten unbedingt wissen, was man mit Gabrièlla vorhatte.

»Sie wollen sicher wissen«, fuhr der Araber fort, »was mit Ihnen geschieht? Gar nichts. Sie haben Gabrièlla El-Atasoy als Freunde helfen wollen, das erkennen wir an. Wir müssen Sie nur leider bis morgen früh hier festhalten, dann verlassen wir diesen Stützpunkt für immer, und Sie können mit Ihrem Geländewagen nach Padova zurückfahren.«

Ob sie das glauben durften? Sie blickten sich überrascht an.

»Wofür halten Sie uns denn? Wir lehnen unnötige Brutalität ab. Wir alle entstammen alten Kulturnationen, und in unserem Programm steht nicht die Zerstörung kultureller Bindungen, nur die Zerstörung bestimmter politischer Systeme.«

Und die Zerstörung junger, unschuldiger Menschen durch Heroin und Aids, wenn Gabrièlla recht hatte.

»Wir rufen Sie später!«

Im Hinausgehen hörte Julia, wie der arabische *Il Primo* seinen Partner fragte:

»Wo bleiben nur deine besten Leute, *Colleoni*? Ich vermisse *Il Terzo* und *Il Quarto*.«

Die Antwort bekamen sie nicht mehr mit, die Tür hatte sich hinter ihnen geschlossen. Als der Schlüssel von ihrem Zimmer von außen herumgedreht wurde, fielen sich die Geschwister um den Hals.

»Vielleicht haben wir Glück.«

Micha sah seine Schwester zuversichtlich an.

In diesem Augenblick hörten sie, wie Gabrièlla im Nebenzimmer aufgefordert wurde, mitzukommen.

»Wir schon,« sagte Julia und blickte traurig auf die verschlossene Tür zum Nebenzimmer, »Gabrièlla wohl kaum.«

Po di Goro: Mittwoch

Kurz nach Mitternacht wurden sie zur sogenannten Urteilsverkündung gerufen. In der Halle stand ein langer Tisch, dahinter saßen die beiden Bosse in der Mitte, flankiert von fünf Vermummten der beiden Zweige des *XX. Gennaio*. Gabrièlla saß vor ihnen auf einem Stuhl. Sie bemerkte das Kommen der beiden Geschwister nicht. Man hatte sie soeben gefragt, ob sie noch ein Schlusswort sprechen wollte, doch sie schüttelte nur müde mit dem Kopf.
Wenn sie noch etwas über den Verbleib der Liste sagen wolle, könne das strafmildernd wirken.
Wieder schüttelte sie dem Kopf, als lehne sie es ab, mit ihren Richtern zu sprechen.
»Dann stimmen wir jetzt öffentlich ab, ob sie des Verrats am *XX. Gennaio* schuldig oder nicht schuldig ist!«
Der italienische *Il Primo* sagte das so endgültig, als sei sowieso schon alles klar, gnadenlos, Julia würde seine Stimme nie vergessen. »Wenn wir zu dem Urteil schuldig kommen, wird die Angeklagte hingerichtet.«
Die Stimme brannte sich in ihre Seele ein und ließ sie frösteln. Die Vermummten erhoben sich, gaben ihr Votum ab und setzten sich wieder, nur die beiden Anführer blieben sitzen.
»Schuldig!«
»Schuldig!«
»Schuldig!«
»Schuldig!«
»Schuldig!«
Der italienische Zweig hatte seine Abstimmung beendet. Julia konnte *Il Terzo* nicht unter den Anwesenden ausmachen.
Die arabischen Mitglieder begannen.
»Nicht schuldig!«
»Nicht schuldig!«
»Nicht schuldig!«
»Nicht schuldig!«
»Nicht schuldig!«
Nun lag es bei den beiden Anführern, wie das Urteil ausfallen würde. Der palästinensische Anführer erhob sich, er wirkte müde und blickte auf Gabrièlla nieder, dann vor sich auf den Tisch.
»Ich enthalte mich der Stimme!«
Erstauntes Gemurmel erhob sich, Julia betete insgeheim, der italienische Anführer würde es seinem Partner gleichtun, dann wäre Gabrièllas Leben gerettet.

Wie ein Hammerschlag fiel das Wort des italienischen *Il Primo*: »Schuldig!«

Gabrièlla reagierte nicht, hatte sie nicht mitgezählt? Alle erhoben sich, und Julia drängelte sich ohne nachzudenken zu ihrer Freundin durch.

»Gabrièlla! Was geht hier vor?«

Müde hob sie die Augen, stand langsam auf, umarmte Julia und flüsterte: »Dein Akzent! Vergiss deinen Akzent nicht!«

»Was geschieht jetzt mit ihr?«, fragte Julia laut in den Raum hinein, aber keiner antwortete; bis auf die Anführer und *Il Secondo* gingen alle an ihnen vorbei aus dem Raum, als gäbe es Micha, Julia und Gabrièlla gar nicht.

Schroff wendete sich der palästinensische Anführer von den beiden Italienern ab und Gabrièlla zu, aber sie wandte den Kopf ab.

»Was geschieht jetzt mit Gabrièlla?«, Julia gab nicht auf und fragte noch einmal.

»Das geht Sie nichts mehr an, Signorina! Sie werden morgen früh die Insel verlassen!«

»Aber ...«

»Strapazieren Sie unsere Geduld nicht.«

»Einen Wunsch habe ich noch«, meldete sich Gabrièllas leise, brüchige Stimme. »Ich brauch noch einen Schuss.«

»Es ist nur noch eine Kapsel da«, sagte Micha.

»Nichts da!«

Der Italiener kannte kein Erbarmen.

»Bitte!«, flehte Julia um ihrer Freundin willen.

»Lass es gut sein, *Colleoni*!«, unterstützte der Palästinenser Julias Bitte und ging auf die Verurteilte zu.

Einen Augenblick sah es so aus, als wolle er die junge Frau in die Arme nehmen, aber sie wandte sich brüsk ab.

Als die beiden Italiener gingen, hörte Julia nur noch, wie *Il Secondo* zu seinem Chef sagte, dass *Il Terzo* die Sache übernehmen würde, er käme rechtzeitig auf die Insel.

»Lebe wohl, Giulia! Ich gehe jetzt zu David!«, sagte Gabrièlla.

Ein letztes Mal umarmte sie Julia, dann wurde sie in ihr Zimmer zurückgebracht, während Micha sich um das verbliebene Heroin für Gabrièlla kümmerte.

Als sie ganz allein in ihrem Zimmer war, überfiel Julia eine schreckliche Angst. Wenn nun Roberto nicht nach Hause gekommen war und den Zettel nicht gefunden hatte? Wenn nun die Terroristen ihre Versprechen nicht hielten, sie frei zu lassen? Roberto würde schrecklich wütend sein, aber hatte sie ihren Bruder im Stich lassen können?

Gabrièlla klopfte an die Zwischentür und Julia hielt ihr Ohr dicht an das nicht allzu solide Holz.

»Hör zu, Giulia, mein Testament, unter der Tür! Lies es und vernichte es. Das ist meine allerletzte Bitte an dich: Führe es aus, für mich und für David. Und sag keinem etwas davon! Wirst du es tun?«

»Wenn ich irgend kann, natürlich!«

Sie hob das zerknitterte Papier auf, eine alte Benzinquittung, und las die drei Sätze, prägte sich den Inhalt ein und zerriss es in kleine Teilchen, die sie in der Toilette hinunterspülte. Später musste sie in Ruhe darüber nachdenken.

Eine halbe Stunde später kam Micha zurück.

»Sie hat mich gebeten, zu singen«, sagte er mit hängenden Schultern und so viel Kummer im Blick, dass Julia ihn erst einmal in den Arm nahm.

Freunde, dass der Mandelzweig
wieder blüht und treibt,
ist das nicht ein Fingerzeig,
dass die Liebe bleibt?

Micha schlug Es-Dur-, g-Moll- und a-Moll-Akkorde dazu an. Sie klangen traurig, aber der Text gab Hoffnung.

»Du bist ganz schön mutig!«, sagte seine Schwester.

»Wieso?«

»Weißt du nicht, dass der Dichter dieses Liedes ein Jude ist?«

»Und wenn schon! Es ist ihr Lieblingslied!«

Ein Hauch von Trotz erschien auf seinem gequälten Gesicht.

»Ist mir doch egal, welcher Rasse der Dichter angehört!«

Tausende zerstampft der Krieg,
eine Welt vergeht.
Doch des Lebens Blütensieg
leicht im Winde weht.
Freunde, dass der Mandelzweig
sich in Blüten wiegt,
bleibe uns ein Fingerzeig,
wie das Leben siegt.

Micha ging über zu einer Reihe von Protestliedern aus aller Welt, von *Bella ciao, Lacco e Vanzetti* bis hin zu den alten Klassikern *Guantanamera* und *Sag mir, wo die Blumen sind*.

»Noch einmal den Mandelbaum«, klang Gabrièllas leise Stimme durch die Zwischentür.

Obwohl sie die Musik beschäftigte, entging ihnen nicht, dass es im Haus unruhig zuging, dauernd waren Stimmen und Geräusche zu hören, die auf Packen und Abreisen hindeuteten. Kurz vor fünf Uhr morgens wurde ihre Tür geöffnet. Ein Schwarzvermummter, also kein Italiener, winkte ihnen, ihm zu folgen. Am anderen Ende des Ganges stand der *Il Primo* der Palästinenser, und trotz der enormen Angst vor dem, was ihr passieren könnte, wenn sie nicht gehorchte, drehte Julia sich um und ging auf ihn zu. Zwar registrierte sie das Klicken, als der Vermummte hinter ihr seine Pistole entsicherte, aber sie reagierte einfach nicht darauf.

»Sie müssen sie retten!«, rief sie fordernd.

»Das kann ich nicht mehr.«

Die Stimme des Mannes klang dumpf und resigniert.

»Durch meine Stimmenthaltung habe ich ihren Tod verursacht.«

Der Vermummte war Julia gefolgt und zerrte sie nun am Arm.

»Mitkommen!«, bellte er, aber der Palästinenser winkte ihn zurück.

»Aber das war doch kein ordentliches Gericht!«

Julia gab nicht auf.

»Bestimmt können Sie Ihren Partner überreden!«

»Nein!«

Seine Antwort klang endgültig und unwiderruflich, und sie wusste, dass all ihr Reden und Bitten umsonst sein würde.

»Dann lassen Sie mich wenigstens von ihr Abschied nehmen. Bitte.«

Julia sah den schwarz vermummten *Il Primo* flehentlich an.

»Bitte!«

»Aber nur ganz kurz!«

Gemeinsam gingen sie zu Gabrièllas Zimmertür zurück.

»Ich kann nicht«, flüsterte Micha, »ich habe mich heute Nacht schon von ihr verabschiedet. Ich bringe es nicht übers Herz.«

Julia betrat den Raum, *Il Primo* folgte ihr, während der andere Terrorist bei Micha blieb.

»Gabrièlla!«

Julia kniete neben dem Bett und umarmte die Freundin, die den Mann nicht beachtete.

»Danke, Giulia, für alles! Nun bin ich bald bei David, auch wenn es meine Schuld ist, dass er tot ist.«

»Ist es nicht, Gabrièlla.«

Julias Mund war dicht an ihrem Ohr, als sie leise und eindringlich flüsterte:

»Er ist nicht unter der Brücke gestorben, sondern in meinen Armen. Und er hat noch sagen können, sein Tod habe nichts mit dem *XX. Gennaio* zu tun. Er sei den Drogendealern um Colleoni zu dicht auf den Fersen gewesen, *Il Terzo* sei der Verräter und habe auf ihn geschossen. Und ich soll dir sagen, dass er dich liebt.«

Irgendwie würde Julia mit ihrem Gewissen fertig werden müssen und dem Bruch ihres Schwurs, aber sie brachte es nicht übers Herz, Gabrièlla mit einer Schuld, die sie nicht traf, allein zurück und womöglich in den Tod gehen zu lassen.

»Wirklich, Giulia? Du sagst das nicht nur?«

Gabrièllas stumpfer Blick verschwand. Ein Leuchten erhellte ihre Augen.

»Ich schwöre!«

»Dann sterbe ich glücklich! Leb wohl, Giulia, und denke an mein Testament.«

»Das will ich. Gott schütze dich, Gabrièlla!«

Sie drehte sich zur Wand und reagierte auf die Anrede des *Il Primo* nicht.

»Gabrièlla!«, rief er sie, und als sie weiter keine Antwort gab, sagte er: »Den palästinensischen *XX. Gennaio* gibt es ab heute nicht mehr.«

Julia wurde hinausgewinkt. Draußen vor dem Haus warteten zwei weitere palästinensische Terroristen und banden Micha und Julia die Hände vor dem Bauch zusammen, krempelten die Ärmel ihrer Steppjacken nach innen, zogen die Reißverschlüsse hoch und verknoteten den Kordeldurchzug. Gefangen wie in einem Sack stolperten sie durch die Dunkelheit hinter dem Anführer der drei her, voller Angst, ob die Terroristen ihr Versprechen, dass ihnen nichts geschehe, halten würden. Sie wurden über den Deich zum Südanleger gebracht, wo das Boot lag, das sie von gestern schon kannten. Der Treibstoff war nachgefüllt, und der Terrorist mit der eingestrickten roten Nummer Vierzehn warf den Außenborder an.

Er musste sich hier gut auskennen, denn trotz der Dunkelheit und des dichten Flussnebels steuerte er stromauf, bis sie den Steg in der Nähe ihres Autos erreichten. Er befestigte das Boot, zündete sich eine Zigarette an und machte keinerlei Anstalten, das Boot zu verlassen.

Ein Gewehr lehnte zwischen seinen Beinen. Er drehte ihnen den Rücken zu.

Langsam, fast unmerklich kroch die Morgendämmerung an Land, der wattige Nebel dämpfte das Rauschen des Flusses und hellte sich immer mehr auf.

Roberto würde mit ihrem Handeln ebenso wenig einverstanden sein, wie sie es jetzt war, dachte Julia. Wenn die Terroristen dort drüben auf der Insel Gabrièlla wirklich töteten, dann traf sie eine ganze Menge Mitschuld. Wäre sie zu Hause geblieben, um Roberto zu informieren, hätte der mit einem Polizeihubschrauber gestern noch Micha und Gabrièlla abholen können, bevor die Terroristen eintrafen. Durch ihre gut gemeinte, aber unüberlegte Rettungsaktion würde sie für Gabrièllas Tod verantwortlich sein. Sie mochte gar nicht daran denken, wie Roberto reagieren würde. Wenn sie denn überhaupt heil aus dieser misslichen Lage herauskommen sollten. Vielleicht war Roberto ja gar nicht nach

Hause gekommen und wusste nicht, dass sie seit gestern Nachmittag verschwunden war.

Die feuchtigkeitsgesättigte Luft ließ sie frösteln. Langsam erschienen die Umrisse der Insel aus dem Nebel, der sie gleich darauf wieder einhüllte. Auch ihr dritter Versuch, von der Nummer Vierzehn zu erfahren, wie es mit ihnen weiterginge, schlug fehl. Er antworte einfach nicht und ignorierte sie.

Immer wieder sah er zur Insel rüber, die gerade wieder aus dem Flussnebel auftauchte. Plötzlich erstarrte er, stand auf und entsicherte das Gewehr. Julia folgte seinen Blicken und bemerkte zwei Männer, die sich außen am Deich auf das Haus zu bewegten, sie mussten von der Nordspitze der Insel gekommen sein. Julia erkannte den zweiten sofort, da er ein Bein etwas nachzog: Es war Roberto! Und der andere musste wegen seines Umfangs Umberto sein.

Die beiden bemerkten ihr Boot nicht. Ein Warnruf Julias würden sie wegen des starken Wasserrauschens nicht hören. Die ersten beiden Schüsse des Terroristen trafen Gott sei Dank nicht, das leichte Schaukeln des Bootes erschwerte das Zielen. Erneut legte er das Gewehr an.

Ohne nachzudenken, brachte Julia das Boot durch Verlagerung ihres Körpergewichts ins Schaukeln. Erneut verfehlte der Schuss sein Ziel. Aber jetzt bemerkte der Terrorist, was hinter seinem Rücken geschah. Wütend drehte er sich um und wollte auf Julia anlegen, aber das Boot schaukelte nun so stark, dass er sein Gleichgewicht verlor und das Gewehr ins Wasser fallen ließ. Auf einem Bein jonglierend, mit den Armen rudernd, kippte er wie in Zeitlupe über Bord.

Aber bevor sie sich darüber freuen konnte, musste sie jetzt alles daransetzen, dass das Boot nicht kenterte, sonst würden sie wie Katzen im Sack ertrinken. Schließlich gelang es ihnen, und sie befolgten Robertos Handzeichen, sich auf den Boden des Bootes zu legen, um sich möglichst unsichtbar zu machen.

Während sie nun vorsichtig versuchten, sich aus ihren wie Zwangsjacken wirkenden Anoraks zu befreien, Julias Reißverschluss ließ sich auch von innen öffnen, hörten sie immer wieder Schüsse, die sich langsam nach Süden verlagerten, bis sie schließlich ganz aufhörten.

Gerade, als Julia sich befreit hatte, verspürten sie einen Ruck am Bug des Bootes, dort, wo der Terrorist sie am Steg fest gemacht hatte. Der unseemännische Knoten hatte sich gelöst, und so trieb das Boot wild schaukelnd, sich ein bis zweimal um die eigene Achse drehend, in die Mitte der Strömung, wo es dann relativ ruhig lag und mit den beiden in Richtung Adria trieb.

Po di Goro: Mittwoch

Die Suche nach der Jacht der Terroristen blieb ebenso erfolglos wie zunächst die nach dem Boot mit Michèle und Giulia. Beide waren im Flussnebel verschwunden, der sich südlich der Insel noch immer hartnäckig hielt.

Roberto war nicht bei der Sache, als sein Vetter Coglione nach den Ereignissen der vergangenen Nacht fragte, und so übernahm Umberto die Erklärungen. Über die Zuständigkeit herrschte Ratlosigkeit, und unter normalen Umständen wären sicherlich sarkastische Bemerkungen durch Roberto gefallen; als dann auch noch ein Polizeiteam aus der Provinz Rovigo erschien, wusste keiner, welche Mordkommission die Ermittlungen aufnehmen sollte.

Wenn nun die Jacht Giulia und Michèle aufgenommen hat!, dachte er voll Schrecken, oder waren noch Terroristen auf dem Flussdeich gewesen, die die beiden mitgenommen hatten?

Als schließlich auch noch eine Spezialeinheit der Carabinieri erschien und sich in die Ermittlungen einmischte, war das Durcheinander heillos. Die Luft war mit dem Lärm der an- und abschwirrenden Rettungs- und Polizeihubschrauber erfüllt. Roberto stand auf dem Deich und blickte stumpf in den hinaufkriechenden Flussnebel.

Was, wenn Giulia etwas passiert war, wie soll ich ohne sie weiterleben? Die Minuten erschienen wie Stunden, und seine Hoffnung sank rapide.

Und da, in einer Ruhephase des Hubschrauberlärms, tauchte wie in einem Märchen der Bug eines Fischerkahns aus dem Nebel auf. Julia stand im Bug, spähte in seine Richtung und winkte ihm freudestrahlend, wenn auch ganz durchnässt zu, während sein pitschnasser Schwager an der Pinne saß und nun auf den Nordanleger zusteuerte.

»*Dio mio laudate!*«, hörte er Umberto sagen, und wie in Trance und voll ungeheurer Erleichterung folgte Roberto ihm zur Anlegestelle.

Umberto umarmte sie und schwenkte sie herum. Er sah mit seiner dreckverschmierten Kleidung und dem immer noch nicht versorgten Streifschuss zum Fürchten aus.

»Mensch, Mädchen!«, rief er freudestrahlend, »heute war wohl deine ganze Schutzengelfamilie im Einsatz, mit Oma und Opa und Onkel und Tanten!«

»Wenn man auszieht, um für Frieden und Freiheit zu kämpfen, hat Henrik Ibsen gesagt, ziehe nicht deine beste Hose an«, lächelte sie und ging auf Roberto zu, der sie eben jetzt erreichte und genauso lehmverschmutzt und durchnässt war wie Umberto.

»Da haben wir ja schön etwas angerichtet!«, sagte sie schuldbewusst.

Nun hätte Roberto sie in die Arme schließen und seiner Freude über ihr gesundes Wiederauftauchen und den glücklichen Ausgang des Abenteuers äußern müssen. Er wusste, alle erwarteten das von ihm, aber seine Gefühle in der Öffentlichkeit zu zeigen, gelang ihm einfach nicht. Und Davids Schatten war um nichts kleiner geworden. So fiel seine Antwort recht schroff aus.

»Das kann man wohl sagen!«

Sie stoppte in ihrer Vorwärtsbewegung, sofort las er Verteidigungsbereitschaft in ihren Augen, und eine undurchdringliche Mauer wuchs zwischen ihnen hoch.

Micha lenkte ihre Aufmerksamkeit auf sich. Man hatte ihm eine Decke um die Schultern gelegt.

»Gabrièlla? Wo ist Gabrièlla?«, fragte er außer Atem.

Er folgte den Blicken der anderen zu der inzwischen mit einer Decke verhüllten Gestalt, ging wie ein Traumwandler auf sie zu, hob die Wolldecke und sah in Gabrièllas gebrochene Augen.

»Für sie seid ihr zu spät gekommen«, sagte Julia mit tonloser Trauer. Ihr Blick umflorte sich. Jetzt hätte Roberto sie gern in die Arme genommen, aber sie wandte sich von ihm ab und legte ihrem Bruder die Arme um den Hals.

Diese Abkehrbewegung traf Roberto unvermutet, und er begriff deutlicher, als wenn sie es gesagt hätte, dass nicht er ihr mehr am nächsten stand. Während sich ein Arzt um die beiden kümmerte, wendete Roberto sich den Ermittlungen zu.

Wieder schwirrte ein Hubschrauber heran, die drei Geheimdienste erschienen nun in völlig neuer Besetzung, für Hunter erschien dessen Chef, General Jeff L. King, für den Inlandsgeheimdienst stellte sich ein völlig neuer Mann vor, Salvatore Balladesci, der sich *colonnello* Coglione zuwandte und mit ihm leise beratschlagte. Ari Hirschfeld wurde wieder von Signora Farlucchi vertreten.

Kaum hatten sie sich ein Bild gemacht, schwebten der neue und der alte *questore*, der jetzige Präfekt und Julias Onkel, aus Padova ein. Die Menge der Ermittler nahm ständig zu. Die drei Geheimdienstvertreter samt *colonnello* Coglione, die vier padovanischen Polizisten und Julia mit ihrem Bruder im Arm, der lautlos weinte, umstanden wie in einem Staatsakt Gabrièllas Leiche. Schließlich ergriff Signora Falucchi die Initiative und meinte, bei der Obduktion solle man die Art der Drogen genauestens untersuchen, die die El-Atasoy offensichtlich reichlich genommen hätte.

Julia konnte es nicht ertragen, wie über die Tote verhandelt wurde und wie man sie anstarrte, wie ein totes Insekt und nicht wie ein erst kürzlich sinnlos gemordetes, blühendes Leben. Sie kniete sich spontan neben die Tote und schloss ihr die gebrochenen Augen; daraufhin wurde sie

von dem Amerikaner angepfiffen, was sie kommentarlos im Gegensatz zu Präfekt Stefan Tramontan an sich abprallen ließ, der Roberto einen ärgerlichen Blick zuwarf, als der nicht reagierte, seine Nichte in den Arm nahm und sich den rüden Ton des Amerikaners in aller Schärfe verbat.
»Es war Heroin«, sagte Micha mit zitternder Stimme. »Und ich hab es ihr besorgt und gespritzt.«
Zum Glück sprach er Deutsch.
»Halt den Mund, Junge!«, konterte Roberto ebenfalls auf Deutsch.
»Was hat er gesagt?«, hakte Signora Farlucchi sofort nach.
»Dass er am Ende seiner Kräfte sei.«
Roberto nahm Julia beiseite.
»Stimmt das mit dem Heroin?«
»Ja. Er hat es ihr in Adria besorgt. Aber ich kann dir das alles erklären!«
»Später, dafür haben wir jetzt keine Zeit. Wo habt ihr das Spritzbesteck gelassen? Und was ist mit Fingerabdrücken daran?«
»Ich habe keine Ahnung, nur Micha hatte damit zu tun.«
»Na, Gott sei Dank. Das hätte mir gerade noch gefehlt, dass du …«
»Es tut mir alles so leid für dich«, unterbrach sie ihn schuldbewusst, »aber ich …«
Doch sie wurden unterbrochen, die führenden Mitglieder der verschiedenen Polizei- und Geheimdienstkräfte wollten eine gemeinsame Sitzung im Haus durchführen, und Julias sowie Robertos Aussagen waren dringend erwünscht.
Bevor Roberto ins Haus ging, übergab er Micha Umberto.
»Verhafte ihn und nimm ihn mit nach Padova. Das ist besser als in Rovigo, Ferrara oder sonst wo.«
»Ärger gibt es sowieso«, meinte Umberto ziemlich gelassen, »da kommt es auf ein bisschen mehr nicht an. Meine Kopfschmerzen nehmen gerade rapide zu und Michèle geht es auch sehr schlecht, ich glaub, ich lass uns ausfliegen.«
Julia berichtete knapp und präzise, was vorgefallen war, Roberto hatte das Gefühl, dass sie nichts verschwieg. Während ihres Berichts blickte sie immer wieder zu Stefan Tramontan, wie um seine Zustimmung zu erhalten, und wenn er ihr aufmunternd zunickte, wirkte sie jedes Mal erleichtert. Die Gegenwart Tramontans wirkte auf die *servizi segreti* jedenfalls sehr mäßigend, nachdem er sehr deutlich gemacht hatte, dass Julia seine Nichte sei und er absolute Fairness erwarte.
Dall'Aria, der neue *questore*, hatte bisher noch kein Wort, auch keins der Begrüßung gesagt.
Früher hätte *sie* zu mir geblickt, und *ich* hätte sie verteidigt, wurde Roberto schmerzlich bewusst.

»Es ging dem *XX. Gennaio* also letztlich um diese Liste, die David Salzmann und Gabrièlla El-Atasoy zusammengestellt hatten«, zog der amerikanische General schließlich sein Fazit, dem keiner widersprach.

»Gabrièlla El-Atasoy wurde als Verräterin exekutiert«, fasste *colonnello* Coglione zusammen, der Roberto mehr als einmal ärgerlich von der Seite gemustert hatte, als habe er ihm die Show gestohlen, »weil man ihre Zugehörigkeit zur *DEA* herausbekommen hatte, und dann, weil sie die Liste nicht herausgeben wollte. David Salzmann starb, weil er diese Liste nicht bei sich hatte. Wo ist diese verdammte Liste? Gibt es sie überhaupt? Der Gedanke an diese Liste muss den *XX. Gennaio* sehr unruhig machen, sie in unserer Hand würde seinen Untergang bedeuten.«

Wieder war nicht ihm als Terrorspezialisten, sondern seinem Vetter ein dicker Brocken in der Terrorbekämpfung ins Netz gegangen, und er würde Mühe haben, es seinem Vorgesetzten zu erklären. Aber dann schreckte er bei Julias nächster Bemerkung auf.

»Mein Bruder Michael hat sie.«

Wie eine Bombe schlug Julias Bemerkung ein, und sie erzählte nun ausführlich, wie Gabrièlla ihr zu ihrer Tarnung verholfen und Michael die in einer Plastikhülle geschützte Liste quasi als Einlagenersatz in den Schuhen an den Terroristen vorbeigeschmuggelt hatte, dass auch sie die Liste auf gleiche Weise vorbeigeschmuggelt hatte, verschwieg sie.

Als man nach Michael Andresen schickte, meldete der beauftragte Polizist, dass er ihn nicht mehr vorgefunden habe, weil *commissario* Tamassia aus Padova ihn in der Zwischenzeit verhaftet und abgeführt habe.

»Verhaftet?«

Julia war bisher die Ruhe selbst gewesen, aber nun reagierte sie mit Entsetzen und auch dall'Aria, der neue *questore*, der sich bisher bemerkenswert zurückgehalten hatte, blickte überrascht auf.

»Warum denn das, um Himmels willen?«, kam ihm der Präfekt zuvor.

»Fluchthilfe und Verstöße gegen das Betäubungsmittelgesetz«, erklärte Roberto kurz und wusste im selben Augenblick, dass seine Frau ihm die Verhaftung verübeln würde. »Und da er diese Delikte in der Provinz Padova begangen hat, hat mein Kollege ihn wohl mit nach Padova genommen.«

»Das haben doch Sie veranlasst, Marchese!«, beschuldigte Signora Farlucchi ihn.

Daraufhin zuckte er nur mit den Schultern; der Ärger würde sowieso kommen.

Bevor Roberto die Ereignisse aus seiner Sicht ausführlich beschrieb, entließ man seine Frau auf Geheiß des Präfekten, und Luciano bekam den Auftrag, Julia nach Hause zu ihren Kindern zu bringen.

Robertos nicht ernst gemeinte Bemerkung, das wäre alles nicht passiert, wenn sie dort geblieben wäre und sich um sie gekümmert hätte, verstand sie völlig falsch als Vorwurf und drehte sich abrupt von ihm weg. Als Luciano und Julia mit dem Boot zum anderen Ufer übersetzten, wo ihr Auto stand, begann es wie aus Eimern zu schütten.

Geschichtssplitter.
Colleoni und Tisbe 1433

efehl ist Befehl, dachte er, als er die Brücke über den Oglio erreichte, aber in der Tiefe seines Herzens blieb ein Groll gegen sich selbst. Er hatte diese junge Frau nicht retten können, damals nicht, als sie Cartucchio in die Hände gefallen war, und jetzt nicht. Und auch ihre guten Absichten, die jetzt so in den Schmutz gezogen wurden, konnte er nicht verteidigen, ohne sich selbst zu schaden.

Noch schlimmer war, dass er untätig zusehen musste, wie die Ehe seines Vetters zerstört wurde. Also blieb wieder das Abtauchen in die Vergangenheit, und dafür hatte er sich Ostern vorbehalten. Irgendwie musste er hinter das Geheimnis von Bartolomeo Colleonis Glück kommen.

Erfolge hatte der bis 1433 schon genug gehabt, er hatte Reichtümer angesammelt und mehr Frauenherzen beglückt als gebrochen, die Serenissima war höchst zufrieden mit ihrem condottiero, *dem man die schwierigsten Aufgaben anvertrauen konnte und der wie ein Wirbelwind von einem Brennpunkt zum nächsten stürmte und sich langsam den Ruf eines Spezialisten für Kämpfe im Gebirge erwarb; deshalb hatte man ihm erst hundert Pferde zugestanden, dann sogar dreihundert, damals, 1432 nach der Hinrichtung von Carmagnola.*

Nur dem persönlichen Glück, das ihn mit der Ermordung von Vater und Bruder und dem erbärmlichen Tod seiner Mutter verlassen hatte, jagte er bis zu diesem Zeitpunkt vergeblich nach. Bis er Tisbe da Martinengo della Motella kennenlernte.

In den verschiedenen Genealogien hatte er wenige Hinweise auf ihre Herkunft gefunden, einen auf Leonardo da Martinengo als Vater, dem Begründer des Martinengo-Barco-Zweiges, aber diese Spur verlief im Sande, nirgendwo fand er eine zweite Erwähnung. An verschiedensten Stellen dagegen wurde Tisbe als Tochter von Conte Taddeo I. Martinengo bezeichnet, und dieser Spur wollte er heute nachgehen.

Er fuhr an Urago vorbei und hielt in Roccafranca an, wo er eine Bar fand, um zu frühstücken. Ein wenig hinter der Zeit zurück wirkte der Ort, und die Ausstattung der Bar schien aus dem vorvergangenen Jahrhundert zu stammen. Auch die Reste des Kastells lagen wie in einem Dornröschenschlaf, und nur das Halbrelief des weißen Marmoradlers am Turm Colombara, das stolze Wappentier aller Martinengo-Zweige, strahlte Stärke und Beständigkeit aus. Dieses Gebiet gehörte zu dem Zweig der Martinengos, aus dem in weiter Zukunft Gaspare, einer der Schwiegersöhne Colleonis, kommen sollte. Er musste sich mit dem Zweig der Familie befassen, die das Gebiet von Villachiara, Villagana und Motella bewohnt hatte, den Nachfahren also jenes Antonio da Martinengo, der der Stammvater dieser Zweige gewesen war und dem zwei Söhne, Bartolomeo und Taddeo, geboren worden waren.

Das Schloss in Villagana, von Bartolomeo Martinengo am Ufer des Oglio erbaut, bildete jetzt den Mittelpunkt einer großen *azienda agricola*, aber wenn man am anderen Ufer mit halbgeschlossenen Augen durch die hellgrünen, frischen Blätter der Büsche auf das Kastell blickte, konnte man sich gut diesen eindrucksvollen Ort mit Turm und guelfischen Zinnen auch in früheren Zeiten vorstellen.

Sein Bruder Taddeo hatte einen Katzensprung weit entfernt in Motella ein befestigtes Schloss gebaut, das zwischen 1391 und 1406 erstmalig urkundlich erwähnt war. Diesem Ort nun strebte er zu.

Etwas unkonzentriert fand er sich kurz darauf bereits an der antiken Mühle in Motella wieder, einmalig in der Lombardei, liebevoll wie aus dem Bilderbuch des 15. Jahrhunderts restauriert und erst seit Januar diesen Jahres wieder voll funktionstüchtig.

Vom Schloss, oder besser gesagt von dem, was noch von ihm übrig geblieben war, war er indes enttäuscht.

Er schaute auf das Foto in seiner Hand, die einzige Darstellung Tisbes, die es gab. Er hatte es an einem Deckenbalken im Obergeschoss ihres späteren Heimatschlosses Malpaga gefunden und aufgenommen.

Ein zartes Gesicht, blonde Locken, ein kleiner und schöner Mund, klare, große Augen; bei aller Zartheit strahlte es trotzdem Willensstärke aus. Ob er hier, in diesem zerstörten Bauwerk Spuren ihrer Herkunft fand?

Der Herr von Brescia, Pandolfo Malatesta, hatte das Anwesen von 1406 bis 1416 besessen. Aber danach war es wieder in den Besitz der Martinengos gekommen, und da das vermutetes Geburtsjahr von Tisbe zwischen 1414 und 1418 lag, konnte dies sehr wohl ihr Geburtsort sein.

Groß sprang ihm das Verbotsschild am schön geschwungenen Eingangsportal in die Augen: *Vietato ingresso!** Als Graffiti hingeschmiert die Buchstaben *PERI… Pericoloso*, Vorsicht, vermutlich, teilweise überdeckt von dem Schild. Die solide Holztür stand einen Spaltbreit offen. Trotz des Verbots zwängte er sich hindurch.

Schutthaufen und ein Blick in den blauen Märzhimmel ließen ihn jede Hoffnung verlieren, hier etwas über Tisbe della Motella herauszufinden. Weit und breit keine Menschenseele, die ihn hindern konnte, und so

---

* Eintritt verboten!

machte er sich auf ins Innere, und wider alle Erwartung fand er sich plötzlich in einem Kaminzimmer wieder.

In Ockerfarben, Gelb und Rot gab es Fresken aus dem 15. Jahrhundert, die Chronik der Heirat Tisbe da Martinengo della Motella mit Bartolomeo Colleoni, die Verbindung beider Wappen, die die Verbindung zweier überaus wichtiger lombardischer Familien dokumentierte: das Wappen mit den beiden Löwenköpfen und das mit dem Adler der Martinengos. In diesem klitzekleinen Dorf, weit weg von dem wichtigen Geschehen der damaligen Zeit, verbanden sich 1433 nicht nur zwei bedeutende Familien, sondern eine Romanze nahm ihren Anfang und ein wildbewegtes Eheleben, das achtunddreißig Jahre währen sollte und das Glück, Erfolg und Kindersegen, wenn auch nur Mädchen, aber auch Gefangenschaft, Sorgen um den Partner, Ehebruch und Geiselnahme beinhaltete, ein unglaublicher Reichtum, der Frömmigkeit und Wohltätigkeit, Kunstsinn und Familienglück miteinander verband.

Geheiratet hatten sie hier nicht, Brescia als Heimatstadt der Martinenghi war der eindrucksvolle Ort der Trauung gewesen, im Duomo Vecchio wird die strahlende Braut ihrem stattlichen Offizier der venezianischen Armee das Jawort gegeben haben und die Tränen vieler Mädchen mit gebrochenem Herzen werden ihren Weg gesäumt haben; und was typisch für den gefragten Bartolomeo Colleoni war: Er hatte die Hochzeit in eine Pause der Schlacht von Borgomanengo gelegt, einem Ort, der glücklicherweise nicht weit entfernt von Brescia lag.

Was hatte Tisbe da Martinengo della Motella, was andere Frauen nicht hatten? Wie konnte dieses Mädchen das Herz des großen Kämpfers gewinnen?

Sicher war es einerseits eine politische Heirat, zwei alte Familien langobardischen Ursprungs verbanden sich, und ihr Einflussbereich erstreckte sich von Solza im Norden bis Orzinuovi im Süden, eine geradezu ideale Pufferzone zwischen dem Machtbereich von Milano und dem von Venezia.

Die Liebe, dachte er, während er im Hofe der Schlossruine stehen blieb und noch einen Blick in den Himmel warf, wird die entscheidende Chemie gewesen sein. Wie bei Vilma und mir: Warum sonst sollte sie ausgerechnet einen Geheimdienstoffizier geheiratet haben, wenn sie dessen Beruf verabscheute?

Das war bei Tisbe Colleoni sicher nicht der Fall gewesen, alle ihre männlichen Verwandten übten das Kriegshandwerk aus, und wenn doch, hatte sie es mit Willensstärke überwunden. Und auch ihr Umgang mit der Untreue ihres Mannes wird ein ewiges Rätsel und ungelöstes Geheimnis bleiben.

Er setzte sich hinter das Steuer seines Wagens, und seine Gedanken wanderten wieder zu seinem Vetter.

Ich mische mich doch ein, entschied er schließlich, nicht direkt, aber ich werde seinen Freund Umberto informieren. Ich kann nicht tatenlos zusehen, wie sie ihn und diese reizende, angeheiratete Cousine zerstören, die so arglos und hilfsbereit ist und als Waffe gegen ihren Mann eingesetzt wird.

Sein Autotelefon klingelte, trotz Handy hatte er es behalten.

Der israelische Kollege bat ihn um ein Gespräch.

kapitel 8

veneto/märz 2002

Padova: Palmarum

s regnete unaufhörlich, seit Donnerstagmittag hatte es nicht aufgehört, und auch der Palmsonntag begann mit Regen, der ganz Robertos deprimierter Stimmung entsprach. Er wartete schon seit einer Viertelstunde auf seine Familie, sie hatten sich hier zur traditionellen Palmarum-Prozession verabredet, aber sie ließ auf sich warten.

Er schlug den Kragen seines Mantels hoch, die feuchte Kälte schien ihm in alle Knochen zu kriechen, obwohl er hier unter den Bögen des Kreuzganges zumindest nicht nass wurde. Und während Roberto mit tief in den Taschen vergrabenen Händen wieder in den Kirchenraum zurückstrebte, überlegte er, warum sich seine Stimmung auf so einem absoluten Tiefpunkt befand.

Mehr als zwanzig Jahre hatte er Verbrechen aufgeklärt, die nötige Distanz zu den Tätern und Opfern gehalten und die erst verloren, als er Giulia kennenlernte und persönlich betroffen war.

Damals hatte seine objektive Beurteilung von Menschen und Situationen gelitten, die Sache mit dem Protokoll war symptomatisch gewesen. Bis dahin hatte er mit der Dreiecksbeziehung Täter – Opfer – Motiv zu tun gehabt, und als emotional Unbeteiligter die Beziehungsgeflechte entwirrt und so die allermeisten seiner Fälle gelöst.

Jetzt aber lief alles falsch. Die Opfer waren ihm vertraut, ja, sogar freundschaftlich verbunden gewesen, und er war ihnen verpflichtet. Und das Schlimmste war, dass seine Familie, Giulia und Michèle, jetzt unmittelbar Betroffene waren, er hatte sie weder beschützen noch heraushalten können.

Sie waren rein zufällig in den ganzen Komplex mit dem *XX. Gennaio* hineingeraten, Roberto fühlte sich für die psychische und physische Sicherheit der beiden verantwortlich und stand nun als kläglicher Versager da, zumindest vor sich selbst.

Ohne dass er es hatte verhindern können, war er in dieses Dreiecksgeflecht eingebunden, und sein Sinn für Objektivität kränkelte erheblich. Außerdem ließ ihn die Ahnung nicht los, dass er nicht mehr Akteur, sondern eine geschobene Schachfigur war.

Sein Gefühl der Ohnmacht ließ ihn Giulia gegenüber emotional unangemessen reagieren. Außerdem musste er nach dem Überwachungsbericht des Inlandsgeheimdienstes, den er auf dem Schreibtisch in seinem Büro deponiert gefunden hatte, davon ausgehen, dass David Salzmann ein Verhältnis mit seiner Frau gehabt hatte, ein lückenloser Bericht und Fotos bewiesen das. Zwei Wochen, bevor sie ins *Ca'Vecchia* Brandolin übersiedelte, war David jeden Morgen, nachdem Roberto das Haus verlassen hatte, ein, manchmal auch zwei Stunden bei ihr in ihrer padovanischen Wohnung gewesen. Jetzt besaß er den Beweis schwarz auf weiß.

Er hatte Ari Hirschfeld nach der Zuverlässigkeit des Berichts gefragt, und der hatte sie ihm bestätigt. Ja, man habe David misstraut, deswegen sei er vom *Betrieb* oder der *Firma* überwacht worden, je nachdem.

War er jetzt seiner Frau wieder sicher, nachdem David tot war? Roberto schüttelte den Kopf wie ein angeschlagener Boxer. Wie sollte es mit ihrer Ehe weitergehen? Er liebte seine Frau, aber er misstraute ihr. Und sie entzog sich ihm immer mehr und schien sich ihre eigene Welt aufzubauen, ohne ihn teilnehmen zu lassen. Und statt mit ihr reden zu können, hielt ihn auch noch der Bereitschaftsdienst in der Stadt fest.

Seine Mutter und Carlo trafen als Erste ein, bald darauf Giulia, die Mühe hatte, den Zwillingskinderwagen zu schieben und gleichzeitig einen Regenschirm zu halten. Sie reichte ihm sehr förmlich und zurückhaltend die Hand, und er half ihr beim Herausschälen der Kinder aus der Regenabdeckung. Sie sah aus, als habe sie seit Tagen schlecht geschlafen, kein Wunder nach den Ereignissen am Po di Goro.

Die Rituale des Tages halfen über die seltsam angespannte Stimmung hinweg, während die Männer die beiden Säuglinge auf den Arm nahmen, gingen Julia und die Marchesa in den zweiten Kreuzgang, wo man Olivenzweige bekam, die die Palmenzweige ersetzten; sie würden gesegnet werden.

Während des Gottesdienstes ging die Marchesa zur Beichte, das einzige Mal im Jahr. Im Chorumgang standen die Gläubigen an mehreren Stellen zur Beichte an, und Roberto überlegte ein klein wenig schadenfroh, dass seine Mutter nun wirklich etwas zu beichten hatte: das Zusammenleben mit einem Protestanten, ohne den heiligen Bund der Ehe geschlossen zu haben, das war schon etwas! Die Marchesa hatte ihre beiden Söhne nicht besonders streng katholisch erzogen. Er überlegte: Wann war er eigentlich das letzte Mal zur Beichte gegangen? Vor zwanzig Jahren, vielleicht auch vor fünfundzwanzig.

Aber dann wurde er nachdenklich. Wenn man die Beichte als ein Ratsuchen ansah, konnte sie ihm auch nicht schaden. Denn in Bezug auf seine Frau war er sehr ratlos.

Eifersucht ist eine Leidenschaft, die mit Eifer sucht, was Leiden schafft, hatte Giulia ihm vor einiger Zeit gesagt. Dass er unter Eifersucht litt, wenn auch auf einen Toten, war ihm nur allzu klar, und dass er ihr mit seinem Verhalten Leiden zufügte, ebenfalls.

Aber der Beichtvater würde sicherlich ihre Ehe ohne kirchlichen Segen, die nicht getauften Töchter und Giulias Protestantismus als Grund für ihre gegenwärtigen Probleme sehen, und so ließ Roberto den Gedanken fallen. Außerdem machte ihm Jette genug zu schaffen, sie quengelte, und er schaukelte sie beruhigend hin und her. Er liebte seine Töchter über alles, was würde aus ihnen werden, wenn die Ehe ihrer Eltern zerbrach?

Der strahlende Tenor eines Priesters mit einem Choral von Johann Sebastian Bach lenkte ihn vorübergehend ab, Gott zur Ehre konnte man offensichtlich auch die Musik eines Ketzers gutheißen.

Nach dem Gottesdienst folgten sie der Prozession durch die Kreuzgänge, die *Gerusalemme*-Gesänge der Priester hallten feierlich durch den Morgen, und die Olivenzweige wurden geschwungen.

Es regnete immer noch, als man sich zu einem Lokal in den Euganeischen Hügeln auf den Weg machte. In der Nähe von Luvigliano fanden sie sich oben auf einem Hügel zum Mittagessen zusammen, die Zanella-Sippe kam auch hinzu und an der langen Tafel herrschte eine geschwätzige Fröhlichkeit.

Robertos Schweigsamkeit fiel nicht besonders auf, man war an sie gewöhnt. Alle lachten über Carlos drollige Italienisch-Versuche, nur Michèle fehlte.

Gestern noch hatte Roberto ihn im Untersuchungsgefängnis besucht. Roberto hatte einen ausgesprochen gefassten und vernünftigen Michèle gefunden, er wirkte gereifter und sehr nachdenklich und stimmte Robertos Überlegungen zur Schutzhaft voll zu. Ein *sergente* kümmerte sich ganz allein um sein Wohl. Die im Schuh versteckte Liste war nutzlos gewesen, nämlich – zum Ärger besonders der Geheimdienste – leer, ein einfaches weißes Blatt.

»Ja, ja«, hatte Claudia Bianginale, die Staatsanwältin gesagt, »keine Angst, Roberto, wir klagen deinen Schwager schon an, keine Sonderbehandlung! Aber beim nächsten Haftprüfungstermin ist der Junge wieder draußen. – Und der Fall wird dann eingestellt«, hatte sie leise hinzugesetzt.

Man verlangte Roberto am Telefon, seine Handyphobie legte er wohl nie ab. Er wurde in der *questura* gebraucht. Als er wieder zurück an die Tafel kam, hörte er eben seine Mutter fragen, wann denn die Zwillinge endlich katholisch getauft würden. Roberto wünschte das sicher auch, es wäre doch für alle in diesem katholischen Umfeld angenehmer, aber Roberto wusste, ihr ging es nicht um christliche Inhalte, sondern um den äußeren Anschein.

Giulia und er waren übereingekommen, als sie noch unkompliziert miteinander umgegangen waren, mit der Taufe zu warten. Roberto hatte eine protestantische Taufe vorgeschlagen, weil die katholische Kirche so oder so Schwierigkeiten machen würde, aber Giulia hatte das aus dem Grund nicht gewollt, weil sie ihre Töchter in einem katholischen Land nicht von vornherein in eine Minderheitenrolle drängen wollte, später sollten die beiden sich selbst entscheiden können.

So gab Roberto seiner Mutter nicht eben freundlich zu verstehen, dass sie sich um ihre eigenen Angelegenheiten kümmern solle, und im Übrigen müsse er sich jetzt verabschieden. Ein flüchtiger Abschied von seiner Frau und den anderen folgte, und im Hinausgehen hörte er seine Mutter sagen:

»Mach dir nichts draus, Giuliana, dein Mann hatte noch nie Familiensinn.«

Aber Julia antwortete nicht, keiner merkte ihr an, wie schwer ihr das Herz in der Brust lag, Robertos unausgesprochene Vorwürfe drückten ihre Seele nieder.

Padova: Palmarum bis Karfreitag

Bartolomeo Coglione war sauer, Roberto nahm unmerklich seinen Platz in der Gunst seiner Vorgesetzen als Terrorspezialist ein, er könne ja auch gleich nach Bergamo zurückkehren, meinte er, hier brauche ihn ja anscheinend keiner.

»Niemand hält dich!«, war Robertos motivierender Kommentar gewesen.

Aber dann hatte er doch die Videokassette, die ihm anonym zugestellt worden war, seinem Vetter Coglione übergeben, der damit eine ganze Pressekonferenz bestritt und die Ehren einheimsen konnte.

Auf dem Video gab der vermummte *Il-Primo*-Palästinenser bekannt, dass der *XX. Gennaio* nicht mehr bestehe. Durch einen Verrat des italienischen Partners sei die Einheit der Gruppe auseinandergebrochen, die palästinensischen Mitglieder würden zurück in ihre Länder und in die dortigen Terrorzellen gehen.

»Tod dem israelischen und amerikanischen Staatsterror!«, schloss er und hob die Faust. »Und Tod den italienischen Verrätern!«

Konnte man dem glauben? Die Meinungen gingen auseinander. Obwohl *colonnello* Coglione groß im Rampenlicht stand, wussten in der *questura* intern alle, vom kleinsten *sergente* bis zu dall'Aria und dem *questore*, dass Roberto der Empfänger des Videos gewesen war und dass er, wenn auch durch Zufall, der Terroristenjäger Nummer Eins war.

Ob es der Verrat oder die Angst vor der Auffindung der Liste mit den Namen der *XX.-Gennaio*-Mitglieder gewesen war, die den palästinensischen *Il Primo* zu diesem Schritt bewogen hatte, würde man wohl nie erfahren, aber Angst vor dem *XX. Gennaio* musste nun keiner mehr haben, die italienische Seite war auf der Insel im Po di Goro bis auf die vier ersten, womöglich die Führungsmitglieder, praktisch aufgerieben worden, darüber hinaus waren mehrere Mitglieder verletzt festgenommen worden, und der palästinensische Teil hatte sich vollständig aufgelöst – was wollte man mehr? Es würde einen spektakulären Prozess gegen sie alle geben, und *basta*, das wär's!

Aber den Geheimdiensten passte diese Wendung überhaupt nicht, die *strategia della tensione* schien sang- und klanglos unterzugehen. Bisher hatte immer Roberto ihnen einen Strich durch die Rechnung gemacht, indem er die angeblichen Terroristenmorde als rein kriminelle hingestellt hatte. Und nun dieses Desaster mit der öffentlichen Erklärung der Auflösung des *XX. Gennaio*!

Robertos Verhältnis zu den drei Geheimdiensten hatte sich dadurch weiterhin verschlechtert, und er fand diesen Augenblick passend, den Geheimdiensten noch einen Schlag zu versetzen.

Die Kugel, die er aus der Türfüllung des *Ca' Vecchia* Brandolin sichergestellt und von seinem Freund Vittorio bei den Ballistikern der *caramba* hatte analysieren lassen, war aus derselben Waffe abgefeuert, aus der der tödliche Schuss auf Yochanan Garfinkel abgegeben worden war.

Der Kurier, ein Mitglied des *Betriebs*, hatte die anderen Projektile vertauscht, eine Manipulation, die Roberto nun beweisen konnte. David Salzmann war mit der Waffe getötet worden, die eine Verbindung zwischen dem organisierten Verbrechen des *Colleoni*-Syndikats und den Geheimdiensten herstellte. Beklemmend.

Colonnello Coglione tobte.

»So etwas gibt man nicht bekannt! Wie stehen wir jetzt da? Und du? Die Rechtsstaatlichkeit in Person! Aber pass du nur auf, dass man dich nicht wie David Salzmann findet!«

»Wir? Meinst du die Polizei oder deinen Geheimdienst?«

»Ach, lass mich doch in Ruhe, du Selbstmörder!«

Wenigstens in meinem Beruf bin ich erfolgreich, dachte Roberto voller Bitternis.

Julia wurde von den Geheimdienstmitarbeitern noch einmal genauestens vernommen, ebenso Micha, und sie konnten noch ein paar weitere Puzzleteile hinzufügen.

»Gabrièlla war eine *DEA*-Agentin«, sagte sie noch einmal.

»Nein, zum Zeitpunkt ihres Todes war sie suspendiert, denn sie war eine Abtrünnige, die ihr Land verraten und sich ihre eigene, naive

Menschlichkeit zusammengezimmert hat!«, kommentierte der Amerikaner, und Julia konnte gegen die Demontage ihrer Freundin nichts tun.

»Der palästinensische *Il Primo* hat den italienischen mit *Colleoni* angeredet«, sagte sie.

Man glaubte ihr nicht. Ob sie sich nicht verhört habe? Die Aufregung vielleicht. Dann durfte sie wieder gehen.

Ich habe es ja schon immer vermutet, dachte Roberto, behielt aber seine Meinung vorerst für sich: Das Colleoni-Syndikat und der italienische *XX. Gennaio* sind im Großen und Ganzen deckungsgleich, wenn nicht identisch; seine Frau hatte dies bestätigt, und zumindest das glaubte er ihr.

Colli Euganei: Karfreitag

Davids Schatten wuchs in dieser Woche ins Unermeßliche. Ari Hirschfeld war wieder aufgetaucht und betonte immer wieder Davids Engagement für Menschlichkeit und Menschenwürde, das letzten Endes für sein Versagen im geheimdienstlichen Bereich verantwortlich gewesen war.

Mehr denn je stand David zwischen Julia und Roberto, die verstrichene Zeit hatte nicht geholfen. Todmüde, ausgelaugt und voll unkontrollierter Eifersucht machte Roberto sich am Karfreitag gegen zwanzig Uhr auf den Weg ins *Ca'Vecchia* Brandolin.

Julia hatte nicht mit seinem Kommen gerechnet, ihre Überraschung nahm er als Vorwurf, und ein Wort gab das andere. Daraufhin stürzte Roberto ein ganzes Wasserglas Grappa hinunter, aber der Alkohol beruhigte seine Nerven nicht, im Gegenteil, er merkte, dass er immer aggressiver wurde und langsam, aber sicher die Kontrolle über sich verlor.

»Die Geheimdienste waren begeistert von dir, wie du Davids und Gabriëllas Loblied gesungen hast!«, bemerkte er bissig, obwohl er sich sofort über seine Worte ärgerte.

Dass sie schwieg, stachelte seinen Zorn nur noch mehr an.

»Arbeit hatte ich vor deinem Ausflug in die Polèsine eigentlich schon genug, du brauchtest mich nicht mit mehr versorgen.«

Sie schwieg. Er merkte, wie sie sich wie in ein Schneckenhaus zurückzog, bekam sich aber noch immer nicht unter Kontrolle.

»Du bist wohl mit Haus und Kinder nicht ausgelastet, scheint mir!«

Stille. Er schenkte sich wieder Grappa ein, konnte er sie denn überhaupt nicht mehr erreichen, auch durch Provokation nicht? Früher wäre sie in Tränen ausgebrochen, jetzt sah sie nur still auf ihre Hände.

Er hörte sich selbst wie einem Fremden zu.

»Du hättest dich ruhig mehr um die Kindern kümmern können, oder beschäftigst du dich wieder mit pausenlosem Geldausgeben?«

Das war verletzend und unwahr, wie alles, was er von sich gab, aber der Alkohol riss jede Anstandsbarriere in ihm nieder; er hasste sich dafür und konnte trotzdem nichts dagegen tun, ihre Ruhe und ihr innerer Rückzug stachelten seinen Zorn an, der sich eigentlich gegen ihn selbst richtete, aber er war außer Kontrolle geraten.

Sie war schneeweiß geworden, aber statt zu widersprechen oder sich zu verteidigen, hielt sie den Blick gesenkt und schwieg beharrlich.

»Und warum hast du so früh mit dem Stillen aufgehört? War es dir hinderlich bei deinen Affären?«

Sie zuckte zusammen, wollte antworten, besann sich dann aber und zog die Oberlippe mit den Zähnen nach innen. Keine Antwort, keine Verteidigung. War das nicht der Beweis für ihre Schuld?

»Nun, wenn du nicht einmal mehr mit mir redest, müssen wir uns eben anschweigen.«

Er nahm die Zeitung und setzte sich vor den Kamin, langsam kam er wieder zu sich. Die Worte, die er Julia ungerechterweise an den Kopf geworfen hatte, reuten ihn nun, aber sie waren gefallen, zurücknehmen konnte er sie nicht. Nicht nur Davids Schatten, auch sie würden nun zwischen ihnen stehen.

Irgendwann merkte er, dass seine Frau sich nicht mehr im Raum befand, sie musste leise nach oben gegangen sein. Er hatte Sehnsucht nach ihr, Sehnsucht nach ihrem Körper, ihrer leidenschaftlichen Hingabe, noch mehr aber Sehnsucht nach Harmonie in ihrem Denken und Fühlen, dem Gleichklang ihrer Seelen.

Seine Worte hatten zerstörerischen Charakter, nicht zuletzt selbstzerstörenden. Sie waren es, die die Beziehung zwischen ihnen beiden töteten, mehr noch als Davids Schatten. Vielleicht konnte er sie durch Zärtlichkeit zurückgewinnen? Denn dass er auf dem besten Wege war, ihre Verbindung zu vernichten, wurde ihm klar.

Der Nebel der Eifersucht hob sich ein wenig.

So folgte er ihr, aber das erste Mal in ihrer Ehe wandte sie sich von ihm ab, als er sie berührte. Der Nebel senkte sich wieder, Zorn stieg wie eine Woge in ihm hoch, und seine Worte, mit denen er sie an ihre ehelichen Pflichten erinnerte, waren beleidigend und erniedrigend. Sie gab ihren Widerstand sofort auf.

Jetzt hätte er noch einlenken, sie ihn mit Worten zurückhalten können, tat es aber nicht, und wider besseres Wissen trieb ihn Trotz zu vollenden, was für sie beide eine Qual war.

Später fand er keine Worte, zu beschämend kam ihm sein Tun zu Bewusstsein. Sie hatte sich abgewandt, kein Wort, keine Träne. Er wusste, sie schlief nicht, auch er fand trotz großer Müdigkeit keinen Schlaf. Irgendwann übermannte er sie beide, einmal noch wachte Roberto auf, als sie im Schlaf laut stöhnte und Unverständliches rief.

Am Morgen wachte Roberto vor seiner Frau auf, die Zwillinge rührten sich im Nachbarzimmer, und er schüttelte Julia vorsichtig, sie öffnete die Augen sofort.

Diesen Blick würde er sein Lebtag nicht vergessen, aus den Tiefen des Schlafs gerissen, gab Julia durch ihn unverhüllt ehrlich Auskunft über ihr seelisches Befinden. Es war nicht der Blick eines gekränkten jungen Mädchens, sondern der einer zutiefst verzweifelten und gedemütigten jungen Frau. Nur Bruchteile von Sekunden nahm er ihn wahr, denn sie hatte die Augen sofort wieder geschlossen. Als sie sie nun wieder öffnete, war er verschwunden, Gleichmut hatte den Ausdruck von Verzweiflung und Demütigung ersetzt.

Schlagartig wurde Roberto klar, dass er sofort etwas unternehmen musste, um ihre Ehe zu retten. Vielleicht war es schon zu spät, vielleicht hatte er Julia und mit ihr seine Töchter schon verloren.

»Ich muss fort, Julia. Bitte, warte heute Abend auf mich. Wir müssen dringend miteinander reden.«

Sie nickte nur ohne ihn anzusehen, und er schwor sich insgeheim, sie nie wieder gegen ihren Willen zu berühren.

Padova: Ostersamstag

Der vorangegangene Abend musste für Julia der schlimmste Tag in einer Kette schlimmer Tage gewesen sein, eine Abfolge seelischer Marter durch ihren Mann, ein wahrhaft schwarzer Freitag.

Der Ostersamstag wurde der schwärzeste Tag für Roberto in seiner noch nicht einmal einjährigen Ehe. Er begann in der *questura*, wo Umberto ihn in seinem Büro aufsuchte. Nur noch ein Pflaster an der Stirn erzählte von vergangenen Erlebnissen.

»Ich habe Giulietta gestern Morgen getroffen, sie sieht nicht gut aus, wenn du mich fragst, so, als habe sie die vergangenen drei Wochen kein Auge zugetan. Ihre Albträume sind auch wieder da, wie sie sagte. Kein Wunder.«

»Ich war gestern Abend das erste Mal nach Gabrièllas Tod wieder im *Ca'Vecchia*.«

»Ist das dein Ernst? Du hast sie mit all diesen traumatischen Erlebnissen allein gelassen? Alle Achtung, *dirigente*!«

»Ich komme über ihr Verhältnis mit David nicht weg.«

Roberto wunderte sich, dass er überhaupt jemandem davon erzählen konnte, aber wenn nicht seinem besten Freund, wem dann?

»Ich hab wohl nicht richtig gehört! Du glaubst ... im Ernst?«

»Ich glaube nicht, ich weiß!«

»Hat Giulietta es dir gesagt?«

»Nein, mit ihr kann ich nicht darüber reden. Schau her, hier ist der Beweis.«

Roberto zog zusammen mit den Fotos das Überwachungsprotokoll aus seiner Brieftasche und legte beides vor seinen Freund auf den Tisch. Der zog seine Lesebrille aus der Brusttasche und studierte sorgfältig die Dokumente.

»Woher hast du das?«

»Von denen, die das unterschrieben haben: der *Firma* und dem *Betrieb*. Es lag eines Morgens auf meinem Schreibtisch. Und um deiner Frage zuvorzukommen: Ari Hirschfeld vom *Institut* hat die Richtigkeit der Dokumente bestätigt. Sie haben David misstraut und überwacht, und dabei ist die Untreue meiner Frau durch Zufall herausgekommen.«

»So, so«, murmelte Umberto und sah seinen Freund über seine Brille forschend an, »und du hast natürlich deine Schlussfolgerungen gezogen, anstatt an die Integrität deiner Frau zu glauben oder sie zu fragen.«

»Wie konnte ich das, nach diesen Beweisen?«

»Nach diesen, von dir so gewichteten Beweisen steht nur fest, dass David zwei Wochen lang unser Haus morgens, vierzig Minuten nachdem du das Haus verlassen hast, betreten hat!«

»Aber das Foto zeigt ihn im vierten Stock, und da wohnen nur du und ich.«

»Eben. Man kann von unten nicht sehen, zu welcher Seite David gegangen ist, zu dir oder zu mir.«

»Du willst nur Julia in Schutz nehmen, das ist doch Haarspalterei«, entgegnete Roberto ärgerlich.

»David war hinter dem *Colleoni*-Syndikat her, das die Garfinkels ermordet hat, das hast du ja schließlich selbst an die große Glocke gehängt! Und wer ist der *dirigente* des Drogendezernats? Ich! Wer versucht, dem Drogensyndikat das Handwerk zu legen? Zufällig auch ich! Ich gebe hiermit ganz offiziell bekannt, Roberto Bassner, dass David sich mit mir in diesen beiden Wochen jeweils ein bis zwei Stunden pro Tag heimlich getroffen hat, wir haben bei mir in der Wohnung konferiert. Weil wir da nicht abgehört wurden. Und wenn du mir das einfach nicht glauben willst, wie ich an deinem uneinsichtigen Blick sehe, dann muss ich dir mitteilen, dass deine Frau jeden Morgen eine Viertelstunde nach dir bereits das Haus verlassen hatte, sowie euer Kindermädchen da war. Du bist ein solches Arschloch, Roberto Bassner! Du hast diese Frau überhaupt nicht verdient!«

Roberto saß da wie vor den Kopf geschlagen. Kein Zweifel, er hatte die falschen Schlussfolgerungen gezogen. Oder vielleicht doch nicht?

»Wenn du alles so genau weißt, wirst du mir auch sicher sagen können, wohin meine Frau gefahren ist.«

»Könnte ich schon, aber ich tue es nicht! Da musst du sie schon selbst fragen, sie wird ihre Gründe haben, warum sie es dir verschwiegen hat. Du bist wirklich ein Superkommissar!«

Umberto tat, als spucke er vor Roberto aus, und knallte die Tür hinter sich zu.

»Hey«, Luciano steckte die Nase um die Ecke, »der Dicke ist ja in Fahrt! Hab ich was verpasst?«

»Was sagen Sie zu diesen Überwachungsberichten, Luciano?«

Der milchkaffeebraune Luciano trug seine Lieblingskleidung: an der Seite geschnürte Motorradhosen aus Leder, einen hellen Rolli, der seine afroitalienische Abstammung hervorhob, und Cowboystiefel, dazu einen Ring im linken Ohr, und sein schwarzer, wuscheliger Lockenkopf krönte die ganze Erscheinung.

Luciano studierte aufmerksam die Berichte.

»Also?«, fragte Roberto lauernd.

»Zwei Wochen lang hat David den Dicken jeden Morgen in dessen Wohnung kontaktiert, und David wurde von den Rabenvögeln beschattet.«

»Wie kommen Sie darauf, dass er bei Tamassia war?«

»Was sollte er in Ihrer Wohnung? Da waren doch nur Bianca und die Kinder. *La Tedesca* war um Davids Ankunftszeit längst im Hospital der Barmherzigen Schwestern.«

»Woher wissen Sie das?«

»Na, *La Tedesca* ist die Pünktlichkeit in Person. Und einmal, als Bianca von mir zu spät weg ist, hat sie Ärger bekommen.«

»Bianca und Sie, Luciano?«

»Das ist Vergangenheit, Chef«, Lucianos bernsteingelbe Augen sahen ihn traurig an, »als Bianca das mit Gabrièlla und mir erfuhr ... da war Schluss.«

Roberto merkte, wie viel ihm von seiner Umwelt entgangen war, wie er, fixiert auf die vermeintliche Untreue seiner Frau, mit Scheuklappen durch die Welt gelaufen war. Sie hatte sich also morgens regelmäßig im *ospedale* aufgehalten.

Mittags ging Roberto in eine Bar, um einen *caffè* zu trinken, dabei stieß er in der Tür fast mit Fra Ioannis zusammen.

»Sie hier in der Stadt, *dottore*? Es ist das erste Mal, dass ich Sie außerhalb Ihres Hospitals sehe.«

»Wie geht es Ihrer Frau, *commissario*?«, fragte der alte Mann, als sie einen *cappuccino* tranken. »Vorgestern, als sie bei mir war, schien es mir, als wenn sie ihren Schock überwunden hätte. Aber das können Sie ja am besten beurteilen.«
Roberto sah ihn verständnislos an.
»Welchen Schock?«
»Den Stillschock, meine ich, nachdem sie die Leiche dieses jungen Mannes vor ihrer Küchentür gefunden hatte. Das gibt es häufig bei großen Gemütsbewegungen, und dann ist es mit der Milchproduktion vorbei. Ihre Frau war sehr unglücklich darüber, sie hat mir überaus leidgetan.«
Mit meinen Worten gestern Abend habe ich ihr noch zusätzliches Leid zugefügt, dachte Roberto zerknirscht und gab eine nichtssagende Antwort.
Der *dottore* ließ sich über Robertos reizende Töchter aus und fragte zum Schluss, ob *La Tedescas* Albträume endlich nachließen, die sie seit vergangener Woche wieder heimgesucht hätten, er hoffe, sie käme bald wieder regelmäßig zu ihm.
»Es wird schon wieder«, log Roberto und brachte es nicht über sich, nach Julias Tätigkeit im *ospedale* zu fragen, allzu unwissend wollte er vor dem Arzt nicht dastehen, und dachte über sich als einen äußerst unsensiblen Ehemann und Vater nach. Er kam sich sehr klein vor, und koste es, was es wolle, an diesem Abend musste er mit Julia reden, sich für sein unmögliches Verhalten entschuldigen und mit ihr ins Reine kommen.
Aber der schwarze Samstag wurde noch schwärzer. Als er von der Bar zu sich nach Hause ging, um einige Sachen für das Wochenende zu packen, damit er nach Dienstschluss gleich zu Julia fahren konnte, fand er in der Post ein Schreiben der Gesundheitsfürsorge, die ihn informierte, dass sie kulanterweise nachträglich eintausend Euro überweisen wollten, die restlichen achttausend Euro der Operationskosten an der MHH in Deutschland müsse er tragen. Nie hatte er sich Gedanken gemacht und selbstverständlich angenommen, dass die italienische Krankenfürsorge alles bezahlt habe. Giulia musste die Rechnung aus ihrer Erbschaft beglichen haben. Und ihre wortlose Großzügigkeit beschämte ihn noch mehr.
Er dagegen hatte ihr vorgehalten, als sie ihr Konto bei der Einrichtung der Küche im *Ca'Vecchia* stark überzogen hatte, dass sie nicht mit Geld umgehen könne. Und als sie kurz darauf sein Konto mit einem Kleiderkauf belastet hatte, war er sehr ärgerlich geworden, das Kleid sei zwar hübsch, aber im Augenblick wohl unnötiger Luxus.
Ein Gedanke kam ihm, während er die ordentlich von Julia weggehefteten Kontoauszüge durchblätterte und tatsächlich den Betrag für das

Kleid fand, das sie dann nie getragen hatte und die Summe auf sein Konto rücküberwiesen hatte – ihre Art von Stolz.

Er wurde noch kleiner, hoffentlich kam seine Reue nicht zu spät; nachdem, was er ihr gestern Abend angetan hatte, packte sie vielleicht gerade ihre Koffer. Fast panikartig wählte er die Nummer des *Ca'Vecchia* Brandolin.

Er wollte schon auflegen, da nahm sie ab.

»Du kommst heute Abend nicht?«

Gott sei Dank, sie war noch da!

»Doch, nur wird es vielleicht etwas später. Ich muss noch einen Termin wahrnehmen, aber ich komme ganz bestimmt.«

»Gut, ich warte.«

Ihre Antwort klang gleichmütig, hatte sie ihn innerlich schon aufgegeben?

»Julia?«

»Ja?«

»Ach nichts. *Ciao.*«

Warum klang er nur so hölzern und kalt wie ein Fisch?

Er holte tief Luft.

»*Ti amo, l'anima mia.*«

Aber sie hatte schon aufgelegt.

Das Treffen mit Professor Serpente, Robertos altem Lehrer aus der Polizeihochschule, jetzt fast ein Freund, fand am frühen Abend statt.

In den vergangenen Jahren hatten sie sich immer wieder auf Fortbildungslehrgängen getroffen, sie hielten viel voneinander. Sie aßen zusammen, und ihr Gespräch nahm überaus persönliche Formen an; der alte lebenskluge Mann benannte Robertos Probleme in Bezug auf seinen Beruf, und die Lösungsmöglichkeit, die er ihm vorschlug, musste reiflich überlegt werden. Robertos Unbehagen, seinen Beruf betreffend, hatte er noch nicht einmal für sich selbst artikuliert, aber der alte Mann hatte es verbalisiert und eröffnete ihm neue Zukunftsperspektiven.

Colli Euganei, Ostersamstag

So kam es, dass es fast zweiundzwanzig Uhr war, als er in die Euganeischen Hügel aufbrach. Je mehr er sich ihnen näherte, desto unruhiger wurde er. Würde sie ihr Versprechen halten, würde sie auf ihn warten? Was, wenn er das *Ca'* nun leer vorfände?

Sie war noch da und arbeitete an ihrem Schreibtisch, einen Morgenrock über ihr Nachthemd gezogen, und hatte wohl nicht mehr mit seinem Kommen gerechnet. Bei seinem Eintritt fuhr sie herum, stand dann langsam auf und kam auf ihn zu. Dabei zog sie ihren Morgenrock aus, ließ ihn achtlos auf den Boden sinken und ohne ihren Mann anzublicken, sagte sie mit leiser und anteilsloser Stimme, ihre Augen auf einen Punkt neben seiner rechten Schulter gerichtet:

»Willst du, dass ich erst meinen ehelichen Pflichten nachkomme, oder willst du vorher etwas essen?«

Dio mio, was hatte er angerichtet! Er bückte sich und hob den Morgenrock auf, legte ihn um ihre Schultern und zog ihn vorn zusammen.

»Weder noch. Giulia. Sag so etwas bitte nie wieder! Und bitte lass mich nicht noch schuldiger fühlen, als ich es sowieso schon tue. Ich möchte nur mit dir reden, und später vielleicht ein Glas Wein mit dir trinken.«

Ihre Augen kamen aus weiter Ferne zurück.

»Reden? Ja, das wäre gut.«

Sie ging zum Sofa vor dem Kamin, in dem noch ein paar Holzscheite glosten, Roberto legte Holz nach und wurde sofort wieder an den Morgen erinnert, als er hier ihren Jogginganzug und das blutgetränkte Verbandspäckchen halb verbrannt gefunden hatte.

Doch bevor er etwas sagen konnte, strömten aus Julia wie bei einem Dammbruch plötzlich all ihre aufgestauten Ängste und Befürchtungen; all ihre während der letzten Wochen mühsam aufrechterhaltene Selbstbeherrschung zerplatzte. Sie sank vor dem Sofa zusammen, schluchzte. und dann brach es aus ihr heraus:

»Ich weiß, warum du mich so hasst, Roberto! Ich habe dich so enttäuscht und deinen Erwartungen nicht entsprochen, und nun habe ich auch noch Schuld an Davids und Gabrièllas Tod!«

Ein lautloser Weinkrampf ließ sie nicht weiterreden. Sie legte die Arme auf den Sofasitz, vergrub ihren Kopf in ihnen, und obwohl ihr ganzer Körper vom Schluchzen vibrierte, war kein Ton zu hören, und diese Lautlosigkeit ätzte sich in seine Seele. Julia und Schuld? Roberto bereute sein selbstgerechtes Verhalten. Das war typisch für sie, die Schuld immer zuerst bei sich zu suchen!

Zu gern hätte er sie jetzt in die Arme genommen und getröstet, wagte es aber nicht, sie zu berühren, aus Furcht, sie könne vor ihm zurückweichen. Er wartete, und als sie sich etwas beruhigt hatte, setzte er sich dicht, aber nicht zu dicht neben sie.

»Kannst du mir zuhören, Giuli? Ja? Gut. Ich hasse dich nicht, im Gegenteil. Was du da eben gesagt hast, stimmt in keinem Punkt, du hast keine Schuld an nichts, ich trage sie, und bitte, lass sie mir dieses Mal allein!

Doch etwas zerfrisst mich. Ich muss dir eine Frage stellen. Und du musst sie mir bitte wahrheitsgemäß beantworten, ja?«

Sie hob den Kopf und blickte zu ihm mit todtraurigen, tief verschatteten Augen auf.

Mein Werk, dachte er, und sein Gewissen pochte. Er rutschte zu ihr auf den Teppich. Er konnte es nicht ertragen, so von oben auf sie hinabzublicken.

»Eines muss ich dir sagen, Giuli, bevor ich dir diese Frage stelle«, beide blickten in die züngelnden Flammen, »ganz egal, wie du sie mir beantwortest, ich will dich auf keinen Fall verlieren, hörst du? Ich werde mit deiner Antwort, wie sie auch ausfällt, leben, das verspreche ich dir, und ich werde dich nicht weiter quälen. Ich mag nicht ohne dich sein, verstehst du?«

»Frag mich!«

Er holte tief Luft.

»Warum hast du mir nicht gesagt, dass David noch eine ganze Zeit gelebt hat, nachdem du ihn gefunden hattest, und in deinen Armen gestorben ist? Warum hast du mir das verschwiegen?«

Ihre Augen weiteten sich ungläubig bei seinen Worten.

»Du hast das die ganze Zeit gewusst? Dann war mein Schwur ganz umsonst.«

Plötzlich wich sie vor ihm zurück.

»Oder ist das ein Polizeitrick, um mich zum Sprechen zu bringen?«

Das tat weh, aber er hatte ihr Misstrauen verdient.

»Nein, Giuli. So einen Trick würde ich bei dir nicht anwenden, glaube mir bitte.«

»Bevor ich dir deine Frage beantworte, habe ich erst noch eine Gegenfrage. Woher wusstest du, dass David noch nicht tot war, als ich ihn fand?«

»Als ich ins Haus kam an jenem Morgen, war das Feuer im Kamin am Erlöschen. Die Flammen hatten deinen Magginganzug nur teilweise erfasst, vorn am Oberteil und an der ganzen Vorderseite der Hose befanden sich Blutflecken, außerdem gab es noch ein halbverbranntes, blutiges Verbandspäckchen. Der Schluss lag nahe, dass David in deinen Armen verstarb. Außerdem steckte die Kassette mit seinem Lieblingssong im Rekorder.«

»Ich vergesse immer wieder, dass ich mit einem Polizisten verheiratet bin!«, sagte sie, und ein schüchternes Lächeln huschte über ihr Gesicht. »Ich musste dem sterbenden David bei seinem und meinem Gott schwören, um unserer und unser Kinder Sicherheit willen zu behaupten, ihn tot aufgefunden zu haben, damit der *XX. Gennaio* und die Geheimdienste die bewusste Liste nicht bei uns suchen. Und an diesen Schwur habe ich mich gebunden gefühlt, obwohl …«

Ihre Stimme erstarb, das Lächeln war fortgewischt, sie legte die Arme um ihre Knie und bettete den Kopf darauf. Ihr Blick verschleierte sich.

»Obwohl?«

»Obwohl ich ihn gebrochen und umgangen habe«, flüsterte sie.

Roberto wartete mit für ihn erstaunlicher Geduld, er hatte eine ganz andere Antwort befürchtet; sein Vertrauen zu Julia war plötzlich wie angeflogen wieder da, und er begriff nicht, warum er es jemals in Frage gestellt hatte.

»Ich habe es Gabrièlla vor ihrem Tod verraten«, sagte sie und schloss die Augen, »ich konnte sie nicht mit der Gewissheit in den Tod gehen lassen, sie sei schuld an Davids Tod.«

»Das war barmherzig, Giuli. Und du erzählst mir irgendwann die Zusammenhänge?«

Sie öffnete die Augen und deutete mit einer Kopfbewegung auf ihren Schreibtisch.

»Ich habe alles aufgeschrieben, mein Tagebuch lag immer aufgeschlagen auf deinem Schreibtisch; du hättest alles lesen können; damit habe ich meinen Schwur umgangen. Aber du bist nicht gekommen, und gestern Abend …«

Sie konnte nicht weitersprechen, Tränen füllten ihre Augen, zögernd legte er seine Hand auf ihren Arm, und sie ließ es geschehen.

»Ich wünschte, ich könnte den gestrigen Abend ungeschehen machen, *l'anima mia*, ich war wie von Sinnen.«

Sie ging darauf nicht ein, und er wusste nicht, ob sie ihn überhaupt gehört hatte.

»Mein Gewissen ist so mühlsteinschwer«, sagte sie schließlich, »ich habe meinen Schwur gebrochen, habe David im Angesicht seines Todes angelogen und trage für seinen Tod die Verantwortung, und an Gabrièllas Tod habe ich auch Schuld. Und deine Erwartungen in mich habe ich enttäuscht. Bist du sicher, dass du mich noch lieben kannst?«

Auch als er jetzt einen Arm um sie legte, ließ sie es geschehen. Er zog ihren Kopf an seine Brust und sie weinte.

Nur einen ganz kleinen Augenblick lang fühlte er die Versuchung in sich hochsteigen, dies alles zu akzeptieren, ihr ganz großspurig zu verzeihen und sie in dem Glauben zu lassen, Schuld an nahezu allem zu haben. Aber der Moment verflog.

»Giuli«, flüsterte er, »fangen wir mal von hinten an. Ja, ich liebe dich. Punkt. So wie du bist. Warst, denn im Augenblick steckst du dank meiner Hilfe in einem tiefen Loch, und ich will alles tun, damit du wieder zu der lebensfrohen, optimistischen und hilfsbereiten Frau wirst, in die ich mich verliebt habe.

Weiter! Du hast durch deine Einmischung Gabrièllas Tod nicht verschuldet, ihre *DEA*-Zugehörigkeit war dem *XX. Gennaio* bekannt geworden, und sie wurde von ihnen als Verräterin hingerichtet. Ich bin fest davon überzeugt, dass du durch deine beherzte Einmischung das

Leben deines Bruders gerettet hast, denn ihn hätten sie wahrscheinlich als einzigen Zeugen ebenfalls verschwinden lassen. Und ich wäre, auch wenn du auf mich gewartet hättest, allemal zu spät gekommen. Weiter! Davids Tod hast du ebenso wenig auf dem Gewissen, der Pathologe hat gesagt, einer der drei Schüsse habe Davids Herzbeutel verletzt, das Blut sei unaufhaltsam in seinen Brustkorb geflossen, und jeder Transport hätte sein Leben verkürzt. Also hör auf mit Schuldzuweisungen an dich! Wie ich schon sagte, lass mir einmal die Last der Schuld ganz allein, denn deinen jetzigen Zustand habe ich ganz allein auf dem Gewissen.«
»Meinst du das wirklich?«
Sie verflocht ihre Finger mit seinen.
»Ja, ich spüre es«, sagte sie. »Trotzdem, ich habe David kurz vor seinem Ende angelogen. Aber er hatte nur noch wenige Augenblicke zu leben; ich glaube, wenn ich mich noch einmal entscheiden müsste, ich würde es wieder tun.«
»Lass mich raten, Giuli. Er hat dich gefragt, ob du ihn liebst?«
Nachdenklich sah sie ihn an.
»War es das, was dich gequält hat, Ro? Hast du geglaubt, er liebte mich? Und ich ihn?«
Mit diesen kurzen Sätzen hatte sie seine ganze Misere ausgesprochen, und er nickte.
»Nein.«
Sie verstärkte den Druck ihrer Finger, und er hielt ihre Hand ganz fest.
»Er hat mich gefragt, ob ich ihn hätte lieben können, wenn es dich und Gabrièlla nicht gäbe. Ja, habe ich da gesagt, aber es stimmte nicht: David war nie etwas anderes als ein Freund von uns beiden. Ich habe für ihn weniger empfunden als für meinen Bruder oder Umberto. Und ich kann mir nicht vorstellen, jemanden anderen zu lieben als dich, Roberto.«
Ihm kam es vor, als habe ihn plötzlich eine tückische Krankheit verlassen, und ihre Liebeserklärung rührte ihn.
»Warum hast du mich nicht früher gefragt, Ro? Wir hätten uns drei schlimme Wochen erspart. Ich habe weder um Gabrièlla noch um David richtig trauern können, nur weil ich glaubte, deine Liebe verloren zu haben.«
»Du kennst meinen manchmal total unsinnigen Stolz, Giuli. An meinen unmöglichen Reaktionen hättest du ihn erkennen können. Und diese schreckliche Eifersucht! Ich hatte wahnsinnige Angst, dich zu verlieren! – Trinkst du nun ein Glas Wein mit mir zur Versöhnung?«
Sie nickte. Als er mit einer aufgezogenen Flasche *tokai italico* und zwei Gläsern zurückkam, saß sie in der Sofaecke vor dem Kamin und schlief,

doch als er sich vorsichtig neben sie setzte, schreckte sie hoch. Er las die Erschöpfung in ihrem Gesicht. Sie sah schmal aus und musste mehrere Kilo abgenommen haben.

»Schlaf lieber, *l'anima mia*, wir können auch morgen weiterreden. Ich habe frei, und das Telefon stellen wir ab.«

»Nein, nein, lass uns das heute zu Ende bringen! Ich will, dass du weißt, was geschehen ist, nachdem ich David gefunden habe. Ich habe alles genau aufgeschrieben.«

Sie ging zu seinem Schreibtisch und holte das aufgeschlagene Tagebuch. Er setzte seine Lesebrille auf, sie saßen ganz dicht nebeneinander jetzt.

»Auf unsere Versöhnung, Giuli!«

»Nein, auf unsere Verständigung! Und nenn dein Gefühl nicht Eifersucht, sondern Verlustangst.«

»Ah, die Psychologin! Sag mal, *l'anima mia*, warum hast du dir das alles von mir gefallen lassen und dich ohne jede Gegenwehr von mir quälen lassen?«

Sie überlegte und nippte an ihrem Wein.

»Weil ich auch Verlustängste habe. Nach meiner Einmischung in deinen Beruf letztes Jahr und nach der Sache mit dem Protokoll habe ich immer Angst gehabt, dir nicht zu genügen. Ich meine, in moralischer Hinsicht. Und ich habe dir von da an alles recht machen wollen.«

»Und je mehr du dich zurückgezogen hast, desto mehr hast du meine niederen Instinkte angestachelt! Du bist nicht meine Frau, damit du mir alles recht machst oder damit ich deine Leidensfähigkeit erprobe! Manche Männer mögen das vielleicht, aber ich eigentlich nicht.

Du als meine Frau bist auch mein Partner, so wie ich deiner bin, der dir nach dem Protokoll gesagt hat, dass dein Tun falsch war. Du musst mir sagen, wann ich falsch liege, so wie damals nach dem *carnevale*. Versprochen?«

»Ich will es versuchen!«

»Das ist zu wenig!«

»Ich werde mich ehrlich bemühen! Aber nun lies!«

»Gedächtnisprotokoll von den Ereignissen«, las er laut, »gestern, 5. März 2001.«

Er vertiefte sich in den minutiös aufgeschriebenen Hergang, und mehr als einmal fröstelte es ihn innerlich.

»*Flieg, Gedanke auf goldenen Flügeln; fliege, lasse dich auf den Hängen und Hügel nieder, wo die süßen Lüfte seines heimatlichen Bodens zart und lieblich duften!*«, las er laut vor, »*Grüße die Ufer des Jordans, von Zion die niedergerissenen Mauern. O mein Heimatland, so schön. Und so verloren! O Erinnerung, so lieblich und so schicksalhaft! O mia patria …*«

Roberto stellte sich vor, wie Davids Blick brach, der Gesang der Vögel anschwoll und die Sonne in einem warmen, kräftigen Orange unaufhaltsam über die Hügel der östlichen Ebene stieg.

Er räusperte sich.

»Nabucco. Der Gefangenenchor oder besser der Sehnsuchtschor«, seine Stimme klang leise und voller Trauer. »Davide war Jude, seine Sprache Hebräisch.«

»Richtig, jetzt wo du es sagst!«

Sie blieben lange still nebeneinander sitzen und dachten an den toten Freund, bis Roberto endlich ihr Schweigen durchbrach.

»*Il Terzo* hat auch Gabrièlla erschossen, er ist also das Bindeglied zwischen dem *Colleoni*-Syndikat und dem *XX. Gennaio. Com'è vero Dio*, den werden wir finden!«

»Hättet ihr anders gehandelt, wenn ihr das Tagebuch eher gelesen hättet?«, fragte Julia.

»Du meinst, ob wir Gabrièlla hätten beschützen können? Nein, sie ist am Tag nach Davids Tod an den Po di Goro verschwunden, und die weiteren Ereignisse kennst du ja selbst am besten.«

»*Il Terzo* war nicht bei der Gerichtsverhandlung, aber *Colleoni*, der *Il Primo* der Italiener vom *XX. Gennaio,* und *Il Secondo*, die habe ich sprechen hören. Diese schrecklichen Stimmen würde ich immer wieder erkennen!«

Ihr Mann sah sie ernst an.

»Nun musst du mir etwas schwören, Giulia, zu deiner Sicherheit! Das darfst du nie jemandem erzählen, hörst du, nie! Sprich es nie wieder aus! Oder hast du es schon jemandem gesagt?«

Erschreckt weiteten sich ihre Augen. Sie verstand seine Sorgen.

»Dass *Colleoni Il Primo* ist, habe ich den Geheimdiensten gesagt, aber sie glauben es nicht. Und dass ich die Stimmen wiedererkennen würde, weißt nur du. Von mir erfährt das sonst niemand, das verspreche ich dir.

Weißt du, jetzt fühle ich mich so erleichtert, dass ich kein Geheimnis mehr vor dir habe.«

Er sah sie voller Wärme an, das Misstrauen hatte ihn wie ein böses Fieber verlassen. Außer die Geschichte mit dem *ospedale* und Fra Ioannis, dachte er. Aber soll sie ruhig ihr kleines Geheimnis behalten, wenn sie will.

»Kein Skelett mehr im Schrank, Giuli?«

Sie lächelte.

»Nicht, dass ich wüsste.«

»Doch, Davids Vermächtnis!«

»Das habe ich nicht gefunden. Ich habe die ganze Wohnung in Padova auf den Kopf gestellt.«

»Ah, du warst das! Ich dachte, jemand Fremdes habe die Wohnung durchsucht und die Spurensicherung bemüht. *Ihre Frau hat wohl ohne ihr Wissen Großputz gemacht*, haben sie mich aufgezogen. Aber du hast Recht, das Vermächtnis war dort nicht. Auch nicht in Davids Wohnung. Ich war bei der ersten Durchsuchung dabei.«

Nun konnte er nicht länger hinausschieben, was wie ein Berg vor ihm lag.

»Ich habe dir viel Kummer bereitet, *l'anima mia*. Es tut mir sehr leid. Siehst du für unsere Ehe noch die Chance eines Neubeginns?«

»Nein!«, sagte sie mit Bestimmtheit und stürzte ihn damit in tiefe Verzweiflung.

Er hatte es gewusst: Seine Reue kam zu spät! Er rückte von ihr ab, aber sie legte ihre Hand auf seine, und als er sie anblickte, sah er, dass sie lächelte.

»Warum sollten wir neu anfangen? Ich habe bisher nicht an ein Ende unserer Ehe denken wollen!«

Erleichterung durchflutete ihn, und nun endlich konnte er seine Skelette aus dem Schrank holen, angefangen von seinem unsensiblen Umgang mit ihrem Stillschock bis hin zur Krankenhausrechnung, die sie für ihn beglichen hatte, und er entschuldigte sich für die Hölle, die er ihr und damit auch sich in letzter Zeit bereitet hatte, es gelang ihm tatsächlich, seine Fehler einzugestehen und um Absolution zu bitten.

»Ich hätte auch zum Pfarrer gehen, können um zu beichten«, schloss er dieses Kapitel, »aber ich halte es lieber mit euch Protestanten und reinige mein Gewissen aktiv selbst. He, nicht einschlafen, *l'anima mia*! Im Bett schläft es sich bequemer!«

»Mir ist ganz schlecht vor Müdigkeit«, murmelte sie und taumelte die Treppe hoch, das Glas Wein hatte ihr den Rest gegeben.

Er deckte sie zu, schaute nach seinen Töchtern im Nebenzimmer und betrachtete sie voll Vaterstolz; sein Herz war so leicht und frei wie schon sein Monaten nicht mehr, und er begann an ihre gemeinsame, nun nicht mehr düstere Zukunft zu denken.

Als er sich ins Bett legte, wachte Julia auf und bat ihn, das Licht anzulassen: die Albträume! Er stand noch einmal auf, schaltete einen Deckenfluter ein, und als er sich erneut zu ihr legte, war sie bereits mit einem leichten Lächeln eingeschlafen – so war sie im Anfang ihrer Ehe immer eingeschlafen.

Er stützte sich auf seinen Ellenbogen und empfand eine ungeheure Erleichterung.

Colli Euganei: Ostersonntag

Julia wachte von Zeitungsgeraschel auf und dem Kaffeeduft, der ihr in die Nase stieg; aus halbgeschlossenen Augen verfolgte sie, wie Roberto neben ihr im Bett sitzend eine Seite umwendete und über die Lesebrille hinweg auf sie blickte.

»Ich habe mir eben einen *caffè macchiato* gemacht, Giuli. Hier!«

Erstaunt registrierte sie, dass keinerlei Angstgefühle sie mehr beherrschten, sie fühlte sich wie aus einem Verlies befreit, setzte sich ebenfalls hin und schlürfte seinen Kaffee. Über den Glasrand lächelte sie ihm mit den Augen zu, aber plötzlich verdunkelten sie sich.

»Die Kinder! Mein Gott, wie spät ist es?«

Sie wollte aufspringen, aber er beruhigte sie.

»Sie schlafen schon wieder, schließlich haben sie ja auch noch einen Vater, obwohl der seine Verantwortung ziemlich spät festgestellt hat. Sie sind gefüttert, gewickelt, wenn auch nicht sehr ordentlich, und ich weiß jetzt erst, was für Schwerstarbeit du bisher geleistet hast!«

Sie gab ihm das leere Glas zurück, rutschte wieder in die Waagerechte, rekelte sich wohlig und schloss die Augen.

»Ich könnte noch hundert Jahre schlafen, so müde bin ich!«

»Schlafe ruhig noch ein Weilchen, aber hundert Jahre möchte ich allerdings nicht auf dich warten!«

Sie wachte davon auf, dass er ihr die Säuglinge ins Bett brachte. Jette konnte sich seit zwei Tagen von der Rücken- in die Bauchlage drehen, und Jana versuchte es nun auch. Sie quietschten vergnügt, und Julia fühlte, dass all ihre Sorgen nicht nur wie ein Stein, sondern ihr wie ein ganzes Gebirge vom Herzen gefallen waren, und sie spielte voller Freude mit ihren Töchtern.

»Ich mach uns etwas zu essen«, sagte sie schließlich fast widerwillig, so einen friedlichen Familiensonntagvormittag hatte es lange nicht mehr gegeben. »Ich könnte einen ganzen Elefanten verspeisen.«

»Bleib du im Bett!«, befahl Roberto. »Bianca war da, hat die Kinder versorgt und uns eine Suppe gekocht. Ich hol sie dir.«

»Ich bin doch nicht krank!«

»Lass mich nur machen! Und zum Nachtisch gibt es etwas Besonderes.«

Neugierig versuchte Julia ihn zu locken, biss aber auf Granit. Er balancierte ein Tablett mit Suppe, frischer *ciabatta* und zwei Gläsern Wein die Treppe hoch.

»Das ist ja lebensgefährlich!«, knurrte er. »Ich nehme meinen Einspruch zurück, lass deinen Onkel sich im Westteil des *Ca'Vecchia* eine Einliegerwohnung ausbauen, wenn dabei eine Treppenlösung in der Halle für uns abfällt!«

»Wirklich, du willigst jetzt ein? Danke, Ro!«

Er hatte sich lange gesperrt, und Julia schob seinen Sinneswandel seiner Bußfertigkeit zu, die er ihr gestern Nacht in vielen Dingen gelobt hatte.

»Das ist ein schöner Nachtisch!«

»Nachtisch? Wieso? Nein, das war nur ein Zwischengericht.«

Während Jana an ihrem Däumchen lutschte und Jette an Zeige- und Mittelfinger und beide schon wieder schwere Lider bekamen, aßen ihre Eltern gemeinsam ihre gehaltvolle *pasta e fagioli* mit einem kräftigen Schuss Olivenöl und tranken ein Glas euganeischen Roten; dann schloss Julia zufrieden die Augen, trotz all der guten Umstände fühlte sie sich noch immer erschöpft.

»Der Nachtisch, *l'anima mia*! Wollen wir im Juni unsere längst fällige Hochzeitsreise machen? Vorher geht es leider nicht, ich habe noch ein paar Aufräumungsarbeiten in der *questura* vor mir und dall'Aria hat mich gegen meinen Willen für vier Wochen zu seinem Stellvertreter gemacht. Er heiratet und geht auf Hochzeitsreise.«

Sie war wieder hellwach, andere Männer beschenkten ihre Frauen vielleicht mit Blumen oder Juwelen, Roberto dagegen hatte sich das Kostbarste ausgedacht, was er besaß: Zeit.

»Du hast dich über Nacht völlig verändert!«

Sie strahlte ihn an, und wären da nicht die dunklen Ringe um ihre Augen und ihr allgemeiner Erschöpfungszustand gewesen, hätte er ihre Begeisterung uneingeschränkt genießen können.

»Genau wie du! Außer dass du ordentlich essen musst! Du siehst aus wie eine abgemagerte Katze! Und dabei mag ich dich ein bisschen runder viel lieber. Schlaf jetzt weiter, ich bringe die kleinen Damen ins Bett!«

Alle halbe Stunde sah Roberto nach ihr, aber kein Albtraum trübte ihren Schlaf, das Lächeln lag unverändert auf ihrem Gesicht. Nach dem Mittagsschlaf seiner Töchter nahm er sie mit in den Garten, und voll Erstaunen bemerkte er seine Schönheit erst jetzt.

Alte Tulpenarten wechselten sich in den kunstvoll geschwungenen Buchsbaumeinfassungen der Blumenparterre mit Hyazinthen ab, die in der kräftigen Märzsonne berauschend dufteten, Perlhyazinthen säumten die Rosenbeete abwechselnd mit Terzettennarzissen, und Roberto dachte an die vielen Arbeitsstunden, die in der Anlage dieses stilreinen Renaissancegartens steckten; er hatte Giulia alles, aber auch alles überlassen, und statt dankbar zu sein und sie zu loben, hatte er oftmals nur Worte der Kritik geäußert und zuletzt wie ein Besessener ausschließlich daran gedacht, dass sie den jüngeren, attraktiven und begüterten David ihm vorzöge.

Er schob den Zwillingskinderwagen am Brunnenrondell der Mittelachse vorbei auf die kleine, halbrund vorgewölbte Terrasse am Ende des

Gartens, von der stark renovierungsbedürftige Treppen in den verpachteten Obstgarten führten.

Seine Töchter vergnügten sich mit dem klimpernden Spielzeug, das ihre winzigen Fingerchen wieder und wieder in Bewegung setzten, und die vergnüglichen Laute, die sie dabei ausstießen, waren Balsam für die Seele ihres Vaters.

Motorengeräusche rissen ihn indes aus seinen Gedanken.

»Hier rüber!«, rief er dem aussteigenden Umberto zu, der mit einer Flasche Grappa in der einen und einem Rosenstrauß in der anderen auf ihn zukam.

Dio mio laudate, dachte Roberto zum wiederholten Male an diesem Tag, beinahe hätte ich auch noch seine Freundschaft verloren.

»*Buona pasqua*, Roberto.«

Umberto näherte sich etwas zögernd und schwenkte die Grappaflasche.

»Nimmst du meine Entschuldigung an oder wirfst du mich gleich hinaus?«

»Wieso Entschuldigung? Zum zweiten Mal verdanke ich es dir, dass Giuli und ich zusammengefunden haben. Du hast schließlich gestern Morgen dafür gesorgt, dass mein Denkapparat wieder normal lief.«

»Hab ich?« Erleichterung und Freude machten sich auf Umbertos Gesicht breit. »*Non c'è male*, dann musst du mir jetzt die Küsse füßen, und ich muss keine Gewissensgebisse mehr haben!«

»Na dann, *Buona Pasqua*, frohe Ostern!«

Roberto lachte und nahm den von Umbertos Vetter selbstgebrannten Grappa in Empfang.

»Ich hol uns zwei Gläser und eine Vase.«

Als er wieder zurückkam, gurrte, piepste und krähte Umberto zur Freude von Jana und Jette, die von dem freundlichen gewichtigen Mann gar nicht genug bekommen konnten.

»Und die Rosen?«, Roberto stellte sie in die Glasvase. »Versuchst du jetzt etwa, mich bei meiner Frau auszustechen?«

»Die sind ein Wink mit dem Faulzahn, du hast bestimmt an so etwas nicht gedacht, *salute*!«

»Ich hab mir Giulis Vergebung mit einer nachträglichen Hochzeitsreise erkauft, *salute*.«

Roberto wunderte sich über sich selbst, wie leicht er mit Umberto über seine Probleme reden konnte.

»Da hast du dich ja blendend aus der Atmosphäre gezogen, und wie ich deine Frau kenne, hat sie dir vor Begeisterung bestimmt alles andere vergeben und vergessen! Obwohl du so viel Wind aufgewirbelt hast, *salute*!«

»Aber nun im Ernst, Umberto, was meinst du, warum habe ich so falsch reagiert?«

»So eifersüchtig, meinst du!«

Umberto setzte sich zu Roberto auf die Mauer und spielte mit den Säuglingen.

»Wahrscheinlich, weil du an David so viele Eigenschaften entdeckt hast, die du selbst besitzt. Und dann war er noch fast fünfzehn Jahre jünger als du. Ich an deiner Stelle hätte mir wohl auch Gedanken gemacht.«

»Aber sie dann verworfen.«

»Wahrscheinlich. Während der zwei Wochen, die David jeden Tag ein bis zwei Stunden bei mir war, habe ich ihn ganz gut kennengelernt. Das heißt, das, was er mir preisgeben wollte. Ich sagte ja schon, dass er vieles mit dir gemeinsam hat.

Er fühlte sich wie du für alles verantwortlich – für die gefährdeten Studenten, für die Heroinlieferungen und für den Tod der Garfinkels. Und ganz besonders für Gabrièllas Sicherheit.

Giulietta und du, eure Familie, die war Davids Traum und Gabrièlla gehörte seine Liebe, das hast du gründlich missverstanden.«

»Ich weiß es inzwischen. Und er hat mir das Leben gerettet.«

»Auch das weiß ich. Von sich aus hätte er nichts gesagt, ich habe ihn direkt gefragt. Aber wie du, Roberto wollte er nicht Erfolge einstecken, die andere errungen haben. Das sei Gabrièllas großer Verdienst, hat er gesagt, wenn auch Vetter Henry seinen Teil dazu getan hat und *colonnello* Coglione. Gabrièlla hat den Plan des *XX. Gennaio* mit ausgearbeitet und ihn David verraten. Das war der erste Anstoß der Terroristen für das Misstrauen ihr gegenüber und ein Grund für ihre Hinrichtung, wenn du mich fragst.«

»Und wie kommt Vetter Henry ins Bild?«

»Er wusste, dass George Hunter von der *Firma* und Silvio Cartucchi vom *Betrieb* mit dem *XX. Gennaio* zeitweise unter einer Decke steckten und deinen Tod wollten.«

»Hat David dir das gesagt?«

»Ja.«

Nachdenklich trank Roberto einen zweiten Grappa. Warum nur, warum nur bin ich dieser eifersüchtigen Verblendung erlegen? Sicher, die Verlustangst, als die Giuli sie beschrieb, war ein Teil; auch meine Furcht vor dem so viel jüngeren, liebenswerten, sportlich durchtrainierten und für alles Verantwortung fühlenden David! Aber wer hat mich so manipuliert, dass ich alles nur als Beweis für Giulis angebliches Fehlverhalten angesehen habe?

Grübelnd saß er auf der Mauer, und während er auf die Kirschblüten sah, rundete sich in ihm langsam das Bild des Spiels ab, das man mit ihm getrieben hatte. Sie waren eben Meister in der *strategia della tensione*.

»Ich wurde ganz schön manipuliert«, murmelte er abwesend.

»Und genau deshalb bin ich hier«, sagte Umberto, »um mich für die Breitseite zu entschuldigen, die ich dir gestern Morgen verpasst habe. Grundzipiell hatte ich natürlich Recht. Doch dieser dir untergeschobene Überwachungsbericht war eine Meisterleistung unserer Rabenvögel. Das ist mir gestern Abend nach reichlicher Überlegung so richtig klar geworden.«

Er nahm ein Schlückchen Grappa und blickte voll Erleichterung auf die nun wieder entspannten, wenn auch nachdenklichen Züge seines Freundes.

»Aber das ist doch nicht alles, Roberto Bassner. Eifersucht und Manipulation – was war da noch?«

»Giuli hatte mir verschwiegen, dass David in ihren Armen gestorben ist.«

»*Niente male*! Und warum hat sie es dir verschwiegen? Du hast wahrscheinlich gedacht, aus Liebe zu ihm?«

»So ist es. Nein, sie musste ihm schwören zu schweigen.«

»Wegen der Liste? Weil der *XX. Gennaio* und die Rabenvögel sie dann bei euch gesucht hätten?«

»Hätte ich nur ebenso geschlussfolgert wie du!«

Roberto erzählte Umberto den Rest der Geschichte und auch, dass *Il Terzo* nicht nur Gabrièllas, sondern ebenfalls Davids Mörder war.

»Apropos Liste.«

Umberto suchte nach Worten. Wie brachte er seinem Freund diese Hiobsbotschaft am besten bei?

»Lass mich raten!«

Roberto sah am Gesicht seines Freundes, dass es eine Panne gegeben hatte.

»Es stand nichts darauf.«

»Weiß ich schon«, antwortete Roberto und schaukelte ein wenig am Kinderwagen, »und darüber werden sich drei Parteien freuen: Geheimdienst, *XX. Gennaio* oder *Colleoni*-Syndikat.«

»Wie kommst du auf die, Roberto?«

»Mindestens *Il Terzo* gehört zu den letzten beiden, und der läuft noch frei und unerkannt rum.«

»Das ist neu und gefällt mir gar nicht. Du solltest sehr vorsichtig sein, Roberto!«

»Du meinst, sie könnten sich an mir rächen wollen?«

»*Esattamente*! Was tun wir nun?«

»Weiter ermitteln!«

Roberto zuckte mit den Schultern, obwohl er Umbertos Befürchtung für nicht ganz abwegig hielt.

Sie schwiegen eine zeitlang, und dann konnte Umberto seine Neugier doch nicht zurückhalten.

»Was ist jetzt mit dir und Giulietta?«

»Ich habe meinen Frieden mir ihr gemacht. Nein, das stimmt nicht, sie hat ihren Frieden mit mir gemacht, ohne jede Vorwürfe! Du kennst ihr großes und weites Herz. Jetzt schläft sie.«

»*Fortunatamente*! Mir standen die Berge zu Haare, als ich sie das letzte Mal gesehen habe! Dann stell ihr die Rosen von mir hin, Blumen sorgen für Wohlbefinden«, sagte er und blickte sich bewundernd in der schönen Gartenanlage des *Ca'Vecchia* Brandolin um.

»Was hast du nur aufs Spiel gesetzt, mein Freund!«, sagte Umberto und schüttelte den Kopf.

»Ich weiß!«

»Ich muss wieder zu meiner Familie, sie warten im *Sette Cielo* zur weiteren Ostervöllerei auf mich. Nach dem siebten Gang habe ich mich vorübergehend davongestohlen!«

Ein genusserwartungsvolles Lächeln lag auf seinem runden Gesicht.

»Passt auf euch auf!«

Geschichtssplitter.
Colleoni und Gattamelata
(1434 bis 1442)

nde gut, alles gut! Ich habe meinen Vetter mal wieder unterschätzt, er hat auch ohne meine Hilfe die richtigen Schlüsse gezogen, dachte er und schlenderte durch die via Colleoni in Bergamo Alta, und ich musste gegen keinen Befehl verstoßen.

Das Tor zum Institut Bartolomeo Colleoni stand offen. Er warf einen Blick auf das schlichte Gebäude, das bis zum Frieden von Ferrara 1433 Antonio Suardi gehört hatte, der dann enteignet die Stadt verlassen hatte. Dann war dieser kleine Palazzo Bartolomeo Colleoni zugesprochen worden. Kurz darauf hatte er das jetzt noch vorhandene Wappen mit den drei Hodenpaaren wie eine virtuelle Duftmarke anbringen lassen.

Hier also hatte das neue Leben des colonnello *Bartolomeo Colleoni begonnen, das Eheleben, dem er bis dahin tunlichst aus dem Weg gegangen war. Und was sein Leben vielleicht noch mehr umkrempelte: Er war sesshaft geworden. Dies war sein erster fester Wohnsitz seit fünfundzwanzig Jahren, seit er damals Solza verlassen hatte, um in die Dienste des d'Arcelli zu treten.*

Den Hauptteil seines Lebens hatte er bisher im Sattel verbracht, gerüstet, blitzschnell die Schauplätze wechselnd, kämpfend, Überraschungs- und Arbeitssiege erringend, auch aus Niederlagen ungeschlagen hervorgehend wie zuletzt gegen Piccinino, seinen Intimfeind, am Nordende des Comer Sees.

Wie oft hatte er auf der nackten Erde geschlafen? Wie oft im Kastell eines befreundeten Mitkämpfers genächtigt oder seine Verwundungen auskuriert, bei den Martinengos, den Lupis, den Lodrones?

Das alles gehörte nun der Vergangenheit an. Wenn eine Schlacht geschlagen, ein Kampf beendet war, gab es nun ein Ziel für ihn: seine Frau und ein Zuhause.

Zwar musste sich seine junge Ehefrau damit abfinden, dass er heute hier, morgen dort eingesetzt wurde, aber sie muss hundertprozentig die Qualitäten einer Condottiere-Frau gehabt haben: absolute Flexibilität, Unterdrückung der Angst um ihren Liebsten sowie Mobilität; denn als Bergamo zu sehr umkämpft, vom Kriegsglück wieder verlassen war, musste Tisbe eine Umsiedlung auf weniger gefährdetes venezianisches Gebiet in Kauf nehmen, und viel wird sie in diesen politisch unruhigen Zeiten in ihrem ersten Ehejahr nicht von ihrem Bartolomeo gesehen haben.

Es ging heiß her in den Jahren nach seiner Eheschließung. 1434 war von Venezia nach langen Verhandlungen ein neuer capitano generale gefunden: Erasmo da Narni detto Gattamelata, der eigentlich in päpstlichen Diensten bleiben wollte, aber als ein neuer Papst aus Venedig den Stuhl Petri bestieg, ließ Gattamelata sich überzeugen; wenn er Venedig diente, sei das doch gleichbedeutend mit dem Papst, der aus ebendieser Stadt stammte. Weil die Serenissima außerdem noch die Soldrückstände der Kirche übernahm, fand sich der nicht mehr ganz junge und überaus loyale Gattamelata zu einem Wechsel bereit.

Der Herzog von Mailand gab jedoch keine Ruhe, und so mag Colleoni Gattamelata bei einer Lagebesprechung des neuen capitano generale mit den anderen condottieri im Dienste der Serenissima, also auch Colleoni, erneut begegnet sein.

Vor mehr als zehn Jahren, 1424 in L'Aquila, hatten sie sich das erste Mal getroffen, da standen sie allerdings in gegnerischen Lagern. Gattamelata befehligte damals die gesamte Kavallerie des Braccio da Montone, unter dessen Oberbefehl er jahrzehntelang loyal und tapfer gefochten hatte. Colleoni hatte erfolgreich gegen ihn standgehalten, und Gattamelata geriet damals in Gefangenschaft.

Danach hatten sie sich nie wieder gegenübergestanden. Wie würde diese neue Begegnung mit dem damals Unterlegenen als neuem Chef ausgehen? Würde der junge Draufgänger den besonnenen Älteren akzeptieren? Würde der fast Siebzigjährige die damalige Niederlage vergessen können, die er nicht unwesentlich dem jetzt Enddreißiger zu verdanken gehabt hatte, der den Colmaggio gegen die immer wieder anbrandende, von Gattamelata kommandierte Kavallerie des Braccio da Montone erfolgreich mit seinen wenigen Lanzen hielt und blockierte?

Der Lebensweg Braccios, dieses seine Zeit prägenden condottiero, endete in dieser legendären Schlacht, und Gattamelata musste danach nicht nur zusehen, sondern nun im Dienst des Papstes auch noch mithelfen, dass das Territorium des Braccio um Peruggia an den Kirchenstaat zurückfiel. Montone hatte versucht, sich einen Kleinstaat aufzubauen, aber zu viele wollten ein Stückchen von dem Kuchen, der Mittelitalien hieß, selber verschlingen.

Der durch seine Schlauheit wie durch seine Loyalität berühmte Erasmo da Narni detto Gattamelata hatte dies dramatische Ende eines Traumes sein Leben lang vor Augen, nur ein einziges Mal sollte er ein Lehen in Valmarano erhalten, dessen er sich aber bald wieder entledigte. Ihm reichten Häuser, Villen und Palazzi von Verona über Montagnana und Padova bis Venezia, in denen er mit seiner Familie leben konnte.

Und nun trafen Gattamelata und Colleoni wieder aufeinander: der Besiegte von damals als Oberbefehlshaber der venezianischen Truppen und der damals der Siegerpartei angehörende colonnello *Colleoni als ihm Untergebener.*

Doch erst einmal gingen sie getrennte Wege. Gattamelata und sein treuer Schatten, Graf Brandolino Brandolini, würden die Entscheidung für Venezia in der Emilia herbeiführen, und Colleoni als Kenner der Berge sollte die exponierten Gebiete im Norden der Lombardei um Brescia und Bergamo gegen den Mailänder Herzog verteidigen, so lautete der Befehl Gattamelatas.

Schon bei der ersten Lagebesprechung in Venezia sollte allen klar gewesen sein, dass Gattamelata und Colleoni charakterverwandt waren; ungeachtet ihrer verschiedenen Herkunft und ihres Altersunterschiedes und ihres so unterschiedlich verlaufenen Lebenswegs verstanden sich die beiden Vertreter zweier Generationen blind; Colleoni, dem Gattamelata wie der verlorene Vater erschien, und der große, alte Mann, dessen einziger Sohn erst sieben Jahre alt war und nie die Größe seines Vaters erreichen sollte; und dann stammte Bartolomeo auch noch aus Adelskreisen, denen sich Gattamelata durch Freundschaften und Heirat seit je verbunden fühlte.

Sicherlich ist es nicht immer reibungslos zwischen den beiden zugegangen, hier der besonnene Erasmo, dort der draufgängerische, immer sich etwas Neues ausdenkende Bartolomeo; hier der treusorgende Ehemann und Vater, dort der Frischvermählte, der diese Rolle erst auszufüllen lernen musste; hier der alte, diplomatisch–bedächtige capitano generale, *dort der ihm unterstellte junge und charismatische* condottiero.

Aber die Chemie zwischen ihnen stimmte hundertprozentig, denn beide standen nicht nur loyal zueinander, sondern auch zu ihrer Arbeitgeberin, der Serenissima.

Neun Colleoni prägende Jahre lang sollte diese Partnerschaft bis fast zum Tode des Älteren halten, und nicht ein einziges Mal versuchte Colleoni, aus seiner Popularität zuungunsten Gattamelatas Kapital zu schlagen; die Vater–Sohn–Beziehung hielt unverbrüchlich; und so betraute Gattamelata den colonnello *ziemlich schnell mit den kniffligsten Aufgaben, zu denen die Kämpfe in den Bergen wahrlich zählten.*

Nur mit dem Familienclan seines obersten Feldherrn wurde Bartolomeo Colleoni nicht so recht warm. Mit den veneziatreuen Brandolinis ging es noch, mit dem Sohn des Grafen Brandolino Brandolini, Tiberto IV., verband ihn sogar so manches gemeinsame Gefecht; Bartolomeo schätzte Tibertos ungeheuren Mut, wenn auch nicht seine Gnadenlosigkeit. Dass Tiberto mit Polissena, Gattamelatas Lieblingstochter, verheiratet und Vater zweier ebenso draufgängerischer Söhne war, sprach auch nicht gegen ihn.

Echte Schwierigkeiten dagegen ergaben sich mit Gattamelatas Schwager Gentile da Leonessa, er empfand den jungen Condottiere als Eindringling in die Familie und als Konkurrenz für seinen kleinen Neffen Gianantonio. Dieser Hass eines, seinem großen Schwagers sich unentbehrlich machenden, mittelmäßigen Söldnerführers sollte sein Leben lang andauern; bis zu seinem Tod 1453 fügte sein nicht durch Leistung, sondern hauptsächlich durch Beziehungen bestehender Einfluss bei der Serenissima Bartolomeo Colleoni immensen Schaden zu.

Er rief seine abschweifenden Gedanken zur Raison und startete den Motor seines Wagens; er wollte heute noch nach Padova zurück, aber für einen kleinen Stopp in Brescia sollte es reichen.

Er parkte sein Auto oben auf dem Monte Cidno direkt unterhalb der mächtigen Befestigungsmauer des Kastells. Der helle Sandschein schimmerte warm in der Vormittagssonne, und er schritt über die Zugbrücke dieses gewaltigen Wehrkomplexes durch einen langen Tunnel und einige Treppen hinauf zum ältesten Teil der Anlage. Hinter sich die Ausläufer der Kalkalpen, dort, wohin es ins Val Trompica ging, dem Tal mit den Eisenerzvorkommen und den Waffenschmieden.

Auf die Eisenerzvorkommen hatte es der Visconti abgesehen.

Aber genau das wussten auch die Venezianer, und sie besaßen den Vorteil, die Bevölkerung Brescias hinter sich zu haben.

Das guelfisch orientierte Brescia, das sich stets der Serenissima verbunden fühlte, galt von jeher als die Waffenschmiede der Region. Bis heute hat der Name Beretta aus dem Val Trompia nahe Brescia einen guten Klang.

Und so war es kein Wunder, dass das Val Trompica heiß begehrt und heiß umkämpft war. Wer Brescia besaß, kontrollierte die Zugänge zu den Tälern, in denen jenes kostbares Erz gewonnen und verarbeitet wurde.

Piccinino, der brutale, aber zweifelsohne auch strategisch hochbegabte Feldherr der Milanesen, versuchte immer wieder, hier Fuß zu fassen. Die Streitmacht der Venezianer war an verschiedenen Fronten tätig und dadurch zersplittert. Diese Erkenntnis blieb dem ehemaligen Schlachtergesellen nicht verborgen, und Colleonis Position wurde immer heikler. Mit seinen ihm im Jahre 1435 zugebilligten tausendfünfhundert Lanzen war er schon rein zahlenmäßig dem Piccinino unterlegen. So setzte er seine treuen Kampfgefährten aus der Familie der Martinengos überall ein, alle standen treu zur Serenissima und zu ihrem angeheirateten Verwandten Colleoni, alle bis auf Cesare da Martinengo. Aber in welcher großen Familie gibt es kein schwarzes Schaf?

Trotzdem, die Lage im Norden, in den Voralpen und ihren Tälern war schlecht einschätzbar. Die d'Arcos im Tal der Sarca, im Norden des Gardasees, tendierten auch zum Erzbischof von Tento, einem Todfeind Venedigs, aber verlässliche Feinde waren sie keineswegs.

Wenn sie denn Verbündete waren, konnte man sich auf sie auch nicht unbeschränkt verlassen, weil sie eigentlich nur ein Hobby hatten: Die Lodrones.

Und sie beschäftigten sich nicht erst in der jetzigen Generation mit inneren Familienfehden und Kämpfen gegen die Lodrones, nein, zu den zuverlässigsten Verbündeten gehörten sie nicht.

Anders die Lodrones nördlich des Idro-Sees; sie beschäftigten sich zwar auch gern mit innerfamiliären und anderen Händeln, zum Beispiel mit den d'Arcos, aber von alters her gehörten sie – meistens jedenfalls – zu den treuen, guelfisch gesinnten Verbündeten Venezias, und der Stachel der Niederlagen durch Federico Barbarossa, der von Norden her in das Tal des Chiese eingestiegen und Festung für Festung erobernd auch bis Lodrone vorgedrungen war, saß noch immer tief.

Die Verteidigung des venezianischen Außenpostens Bergamo, eine Herzensangelegenheit Colleonis, wurde immer schwieriger, und endlich, im Laufe des Jahres 1437 – Gattamelata hatte mit Brandolinos Hilfe Bologna befriedet, der Graf zog sich vorübergehend auf ihr gemeinsames Lehen Valmareno zurück, das er kurze Zeit später Gattamelata gänzlich abkaufte – kam der capitano generale *Colleoni zur Hilfe, fast zu spät.*

Colleoni war seit zwei Jahren kaum aus dem Sattel gekommen, seine Frau Tisbe und die erste, wohl 1434 geborene Tochter Orsina schickte er auf sicheres Paduaner Gebiet, wo sich auch Gattamelatas Frau Giacoma da Leonessa mit ihren Kindern befand.

Fast zu spät vereinigte Gattamelata seine Truppen mit den erschöpften, aber ungeschlagenen Lanzen seines geschätzten colonnello *Colleoni, doch auch ihnen zusammen gelang es nicht, sich der Umklammerung durch Piccinino und seiner Truppen zu entziehen. Langsam, aber unerbittlich wurden sie immer weiter auf Brescia zugetrieben, und ein Heer, das nur den Kampf im freien Felde gewohnt war, konnte sich in der Enge der Stadt natürlich nicht entfalten. Schließlich befanden sich Gattamelatas und Colleonis Truppen hinter den sicheren Stadtmauern, aber der Weg in die Ebene war ihnen versperrt. Auch der Weg ins eisenerzhaltige Val Trompica und ebenso zum Iseo-See mit seinem Zugang zum Val Camonica wurde von den mailändischen Truppen beherrscht.*

Ebenfalls der Weg zum Gardasee; Peschiera, Desenzano und Salo berfanden sich in den Händen der Feinde, die Brescia die Luft abschnürten. Hilfe aus Verona? Unmöglich!

Piccinino hatte sie in eine Falle getrieben. Hoch auf dem castello *über der Stadt konnten Gattamelata, sein Vertrauter Colleoni und die anderen venezianischen Unterführer die blinkenden Rüstungen in der Ebene ausmachen. Besonders wenn die Sonne abends tief stand, sah* es aus, als sei sie von blinkendem Gold angefüllt, das ihnen die Kehle zuschnürte.

Genau hier werden sie gestanden haben, dachte er und wandte seinen Blick nun nach Süden; die Weite der Ebene vor sich, die irgendwo am Horizont im Dunst die Besitzungen der Martinengos verbargen, der Gattamelatas, Colleonis und Francesco Barbaros, des venezianischen Statthalters. Zwar befanden sich alle zurzeit in verhältnismäßiger Sicherheit, aber wie lange?

Piccinino agierte anders als die venezianischen Feldherren, die Land und Leute nicht willkürlich zerstörten, wollte die Serenissima nach Eroberungen doch nur Profit machen; Piccinio aber ließ seine Soldaten sich selbst versorgen, was nichts anderes als verbrannte Erde bedeutete, und die Bürger Brescias beteten ununterbrochen, damit Gott sie nicht in die Hände des Schlächters Piccinino fallen ließ.

Alle Bauern und Pächter zwischen Adda und Oglio suchten Schutz in Brescia, und auch die Martinengos brachten ihre Familien in Sicherheit, ohne Probleme, denn jeder Zweig der Familie besaß einen Palazzo in der Stadt.

Es wurde eng in Brescia, und die Lebensmittelvorräte schrumpften zusehends, Kriegsrat war angesagt.

Er sah noch einmal in die Runde und versuchte, sich die damalige Situation vorzustellen; ja, dort im Osten lag der Benaco, der Gardasee, sein südliches Ufer war vom Gegner beherrscht, die wichtigsten Städte am Ostufer ebenfalls, sodass kein Nachschub nach Brescia gelangen konnte; die Ebene war von feindlichen Truppen besetzt und die Straße nach Bergamo im Westen blockiert; und hinter ihm im Norden erhoben sich die unpassierbaren Voralpen, denn der Winter stand vor der Tür.

»Wir verhungern«, mag Francesco Barbaro gesagt haben, aber an Aufgabe dachte er nicht.

»Wir müssen die Zahl der hungernden Mäuler drastisch reduzieren«, wird Gattamelata geantwortet haben, aber er dachte sicher nicht an eine Vertreibung der darbenden Bevölkerung.

»Unsere Lanzen sind nutzlos in der Stadt, wir müssen sie verlegen, und das geht nur nach Norden. Wir könnten einige Hundert Männer zur Unterstützung hier lassen und versuchen, so schnell wie möglich Brescia mit venezianischer Hilfe zu entsetzen, wenn wir Verona erreicht haben«, sagte Colleoni.

»Du bist der Spezialist in den Bergen!«

Gattamelata erkannte die Fähigkeiten des Jüngeren neidlos an. »Was schlägst du vor?«

»Du bist der capitano generale!«

Weder er noch Colleoni beabsichtigten, ihre Soldaten in einen aussichtslosen Kampf zu führen, und so setzte die listenreiche, honigsüße Katze, Gattamelata eben, Colleonis Idee in einen Befehl um:
»Barbaro, du musst die Stadt so lange es geht mithilfe der Bürger verteidigen! Ich lasse dir Taddeo d'Este mit sechshundert Pferden hier und tausend Mann Fußvolk. Wir nehmen es mit den Bergen und dem Winter auf! Und mit dem Erzbischof von Trento! Und du, Colleoni, bildest die Vorhut, denn du kennst dich aus!«
»Du meinst, capitano generale, *wir nehmen den Weg westlich des Benaco durch die Berge, über Nave in das Valsabbia bis hin ins Sarcatal? Gehen dann über das Val Lagarina ins Valpolicella und das Valpantena nach Verona?«*
Colleoni kannte die Berge, kannte den Winter und kannte die feindlich gesinnte Bevölkerung im Gebiet des Trentiner Kirchenmannes, aber was er nicht kannte, war Furcht: nur die Erledigung der Aufgabe zählte. Ohne weiteres Nachdenken verließ sich Gattamelata auf die Zuverlässigkeit des Jüngeren.
Sie werden den Pferden Lumpen um die Hufe gewickelt haben, damit Piccinino ihren nächtlichen Abzug nicht bemerken konnte, dachte er, als er zu seinem Wagen schlenderte.
Colleonis Schimmel gab jetzt eine wunderbare Tarnung in der Schneelandschaft ab. Ein weißes Pferd war ein Privileg, das eigentlich den Päpsten und Kaisern vorbehalten war. Aber Colleoni kümmerte sich darum nicht, er liebte Schimmel, und in jeder Schlacht war nicht nur der Kommandostab wichtig, mit dem er wortlos und durch eine knappe Bewegung die Abteilungen in Bewegung setzte, nein, auch an seinem Pferd erkannte jedermann den Unbesiegbaren. Er war aus seiner Zeit in Neapel verwöhnt, denn die spanischen Pferde, die die Könige von Anjou mitgebracht hatten, besaßen höchste Qualität.
Es war allgemein bekannt, dass Colleoni Unsummen für gute Pferde ausgab, eben vornehmlich Schimmel, und sich höchstpersönlich um die Ausbildung der Pferde kümmerte, die oft aus Mantova kamen. Die Gonzagas galten schon damals als begnadete Pferdezüchter und hatten die spanischen Pferde mit den durch die Kreuzzüge nach Italien gekommenen Arabern zu Höchstleistungspferden gezüchtet, kein Vergleich zu den Kaltblut-Schlachtrössern nördlich der Alpen.
Keine Nachricht auf seinem Anrufbeantworter, keine auf seinem telefonino, sie brauchten ihn also nicht.
In der in der Nähe des Kastells gelegenen Bar bestellte er sich einen *caffè* und setzte sich unter die großen Kastanien. Jetzt ins Büro, wo keiner mich eigentlich will? *Niente!* Er gab in der *questura* Bescheid, dass er heute nicht mehr käme. Diesen herrlichen Frühlingstag würde er allein

mit Bartolomeo Colleoni verbringen und einen kleinen Abstecher nach Boario Terme machen. Vielleicht hatte die kleine Masseuse etwas Zeit für ihn, wie hieß sie doch gleich? Caterina, nein, Carina, nein, Carla. Ja, Carla mit diesem süßen Duft nach Orangenblüten, besonders ganz unten. Es war immer das Gleiche mit ihm im Frühjahr.

Und danach vielleicht ein leichtes Abendessen im ristorante Zù am Ostufer des Iseo-Sees.

Die Straße dort entlang hatten die venezianischen Truppen damals nicht nehmen können, sie war eine Errungenschaft des vergangenen Jahrhunderts. Außerdem hielt Piccinino den Zugang über den Iseo-See zum reichen Val Camonica besetzt.

Fast widerwillig brach er auf: Was konnte befreiender sein, als in der Vergangenheit zu leben!

Doch dann begannen seine Gedanken zu wandern. Schon immer hatte er wissen wollen, was die *Bartolomeo Colleoni* mit seinem Großvater zu tun hatte, der auf ihr als Leutnant gedient hatte.

Ob sich da vielleicht ein Zusammenhang mit dem Syndikatsboss Colleoni ergab? Vielleicht hatte der gar nicht den Söldnerführer der Serenissima als Decknamen, sondern den des Leichten Kreuzers genommen, und sein Vetter Roberto suchte vergebens nach einem Mann, der die Charaktereigenschaften des Söldnerführers besaß?

Wenn er das herausfände, wäre vielleicht eine neue Verbindung zwischen ihm und Roberto zu knüpfen.

Es war einen Versuch wert, und so machte er sich auf nach Genova. Wenn die nahe gelegene kleine Hafenstadt Ansaldo ein Archiv besäße, könnte er sein Wissen über die *Bartolomeo Colleon*i zumindest vertiefen, und wer weiß, was für Geheimnisse im *Ansaldo-Archiv* noch schlummerten!

kapitel 9
veneto / woche nach ostern

Padova: Mittwoch

uf dem Rückweg von der Präfektur geriet Roberto in die Ausläufer einer angekündigten Demonstration der *Tutte Bianche**, er erinnerte sich vage, dass davon in der Dienstagsbesprechung die Rede gewesen war, hatte aber nur mit halbem Ohr zugehört, weil es ihn und seine *squadra* nicht tangierte.

Die letzten ausgepolsterten, weißgekleideten Figuren bewegten sich friedlich an der Universität entlang in Richtung Bahnhof, schweigend ihre selbstgemalten Schilder mit Aufrufen gegen die Globalisierung hoch haltend; ein gespenstisch leiser Zug der grellweiß geschminkten, selbst Haare und Hände einschließlich der Handteller weißgefärbten Globalisierungsgegner in ihren dicken, wattierten Overalls; ganz gewaltfrei; wären da nicht die gegen Ende des Zuges plötzlich und wie aus dem Nichts auftauchend schwarz maskierten Gestalten des *Black Bloc*** aus allen Richtungen erschienen, die Pflastersteine bei sich trugen und völlig ohne Not und unmotiviert Fensterscheiben einzuwerfen begannen.

Da genügend uniformierte Polizisten mit Plastikschilden, Helmen und Schlagstöcken bewaffnet und gewiss auch noch eine Reihe Zivilfahnder in der Gegend waren, versuchte Roberto die Gewalttäter zu ignorieren und die Straße des XX. Septembers zu überqueren, als er aus den Augenwinkeln mitbekam, wie zwei Agression pur ausstrahlende Vermummte des *Black Bloc* die letzte kleine *Tutte Bianche*-Demonstrantin abdrängten, die wie ein kleines weißes aufgeplustertes Schlusslicht den anderen folgte, und mit ihr in einer Seitengasse verschwanden.

Es geht dich nichts an, es sind genügend Kollegen vor Ort, sagte sich Roberto, aber es half nichts. Als er in die Seitengasse blickte, sah er, wie die beiden stämmigen *Black Bloc* Männer die hilflose und keinen Widerstand leistende, kleine weiße Gestalt in eine Toreinfahrt schoben, und keiner der Polizisten machte den Versuch, den dreien zu folgen, obwohl mehrere ihre Köpfe gewendet und den Vorfall mit Sicherheit registriert hatten.

---

* linke Protestgruppe
** rechtsradikale Gruppe

Ohne weiter nachzudenken und so schnell er es vermochte, schritt Roberto auf die Toreinfahrt zu, in der die beiden Schwarzvermummten sich über die kleine, zusammengekauerte Gestalt beugten, deren winziger weißer Kopf, gekrönt von einem silberfarbenen Fahrradhelm, aus dem wattierten Overall wie ein Vogelkopf herausschaute.

»Dich stechen wir ab!«, drohte der eine und der andere zückte tatsächlich ein Messer und schlitzte eine weiße, wattierte Schulter ihres zur Bewegungslosigkeit erstarrten Opfers auf.

Zu einer zweiten Messerattacke kamen sie jedoch nicht, denn sie bemerkten Roberto erst, als er sie, einen mit der linken, einen mit der rechten Hand im Nacken packend, nicht eben sanft mit den Köpfen zusammenstieß, losließ und in Richtung Torausfahrt auf den Weg schickte. Sie verschwanden taumelnd und ohne sich noch einmal umzusehen.

Die unförmige weiße *Tutte Bianche* mit ihrem kleinen Vogelkopf zitterte vor Angst und brachte kein Wort heraus; trotz der Bemalung und des langen weißen Gewandes bis zur Unkenntlichkeit kostümiert, schätzte Roberto sie auf nicht älter als sechzehn, ein Kind noch. Sie ergriff seine ausgestreckte Hand und ließ sich von ihm hochziehen.

»Nun aber schnell zurück zu deinen Aktivistinnen und Aktivisten, sonst verpasst du den Anschluss«, sagte er und schob sie zum Torausgang.

»Das wird dem *questore* aber gar nicht gefallen«, die Gestalt Tommi Gentiles versperrte den Eingang, doch Roberto schob das immer noch zitternde Mädchen an ihm vorbei auf die Straße und wendete sich seinem Kollegen zu.

»Weshalb nicht?«

»Er hat strikten Befehl gegeben, auf gar keinen Fall einzugreifen, und auf gar keinen Fall sollte etwas gegen den *Black Bloc* unternommen werden. Deeskalierung war höchstes Gebot! Ich habe die Aufsicht über diese Sektion!«

Herzlichen Glückwunsch, hätte Roberto beinahe bemerkt, aber er hielt sich zurück, Deeskalierung war angesagt.

»Der *questore* hat sicherlich nicht den Befehl erteilt einem Mord tatenlos zuzusehen«, Roberto blieb gelassen und der andere lenkte auch sofort ein.

»Du hast Recht! Und dem *questore* schien die ganze Sache gegen den Strich zu gehen, dem Präfekten auch, aber sie hatten Befehl von ganz oben, hat der *questore* bei der Einsatzbesprechung gesagt.«

»Na dann«, Roberto wandte sich ab und überlegte, dass sich der *questore* und mit ihm der Präfekt in letzter Zeit eigenartigerweise oft auf Befehle von oben zurückzogen. Ob Tommi Gentile diese Sache an die große Glocke hängen oder auf sich beruhen lassen würde, wusste Roberto nicht, dazu kannte er den Kollegen zu wenig.

Auf die Hauptstraße zurückgekehrt, sah Roberto, dass der Demonstrationszug längst vorbeigezogen war, kein *Black Bloc* und keine *Tutte Bianche* waren mehr zu sehen, außer einer kleinen, verloren wirkenden Gestalt mit einer aufgeschlitzten Schulterwattierung, die einsam zwischen den nun wieder normal hin und her eilenden Passanten stand, das Transparent eingewickelt wie einen Regenschirm unter den Arm geklemmt; eine kleine weiße Insel, von der niemand mehr Notiz nahm.

Padova: Mittwoch

Julia meinte, Roberto draußen auf der Treppe gehört zu haben, aber als sie aus der Wohnungstür schaute, sah sie zu ihrer Überraschung auf ein zerfleddertes, riesiges Wattebällchen, das auf den zweiten Blick wie ein weißes, verloren-zerzaustes Küken aussah, auf der obersten Treppenstufe saß und hilflos zu ihr aufschaute.

»Suchst du jemanden?«, all ihre mütterlichen Beschützerinstinkte kamen durch. »Kann ich dir irgendwie helfen?«

»Ich«, das Wattebällchen schniefte, »ich suche meinen Onkel.«

»Hat er auch einen Namen?«

»*Zio* Roberto. Meine Mutter hat mir seine Adresse aufgeschrieben.«

Sie hielt ein kleines, zerknülltes Stück Papier hoch und blickte Julia hilfesuchend an.

»Roberto Bassner?«

»*Si, signora!*«

»Na, dann bin ich ja wohl deine Tante. Komm erst einmal herein. Bist du eine von den *Tutte Bianche*?«

Das weißgeschminkte Gesichtchen des Mädchens war gezeichnet von mancherlei kreuz und quer verlaufenden Tränenspuren, eine Schulterwattierung aufgeschlitzt und das zwischen zwei Besenstielen zusammengerollte Transparent dreckverschmiert. Sie nickte verzagt und schüttelte dann mit dem Kopf, kam in die Wohnung, sank auf einen Stuhl und schluchzte, jetzt wohl mehr aus Erleichterung als vor Angst.

Julia holte für sie ein Glas mit Orangensaft, setzte sich ihr gegenüber und wartete geduldig auf eine Erklärung ihres so überraschend hereingeflatterten Gastes. Die Zwillinge schliefen noch und Roberto wollte auf ein schnelles Mittagessen schon vor einer Stunde dagewesen sein.

»Ihr dürft meinem Vater nichts sagen«, war die erste freiwillige Äußerung des jungen Mädchens.

»Vielleicht sagst du mir erst einmal deinen Namen?«

»*Mi dispiace*, Isa Coglione. Aus Bergamo.«

»Ich bin Julia Bassner, *zio* Robertos Frau«, Julias spielte ihre Überraschung nicht. Sie wusste zwar, dass Omeo Cogliones Frau und Kinder in Bergamo lebten, aber dass er eine so große Tochter hatte, die auch noch im anderen politischen Lager agierte, erstaunte sie doch. Sie wartete auf weitere Äußerungen und die kamen auch bald.

»Darf ich meine Mutter anrufen? Sie macht sich sicher schreckliche Sorgen. Sie weiß, dass ich heute in Padova bin und hat mir eure Adresse gegeben.«

Julia deutete auf das Telefon und ging in die Küchenecke, um ein weiteres Gedeck auf den Tisch zu legen. Doch das Mädchen holte ein Handy unter ihrem Overall hervor und Julia konnte nicht umhin, das Gespräch mitzuhören.

»*Mamma*? Alles in Ordnung, ich bin in der Wohnung von *zio* Roberto und alles ist wieder gut. Aber es war eine Scheißidee vom *dottore*, und eine mordsgefährliche dazu! Und meine Angst ist größer als vorher. Sag ihm das, wenn er fragt! Ja, gut, ich komme heute Abend mit dem Zug zurück. *Ciao*, und ach ja, Papa habe ich nicht getroffen, *grazie al Dio*!«

Sie schien nach dem Telefonat wie befreit und Julia schlug ihr vor, unter die Dusche zu gehen, *zio* Roberto käme bald und der solle sie doch bestimmt nicht so sehen.

Isa schälte sich aus ihren weißen Verkleidungsstücken, die wie ein nicht mehr benötigtes Requisit achtlos liegen blieben, und wenn nicht ihre weißgeschminkten Hände, das Gesicht und die weißgepuderten Haare gewesen wären, hätte sie in ihrem farbigen T-shirt und Jeans ausgesehen wie jede andere Sechzehnjährige auch.

Während sie unter der Dusche stand, kam tatsächlich Roberto und blickte etwas befremdet auf das Häufchen weißen Stoffs vor der Badezimmertür.

»Wir haben Besuch«, erklärte Julia und ihr Lächeln verhieß eine Überraschung, »eine kleine *Tutte Bianche* ist bei uns hereingeflattert und sie ist deine – unsere – Nichte.«

Roberto hob fragend die Augenbrauen.

»Nichte? Ich wüsste nicht, dass ich – wir – eine haben!«

»Dritten Grades! Omeo Cogliones Tochter Isa!«

Bevor Roberto antworten konnte, kam sie aus dem Badezimmer, die nassen dunkelroten Haare zu einem Pferdeschwanz zusammengebunden, entzückend viele Sommersprossen auf einem hübschen kleinen Näschen, das flaschengrüne T-shirt passte gut zu dem hellen Teint und nur die weißen Turnschuhe erinnerten an das *Tutte Bianche* Mädchen.

Allerdings fiel ihr der Unterkiefer herunter, als sie Roberto erblickte. Doch dann stürzte sie auf ihn zu, reckte sich zu ihm hoch und fiel ihm um den Hals.

»Na, das ist ja eine Überraschung«, Roberto hielt sie von sich ab, lächelte sie freundlich an und erklärte Julia, was am späten Vormittag geschehen war. Ein klein wenig schadenfroh dachte er an Omeo Coglione, dem die Revolution im eigenen Hause saß, freute sich aber gleichzeitig, nun etwas von der Schuld abtragen zu können, in der er sich nach der Lebensrettung durch seinen Vetter fühlte.

Die Kleine schlang heißhungrig die kräftige *cipollata* herunter und stopfte jede Menge *ciabatta* in sich hinein, Roberto und Julia sahen sich mehrmals an und warteten auf eine Erklärung ihres Gastes, sie geduldiger als er.

Schließlich tunkte Isa mit dem letzten Stückchen Weißbrot den Rest der Zwiebelsuppe auf, die Angst war ihr zumindest nicht auf den Appetit geschlagen.

»Bist du schon lange bei den *Tutte Bianche*?«, Roberto sah auf die Uhr, seine Mittagszeit lief ab.

»Schon lange nicht mehr, und eigentlich nur einmal und das war furchtbar.«

Diese Erklärung brachte eigentlich keine Klarheit in die Situation und Roberto stand auf.

»Erzähle deine Geschichte Giulia, ich muss los«, er konnte nicht alle Ungeduld aus der Stimme bannen und Isa stand hastig auf und ergriff ihn am Arm.

»Bitte, du darfst Papa nicht sagen, dass ich heute dabei war! Ich hatte ihm mein Ehrenwort gegeben, von den *Tutte Bianche* zu lassen!«

»Und warum hast du es nicht gehalten?«, er sah in die flehentlich auf ihn gerichteten dunklen Augen Isas, unverkennbar ein Erbteil ihres Vaters.

»Es war eine Therapie! Mein Psychotherapeut hat gesagt, nach den Erfahrungen in Genova müsse ich noch einmal bei einer friedlichen Demo mitmachen, sonst wäre ich bis ans Ende meines Lebens traumatisiert! Und in Padova habe die Polizei einen nicht so schlechten Ruf wie in anderen Städten.«

»So ein Unsinn! Man kann bei keiner Demo voraussagen, ob sie friedlich bleibt! Und dich hätte es heute beinahe erwischt!«

»Sag ihm nichts!«

»Unter einer Bedingung, Isa!«

»Jede!«

»Vorsicht mit deinen Versprechungen! Ich sage ihm nichts, aber nur unter der Bedingung, dass du selbst mit deinem Vater redest, sowie er demnächst daheim ist, versprochen?«

»Versprochen!«

Es klingelte und Isa fuhr erschrocken zusammen, Luciano erschien und wollte *La Tedesca* zum Ca'Vecchia Brandolin hinausbegleiten. Seit Ostersonntag war er Julia als Leibwache zugeteilt, darauf hatte der *questore* bestanden und Roberto hatte ihm erstmals dankbar zugestimmt.

»Da musst du noch etwas warten, ich bringe unsere Nichte Isa erst zum Abendzug nach Bergamo.«

Luciano musterte das Häufchen mit dem weißen Overall auf dem Fußboden, dann Isa und schließlich seinen Chef.

»Dann komme ich später noch einmal wieder, *Tedesca*. Ich gehe mit in die *questura*, Chef! Über Ihrem Kopf braut sich ein Unwetter zusammen!«, er warf einen vorwurfsvollen Blick aus seinen bernsteingelben Augen auf Isa und öffnete die Wohnungstür.

Padova: Mittwoch

Coglione und dall'Aria zeigten sich überrascht von Robertos Kommen. Sie hatten ihn herbeizitieren wollen, aber nun kam er ihnen zuvor. Er hatte mit dem Präfekten gesprochen, der ihm den Rat gab, sich an die Verantwortlichen zu wenden, er, Tramontan, trage schließlich nur die oberste Verantwortung auf Verwaltungsebene. Bei dem Polizeieinsatz, während der Demonstration der *Tutte Bianche* habe dall'Aria die polizeiliche Leitung gehabt und Coglione mit der Durchführung beauftragt.

»Gentile hat über mein Eingreifen berichtet?«, erkundigte sich Roberto, nachdem er auf dall'Arias Handbewegung hin Platz genommen hatte. »Ich habe sicherlich gegen bestehende Befehle gehandelt, aber ich stehe dazu. Ein Menschenleben stand auf dem Spiel.«

»Hat er! Ich meine, er hat berichtet und das war auch seine Pflicht!«, *colonnello* Coglione, stramm in Uniform, zeigte sich äußerst ungehalten. »Die *Tutte Bianche* sind nicht zu unterschätzen. In ihren Reihen haben manch radikale Gesellen Unterschlupf gefunden.«

»Ich war nicht an der Polizeiaktion beteiligt«, Robertos Worte klangen überhaupt nicht nach Rechtfertigung, er erklärte schlicht sein Tun, »musste also quasi als Staatsbürger handeln, um nicht wegen unterlassener Hilfeleistung zur Rechenschaft gezogen zu werden.«

»Du drehst auch alles, wie es dir passt! Hast du wenigstens die Personalien der Demonstrantin festgestellt?«, Cogliones Gesicht strahlte granitene Härte aus.

»Nein!«, das war schließlich keine Lüge, aber Robertos Einsilbigkeit provozierte den anderen.

»Das hört sich an, als hättest du Sympathien für diese linken Chaoten!«

»Nein.«

»Und vom Chaos zum Terror ist der Weg kurz!«

»So einen Unsinn habe ich lange nicht mehr gehört! Die *Tutte Bianche* sind nichts weiter als eine Gewalt ablehnende, außerparlamentarische Opposition! Sie sind vom Terrorismus ebenso weit entfernt wie die *Esercito della Selvezza*, die Heilsarmee!«

»Das ist ja bodenlos, Roberto! Diese Kriminellen, diese Terrorismusbefürworter der Heilsarmee gleichzustellen!«. *Colonnello* Coglione sah aus, als habe er einen Molotow geschluckt, der gleich explodieren würde, einer von diesen Cocktails, die er den *Tutte Bianche* zu werfen zutraute, was diese aber leider wieder nicht getan hatten.

»Die *Tutte Bianche* wollen auf ihre Weise auch die Welt und die Seele der Menschen retten, also so weit liege ich gar nicht daneben!«

Roberto verstand nun zwar den Hass seines Vetters auf die weißen Oppositionellen, die die Seele seiner Tochter nach dessen Auffassung bedrohten, aber er hätte es als völlig unkollegial empfunden, seinen Vetter vor ihrem gemeinsamen Vorgesetzten bloß zu stellen. Auch sein Wort Isa gegenüber gedachte er zu halten. Was wohl würden seine eigenen beiden Töchter in sechzehn Jahren tun? Merkwürdigerweise sah er seinen Vetter mit völlig anderen Augen und hielt sein augenblickliches Säbelgerassel für Tarnung. Innerlich solidarisierte er sich mit ihm als Vater. Aber das wollte er mit ihm einmal unter vier Augen besprechen. Die Diskussion, die sie bei Robertos Rettung in den Collo Euganei begonnen hatten, nahm er sich fest vor, musste nun fortgesetzt werden.

Dall'Aria hatte dem Disput der beiden Vettern bisher interessiert zugehört, aber noch nicht Stellung bezogen. Nun griff ein.

»Sympathisant der *Tutte Bianche*? Das macht sich nicht gut in der Personalakte des Marchese!« Dall'Aria wandte sich mit undurchdringlicher Miene an den *colonnello*, beide warteten auf eine Rechtfertigung, aber Roberto schwieg.

»Ich glaube, ich werde allein mit dem *dirigente* fertig! Gehen Sie ruhig in Ihre Lagebesprechung und die Einsatzanalyse. Aber machen Sie mir keinen Elefanten aus dieser Mücke, haben wir uns verstanden, *colonnello*?«

»*Signorsi!*« Coglione erhob sich und verschwand steinernen Gesichts.

»Wie gedenken Sie mit meinem ... Dienstvergehen umzugehen?« Roberto erhob sich.

»Gar nicht! Ich musste nur vor dem rechtslastigen *colonnello* das Gesicht wahren!« Der *questore* schenkte sich nach, »Wir kommen doch aus demselben Stall, Roberto, wir haben die Fahne unserer linken Überzeugung damals in Bologna gemeinsam hochgehalten! Sie als *marchese rosso* und ich als Ihr Sympathisant. Haben Sie das schon vergessen?«

»Nein, natürlich nicht!«, Roberto zeigte sein Erstaunen nicht, an einen dall'Aria in seiner Anhängerschaft konnte er sich weiß Gott nicht erinnern. »Aber das ist lange her! Und heute lege ich als Beamter dieser Provinz Wert darauf, meine politische Überzeugung nicht im beruflichen Handeln sichtbar werden zu lassen.«

»Sehr klug! Ich finde übrigens, dass Sie sich heute keines Dienstvergehens schuldig gemacht haben. Ich halte die links orientierten *Tutte Bianche* auch für eine harmlose Gruppierung von Spinnern. Es wird natürlich keinen Eintrag in Ihrer Personalakte geben. Und ich wünsche keinerlei Erwähnung dieses Vorfalles, auch durch Sie nicht, Marchese!«

Padova: Mittwoch

Isa half beim Wickeln der Zwillinge, die sie ungeheuer süß fand, Julia hatte sich schnell damit abgefunden, dass ihre ganze Tagesplanung auf den Kopf gestellt wurde, Isa brauchte ihre Hilfe und die versagte Julia keinem.

Sie hockten beide mit gekreuzten Beinen auf dem Teppich, die Schalen mit grünem Tee auf dem niedrigen Glastischchen. Jana und Jette nahmen Isas ganze Aufmerksamkeit in Anspruch und so ganz nebenbei, während sie mit den beiden Winzlingen spielte, begann sie zu erzählen, was wie eine große Menge Bauschutt auf ihre Seele drückte.

»Letztes Jahr im Juni fing ich an mit Paolo aus meiner Klasse zu gehen, er ist sechzehn, wie ich auch. Er war so süß! Und er nahm mich mit zu einem Treffen der *Tutte Bianche*, sein großer Bruder Pietro leitete die Gruppe. Ich fand das toll!«

Jette quietschte vor Vergnügen und Isa kitzelte sie wieder und wieder. Ängstlich wirkte sie nicht mehr, fand Julia, aber eine gewisse Unsicherheit prägte ihren Ausdruck und sie vermied, ihrer angeheirateten Tante in die Augen zu blicken, die geduldig auf die Fortsetzung wartete.

»Zwar habe ich mich damals nicht getraut, mich in so einer Kleidung wie heute zu zeigen, aber ich habe mit Papa diskutiert, na ja, so wie er einen lässt.

Zu Hause prägt er alle Gespräche, er duldete keine Widerrede von uns Kindern und sein politisches Weltbild ist klar und rechts. Für ihn brach eine Welt zusammen, als ich eines Abends beim Essen über zivilen Ungehorsam redete.

Ob ich diesen Unsinn aus der Schule hätte? Ich antwortete nicht auf seine Frage – Befehlsverweigerung der schlimmsten Sorte – und Mama versuchte wie immer Frieden zu stiften, vergebens. Ich setzte noch eins obendrauf, indem ich meine Bewunderung für die *Tutte Bianche* aussprach, die ihren Körper als Waffe des zivilen Ungehorsams einsetzen. Und da man sich vor der Brutalität der Polizei schützen müsse, nähme man als Schutz Kreativität und billige Materialien wie Matratzen, alte

Reifen, Rettungsjacken, Armpolster aus Isomatten und was weiß ich alles!«

Isa wurde immer sicherer und wandelte sich nun, da die unmittelbare Lebensbedrohung vorbei war, zu einem selbstbewussten Mädchen.

»Papa tobte. Woher ich das alles wüsste, ich plappere doch nur unreifes Zeug nach. Ob ich ihn und die Familie ruinieren wolle? Und ich ging hoch erhobenen Hauptes aus dem Esszimmer mit den Worten: *Wir suchen nach einem Befreiungsprozess aus den Zwängen der kapitalistischen, neoliberalen Globalisierung der Welt.*«

Sie kicherte.

»Zwei Wochen Stubenarrest festigten meinen Willen, gegen den Ausverkauf unserer Welt durch Rebellion zu demonstrieren.«

Julia bezweifelte, ob Isa alles, was sie von sich gab, auch wirklich verstand.

»*Wir sind eine Armee von Träumern, deshalb sind wir unbesiegbar*, ist das Motto, aber so etwas versteht Papa natürlich nicht«, fuhr das Mädchen fort, »Don Vitalio, ein Pfarrer, der auf Seiten der Tutte Bianche ist, hat gesagt: *Gegen eine Welt, in der Geld alles regiert, bleiben uns nur unsere Körper, um gegen die Ungerechtigkeit zu rebellieren. Wir sind nicht bewaffnet, wir agieren als Menschen und bringen unsere Person ins Spiel. Wir fürchten uns vor der Polizeigewalt, deshalb schützen wir uns!*«

»Warum gerade die Farbe Weiß?«, fragte Julia.

»Die weißen Overalls werden als Symbol der Unsichtbarkeit getragen, als Idee der Nicht-Identität. Sie wollen die Unsichtbaren, zum Beispiel die Migraten und Migrantinnen, sichtbar machen.«

Es klang etwas nachgeplappert, doch Julia verstand die Idee, registrierte aber auch, dass Isa nicht mehr in der Wir-Form sprach.

»Ja, und dann kam Genua und der Protest gegen die G8-Konferenz,«, sie seufzte tief, »die *Tutte Bianche* wollten mich und Paolo nicht mitnehmen, des Alters wegen. Und so sind wir einfach allein hinterhergefahren. Ich wollte, wir hätten das nicht getan.

Wir nahmen eine Isomatte und ein wenig Essen und Wasser mit. Wir wollten nur dabei sein.

Am Donnerstag kamen wir morgens an, gingen auf die Piazza Carignano. Viele ausländische Jugendliche waren dort und wir taten uns mit einem deutschen Mädchen und einem französischen Jungen zusammen. Überall waren Ordnungskräfte, reichlich, aber nicht furchteinflößend. Wir sangen und fanden die Stimmung bombig. Von der Piazza führte eine kleine Straße direkt zur roten Zone, dorthin, wo an der Mole das Schiff der acht Staatschefs verankert war. Diese Straße wurde von Polizisten in voller Kampfmontur blockiert, hinter ihnen war der Weg durch drei Container versperrt, auf denen Polizisten standen und mit Gasgranatenwerfern auf uns zielten. Da wurde uns ganz schön mulmig zumute.

Auf der Piazza war die Atmosphäre trotzdem irgendwie feierlich. Irgendwer gab weiße Farbe herum, wir malten alle unsere Handflächen an und streckten sie dem Polizeiaufgebot entgegen. Eine Mauer weißer Handflächen, vielleicht hast du die Fotos gesehen, Giulia, gegen die hochgerüstete Staatsmacht. Das war schon was. Die folgende Demo war eine Probe für Samstag und was wirklich witzig war an diesem Tag, war die Unterwäschekampagne.

Der *cavaliere** hatte gesagt, zur G8-Konferenz ruiniere die aufgehängte Wäsche das Bild der Stadt Genua.

Einige Gruppen nun trugen anstelle von Transparenten Wäscheseile, an denen Unterwäsche hing mit aufgemalten Slogans.

Und wir alle klatschten rhythmisch in die Hände und riefen: *Fuori le, fuori le, fuori le montande*! Raus mit den Unterhosen.

An einem Fenster schwenkte eine *nonna* mit ihrer Enkelin ein intimes Wäschestück und in der Via Barbarino gab es großen Applaus für ein Mädchen, das rote Unterwäsche verteilte.

Es war ein Fest, ein Fest gegen die Unterdrückung, ein außerordentlicher Tag, an dem die Spannung abreagiert wurde und wir waren alle glücklich über die Mobilisierung so vieler Sympathisanten gegen die Globalisierung der Welt. Wir vertrauten auf Gewaltlosigkeit und wurden am Tag darauf so bitter enttäuscht.

Aber ich habe meine Lektion gelernt, Julia! Gewaltlosigkeit klappt nur, wenn alle sie wollen. Und die Staatsmacht wollte sie nicht.«

Isa sah in sich hinein und spielte selbstvergessen mit Jettes kleiner Hand.

»Der 20. Juli war furchtbar und ich habe in meinem Leben noch nie soviel Angst gehabt. Außer heute Mittag vielleicht, als *zio* Roberto mich gerettet hat.

Wir verbrachten die Nacht in einer Schule, die Deutsche schlief neben mir und wir hatten Adressen ausgetauscht. Sie war sehr nett, etwas älter als ich.

Am Morgen gingen wir zur Piazzale Kennedy, die von der Stadt Genova als Platz für die Proteste vorgesehen war. Auf dem Weg dahin treffen wir auf einige schwarz gekleidete und vermummte Schlachtentrommler, gespenstisch. So muss es sich unter Mussolini angehört haben! Das Ende der Gruppe fängt plötzlich an zu randalieren, die Polizei und uns friedliche Demonstranten zu attackieren. ›Das sind die *Black Blocs*‹, sagt Anna, die Deutsche neben mir, und wir knien uns hin und halten die

---

* Berlusconi

weißen Handflächen nach oben. Doch die Polizei kommt und knüppelt auf uns ein, nicht auf die *Black Blocs*. Ich habe das da noch nicht verstanden, aber abends, als wir uns wieder in die Schule geflüchtet haben, schon. Die Polizei hat *sie* alles machen lassen und auf *uns* eingeprügelt! Mitten in der Nacht stürmten sie die Diaz-Schule, schlugen auf uns ein und Anna blieb blutüberströmt liegen. Auch ich blutete und sie schleiften mich in einen Polizeiwagen. Erst dachte ich, es seien wieder die *Black Blocs*, aber es waren vermummte Polizisten. Ich verstand die Welt nicht mehr.

Der *Black Bloc* hatte die Stadt verwüstet und die Polizei schlug ohne Unterscheidung auf friedliche Demonstranten ein. Unser friedlicher Protest war von Gewalt erstickt. Und die Polizei hat sogar einen Demonstranten erschossen, es hätte auch Paolo oder mich treffen können! Und was soll Anna von uns Italienern denken! Wir sind eine Kulturnation!«

Isa weinte vor Empörung und Julia fühlte mit ihr, zwar hatte sie nie in ihrem Leben demonstriert, aber das Recht sich über die Ungerechtigkeit dieser Welt aufzulehnen, friedlich, das musste man jungen Menschen doch zugestehen! Auch Roberto war im vergangenen Jahr tief getroffen gewesen, als sie in Deutschland diese schrecklichen Bilder im Fernsehen gesehen hatten und er den schlimmen und verfehlten Einsatz der Polizeitruppen voller Unglauben und Scham mit ansehen musste.

»Sie brachten mich und ganz viele andere, verprügelt und auf Lastwagen geworfen, in die Kaserne Bolzaneto. Ich hatte fürchterliche Angst, alle Beamten waren vermummt, wir mussten uns im Hof mit dem Gesicht zur Wand stellen und die Arme hochhalten. Irgendwie war Anna wieder da, sie drohten ihr: *Du musst gehorchen, sonst vergewaltigen wir dich!* Und neben mir haben sie einen Jungen angepinkelt! Es war so entwürdigend.«

Tränen schossen ihr wieder aus den Augen, aber Julia wartete geduldig. Offensichtlich hatte Isa bisher alles in sich hineingefressen und dies Reden schien sie zu befreien. Sie reichte Isa ein Paket mit Papiertaschentüchern.

»Ich stand da nicht allzu lange, denn Papa kam und holte mich weg. Mama hatte ihn angerufen und von meinem Verschwinden erzählt und er hat mich gesucht und schließlich weit nach Mitternacht in der Bolzaneto-Kaserne gefunden.«

»Und wie hat er reagiert?«

»Überhaupt nicht ärgerlich. Er hat mich in eine Decke gewickelt, ins Auto getragen und nach Bergamo gebracht. Er war sprachlos von dem, was mir geschehen war. Aber er hatte diese Nacht Dienst in Genova, und seither frage ich mich immer wieder, was der alles beinhaltet hat.«

Er hat sich nicht mit Ruhm bekleckert, dein Vetter Coglione!, hörte Julia Umbertos Stimme in sich. *Und sie haben ihn nicht befördert.*

»Und sie haben ihn nicht befördert, obwohl er dran gewesen wäre«, hörte sie nun Isas Stimme, »und das hat er mir zu verdanken. Deshalb habe ich ihm versprochen, nie wieder etwas mit den *Tutte Bianche* zu tun haben zu wollen. Obwohl die eigentlich überhaupt keine Schuld trifft. Aber mein Bedarf an Demonstrationen ist gedeckt! Nach heute allemal!«

»Und warum hast du dann heute dein Wort gegenüber deinem Vater gebrochen?«

»Wie ich vorhin gesagt habe, Mamas Therapeut, zu dem sie mich schickte, hat es mir empfohlen. Aber das dürft ihr Papa auch nicht erzählen, er darf nicht wissen, dass Mama in Behandlung ist! Papa hat seither übrigens kein Wort mehr darüber verloren.«

Julia ging darauf nicht ein.

»Und was ist aus Paolo geworden?«

»Dieser Versager! Am zweiten Abend in der Diaz-Schule sagte mir Anna, Paolo sei zum Bahnhof und nach Hause. Da war ich ja auch noch mutig und stinksauer auf ihn! Der ganze *Tutte-Bianche*-Kram taugt nichts, ich habe diese Gruppe nicht einmal gesehen! Und diese ganze Demo-Geschichte mit Gewalt und so ist nicht mein Ding!«

Julia unterdrückte ein Lächeln, die Treulosigkeit eines Schulfreundes hatte mehr Gewicht für Isa gehabt, als die ganze Ideologie der *Tutte Bianche*.

»Und wie willst du nun deinen Unmut gegen die ganze Welt kanalisieren?«

»Du nimmst mich nicht ernst!«

»O doch, *ragazza*! Dein Protest ist noch lebendig, also nutze ihn gegen die Ungerechtigkeit!«

»Ja, aber nicht so wie Mama! Sie demonstriert auch, für Tierschutz und so. Aber das ist nichts für mich!«

»Was dann?«

»Ich möchte etwas für Menschen tun! Diese globale Demo hilft doch keinem wirklich!«

»Eine sehr weise Erkenntnis! Hast du schon mal von *amnesty international* gehört? Wäre das nichts? Dagegen kann doch auch dein Vater nichts haben!«

Isa öffnete den Mund, ihre zusammengezogenen Augenbrauen entfalteten sich, ein kleines Lächeln erreichte ihre Lippen und schließlich auch ihre Augen.

»Superidee, Giulia! Warum bin ich noch nicht selber drauf gekommen? Marco aus meiner Klasse macht da schon mit! Und er ist auch ...«

»Was denn?«

»Einfach süß!«

Julia drehte sich um, damit Isa ihr Lächeln nicht sah.

Colli Euganei: Donnerstag

Rücksichtsloses Verhalten seinen Mitmenschen gegenüber, gepaart mit einer unnachahmlichen Arroganz, von der Giulia behauptete, er setze sie immer dann gezielt ein, wenn er sich emotional zurückziehen wolle, kam bei Roberto zwar immer seltener vor, aber einen Tag nach Isas Rettung erlitt er einen schweren Rückfall in alte Verhaltensmuster.

Der Pförtner in der *questura* meldete ihm einen Besucher, einen amerikanischen Journalisten, der den *dirigente* wegen David Salzmann sprechen wolle. Robertos erste Reaktion war ihn abzuwimmeln, aber diese Art Leute erwies sich meist als so hartnäckig, dass er ihn doch hochkommen ließ.

Der junge Mann sah sympathisch aus, Ende Zwanzig, schätzte Roberto, ein offenes Gesicht und nicht so groß wie David. Er stellte sich vor als Steven Sycomore, Journalist und Davids bester Freund, und reichte seine Karte herüber. Außer einer Reisetasche hatte er nichts bei sich.

Bester Freund, dachte Roberto abwehrend, *diese Masche ist auch nicht neu und ziemlich plump. Wahrscheinlich will er nur Einzelheiten herauskitzeln und diese dann sensationell aufbereiten, so nach dem Motto: Übersensibler CIA-Agent liebt Palästinenser-Terroristin! Aber nicht mit mir!*

Er sprach nur gebrochen italienisch und Roberto hatte keine Lust, auf englisch zu radebrechen, und als er ihn fragte, wo er David Salzmann finden könne, nahm Roberto sein Jackett.

»Ich bringe Sie hin!«

»*Many thanks, grazie.*«

Wortlos fuhren sie zum *cimitero israelitico*. Völlig schockiert stand der junge Mann dann vor Davids Grab. Er sank auf die Knie, zerbröckelte eine Handvoll frischer Erde und Tränen liefen über sein Gesicht. Es dauerte eine ganze Weile, bis er wieder sprechen konnte und Roberto bereute sein Verhalten bereits tief, Vorurteile und sprachliche Missverständnisse hatten diese Situation heraufbeschworen.

Steven stand langsam auf und blickte über die Gräberreihen mit alten, verwitterten Steinen und hebräischen Inschriften. Als er seine Fassung etwas zurück gewonnen hatte, sagte er fast tonlos:

»Ich habe es befürchtet, ich habe ihn gewarnt.«

Roberto legte ihm eine Hand auf die Schulter.

»*Mi dispiace*, Steven. Ich hielt Sie für einen von diesen Sensationsreportern. Sie wussten tatsächlich nichts von Davids Tod?«

Er schüttelte den Kopf.

»Und was ist aus Gabrièlla geworden?«

»Ebenfalls ermordet!«

»Ich habe es geahnt. Aber dass sie ihn nun auch noch unter einem falschen Namen eingegraben haben, hätte nicht sein müssen!«

»Falscher Name?«

Steven blickte den hochgewachsenen Kommissar zögernd an, der nun einen völlig anderen Gesichtsausdruck zeigte, jegliche Arroganz fehlte. Dann gab er sich einen Ruck.

»David hat mir von Ihnen geschrieben und von ihrer Integrität. In USA war ich sein bester und ich glaube auch sein einziger Freund. Hier in Europa hielt er Sie dafür. Besonders, nachdem Sie den Mord an seinem Bruder und Stiefvater aufgeklärt hatten.«

Der Gedanke an David erregte in Roberto keinerlei widerstreitende Gefühle mehr, nur Trauer und die Erkenntnis, dass er die Freundschaft zu dessen Lebzeiten zurückgewiesen hatte.

»Ja, er war Yochana'ans Halbbruder und der hatte Davids Kinder adoptiert.«

An Robertos Gesichtausdruck erkannte er, dass es wohl noch eine Reihe von Fragen zu beantworten galt.

»David war also weder Amerikaner noch ein Agent der *Firma*?«

»Weder noch. David war ein Mann des *Instituts*, allerdings nur bis Ende 2001. Aber vielleicht treffen wir uns noch einmal und reden in Ruhe?«, fragte Steven.

»Sehr gern. Wo kann ich Sie hinbringen?«

Steven zuckte mit den Schultern.

»Ich wollte in Davids Wohnung bleiben, wie im vergangenen Frühling. Außer ihm kenne ich hier nur noch eine Deutsche, *La Tedesca*, die für mich im vergangenen Jahr Illustrationen gemacht hat. Aber ob sie überhaupt noch in Italien ist, weiß ich nicht.«

Wiedergutmachung bot sich für Roberto an und Steven konnte den nun erneut veränderten Gesichtsausdruck des anderen nicht deuten.

»Dann kommen Sie doch mit zu mir nach Hause. Wir haben zwar nur ein einfaches Gästezimmer, aber wenn es Ihnen nichts ausmacht....?«, Roberto gab sich ein wenig geheimnisvoll.

Erfreut und auch ein wenig überrascht nahm Steven an und gemeinsam fuhren sie zum *Ca'Vecchia* Brandolin, beide ihren Gedanken nachhängend. Die ihm seit zwei Tagen folgende Motorradeskorte drehte an der Auffahrt ab.

Ein überaus friedliches Bild bot sich ihnen. Die seit zwei Tagen das Haus zusätzlich bewachenden Schäferhunde, Fulmine und Tuono*, kamen ihnen schwanzwedelnd entgegen, Luciano baute die nun nicht mehr benötigte Wasserpumpe ab, die ersten Rosen blühten und ihr

---

* Blitz und Donner

Duft erfüllte den Mainachmittag. Giulia saß hinten im Garten, drehte ihnen den Rücken zu und malte. Bianca spielte mit seinen Töchtern, und Roberto dachte ein wenig wehmütig, dass das Leben eben doch nicht so friedlich ablief, wie es hier den Anschein hatte.

Luciano war auf der Hut und bewaffnet, ein Polizeiwagen stand zur Abschreckung in der Auffahrt, die Hunde waren scharf und auch er hatte seine Waffe nun immer griffbereit, Tag und Nacht. Seine nach außen zur Schau getragene Ruhe trog, von Umberto wurde sie unberechtigt als Sorglosigkeit kritisiert.

Giulia war so vertieft in ihre Arbeit, dass sie ihr Kommen nicht bemerkte. Sie kolorierte einen Gartenentwurf und Roberto dachte wieder einmal, dass es eine Sünde sei, dass sie ihr Talent so vergeudete. Er musste dringend mit ihr über ihr Medizinstudium und ihre berufliche Zukunft reden.

Die beiden Männer gingen durch die farbenprächtigen und von Steven sehr bewunderten Blumenrabatten auf sie zu, sie bemerkte sie immer noch nicht.

»Giuli! Ich habe einen Gast mitgebracht!«

Sie antwortete etwas undeutlich, weil sie einen Pinsel zwischen den Zähnen hielt.

»O Roberto, du schon so früh? Wie schön!«, sie wandte sich um, und dann auf äußerste überrascht.

»Nein, Steven, das kann doch nicht wahr sein! Wo kommst du denn her?«

Sie ließ ließ die Pinsel fallen, sprang auf und fiel ihm um den Hals, beide lachten begeistert und Steven bemerkte immer noch verwundert, sie und der *commissario* als Paar, das sei wirklich eine Überraschung.

»Ja, und ein glückliches dazu!«

Aber dann huschte Traurigkeit über ihr Gesicht und auch Steven lächelte wehmütig.

»Ich habe eben erst von Davids und Gabrièllas Tod erfahren. Ihr müsst mir alles ganz genau erzählen.«

Roberto registrierte erfreut, aber auch ein bisschen überrascht, dass die beiden Deutsch miteinander sprachen, damit erledigte sich das Verständigungsproblem.

»Chef, brauchen Sie mich noch? Ich könnte sonst Bianca nach Hause fahren!«, Luciano sah ihn mit seinen bernsteingelben Augen bittend an. Er hatte keine Einwände.

Luciano und Bianca verabschiedeten sich, gemeinsam gingen sie zu seinem Motorrad und er reichte ihr den zweiten Helm.

»Habe ich etwas verpasst?«, fragte Roberto seine Frau ein wenig amüsiert.

»Nicht eigentlich. Die Annäherung der beiden macht Fortschritte.«

Es wurde kühl, Roberto brachte die Kinder ins Haus, Julia zeigte Steven, wo er sich sein Bett beziehen konnte und dann half er ihr beim Tischdecken, während sie das Essen vorbereitete und Roberto sich wieder einmal hingebungsvoll seinen Töchtern widmete.

Ich brauche geregeltere Arbeitszeiten für sie, dachte er.

Ich liebe ihn jeden Tag mehr, überlegte Julia, *wenn er nur wieder mit mir schlafen wollte!*

Also ist doch noch nicht alles in Ordnung.

Wie glücklich Julia ausschaut!, ging es Steven durch den Kopf.

Nachdem die Giuliettas abgefüttert waren – Steven bewunderte Roberto als erfahrenen Vater – gab es ein reichhaltiges italienisches Abendesssen: köstlich-zarter Schinken aus Montagnana, den Roberto dem aus Parma oder San Daniele bei weitem vorzog, und nach einem leichten *risotto* mit Wildkräutern machten sie eine Pause und Julia kümmerte sich um die, von Bianca fachkundig gerupften und vorbereiteten *faraone,* die schon herrlich aus dem Backofen dufteten, als die Hunde draußen anschlugen.

Henry Salzmann erschien, fröhlich wie eh und je und Roberto dachte, dass der junge Mann sich ganz schön erholt habe. Bei ihrem letzten Treffen schien er niedergedrückt und hatte sich eine große Mitschuld an dem Tod von David gegeben, und danach hatte man ihn lange nicht mehr gesehen.

Nun leuchteten wieder Optimismus und Wärme aus seinen verschiedenfarbigen Augen und er konnte sich gar nicht genug darüber freuen, Steven hier zu treffen, der allerdings recht reserviert reagierte.

»Wir kennen uns aus USA«, sagte Henry in seiner unverblümt ehrlich-offenen Art, »Steven hatte mal die Nase in die *Firma* gesteckt.«

»Aber sie ebenso schnell wieder herausgezogen«, Stevens Kommentar kam trocken und schnell.

Julia in ihrer gastfreundlichen Art legte ein neues Gedeck auf, die beiden Perlhühner würden auch für vier reichen. Henry nahm sofort an und so saß man unter der gemütliches Licht verbreitenden Hängelampe um den soliden Eichentisch herum und ließ sich die kross gebratenen Hühner schmecken. Roberto holte aus dem Weinregal einen recht seltenen Tokai Rosso aus den benachbarten Monte Berici, aber wegen der in ihrem Unterbewusstsein vorhandenen Trauer um die ermordeten Freunde herrschte keine laute Fröhlichkeit, jedoch eine gedämpfte, freundliche Harmonie.

Sie wechselten zwischen den Sprachen, denn Henry sprach nur ein paar Brocken deutsch, obwohl er fast alles verstand.

Über nichts kann man sich bei einem guten Essen so gut unterhalten wie über gutes Essen, das Thema David und Gabrièlla wurde vorerst noch umgangen.

»Ich kenne eine nette Geschichte über die Jagd auf Perlhühner«, Steven leerte sein Glas und Roberto schenkte unaufgefordert nach, »in der Gegend, aus der meine deutsche Mutter stammt, gibt es eine große Staatsjagd, in der schießfreudige, aber meist schießunkundige Staatsgäste auf ihre Kosten kommen wollen. Vor ein paar Jahren wollte ein ausländischer Staatsgast gern Perlhühner schießen, aber die Grünen und ihr Artenschutzgesetz verbieten das. Und stellt euch vor, da brechen doch ein ganzes Dutzend von diesen gefährlichen Raubvögeln nachts aus ihrem Gehege aus und verhalten sich so aggressiv, dass die Jäger und der Staatsgast sie am anderen Morgen buchstäblich aus Notwehr erschießen müssen!«

Alle lachten und Julia blickte Steven nachdenklich an.

»Jetzt weiß ich, warum du deutsch mit dem gleichen Akzent sprichst wie ich, Steven, denn diese Geschichte kenne ich! Sie wird überall um den Saupark in Springe herum erzählt, ich stamme nämlich aus Hameln!«

»Und meine Mutter aus Springe!«

Sie stießen auf ihre gemeinsame Heimat an. Henry hatte bisher flott mitgegessen, mitgetrunken, aber mit keinem Wort erzählt, was ihn eigentlich hergetrieben hatte. Während Julia Steven auf seine Frage, was denn ihre Gartenentwürfe machten, mit ihm zu ihrem Schreibtisch ging, um ihm ihre letzten Arbeiten zu zeigen, half Henry dem Gastgeber beim Zusammenstellen des Geschirrs.

»Was führt Sie her, Henry?«, fragte Roberto direkt, denn der junge Mann machte keinerlei Anstalten, sein Hiersein zu erklären.

Der dämpfte die Stimme.

»Ich möchte Ihre Frau nicht beunruhigen, aber Ari meint, Sie sollten extrem vorsichtig sein!«

»Bin ich schon. Und meine Frau und meine Kinder stehen unter Polizeischutz. Gibt es etwas Konkretes?«

»Nicht direkt, aber das *Institut* meint, außer dem *XX. Gennaio* würde Sie auch die *Firma* und der *Betrieb* gern außer Gefecht sehen, Sie kommen ihnen zu oft in die Quere.«

»Meint Ari.«

»Und ich!«

Sie stellten das gebrauchte Geschirr auf den marmornen Spülstein neben der Spülmaschine und Roberto begann sie einzuräumen.

»Sie wissen, Henry, was auf der Liste stand?«

»Auf Gabrièllas und Davids? Nein. Wir wollten unsere Listen vergleichen, aber wir sind nicht mehr dazu gekommen, David wurde ermordet und Gabrièlla verschwand.«

»Sie auch, Henry.«

»Zwei Tage vor Gabrièllas Tod wurde ich in unsere Zentrale beordert, Sie können Ari fragen! Man war sehr unzufrieden mit mir, weil ich Davids und Gabrièllas Strategie des Friedens unterstützte. Wissen Sie, Roberto, ich glaube ich verlasse den Geheimdienst. Er kostet zuviel wertvolle Leben.«

»Und wo ist Ihre Liste, Henry?«

»Die habe ich lieber vernichtet. Es standen nur die Namen der gefährdeten Studenten darauf, mein Ehrenwort!«

Roberto schwieg und sprach seine leise Skepsis nicht aus.

Colli Euganei: Montag

»Deine Entwürfe werden immer besser, Julia. Sind in all diesen Architektenrollen Arbeiten von dir?«, hörten sie Steven sagen.

»Die meisten sind abgeschlossen, aber hier habe ich noch einen unfertigen für den Garten des Conte Berini, der soll passend zu seiner Rokoko-Neuzeit-Barockvilla werden, wart mal, ich zeig ihn dir.«

Julia versuchte die aufgerollte Zeichnung herauszuziehen, aber sie klemmte. Sie versuchte es an der anderen Seite und hielt plötzlich einen versiegelten Brief im DIN A5 Format in der Hand.

»Roberto!«, ihr Ausruf ließ ihn erschrocken den Kaminhaken weglegen und er trat zu ihr.

Sie reichte ihm den Brief.

»Ich glaube, wir haben Davids Vermächtnis gefunden. Diese Rolle war im Februar noch in unserer Wohnung in Padova, beim Umzug habe ich sie mit den anderen Rollen mitgenommen. Diese Rolle hatte David an dem Tag in der Hand, als du...« sie stockte und Roberto musste an seinen Ausbruch denken, aber sie schwieg.

Julia, du bist mein Traum, du und dein...., waren Davids Worte gewesen, wenn die Eifersucht ihn nicht so blind gemacht hätte, wäre Julia dieser Nachmittag erspart geblieben. Wie sie ihn jetzt schützte! Wie sie ihn mit vor Wein geröteten Wangen und großen Augen erwartungsvoll ansah! Er wünschte Steven und Henry zum Teufel und sich mit ihr ins Bett, aber vorrangig sein Schwur hinderte ihn daran.

Die beiden jungen Männer warteten gespannt ab.

»Für Roberto Bassner«, stand auf dem Umschlag, »nach meinem Tode zu öffnen.«

Roberto öffnete das Siegel, innen befanden sich ein paar beschriebene Seiten in Davids gut lesbarer Schrift und ein weiterer kleiner Briefumschlag, versiegelt, mit der Aufschrift: *Vermächtnis für meine Kinder*

Daniel und Dana Garfinkel, zu Händen von Daniel. Und darunter eine Reihe in Hebräisch.
Roberto steckte beides in die Brusttasche seines Jacketts.
»Das werde ich später lesen!«
Steven akzeptierte das und fand es ganz in Ordnung, aber Henry konnte seine Enttäuschung nicht aus seinem Blick bannen.
»Lasst uns ein Glas zum Abschied trinken«, sagte Roberto, »ich habe noch einen schönen Merlot im Regal. Oder müssen Sie noch Auto fahren, Henry?«
»Ein Glas geht noch, danke!«
Sie setzten sich vor dem Kamin in die Sofas, Roberto legte einen Arm um Julias Schultern. Sie probierten den Wein und er bemerkte, dass Henry seine Augen nicht von der Brusttasche seines Jacketts nehmen konnte, und so zog Roberto schließlich den Brief heraus und las ihn durch; da Julia in der Anrede mit genannt war, ließ er sie mitlesen.
»Ich werde ihn euch vorlesen«, er sah Julia an und sie nickte, unter Tränen zustimmend, Roberto räusperte sich zweimal, auch ihn hatte der Brief tief berührt »ihr beide seid seine Freunde gewesen, ihr habt ein Recht auf den Inhalt.«
Julia zog die Knie an, umfasste sie mit den Armen, legte den Kopf darauf und schloss die Augen.
»Liebe Julia, lieber Roberto, seid nicht traurig über meinen Tod«, Julia meinte Davids Stimme zu hören, optimistisch, übermütig, manchmal ernsthaft, »in dieser Welt war kein Platz für mich, keiner für Gabrièlla und schon gar keiner für uns beide zusammen. Ich weiß nicht, wie und wann ich zu Tode kommen werde, aber dass es bald sein wird, ahne ich. Und ich befürchte, dass Gabrièlla auch nicht verschont werden wird.
Breitet nicht in der Welt aus, was ich euch jetzt schreibe, sie will es sowieso nicht wissen.
Ich möchte nur, dass ihr als meine besten Freunde in Italien Bescheid wisst über die Rolle, die ich gespielt habe.
Bis zum Ende letzten Jahres war ich Agent des *Instituts*, und das, was ich für eine bestimmte Abteilung während der letzten zehn Jahre getan habe, erfüllte mich die ersten sieben mit Stolz. Ich habe den sinnlosen Tod meine Frau Rachel gerächt an denen, die ich für die Schuldigen hielt, überall auf der Welt. Nach meiner Spezialausbildung habe ich Israel nie mehr betreten, ich wollte es erst wieder, wenn alle palästinensischen und arabischen Terroristen dort liquidiert wären, für die übrigen auf der Welt waren Leute wie ich da.
Doch nach jedem erfolgreichen Einsatz wurde das Gefühl des Sieges schaler, und dann traf ich in Maine auf meinen Halbbruder Yochana'an. Ich weiß nicht, ob es Zufall oder Schicksal oder sein Wille war, jedenfalls

geriet ich wieder in seine Einflusssphäre der Verständigungsbereitschaft. Ich wehrte mich. Ich kämpfte gegen ihn. Ich griff wie nach einem Rettungsanker nach einem Auftrag in Italien und floh aus Maine.

Und dort traf ich auf Gabrièlla, eine arabischen Terroristin des *XX. Gennaios*, wie ich damals dachte. Und sie hielt mich für einen Killer der *Firma*. Und wir verliebten uns ineinander. Sofort. Bedingungslos.

Pikant.

Und dann lernten wir euch kennen.

Yochana'an nahm eine Gastdozentur in Padova an, entgegen dem Willen seiner Frau. Ihr müsst wissen, die beiden hatten damals nach dem Tod von Rachel meine beiden Kinder adoptiert, und ich war ihnen ja auch irgendwie dankbar, trotzdem fühlte ich mich von meinem Bruder verfolgt und bedrängt, besonders, als er mir die Gebetsutensilien von meiner *bar-mitswa* mitbrachte und sie mir in der Nacht vor seinem Tod in einem braunen Briefumschlag übergab. Du erinnerst dich, Roberto, die Bar im *Farfallone*?

Sein Tod und der seines Vaters haben mich tief aufgewühlt. Ich warf alles hin und nur Gabrièlla war für mich wichtig. Seit dem 11. September wussten wir, dass wir im Dienst verschiedener Länder standen, aber mit dem gleichen Ziel; nur von Rachel habe ich ihr nie erzählt.

Gabrièlla war ständig hin und hergerissen zwischen ihrer Loyalität zur *DEA* und dem Vater, den sie bekämpfen musste, obwohl sie ihn liebte. Wider besseren Wissens verschaffte sie sich noch einmal Rückhalt im *XX. Gennaio* bei der Teilnahme an der Flugzeugentführung, die von unseren Dienststellen geplant war, um Gabrièllas *undercover*-Einsatz zu stärken.

Ich trat in die Spuren meines Bruders. Als wir beide, Gabrièlla und ich, aus verschiedenen Quellen erfuhren, dass Roberto als Opfer des *XX. Gennaios* getötet werden sollte, beschlossen wir zu handeln und die *strategia della tensione*, die unsere Behörden verfolgten, nicht mehr mitzutragen.

Ich wurde sofort nach dem Einsatz in den *colli euganei* suspendiert, kündigte mit sofortiger Wirkung, und dank des Vermögens, dass mir meine Frau hinterlassen hatte, konnte ich mir ein Bleiben in Italien leisten. An dieser Stelle sei meinem Vetter Henry gedankt, den ich meistens schlecht behandelt habe, weil er mir wie eine Klette folgte, und manch einen Einsatz erschwerte. Wir haben jahrelang zusammen gearbeitet, damals in den ersten schwarzen sieben Jahren. Sein Tipp war wertvoll bei deiner Rettung, Roberto.

Gabrièlla wurde entführt, schwer misshandelt und drogenabhängig gemacht, Der *colonnello* hatte nichts damit zu tun, er hat mich sogar auf Gabrièllas Spur gebracht, und ich danke meinem Gott dafür, dass sein Geheimdienst Capucchio hat fallen lassen.

Statt Gabrièlla zu unterstützen, warf man ihr Drogenkonsum vor und ihre Behörde suspendierte sie ebenfalls. Auch sie kündigte, wir wollten heiraten.

Wir haben uns zusammen mit Vetter Henry den gefährdeten Studenten an *IL Bò* gewandt, für einige zu spät, aber wir konnten auch eine ganze Reihe retten.

Ein Tipp für dich, Roberto! Es muss jemanden geben, der seine Fäden zieht in der *questura*, in den Geheimdiensten und außerdem seine Finger im *Colleoni*-Syndikat hat. *IL Terzo* ist meine erste Wahl, aber wir haben seine Identität bisher nicht ermitteln können.

Warum wir uns ausgerechnet für euch der Gefahr aussetzten? Ihr wart für uns die Familie, die wir gern gegründet hätten, aber nicht haben werden. Durch euch sahen wir, dass es ein normales Leben jenseits der Geheimdienste gibt. Und für dieses Leben haben wir schließlich gekämpft, eine andere Legitimation, als für die Erhaltung dieses normalen Lebens in Frieden zu sorgen, gibt es für Geheimdienste nicht.

Ihr wart unser Symbol, das Symbol der Liebe, der Freundschaft und des Friedens. Dafür hat es sich gelohnt zu kämpfen und notfalls auch zu sterben.

Eine Bitte in eigener Sache, Roberto! Helft den unbeteiligten israelischen, palästinensischen und amerikanischen Studenten, die durch die Unmoral von Terroristen und Geheimdiensten gefährdet sind. Gabrièlla, Henry und ich erarbeiten zur Zeit eine Liste mit den Namen dieser schuldlosen Opfer.

Trauert nicht um mich, versucht Gabrièlla, wenn sie denn überlebt, eure Freundschaft zu erhalten, und als letztes bitte ich euch, den beiligenden, versiegelten Brief meinem Sohn zu seiner *bar-mitswa* zu geben und lasst ihn auf keinen Fall in die Hände der Geheimdienste fallen. Ari hilft euch.

Grüßt mir *colonnello* Coglione, wir stehen nicht immer auf der gleichen Seite, aber er ist manchmal ein brauchbarer Verbündeter; grüßt mir Henry und meinen Freund Steven, Julia kennt ihn.

Vergesst uns nicht, dann war nichts umsonst!

In treuer Freundschaft

Euer

David alias Salzmann.«

Julia wischte sich eine Träne ab, Roberto faltete den Brief zusammen; Henrys sonst immer froher Gesichtsausdruckt war ein tieftrauriger, und er hielt seine Tränen nicht zurück.

»Alias?«, Roberto wandte sich an Henry.

»Er hat den Namen seiner getöteten Frau angenommen,« seine Stimme versagte und Roberto gab sich mit der Antwort zufrieden. Nur Steven war nicht so bedrückt, wie Roberto es wohl erwartete hätte.

»Tut mir Leid«, sagte er, »aber ich habe nicht viel verstanden.«
Henry wischte sich über die Augen.
»Darf ich ihm den Brief aus dem Italienischen ins Englische übersetzen?«
Roberto reichte ihn ihm und die beiden beschäftigten sich mit dem Inhalt, Julia und Roberto sahen derweil nach den Kindern.
»Es tut mir so Leid um David und Gabrièlla! Warum müssen ausgerechnet solche Leute sterben? Wo bleibt die Gerechtigkeit?«, Julia putzte sich zum wiederholten Male die Nase.
»Das kann ich dir auch nicht sagen, *l'anima mia*. Aber lass uns eines tun und Davids Wunsch erfüllen: wir werden die beiden nicht vergessen!«
Henry und Steven hatten die Rotweinflasche geleert und Roberto öffnete eine neue.
»Passen Sie gut auf, auf den Brief und das Vermächtnis, Roberto!«, Henry machte eine sorgenvolle Miene. »Der Inhalt sollte unter uns bleiben.«
»Genau. Und das Vermächtnis werden wir Davids Wunsch entsprechend seinem Sohn übergeben. Wir kennen ihn schon! Ein feiner Junge, in ihm lebt David weiter«, Roberto schenkte die Gläser voll, Julia winkte ab, und eine Zeitlang schwiegen alle und dachten an ihre toten Freunde, die in der Blüte ihrer Jahre ermordet worden waren.
»Die Menschen machen sich ihre Hölle selbst«, brach Julia philosophisch das Schweigen.
»Davon kann ich auch ein Lied singen«, erwiderte Roberto und sah seine Frau vielsagend an.
»Trauert nicht! So hat er es gewollt! Und eines ist sicher, wir werden die beiden nicht vergessen, nie!«, sagte Steven und hob das Glas.
»*Le Chajim*, auf das Leben! war sein Lieblingsspruch«, flocht Henry ein, »*le Chajim!*«
»*Le Chajim!*«, antworteten die drei anderen im Chor. »Auf Gabrièlla und David und auf den Frieden!«

Geschichtssplitter
Colleoni contra Filippo Maria Visconti
(1438)

r raste die S 237 entlang, als sei der Teufel hinter ihm her. Seit sie ihm vor zwei Wochen gesagt hatten, was sie von ihm erwarteten, hatte er keine ruhige Minute gehabt. Und gestern nun hatte er ein neues Rutenbündel auf seinem Schreibtisch gefunden.

Gestern Abend dann hatte General Bonluca ihn zu sich nach Hause bestellt und ihm ein verlockendes Angebot gemacht, ein kometenhafter Aufstieg zum Generale di Brigata war der Preis, wenn … ja, wenn er seinen Auftrag erfolgreich abschloss.

Er hatte sich drei Tage Bedenkzeit erbeten, und die wollte er nutzen. Auf den Spuren Colleonis würde sein Geist vielleicht wieder frei werden.

In Bovezzo bog er ins Gebirge ab, es war, als suche sich sein Wagen den Weg selbst. Er jagte die Serpentinen hoch, hielt auf der Passhöhe von Sant' Eusebio an und sah sich um. Grüne Hügel, ein lieblicher Maimorgen und hoch oben jubilierte eine Berglerche.

Damals Ende September 1438 war der Winter früh hereingebrochen, die Reiter führten ihre Pferde am Zügel, der Weg war vereist und rutschig gewesen. Aber sie folgten dem von Colleoni und seiner Vorhut aufgezeigten Weg.

IL Invincibile kannte keine Zweifel, nur die Sicht nach vorn, einen Weg finden für die Hauptstreitmacht. Und der führte über diesen Pass, hinunter ins Valsabbia. Auf seine Männer konnte er sich verlassen, die allermeisten dienten seit Jahren unter ihm, kannten seine Härte, doch auch seine Loyalität und seine Großzügigkeit, aber auch seine Forderung nach Disziplin und hundertfünfzigprozentigem Einsatz.

Hinter sich wusste Colleoni viele seiner Freunde und Kampfesgefährten mit ihren Männern; sie alle gedachten ihre condotta *mit Venedig treu auszuüben und Piccinino zu schlagen, irgendwann einmal vernichtend; hier im Schnee kämpften sie erst einmal ums pure Überleben.*

Colleoni dachte an Leonardo und Antonio Martinengo, die beiden Brüder, die im August des Vorjahres von ihrem Vetter Cesare, dem ein-

zigen Martinengo im Lager des Feindes, kontaktiert worden waren, er wollte sie zu Filippo Maria Visconti abwerben: vergebens. Den venezianischen provvoditore war das nicht entgangen, sie steckten ihre Nase überall hinein, und tatsächlich hatte es einer von ihnen sogar geschafft, bis hier herauf in die Berge mitzukommen und den Rückzug zu beobachten. Aber die Anwesenheit des provvoditore Antonio Marcello sollte sich noch zum Guten wenden.

Vor nicht allzu langer Zeit hatten Leonardo und Antonio Martinengo unter Colleonis Führung im sehr heißen Juli das Valcamonica zurückerobert, leider nur für kurze Zeit.

Auch Tiberto Brandolin kämpfte sich hinter ihm durch den Schnee, während Colleonis bewährte Recken Jagd machten auf die vom Trienter Erzbischof aufgewiegelten Bergbauern, die als Heckenschützen ihre Pfeile aus dem Hinterhalt abschossen und die Brunnen an den Höfen vergiftet hatten.

Auch Guglielmo Cavalcalbò, mit dem er damals die Rocca di San Luca erobert hatte, ihn wusste Colleoni als verlässlichen Kämpen in seinem Rücken; und natürlich Erasmo da Narni, sein capitano generale, der ihm mehr bedeutete als nur als Vorgesetzter. Sie beide harmonierten prächtig, Colleoni die bedachtsam traditionelle Vorgehensweise des Alten akzeptierend und Gattamelata die strategische Phantasie des Jüngeren lobend und oft nutzend.

Mehr als ein Drittel ihrer Pferde und Männer sollten die Strapazen des Frühwinters in den Bergen nicht überleben und ohnmächtig musste Colleoni zusehen, wie einer seiner Männer nach dem anderen abstürzte oder erfror.

Aber er brachte sie voran, ritt den Weg weisend an der Spitze, dann wieder seine Männer von hinten anfeuernd, ein ewiges Vorbild an Mut und Entschlossenheit. Sie mussten nur ins Tal der Chiese gelangen, es bis zum Lago d'Idro schaffen, dann kamen sie ins Gebiet der Lodrones und waren unter Freunden. Dachten sie.

Der alte Paride di Lodrone und seine beiden Söhne Pietro und Giorgio waren in erster Linie Todfeinde des Trienter Erzbischofs, in zweiter Linie Lodrones und erst in dritter Linie Venezia zugewandt. Nach einigen zähen Verhandlungen des jetzt ganz nützlichen provvoditore Marcello erklärten die Lodrones sich bereit, für 1500 Dukaten den capitano generale nicht nur passieren zu lassen, sondern ihn und seine erschöpften Männer über die Berge zu begleiten und zu verstärken; und wenn die Lodrones ihr Wort gegeben hatten, hielten sie es auch.

Mein Gott, dachte er, als er am Lago d'Idro entlang fuhr, ich habe gerade ein Stunde auf diesen gut ausgebauten Straßen gebraucht; während Gattamelata und Colleoni und ihre Männer achtundvierzig Stunden geritten, geklettert und gerutscht waren, um an diesen so idyllisch aussehenden Bergsee zu gelangen. Die über 1000 Meter hohen Berge am Westufer wurden heute von ein paar Schönwetterwolken umspielt und ein Motorboot pflügte durch den See, weiße Bugwellen vor sich hertreibend; während damals Eisregen den See gepeitscht haben mochte und tiefhängende Wolken sich auf die Gemüter der Soldaten legte, während die Felswände immer dichter zusammenrückten.

Vorbei an den Ruinen der Stammburg der Lodrones, das Castello Santa Barbara thronte hoch droben wie ein zerzaustes Adlerhorst über dem Chieseta, weiter in das hübsche Örtchen Storo, wo er es sich auf der Piazza Italia in der Nähe des plätschernden Brunnens in einem eben geöffneten Straßencafè gut gehen ließ. Die bäuerlichen Häuser mit ihren Holzgalerien verbreiteten einen Hauch von Bergromantik.

Er bestellte sich einen *caffè* und rieb sich seinen rechten Arm. Diese verdammten Schmerzen, sie kamen in immer kürzerem Abstand und manchmal konnte er vor Schwäche den Arm nicht heben. Giulia hatte Recht, er musste sich durchchecken lassen. Er lenkte sich mit der Vergangenheit ab, in die er wieder eintauchte.

Nur ein paar Kilometer Ebene ließen das schon ziemlich dezimierte Heer der Venezianer aufatmen, und nicht nur Colleoni wusste, dass nun ein weiterer schwerer Weg hoch ins Gebirge vor ihnen lag, mit einer feindlichen Bevölkerung im Gebiet der Grafen von d'Arco und dem inzwischen bestimmt aufmerksam gewordenen Piccinino, dessen Gewaltmärsche gefürchtet waren, und dessen Verbündeter der kaisertreue Erzbischof von Trento war.

Die S 240 schlängelte sich langsam bergauf ins Ledrotal und die dreiunddreißig Kilometer, die das venezianische Heer wieder einen ganzen Tag gekostet hatte, durchfuhr er in aller Ruhe mit Pausen an schönen Aussichtspunkten in einer dreiviertel Stunde. Er suchte sich eine locanda *direkt am See und setzte sich entspannt unter einen Sonnenschirm. Das bronzezeitliche Pfahldorf in Molina di Ledro lag nur ein paar hundert Meter entfernt, aber dessen Existenz hatte damals keinen im Heer interessiert.*

Im Geiste sah er, wie die in Pferdedecken gehüllten Fußsoldaten hinter den Reitern herstolperten, ein eisiger Schneesturm nahm ihnen die Sicht. Wieder hatte sich Colleoni mit seinen Entbehrungen gewohnten Lanzen an die Spitze gesetzt. Er legte Wert auf robuste Soldaten, die wie er mit widrigem Wetter, schlechtem Essen und wenig oder gar keinem Schlaf auskommen konnten.

Er ahnte, dass nun die schwierigste Strecke vor ihnen lag, bisher hatten sie gegen die Natur und das Wetter, sowie ein paar bäuerliche Partisanen gekämpft; aber die d'Arcos und die von Piccinino in Marsch gesetzten

Truppen versperrten ihnen mit Sicherheit den Abstieg in die Sarcaebene am Nordrand des Benaco*.

Er hatte ein paar verlässliche Späher vorgeschickt und die hatten seine Vermutung bestätigt. Colleoni ließ umgehend Gattamelata informieren, während er selbst sich an den Abstieg nach Riva machte, die bedrohliche, fast senkrecht abstürzende Felswand fast greifbar nahe.

Während Barbaro, der venezianische Statthalter von Brescia, mit Hilfe des in allen Verteidigungsfragen brillianten Taddeo d'Este die Stadt erfolgreich vor den Angriffen Piccininos beschützte, versuchten die beiden verlässlichen condottieri *Antonio Martinengo und Pietro Avogadro die Ebene mit verwegenen Manövern zu sichern – erfolglos.*

Dann kämpften sie mit aller Kraft, aber ebenso erfolglos dagegen an, dass sich am Südende des Gardasees ein starkes Kontingent milanesischer Truppen einschiffte, um das sich durch die Berge und den Schnee quälende venezianische Heer zu überholen und ihm dort, wo die Sarca am Nordende in den See mündete, den Weg abzuschneiden.

Mit dem tagsüber wehenden Südwind im Rücken gelangten die milanesischen Soldaten schnell und ausgeruht ans Nordufer und vereinigten sich in Torbole mit den Truppen der verbündeten condottieri *dal Verme und den d'Arcos, allen voran Vinciguerra d'Arco, während gegenüber gerade die erschöpfte und reduzierte Vorhut unter Colleonis Führung den Abstieg wagte.*

War das ganze Unternehmen gescheitert, all die vielen Opfer im venezianischen Lager umsonst? Die Sache der Venezianer schien verloren, sie würden Verona nie erreichen und Piccinino würde ungehindert auf venezianisches Gebiet vorstoßen können, wer sollte die Serenissima schützen?

Es gab nur einen Weg für sie, sie mussten die Sarca überschreiten, um den Weg hinauf in das Hochtal Val di Loppio und von da nach Rovereto zu nehmen.

Aber das gegenüberliegende Ufer war so stark befestigt, besonders in der Nähe der Furt an der Mündung der Sarca, dass jeder Angriff tödlich enden musste. Dal Verme und die d'Arcos versperrten den Weg nach Norden, die uneinnehmbare, hoch auf dem Felsen thronende Burg der d'Arcos und die doppelte Sicherung durch die ebenso starken Festungen Dro und Drena machte ein Ausweichen durch das Sarcatal nach Norden unmöglich.

Das rechte Ufer des Sees sicherten die vom Erzbischof von Trento aufgewiegelten Bergbewohner, das linke Ufer, beherrscht von der Festung Penede war ebenso blockiert, die Katastrophe für die Venezianer unausweichlich, ein totales Desaster zeichnete sich ab.

---

* Name des Gardasees aus römischer und fränkischer Zeit, bis heute in Gebrauch

Noch wollten sie es nicht wahr haben, Gattamelata erteilte den Befehl, besonnen und in kleinen Gruppen die Feinde anzugreifen (die alte Art der Bracesken, der auch Colleoni inzwischen den Vorzug vor der sforzesken Kampfweise des kompakten, wilden Angriffs gab), damit nicht die gesamte Armee auf einmal aufgerieben wurde.

Die Berge im Rücken, in denen die Nachhut mit den Bergbewohnern zähe Gefechte führte, lag der Tod oder die Gefangennahme vor ihnen, und genau das war der Zeitpunkt, an dem Bartolomeo Colleoni zur Hochform auflief.

Rückzug in die winterlichen Berge? Der sichere Tod! Aufgabe? Das Wort existierte für ihn nicht. Angriff? Zu risikoreich. Doch der Bergamaske, dessen Kriegsführung so überaus erfolgreich war, weil niemand vorhersagen konnte, welche neue und unerwartete Strategie ihm denn nun schon wieder einfallen würde, erinnerte sich an L'Aquila und einen erfolgreichen Umgehungsangriff.

Eine kurze Beratung mit dem capitano generale *und der gab ihm freie Hand, ein letzter besorgter Blick auf Gattamelata. Würde der alte Krieger diese Strapazen durchstehen? Er musste es und tat es.*

Während Gattamelata weiterhin seine Scheinangriffe an der Furt in der Nähe der Sarcamündung reiten ließ, nahm Colleoni einen Großteil des Fußvolks mit sich und in der Deckung des Ufergesträuchs pirschten sie sich nordwärts, immer gewärtig von den Reitern Luigi dal Vermes und Vicinguerra d'Arcos entdeckt und angegriffen zu werden, die das Sarcatal nach Norden abgeriegelt hatten.

In der Höhe von San Giorgio nutzte Colleoni die Strömung und ließ sich und seine fanti *mit ihrem Schwung ungesehen ans andere Ufer tragen, dorthin, wo die Soldaten der Mailänder ihr letztes Lager flussaufwärts hatten. Ein wildes Handgemenge entbrannte und die überraschten Mailänder zogen den Kürzeren, während Colleoni und die Seinen den Pass besetzten.*

Nun ließ auch Gattamelata aus dem Scheinangriff einen echten werden; die Mailänder Truppen saßen in der Klemme und flohen zum See hin, so dass die Venezianer ungehindert in das Val di Loppe aufsteigen und an seinem Ende ins Val Lagarina absteigen konnten. Am Morgen des 28. Septembers 1438 erreichten sie Verona, wo sie jubelnd empfangen wurden.

Er stand an der Sarcamündung und blickte hoch zur Brücke, die an Stelle der umkämpften Furt den Fluss heute querte und Riva und Nago-Torbole, die damals zwei unabhängig voneinander befestigte Orte bildeten, gingen heute gleichsam ineinander über.

In Torbole ließ er sein Auto neben einer Surfschule stehen und machte sich an den Aufstieg zum jetzt ziemlich zerfallenen Kastell. Weinberge flankierten seinen Weg und hier, wie oben bei den Ruinen war er ganz allein. Auch mit sich, und die Geschichte Colleonis lenkte ihn nicht mehr ab, andere Gedanken überlagerten die Geschichte.

Sollte er Bonlucas Angebot annehemn? Er wusste, er meinte es gut mit ihm, hatte er nicht seinem Vater versprochen, auf den General zu hören?

Aber was wurde dann aus seiner Polizeikarriere? Wer sollte auf seinen Vetter aufpassen, der sich mit seiner starrköpfigen Verfassungstreue sein eigenes Grab schaufelte?

Seine Blicke schweiften über den Benaco, eine ganze Anzahl von Surfern nutzte den Bilderbuchtag, viele kleine bunte Dreiecke zischten über den See. In der Saison hätte er bestimmt keinen Parkplatz in Torbole unten gefunden.

Hatte Colleoni eigentlich ein großes Ziel gehabt, damals als Dreiundvierzigjähriger? Oder verfolgte er nur das jeweilige, von San Marco gesetzte? Von einem Einjahresvertrag zum nächsten?

Er gab sich innerlich einen Ruck. Nein, auf Roberto Rücksicht zu nehmen, führte zu nichts. Dessen Vorurteile, seine faschistische Vergangenheit betreffend, würde er nie überwinden können; und so schrecklich war eine Versetzung nach Mexiko City ja nun auch wieder nicht. Vilma würde ihren alten Klavierlehrer dort wiedersehen, wie oft hatte sie von ihm gesprochen und Pläne für einen Besuch geschmiedet und dann wieder verworfen, weil er ihre Begeisterung gedankenlos gedämpft hatte?

Mit den Töchtern würde es schon schwieriger, besonders seine älteste würde ihre Freunde nicht verlassen wollen, doch gerade das war ein Grund für ihn, so weit weg zu gehen; sie war in gefährliches Fahrwasser geraten. Eine italienische Schule gab es in Mexiko auch, und Sicherheitschef der Botschaft zu werden, dass war schon etwas!

Er war seinem großen Vorbild Colleoni um Längen voraus und würde seine *condotta* früher wechseln als er, der erst fünf Jahre nach dem heldenhaften Winterrückzug nach Mailand wechseln würde.

Sein Vetter würde schon auf sich selbst aufpassen müssen und vielleicht konnte er in Mexiko diese vier schrecklichen Tage in Genua vergessen, die beinahe das Leben seiner ältesten Tochter gekostet hätten und die ihn so unendlich verunsichert hatten.

epilog

astlos schritt Colleoni durch das Zimmer, umrundete den Schreibtisch und blickte immer wieder auf das Telefon. Ein paarmal war er drauf und dran, anzurufen. Nein, das *telefonino* war sicherer. Aber besser, noch einmal alles durchdenken!

Eines war klar, die Frage nach seiner Identität konnte keiner auch nur annähernd beantworten. Soweit lief alles nach Plan, und seine Risikobereitschaft hatte sich ausgezahlt.

Den einzig groben Fehler, den er sich geleistet hatte, war der Tod dieser Gabrièlla gewesen; wenn er gewusst hätte, dass sie die Tochter des palästinensischen *XX.-Gennaio*-Führers gewesen war, hätte er ihren Tod verhindert. Durch ihn war seine billigste und sicherste Rauschgiftquelle versiegt: ärgerlich!

Nicht einmal sein Vetter ahnte etwas, dabei versorgte er ihn weiterhin mit unschätzbaren Informationen. Sollte er ihn langfristig als Colleoni aufbauen und ihn dann gegebenenfalls opfern? Ein guter, weiter zu verfolgender Gedanke!

Aber erst musste er sein gegenwärtiges, dringendstes Problem lösen: Der Marchese musste unter allen Umständen ausgeschaltet werden, zu nahe waren sie sich, und eine kleine Unaufmerksamkeit konnte ihn enttarnen.

Beinahe hätte die *strategia della tensione* geklappt, er war so kurz davor gewesen, *La Tedesca* als Ehebrecherin bloßzustellen. Wo nur lag der Fehler? Der Marchese lief so schön als gehörnter Ehemann auf! Und die Emotionen waren so wunderbar hochgekocht – leider hatten sie seinen Denkapparat beruflich nicht zu infizieren vermocht.

Na schön, man sollte nicht über verschüttete Milch weinen, wenn die subtile Zerstörung des Marchese nicht gelungen war, musste man eben zu radikaleren Lösungen schreiten, *Il Quarto* und *Il Terzo* bevorzugten das allemal. Bei Angela stand er ohnehin noch im Wort, aber sie gab ihm in zunehmendem Maße Rätsel auf; sie, die er bisher für eine hundertprozentige Realistin gehalten hatte, gab sich neuerdings mit Schutzengeln, Engelhierarchien und Ähnlichem ab. Wahrscheinlich hatte *Luzifer* sie inspiriert. Angela hatte ihm doch erst kürzlich erzählt, dass sie an Raphael als den Inbegriff des Schutzengels mit den sechs Flügeln der

Seraphen glaubte, obwohl er gleichzeitig ein Cherubim sei. Leider habe der Marchese den Erzengel Michael als Schutzengel – oder sei es etwa ein Zufall, dass sein deutscher Schwager auch Michael heiße? –, und dieser Schutzengel habe mehr Kraft als ihr Raphael. Bevor er sarkastisch darauf reagieren konnte, hörte er sie schon murmeln.

Angeli Dei, qui custos es mei, me, tibi commissium pietate superna, illumina, custodi, rege et guberna. Amen.*

Daraufhin wünschte er ihr scheinheilig, dass Raphael sie mit doppeltem Flügelschlag begleiten möge, woraufhin sie ihn misstrauisch gemustert hatte, doch er hatte ihrem Blick standgehalten. Neben ihrer früheren Vorliebe für den Marchese kam also eine weitere Schwachstelle bei Angela hinzu. Nun, es war immer gut die Verwundbarkeit seiner Freunde und Partner zu kennen!

Doch bevor sie ausprobierte, ob der Erzengel Raphael dem Michael tatsächlich unterlegen sei, wollte er lieber die Abrechnung mit dem Marchese selbst in die Hand nehmen.

Es würde Aufsehen erregen, und eigentlich sollte seine Hauptbeschäftigung der Rekonstruierung des nach ihm benannten Drogensyndikats dienen, nachdem die Nutzung der *XX.-Gennaio*-Quelle versiegt war, zumindest für den Augenblick.

Gottlob hatte keiner eine Ahnung, wo sich das Hauptquartier mit den immensen Vorräten befand, von wo aus die Verteilung von harten Drogen und die Herstellung von *crack* gesteuert wurde.

Auch wenn, wie Angela behauptet hatte, der Marchese über eine ganze Dynastie von Schutzengeln verfügte, und sie glaubte wirklich daran, so beschränkte sich sein Glaube eher auf die Wirkung von Sprengstoff, Attentätern und Maschinenpistolen. Und die Werkzeuge hatte er auch: in *Il Quarto* und besonders in *Il Terzo*, dem Engel des Lichts und der Dunkelheit: seinem *Luzifer*.

Er nahm das *telefonino* aus der Brusttasche seines Anzugs und wählte keine himmlische, sondern seine tatsächlich existierende Nummer.

---

* Engel Gottes, mein Beschützer, Gott hat dich gesandt, mich zu begleiten. Erleuchte, beschütze, leite und führe mich. Amen.

Literaturangaben

Die Texte zum historischen condottiero *Bartolomeo Colleoni haben biografischen Charakter und sind durchgehend kursiv gesetzt. Authentisch sind auch die historischen Villenbeschreibungen.*
Viel Wissen verdanke ich folgenden Autoren:

Block, Willibald: *Die Condottieri (Studien über die sogenannten unblutigen Schlachten).* Berlin 1913
Browning, Oscar: *The Life of Bartolomeo Colleoni of Anjou and Burgundy.* Arundel Society 1891
Burckhardt, Jacob: *Die Kultur der Renaissance in Italien.* Rev. Ausg. Stuttgart 1958
D'Annunzio, Gabriele: *Elettra.* Rom 1939
Erben, Dietrich: *Bartolomeo Colleoni. Die künstlerische Repräsentation eines Condottiere im Quattrocento.* Sigmaringen 1996
Hrg. Civica Biblioteca Bergamo: *La figura e l'opera die Bartolomeo Colleoni.* Bergamo 2000
Köster, Baldur: *Palladio in Amerika.* München 1990
Machiavelli, Niccolò: *Der Fürst.* Frankfurt 2001
Mussolini, Benito: *Doktrin des Faschismus.* Zürich 1934
Operti, Piero: *Bartolomeo Colleoni.* Torino 1935
Palladio, Andrea: *Die vier Bücher zur Architektur.* Zürich und München 1983
Semerau, Alfred: *Die Condottieri.* Jena 1909
Trease, Geoffrey: *Die Condottieri. Söldnerführer, Glücksritter und Fürsten der Renaissance.* München 1974
Wittkower, Rudolf: *Palladio and English Palladianism.* New York 1983

Personen, Orte und Dienstgrade der Romanhandlung sind frei erfunden, Übereinstimmungen mit der Wirklichkeit wären rein zufällig. Die Geschichte hätte auch in jeder anderen norditalienischen Stadt angesiedelt sein können, soweit sie über eine Universität verfügt.
Dem Internet verdanke ich viele interessante Einsichten über faschistische Gruppierungen wie Ustica, Gladio und Genua, auch wenn ich dem Rat meiner Söhne gefolgt bin, bestimmte Seiten nicht allzu oft aufzurufen, da ich sonst den Verfassungsschutz im Hause hätte!
Posthum danke ich meiner Mutter, dass sie mich zur Veröffentlichung gedrängt hat. Sie konnte diesen ersten Teil von Bartolomeo Colleoni *noch kurz vor ihrem Tod in der Rohfassung lesen und hat mich bestärkt, weiter zu fabulieren.*

Wiebke Lübbers